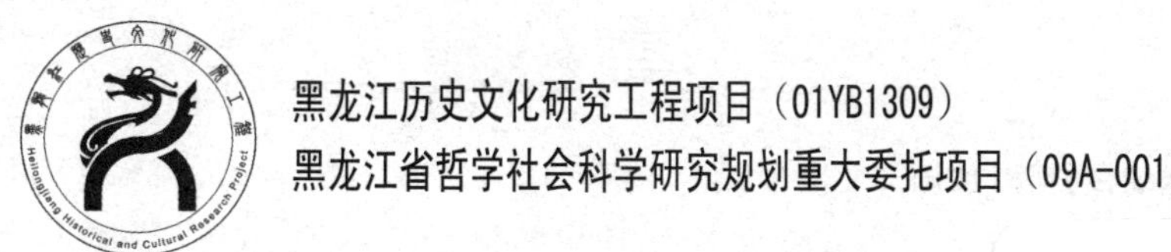
黑龙江历史文化研究工程项目（01YB1309）
黑龙江省哲学社会科学研究规划重大委托项目（09A-001）

历代东北流人诗词选注

李兴盛◇主编

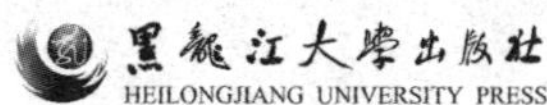
黑龍江大學出版社
HEILONGJIANG UNIVERSITY PRESS

图书在版编目(CIP)数据

历代东北流人诗词选注 / 李兴盛主编. -- 哈尔滨：
黑龙江大学出版社，2014.12（2021.7重印）
（东北流人文库 / 李兴盛主编）
ISBN 978-7-81129-839-0

Ⅰ. ①历… Ⅱ. ①李… Ⅲ. ①古典诗歌-注释-中国
Ⅳ. ①I222

中国版本图书馆 CIP 数据核字(2014)第 271305 号

历代东北流人诗词选注
LIDAI DONGBEI LIUREN SHICI XUANZHU
李兴盛　主编

责任编辑　张怀宇　章海宁
出版发行　黑龙江大学出版社
地　　址　哈尔滨市南岗区学府路 74 号
印　　刷　三河市春园印刷有限公司
开　　本　720毫米×1000毫米　1/16
印　　张　32.75
字　　数　411 千
版　　次　2014 年 12 月第 1 版
印　　次　2021 年 7月第 2 次印刷
书　　号　ISBN 978-7-81129-839-0
定　　价　70.00 元

《历代东北流人诗词选注》编委会

主　编　李兴盛

副主编　曹　威　秦文鹏　董　丹　邓天红

　　　　邵长霞

选注者　孙海春　徐彤艳　金　凤　郑晓红

　　　　王　欢　张泽文　刘　波　贾书梅

　　　　贾书利　叶　晨

李兴盛与流人学的研究

（《东北流人文库》代总序）

世有“显学”与“晦学”之分，“显学”为当世所重，群趋若鹜，如清之乾嘉考据学，今之红学、敦煌学等等，于是资料盈箧，成果丰硕，人才辈出，为举世所瞩目。“晦学”则不然，虽其学重要，然资料发掘艰难，前人成作较少，一时难见其功，学人多视为畏途，潜研者寥寥，若为世所遗忘者，今之流人学类此。

流人源出于流刑，多为蒙冤受屈，备受迫害与刑罚者。流人颇多具有文化素养，甚至学问淹博者也为数不少，世所谓“天下才子流人多”即指此而言。其人虽投诸四裔，犹不弃边远，播种文化，开发蒙昧，厥功至伟，是流人与流人文化问题固不得不有所研讨，而世之投身斯学者，固屈指可数也。

我之接触流人问题，始得益于安阳谢国桢（刚主）先生。我家与谢氏有通家之谊，少时曾借书于谢氏，得读刚主先生所著《清初流人开发东北史》，为前此未读之书。见其对清初发戍东北之流人所作专门性研究，既钦其治学视野之广阔，复感其研究有裨于清初开国史的探求。后此则未见有关流人新作。二十世纪五六十年代政治运动中辄有因种种新账老账一齐算而遭贬谪者，西部荒漠及北大荒等地均有其人,虽下放、锻炼名目各异,而其实与流人差近。投鼠忌器,颇为流人问题之研究增忌讳。七十年代初,我曾下放农村四年,耕余无聊,又谨言慎行,寡交游,遂就所携图籍中之流人著述,时加研读,随手札记心得,积久乃成《读流人书》一文。此举一则纾烦遣愁,借他人杯酒,浇自己块垒;再则见流人虽困处厄塞,而犹能寄托诗文,传播文化,颇受激励。深惟似此群体而淹塞不彰,研究者又甚鲜而深致感慨。八十年代初,海宇廓清,学术文化顿显新颜,有幸获识西北周轩、东北李兴盛二君,皆以流人问题研究自任,撰述探讨,卓有成就。其穷年累月从事"晦学"研究之精神,尤令人钦佩。

我识李君兴盛较晚,初仅书信往来,继又得读其惠我大作。我虽曾粗涉流人之学,而视李君所著之精深,则瞠乎其后矣!1989年,先后读其所著《边塞诗人吴兆骞》及《东北流人史》,见其"筚路蓝缕,以启山林"的精神及从个案研究走向通史研究的历程,窃喜流人学研究之得人!惟惜其尚局限于东北一隅,深冀其由一隅而扩及全面。孰意不及五年,而百余万言之《中国流人史》又问世,李君用功之勤,投入之深,求之当世,实不多见。我曾为此书做过鉴评说:《中国流人史》"'是对流人问题进行全方位、多层次、各区域的完整论述,开创了流人史研究的新体系'。我通读《中国流人史》的最深感受是,他不把知识分子流人的遭遇作为个案,而是加以群体的系统记述,使之成为记述中国知识分子坎坷经历、不幸命运、悲惨处境而仍能百折不挠,利国利民,奋发向上的感人史诗"。1998年冬,兴盛复以所主编之《何陋居集(外二十一种)》一书见惠,此书以清方拱乾之《何陋居集》为总名而含有宋、清、民国之流人文献共二十二种,为流人史之研究提供基本史料,厥功至伟。次年,兴盛不辞千里,亲临寒舍,一倾积愫,交流沟通,听其言,观其行,固恂恂然一君子也。我读书未遍,关于流人史的研究,除周、李二君的著述外,其他专著、论文所见尚鲜,此流人学之所以为"晦学"也。究其缘由,愚意以为治此学者必须具备三条件:

其一，研究者必须久居边远戍地，对流人生活背景、岁月煎熬，有亲临其地的切身感受，有一种为不幸者存史的激情冲动，乃以真挚的感情去探讨、研究，从而论述中国知识分子的忧患史。这是最重要的精神支柱。

其二，研究者必须具备发现挖掘史源、搜检考校史料和公允评论人物的学识底蕴与熟练技能。唯其如此，方能于人于事，持之有故，言之成理。方能由此及彼，由表及里，由个案至群体，由古代至近世，撰成诸种有关著述，使流人学之研究不数十年而蔚为大观。这是最重要的物质基础。

其三，研究者必须淡泊自甘，硁硁自守，不急功近利，不艳羡荣华。以悲天悯人之心，阐幽发微；不偏不倚，还人物以本来，终其生而无怨无悔。这是最重要的史德。

三者言易而行难，周、李二君得天独厚，幸逢其会，一羁居西陲，一谋食黑水，耳听故老逸闻，目见流人遗迹，抚今思昔，思潮汹涌，笔端激情，油然而生。二君皆好学深思之士，穷年累月，孜孜不倦，广搜博采，勤于著述，颇见称誉于学术界，而李君兴盛所著连年问世，凡个案研究、文献记录、史事纵论，皆所涉及，涵盖可谓深广。2000年，兴盛更将其流人文化研究延伸至流寓文化与旅游文化领域，主持《黑龙江流寓文化与旅游文化丛书》编写工作，其第一种《流寓文化中黑龙江山水名胜与轶闻遗事》一书，既出版问世，赋流人学以实践意义，研究对象由流人扩展至客寓人士，视野愈益开阔。2000年，复出示其另一种《中国流人史与流人文化论集》。兴盛倾历年之积存，更于《中国流人史》之基础上，总结升华，成此论集。捧读之余，欣悦不已。

兴盛之辑《中国流人史与流人文化论集》，虽为辑录其于流人问题研究中之理论观点，实则寓构筑流人学框架之深意。书分上下编，上编阐述有关流人与流人文化之理论问题，诸如流人的分类、流人史的分期及流人文化的界定与特性、流人历史作用的评价等等；

下编为文选，辑与撰者及其著作有关之资料，可备了解兴盛治学历程与所获成就之参考。从此，兴盛之于流人学之研究，有史、有论、有专门著述、有文献汇编，足称完整架构专学之规模。

目前，为了弘扬我国历代东北流人在逆境中建功立业、保卫与开发边疆的业绩及其艰苦奋斗的精神，为了促进由谢刚主先生开创的流人史、流人文化，乃至流人学这一新学科、新体系、新流派真正创建成功，兴盛君在黑龙江省委宣传部、黑龙江省新闻出版局及黑龙江大学出版社的大力支持下，以其三十余年研究成果为基础，正在编纂《东北流人文库》这部大型的历史文化丛书。《东北流人文库》拟分为"流人文献"与"流人研究"两大部分，堪称一部恢宏巨著。

相信我国前所未有的这部开拓型丛书的出版，对于黑龙江历史文化资源的抢救与黑龙江边疆文化大省的建设，对于东北，乃至全国历史文化，尤其是文学史、刑法史、民族交流史、人口迁徙史等学科的研究，对于繁荣我国出版事业，都会起到极大的促进作用。

流人学的建立是兴盛的一个梦，他自谦目前是"残编寻旧梦"，我看他已在日益走近"全编圆美梦"的佳境。他自勉是"攀登今未已，风雨正兼程"，我则以耄耋之年真诚地期待流人学不久将在社会科学的学科分类表上堂堂正正地占有一席之地。流人学之跫然足音，殆已日近一日。兴盛其勉旃！

来新夏

二○一○年元月

编者自序

流人是人类社会发展到部落联盟时代，伴随着战争的产生、人口的掳掠而出现的一种特殊的社会群体。国家政权建立之后，它成为统治者向被统治者专政的产物，并伴随着流刑的产生、发展而愈趋制度化。我国古代流人不仅人数众多，而且名人辈出，不仅有汉族人士(这是主体)，也有少数民族人士，上至皇帝后妃、高官大吏，下至文人学者、贩夫走卒等，各种出身者无不应有尽有。这些久陷囹圄、饱受酷刑、身心备受摧残、劫后余生的流人，被强制迁徙到荒寒僻远之地，在艰苦的自然环境与残酷的政治压力双重因素冲击下，他们及其子孙，泪洒冰天，血沃塞土，为祖国边疆的开发与保卫、经济的繁荣、文化的发展、民族的融合与团结，作出了不可低估的极大贡献。

当然，不同出身的流人，这种作用是各有侧重、各不相同的。其中文人的作用主要体现在文化教育方面。这些曾经饱读儒家诗书的流人文士，本来就喜欢吟诗作赋，流放至塞外后，旧习不改，在服役、教书之暇，或长歌当哭，抒写自己的思乡怀人之感；或登山临水，讴歌塞外的山川景物；或访问故老，搜集逸闻；或凭吊古迹，考察旧俗，从而创作了大量诗文，编纂成许多诗文集或学术著作。有的还将江南文人结社的风气传播到塞外，建立了一些诗社。东北流人诗社典型者有清顺治七年(1650)由释函可在盛京倡建的清代东北第一诗社——"冰天诗社"，诗社成员基本都是流人。康熙四年(1665)由张缙彦在宁古塔倡建的清代东北第二个、黑龙江第一个诗社——

“七子之会”(亦名“七子诗会”),七名成员全部为流人。除此之外,还有光绪年间由流人王性存在齐齐哈尔倡建的“梅花诗社”、“菊花诗社”。

这些流人及其出塞省视的子女或亲友的诗文集至今仍有流传者,如金代的洪皓,明代的朱善、黎贞、陈循,清代的释函可、苗君稷、李呈祥、郝浴、季开生、陈之遴、徐灿、孙旸、丁澎、方拱乾、方孝标、吴兆骞、张贲、陈梦雷、杨宾、戴梓、顾永年、方登峄、方式济、方观承、王贞仪、刘凤诰、英和、张光藻等可称典型。另外有的虽无专集,但有零星诗篇传世。有的塞外诗作一无可考,但不能证明他们在塞外没有写过诗篇。如宁古塔“七子诗会”中被吴兆骞誉为“河朔英灵而有江左风味”及“才笔特妙”的张缙彦、钱虞仲、钱方叔、钱丹季四人均工于诗(张缙彦与钱虞仲均有流放前的诗集或诗篇传世),可惜四人塞外诗作均已失传。流人诗作有传有不传,令人感慨无限。但不论如何,他们的诗社活动,尤其是诗歌创作,对塞外历史文化发展的促进作用是不言而喻的。这正如民国《宁安县志》编者在评价吴兆骞时所说:“吴氏为清初才子,谪居宁城,阅年最久,而此邦之文明开化,实比之唐之柳柳州(柳宗元)、刘播州(禹锡)焉。”可见流人诗文创作活动对后世的影响。

流人的诗作,既有对流人生活与心态的全面写照,也有对边塞风光与山水的精心雕塑,还有对塞外社会生活的真实反映。它为研究包括东北在内的边疆历史文化提供了一份宝贵的文化遗产,也为我国诗歌史的研究注入了新的血液,还为我国流人史、流人文化,乃至流人学这种新体系的创建奠定了坚实基础。

编选某一地区或某一朝代流人诗歌为专书之作始于明正统年间沐昂之《沧海遗珠》。该书选录明初(洪武年间)21位谪戍滇南文人之诗300余首。这种规模的流人诗歌选集,在我国古代社会是绝无仅有的,因此可称是我国第一部流人诗选。此后至近年来始有同类著述问世。首先是张玉兴的《清代东北流人诗选注》(辽沈书社

1988年版）。张玉兴多年来有意识地致力于东北流人问题的研究，文史功底颇厚，成就斐然。这部收录清代48位流人的500余首诗、长达50余万言的巨著，改变了《沧海遗珠》仅选不注的体例，选注兼顾，是流人诗歌选注工作中的开创之作。其次是韩林元的《历代名人谪琼诗选注》（河南大学出版社1990年版）。琼，即琼州，今海南岛，唐宋以来，谪居于此的名人，如李德裕、卢多逊、丁谓、苏轼、李纲、赵鼎、胡铨、李光、王仕熙等甚多。此书即为这类流人诗作的选注之作。至于贯穿我国历代的流人诗歌选集，仅有拙著《中国流人史》（增订版）所附的《中国流人诗文资料辑录》一稿（黑龙江人民出版社2012年版，第1522—1962页）。该书稿共收录战国勾践夫人至清末裴景福等208位重要流人之作，诗文并存，但主要为诗作。上述诸书开创性的特点是显而易见的，但也各有不足。《沧海遗珠》与拙著《中国流人诗文资料辑录》只有诗选而无注释，韩林元之作虽名为“名人谪琼诗”，似乎所收录之诗人均为“谪宦”，但实际并非如此，非谪宦者仍不乏其人，可见该著述与流人诗选并非完全名实相副。至于张玉兴之作，称之为东北地区流人诗歌选注是当之无愧的，但其所选注的清代东北流人诗在时限上并非贯穿清代始终，而仅是清代前期顺治、康熙、雍正三朝。

为了弥补上述诸书之不足，为了撰写一部贯穿历代东北流人诗歌选注之专书，同时为了圆本人早年拟撰写一部翔实的《东北流人文学史》之梦，于是我们选注了本书。

关于古诗选注，在每首选诗之后，有的已注明出处，有的未注，体例不一。在此问题上，本人犹豫再三，最后决定不注出处。这样处理，固然与可注可不注的惯例有关，另外也是出于如下考虑：从前本人在撰定《东北流人史》与《中国流人史》时，为了彰示引文的信而有征，凡是引文基本注明出处。可是近年来，发现拙著、拙文已被许多图书、文章转引，有的引用者注明引自拙著某某页，有的却在引用后，将拙著书名、作者一律删去。对于前者，本人表示衷心感谢，因为引用者尊重了本人的劳动，并扩大了本人研究成果的影响；对于后者，只能以“感慨系之”一言以蔽之。做学问本来是一件非常艰苦的工作，历史研究更是如此，一部史书的完成，需要作者付出大量时间与心血，一篇文章绝非一蹴而就，一则史料的搜寻也非朝夕可得。尤其是研究被人视为犯罪者的流人，史料的搜集更为困难，一个新的流人的挖掘与发现，一个流人百余字小传，甚至其一个字与号的落实，都要在浩如烟海的文献中作持久不懈的多方搜寻。难度之大，实非局外人所能理解。然而，惯于抄写别人文章又自诩为自己之创见之人，对此视而不见，实在令人大惑不解。

基于此，本书选注之诗不再注明出处，目的是希望有朝一日，在特殊条件下，当这些引用者想要查找选诗出处时，将不得不亲自去搜寻，从而会体验做学问的艰苦与搜集资料的艰辛。也正是基于此，本书还有少数几位诗人之诗词，作了保留，未曾选注。特此说明。

此外，本书之撰写，洪皓之诗基本为许子荣之原注，清初个别流人之诗注则借鉴了张玉兴的研究成果。特此致谢。

最后，限于我们的学术水平，本书疏漏、不足，乃至错误之处定然在所难免，望广大读者批评指正。

李兴盛

2014.5.18

目　　录

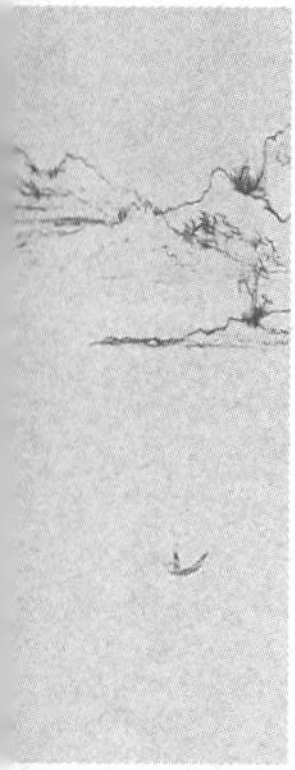

附录

凡　　例

(一)本书收录诗词之作的时间,上限始于金代,下限止于清末。

(二)本书所选注之作,流人赴戍、戍所及赦归之作兼顾,但以戍所之作为主,流人其他诸作基本不收。

(三)入选之作者,除流人外,凡随同流人出塞,或此后出塞探视流人之子女及其亲友,其作品均在收录之列。

(四)在入选之作编排顺序上,基本以流人流放时间先后为序。至于少数流人曾先后两次流放东北者(如陈之遴夫妇、杨瑄父子等),则据其所流传的塞外诗词多数写于何地为准的原则酌情安排。基于此,陈氏与杨氏之作均安排在其第二次流放时期。

(五)凡入选之作,均分作者小传、诗词原文及注释三部分。少数有前人评语者,亦酌情收录。

(六)本书选注了90位流放文人之诗词480余首。鉴于张玉兴的《清代东北流人诗选注》一书已选注了很多顺治至雍正年间东北流人的诗词,在这一时限上与我们所选注者必有重复之处。因此凡东北流人塞外之作流传三五首或一二首,并又全部为张玉兴所选注者,本书则少选或不选,尽量避免重复(个别重复者例外)。基于此,陆庆曾、张天植、刘嗣美、钱威、孙梗、邢为枢、赵仑七位流人之作全部不选。

(七)本书另附《历代东北流人著述简表》、《重要东北流放文人碑传资料》及《相关文章(诗词本事、赏析等)》三份附录。

赵　佶

赵佶(1082—1135),即宋徽宗。宋神宗第十一子。哲宗之弟。哲宗时封端王。1101年即位,任用权奸,滥增捐税,穷奢极欲,大建宫苑道观,崇重道教,自称教主道君皇帝。宣和七年(1125)金兵南下,年底传位给太子赵桓(钦宗),自称太上皇。靖康二年(1127)金兵再次南下,破汴被俘,四月押赴北上。次年八月至金国都城(今黑龙江省哈尔滨市阿城区白城),封昏德公。十月赴韩州(今辽宁省昌图县西北八面城)。金天会八年(1130)秋被徙至胡里改路的五国城(今黑龙江省依兰县)。天会十三年(1135)四月病逝。年五十四。赵佶善书画,且能诗文。蔡鞗《北狩行录》中说:“太上喜为篇章,自北狩以来,伤时感事,形于歌咏者,千有余首。以二逆(按指其子赵楞、其婿刘文彦)告变之后,举畀炎火。以今所得灰烬之余者,仅有数十篇,类之为别集。”并云:“虽在蒙尘,不忘教子以义方之训。每诸王问安,必留之坐而赐食,或赋诗属对。有两联今附于左,太上曰:‘方当月白风清夜’,故郓王楷对曰:‘正是霜高木落时’。太上曰:‘落花满地春光晚’,莘王植对曰:‘芳草连云暮色深’。余皆类此。”另如《三朝北盟会编》所载的“噬脐有愧平燕日,尝胆无忘在莒时”等句,均可证明,其在塞外诗作颇多,可惜已毁弃无几。

清明日作[①]

茸母初生认禁烟[②],无家对景倍凄然。

帝京春色谁为主[③]?遥指乡关涕泪涟。

【注】

①国破家亡的诗人在清明节这一天见到塞外遍野初生的茸母草，错认为是故都宫禁中蒙蒙的烟雾，而凄然肠断。由这种风光又联想起帝京春色的易主，遥指故乡，不由又泪下如雨，从而抒发了其丧失政权的悲哀。本诗就是这种触景伤情的产物。

②茸母：草名，即(曲)〔麴〕，草的别名。《本草纲目》卷十六《草五·鼠(曲)〔麴〕草》："原野间甚多，二月生苗，茎叶柔软，叶长寸许，白茸如鼠耳之毛，开小黄花成穗，结细子，楚人呼为米(曲)〔麴〕，北人呼为茸母。故邵桂子《瓮天脞语》(即《雪舟脞语》)云："北方寒食采茸母草和粉食。宋徽宗诗'茸母初生认禁烟'者是也。"认：《雪舟脞语》作"忍"，而《本草纲目》作"认"，当得其实。"认"即认为、当作之意。宋代刘克庄《答妇兄林公遇》诗云："梦回残月在，错认是天明。"禁烟：禁指帝王宫殿，这里指诗人旧日所居之宫殿。禁烟则指宫禁中的烟雾。唐代李远《赠弘文杜校书》诗云："漠漠禁烟笼远树，泠泠宫漏响前除。"

③帝京：国都。此指北宋都城汴京(今河南开封)。此句指帝京春色易主，即喻政权更迭，北宋灭亡。

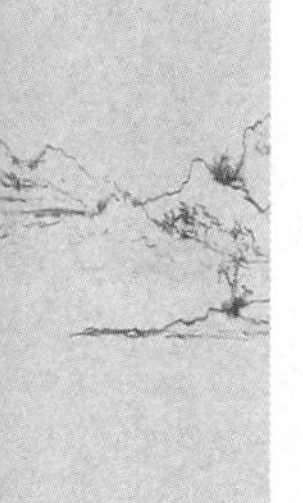

失　　题[①]

杳杳神京路八千[②]，宗祊隔绝几经年[③]。
衰残病渴那能久，茹苦穷荒敢怨天[④]。

【注】

①选自《雪舟脞语》引《天会录》。原诗失去题目。

②杳杳：深暗幽远，望不见踪影。神京：指北宋帝都汴京。

③宗祊：即宗庙。祊，庙门。

④茹苦：吃苦。穷荒：荒凉边远之地。敢：怎敢。

在汗州作二题[①]

国破山河在，人非殿宇空。
中兴何日是？搔首赋车攻[②]。

国破山河在，　宫庭荆棘春。
衣冠今左衽[3]，忍作北朝臣。

【注】

①汗州：未详，考金代在东北之设治有韩州（今辽宁省昌图县），故汗州当为韩州之讹。金天会六年（1128）十月金人曾将二帝等流徙韩州。

②搔首：以手抓头，着急貌。车攻：《诗·小雅》篇名，咏周宣王在东都与诸侯会猎的情形，以见军旅之盛。此诗咏自己盼望能整顿军旅收复故国。

③左衽：衣襟向左，我国古代某些少数民族的服装。《论语·宪问》："微管仲，吾其被发左衽矣。"

某州题壁[1]

彻夜西风撼破扉，　萧条孤馆一灯微。
家山回首三千里，　目断天南无雁飞。

【注】

①此诗失题，本诗题为编者代拟。有人认为此诗写于五国城，但考汴京至五国城远远不止三千里，据此应非居五国城之作。

燕山亭·北行见杏花[1]

裁剪冰绡[2]，打叠数重，冷淡燕脂匀注[3]。新样靓妆[4]，艳溢香融，羞杀蕊珠宫女[5]。易得凋零，更多少、无情风雨？愁苦。闲院落凄凉，几番春暮[6]？　　凭寄离恨重重，这双燕，何曾会人言语？天遥地远，万水千山，知他故宫何处。怎不思量，除梦里、有时曾去[7]。无据，和梦也有时不做[8]。

【注】

①燕山亭，一作宴山亭。此词是以风雨中凋零的杏花比喻自己被摧残的命运，并借以倾诉国破家亡的无限哀愁。据词调名中的“燕山”当写于北狩时行经燕山之际。

②冰绡：似缣而疏的丝绸，以其洁白，故称之为冰绡。这里是用以比喻杏花之白。

③燕脂：同胭脂。

④靓妆：用粉黛打扮。

⑤蕊珠：道教传说是天上的宫阙。蕊珠宫女，即指仙女。以上六句极言杏花的艳丽。

⑥“易得凋零”以下五句，是写杏花在春暮时节遭受风雨摧残而凋零，借以暗喻自己愁苦的处境及国破家亡的哀怨。

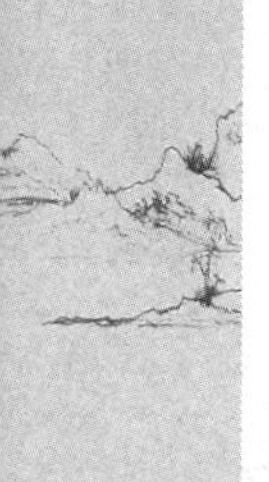

⑦下阙从“凭寄”至此，是指将“离恨”托付给双燕寄走的希望，也因燕子不能“会人言语”及“天遥地远，万水千山”，无法寄达故宫而破灭。基于此，只好把希望改为寄托于梦中。

⑧这两句是写近来连梦也做不成，言外之意是说自己梦归故国的希望也完全破灭。全词写得哀感顽艳，感人至深。杨慎在《词品》中谓此词“词极凄惋”，徐釚亦谓：“哀情哽咽，仿佛南唐李主，令人不忍多听。”可见其感人的艺术力量。

眼　儿　媚[①]

玉京曾忆旧繁华[②]。万里帝王家。琼林玉殿[③]，朝喧弦管，暮列笙芭。　　花城人去今萧索。春梦绕胡沙[④]。家山何处？忍听羌管，吹彻梅花[⑤]。

【注】

①此词上阕系追忆旧日的繁华，下阕系咏今日处境的凄凉，反映了作者国破家亡的心态。

②玉京：指帝都。

③琼林:本指笼罩在雪中的树林,这里指帝都汴京城西的皇家园林——琼林苑。

④胡沙:本指北方的沙漠或风沙,这里指胡人居住地区的风沙。

⑤梅花:指汉代乐府横吹曲《梅花落》。

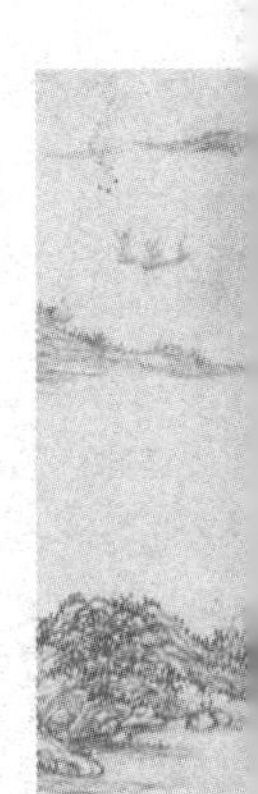

赵 桓

赵桓(1100—1161),徽宗长子,靖康元年(1126)即位,即钦宗。次年北狩,金大定元年(1161)五月,卒于五国城(今黑龙江省依兰县)。

眼 儿 媚[①]

宸传三百旧京华。仁孝自名家。一旦奸邪,倾天拆地[②],忍听琵琶。　　如今在外多萧索,迤逦近胡沙。家邦万里,伶仃父子,向晓霜花。

【注】

①这是步其父赵佶之韵的和作,通过奸臣误国、政权颠覆,致父子二人成为被囚禁于塞外萧瑟、胡沙环绕之中的向晓霜花,从而表达了亡国之哀思。

②拆地:拆同坼,裂开。这两句指由于奸臣邪佞的擅权,致使国破家亡。

西 江 月

历代恢文偃武,四方晏粲无虞[①]。奸臣招致北匈奴[②]。边境年年侵侮。　　一旦金汤失守[③],万邦不救銮舆[④]。我今父子在穹庐[⑤],壮士忠臣何处?

【注】

①晏粲:晏,平静、安逸;粲,鲜明、美好。晏粲意为平安繁华。这两句是说宋朝历代都是重视文治,从不穷兵黩武。

②北匈奴:匈奴是我国古代民族名。战国时活动于燕、赵、秦以北地区,秦汉之际控制大漠南北地区。东汉光武帝时,匈奴统治集团发生分裂,一部人南迁,称南匈奴,留居漠北的匈奴人称北匈奴。这里是指北宋北部的西夏、辽、金

等政权。

③金汤:“金城汤池”的简称,金属造的城,沸水流淌的护城河,形容城池险固。《后汉书·光武帝纪赞》:“金汤失险,车书共道。”这里指北宋的都城汴京。

④万邦:所有的诸侯封国,后引申为天下、全国。三国魏曹植《责躬》诗:“受禅于汉,君临万邦。”銮舆:即銮驾,天子的车驾,以其有銮铃,故名。借指天子。《旧唐书·肃宗纪论》:“故两都再复于銮舆。”

⑤穹庐:古代游牧民族居住的毡帐。上三句是谓汴京失守,各地不来救援,致使父子二人沦落金人之手。这里,赵桓把汴京失守的责任归罪为“万邦不救”与上阕把“边境年年侵侮”的责任归罪于“奸臣招致”,是不正确的。因为造成这种局面的责任主要在于北宋统治者腐朽统治及对外一贯推行的退让妥协政策。

西　江　月

塞雁嗈嗈南去[①],高飞难寄音书。只应宗社已丘墟[②],愿有真人为主[③]。　　岭外云藏晓日,眼前路忆平芜。寒沙风紧泪盈裾,难望燕山归路[④]。

【注】

①嗈嗈:鸟类和鸣声。晋孙绰《游天台山赋》:“听鸣凤之嗈嗈。”

②宗社:宗庙与社稷的合称,借指国家。汉孔融《论盛孝章书》:“惟公匡复汉室。宗室将绝,又能正之。”

③真人:指能统一天下的所谓真命天子。汉张衡《南都赋》:“方今天地之睢剌,帝乱其政,豺虎肆虐,真人革命之秋也。”

④燕山:指自天津市蓟县东南绵延而东直至海滨的燕山山脉。宋宣和四年(1122)改燕京(今北京市)为燕山府。该地于宋徽、钦二帝北狩时已沦陷于金,故赵桓“难忘燕山归路”之咏,正反映了其欲归不得的亡国之哀。

宇文虚中

宇文虚中(1079—1146),字叔通,成都华阳(今四川成都)人。初仕宋,累官资政殿大学士。宣和间联金抗辽,为参议官。虚中以庙谟失策,主帅非人,将有纳侮自焚之祸,屡次上书,见拒于当权。1128年,虚中自贬中应诏,复资政殿大学士,为祈请使。以二帝未归,虚中留金不返,金廷方议礼制度,颇爱其才艺,加以官爵,遂与韩昉辈俱掌词命。天眷间(1138—1140),累官翰林学士知制诰兼太常卿,封河内郡开国公。书《太祖睿德神功碑》,进阶金紫光禄大夫,金人号为"国师"。虚中身在金国,心怀赵宋,金人每欲南下,常以言阻之。虽奉使日久,而守节不屈。1142年,秦桧虑虚中沮和议,悉遣其家往金国以牵制之。1144年转承旨,加特进。又迁礼部尚书,承旨如故。1146年初,有人告其谋反,鞫治无状,乃罗织其家图书为反具,举家百口俱遇害。虚中在金为一代文宗,其在北之作,多寓忠愤之情。

上乌林天使[①] 三首选一

当时初结两朝欢, 曾见军前捧血槃[②]。
本为万年依荫厚[③],那知一日遽盟寒[④]。
羊牵已作俘囚献[⑤],鱼漏终期网罟宽[⑥]
幸有故人知底蕴[⑦],下臣获考敢谋安?

【注】

①乌林天使:即《大金国志》卷十"天眷元年"条的"国使乌陵思谋","思谋即撒卢母也,乃始来通好海上所遣之人"。《建炎以来系年要录》卷一百十九绍

兴八年(1138)五月丁未条,载其为金太原少尹;卷一百二十同年六月丁丑条,载其为“金国人使、福州管内观察使、太原少尹、河东北路制置都总管”之职。《金史》无传。清译名为乌凌噶思谋。天使:皇帝的使者。辽金时期尤其多用此称。

②“当时”二句:指北宋重和、宣和年间,宋徽宗与金太祖订立海上之盟时,乌陵思谋是金方使人之一。《建炎以来系年要录》绍兴八年五月丁未条载“思谋乃金人始与徽宗通好海上所遣之人”。捧血槃:古代订盟时的一种仪式。《史记·平原君虞卿列传》:“毛遂谓楚王之左右曰:‘取鸡狗马之血来。’遂奉(即捧)铜槃而跪进之楚王,曰:‘王当歃血而定从(纵)。’”歃血,即口含血或涂血于口旁。定纵,即定合纵之约。宋金时结盟亦与古相类。

③荫厚:庇护和恩惠。

④遽盟寒:突然使联盟受到破坏。指金天会三年(1125)冬败盟南犯。

⑤“羊牵”句:我国古代人君被俘,多行肉袒牵羊之礼,表示降服,甘为臣仆。宋徽、钦二帝于天会六年(1128)八月被俘至金国京师(今哈尔滨市阿城区阿什河乡白城村),在太祖庙(金上京会宁府遗址西,俗称斩将台)行牵羊礼。《靖康稗史》所收《呻吟语》载:建炎二年(即天会六年)八月二十四日,“黎明,虏兵数千,汹汹入逼至庙,肉袒于庙门外。二帝二后但去袍服,余皆袒裼,披羊裘及腰,絷毡条于手。二帝引入幔殿,行牵羊礼。殿上设紫幄,陈宝器百席,胡乐杂奏,虏主及妻妾、臣仆胡跪者再,帝后以下皆胡跪。虏主亲宰二羊入供殿中,虏兵复逼赴御寨”。由此句可知此诗作于天会六年八月以后,宇文虚中奉使至燕山不久。

⑥网罟:网的通称。罟也是网,渔具。

⑦底蕴:没有说出的心里话,即隐含的内情。作者身为二宫祈请使,以迎还二帝为己任。上句中的寓意是希望金人网开一面,放还二帝。此句指此事需要得到乌林天使的帮助,这一点无须说破,乌林天使也会知道的。

在金日作三首选二

一

满腹诗书漫古今, 频年流落易伤心。

南冠终日囚军府①，北雁何时到上林②？
开口摧颓空抱朴③，胁肩奔走尚腰金④。
莫邪利剑今安在⑤？不斩奸邪恨最深。

二

遥夜沉沉满幕霜⑥，有时归梦到家乡。
传闻已筑西河馆⑦，自许能肥北海羊⑧。
回首两朝俱草莽⑨，驰心万里绝农桑⑩。
人生一死浑闲事⑪，裂眦穿胸不敢忘⑫。

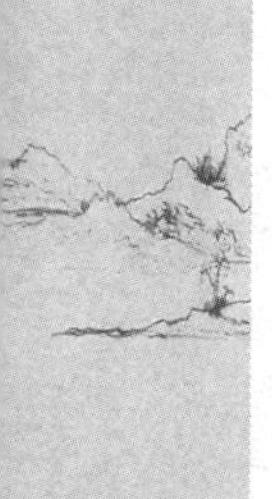

【注】

①南冠：《左传》："晋侯观于军府，见钟仪，问之曰：'南冠而絷者谁也？'有司对曰：'郑人所献楚囚也。'"此句是以楚国钟仪之被囚絷以喻自己使金被留不遣。

②"北雁"句：《汉书·苏武传》：苏武等出使匈奴被留，迁于北海。昭帝即位，汉求苏武，匈奴诡言武死。后汉使复至匈奴，常惠教使者谓单于道："天子射上林中得雁，足有系帛书，言武等在某泽中。"单于惊谢汉使曰："武等实在。"此句谓也盼望宋廷来索取自己。

③摧颓：困顿、失意。三国魏曹植《浮萍篇》："何意今摧颓，旷若商与参。"抱朴：持守本真、质朴，不为外物所诱惑。《老子》："见素抱朴，少私寡欲。"此句谓自己处境困顿不堪，但能暗中坚守臣节。

④胁肩：耸起肩膀，形容谄媚的样子。腰金：古代朝官的腰带，按品级镶以不同的金饰，品级高者，以纯金制成。后以之喻身居显要。此批降金的宋臣因献媚而居高官。

⑤莫邪：古代名剑。

⑥遥夜：长夜。幕：指夜幕。

⑦西河馆：《史记·仲尼弟子列传》："子夏居西河教授，为魏文侯师。"此句指听说金主将尊自己为国师。

⑧北海羊：引苏武牧羊北海事以喻自己决不失节。

⑨两朝：指北宋与南宋。草莽：本指草木丛生的荒原，这里比喻北宋与南宋的衰颓。

⑩驰心：心之向往如车马驱驰。喻思念，牵挂。此句指心中挂念着各地的荒凉。

⑪浑闲事：等闲、平常之事。

⑫裂眦穿胸：裂眦：因发怒眼睛睁得很大，眼眶似要裂开，极怒的样子。穿胸：满胸愤恨。按：宋施彦执《北窗炙輠》云："宇文虚中在金作三诗……所谓'人生一死浑闲事'云云，岂李陵所谓欲一效范蠡、曹沫之事？后虚中仕金为国师，遂得其柄，令南北讲和，太母获归，往往皆其力也。近传明年八月间，果欲行范蠡、曹沫事，欲挟渊圣以归。前五日为人告变，虚中觉有警，忽发兵直至金主帐下，金主几不得脱，遂为所擒。呜呼痛哉！实绍兴乙丑也。审如是，始不负太学读书耳。"由上可见虚中并非死心塌地忠于金人，实为等待机会，以期有所作为。

己酉岁书怀[①]

去国匆匆遂隔年[②]，　公私无益两茫然[③]。
当时议论不能固[④]，　今日穷愁何足怜[⑤]。
生死已从前世定，　是非留与后人传。
孤臣不为沉湘恨[⑥]，　怅望三韩别有天[⑦]。

【注】

①己酉：为南宋建炎三年，金天会七年，亦即1129年。系虚中使金之次年。

②去国：离开国都。隔年：相隔一年。考虚中是于宋建炎二年(1128)五月出使金廷，至写本诗之年恰隔一年，故称。匆匆：指时光流逝之快。

③公私无益：公，指朝廷、国家。《诗经·召南·羔羊》："退食自公，委蛇委蛇。"私，指个人。这里是指出使于朝廷、自己都是无益之事。因为屈辱求和，于公无益，自己出使，吉凶未卜，于己无益。茫然：惘然、失意。

④"当时议论"句：《宋史·宇文虚中传》载，宣和年间，童贯等拟"兴燕云之役，引女真夹攻契丹"。虚中认为这样，"将有纳侮自焚之祸"，并上书云云。当

时“议论”指此。

⑤穷愁:穷困忧伤。《史记·虞卿列传》:“然虞卿非穷愁,亦不能著书以自见于后世云。”以上两句大意是谓,当时自己的议论未能被采纳,以致有今日之穷困忧伤。

⑥沉湘:屈原沉入湘江支流汨罗江自尽事。汉王褒《九怀·尊嘉》:“屈子兮沉湘。”

⑦三韩:汉时,朝鲜南部分为马韩(西)、辰韩(东)、弁辰(南)三国。至晋时,弁辰亦称弁韩。合称三韩。后为朝鲜之代称。唐杜甫《奉赠太常张卿均二十韵》:“方丈三韩外,昆仑万国西。”别有天:另有一种境界。宋董嗣杲《庐山中即事诗》:“莲社招无地,桃源别有天。”

中秋觅酒①

今夜家家月，　临筵照绮楼②。
那知孤馆客，　独抱故乡愁。
感激时难遇，　讴吟意未休。
应分千斛酒③，来洗百年忧。

【注】

①本诗是诗人家筵于绮楼的中秋佳节咏怀之作。“故乡愁”与“百年忧”反映了其家国之思与兴亡之感。

②绮楼:华丽的楼阁。

③千斛酒:斛,量器名,古代以十斗为一斛,南宋改五斗一斛。千斛酒,喻酒之多。

春　　日①

北洹春事休嗟晚，　三月尚寒花信风②。
遥忆东吴此时节③，满江鸭绿弄残红④。

【注】

①北洹:洹:指洹水,即今安阳河,源出山西省黎城县,经河南林虑山,入于卫河。北洹,北方的洹水。这里是指今塞北之地。

②花信风:应花期而吹来的风。相传花信风共有二十四番。

③东吴:泛指古吴地,相当于今江苏、浙江两省东部地区。鸭绿:喻水色如鸭头浓绿。宋陆游《快晴》诗:"锦江鸭绿抱山来。"

④残红:落花。宋李清照《怨王孙》词:"门外谁扫残红?夜来风。"此诗以三月塞北刚吹起春风,而江南已水绿花落,寓诗人对江南春色的眷恋。

吴 激

吴激(1090—1142),字彦高,号东山,福建建州(今建瓯市)人。宋朝奉郎、苏州知府吴拭之子,著名书画家米芾之婿。工诗能文,书画得米芾笔意。尤精乐府,造语清婉。奉使至金,因知名被留,命为翰林待制。皇统二年(1142),出知深州(今河北省深州市南),到官三日即卒。有《东山集》及乐府行世。其词在金负盛名,与蔡松年之作,并称"吴蔡体"。

题宗之家初序潇湘图[1]

江南春水碧如酒, 客子往来船是家。
忽见画图疑是梦, 而今鞍马老风沙[2]。

【注】

①潇湘图:潇湘是潇水与湘江的合称,在今湖南境内。该地风光秀美,有潇湘八景,此八景常为画家入画的题材。本诗是为友人《潇湘图》题画之诗。宗之家初序之姓氏与行实不详,当为作者友人。

②鞍马:马与鞍子,这里指马背。风沙:大风飞沙。唐高适:"大漠风沙里,长城雨雪边。"本诗虽然是题画诗,但本意不在题画,而是借以抒发自己思国怀乡之情,这种情感在后两句诗中有明显体现。

秋 兴

后园杂树入云高, 万里长风夜怒号。
忆向钱塘江上寺, 松窗竹阁瞰秋涛[1]。

【注】

①钱塘江:浙江的下游,即流经旧钱塘县境一段的江名。秋涛:即钱塘潮。钱塘江口呈喇叭状,海潮倒灌,即形成著名的钱塘湖,颇为壮观。尤其这种潮,以每年八月的潮汛最为壮观,故称秋涛。本诗前两句写自己目前索居塞外杂树入云、长风呼啸的萧瑟处境,以衬托自己的苍凉之感,后两句咏回忆早年在钱塘寺中观潮之乐,前后对比,家国之感跃然纸上。

人月圆·宴张侍御家有感①

南朝千古伤心事,犹唱后庭花②。旧时王谢,堂前燕子,飞向谁家③。　恍然一梦,仙肌胜雪,宫鬟堆鸦④。江州司马,青衫泪湿,同是天涯⑤。

【注】

①宴张侍御家有感:洪汝奎《洪忠宣公年谱》绍兴十二年谱引宋洪迈《容斋随笔》云:"先公(指洪皓)在燕山,赴北人张总侍御家集,出侍儿佐酒,中有一人,意态摧抑可怜。叩其故,乃宣和殿小宫姬也。坐客翰林值学士吴激赋长短句记之,闻者挥涕。"可见该词系吴激使金不遣至绍兴十二年(1142)所作。

②犹唱后庭花:后庭花,《玉树后庭花》的略称,曲名。南朝陈后主制。其词轻荡,其音甚哀,后人多用以称亡国之音。唐杜牧《泊秦淮》:"商女不知亡国恨,隔江犹唱后庭花。"

③飞向谁家:唐刘禹锡《乌衣巷》诗:"旧时王谢堂前燕,飞入寻常百姓家。"上三句用此诗意。

④宫鬟堆鸦:此处指宫女鬟发之黑。宋程俱《丁巳九日》诗:"歌筵遥想鬟堆鸦。"

⑤同是天涯:以上三句用唐白居易《琵琶行》诗"座中泣下谁最多?江州司马青衫湿"及"同是天涯沦落人,相逢何必曾相识"之意。据金元好问《中州乐府》载,当时参与此次宴集的还有宇文虚中,虚中见此词,"茫然自失",此后有人向他乞词,他总是说:"吴郎近以乐府名天下,可往求之。"可见此词之感人。其实此词之所以感人,完全在于它抒发了一种深沉的国破家亡之恨与兴亡之感。

诉衷情①

夜寒茅店不成眠，残月照吟鞭②。黄花细雨时候，催上渡头船。　鸥似雪，水如天，忆当年。到家应是，童稚牵衣，笑我华颠。

【注】

①本词上阕是写词人行旅在外的情景：或寒夜茅店而宿，或残月马上而行，或细雨船中而渡。下阕是写在群鸥似雪、碧水如天之风光中，突然回忆起当年家乡的情景，并设想如果能够归家，一定是孩子们牵着自己的衣服，笑自己已经头发花白。其实这也是作者有家难归的自慰之词。

②吟鞭：词人骑马时，伴随着吟诗所持之鞭。

③华颠：白头，指年老。《后汉书·崔骃传》："唐且华颠以悟秦，甘罗童牙而报赵。"

风流子

书剑忆游梁①，当时事，底处不堪伤②。望兰楫嫩漪，向吴南浦③，杏花微雨，窥宋东墙④。凤城外⑤，燕随青步障⑥，丝惹紫游缰⑦。曲水古今⑧，禁烟前后⑨，暮云楼阁，春草池塘⑩。　回首断人肠，年芳但如雾，镜发已成霜⑪。独有蚁尊陶写⑫，蝶梦悠扬⑬。听出塞琵琶，风沙淅沥，寄书鸿雁，烟月微茫⑭。不似海门潮信，能到浔阳⑮。

【注】

①书剑忆游梁：书剑，书与剑。唐许浑《别刘秀才》诗："三献无功玉有瑕，更携书剑客天涯。"梁：汴梁，今河南开封，北宋国都。

②底处：何处。此句谓当时之事，到处令人心伤。

③兰楫：即兰舟，木兰舟。楫本短桨，此代舟。嫩漪：细小的波纹。《诗经·

魏风·伐檀》:“河水清且涟猗。”释文:“猗”亦作“漪”。南浦:南朝梁江淹《别赋》:“送君南浦,伤如之何?”浦,滨水之地。此两句谓汴梁之地的兰舟在微波中漂荡,可向吴地滨水之地游去。

④窥宋东墙:战国楚宋玉《登徒子好色赋》:“臣里之美者,莫若臣东家之子……然此女登墙窥臣三年,至今未许也。”比喻美女倾心于男子。这两句指自己在杏花微雨中游赏,并得到美女的垂青看重。

⑤凤城:指京城、国都。

⑥青步障:青色的遮蔽风尘或视线的一种屏幕。《晋书·石崇传》:“恺作紫丝布步障四十里,崇作锦步障五十里。”

⑦紫游缰:游缰指马缰绳。紫游缰:谓紫色的马缰。唐温庭筠《江南曲》:“傍岸骑马郎,乌帽紫游缰。”

⑧曲水:古代风俗,于农历三月上巳日(魏晋后定为三月三日)就水滨宴饮,认为可以祓除不祥。后人因引水环曲成渠,流觞取饮,相与取乐,称为“曲水”。唐元稹《代曲江老人》诗:“曲水流觞日,倡优醉度旬。”

⑨禁烟:皇宫中的烟雾。唐李元《赠弘文杜校书》诗:“漠漠禁烟笼远树。”

⑩春草池塘:即“池塘生春草”之简语,“池塘生春草”是南朝宋著名诗人谢灵运的名句。以上七句是咏京城外美好的风光:城外燕子低翔,柳丝飘荡,人们在水滨宴饮,宫中的禁烟笼罩,楼阁在晚云中掩映,春草在池塘中漂游。

⑪年芳但如雾:年芳:指美好的春色。南朝沈约《三月三日率而成篇》诗:“丽日属元巳,年芳具在斯。”以上两句是说春色已黯然无光(指被烟雾笼罩),自己也已衰老。

⑫蚁尊陶写:蚁指酒面泡沫,借指酒。尊同樽,古代盛酒之器。陶写:怡悦性情,消愁解闷。《世说新语·言语》:“年在桑榆,自然至此,正赖丝竹陶写。”此句指以酒消愁。

⑬蝶梦:迷离惝恍的梦境,语出《庄子·齐物论》。比喻人生的虚幻无常。悠扬:连绵不断或飘忽不定。

⑭出塞琵琶:用汉代王昭君弹琵琶出塞事。唐杜甫《咏怀古迹》诗:“千载琵琶作胡语,分明怨恨曲中论。”寄书鸿雁:古代传说鸿雁能够传书寄信,《汉书·苏武传》即有此类记载。这四句是说自己在塞外处境艰辛,寄书不达。

⑮“海门潮信”句:海门,通海的出口。潮信:潮水,以其涨落定时,故称。

唐刘长卿《奉送裴员外赴上都》诗:“空怜潮信回。”浔阳:江名,即长江流经江西九江一段。以上全词上阕是忆旧,即回忆早年寓居汴梁时风光的秀美,以衬托自己的欢愉之情。下阕是伤今,是感伤暮年羁居塞外之落魄处境,以暗寓自己的苍凉心态。前后对比的写法,使其家国之感、兴亡之恨昭然若揭。因此清初范文白评此词时云:“声律悲凉,不止属对之工也。”

春从天上来①

会宁府遇老姬②,善鼓瑟,自言梨园旧籍③,因感而赋此。

海角飘零④。叹汉苑秦宫,坠露飞萤⑤。梦里天上,金屋银屏。歌吹竞举青冥⑥。问当时遗谱,有绝艺、鼓瑟湘灵⑦。促哀弹,似林莺呖呖,山溜泠泠⑧。　梨园太平乐府⑨,醉几度春风,鬓变星星⑩。舞彻中原,尘飞沧海,风雪万里龙庭⑪。写胡笳幽怨,人憔悴,不似丹青⑫。酒微醒,对一窗凉月,灯火青荧⑬。

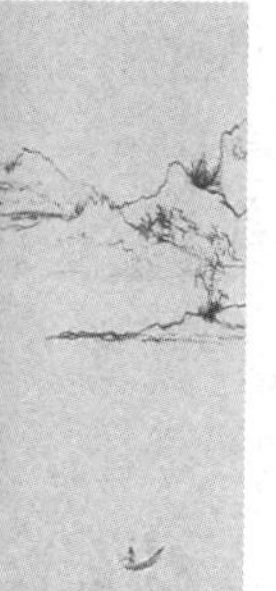

【注】

①诗人在金朝都城会宁府,遇到一位年老鼓瑟的女子,自言是北宋宫廷戏班子中的艺人,在国破家亡、“尘飞沧海”的动荡岁月里,被掳到这里。诗人联想起自己的身世与遭遇,感慨无限,从而写下这首词,抒发了深沉的家国之痛与沧桑之感。

②会宁府:故址在今黑龙江省哈尔滨市阿城区南三里,俗名白城。自1115年至1152年,这里为金早期都城。

③鼓瑟:弹瑟。梨园旧籍:此指宋徽宗、钦宗时的宫廷歌舞艺人。

④此句指老姬自谓自己自北宋都城汴梁(今河南省开封市)流落到边远的会宁府。海角:喻边远地域,此指塞外会宁府。

⑤汉苑秦宫:汉上林苑,秦阿房、咸阳诸宫。此借指北宋汴梁故宫。坠露飞萤:喻宫苑荒废。

⑥金屋:华贵的宫室。《汉武故事》:“武帝为太子时,长公主欲以女配帝,

问曰:'得阿娇好否?'帝曰:'若得阿娇,当以金屋贮之。'"银屏:银饰屏风。歌吹:歌曲与鼓吹,即歌唱与演奏。青冥:指天空。

⑦谱:指乐谱。鼓瑟湘灵:即"湘灵鼓瑟"曲。湘灵,水神,一说为百川之神,一说为湘水女神。《楚辞·远游》:"使湘灵鼓瑟兮,令海若舞冯夷。"唐钱起有应制诗《湘灵鼓瑟》,后来遂制为瑟曲。

⑧促:促迫。促哀弹,指奏出哀怨的曲调。呖呖:形容黄莺的鸣声清脆流利。山溜泠泠:山溜即流泉。泠泠,形容声音清越。二句皆借喻瑟声清绝。

⑨太平乐府:此指宋朝歌舞演奏班子,即梨园。

⑩鬓变星星:鬓发变花白,指女艺人的老去。

⑪舞彻中原:彻,结束。唐杜牧《过华清宫绝句三首》之二:"霓裳一曲千峰上,舞破中原始下来。"舞彻中原指直到淮河以北的宋地尽为金有时,宋廷梨园的歌舞才得以结束,隐喻宋徽宗的荒淫误国。尘飞沧海:即晋葛洪《神仙传》"海中复扬尘"之意,喻人世中的沧桑巨变。龙庭:本指匈奴单于大会诸部时祭天之所,因而也称其王庭为龙庭。后泛指塞外。此指会宁府。这三句言中原沦陷之后,老艺人来到了遥远而寒冷的金国都城。

⑫写:谱写。胡笳:指东汉蔡文姬所作的琴曲歌辞《胡笳十八拍》。该曲悲切哀怨。丹青:图画。此三句指老姬以瑟曲谱写出蔡文姬琴曲《胡笳十八拍》的幽怨。这时她已容颜憔悴,难再入画(指已不似早年画中年轻美貌的自己)。

⑬青荧:灯光微明的样子。指老姬孤寂无依,只能借酒浇愁,以凉月青灯相伴。也可解释为诗人得知老姬的身世与处境后,感慨生哀,在酒醉之余,对着凉月青灯,写下此词,以抒发亡国之痛。

洪　皓

洪皓(1088—1155),字光弼,鄱阳(今属江西)人。北宋政和五年(1115)进士。宣和中为秀州(治所在今浙江省嘉兴市)司录。南宋建炎三年(1129),迁升五官,擢徽猷阁待制,假礼部尚书,为大金通问使。皓至太原,被留近一年。又至云中(今山西省大同市),金帅粘罕逼迫皓与副使龚琦仕伪齐刘豫,皓坚不从命,几乎被杀害。后得流递冷山(今黑龙江省五常市境内),使教陈王悟室诸子。艰苦备尝,而志节终不改。皇统二年(1142)二月,金熙宗以皇子生,赦中外,许使人还乡,皓与张邵、朱弁方得于次年归宋。皓留金十五年,持节不屈,时人比况苏武。南归后,屡遭秦桧党徒排挤,郁郁不得志,1155年卒于南雄州(今广东省南雄市),年六十八。皓以气节、文采"为金人所敬,所著诗文,争抄诵求锓梓"(《宋史·洪皓传》)。皓博学强记,著有文集五十卷及《帝王通要》、《姓氏指南》、《松漠纪闻》、《金国文具录》等书。今存《鄱阳集》四卷,《松漠纪闻》二卷。

次《三月望日出游》[①]

无马假犊车[②],　岂必朱丹毂[③]。
驾言暂出游,　写忧慰穷独[④]。
寻芳不见花,　宿莽埋槲樕[⑤]。
区区十里间,　良友始追逐。
晤语得正人,　颇欣富方谷[⑥]。
书斋大萧条,　四面少林麓。
欲作纳凉亭,　因兹出求木。

履桥虽云安，　敧柱恐颠覆[⑦]。
临深念垂堂[⑧]，　徒行漫扪腹。
道险能摧轮，　畏闻声辘辘[⑨]。
形骸久衰惫，　摇几屡颦蹙[⑩]。
五方民杂居[⑪]，　濒泽非广谷[⑫]。
鸡犬或相闻，　要知是荒服[⑬]。
跋涉频问津，　引领主人屋。
老稚俱迎门，　击鲜馈豚肉[⑭]。
日暮途修阻，　还辕不辞速[⑮]。
吻燥藉醇醪，　糊口资饘粥[⑯]。
翌日睹新诗，　珠玑圆且熟[⑰]。
可追宝剑篇，　高诵素灵哭[⑱]。

【注】

①此诗作于1131年。洪皓于1129年使金，被留山西一年，于1130年下半年流递到冷山（今黑龙江省五常市冲河乡南北古城，见王禹浪《冷山考》），途中行六十日。此诗记至冷山的第二年三月十五日（即望日）出游求木建亭事。次：次韵。“三月望日出游”为原有诗题，可能为友人所作，洪皓步其原韵作此诗。

②假：借。

③朱丹毂：朱丹，红色；毂：车轮中心的圆木，代指车轮。

④驾言：乘车。言：语助词。《诗经·邶风·泉水》：“驾言出游，以写我忧。”写：同泻，排遣、消除。

⑤宿莽：经冬不死之草。槲樕：即朴樕，丛生小树。

⑥晤语：见面交谈。谷：此字为谷物的谷，下文谷字为山谷的谷。

⑦敧：斜，倾侧。

⑧临深：面临深渊。垂堂：房檐下边靠阶的地方。人在檐下，如有瓦片掉下来，就会受伤。与“临深”一样，都指身处危险的境地。

⑨辘辘:车轮滚动的声音。

⑩形骸久衰惫:形骸:形体、躯壳。衰惫:衰老疲惫。摇几:几:此指靠背椅,又名养和。颦慼:通作颦蹙,皱眉。

⑪五方民:指居于此地的汉、女真等各族人民。《宋史·洪皓传》称冷山"穴居百家"。

⑫濒泽:濒:靠近。泽:此指湖泊,宋徐梦莘《三朝北盟会编》引宋洪迈《先君述》:"冷山距虏都(按指上京会宁府)二百余里,皆悟室聚落。……先君(按指洪皓)曰:'……此去莲花泺三十里。……'"泽应即莲花泺,为今黑龙江省五常市冲河乡西的龙凤山水库。

⑬荒服:古五服之一。一说指离王畿二千五百里的地区,一说指去王城四千五百里以外之地。是五服中最远之地。后来泛指边远的少数民族地区。

⑭稚:幼。击鲜:杀活的畜禽。

⑮途修阻:路途漫长而难行。不辞速:越快越好。

⑯吻燥藉醇醪:吻燥:口干。藉:凭借。醇醪:味道纯厚的浊酒,多喻美酒。糊口资饘粥:糊口:填饱肚子。资:凭借。饘粥:厚粥。

⑰珠玑:玑:不圆的珠子。后世珠玑连称,皆泛指圆珠。全句是说,新诗的词句像珠玑一样浑圆而得体。

⑱素灵:汉高祖斩蛇起义,有老妪哭之。素灵当即指此哭蛇之老妪。《文选·史岑〈出师颂〉》:"五曜霄映,素灵夜叹。"〔注〕善曰:"《汉书》曰:高祖夜经泽中,有大蛇当径,拔剑斩蛇,蛇分为两。后人至蛇所,有一妪,夜哭。人问妪,妪曰:'吾子白帝子,化为蛇当道,今者赤帝子斩之也。'"《文选·陆机〈汉高祖功臣颂〉》:"彤云昼聚,素灵夜哭。"按汉高祖斩蛇有老妪夜哭事,首见于《史记·高祖本纪》。唐李贺《春坊正字剑子歌》结尾云:"提出西方白帝惊,嗷嗷鬼母秋郊哭。"沈德潜亦谓:"末暗用汉高斩白蛇事。"然不详李贺此诗是否即为洪皓所指的"宝剑篇"。

次韵《小亭》①

昔叔孙穆子使于晋,晋人执之。叔孙所馆者,一日必葺墙屋,去之日如始至。宋子罕云:"吾侪小人,皆有阖庐以避燥湿寒暑。"因感其事,用韵见情②。

岂敢效叔孙，　所至馆必葺。
吾侪有阛庐，　第欲避燥湿[3]。
旧居非爽垲[4]，方暑讵可入[5]。
尚幸屋西偏，　升墟下临隰[6]。
揆日遂诛茅[7]，土木颇难集。
面南创小亭，　聊纾九夏急[8]。
不妨种花蔬，　未免抱瓮汲[9]。
犹恐地势卑，　版筑加一级[10]。
恍如到会稽，　山川获顾揖。
云雨出高峰，　燕坐观吐噏[11]。
我来已二年[12]，苟活匪成邑[13]。
将命负何辜[14]，胡为久见执[15]。
除馆至于三[16]，块然形独立[17]。
今兹喜卜邻[18]，风猷朝暮挹[19]
对酒有良朋，　邀月饮无及[20]。
新斋跬步间[21]，乘兴袂宜袭[22]。

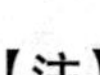

【注】

①次韵《小亭》：依《小亭》诗原韵作此诗。此诗作于1131年春。

②叔孙穆子使晋事，见《左传·昭公二十三年》。春秋时鲁大夫叔孙豹，谥穆子。馆：客馆，使者住的地方。葺：补治。宋子罕云：宋国子罕之语，见《左传·襄公十七年》。阛庐：住屋。侪：同辈。

③第：但，只管。

④爽垲：地势高而土质干燥。《左传·昭公三年》："湫隘嚣尘，不可以居，请更诸爽垲者。"

⑤讵：副词，表示反问。相当于岂、哪里。

⑥墟：土丘。隰：低下的湿地。

⑦揆日遂诛茅：揆，揣度，度量。揆日，选定好日子。遂：于是。诛茅：剪除茅草。

⑧纾：解除。九夏：指夏季的九十天。

⑨瓮：一种陶制的盛器。《庄子·天地》："凿隧而入井，抱瓮而出灌。"汲：取水于井。

⑩版筑：筑土墙，用两版相夹，装满泥土，以杵筑之使坚实，即成一版高的墙。版：墙版；筑：杵。

⑪燕坐：安坐。燕，安闲、休息，亦作晏。噏：同"吸"。吐噏指云气在高山中出入。

⑫我来已二年：指至冷山的第二年。

⑬匪：非，没有。邑：邑落，即小城。洪皓初来冷山，尚无城郭。

⑭将命：奉命。负何辜：即"辜负何"，意为"违背什么"。

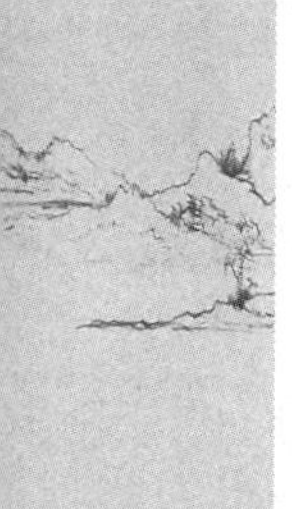

⑮胡为：何为，为什么。见执：被拘留。

⑯除馆：修治馆舍。至于三：达到了三次。洪皓使金，先至太原，又至云中，再至冷山。

⑰块然：孤独貌。

⑱卜邻：选择好邻居。

⑲风猷：品格，道义。挹：通"揖"，作揖，虚心求教的姿态。

⑳邀月饮无及：无及，赶不上，比不了。言邀明月共饮比不上与良朋对酒。李白《月下独酌》："举杯邀明月，对影成三人。"邀月饮本此。

㉑跬步：半步。形容近在咫尺。

㉒袂：袖子，代指衣。袭：加穿衣服。

小亭落成，都官有诗，次韵以谢[①]

我被儒冠误此身，公缘何事作流人[②]？
琼葩乍折香胜雪，玉版初尝暖似春[③]。
月桂他年应独折，琼林今日遂重新[④]。
披襟散发无妨醉，况有红妆二八陈[⑤]。

【注】

①这首七律作于1131年夏初。题中“都官”，未标明所指何人。四库馆臣辑《鄱阳集》同卷《次大风韵》下加按语云：“按集中次韵诗，于原作姓名往往不载，岂当时龚璹之流后皆降仕，故削而不录？抑诗散佚者多，或详彼略此？今无可据考，姑仍旧文。”但“都官”不会是龚璹之流中人。疑此“都官”即完颜希尹的次子彦清。

②儒冠误此身：儒冠，儒生戴的帽子，代指儒生。唐杜甫《奉赠韦左丞丈二十二韵》：“纨袴不饿死，儒冠多误身。”流人，本指被流放的人。但这位“都官”当时应是获罪被罢归乡里者。

③玉版：牡丹的一种，借指梨花。

④月桂：月中之桂树。世以登科为折桂。唐李白《赠崔司户文昆季》诗：“欲折月中桂，持(一作特)为寒者薪。”洪皓这两句诗言自己今日营林正为他年折薪。同时语义双关，兼有勉励“都官”科举再中，重新出仕之意。

⑤红妆：指开红花的果树。二八本指十六岁。为女子妙龄。此红妆二八言果树开花正艳。陈：列。

赠彦清①

好生恶杀号苍天②，天悯斯民欲息肩③。
自是大邦兵不戢④，在于南国使夫愆⑤。
论功弗用矜三捷，持胜何如保万全⑥。
愿早结成修旧好⑦，名垂史策画凌烟⑧。

门下栖迟近一年⑨，郎君高义薄云天⑩。
傥能一语宁三国⑪，应有嘉名万古传。

【注】

①彦清：下首《彦清弹琵琶有感》题下原注：“彦清者，金相陈王悟室长子。”按彦清即完颜希尹子昭武大将军把搭(又作把答)，洪皓说他“才高气清，谋宏识远”。彦清之名，当是把搭除拜昭武大将军之职时所取的新名。洪皓所教完

颜希尹诸子中,彦清是他最得意的学生,在他身上,洪皓寄予了殷切的希望:南北息战、早日归宋,因而经常教育他“好生恶杀”。洪皓在许多篇诗文中抒写了他们之间的真挚友谊。《金史》记载把搭(即彦清)于天眷三年(1140)九月,与其父完颜希尹、弟符宝郎漫带同时被杀。

②恶:厌憎。

③斯民:即此民,指百姓。息肩:卸去负担,此句指解除战争给人民造成的重负。

④大邦:指金国。戢:收藏兵器,引申为止息,禁止。

⑤南国:指南宋。愆:罪过。

⑥矜:夸耀。何如:怎么样(表示比较)。

⑦旧好:宋金于1118年互派使者结成海上之盟,联合灭辽。1125年金又伐宋。

⑧凌烟;即凌烟阁,封建王朝为表彰功臣而建筑的高阁,绘有功臣图像。

⑨门下栖迟近一年:栖迟:游息、居住。此二首诗作于1131年,洪皓在冷山悟室家教彦清时近一年。

⑩郎君:金国对女真宗室子弟的尊称。宋徐梦莘《三朝北盟会编》卷三:“其宗室皆谓之郎君,无大小必以郎君总之,虽卿相尽皆拜于马前,郎君不为礼,役使奴隶。”可见其地位极显赫。薄:迫近。

⑪傥:又作倘,假如。三国:宋、金、西夏。

彦清弹琵琶有感

彦清者,金相陈王悟室长子。

黄金捍拨紫檀槽[①],推引柔荑品调高[②]。
妃子和亲瞻马首[③],乐天送客驻江皋[④]。
一时听罢嗟流落[⑤],千古声存诉切嘈[⑥]。
青冢青衫芜没久[⑦],宁知孤旅更萧骚[⑧]。

【注】

①黄金捍拨紫檀槽:语出唐代张籍《宫词》原句。捍拨:拨动弦索的工具,

即拨子。槽:安置弦索处,代指乐器本身。

②推引柔荑:推引:推,手向前拨;引,手向回拨。琵琶之名即由此而得。《释名·释乐器》:"批把(琵琶)本出于胡中,马上所鼓也。……推手前曰批,引手却曰把。象其鼓时,因此为名也。"柔荑:软和的茅草嫩芽,借喻纤细柔嫩的手指。

③妃子和亲:指昭君出塞。《乐府诗集》卷二十九《相和歌辞·吟叹曲》有《王明君》曲,又名《王昭君》。瞻马首:指随人远去。全句言彦清先弹奏《王明君》曲。

④乐天送客:乐天:白居易。送客:白居易《琵琶行》诗序:"元和十年(815)予左迁九江郡司马。明年(816)秋,送客湓浦口,闻舟中夜弹琵琶者。"江皋:即江边。全句言彦清又弹奏一曲《琵琶曲》。

⑤嗟流落:感叹自己漂泊外地,穷愁失意。

⑥切嘈:切:小弦奏出的纤细的乐声。嘈:大弦奏出的粗犷的乐声。

⑦青冢青衫:青冢:即昭君墓,此代指昭君。青衫:指白居易。《琵琶行》:"座中泣下谁最多,江州司马青衫湿。"芜没久:即言其谢世已久,墓草掩盖了坟头。

⑧宁:岂,难道。萧骚:形容心情像水波一样被扰动得不平静。

山顶花[1]有序

方苞类海棠[2],既舒似梨花[3]。工部赋海棠则无心[4],都官咏山顶仍率意[5]。此间花品绝少,岂非遐想故园,见近似者而喜乎?窗前数株烂熳,比遭风雨摧残[6],飘陨过半。乃蒙仁慈怜仆幽独,乘兴清赏,冒雨宠临,光之以四韵,重之以一樽。速客携筝,弗惮泥泞,浅斟低唱[7],遂至夜阑[8]。待月南窗,乃克分袂[9]。佩服勤腆[10],何可弭忘[11]!因次韵以谢,简学士同赋[12]。

万片随风正可嗟,残枝带雨认梨花[13]。
胭脂洗尽余香雪,翠幄光生散绮霞[14]。
品类海棠无杰句,方言山顶更雄夸。

题诗载酒同清赏，月上梢头始到家。

【注】

①据许子荣考证，此诗作于1132年，即诗人流放到冷山之次年夏初。诗人被流放的冷山"花品绝少"，但却见到有一种刚结花蕾时类似海棠，已经开放则类似梨花，并被土著人称之为"山顶"的花。诗人窗前有数株烂漫的山顶花，由于遭到风雨的摧残，飘零过半。诗人的朋友都官，怜惜作者的孤独，曾冒雨来访，并在一起饮酒赋诗。同时作者的另一友人(学士)也不避泥泞，携带妻孥来赏花，他们慢饮低唱，直至夜深月上，方才分手。诗人事后与学士共同次都官之诗韵，写了咏山顶花之诗。本诗既咏了山顶花风雨后的艳丽，深惜缺少诗人的讴歌，并回忆了当日三人题诗饮酒赏花的情景。

②方苞：刚打花蕾。

③既舒：已经开放。

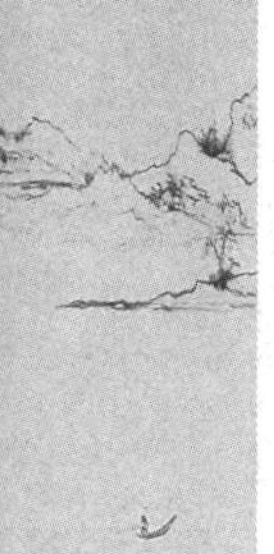

④工部：杜甫在蜀，严武表请他为节度参谋、检校尚书工部员外郎，人称杜工部。"赋海棠则无心"：褚人获《坚瓠四集》卷三《子美无诗》条云："《天中记》：少陵居蜀数年，吟咏殆遍。海棠奇艳，而诗章独不一及……迨宋世赋海棠者甚多，往往用此为实事……盖子美父名闲，母名海棠，故其吟咏无'闲'字，而不赋海棠，固有深意，宋人未之考耳。"宋王安石《梅花》诗有句："少陵为尔牵诗兴，可是无心赋海棠。"

⑤都官：名姓与行实不详，许子荣认为"应是(金朝)获罪被罢归乡里者"，当得其实。率意：任意，随意，不经心。以上两句谓正如杜甫从不咏海棠那样，山顶花也从不见于诗人的歌咏，只有都官却属例外，曾于无意之中赋诗咏之。

⑥比：及，等到。

⑦速客：召请而来的客人，与不速之客恰为反义词。速，指召请，招致。弗惮：不惧。浅斟低唱：慢慢地饮酒，曼声低唱。

⑧夜阑：夜将尽。

⑨乃克分袂：才得分手。袂，衣袖。

⑩勤腆：勤，指恳切、殷勤；腆(tiǎn 音舔)，指丰厚、美满。此句指佩服都官与学士为人的恳切与美好。

⑪弭(mǐ 音米)忘：忘记。弭指消除，停止。

⑫简:用作动词,寄书札。学士:据许子荣考证认为是金相陈王悟室(即完颜希尹)之次子彦深(漫带),官符宝郎。这两句谓次都官之诗韵写了此诗,表示谢意。同时,又给学士寄去书札,并与他共同写了咏山顶花之诗。

⑬嗟:感叹。这两句指,山顶花随风飘零,令人叹息,残枝带雨,几乎使诗人误认是梨花。

⑭香雪:指花,这里指经过风雨洗涤后的山顶花。翠幄(wò 音握):绿色的帐幕。绮霞:绮丽的彩霞。南朝齐谢朓《晚登三山还望京邑》诗:“余霞散成绮,澄江静如练。”这里指山顶花光明如绮霞。

中　　秋[①]

旧时相识惟明月，　三五而盈盈又缺[②]。
盈时常少缺常多，　恰似人间足离别[③]。
我今一别已三年，　中秋三见望舒圆[④]。
乌衣燕子尚得返[⑤]，鸿雁正尔翔幽燕[⑥]。
此时蟋蟀犹在宇[⑦]，声声悲吟正独处。
耿耿不寐梦难成，　翩翩蝴蝶亦辞去[⑧]。
寒蛩韵咽草木黄[⑨]，金风恻恻[⑩]奏清商[⑪]。
援琴拟操明月吹[⑫]，调高曲古转凄凉。
母曰嗟予久行役[⑬]，宁知万里为羁客[⑭]。
乌鹊南飞飞不高[⑮]，愿为黄鹄无羽翼[⑯]。
潇湘水阔影沉沉，　鄂渚楼高兴又深[⑰]。
明年此际知何处，　再睹婵娟照客心[⑱]？

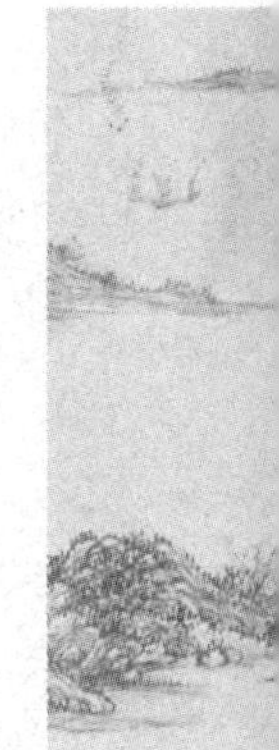

【注】

①诗中言“我今一别已三年,中秋三见望舒圆”,知此诗作于1131年八月。

②三五:农历十五日,古诗咏元夕,中秋多用之。

③足:充满。

④望舒:月亮的御者,后来作为月的别名。

⑤乌衣燕子:乌衣,乌衣巷,在金陵(今南京市)。唐刘禹锡《乌衣巷》诗云:“旧时王谢堂前燕,飞入寻常百姓家。”

⑥正尔:恰好这时。

⑦此时蟋蟀犹在宇:《诗经·豳风·七月》:“七月在野,八月在宇,九月在户,十月蟋蟀入我床下。”古人据蟋蟀所处以占时令。

⑧翩翩蝴蝶亦辞去:是上句“梦难成”的形象说法。典出《庄子·齐物论》:“昔者庄周梦为蝴蝶,栩栩然蝴蝶也……俄然觉,则蘧蘧然周也。不知周之梦为蝴蝶欤,蝴蝶之梦为周欤?”

⑨寒螿:蝉的一种。

⑩恻恻:此言秋风引起的悲凉心绪。

⑪清商:古五音之一,商声。借以形容秋风的声音。《文选》潘岳《悼亡诗》之二:“清商应秋至。”

⑫明月吹:古琴曲名。

⑬母曰嗟予久行役:《诗经·魏风·陟岵》有“父曰:嗟!予子行役……”“母曰:嗟!予季行役……”之句,叹息儿子出官差。洪皓句法改为叙述语气:母亲说嗟叹我(皓自指)长期出差在外。

⑭羁客:滞留他乡的人。

⑮乌鹊南飞:语出三国曹操《短歌行》。

⑯黄鹄:鸟名,天鹅。洪皓此句则指自己愿作黄鹄,高举归乡,但无奈没有黄鹄所凭依的羽翼。

⑰鄂渚楼高:指黄鹊楼,鄂渚即鄂州(今武汉市武昌区)。

⑱婵娟:颜色美好貌,此指月。

重九彦清出猎独处无聊①

独上层楼意已阑, 栏干倚遍悄无言。
白衣不至黄花少②,怅望庭闱涕泪繁③。

秋节堪悲惟暮节④,牛山独叹异龙山⑤。
解嘲不见征从事⑥,落帽风流作等闲⑦。

【注】

①此二首诗作于天会九年(1131)九月九日,原本作一首。《四库全书》本《鄱阳集》卷一诗后之馆臣按语云:"按此宜作两首,原本作一首,疑误。"

②白衣句:白衣,古代平民和官府给役小吏之服,此指送酒人。"白衣不至",即无人送酒。典出南朝宋擅道鸾《续晋阳秋》:"陶潜九月九日无酒,于宅边菊丛中摘盈把,坐其侧,望见白衣人,乃王弘送酒,即便就酌而后归。"黄花,即菊花。

③庭闱:父母所居,借指父母。洪皓当时有老母在堂。

④暮节:农历九月九日,即重阳节。因九月为暮秋,故重九称暮节。

⑤牛山:唐杜牧《九日齐山登高》:"牛山何必独沾衣。"冯集梧注:"《元和郡县志》:'青州临淄县牛山,在县南二十五里。'《韩诗外传》:'齐景公游于牛山之上,而北望齐曰:"美哉国乎!使古而无死者,则寡人将去此而何之?"俯而泣沾襟。'"龙山:在今湖北省江陵县西北,一说在今安徽省当涂县南,传为晋孟嘉落帽之处。《晋书·孟嘉传》:"(孟嘉)后为征西大将军桓温参军,温甚重之。九月九日,温燕龙山,寮佐毕集。时佐吏并著戎服。有风至,吹嘉帽堕落,嘉不之觉。温使左右勿言,欲观其举止。嘉良久如厕,温令取还之。命孙盛作文嘲嘉,著嘉坐处。嘉还见,即答之,其文甚美。"

⑥从事:即指孟嘉,尝作庾太尉(亮)卢陵从事,又转劝学从事。详见《孟嘉别传》。

⑦等闲:平常,随便。

彦清生辰[①]

十一月一日

传闻公子降生时,　庆罢周正继诞弥[②]。
谁识止戈方黩武[③],独知好学务求师。
少年已见镃基好[④],他日应为将相期。
仁者自然天锡寿[⑤],若修阴德更何疑。

【注】

①此诗作于1131年。

②周正:《史记·历书》:“夏正以正月,殷正以十二月,周正以十一月。”周正即农历十一月一日。诞弥:诞生满月。

③“谁识”句:指女真统治者正一味滥用武力,不知停止战争。止戈:即武字的组成和意义,《说文》:“武:楚庄王曰:‘夫武定功戢兵,故止戈为武。’”黩武:滥用武力,好战。

④镃基:本指农具之锄头,《孟子·公孙丑上》:“虽有知慧,不知乘势;虽有镃基,不如待时。”此句喻学业。

⑤锡:与,赐给。

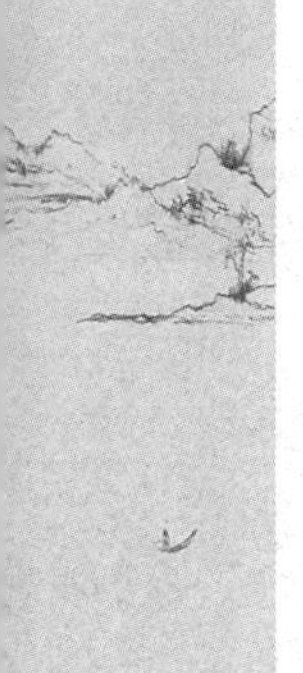

老母亦以是月生,行年七十有三矣,有感而作[1]

息肩弛担未多时, 便祝郎君愿德弥[2]。
念母年高班绛老[3],为儒学浅愧萧师[4]。
三年不问交邻道[5],万里宁知复命期[6]。
南国人情都不远[7],赋计怀远莫相疑[8]。

【注】

①此诗作于1131年农历十一月,次前诗韵。

②郎君:指彦清。德弥:广修阴德。弥:遍及、满。

③班:班白(指头发)。绛老:七十三岁的绛县老人。典出《左传·襄公三十年》,后泛指老年人。皓母这年七十三岁,故称绛老。

④萧师:指唐代散文家萧颖士,教学濮阳时,人称萧夫子。官秘书正字、扬州功曹参军。洪皓《次韵学士重阳雪中见招不赴前后十六首》之十三有句:“岂敢为师同颖士”,即“愧萧师”之意。萧师:后来泛指老师。

⑤此句言三年来,金国不许洪皓问及奉使之事。

⑥复命:回报。

⑦南国:指南宋。

⑧怀远:怀念远方的亲人。

寄兰干[1]

出疆[2]三载已三迁[3],跋履修途又八千[4]。
山近迷回宁有是,铺经幸脱岂其然[5]。
乐饥饘粥姑安命[6],养拙茅斋且任缘[7]。
若也故人高义重,暂来江畔唁张骞[8]。
迷回山、幸脱铺,皆所过地名。

【注】

①此诗作于 1131 年末。兰干:从诗义看,知为作者挚友,不详其姓氏、生平。

②疆:四库本作“彊”,今改。

③三迁:皓奉使初至太原,又至云中(今山西省大同市),再迁冷山。

④跋履修途:在长途中步履跋涉。八千:指自南京(今河南省商丘市)至冷山的大概距离。

⑤迷回山、幸脱铺,据作者自注“皆所过地名”,地址不详,待考。

⑥饘粥:见前《次〈三月望日出游〉》注⑯。

⑦养拙:守拙,旧指官吏退隐不仕,此言其拒不仕金,宁被流递的高尚操守和民族气节。茅斋:简陋的居室。

⑧唁:对遭遇不幸的人进行慰问。张骞:西汉汉中成固(今陕西省成固县)人,建元二年(前 139 年)奉汉武帝命出使大月氏,相约共同夹攻匈奴。他越过葱岭,亲历大宛、康居、大月氏、大夏等地。元朔三年(前 126 年)方归汉,在外共十三年。途中曾被匈奴扣留达十一年。洪皓奉使被金扣留,故以张骞自况。

次韵寄兴祖广德[1]

南归不获却东迁,险阻艰难遍大千[2]。
母老三年难见止[3],途穷一恸忽潸然[4]。

愁同暴虎冯河悔[5]，灾甚求鱼用木缘[6]。
行府相将释老马[7]，故人赠策助腾骞[8]。

【注】

①此诗约与前者同期作。兴祖、广德:洪皓的两位友人,兴祖疑为洪兴祖,广德姓氏不详。

②大千:佛教语,即“三千大千世界”的简称,指广大无边的世界。

③止:语末助词,用法同《诗经·召南·草虫》“亦既见止,亦既觏止”之“止”。

④恸:大哭,哀痛之至。潸然:泪流貌。

⑤“愁同”句:《论语·述而》:“子曰:‘暴虎冯河,死而无悔者,吾不与也。’”暴虎:徒手打虎。暴同搏。冯河:无舟徒涉。孔子不赞成这样轻死而不追悔的行动,主张“好谋而成”。洪皓此句言与孔子所虑相同,意为受制于金人,当以谋脱虎口。含戒己戒人之意。

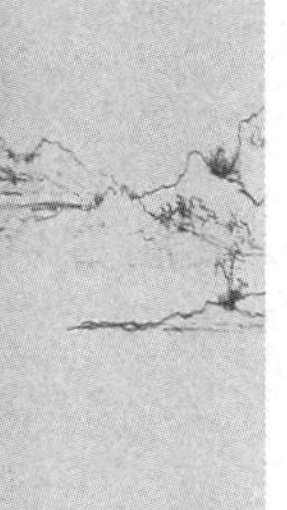

⑥“灾甚”句:“求鱼用木缘”,即用爬到树上的办法去捉鱼,喻达不到目的。典出《孟子·梁惠王》。孟子曰:“缘木求鱼,虽不得鱼,无后灾;以若所为,求若所欲,尽心力而为之,后必有灾。”洪皓此句意在告诫友人,不可用莽撞的行为来营救,以免事与愿违,白白造成损失。

⑦行府相将:指当时在山西的宗翰、悟室等。老马:自喻。

⑧策:鞭。腾骞:飞快地奔腾。

又和春日即事[1]

淹留逢地僻[2]，　将老惜韶光[3]。
齿与青春暮[4]，　愁随白日长。
寻芳无处问，　对酒有时狂。
漫学樊迟圃[5]，　空登子反床[6]。
霏霏观雪集[7]，　冉冉望云翔[8]。
念母歌零雨[9]，　忧君诵履霜[10]。
系书思雁足[11]，　看剑忆鱼肠[12]。

驽马先骐骥，　鸱枭笑凤凰⑬。
一身缠疾病，　四载废烝尝⑭。
作个头风愈，　陈琳檄在旁⑮。

【注】

①此诗作于1132年春。原诗《春日即事》，未悉何人所作。即事：眼前的事物。多用于作诗题。

②淹留：滞留。僻：偏僻。

③韶光：美好的时光，此指春光。

④"齿与"句：年齿随着青年时期的逝去而逐渐衰老。

⑤漫：助词，随意、徒、空。樊迟圃：《论语·子路》："樊迟请学稼。子曰：'吾不如老农。'请学为圃。曰：'吾不如老圃。'"樊迟是孔子学生。圃为菜园。学樊迟圃，即像樊迟一样学种蔬菜。

⑥空登子反床：《左传·宣公十五年》夏五月条载，宋国怕楚军久占不走，"使华元夜入楚师，登子反之床，起之曰：'……去我三十里，唯命是听。'子反惧，与之盟而告。(楚)王退三十里"。子反即孟之侧，楚将。洪皓自言"空登子反床"，意谓滞留金国，没有像华元那样遏止金人用兵。

⑦霏霏：形容雪盛。

⑧冉冉：慢慢地。形容云翔之缓慢。

⑨零雨：指《诗经·豳风·东山》中的诗句："我徂东山，慆慆不归。我来自东，零雨其濛。我东曰归，我心西悲。"歌零雨，意即思归。零雨，细雨。

⑩忧君诵履霜：《诗经·魏风·葛屦》："纠纠葛屦，可以履霜。"宋严粲《诗辑》云："葛屦既弊，而以绳纠缠之，纠而复纠，行于霜雪寒冱之地，言其苦也。"洪皓借吟诵此诗来抒发忧虑徽、钦二帝的心情。

⑪系书思雁足：典出《汉书·苏武传》："昭帝即位数年，匈奴与汉和亲，汉求武等，匈奴诡言武死。后汉使复至匈奴，常惠请其守者与俱，得夜见汉使，具自陈过，教使者谓单于言：'天子射上林中得雁，足有系帛书，言武等在某泽中。'使者大喜，如惠语以让单于，单于视左右而惊，谢汉使曰：'武等实在。'"洪皓此句言欲寄书于君亲。他在金，曾多次密遣人奏书。

⑫看剑忆鱼肠：鱼肠，古宝剑名。春秋时，吴公子光欲杀王僚，乃具酒请僚

至。既酣，使专诸置匕首(即鱼肠剑)炙鱼腹中以进。既至，专诸擘鱼，即以匕首刺僚，僚立死。事见《史记》卷八十六。洪皓这句诗似有欲效专诸之意。

⑬“驽马”二句：驽马，能力低劣的马。骐骥：良马，千里马。鸱枭：又作鸱鸮，此处指猫头鹰一类的鸟。喻奸邪恶人。《荀子·赋》有“鸱枭为凤凰”之句。汉贾谊《吊屈原文》亦有“鸾凤伏窜兮鸱枭翱翔”之句。二句感慨小人得志，贤才不见用。

⑭四载：洪皓自1129年使金，至写作此诗之时，已四个年头。

⑮“作个”二句：典出《三国志·魏书》卷二十一裴注引《典略》：“(陈)琳作诸书及檄，草成呈太祖(曹操)。太祖先苦头风，是日疾发，卧读琳所作，翕然而起曰：‘此愈我病’，数加厚赐。”

次《观表文》韵[①] 二首选一

求成虐执四三年[②]，　一木难支大厦颠。
致死存孤思杵臼[③]，　恃强轻敌笑苻坚[④]。
国家未免中衰者，　日月何妨薄食焉[⑤]。
今日一成终祀夏[⑥]，　艰难启圣赖皇天。

【注】

①此诗作于1132年。为依《观表文》诗原韵而作，原诗作者不详。

②虐执：受虐待拘执。

③杵臼：春秋时晋国赵朔的门客公孙杵臼。《史记·赵世家》载：春秋时晋国权臣屠岸贾残杀赵盾全家，并搜捕孤儿赵武。公孙杵臼订计救出孤儿，交赵氏门客程婴抚养成人。洪皓借此典以申效忠赵宋之决心。

④苻坚：十六国时期前秦皇帝，在位二十九年，先后灭前燕、前凉、代国，雄踞北方。建元十九年(383)，兴师九十七万，欲灭东晋。尝大言：“以吾之众旅，投鞭于江，足断其流。”终于在淝水大败。洪皓此处以苻坚比喻好战的金国。

⑤薄食：同“薄蚀”。日月相掩食。此喻君王之过失，饰词。

⑥“今日”句：言绍兴二年(1132)金宋和议之事。祀夏：语出《左传·哀公元年》：少康“复禹之绩，祀夏配天，不失旧物”。洪皓借以言高宗中兴。

节至泪下，感时述怀[①]

节至思亲[②]，不觉泪下，因记杜子美诗云："无家对寒食，有泪如金波。"[③]又云："佳辰强饮食犹寒，隐几萧条带鹖冠。"[④]《清明》诗云："风水春来洞庭阔，白蘋愁杀白头翁。"[⑤]王元之[⑥]诗云："无花无酒过清明，兴味都来似野僧。"二公佳句正为我设也。将命求成五年矣[⑦]。去秋和议，王侍郎南去[⑧]，我独淹留，命也如何？感时述怀，赋四韵呈都官，兼简监军[⑨]。

寒食无家泪满巾，　清明无酒更愁人。
不闻东道开东阁[⑩]，空叹白头歌白蘋。
日永萧条徒隐几，　雪埋苍莽阻寻春[⑪]。
王郎归去我留滞，　始信儒冠解误身[⑫]。

【注】

①由于本诗诗题过长，故为之简化成八字，原诗题改为诗序。

②节：此指寒食节（清明前二日，一说前一日）、清明节两个相连的节日。

③见唐杜甫《一百五日夜对月》诗。

④此为唐杜甫《小寒食舟中作》首二句。隐几：凭几。鹖冠：隐者之冠。

⑤此为唐杜甫《清明二首》之二末两句。"风水"，一作"春水"。

⑥王元之：即北宋文学家王禹偁，元之为其字。此下二句诗见其绝句《清明》。

⑦此诗作于1133年，洪皓奉命使金已五年。

⑧此处四库馆臣注曰："按王侍郎即王伦。《宋史》，伦与朱弁同使金，见留。绍兴二年(1132)，因和议，伦先归。皓奉使在建炎巳（己）酉(1129)，至是适五年。以时考之正合。"

⑨监军：原诗自注："监军即陈王悟室。"悟室当时为元帅右监军。

⑩东道：东道主的省称，此指金国。东阁：也作东阁，《汉书·公孙弘传》载，弘官"至宰相封侯，于是起客馆，开东阁以延贤人，与参谋议"。阁，东向开的小门，避开正门而引进宾客，以区别于掾史属官。后因以称宰相招致款待宾客之

所。洪皓希望悟室招引他议使事。

⑪苍莽：用同莽苍。谓郊野之色，遥望之不甚分明。此处代指郊野。

⑫儒冠：详见前《小亭落成，都官有诗，次韵以谢》诗注②。

小王亲迎，赋此赠行，卒章聊遣鄙怀①

混同江水秀可掬②，　李氏太师③女如玉。
妇德妇功应夙成④，　施鞶施衽⑤亦初熟。
舜华美艳年逾笄⑥，　未遭良匹求名族。
风流儒雅王家郎⑦，　燕食东床坦其腹⑧。
纳币委禽六礼成⑨，　送车百辆皆丹毂。
三星在天四月中，　今夕何夕会花烛⑩。
绸缪谨始待如宾，　伉俪要终贵和睦⑪。
且闻祁祁多娣媵⑫，　将见诜诜众似续⑬。
我来乞盟阅八千⑭，　除馆又经融火六⑮。
老母八十漫嗟予⑯，　男女有九赋采绿⑰。
固知我后恤不遑，　人岂无情捐骨肉？
万里一身只自怜，　其谁高义哀茕独⑱？
况复恶疾屡缠绵，　呼天耻作穷途哭⑲。
因子告行遂赠言，　勿忘旧学膺天禄⑳。

【注】

①小王：疑即悟室第四子彦亨。此诗作于1134年，为彦亨迎亲而作。

②混同江：古称粟末（又作速末、束沫）水，946年，辽太宗破晋改为混同江，即今松花江及与黑龙江汇流后直到海的黑龙江段。《松漠纪闻》云：“其水掬之则色微黑，契丹目为混同江。”

③李氏太师：指宾州（今吉林省农安县靠山乡东北三十里广元店古城）唱热（又作兀惹、乌舍）部酋长李靖。“太师”是辽人对各部族节度使的称号。《松

漠纪闻》记载李靖仕金为千户，“其侄女嫁为悟室子妇”。

④夙成：平素培养成。

⑤施鞶：见《仪礼·士昏礼》。施鞶、施衽皆母亲送女出嫁时的礼仪。施，给予。鞶为囊，《礼·内则》：“男囊革，女囊丝。”腰间佩物，男用以盛帨巾，女则盛箴管线纩。衽：卧席。此句言熟习妇功。

⑥舜华即木槿花，形容容颜美好。笄：此处特指女子可以盘发插笄（簪）的年龄，象征已成年。

⑦风流儒雅：仪表英俊温文尔雅。王家郎：王系对悟室的尊称，如对其子犹称小王；又《金史·金国语解·姓氏》：“完颜，汉姓曰王。”

⑧燕食：《周礼·天官·膳夫》：“王燕食，则奉膳赞祭。”注：“燕食，谓日中与夕食。”东床坦其腹：《晋书·王羲之传》：“太尉郗鉴使门生求女婿于导（王导），导令就东厢遍观子弟。门生归，谓鉴曰：‘王氏诸少并佳。然闻信至，咸自矜持；惟一人在东床坦腹食，独若不闻。’鉴曰：‘此正佳婿邪！’访之，乃羲之也。遂以女妻之。”东床坦腹之典，后遂用指被选中作女婿。

⑨委禽：下聘礼。委：致送；禽，指雁，古代订婚用的礼物。六礼：我国古代婚姻成立的手续。即纳采（送礼求婚）、问名（询问女方名字和出生日期）、纳吉（送礼订婚）、纳征（送聘礼）、请期（议定婚期）、亲迎（新郎亲自迎娶）。金初女真上层社会已深受汉族婚俗的影响。

⑩今夕何夕：《诗经·唐风·绸缪》：“绸缪束薪（比喻成婚），三星在天。今夕何夕？见此良人。”诗人以不知今夜是什么美好的时辰，来盛赞新婚的美满。

⑪“绸缪”二句：是对小王夫妇新婚的祝愿之词。绸缪：缠绕，捆束。引申为情意缠绵。谨始：开始就慎重对待，互敬互爱。伉俪：理想的夫妻、佳偶。

⑫祈祈：众多貌。娣媵：女弟及随嫁的人。

⑬诜诜：众多貌。同“莘莘”。

⑭阅八千：经历八千里路程。指从南宋的南京（今河南省商丘市）至冷山的距离。

⑮融火六：意即六年。祝融为夏神，主火，融火即指夏季。

⑯老母八十：洪皓母是年七十六岁。漫嗟予：空嗟叹我（长期出差在外）。详见前《中秋》诗注⑬。

⑰男女有九：洪皓有子八人，女一人。采绿：《诗经·小雅》中篇名，见《鱼藻

之什》。诗写妇人盼望丈夫归来。

⑱茕独:孤独无依。

⑲穷途哭:《三国志·魏书·阮籍》裴松之注引《魏氏春秋》曰:“尝登广武,观楚汉战处,乃叹曰:‘时无英才,使竖子成名乎!’时率意独驾,不由径路,车迹所穷,辄恸哭而反。”

⑳膺天禄:接受天赐的禄位。膺,受。

小王仲冬望置酒,学士赋诗,次韵①

三冬适半成高宴②, 初筵更速金闺彦③。
王氏三珠少愈奇④, 昔也闻名今见面。
虽无丝竹侑清歌⑤, 赖有雪月争曳练。
乃兄登朝立要路⑥, 黑头入侍瑶泉殿。
一时壮气饮如虹⑦, 千仞威棱迅侔电⑧。
谏父休兵已可嘉, 延儒教子尤堪羡⑨。
学士例能怜麴糵⑩, 拟追乃祖存训传⑪。
折冲樽俎败垂成⑫, 敷演佛乘超锻炼⑬。
都官惊坐肖孟公⑭, 一醉逃禅俄侧弁⑮。
不妨草檄愈头风⑯, 何用能文获天眄⑰。
杞梓奇材当显庸⑱, 圭璋重器且明荐⑲。
大夫醉墨称三昧⑳, 钟王欧褚欣一眄㉑。
下马疲观索靖碑㉒, 画牛误落桓温扇㉓。
仲氏弯弧过铁枪㉔, 骁勇临机解乘便。
酒行军法慕朱虚㉕, 幼赌摴蒱惭奉倩㉖。
叔也居然赋常棣㉗, 且招师友尝异馔。
鹡鸰风紧思急难, 堂堂笔阵曾酣战㉘。
少年须折一枝桂㉙, 要职休辞五府掾㉚。
我来修好阅六年, 薄命未许回哀眷㉛。

穆生初为设醴留[32]，　臧坚岂受刑臣唁[33]。
三沐三薰听所为[34]，　一觞一咏情忘倦。
强哦拙句若砖抛，　枉寻长篇同玉衒[35]。
求成未结心如醉，　况乃光阴疾于箭。
天涯久旅漫思家，　引领庭闱徒眷恋[36]。

【注】

①此诗作于1135年农历十一月。仲冬望：农历十一月十五日。

②三冬适半：三冬，指孟冬（农历十月）、仲冬（农历十一月）、季冬（农历十二月）；适半，正好一半。农历十一月十五日正处三冬之半。

③金闺彦：金闺，汉代长安金马门的别名，是求见皇帝的人等候的地方。彦，有才学的名士。此指朝廷的有用人才。典出南朝梁江淹《别赋》：“金闺之诸彦。”

④王氏三珠：《新唐书·王勃传》：“初，勔、勮、勃皆著才名，故杜易简称三珠树。”三珠即三珠树的简称，洪皓则用赞完颜希尹诸子。

⑤侑：劝，陪佐。

⑥乃兄：指彦清（即把答），昭武大将军兼修国史。要路：朝廷要职。

⑦饮如虹：传说虹能吸饮，故形容豪饮为“饮虹”或“虹饮”。

⑧威棱：声威、威势。侔：等同。

⑨堪：可。

⑩学士：即颜希尹次子彦深。此诗题中“学士赋诗，次韵”，下一首题作《次彦深韵》二诗韵同，故知“学士”即彦深。例能怜麹蘖：经常给作者酒喝。麹蘖，酒母，亦指酒。

⑪乃祖：指彦深的祖父完颜欢都，佐世祖、肃宗、穆宗、康宗四主，立有大功。

⑫折冲樽俎：在会盟席上制胜对方。折冲，折还敌人的战车，意谓抵御敌人。樽俎：古代盛酒肉的器皿，代指筵席。败垂成：在敌人将要成功时胜之。

⑬敷演：铺陈论说。佛乘：泛指佛教经典。佛教称解释教义深浅的等级为乘，有大乘和小乘。锻炼：修炼。

⑭惊坐肖孟公:《汉书·陈遵传》:“陈遵字孟公。……时列侯有与遵同姓字者,每至人门,曰陈孟公,坐中莫不震动。既至而非,因号其人曰陈惊坐云。”此句言都官之名与北宋诗人梅尧臣号称“都官”相同,亦有酷似陈惊坐之事。洪皓咏都官于此,疑都官即为悟室之子彦深。

⑮一醉逃禅:逃禅,逃出禅戒,因醉酒而悖其教,故曰逃禅。俄侧弁:俄、侧,义皆倾斜。弁:古代男子加冠称弁。

⑯详见前《又和春日即事》诗注⑮。

⑰天砚:又作天研。《靖溪砚谱》:“砚之形制:曰天研。东坡尝得石,不加斧凿以为研。后人寻岩石自然平整者效之。”

⑱杞梓奇材:喻人才出众。杞、梓为两种优质木材。显庸:显用。即任重要职位。

⑲圭璋:皆古帝王、诸侯举行隆重仪式时所用的玉制礼器。用同杞梓,喻人才优秀。

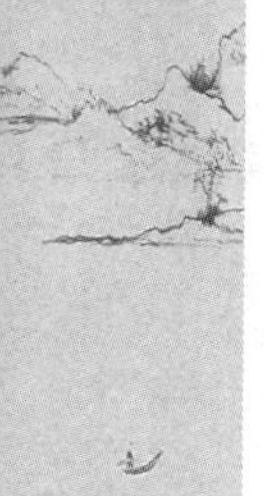

⑳“大夫”句:大夫疑即《次彦深韵》中的“彦亨”。醉墨称三昧:醉墨:醉中所作的书画。三昧:绝妙、奥妙。

㉑钟王欧褚:指曹魏时钟繇,晋王羲之,唐欧阳询、褚遂良四位大书法家。眄:本义斜视,此用同视。

㉒索靖碑:索靖书写的碑。索靖,西晋书法家,字幼安,敦煌(今属甘肃省)人。

㉓“画牛”句:《太平广记》卷二百一十《王献之》:“晋王献之,字子敬,少有盛名,风流高迈。草隶继父(羲之)之美,妙于画。桓温尝请画扇,误落笔,就成乌驳牸牛,极妙绝。又书《驳牛赋》于扇上。此扇义熙中犹在。(出《名画记》)”

㉔仲氏:犹言弟弟。铁枪:指五代时朱温的名将王彦章,以骁勇闻名,每战用两铁枪,军中称王铁枪。过铁枪,即超过王铁枪。

㉕朱虚:即朱虚侯刘章。汉人,齐悼惠王之子。《史记·齐悼惠王世家》:“高后令朱虚侯刘章为酒吏,章自请曰:‘臣,将种也,请得以军法行酒’。高后曰:‘可。’……顷之,诸吕有一人醉,亡酒,章追,拔剑斩之。”

㉖“幼赌”句:宋吴曾《能改斋漫录》卷十四《类对·讽棋取怒》载:“晋王献之,年数岁,观门生摴蒱,曰:‘南风不竞。’门生曰:‘此郎亦管中窥豹,时见一斑。’献之怒曰:‘远惭荀奉倩,近愧刘真长。’遂拂衣而去。”按“南风不竞”,见《左传·襄公十八年》,本指南方的音乐乐声低沉,后喻竞赛中的一方力量不强。

荀奉倩,是三国时曹操手下的名臣荀彧的小儿子荀粲。刘真长为晋人刘惔。都是年少时清远有标格的人。摴蒱:又作樗蒲,古代博戏的一种。

㉗叔也:《诗经·郑风·叔于田》:"不如叔也,洵美且仁。"毛传谓叔指大叔段,郑庄公之弟。今人亦有谓叔为弟之通称。此句中的叔,指题中的"小王"。常棣:《诗经·小雅》中篇名。诗的内容是咏兄弟和乐之情。"赋常棣",借喻小王置酒事。

㉘"鹡鸰"二句:鹡鸰,一作脊令,鸟名。大如鷃雀,巢于沙上,常在水边觅食。《诗经·小雅·常棣》:"脊令在原,兄弟急难。"后遂以鹡鸰喻兄弟。鹡鸰:水鸟,在原则失其常处,故飞鸣以求其类,犹兄弟之于急难。"堂堂"句:似指小王曾为兄弟事用文章辩解。

㉙"少年"句:《晋书·郤诜传》:"武帝于东堂会送,问诜曰:'卿自以为何如?'诜对曰:'臣举贤良对策,为天下第一,犹桂林之一枝,昆山之片玉。'"此句劝祝小王科举及第。

㉚五府掾:东汉称太傅、太尉、司徒、司空、大将军为五府,皆朝廷要职。掾:副官,佐贰吏。

㉛回哀眷:指上天哀怜眷顾。唐杜甫《大雨》诗:"上天回哀眷,朱夏云郁陶。"

㉜"穆生"句:穆生,汉代鲁人,楚元王交少时,与生受诗于浮丘伯。既王楚,以为中大夫。生不嗜酒,元王常为设醴(甜酒)。及王戊嗣位,忘设。生曰:"醴酒不设,王之意怠矣。"遂去。洪皓此句言自己羁留冷山,乃为感酬完颜希尹之礼遇。

㉝"臧坚"句:典出《左传·襄公十七年》。臧坚是鲁国臧纥的族人,在齐伐鲁北境时被俘。齐侯派来慰问的夙沙卫是个受过宫刑的阉人,即刑臣。臧坚虽受赐不死,但却是由刑余之人来慰问,遂用杙刺穿自己的伤口而死。洪皓借言自己"可杀不可辱"的节操。唁:慰问。

㉞三沐三薰:再三薰香沐浴,用同"三衅三浴"。春秋时齐桓公从鲁国接回管仲,行此礼遇。以香涂身为衅,或作薰。这里洪皓用以形容受到完颜希尹的礼遇。

㉟玉衒:用法同上句"砖抛",为倒文。意思是自己炫耀才能。衒,自我矜夸。衒玉见《论语集注·子罕》引晋范宁注。

㊱"天涯"二句:"漫"与"徒"为互文。引领:伸颈远望,形容殷切盼望。庭

闱：详见前《重九彦清出猎独处无聊》诗注③。

次彦深韵[①]

德星堂上排家宴[②]，埙篪合奏延群彦[③]。
彦清好士虚左迎[④]，遂拉友朋来会面。
新礼将行要讨论[⑤]，旧章欲举须淹练[⑥]。
乃公功业世无有[⑦]，剑履应须尊上殿[⑧]。
冢嗣风流迈阿戎[⑨]，眸子烂如岩下电[⑩]
纱笼名姓鬼护持，阁画形容人健羡[⑪]。
先几顷献万言书，壮岁曾看百将传。
济世雄图任屈伸，穷途绨句殊精炼[⑫]。
彦亨俊逸篰鲍昭[⑬]，辞藻摛华如会弁[⑭]。
升平方议戢干戈，粉泽岂宜焚笔砚[⑮]。
大虑终蒙王凤招[⑯]，奇谋靡仗无知荐[⑰]。
子适挥毫八体具[⑱]，怒猊渴骥获再晒。
但当宝惜比兰亭[⑲]，未可捐去同秋扇[⑳]。
彦隆能挽两石弓[㉑]，丁字不识櫜鞬便[㉒]。
冲冠遥忆蔺相如[㉓]，衣绣莫夸江次倩[㉔]。
彦深和粹贵公子[㉕]，醍醐味美夸珍馔[㉖]。
一善拳拳早服膺[㉗]，射策君门尝决战[㉘]。
起家正可二千石[㉙]，筮仕宁希百六掾[㉚]。
坐中我是江南客，万里寻盟负恩眷。
下齐弗免田横烹[㉛]，奔楚漫劳吴子唁[㉜]。
藉酒破愁兹不胜，凭诗遣兴何曾倦。
匠巧旁观只汗颜[㉝]，椟藏待贾宁沽衒[㉞]。
可堪僵仆雪填门[㉟]，无奈裂肤风劲箭。

范叔绨袍也自寒，　须贾故人空恋恋㊱。

【注】

①此诗作于1135年冬，与前诗同期。

②德星堂：《新唐书》卷一六三《崔郸传》："兄弟六人至三品，邠、郾、郸凡为礼部五，吏部再，唐兴无有也。居光德里，构便斋。宣宗闻而叹曰：'郸一门孝友，可为士族法。'因题曰德星堂。"此处借喻希尹家族。

③埙篪：皆乐器名。埙多陶制，有球状和椭圆形等数种，音孔一至三五个不等。篪为竹制横管，亦吹乐。《诗经·小雅·何人斯》："伯氏吹埙，仲氏吹篪。"伯仲喻兄弟，其相应和如埙篪。后世因用为赞美兄弟和睦之辞。

④虚左：古时以左为尊，空着左边的位置以待宾客叫"虚左"。典出《史记·魏公子列传》。

⑤新礼将行：《金史·熙宗纪》天会十三年(1135)"十二月癸亥，始定齐、高丽、夏朝贺、赐宴、朝辞仪"。

⑥淹练：深入详熟。

⑦乃公：指完颜希尹(悟室)，这时由元帅右监军被任为尚书左丞相兼侍中。曾创制女真文字，破辽伐宋均有大功。

⑧"剑履"句：封建帝王赐给亲信大臣的一种特殊待遇，受赐者可以佩剑穿履上殿朝见皇帝。

⑨冢嗣：嫡长子。此指彦清(把答)。迈：超过。阿戎：洪皓此词用法语义双关。阿戎表面是指晋王戎。戎，字濬仲，凉州刺史浑之子。阮籍与浑为友，戎年十五，随浑屯郎舍。戎少籍二十岁，而籍与之交。籍每适浑，俄顷辄去，过视戎。良久然后出，谓浑曰："濬仲清赏，非卿伦也。共卿言，不如共阿戎谈。"另一说，阿戎指弟弟而言。晋宋间，人多呼弟为阿戎。洪皓明说彦清风流倜傥远超王戎，暗以阿戎指彦清诸弟。

⑩"眸子"句：《晋书·王戎传》："幼而颖悟，神彩秀彻，视日不眩。裴楷见而目之曰：'戎眼烂烂，如岩下电。'"此句言彦清目光明亮，与王戎相似。

⑪"纱笼"二句：言彦清可官至宰相。《原化记》："新罗僧相李藩曰：'判官是纱笼中人。'问其故，僧曰：'宰相姓名，冥司以纱笼护之。'后藩果为相。"阁画形容：参见前《赠彦清》诗注⑧。健羡：非常羡慕。

⑫绨句:刻意写成的富有文采的佳句。

⑬“彦亨”句:彦亨疑为完颜希尹第四子,洪皓称“小王”者。俊逸:俊美洒脱,不同凡俗。篮:齐。鲍昭:即鲍照,南朝宋东海人,字明远。工诗文。杜甫有句:“俊逸鲍参军。”洪皓此句言彦亨诗的风格如鲍照之俊逸。

⑭辞藻摛华:即铺张辞藻。会弁:弁(冠)的缝中饰以美玉。喻辞采华丽。

⑮粉泽:此指粉饰太平。焚笔砚:《晋书·陆机传》:“弟(陆)云尝与书曰:‘君苗见兄文,辄欲烧其笔砚。’”示不再写文章。欧阳修《读书》诗:“谓言得志后,便可焚笔砚。”洪皓则劝其为了粉饰太平也不可废弃文墨。

⑯王凤招:受当权者举荐。王凤(?—前22年),西汉东平陵(今山东济南东)人,字孝卿,汉元帝皇后同母弟。公元前33年,汉成帝命为大司马大将军,领尚书事。他专断朝政,内外官吏当时皆由他举荐。洪皓此言彦亨被当权者荐举。

⑰靡仗:不仗。

⑱八体:秦始皇时定书体为八种,称八体。即大篆、小篆、刻符、虫书、摹印、署书、殳书、隶书。大、小篆及虫书、隶书是四种字体,余四种是由用途而区别的。八体具:言擅长各种字体的书法。

⑲兰亭:晋王羲之的名帖《兰亭序》。

⑳秋扇:扇至秋凉而弃置不用。

㉑彦隆:疑为完颜希尹第三子挞挞。两石弓:即二百四十斤弓力的弓。石为重量单位,一石为一百二十斤。此句言其力大。洪皓《松漠纪闻》云:“悟室第三子挞挞,劲勇有智,力兼百人,悟室常与之谋国。蒲路虎(太宗长子宋国王太师宗磐)之死,挞挞承诏召入,自后执其手而杀之,为明威将军。”

㉒櫜鞬:藏箭和弓的器具。櫜以受箭,鞬以受弓。此句言他虽目不识丁却娴于骑射。

㉓“冲冠”句:《史记·蔺相如列传》:相如见秦王无意以城换璧,“因持璧却立,倚柱,怒发上冲冠”。这句借以形容彦隆的虎威。

㉔“衣绣”句:《汉书·江充传》:汉邯郸人。字次倩,本名齐,因畏罪逃亡,改名充,以告发赵太子丹事起家。武帝任为直指绣衣使者。此句喻彦隆之衣饰出众。

㉕和粹:宽和纯正。

㉖醍醐:此处指美酒。彦深(即都官)馈酒事见《山顶花》序并诗。

㉗“一善”句:《礼记·中庸》:“回(颜回)之为人也,择乎中庸,得一善,则拳拳服膺而弗失之矣。”拳拳:恳切、忠谨貌。服膺:牢记在心中,衷心信服。此句赞彦深之为人。

㉘射策:汉代考试法之一。由主试出试题,写在简策上,分甲乙科,列置案上,应试者随意取答,主试者按题目难易和所答内容定优劣。上者为甲,次者为乙。此句借言彦深曾参加金朝的科举考试。

㉙二千石:汉代对郡守的通称。汉郡守俸禄为二千石,即月俸百二十斛。后世知府亦称二千石。作者希望彦深始任即做知府。

㉚“筮仕”句:筮仕,指古人将出外做官,先占卜吉凶,后称初次做官为“筮仕”。百六掾:晋元帝为丞相时,招延四方之士,多辟府掾,时人谓之百六掾。后以百六掾为掾属之通称。

㉛“下齐”句:用汉郦食其事。刘邦至高阳,郦食其献计攻下陈留,因封广野君。后说齐王田广归汉,已定议,罢守御。及韩信从蒯通计袭齐,入临菑,田广以食其卖己,遂烹之。洪皓借以表达担心使成而致祸的复杂心情。

㉜“奔楚”句:《左传·昭公三十年》:“冬十一月,吴子(即吴王公子光)执钟吾子,遂伐徐,防山以水之(杜预注:防壅山水以灌徐)。己卯(二十三日),灭徐。徐子章禹断其发(杜注:断发自刑,示惧),携其夫人,以逆(迎)吴子。吴子唁(慰问)而送之,使其迩(近)臣从之,遂奔楚。”洪皓借以委婉表达自己返宋的决心。

㉝“匠巧”句:化用唐韩愈《祭柳子厚文》“不善为斫,血指汗颜。巧匠旁观,缩手袖间”的语义。“不善为斫”,言不能像《庄子·徐无鬼》中的“匠石”那样“运斤成风”,以斫去郢人鼻端的垩土。“血指汗颜”,言伤手而惭愧得脸上冒汗。洪皓用“汗颜”谦称自己不善为诗。

㉞“椟藏”句:椟:木柜,木匣。椟藏,用木柜或木匣收藏财物。此句言愿把这诗珍藏起来,而不想夸耀于人。

㉟“可堪”句:东汉袁安未达时,洛阳大雪,人多出乞食,安独僵卧不起。洛阳令按行至安门,见而贤之,举为孝廉,除阴平长任城令。此句疑即指此故事。可堪:犹言哪堪,哪里受得了。

㊱“范叔”二句:范雎,战国魏人,字叔。初事魏中大夫须贾,为贾毁谤,笞辱几死。逃至秦国,更名张禄,仕秦为相。后须贾出使入秦,范雎故着敝衣往见。贾怜其寒,取一绨袍为赠,旋知雎为秦相,大惊请罪。雎以贾曾赠绨袍,有

眷恋故人之意，故释之。后人遂用“范叔绨袍”喻不忘旧情。结尾四句，洪皓自述生活上的饥寒困苦，希望希尹父子作为主人，不忘几年来的情谊，给予照顾。

彦清打毬[1]

三伏击毬暴气和，　汗马良劳戛玉珂[2]。
残形伤目未尝虑，　裸颠垢面服皮靴[3]。
列骑骎骎有中下[4]，王孙上驷金盘陀[5]。
矫如跳丸升碧汉[6]，坠若流星落素波。
分明较胜各驰逐[7]，雷奔电掣肩相摩[8]。
天下固自有至乐，　但知此乐无以过。
有时雌雄久不决，　载渴载饥日忽蹉[9]。
或胜或败何所竞，　屈膝进酒方骈罗[10]。
击鼓横笛歌且舞，　观者如堵环青娥[11]。
抑尊礼卑浑不顾[12]，一时快意遑恤它[13]。
景云贵戚尤好此[14]，贞元方镇亦同科[15]。
柳泽韩愈犹进谏[16]，况乃名高欲戢戈[17]。
莫言得之自马上[18]，连朝肄习恐伤多[19]。
韩柳二书戒驰骋[20]，愿置左右日吟哦[21]。
留心经史修远业，　黑头侍宴朱颜酡[22]。

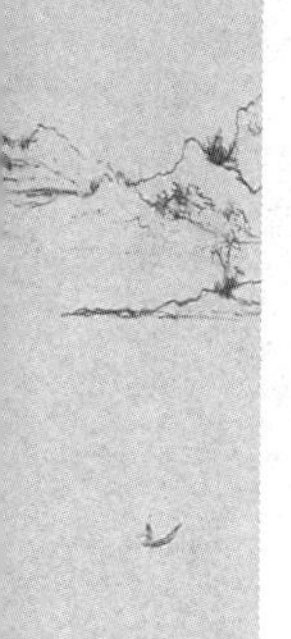

【注】

①此诗作于1136年盛夏，为谏彦清打毬而作。打毬：即打马毬，也叫捶丸、击鞠。是北方各族喜爱的军事体育活动。

②戛玉珂：戛：敲击。玉珂：马络头上的贝制装饰物。言玉珂相碰撞发出悦耳的响声。

③裸颠垢面：光着头，脸上很脏。

④骎骎：马速行貌。

⑤上驷：古称一车所套四马为驷。上驷，泛指上等马。金盘陀：金饰的鞍垫。

⑥跳丸：抛弄弹丸。为古杂戏之一种，也称弄丸。表演者两手快速地连续抛接若干弹丸以为戏。碧汉：天空。汉：天河。形容马毬被打出的高远。

⑦分明较胜：分明，疑作分朋，即分棚。宋徐梦莘《三朝北盟会编》载：徽宗北狩，至真定。金人高会击毬，请帝赋诗云："锦裘骏马晓棚分……"分棚为分队比赛。较胜：较量胜负。

⑧雷奔电掣：雷鸣电闪，形容气势壮盛迅疾。

⑨日忽蹉：白天忽然过去。

⑩此句言负者向胜者屈膝敬酒。骈罗：并排着，一个接一个。

⑪青娥：指围观的少女。

⑫抑尊礼卑：指赛输的位高者向位低者敬酒。浑：全然。

⑬遑恤它：来不及考虑其他。

⑭景云贵戚：景云为唐睿宗李旦的年号，公元710—711年。《新唐书·柳泽传》载其景云年间上谏书云："今贵戚打毬击鼓，飞鹰奔犬。狎比宵人，盘游薮泽。"

⑮贞元方镇：贞元，唐德宗李适的年号，公元785—804年。方镇，指掌管一方兵权的军事长官，借指金朝将领。同科：同样。科，品类。此言有相同爱好。

⑯柳泽谏事见本诗注⑭。韩愈谏事见《韩昌黎文集校注》卷三《上张仆射第二书》，内言打毬之害。

⑰彦清有"谏父休兵"事，见《小王仲冬望置酒，学士赋诗，次韵》。

⑱得之自马上：言靠武力得国。《史记·陆贾列传》："高帝骂之曰：'乃公马上而得之，安事《诗》《书》！'陆生曰：'居，马上得之，宁可以马上治之乎？'"金亦以兵得国。

⑲连朝肄习：连日练习。

⑳驰骋：奔跑，奔竞。

㉑吟哦：诵读。

㉒黑头：指青壮年。朱颜酡：饮酒面红貌。此句祝彦清春风得意。

使事无成，频年囚絷，用韵以怀[①]

行年已是老衰秋，　复命稽迟为絷留[②]。
恋主思亲归未得，　梦魂长绕大江东[③]。

【注】

①本诗反映了作者使金被拘留不返及恋主思乡的心态。

②稽迟:迟延,滞留。《南史·张融传》:“随例同行,常稽迟不进。”

③江东:即江左,指长江下游以东地区。这里是指作者家乡,即居于长江南岸的鄱阳地区。此句反映了作者强烈的恋主思乡之情。

临江仙·怀归

冷落天涯今一纪[①],谁怜万里无家。三闾憔悴赋怀沙[②]。思亲增怅望,吊影觉欹斜[③]。　兀坐书空真可怪[④],销忧殢酒难赊[⑤]。因人成事耻矜夸。何时还使节,踏雪看梅花[⑥]?

【注】

①一纪:岁星(木星)绕地球一周约十二年,所以古称十二年为一纪。此句言作者使金被留已达十二年。

②三闾:指屈原,因屈原曾任三闾大夫。怀沙:《楚辞·九章》中篇名。据《史记·屈原列传》载,《怀沙》为屈原自投汨罗江前的绝笔。述其怀沙砾以自沉之由,后以“怀沙”为因忠愤而投水死义之典。此句指自己如屈原那样有怀沙自沉的报国之心。

③吊影:形影相吊,喻孤独寂寞。

④兀坐书空:兀坐,昏昏沉沉地坐着。书空用殷浩事。《世说新语·黜免》:“殷中军(浩)被废,在信安,终日恒书空作字。扬州吏民寻义逐之,窥视,唯作‘咄咄怪事’四字而已。”后用为叹息、愤慨、惊诧的典故。

⑤销忧:排遣忧愁。殢酒:沉湎于美酒。上二句是说,尽管自己百般排遣忧愁,甚至以酒解愁,但愤慨之情终难减免。

⑥使节:古代卿大夫聘于天子、诸侯时所持的符信。泛指派驻一方的官员。这里是作者自谓。这二句反映了诗人盼望早日完成使命,回归故里的心态。

刘 豫

刘豫，字彦游(游，一作由)，河北阜城人。元符进士，官至济南知府。后降金。金天会八年(1130)册封他为“子皇帝”，国号大齐。但至天会十五年(1137)又废掉其“帝”位，降封蜀王，徙居辽代临潢府。后改封曹王，实为被软禁。皇统六年(1146)卒于戍所。其诗文集已佚，有少量诗作传世。

杂诗六首选三①

风荷柄柄弄清香， 轻薄沙禽落又翔。
红日转西渔艇散， 一川山影暮天凉。

古渡停骖日向沉②，凄凉归思梗清吟。
碧山几点塞天阔， 红叶一林秋意深。

寒林烟重暝栖鸦， 远寺疏钟送落霞。
无限岭云遮不断， 数声和月到山家③。

【注】

①本诗中“暮天凉”、“塞天阔”、“寒林烟重”等句，凄凉哀怨之意跃然纸上，反映了其被流徙后的郁郁寡欢。

②骖：本指同驾一车的三匹马，引申为马或马车。停骖则指停留不前的马或马车。

③山家：山野人家。

客　　馆[①]

雪消北岭安排暖，　寒入东风阻节春。
绝塞乱山围古驿，　他时说着也愁人。

【注】

①本诗上联谓北岭雪消，即将变暖，但由于寒意尚存，致使春天姗姗来迟。下联写自己身处绝塞乱山环绕的古驿中的寂寞与凄凉，反映了一个傀儡皇帝被废黜与被流徙后的哀愁。

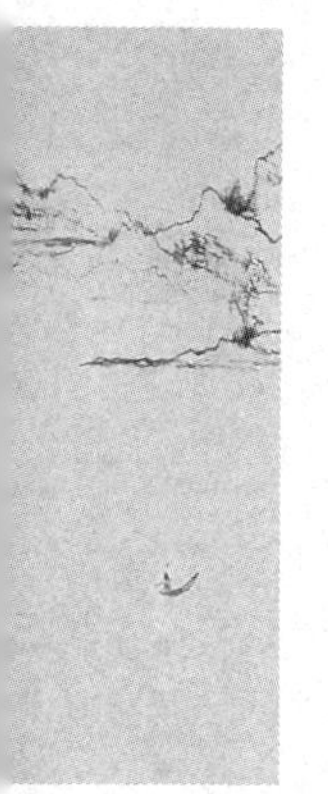

王仲通

王仲通，字达夫，辽宁长庆（今义县）人，一说闾阳（今辽宁省北镇市西南）人，一说中京（今内蒙古自治区宁城县大明城）人。天眷二年（1139）中进士第，一说天会六年（1128）进士。皇统七年（1147）因陷田珏党籍冤案，被编配五国（在松花江下游），后遇海陵王天德（1149—1152）年间赦令还乡里。金世宗即位又复官，曾任蒲州倅，后除礼部郎中，终于永定军节度使。《中州集》收其诗一首。1984年山西省修复普救寺时出土了一块《普救寺莺莺故居》诗碑，上刻王仲通大定年间任蒲州副职时所作一首七律的真迹。这是王仲通今存的第二首诗。

送　客①

措足疑无地②，　扪心幸有天③。
故人成邂逅④，　残喘见哀怜。
落日惊魂外，　孤云泪眼边。
西归万里梦，　今夕到君船。

【注】

①这首诗是作者被流递到松花江下游五国部故地时所作。五国部即辽代剖阿里国、盆奴里国、奥里米国、越里笃国、越里吉国五部，辽圣宗时归附，命居本土，以镇东北境，属黄龙府都部署司统辖。金代五国之地是流放人犯的地方。此诗言作者在流放中与友人不期而遇，深受理解和同情，虽然艰苦备尝，但生还的渴望在鼓舞着他。全诗感情真挚，明白如话，很有艺术感染力。

②措：放置。

③扪:抚摸。此句言扪心自问,幸有苍天明鉴,自信冤狱会有了结时。

④邂逅:偶然。后世以偶然相遇亦省称邂逅。《中州集》原作“解后”,此从《御订全金诗增补中州集》改。

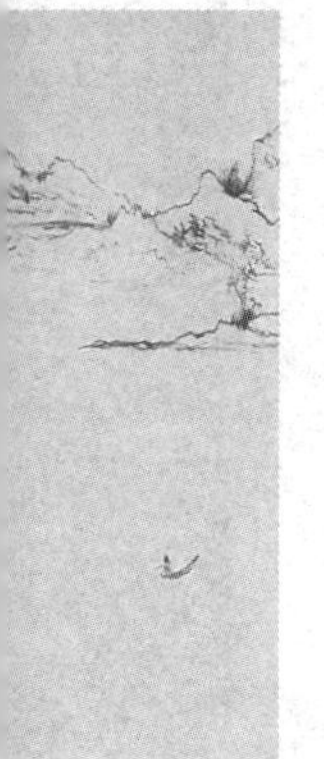

李之翰

李之翰，字周卿，山东济南人。宋宣和末考试登第。金兵南下，破洺州(今河北省永年县东南)，之翰被掳，使之守宁州。金皇统七年(1147)田珏案发生，被诬为党人，流徙上京(今黑龙江省哈尔滨市阿城区)。三年后赦归。有《漆园集》，已佚。

岁　暮[①]

休怪年来白发新，　天涯三载困埃尘[②]。
偶离沙碛穷阴地[③]，收得桑榆老病身[④]。
对雪莫吟秦岭句[⑤]，拨醅且醉汉江春。[⑥]
此生自断无余事，　何必区区问大钧[⑦]。

【注】

①此诗是作者流放上京三年后遇赦初离流所之作，抒发了以酒浇愁去度余生的无奈心态。

②天涯三载：按其流徙上京在皇统七年(1147)六月，被赦归在天德二年(1150)，首尾恰为三年。埃尘：本指飞扬的灰土，喻尘世。汉张衡《归田赋》："超埃尘以遐逝，与世事乎长辞。"这里是指边塞。上两句指年来白发的增多，是因被流放上京三年所致。

③沙碛：沙漠。穷阴：天气极其阴沉。唐李华《吊古战场文》："至若穷阴凝闭，凛冽海隅，积雪没胫，坚冰在须。"

④桑榆：喻晚年、垂老之年。上两句指因被赦，离开流所，已是年老多病。

⑤"对雪"句：秦岭句系化用韩愈事。唐韩愈因上《论佛骨表》被贬潮州刺使。行至蓝关时写有《左迁至蓝关示侄孙湘》诗，内云："云横秦岭家何在？雪

拥蓝关马不前。知汝远来应有意,好收吾骨瘴江边。”李之翰用此诗意时,又用了“莫吟”两字,乃是因韩愈嘱韩湘收其骨于瘴江过于颓丧,因此反其意而用之。

⑥拨醅:滔取未滤过的酒。唐白居易《醉吟先生传》:“吟罢自哂,揭瓮拨醅,又饮数杯,兀然而醉。”汉江春:不详,疑为酒名。

⑦断:判断。大钧:天,大自然。汉贾谊《鹏鸟赋》:“大钧播物兮,坱圠无垠。”这两句是说自己赦归后自料已没有余事(即无需投入主要精力之事),这一点也没有必要去问上天,从而反映了诗人无可奈何的淡淡哀愁。

中京遇因长老①

天涯流落偶生还, 古刹相逢语夜阑②。
叹我归途千里远, 喜君禅榻一身安③。
松声不断吟声细, 月影天边露气寒。
分手山堂更寥索④,冷云衰草伴征鞍⑤。

【注】

①本诗是诗人自上京赦归行至距上京千余里的中京(今内蒙古自治区宁城县西大明城)旅次遇到故人因长老时所作,反映了二人友谊之深厚。因长老,姓氏、行实不详,俟考。

②夜阑:夜深,夜将尽时。汉蔡琰《胡笳十八拍》:“更深夜阑时,梦汝来斯。”这两句谓天涯生还,古刹相逢叙旧,语至夜深。

③禅榻:僧人坐卧之用具。这里指因长老之坐卧具。

④山堂:山中的寺院。《水经注·瀔水》:“山堂水殿,烟寺相望。”这里指因长老主持之禅寺。寥索:萧瑟、冷落。

⑤征鞍:远行者所乘之马。唐张九龄《初入湘中有喜》诗:“征鞍穷郢路,归棹入湘流。”以上两句是指二人分手后,寺院更加萧条冷落,伴随自己归程的,只有冷云衰草,可见诗人心境的苍凉。总之,本诗首联咏生还逢友,颔联咏悲喜交集,颈联咏夜话环境,尾联咏别后景况。

卞士亨

卞士亨，籍贯不详，元末曾供职于张士诚军中。士诚失败，“归隐海滨”。朱元璋“屡召不出”，大怒，将他遣戍辽阳。十余年赦归后，曾赋牡丹诗。

自题牡丹①

牡丹曾是手亲栽，　十度春风九不开②。
多少繁华零落尽，　一枝犹待主人来。

【注】

①卞士亨曾供职于元末割据势力吴王张士诚军中。士诚于元至正二十七年(1367)兵败被俘而死。明初，卞士亨以屡次拒绝朱元璋之召而被遣戍辽阳十余年。

②十度春风九不开：据载士亨赴戍时，曾以酒酹其亲手栽植的牡丹花道：“待我南还花再开。”此后这株牡丹果然不再开花。其妾朝夕对花祝道：“有还信，当再开花。”转眼十年，一朝“花忽大开”，士诚果然遇赦南还。他赋诗以咏此事。此诗反映了作者与明朝统治者不合作的不满心态。

朱　善[1]

朱善(1314—1385),字备万,江西丰城人。洪武八年(1375)任翰林院修撰。朝廷命他偕家属赴京就禄,由于其妻久病,迁延数月,于九年(1376)被贬辽阳。其行将至辽阳,奉诏还乡。有《辽海集》。

哭　妻

九日今朝是[2],孤魂何处归?
无心同落帽[3],有泪且沾衣。
风骤水声急,　天清露气微[4]。
死生成契阔,　直使夙心违[5]。

【注】

①本诗通过作者妻子卒于九月八日而不能于初九日与己作重九登高之游,反映了对妻子的深切悼念。

②九日:指每年九月九日重阳节。按:朱善之谪居辽阳是洪武九年(1376)事。同年九月初一偕同其妻刘氏、子逢掖自京师(今江苏省南京市)启程。初八至徐州,刘氏病卒,次日朱善写有此诗。

③落帽:本指晋代孟嘉九月九日登龙山,风吹其帽堕地事,见《晋书·孟嘉传》,后代因以"落帽"为重九登高的典故。这里是指由于刘氏是九月初八病卒,因此作者不能与其老妻于次日共同作登高之游。

④这两句是写其妻病卒时的环境。

⑤契阔:久别。《后汉书·范冉传》:"行路仓卒,非陈契阔之所。"夙心:平素的心愿。这里是指诗人与其妻白头偕老的心愿。

长短句[①]

翁骑驴，儿牵车， 童子荷担相追随[②]。
风淅淅[③]，草凄凄，阿儿苦寒童苦饥。
翁虽不语心伤悲，吁嗟薄命当诉谁？
辽东虽云乐，不如早旋归。

【注】

①本诗写于洪武九年(1376)十月自金州赴盖州之途中，通过一个老翁祖孙三人饥寒交迫、逃亡在外的流浪生活的描写，反映了明初辽东流民的苦难及作者的思归之感。

②荷担：用肩负物。《列子·汤问》："遂率子孙荷担者三夫。"这几句系指老翁骑驴，其子牵车，其孙肩挑东西追随在其后。

③淅淅：象声词。这里指风声。

辽东杂诗十三首选六[①]

其 一[②]

辽东屯田天下无， 兵农混一真良图。
春夏入屯种菽粟， 冬来入城还备胡。

其 二[③]

枥树林边榛子科， 干长三尺叶婆娑。
今冬开花已婀娜， 明年结子岂嫌多。

其 六[④]

辽东三苦土人说， 夏有蚊虻冬积雪。
四时泥泞不堪行， 长使征夫泪成血。

其　九[⑤]

十月辽东饶温气，　无霜无雪客怀宽。
若非天意性衰老，　衣蔽衾单孰御寒？

其　十[⑥]

凤凰山下古唐城[⑦]，仁贵当年善用兵[⑧]。
七百余年遗迹在，　至今边将想威名。

其　十　二[⑨]

雪满空山霜满须，　五更上马竟何如？
回头却羡农家好，　妻子团圞拥地炉[⑩]。

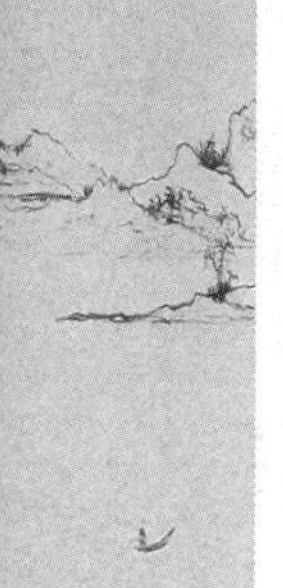

【注】

①本组诗共十三首，由于题材庞杂，故以“杂诗”命名，它从多方面反映了明初辽东地区自然条件、物产民俗、社会风貌等。

②这是咏明廷在辽东采取寓兵于农的屯田政策的情况。

③这是咏辽东盛产之榛子。

④这是咏辽东因有夏之蚊虻、冬之冰雪与四时泥泞等“三苦”及基于此的路途难行。

⑤这是咏辽东十月气候之暖。

⑥这是七百年前唐征高丽之役中的大将薛仁贵善于用兵，威震辽海事。

⑦凤凰城下古唐城：《明一统志》卷二十五辽东都司：“凤凰城在都司东三百六十里，上有垒石古城，可容十万众，唐太宗征高丽，驻跸于此。”古唐城即指此。

⑧薛仁贵：名礼(614—683)，唐名将，绛州龙门(今山西省河津市)人。曾任右领军中郎将。率军战胜九姓突厥于天山。太宗至高宗多次征高丽，均曾参加。善于用兵，“威震辽海”。

⑨这是咏天涯行役或征戍将士的羁旅之愁。

⑩地炉:为取暖就地挖砌的火炉。唐岑参《玉门关盖将军歌》:“军中无事但欢娱,暖屋绣帘红地炉。”

题辽东八景八首选三①

其三　西湖夜雨②

八月秋高湖水平，　湖边夜雨共谁听?
就中还有江南客③，写得萧湘篷外声④。

其七　香岩拱秀⑤

古寺已经兵火废，　香岩拱秀尚留名。
至今月冷风清夜，　仿佛犹闻钟磬声。

其八　千山积雪⑥

冬雨霏霏冻成雪⑦，千岩万壑琼瑶白⑧。
此时唯许鹤上翁，　群玉峰头有奇绝⑨。

【注】

①辽东八景:明初统治者在今辽宁设辽东都司,治今辽阳。当时有人在辽阳一带倡八景之议,辽东八景最早入诗人之咏者当推这组诗。

②西湖夜雨:此诗咏八景之三西湖夜间听雨的风光。此西湖不详今地,当在辽阳,待考。

③江南客:指诗人自己。

④萧湘篷:萧当为潇之讹,潇湘为潇水与湘江之合称,该地有八景之名胜。篷:张盖在车船等上面,用以遮蔽日光、风雨的设备。潇湘篷指潇湘两江之船篷。潇湘篷外声则指雨声。

⑤香岩拱秀:此诗咏八景之七香岩之上群花争相竞放的景观。香岩:芳香

弥漫的山崖。古寺虽废,但其钟、磬声仿佛犹闻,从而增加了此景的诗意。香岩,具体地点不详,待考。拱:向上或向外顶。秀:指花卉开花或开出的花朵。拱秀:则指群花竞开。

⑥千山积雪:此诗咏千山秀美的雪景。千山在辽宁省西南部,长白山之支脉。山之主峰在辽阳县南10里,状若莲花,又名千朵莲花山,亦名千顶山。

⑦霏霏:飘洒。此句指冬雨飘洒而成雪。

⑧琼瑶:本指美玉,借以喻雪。唐白居易《西楼喜雪命宴》诗:"四郊铺缟素,万室甃琼瑶。"

⑨鹤上翁:当指仙人。传说中仙人多以鹤为坐骑,故称。

⑩群玉山:传说为西王母所居处。唐李白《清平调》诗:"若非群玉山头见,会向瑶台月下逢。"这两句是说,如果仙人骑鹤游赏千山之顶,会有更为奇妙非常的景观(指雪景)呈现眼前。

至盖州驿①

昔为盖牟地，　今为险要城。
官仓新创造②，驿馆盛逢迎③。
岭树疏还密，　河流浅复清。
诸军听号令，　冬闲复春耕。

【注】

①此诗咏盖州繁华富庶及寓兵于农的军屯景象。盖州,古称盖牟,明廷置盖州卫,治今辽宁省盖县。

②官仓:官府的仓廪。

③驿馆:驿站的客舍。元王恽《仪封道中》诗:"驿馆残釭曙色分,马驮残梦走踆踆。"

诏许还乡①

今晨闻好语，　有诏许还乡。
旧籍虽重理，　田园未尽荒。

亲朋应送酒，　童稚或牵裳。
却说心中事，　凄然倍感伤②。

【注】

①本诗系刚接到赦归的诏书时所写，写了还乡时将收拾旧籍、整理田园、亲朋送酒、童稚牵裳的欢快情景及老妻同来不同归的感伤心态。

②“感伤”两句：其妻刘氏于同年九月八日，行至徐州时卒，见前《哭妻》诗，“心中事”即此，“感伤”亦缘此。

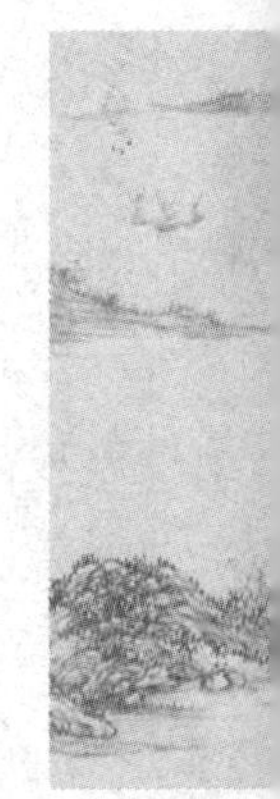

孙 蕡

孙蕡(1334—1393),字仲衍,广东顺德人。洪武三年(1370)举乡试,官至苏州府经历。二十二年(1389),因事谪辽东。二十六年(1393),受大将军蓝玉谋反案株连,被斩于辽东。有《西庵集》。

戍辽渡海[①]

天风万里噀洪涛[②],惊见神峰立巨鳌[③]。
绛节影摇龙伯国[④],绣幢光拂海凫毛[⑤]。
浮空圆峤随波长[⑥],绕石珊瑚出浪高[⑦]。
傥许从戎树勋业[⑧],白头归路拥旌旄[⑨]。

【注】

①本诗咏自己流放辽东渡海时之所见及虽处逆境但仍有建功立业的豪情壮志。

②噀洪涛:噀是将含在口中的东西喷出。噀洪涛,指大海翻腾,惊涛喷射。

③神峰:本指气概、风标。《晋书·王澄传》:“兄形似道,而神峰太隽。”这里指气势超凡。巨鳌:传说海中能负山的大鳌或大龟。以上两句是说,万里天风卷起的巨涛,仿佛是声势浩大的巨鳌立在面前,令人震惊。

④绛节:古代使者持作凭证的红色符节。唐骆宾王之《从军中行路难》诗:“绛节朱旗分日羽。”龙伯国:古代传说中的大人国。据《列子·汤问》载,渤海之东有五座仙山,由于其“根无所连著,常随潮波上下往还,不得暂峙”。天帝使十五只巨鳌轮番顶戴,“五山始峙”。而伯龙之国有巨人,“一钓而连六鳌”,于是五山中的“岱舆、员峤二山流于北极,沉于大海”。

⑤绣幢:装饰华美的张挂在舟车上的帷幔。海凫:凫,本指野鸭,这里海凫

泛指水鸟。毛:羽毛。

⑥圆峤:即员峤,即圆峤,盖员通圆。即《列子·汤问》所载渤海之东的五座仙山之一。见本诗注④。此句是指海中所见的岛屿随波上下浮动。

⑦珊瑚:由珊瑚虫分泌的石灰质骨骼聚结而成之物。状如树枝,多红色,产于热带海中。此句以海中绕石之珊瑚被浪花卷出海面,而喻波浪之盛大。

⑧从戎:本指从军。但由于明代与明代之前流放的流人,往往是发配到军营中直接参加战斗,或充当军中苦役(即从军),因此充军者往往将充军写作从军,即从戎,因此这里的从戎,就是充军。

⑨白头:指晚年。

阙门书所见①

隐隐旌旗贴落晖②,方山遥望锦城围③。
平芜一带香尘合④,知是诸王射猎归⑤。

【注】

①阙门:阙本指古代宫门前两边的楼。阙门则指两阙之间。这里当指辽阳城大门。本诗反映了诸藩王率领将士射猎而归时的景象。

②落晖:夕阳,夕照。明戴笠《有感》诗:"西北遥瞻是落晖。"本句指藩王率众出猎场面。

③方山:山名。在今江苏省南京市江宁区东南,秦淮河东面。四面等方,孤绝耸立,故名。这里当指辽阳某方形之山。锦城:锦官城之略称,即成都。本句之"锦城"当指辽阳城。以上两句指遥望锦城之围猎,日映旌旗。

④平芜:草木丛生的旷野。南朝梁江淹《去故乡赋》:"穷阴匝海,平芜带天。"香尘:芳香之尘,多指女子之步履而起者。这两句是指诸王射猎归来,尘起平芜。尘本指沙尘,这里谓香尘,当系诸王射猎时曾携带女眷。

临刑口占①

鼍鼓三声急, 西山日又斜②。
黄泉无客舍, 今夜宿谁家③?

【注】

①临刑:洪武二十六年(1393),大将军蓝玉以谋反被处死,明廷籍其家,“有只字往来,皆得罪”,受此案株连,被杀者多达一万五千余人。孙蕡由于从前曾为蓝玉之画题过字,因此也被杀于戍所。临刑之际,口占此诗。

②鼍鼓:用鼍皮蒙的鼓。此两句点明临刑之时间,即在鼓声三响的黄昏之际。

③黄泉:人死后埋葬之地,阴间。《管子·小匡》:“应公之赐,杀之黄泉。”这两句以不知魂归何处点明自己死后的迷茫之感。

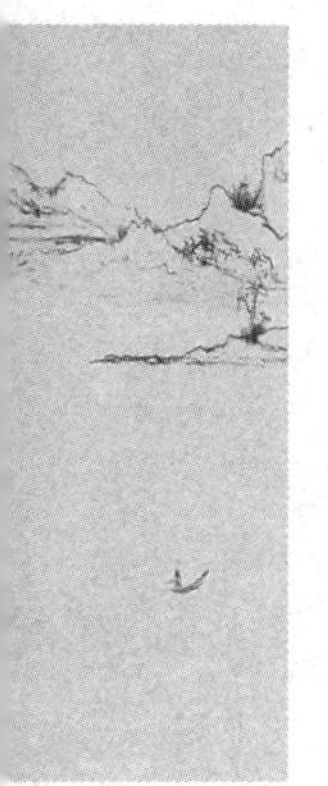

黎　贞

黎贞，字彦晦，广东新会（今江门市新会区）人。曾任新会县训导。洪武十八年（1385），以事为人所诬，遣戍辽东。三十年（1397）赦归。有《秫坡集》。

从戎别母

别母慈颜强荷戈，　肃将君命敢蹉跎[①]。
倚门莫念边城事，　圣代于今雨露多[②]。

【注】

①荷戈：荷：扛，用肩承物。古代流人至戍所后，一般要荷戈入伍戍守边疆，故荷戈为流放之代称。肃将：敬奉。《书·泰誓上》："皇天震怒，命我文考，肃将天命。"蹉跎：失时。此两句指因流放而拜别慈母，敬奉君命而立时启程。

②倚门："倚门倚闾"之省称。喻父母盼望儿女归来的迫切心情。语出《战国策·齐策六》。圣代：古代对当代的谀称。雨露：喻恩泽。唐高适《送李少府贬峡中》诗："圣代即今多雨露，暂时分手莫踌躇。"

喜得家书[①]

少年意气欲横秋[②]，此日闲看东逝流[③]。
道路干戈怜阻绝，　封书还慰客边愁[④]。

【注】

①此诗咏流放后偶得家书的喜悦心态。

②横秋：形容人的气势之盛。明屠龙《昙花记·严公冤对》："英雄盖世气横

秋。”这里指诗人少年意气风发。

③东逝流:东流之水,比喻时光流逝,事物废弃。此句指流放后,自己成弃掷之身。

④封书:封缄之书信,此指家书。客边愁:客居边塞之愁思。

冬至咏雪[①]

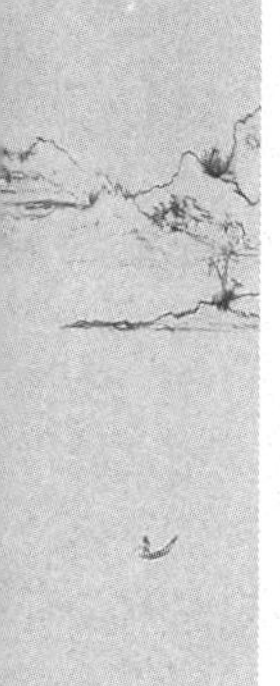

朔风吹雪如云堆, 飘飘飞绕从天来。
妆成世界似银海, 举目万里无纤埃[②]。
我家在南粤,穷冬不见雪。
离明淑气地所钟[③],万类欣欣总和悦[④]。
去年辞家来帝京, 扁舟暂泊浔阳城[⑤]。
匡庐插天几千仞, 琼楼玉宇浑蓬瀛[⑥]。
万树梅花同一色, 但闻清香不复识。
蹇驴细步上云屏[⑦],照眼寒光灿岩隙。
五老峰头望故乡, 南云漠漠江天长[⑧]。
悲歌慷慨下山去, 雪风凛凛吹征裳[⑨]。
今年东征赴辽海, 驿路奔驰将半载。
漫天复见雪花飞, 人事亦随天意改。
严威砭骨寒入神, 车摧牛死何纷纷。
朔方幽都成肃杀, 争似南国长如春[⑩]。
呜呼!
南国亲舍天万里, 早晚乘风赋归去。
不用雪霜寒逼人, 四时长在春风里[⑪]。

【注】

①本诗系咏塞外雪势之盛大以及盼望赦归之心态。

②上四句为全诗第一部分,是咏塞外雪势之大。

③离明：日，日光。南朝梁江淹《丽色赋》："故气炎日永，离明火中。"淑气：温和之气。晋陆机《悲哉行》诗："蕙草饶淑气，时鸟多好音。"钟：汇聚，集中。

④上四句为第二部分，是咏家乡南粤日暖气和，终年无雪。

⑤帝京：京城，京师。此指今南京。浔阳城：古县名，治今江西省九江市。上两句是咏辞家远游京师，途中暂寓浔阳。

⑥匡庐：一称匡山或庐山。在江西北部，浔阳境内。蓬瀛：即蓬莱、瀛洲，皆海中山名，相传为仙人所居。

⑦蹇驴：驴子。驴子体弱而行缓，故称。汉东方朔《七谏·谬谏》："驾蹇驴而无策兮，又何路之能极？"云屏：原指屏风，喻层叠的山峰。元虞集《寄答桂风子》诗："云屏第九叠。"

⑧五老峰：庐山最高处，在江西星子县北庐山，去县三十里。山石骨峙，突兀凌霄，如五位老人骈肩而立，故名。

⑨征裳：即征衣。旅人之衣。以上 12 句为第三部分。是咏庐山雪势之大。

⑩幽都：即幽州。《庄子·在宥》："流共公于幽都。"《释文》："即幽州也。"幽州为古代十二州之一，传说舜分冀州东北为幽州。即今河北北部与辽宁一带。这里指作者流放的辽阳一带。以上八句为第四部分，是咏塞外(辽海)之严寒。

⑪以上四句为第五部分，是咏盼望赦归终年无雪、四季皆春的家乡。总之，全诗共分五部分，其中，将庐山雪与塞外雪相对比，以显示塞外雪更为声势浩大；将家乡四季皆春与塞外严寒相对比，以显示家乡之温暖如春，并为盼望赦归打下伏笔。全诗结构严谨有序，重点突出，写景抒情恰到好处。

寒食遇雪①

三月边城雪未干，　琼瑶飞舞海天宽。
榆烟寂寂千家晓，　柳絮纷纷万里寒②。
歌管声中银作屋，　秋千影里玉为竿③。
半生踪迹遍南北，　知是明年何处看？

【注】

①寒食：节日名，在清明前一或二日。相传春秋时晋文公负其功臣介之

推。之推愤而隐于绵山。文公悔悟,烧山逼令出仕,之推抱树焚死。人们同情其遭遇,相约于其忌日禁火冷食,后相沿成习,谓之寒食。本诗系咏诗人于三月寒食遇雪之际,感慨人生漂泊无定的心态。

②榆烟:笼罩在榆树林中的烟雾。柳絮:成熟的柳树种子,随风飞落如飘絮,故称柳絮。

③这两句喻雪花如银玉之白。

对　镜[①]

潇潇朔雪洒征衫[②],身在辽阳忆岭南[③]。
青镜频看悲素发[④],秋风浑欲不胜簪[⑤]。

【注】

①本诗通过朔雪征衫、青镜白发的描绘,反映了诗人未老先衰及思念家乡的情怀。

②潇潇:本指风雨急骤貌,这里指雪花飞舞貌。

③岭南:五岭以南地区,今广东、广西一带。这里是指诗人之家广东新会。

④青镜:青铜镜。素发:白发。

⑤不胜簪:簪,古人用以绾定发髻或冠的长针,后专指妇女绾髻的首饰。不胜簪:形容头发稀疏,连簪子都承担不起。这里指自己未老先衰。按:诗人于洪武三十年(1397)被赦归,时年四十岁左右,可见撰写此诗时为四十岁之前,年未四十,发白而疏,已见衰老,故称。

醉后纵笔[①]

辽阳天气异中华[②],春尽园林未见花。
那似故园风景好,绮罗丛里驾香车[③]。

【注】

①此诗为诗人醉后思乡之作。前二句写戍所气候之萧瑟,后二句谓家乡风光之美艳,二者对比,诗人心态之苍凉跃然而出。

②中华:中原内地。

③绮罗丛:富贵者丛集之处,亦指繁华浮艳的生活环境。宋张元幹《感皇恩》词:“绮罗丛里惯,今朝醉。”香车:泛指华美的车与轿。

辽东春日之四①

寒云万里远从龙②,喜见山河绝域通③。
礼乐纲维三代盛④,车书文轨万方同⑤。
题桥空负相如志⑥,投笔长怀定远功⑦。
凯奏南还应有日, 五羊风月待归篷⑧

【注】

①本组诗咏辽东春日风光及作者建功立业于异域的愿望。

②从龙:《易·乾》:“云从龙,风从虎,圣人作而万物睹。”旧以龙为君象,因称随从帝王或领袖创业为从龙。唐卢殷《欲销云》:“欲隐从龙质,仍余触石文。”这句是指诗人奉皇帝谪戍的圣旨到远在万里之外严寒的辽东为朝廷效力。

③绝域:极远之地,这里指诗人远戍之辽东。

④礼乐:礼节与音乐。古代帝王常用兴礼乐为手段以求达到尊卑有序远近合和的统治目的。《礼记·乐记》:“礼乐之说,管乎人情矣。”纲维:总纲与四维,比喻法度。三代:本指夏、商、周,《论语·卫灵公》:“斯民也,三代之所以直道而行也。”这里系指明朝之礼乐、法度有如三代之盛。

⑤车书文轨:《礼记·中庸》:“今天下车同轨,书同文。”以车乘轨辙相同及书牍文字相同表示天下一统,文物制度划一。后泛指国家的文物制度。以上两句喻本朝制礼作乐,法度完备有如夏商周三代,车同轨,书同文,天下一统。

⑥“题桥”句:汉代司马相如初离家赴长安,曾在成都城北升仙桥题句于桥柱:“不乘赤车驷马,不过汝下也!”以示致身通显之志,见《华阳国志·蜀志》。后以“题桥”以喻对功名所寓之抱负。

⑦“投笔”句:即“投笔从戎”。汉代班超“家贫,常为官佣书以供养。久劳苦,尝辍业投笔叹曰:‘大丈夫无他志略,发效傅介子、张骞立功异域,以取封

侯，安能久事笔砚间乎？'"后立功西域，封定远侯。后世因以"投笔从戎"为弃文就武的典故。上两句是咏自己致身通显及弃文就武以立功塞外的抱负。

⑧五羊：即五羊城，广州之别名。传说古代有五仙人乘五色羊执六穗秬至此，故名。诸书所载稍有不同，参阅《广州记》、《太平寰宇记·岭南道一》、《南部新书》等。此指作者故乡。以上两句是抒发作者借立功异域而盼望南归的思乡之情。

洪武丁丑免戍南归①

太平不用戍边关，六合尘清战马闲②。
圣代儒冠应有用③，独骑款段出青山。

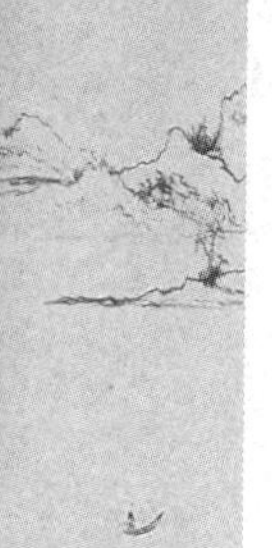

【注】

①洪武丁丑：洪武三十年，即1397年。该年诗人被赦归。

②六合：天地四方，即整个宇宙空间。《庄子·齐物论》："六合之外，圣人存而不论；六合之内，圣人论而不议。"上两句喻天下太平。

③圣代：即圣世。明李东阳《送王祭酒先生还南京》诗："圣代声名北斗尊。"儒冠：儒生戴的帽子，借指儒生。唐杜甫《奉赠韦左丞丈二十二韵》诗："纨袴不饿死，儒冠多误身。"该句指诗人的用世之志。

④款段：马行迟缓貌。《后汉书·马援传》："乘下泽车，御款段马。"此句寓诗人归途的欢快心情。

午夜还乡，呼酒先登钓台书壁①

其　一

十年戎马不离鞍②，沙漠长城万里寒。
今日归来浑未老，青山还许白头看③。

其　二

忆昔边城夜未归，臂悬弓剑趁雕肥。

杀心今觉消磨尽，鸥鹭从教自在飞④。

【注】

①据黄淳所写之黎贞传，谓贞早年家居之际，曾“筑钓台于所居前，日徜徉其间，澹如也”。至洪武三十年赦归时，“抵家方夜，明月满空，呼舟中余酒，登钓台赋诗，久之乃扣户”。其所赋之诗，即此二诗。

②十年戎马：诗人于洪武十八年遣戍辽东，三十年赦归，首尾13年，“十年”乃约略之语。

③本诗上联以鞍马驰驱于沙漠长城间的塞外，喻其壮志；下联以白头归来闲看青山，写其闲情。

④本诗上联咏昔日边城夜猎，下联咏今日故乡以鸥鹭为友。

陈 循

陈循，字德遵，号芳洲居士，江西泰和人。永乐间，官至户部右侍郎。景帝立，进兵部尚书，官至太子太傅、华盖殿大学士，兼文渊阁大学士。景泰八年（1457），英宗发动政变，重夺皇位，杀于谦等，陈循也被充军铁岭。天顺五年（1461）被赦归。次年接到诏书，还京。有《东行百咏集句》与《芳洲集》。

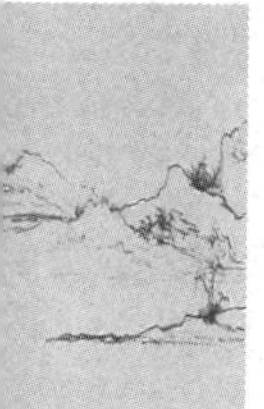

咏铁岭八景[1]

山郭朝烟[2]

依山附郭居，一片朝烟合。
人家辨不真，苍茫见孤塔。

柴河晚渡[3]

柴河水清浅，萦带苍烟下。
夕阳唤无舟，晚渡看车马。

蓬渡风帆[4]

往来渡口船，风利乃得聘。
遥遥数片帆，吹没远天影。

帽峰云树[5]

帽峰多白云，云杂帽峰树。

云深山更深，谁识仙源路？

龙首寻秋⑥

霜林变丹红，秋高云气迥。
幽人植杖来，踏遍碧峰顶。

鸳湖泛月⑦

湖上横秋烟，鸳鸯时出没。
中有荡舟人，高歌弄明月。

白塔横云⑧

山雨过城头，雨晴云未散。
忽看白塔尖，钻入青天半。

红崖积雪⑨

崩崖渍殷红，积雪留残白。
夕阳山背来，寒光照赤壁。

【注】

①铁岭：即明代之铁岭卫，古称银州，今辽宁省铁岭市。本组诗从八个方面分咏了铁岭八种不同的自然风光，故称八景。此八景当为陈循所拟，今地不详。

②山郭朝烟：系咏近山城郭朝烟笼罩的风光。

③柴河晚渡：系咏夕阳西下之际车马渡河的风光。

④蓬渡风帆：系咏小船乘风扬帆远逝的景象。

⑤帽峰云树：系咏白云绕峰山树隐现的景象。

⑥龙首寻秋：系咏龙首山霜林红叶的秋日风光。

⑦鸳湖泛月：系咏在秋烟笼水、鸳鸯出没的湖上荡舟泛月的景象。

⑧白塔横云:是咏雨后晴云中白塔时隐时现的景象。

⑨红崖积雪:系咏山崖之赤与积雪之白互相辉映的风光。

山城夜月,自和《东行集句》韵[①]

蟾光如水浸清秋[②],防塞将军在戍楼[③]。
千里无尘烽火寂[④],夜深犹起看旄头[⑤]。

【注】

①《东行集句》:为其在戍所所写之诗集《东行百咏集句》之简称。此诗写戍边将士之艰苦处境与爱国情怀。

②蟾光:月光,传说月中有蟾蜍,故称。南朝梁萧统《锦带书十二月启·太簇正月》:"皎洁轻水,对蟾光而写镜。"这里指塞外秋月之光。

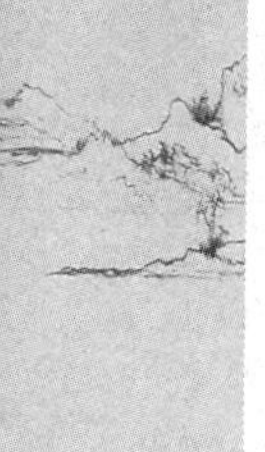

③戍楼:边防驻军之瞭望楼。唐许浑《金陵怀古》诗:"玉树歌残王气终,景阳兵残戍楼空。"

④烽火:古代边防报警的烟火。《史记·周本纪》:"有寇至,则举烽火。"此句谓边境安全,烽火不举。

⑤旄头:星名,即昴宿。古人以为旄头星特别亮的时候,预兆有战事发生。唐李白《幽州胡马客歌》诗:"旄头四光芒,争战如蜂攒。"本句以将军在夜深之际仍然起视旄头星是否明亮,以卜有无战事,从而体现了戍边将士关心国事的爱国情怀。

暮　　春[①]

有时三点两点雨,百草芊芊暗吐芽。
云物不殊乡国异,春城无处不飞花。

【注】

①本诗是以雨点零落、百草吐芽、春城飞花之景象,反映与故乡相同之塞外风光。

虏中雪[①]

塞上晴云杂雨云，纷纷暮雪下辕门[②]。
逆胡冥漠随烟烬[③]，千家今有几家存[④]？

【注】

①虏：古代对北方少数民族的蔑称。这里是指作者遣戍的东北地区少数民族。

②辕门：领兵将帅的营门。《六韬·分合》："大将设营而陈，立表辕门。"这里指驻守辽东地区将帅的营门。本句用了"纷纷"一词，可见雪势之大。

③逆胡：叛乱的少数民族。冥漠：迷茫，模糊。明袁宏道《过灵峰》诗："冥漠烟如醉。"烟烬：烟与灰烬。

④"千家"句：居民的大为减少，反映了居住条件之恶劣。

晚猎

其一[①]

旌旗映水发秋光[②]，野色遥连日色黄[③]。
朔方健儿好身手[④]，骣骑白马射黄羊[⑤]。

其二

薄暮射牲辽水阳[⑥]，悲风瑟瑟烟草黄。
槛制玄熊系青兕[⑦]，逐杀虎豹如犬羊。

【注】

①本组诗是咏戍守辽东将士之射猎。其一是咏射猎黄羊，其二系咏逐杀虎豹。

②旌旗：旗帜的通称。《周礼·春官·司常》："凡军事，建旌旗。"秋光：秋日的风光、景象。

③野色:原野或郊野的景色。唐白居易《冀城北原作》诗:"野色何莽苍。"

④朔方:北方。

⑤"驏骑"句:谓北方健儿骑着没有鞍子的白马射杀黄羊。语本唐令狐楚《少年行》诗:"少小边州惯放狂,驏骑蕃马射黄羊。"驏骑:指不用鞍子骑马。

⑥辽水阳:辽水北面地区。辽水,即辽河,我国东北地区南部大河。有东西两源,东、西辽河在辽宁省昌图县古榆树附近汇合后始称辽河。支流有柳河、清河等。

⑦槛:关动物的大笼子、栅栏。玄熊:黑熊。青兕:黑色之兕。兕,古代传说中的一种猛兽。此句谓以笼子控制住黑熊,并捆绑住黑兕等猛兽。

边将回军[①]

其　一

边城夜静月初上，　雪净胡天牧马还[②]。
直北关山金鼓振，　将军且莫破愁颜。

其　二

汉将辞家破残贼，　两重衣甲射皆穿。
万里横戈探虎穴，　何时返旆勒燕然[③]。

【注】

①本组诗以驻防边塞之将军破贼凯旋为主题,反映了其杀贼报国、立功异域的豪情壮志。

②胡天:指胡人地域的天空。唐岑参《白雪歌送武判官归京》诗:"胡天八月即飞雪。"

③燕然:古山名,今蒙古国境内的杭爱山。东汉永元元年(89),车骑将军窦宪领兵出塞,大破北匈奴,登燕然山,勒石纪功,扬汉之威德。后以"燕然"泛指边塞。

古征夫词

夫死战场子在腹，令谁在家相对贫？
古来青史谁不见，不见杀场愁杀人。

吊古战场[1]

新鬼烦冤旧鬼哭，千家魂魄汉英雄。
寒沙万里平铺月，来是空言去绝踪。

【注】

①本诗及上首诗均反映了战争带给人民的灾难及人民的厌战情绪。

田家之四[1]

父子孙曾互耦耕[2]，出门阡陌任纵横。
自家骨肉无他伴，那有相争忿不平。

【注】

①本诗系咏全家在阡陌上耕作的情景。

②孙曾：孙子与曾孙。宋陆游《湖村》诗："老人不用夸顽健，时看孙曾浴画盆。"耦耕：二人并耕。后泛指务农、耕作。

村田登高乐[1]

登高已过筑场时，霜倍加寒酒力微。
甚得村田丰稔乐，狂歌醉舞月中归。

【注】

①此诗系咏农家之丰收乐。

田家之三[①]

不识安闲识苦辛，出忧水旱入忧贫。
岂闻纨绔膏粱辈，非是条桑播谷人。

【注】

①本诗系咏农民“出忧水旱入忧贫”的苦辛。

边城老稚用感兴韵[①]

出驱宫犊耕村陇[②]，入抱更筹上夜城。
老稚征徭穷到骨，肯缘衰弱一容情。

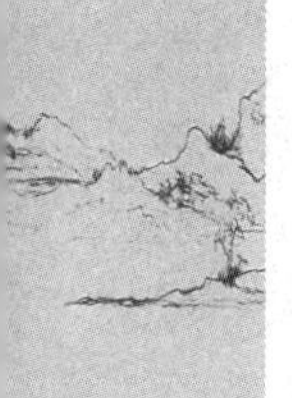

【注】

①此诗是咏农夫白天赶着牛至田垄上耕作，夜间又要到城上打更报时，老少都因沉重的赋税与徭役而一贫如洗。

②陇：同垄，田间的埂子，借指田间。

③更筹：古代夜间报更用的计时签。本句指打更报时。

嘲　边　俗

居丧，亲朋夜聚柩前，作乐饮酒，歌笑为乐，名伴暖[①]。

其　一

古礼娶妇尚撤乐，边俗居丧厌萧索。
吹弹歌舞必于是，欢饮柩前乃足贵。

其　二

丧不哀恸徒吊慰，无间贫贱与富贵。
食稻衣锦如常时，伤哉何望能变此？

【注】

①本诗系为嘲讽塞外“伴暖”陋习而作。所谓“伴暖”就是居亲丧之际，朋友于夜间聚在棺柩之前，“作乐饮酒，歌哭为乐”。而且不论贫贱、富贵之人均皆如此。诗人认为这种习俗，有悖古礼，不近人情，故作诗讽之。

嘲　赌　博[1]

赌博唯求利到身，　争筹全不顾疏亲[2]。
醵饮杯酒聚数伴，　喧竞一钱惊四邻。

【注】

①当时塞外赌风甚盛，诗人作诗以嘲讽之。

②筹：即筹码。本指古代投壶计算胜负之具，后指赌局中计算胜负之物。此句指众赌徒赌红了眼，为了赢钱求利而争夺筹码，竟然亲疏不分。

自　　述[1]

去国孤然一老身[2]，　天涯何处避风尘？
丹心不逐凉炎改[3]，　白发仍随岁月新。

【注】

①本诗以自己离开国都后身虽渐老，但丹心不改，反映了诗人流放的哀伤及对朝廷的忠诚。

②去国：离开国都。宋范仲淹《岳阳楼记》：“登斯楼也，则有去国怀乡，忧谗畏讥，满目萧然，感极而悲者矣。”

③丹心：赤心，忠贞之心。凉炎：即炎凉，喻人情势力，亲疏反复无常。

寒食日有感[1]

离家几年恒在边，　十人七人归下泉[2]。

寒食花开千树雪，　强凭杯酒亦潸然。

【注】

①本诗系咏诗人流放塞外数年以来，面对许多流人陆续死去的现实，只能以酒解愁的心态。寒食：节日名，在清明前一日或二日。相传春秋时，晋文公负其功臣介之推，介之推愤而隐居绵山。文公悔悟，烧山逼令出仕，之推抱树焚死。人们同情其遭遇，相约于其忌日禁火冷食，以为悼念。后相沿成俗，谓之寒食。

②下泉：地下，犹黄泉。唐白居易《思旧》诗："再思今何在？零落归下泉。"此句谓许多流人的陆续死去。

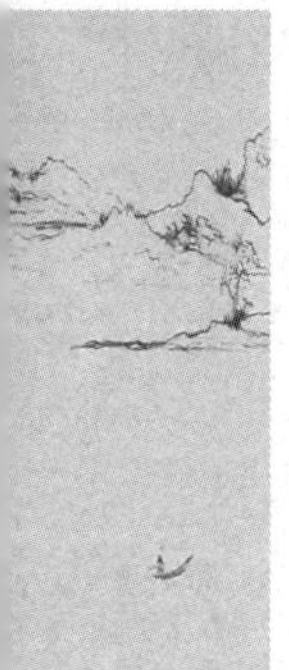

客居民三载[①]

三年谪宦此栖迟[②]，故国平居有所思。
向夜欲归心万里，　夕阳楼上笛声时。

【注】

①本诗是咏诗人贬谪三年后思念家国之心态。

②谪宦：原指被贬并另任新职之官员，此指被贬官降职之人。栖迟：滞留。此句谓作为贬降之官员，自己在此（指谪所）已滞留三年。

纪　　梦[①]

身逢故旧兼存没[②]，心到家乡半伪真。
唯见别时桑梓在[③]，还如旧日霭阳春[④]。

【注】

①此诗咏梦回故乡，旧友或存或死，家乡的旧貌是邪非邪？真假不得而知。只有离乡时的桑与梓如故，依然笼罩在春光之中，从而反映出其强烈的思乡之情。

②故旧:旧交,旧友。《论语·泰伯》:“故旧不遗,则民不偷。”存没:指生、死。此句指过去结交过的旧友,今日或生或死,存亡不一。

③桑梓:桑与梓两种树木。

④霭:笼罩貌。唐陈标《秦王卷衣》诗:“秦王宫阙霭春烟。”阳春:温暖的春天。

徐文华

徐文华，字用先（一作用光），号东岩，四川嘉定（今乐山市）人。正德三年（1508）进士，授大理评事，擢监察御史。因“数进直言”，下狱褫职。世宗立，起故官，不久至大理右少卿、左少卿。嘉靖六年（1527）因李福达狱案牵连被遣戍辽阳。后来遇赦，卒于归途。有《辽阳集》。在戍所有与程启充、刘琦唱和之《九日联句》诗。

九日联句①

边州秋净海天宽②，　佳节重逢漫作欢③。
云日肃条飞北雁④，　风尘流落系南冠⑤。
八年九死霜前泪⑥，　万里孤臣塞上寒。
少壮从军今白首⑦，　茱萸愁向醉中看⑧。

【注】

①《九日联句》：约嘉靖十四年（1535）九月重阳节，徐文华在戍所曾与因同案牵连流放辽东的患难之友程启充、刘琦登高宴饮，并联句吟诗，以寄托自己的思乡怀人之感及三人共有的哀思。九日：即九月九日重阳节。《艺文类聚》卷四引南朝梁吴均《续齐谐记》：“今世人每至九日登山饮菊酒。”

②边州：靠近边境的州邑，泛指边境地区。《宋书·索虏传》：“仆以不德，荷国荣宠，受任边州。”这里是指诗人流放的遣所。海天：辽阳西南临渤海，故称。

③漫：随意。唐杜甫《闻官军收河南河北》诗：“漫卷诗书喜欲狂。”

④云日：高空。三国魏曹植《赠白马王彪》诗：“修坂造云日。”

⑤风尘：本指被风扬起的尘土，此指宦场、仕途。流落：沦落。南冠：春秋时楚人之冠。《左传·成公九年》：“晋侯观于军府，见钟仪，问之曰：‘南冠而絷

者,谁也?'有司对曰:'郑人所献楚囚也。'"因以借指囚犯。唐骆宾王《在狱咏蝉》诗:"南冠客思亲。"此句指诗人在仕途上沦落为流放的犯人。

⑥九死:万死。形容处于极其危险的境地,即"九死一生"。这里的"八年九死"是指八年来一直处于九死一生中的诗人,但"八年"究竟具体为哪八年则不详,当为诗人自下狱流放的嘉靖六年(1527)至流放八年后的嘉靖十四年(1535)。

⑦从军:投身军旅。据此,诗人早年可能曾投效军队。

⑧茱萸:植物名,香气辛烈,可入药。古俗九月九日重阳节,佩茱萸能祛邪避恶。唐王维《九月九日忆山东兄弟》诗:"遥知兄弟登高处,遍插茱萸少一人。"据此,诗人思乡怀人之感亦昭然若揭。

游祖越寺①

其　一

云烟回合水潺潺②,路转陂陀百折还③。
上界钟声霄汉杳④,前山塔影为阳间。

其　二

松涛涨壑千岩响, 花雨浮空满地斑⑤。
坐久虚堂疑误入⑥,恍然身世出人寰⑦。

【注】

①祖越寺:在辽宁千山之上,辽阳城南六十余里,详见程启充《由祖越过龙泉》诗注①。此二诗,其一系游寺时之所见与所闻,其二系至寺内之所见与所感。

②回合:环绕,迂回曲折。潺潺:水流纷错貌。

③陂陀:倾斜不平貌。

④上界:天上,天界。佛教、道教所指神仙居住地方。霄汉:天河,亦指天空。杳:隐约。

⑤花雨:落花如雨。形容彩花纷飞。

⑥虚堂:高堂,指佛堂。南朝梁萧统《示徐州弟》诗:“屑屑风生,昭昭月影。高宇既清,虚堂复静。”

⑦人寰:人间。南朝宋鲍照《舞鹤赋》:“去帝乡之岑寂,归人寰之喧卑。”

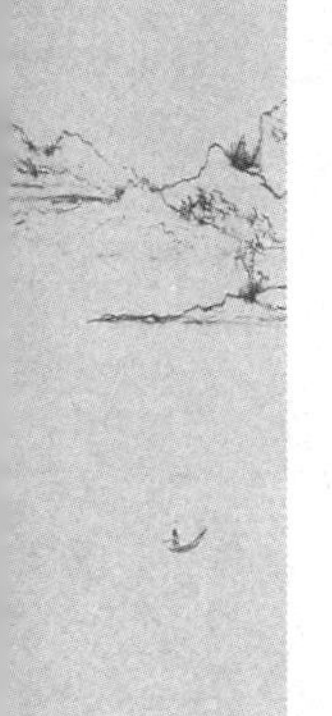

程启充

程启充，字以道，号初亭，四川嘉定（今乐山市）人。正德进士，官至御史。嘉靖六年（1527），在李福达狱案中，以弹劾权贵郭勋党恶，被遣戍抚顺。十六年（1537）赦还。有《初亭集》。

九日联句①

客里虚逢重九节②，奔波垂老海之滨③。
世情稍稍秋云薄④，野色丛丛露菊新⑤。
霜重尚余黄叶树，樽空不见白衣人⑥。
登高西望多乡思，眼望裹平万国尘⑦。

【注】

①本诗以重阳无酒可饮，表达了思乡之情及三人共有的哀思。

②虚逢：白白地遇到。此句谓佳节降临之际，不能与亲友在故乡登高宴饮，可称虚度。

③海之滨：诗人谪戍之辽东濒渤海，故称。

④世情：世俗之情，世态人情。稍稍：已经，业已。明何景明《平坝城南村》诗："儿童候晨光，稍稍荆扉启。"这里喻人情之薄。

⑤野色：原野或郊野的景色。唐白居易《冀城北原作》诗："野色何莽莽。"本诗这两句谓，世态炎凉如秋云之薄，戍所原野景色像露中之菊那样，与他处有别。

⑥白衣人：据《续晋阳春秋·恭帝》载："王宏为江州刺史，陶潜九月九日无酒，于宅边东篱下菊丛中摘盈把，坐其侧。未几，望见一白衣人至，乃刺史王宏送酒也。即便就酌而后归。"后因以为重阳宴饮或朋友赠酒之典。唐李白《九

日登山》诗:“因招白衣人,笑酌黄花菊。”这里是反用其意,指诗人客居异域,重阳无酒可饮。

⑦襄平:今辽宁之辽阳北。万国:万邦,天下。以上两句是谓,诗人登高西望,只见襄平及各地飞扬的尘土,从而乡思顿起。

由祖越过龙泉①

一径何盘曲②,东西亦委蛇③。
危岩嵌兰若④,疲马安能驰。
岂不惮峻险⑤,薄言恣探奇⑥。
清泉濯长缨⑦,聊与性命期⑧。
雅有杯中物⑨,可以乐我私⑩。

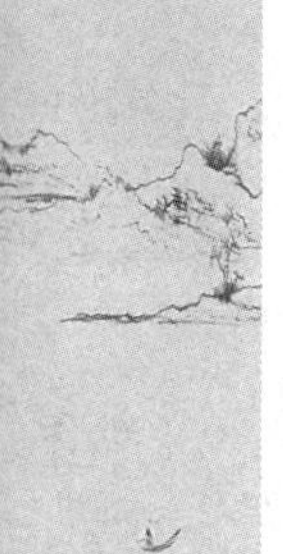

【注】

①祖越:寺名。龙泉:亦寺名。据康熙《辽阳县志》载,龙泉寺在城南六十里千山上。祖越寺在龙泉寺东。

②盘曲:曲折环绕。南朝宋谢灵运《撰征赋》:“石参差,山盘曲。”

③委蛇:曲折行进貌。

④兰若:寺院。

⑤惮:畏惧,畏难。《诗经·小雅·绵蛮》:“岂敢惮行,畏不能趋。”

⑥薄言:急急忙忙。《诗经·周南·芣苢》:“采采芣苜,薄言采之。”

⑦此句用“濯缨”的典故。濯缨,洗涤冠缨,比喻脱离尘俗,操守高洁。语出《孟子·离娄上》:“沧浪之水清兮,可以濯我缨。”

⑧性命:本属我国古代哲学范畴,指万物的天赋与禀受。这里指本性。《西湖佳话·孤山隐迹》:“癖好清闲,不欲在荣华富贵中汩灭性命。”以上两句是谓,用这里的清泉洗濯我的长缨,以保持自己的高洁,以与本性相合。期,合,会合也。

⑨雅:副词,颇,甚。《后汉书·章德窦皇后纪》:“及见,雅以为美。”杯中物:指酒。晋陶潜《责子》诗:“天运苟如此,且进杯中物。”

⑩私:偏爱。

张　逵

张逵，字懋登，浙江余姚人。正德十六年(1521)进士，改庶吉士。嘉靖元年(1522)，授刑科给事。六年(1527)，以李福达狱案牵连被谪戍辽东，七年(1528)至铁岭。居十年，母死不得归，哀痛而卒，有《义乐集》。

新　年①

瓷瓮三杯酒②，方床一觉眠③。
天涯万里客④，如此过新年。

【注】

①本诗以在少酒、陋床中过年的情景反映了诗人谪居的苍凉心态。

②瓮：盛酒浆的坛。《礼记·檀公上》："宋襄公葬其夫人，醯醢百瓮。"本诗中的"瓷瓮"指以瓷所制之坛。但诗人仅饮三杯酒，隐喻瓮中存酒不多。

③方床：两床相并之床，隐喻其简陋。

④天涯万里：指诗人贬谪万里外之辽东。

叶应骢

叶应骢,字肃卿,号石洲,浙江鄞(今宁波市)人。正德十二年(1517)进士,授刑部主事。嘉靖六年(1527),以李福达狱案牵连被褫职为民。至十年(1531)又被诬陷谪戍铁岭。十六年(1537)二月赦归。

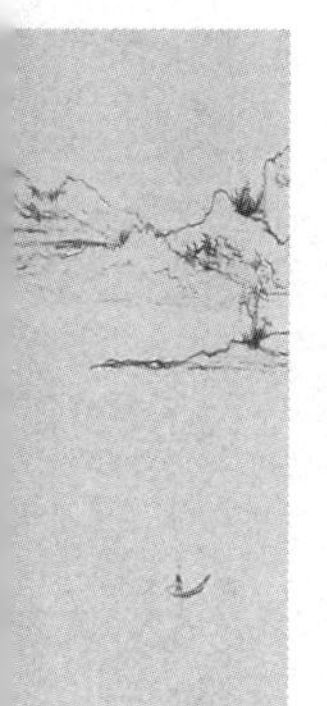

西岭草堂①

出郭西行二里余②,小山碧矗谪仙居③。
洗心林外三溪水④,适应窗前万卷书⑤。
有日果还苏武节⑥,无人更葺管宁庐⑦。
高情惭愧张公子, 千载遗文想故墟⑧。

【注】

①西岭:不详,当在其贬谪的铁岭城西。西岭草堂,当为其谪居之所。本诗通过诗人对所居草堂的环境描写,反映了其期望赦归的心愿及对草堂留恋的心态。

②郭:外城。古代在城之外围加筑的一道城墙。《礼记·礼运》:“城郭沟池以为固。”

③谪仙:本指谪世间的仙人,借指被贬谪的官员。唐刘禹锡《寄唐州杨八归厚》诗:“谪仙年月今应满,戆谏声名众所知。”这里谪仙居即谓此草堂是自己所居。以上两句,首句指自己之草堂的位置在郭西二里,次句谓草堂系傍青山而建。

④洗心:洗涤心胸。比喻除去恶念或杂心。《易·系辞上》:“圣人以此洗心。”三溪水:三条小溪之水。据此诗,叶氏草堂林外有三条溪,但究系哪三条,

今已无考。

⑤以上两句是说，能够使自己洗涤心胸、除去杂念的林外三溪流水，恰好对着草堂窗前的万卷图书。即点明草堂的环境。

⑥苏武节：指苏武出使匈奴时所持的符节。汉武帝天汉元年（前 100 年），苏武持节出使匈奴，被扣留，屡拒招降，复被迁徙北海，持汉节牧羊十九年，始元六年（前 181 年）得归，须发尽白。后以苏武节用作不辱使命的忠臣的典故。本诗则指虽被贬谪异域而又对朝廷忠心耿耿的自己。

⑦管宁庐：管宁为三国魏北海朱虚人，字幼安。少有高节。汉末避乱居辽东，聚徒讲学，其乡化之，三十七年始归。本诗中的管宁庐即以指代自己之草堂。这两句是说，有朝一日朝廷如能赦还自己，不会有人再来修葺自己所居之草堂。

⑧高情：高尚的情怀。张公子：不详，据这两句诗，似指千载前寓居于此的张姓乡贤，其故墟犹存，且有遗文传世。

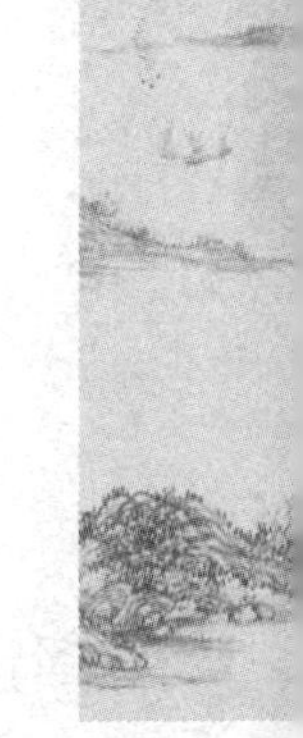

前屯八景

榆关日近[①]

前屯虽在榆关外，　却倚榆关作石门[②]。
中土声名违咫尺[③]，上林消息到晨昏[④]。
举头便见长安月[⑤]，回首难伸北鄙坤[⑥]。
惟有迁人多阻隔[⑦]，白云天际几消魂[⑧]。

【注】

①前屯八景：明代的前屯，即广宁前屯卫，设于洪武二十六年（1393），在辽宁“宁远州（今兴城市）西南，山海关东”（《盛京疆域考》），实为今绥中县。系山海关外重镇，毁于崇祯末年。本诗是咏前屯八景中“榆关日近”一景之作。系咏与中原近在咫尺的前屯虽然声名与中原有别，但京师消息随时可通，长安之月举头便见，只有迁人被阻隔在关外，从而反映了诗人欲归难归的思乡怀人之情。榆关：古作渝关，又名临渝关，即山海关，为河北省临渝县之东门，长城之起点。今属秦皇岛市，为华北与东北地区交通要道。明代的“前屯八景”当为

叶应骢等流人所拟。

②石门：古代用于控扼要道的一种石砌防御工事。《三国志·张嶷传》引文谓："羌于要厄作石门，于门上施床，积石于其上，过者下石槌击之。"本诗这两句是说，前屯卫虽然设在榆关之外，但却凭借着榆关作为石砌的防御工事捍卫了京师的安全。

③中土：中原地区。《新语·怀虑》："鲁庄王据中土之地，承圣人之后。"声名：声教与名教。南朝陈徐陵《为贞阳侯重与王太尉书》："文物以纪之，声名以发之，斯实不世之隆恩，宁曰循常之恒礼。"违：差异。《越绝书·篇叙外传纪》："子胥死，范蠡去，二人行违，皆称贤何？"咫尺：周制八寸为咫，十寸为尺。谓接近或刚满一尺，即指距离近。这句是说，中原地区与自己贬居的辽东近在咫尺，但中原的声教、名教与这里却大不一样。

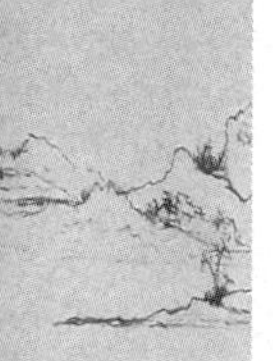

④上林：古宫苑名。秦旧苑，汉武帝时扩建，故址在今西安及周至、户县境。泛指帝王的苑囿。本句指京师的消息随时可以传到这里。

⑤长安：古都城名，汉高祖时始定都于此，故城有汉、隋二城。唐以后诗文中常用作都城的代称。这里是指明代的京师(今北京市)。

⑥伸：尽。北鄙：北方边境。坤：大地。《易·说卦》："坤也者，地也。"

⑦迁人：被贬斥外地的官员。唐王昌龄《江上闻笛》诗："迁人悲越吟。"

⑧白云：此系用唐代狄仁杰"登太行山，南望，见白云孤飞"而思念亲人的典故，以寓自己的思亲之感。消魂：同销魂。灵魂离散，形容极度的悲伤、欢乐或恐惧等，在本诗中是指悲伤，即作为迁人的自己因被关门阻隔，难以归乡而产生的思乡怀人之悲。

张　春

张春(1565—1641),字景和,号泰宇,陕西同州(今大荔县)人。崇祯三年(1630),官至永平兵备参议、太仆少卿。四年(1631)九月,率兵驰援大凌河新城,激战后兵败被俘,誓不降清,被软禁于盛京三官庙,至崇祯十四年(1641)十二月忧愤而卒。有《不二歌集》。

明夷子不二歌[1]

公居东自号明夷子,取遇难艰贞之意[2]。

一真枢变化[3],乾坤立主张[4]。
幻形畴不没[5],问谁无尽藏。
静极还复动[6],一阴而一阳[7]。
源同流乃异,邪曲与忠良[8]。
如此日在天,光明照万方。
心在人之内,丹诚那可忘[9]。
天地惟得一,清宁终久长[10]。
王侯惟得一,首出孚万邦[11]。
卓彼待字女,从一无褰裳[12]。
之死矢靡他,苦节傲冰霜[13]。
风疾草自劲,岁寒松愈苍[14]。
委质许致身,临敌无回肠[15]。
电火焚大槐,有忙有不忙[16]。
求死不得死,身命轻秕糠[17]。

生匪是偷生，苦衷质上苍[18]。
始终筹划者，深愧郭汾阳[19]。
万或得一当，不愧文天祥[20]。
君父之所在，焚叩西南方[21]。
富贵不可淫，威武甘锯汤[22]。
既名丈夫子，讵肯沦三纲[23]。
千秋有定案，遗臭与传芳。
剐巡为激烈，幽武缘不降[24]。
援古以证今，读兹书一场。
忠孝字不识，万卷总荒唐[25]。
俯仰能不愧，至大而至刚[26]。
谁谓马无角，安得羝生羊[27]。
我作不二歌，小常有大常[28]。

【注】

①明夷：六十四卦之一。《易·明夷》：“明夷，利艰贞。”指贤人遭受艰难或不得志。不二：无二心，专一。明张居正《考满谢手敕赐赉疏》：“察臣秉心不二，谬许精忠。”明夷子，即遭受艰难之人。此为张春兵败被俘居辽东之作，反映了作者“求死不得死”，“生匪是偷生”的之死靡他、忠贞不贰的爱国情操。

②东：辽东，此指作者被监禁之盛京（今沈阳市）。

③一真：据《佛教常见词汇》等书载，一真是佛教用语，又名一实，皆为绝对之真理也。又谓：一真唯一真实的意思，与真如词义同。真如，真是真实不虚，如是如常不变，合真实不虚与如常不变二义，谓之真如。又，真是真相，如是如此，故名真如。枢：关键，本原，原始。《淮南子·原道训》：“经营四隅，还反于枢。”

④乾坤：天地。汉班固《典引》：“经纬乾坤，出入三光。”主张：主宰。

⑤幻形：虚幻的形状。

⑥“静极”句：静，静止，止息；动，运动，行动。《易·艮》：“动静不失其时。”

⑦"一阴"句:阴阳古代指宇宙间贯通物质或人事的两大对立面。《易·系辞上》:"一阴一阳之谓道。"如日月、天地、昼夜、寒暑、动静、生死、君臣、夫妇、忠奸等。

⑧邪曲:品性不正之人。指奸佞之臣。

⑨丹诚:即丹心。刘长卿《送马秀才移居京洛》诗:"剑共丹诚在,书随白发归。"

⑩清宁:本指清明宁静。此指世事太平。《后汉书·光武帝纪下》:"今天下清宁,灵物仍降。"

⑪首出:最先出来,杰出。《文心雕龙·哀吊》:"体周而事核,辞清而理哀,盖首出之作也。"孚:使信服。《左传·庄公十年》:"小信未孚,神弗福也。"万邦:所有诸侯封国,后引申为天下,全国。《书·尧典》:"协和万邦,黎民于变时雍。"

⑫待字女:指待嫁之女子。褰裳:撩起下裳。《诗经·郑风·褰裳》:"子惠思我,褰裳涉溱。"朱熹《诗集传》认为此诗系"淫女语其所私也"。以上两句谓高洁的待嫁之女,是从一而终,决不会做出褰裳这类不贞节之举的。

⑬之死矢靡他:《诗经·鄘风·柏舟》:"之死矢靡它。"它亦作"他"。至死不变。形容忠贞不贰。苦节:坚守节操,矢志不渝。《汉书·苏武传》:"以武苦节老臣,令朝朔望。"

⑭岁寒:即一年中的严寒时节。《论语·子罕》:"岁寒,然后知松柏之后凋也。"

⑮委质:向君主献礼,表示献身。《国语·晋语九》:"臣闻之,委质为臣,无有贰心。"致身:原谓献身,后世用为出仕之典。唐杜甫《乾元中寓居同谷县作歌》诗:"长安卿相多少年,富贵应须致身早。"回肠:形容焦虑、悲痛。唐唐彦谦《春阴》诗:"一寸回肠百虑侵,旅愁危涕两争禁。"此句谓临敌杀身义无反顾。

⑯"电火"句:《庄子集释》卷九外物篇:"阴阳错行,则天地大絯(同骇),于是乎有雷有霆,水中有火,则焚大槐。"《疏》:"水中有火,电也。乃焚大槐,霹雳也。阴阳错乱,不顺五行,故雷霆击怒,惊骇万物;人乖和气,败损亦然。"《释文》:"水中有火,谓电也。焚,谓霹雳时烧大树也。"忙:急,急迫,或怪异,惊骇。此二句诗谓阴阳错乱,电火焚树,人们或急或不急,反应不一。

⑰"求死"句:按张春被俘后,清太宗皇太极劝降,他"闭目求杀,口出不逊语",甚至"起引旁侍者胯下刀曰:'速杀我!'"但太宗不仅未杀他,反而将其软

禁古庙中。据此,可见其实系求死未得死。秕糠:秕指中空或不实之谷粒。秕糠,秕子和糠,均属糟粕,没有价值之物,可见其低贱。作者把身体与生命看得像秕糠那样轻微,实质是把忠贞不贰的节操看得更重。

⑱生匪是偷生:据载张春被俘后,屡次求死而清人并没有杀他,反加软禁。后来张春为了促成明清双方之议和,采取了"姑不死以待时"的决定,"苟延"十年的古寺监禁生涯。后来形势变化,议和无望,才绝食而死。可见其十年的"苟生"并非偷生。苦衷:有苦处或感到为难而不便说出的心情。质:盟信,盟誓。上苍:上天,指主宰万物的神。《越绝书·请籴内传》:"昔者上苍以越赐吴,吴不受也。"上两句是说自己的丹诚上天可鉴。

⑲"始终"两句:郭汾阳,即郭子仪。子仪(697—781),唐大将。华州郑县(今陕西省华县)人。以武举累官至天德军使兼九原太守。在平定安史之乱中立有殊勋,并配合回纥兵收复长安、洛阳,因功升中书令,后进封汾阳郡王。后又说服回纥统治者,与唐联合以拒吐蕃。唐之中兴,其功甚大,史载"以身为天下安危者二十年"。此两句诗谓,在始终为社稷安危之筹划方面,自己不如并有愧于郭子仪。

⑳文天祥:天祥(1236—1283),南宋大臣。字履善,一字宋瑞,号文山,吉州庐陵(今江西省吉安市)人。宝祐进士,在抗元斗争中,官至右丞相。祥兴元年(1278)在五坡岭(今广东海丰北)被俘。屡拒元人招降,作《过零丁洋》诗以明志。至元二十年(1283)1月从容就义。

㉑焚叩:焚香叩拜。西南方:此指位于盛京西南之京师。据载,张春被俘后,"坐立必西南,衣冠袍带百结不易",以示对明廷之忠诚。

㉒锯汤:锯与汤。锯,锯状物,古代刑具名。汤:沸水,这里指汤镬,即煮着滚水的大锅,古代亦常用作刑具。

㉓丈夫子:古代儿女的通称。男称丈夫子,女称女子子。三纲:封建社会以君臣、父子、夫妇三种关系为三纲。这两句诗谓子女必须遵守三纲的封建伦理道德。

㉔"剐巡"句:巡指张巡。巡(709—757),唐邓州南阳(今属河南省)人。开元进士。安史之乱时,拒守睢阳,坚守数月,城破被俘,被"以刀抉其口",骂贼以死。"剐巡"句指此。"幽武":武指苏武。苏武在汉武帝时为中郎将,出使匈奴,被其国王单于拘留,迁徙北海(今俄罗斯贝加尔湖),持节牧羊十九年,终得

归汉。其被拘留，乃是因其不降。

㉕“忠孝”两句：谓尽管读书破万卷，如果不识“忠孝”二字，也是荒诞不经。

㉖“至大”句：形容人的“忠义之气”极其广大而坚强。《孟子·公孙丑上》：“敢问何为浩然之气？曰：难言也。其为气也，至大至刚，以直养而无害，则塞于天地之间。”

㉗马无角：《史记·刺客列传》：“燕丹求归，秦王曰：‘乌头白，马生角，乃许耳。’”即谓马生角是不可能之事。羝生羊：羝是公羊，不可能生羊。“羝生羊”亦表示绝不可能产生此事。

㉘“小常”句：常指伦常、纲常。《书·君陈》：“狃于奸宄，败常乱俗，三细不宥。”这两句诗谓自己所作的《不二歌》，大小纲常均包含在内。

苗君稷

苗君稷(1620—?),字有郃,号焦冥,昌平(今北京市昌平区)人。明季诸生,清崇德三年(1638),清军入关侵扰时,被掳至辽东。拒绝清人出仕之要求,自请为道士。卒年不详,康熙三十年(1691)犹在。其诗多"家国漂泊之叹",有《焦冥集》。

立秋前二日怀剩公①

坐惜秋将至②,思君在翠微③。
山空花自落, 林静鸟还飞。
策杖寻溪水④,牵萝挂衲衣⑤。
凉风送残暑, 吾欲叩禅扉⑥。

【注】

①剩公:即释函可,因其号剩人,故人尊之为剩公。详见本书释函可小传。此诗写了释函可幽居深山古寺中的环境、生活及将欲相访的心愿,从而反映了二人的深厚友谊。

②坐:因,由于。

③翠微:指青翠掩映的山腰幽深处,亦泛指青山。

④策杖:拄杖。三国魏曹植《苦思行》诗:"策杖从我游,教我要忘言。"

⑤衲衣:僧衣。唐贾岛《崇圣寺斌公房》诗:"多年坏衲衣。"

⑥叩:敲,打。禅扉:寺院之门。此句指欲去拜访。

新晴同剩公、心简、孝臣夜话①

时剩公有千山之行

雨后留空翠②，　清秋入夜悲。
露凝风雾静，　灯暗斗星移③。
好友仍如旧，　佳期去可追④。
吟诗浑不寐⑤，　来日恐分歧⑥。

【注】

①剩公、心简、孝臣：剩公即释函可，详见函可小传及苗君稷前诗《立秋前二日怀剩公》诗注①。心简：即陈掖臣，顺治十一年(1654)因事遣戍盛京，余详见本书陈掖臣小传。孝臣名不详，疑即戴孝臣。戴孝臣为戴国士之子(第一或第二子不详)、戴孝滨之兄。国士与孝滨二人详见本书小传。孝滨约于顺治六年(1648)随父流徙铁岭，余事不详。此诗通过作者与剩公等人在漫漫长夜的吟诗话旧，反映了他们的深厚友谊。

②空翠：即绿色的潮湿的雾气。唐王维《山中》诗："山路元无雨，空翠湿人衣。"

③斗星：即北斗星。此句中的"斗星移"即"星移斗转"(星座移位，斗星转向)，表示时间变化，即已夜深。

④佳期：美好时光。

⑤浑：简直，几乎。表示程度。唐杜甫《春望》诗："浑欲不胜簪。"

⑥分歧：离别。《晋书·乞伏乾归传》："分歧之感，古人所悲。"

戊戌除夕有感①

每岁当除夕，　偏增风木悲②。
自怜为客久，　犹记在家时。
松柏青山旧，　儿童白发垂。
园花虽寂寞，　犹发向南枝③。

【注】

①戊戌：顺治十五年(1658)。

②风木悲：比喻父母亡故，不及奉养。典出《韩诗外传》。宋刘宰《分韵送王去非之官山阴得再字》诗："风木养不待。"按：崇德三年(1638)十二月清军攻陷昌平，大肆杀掠，君稷被掳，父母被害，弟兄离散，就在当年除夕，因此至辽东后，几乎每年除夕，都有悼念父母、怀念弟妹之诗。如《甲辰除夕》、《甲寅除夜》、《戊午除夕咏怀》等，都是反映其"家国漂泊之叹"与函可赠诗所谓的"积恨"的典型之作。

③南枝：方向朝南的树枝，喻故土，故国。《古诗十九首·行行重行行》："胡马依北风，越鸟巢南枝。"后用为思念家乡或故国之典。这两句咏自己所居园中树木之花在寂寞地开放，树枝也是朝南。如果说本诗首联"风木悲"，反映了其家国之悲，那么尾联的"向南枝"，则进一步表明了这种感情。

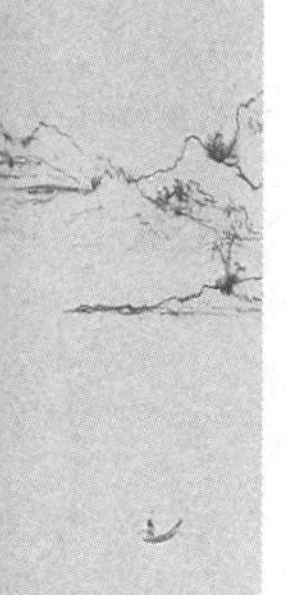

挽季给谏分韵得花字①

劝君悔不及，　空复为君嗟。
去国一身重，　游魂万里赊②。
凄凉邗水月，　惨淡广陵花③。
泪尽情难尽，　更阑北斗斜④。

【注】

①季给谏：即季开生，详见本书季开生小传。给谏，官职尊称。清代用作六科给事中的尊称。职掌为纠正与规谏。因季开生曾官礼科给事中，故称。考季开生是顺治十二年(1655)被流尚阳堡，十六年(1659)卒于戍所。故此诗写于顺治十六年。

②去国：在这里"国"是指国都，去国则指离开国都。赊：距离远。本联上句指其流放，下句指其死于离家万里之外。

③邗水：即邗江。春秋时吴王夫差为争霸中原，在江淮间开凿的一条古运河，是大运河的组成部分。季开生之故乡泰兴在江苏省中部，长江北岸，隶扬州地区。广陵：古县名，治今扬州市西北，在江苏省中部，大运河斜贯，辖扬州、

泰州及泰兴等市县。此联以邗水月之凄凉与广陵花之惨淡，以示对季开生之哀悼。

④此联进一步写作者之悼念。

哭剩公[1]

强作吞声别[2]，其如泪眼何？
漫看花径在，无复老僧过。
抱病情难遣，餐霞事亦讹[3]。
城南钟磬里，日落旧山河。

【注】

①剩公：即释函可。函可卒于顺治十六年(1659)十一月，故此诗亦写于此时。

②吞声：无声地悲泣。唐杜甫《哀江头》诗："少陵野老吞声哭。"

③餐霞：指修仙学道。《汉书·司马相如传》："呼吸沆瀣兮餐朝霞。"讹：虚假。此句指自己因故友之卒已无心于求仙学道。

和吴雪航《六十初度书情》八首原韵[1]选一

其一

天涯犹见谪仙狂[2]，两鬓蓬飞去国霜[3]。
鹤唳西风珠树冷[4]，乌啼边柳日车忙[5]。
闭门细草杨雄赋[6]，好客全轻陆贾装[7]。
闲倚短筇南向望，烟波不尽水云乡[8]。

【注】

①吴雪航：即吴达，顺治十三年(1656)十二月以事流徙铁岭，详见本书吴达

小传。本诗写于康熙二年(1663),适值吴达六十岁生日,有《六十初度书情》八首之作,君稷此为之和作。

②谪仙:本指谪居世间之仙人,常用以称誉才学优异之人。有时专指李白,见唐孟棨《本事诗·高逸》。这里是将吴达以李白相推许,可见其学识才华优异。

③去国:离开国都。这里指吴达之流放。

④“鹤唳”句:鹤鸣。珠树:本指神话、传说中的仙树,后喻贤才。此指吴达。

⑤日车:太阳。引申为时光。

⑥“闭门”句:杨雄赋:杨雄《汉书》作扬雄,后人考证“扬”为“杨”之讹,因此本诗作者仍称之为杨雄。杨雄,字子云,成都人。擅长辞赋,多仿司马相如。其赋流传于后世者甚多。

⑦陆贾装:指汉陆贾休官后将橐中装卖千金(即家财)分给五子以为生计事。见《汉书·陆贾列传》。唐杜甫《送魏二十四司直充岭南掌选》诗:“明白山涛鉴,嫌疑陆贾装。”以上两句是指吴达因为酷好为赋就像杨雄那样闭户细草,还因为好客,就一反陆贾之所为,十分仗义轻财。

⑧短筇:短杖。筇指以筇所制之手杖。水云乡:水云弥漫、风景清幽之地。这里指烟波缥缈、水云弥漫的吴达故乡。以上两句系咏吴达之思乡。

怀希与先生①

重闭玄关不问春,　每看三径泪盈巾②。
云移松树多阴雨,　风鼓焦琴满壁尘③。
怀旧当时同避世,　空余今日一悲辛④。
花开花落无终极,　霜雪其如两鬓新⑤。

【注】

①希与:即李希与(？—1660),字号不详,北直(今河北省)人。崇德年间清军攻入内地时,希与被掳至辽东,并出家为道士,皇太极将他与苗君稷安排在盛京三官庙内之一粟斋。他与函可等流人交谊极深。能诗,但仅传其在冰天

诗社中所作的两首诗。此诗写于康熙八年(1669)。

②玄关:佛教称入道的法门,泛指门户。三径:西汉末,王莽专权,兖州刺史蒋诩告病辞官,隐居乡里,于院中辟三径,唯与求仲、羊仲来往。后常用三径指家园,这里是指作者苗君稷寓居之园。上两句指自希与卒后,自己闭关不出,每见园中往日同游的三径就泪水盈巾。

③焦琴:即焦尾琴。琴名。汉蔡邕见人烧桐为爨,闻火裂声,知为良木,请而为琴,有美音。因其尾犹焦,故名"焦尾琴",省作"焦尾"、"焦琴",见《后汉书》本传。后泛指好琴。

④避世:逃避尘世。这两句谓怀念旧事,当时二人约定共同避世,可是今日只剩下自己一人悲辛苟活。

⑤花开花落:喻时光之流逝。其如:怎奈,无奈。这两句谓希与卒后,随着时光之流逝,自己两鬓愈趋花白。

甲寅除夜①

独坐悲除夜,　衰年愧此身。
岂徒嗟弟妹,　无复问双亲②。
辽海他乡雪③,军都旧国春④。
步檐闻野哭,　踯躅益伤神⑤。

【注】

①甲寅:康熙十三年(1674)。除夜:除夕。

②"岂徒"句:按:苗君稷被掳东行时,是"丧乱遘阳九,鸡犬遭枭磔。双亲同暴骨,骨肉各分析"(《戊午除夜有怀》)。即大祸突降,鸡犬被杀,父母被害,弟妹分离。此二句谓何止是嗟叹分离的弟妹,还有不能过问的被害双亲。

③辽海:地区名。泛指辽河流域以东至海地区。这里指作者流放的辽东地区。

④军都:昌都的古称。作者故乡之地。这两句谓在异地辽海每当见到雪花,就会想起故乡的春天。

⑤步檐:即走廊。踯躅:徘徊不进貌。

甲　寅　旱[1]

霖雨当三伏[2]，炎风卷八垓[3]。
垂花苗尽槁，苞实干先摧。
罪己思良牧[4]，忧民救旱灾。
老夫空叹息，无那把诗裁[5]。

【注】

①甲寅:康熙十三年(1674)。此诗描绘了当年三伏时辽东热风弥漫,苗枯干摧,庄稼受灾的景象,从而反映了其关心民瘼的忧民思想。

②霖雨:甘雨、及时雨。三伏:初伏、中伏、末伏的合称。

③炎风:夏季的热风。八垓:八方的边际。唐任公叔《通天台赋》:"八垓可接于咫尺,万象无逃于寸眸。"

④罪己:指罪己诏。古代皇帝引咎自责的诏书。良牧:贤能的州郡长官。

⑤裁:创作,写作。

李希与

李希与，字不详，北直（今河北省）人。后金军于崇德年间（1636—1643）多次经长城攻入关内掳掠，李希与就是这期间被掠至辽东，出家为道士。清太宗皇太极将他与苗君稷安排在盛京三官庙之一粟斋内。他与释函可、苗君稷交谊极深，经常在一起吟诗，建立了“相逢似相知”的情谊。陈之遴对他也极为推崇。顺治十七年（1660）卒后，陈之遴与苗君稷曾多次赋诗悼念。工诗，为冰天诗社成员，惜其诗仅传两首。

和北里先生为剩师寿[①]

亭前柏树子青青[②]，风雪当年恨独醒[③]。
纵死两间留正气[④]，才生四月睹明星。
谈经听去人为石[⑤]，乞食归来月满扃[⑥]。
却笑诗篇成罪案[⑦]，新题今又遍龙庭[⑧]。

【注】

①此诗写于顺治七年（1650）冬至后五日（十二月初四，即 12 月 26 日）冰天诗社第二次社集之时。是日为释函可（即剩师）生日，北里（即左懋泰）首倡赋诗为寿。此为奉和北里之作。

②青青：草木茂盛貌。《诗经·卫风·淇奥》：“绿竹青青。”

③独醒：独自清醒。喻不同流俗。《楚辞·渔夫》：“众人皆醉我独醒。”

④两间：指天地之间。亦指人间。唐韩愈：《原人》：“形于上者谓之天，形于下者谓之地，命于其两间者谓之人。”正气：充塞天地间的至大至刚之气，体现于人则为浩然的气概。宋文天祥《正气歌》：“天地有正气，杂然赋流形。”

⑤“谈经”句:用“生公说法,顽石点头”事。据载晋高僧竺道生曾于苏州虎丘寺立石为徒,讲《涅槃经》,至微妙处,石皆点头。见晋无名氏《莲社高僧传·道生法师》。称颂高僧说法讲经之精妙契合人心。此句系颂扬函可在辽东弘扬佛法之功绩。据郝浴载,函可至辽东后,先后在七座大寺刹宣讲佛法,声名甚著,“趋之者如河鱼怒上”,被人“奉为开宗鼻祖”。

⑥乞食:化缘,即讨饭。扃:本指关门的门闩,此又指门户。此句指函可乞食归来已是很晚,喻其生活之艰辛。

⑦“却笑”句:据载函可之流徙沈阳,是因在金陵(今南京市)请藏经时,曾编纂过记载“诸死事臣”杀身成仁之事的《再变记》,还曾为殉节诸臣“作为诗歌以吊之”。这部书稿及诗稿后为清兵查获,遂有沈阳之行,可见其流徙是以诗文获罪。此句即此而言。

⑧龙庭:匈奴单于祭天地鬼神之所。见《后汉书·窦宪传》。后泛指匈奴及其他少数民族聚集之地。这里指辽东地区。以上两句是说,尽管函可是以诗文获罪,但他至戍所又写了大量新的诗篇。

释函可

释函可(1611—1659),字祖心,号剩人,自称揺揺和尚,俗名韩宗騋,广东博罗人。顺治五年(1648),由于写有“干预时事”的《再变记》而被捕,并流徙沈阳。在戍所弘扬佛法,并曾倡建东北第一个诗社——冰天诗社。顺治十六年(1659)十一月二十七日卒于戍所。有《千山诗集》、《千山语录》。

初至沈阳①

开眼见城郭, 人言是旧都②。
牛车仍杂沓③,人屋半荒芜④。
幸有千家在, 何妨一钵孤⑤。
但令舒杖履⑥,到此亦良图。

【注】

①本诗咏顺治五年(1648)作者初流放至沈阳时所见的荒陋景象及以杖履伴行的恬淡胸怀。

②旧都:后金最初建都于辽阳,后迁沈阳。天聪八年(1634)皇太极改沈阳为“天眷盛京”。顺治元年(1644)九月迁都今北京,沈阳遂成旧都。

③牛车:用牛拉的车。喻简陋。杂沓:纷杂众多貌。《汉书·扬雄传》:“骈罗列市,鳞以杂沓兮。”

④人屋:同人家,即住户。

⑤钵:僧人食具。平底,口略小,形圆稍扁,用泥或铁制成。

⑥杖履:老者所用的手杖与鞋子。舒杖履:指便于出行。

泪[①]

我有千行泪，　十年不得干。
洒天天户闭，　洒地地骨寒[②]。
不如洒东海，　随潮到虎门[③]。

【注】

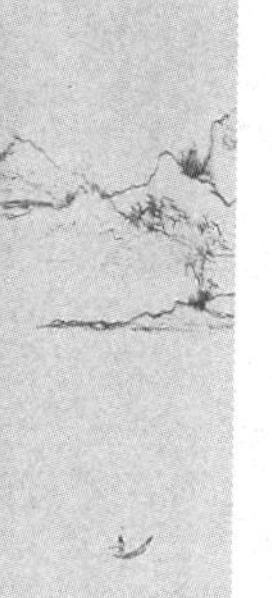

①本诗以作者泪水之多，隐喻国恨家仇之深。按：顺治三年(1646)十二月清军攻入广东。次年函可族兄韩如琰率族属参加张家玉等发起的抗清斗争。不久义军进攻广州失败，退守函可家乡博罗。九月，博罗失陷，在清军大肆屠杀中，函可全家罹难。其"弟宗骕、宗騄、宗骊以抗节死；叔日钦从兄如琰、从子子见、子亢以战败皆死；寡姐以城陷，妹以救母，宗騄妇以不食，皆死。其仆从婢媵亦多从死焉"。可见明亡之后，函可已是"国破家亡"，基于此的国恨家仇自然使其如泉涌的泪水十数年不干。

②地骨：古人谓大地的骨骼，即石。唐李颀《登首阳山谒夷齐庙》诗："苍苔归地骨，皓首采薇歌。"上两句谓由于天宫门户的紧闭及地骨的寒冷凝固，泪洒苍天或泪洒大地，均不能容纳。

③东海：海名，所指因时而异。明以后所指始与今之东海相当。今之东海海域，北起长江口北岸，南以广东省南澳岛至台湾南端一线为界。虎门：在广东省南部、珠江三角洲南侧。珠江主要出海口之一。这两句谓，为天地所不能容纳的泪水，不如洒向东海，随东海的潮水流到距家博罗颇近的虎门去吧，从而体现了诗人强烈的家国之感。

哭吴岸先[①]

我生亦偶然，　汝死何草草[②]。
槛车忆初来，　面凹露双肘[③]。
既被冰雪侵，　况复遭群侮。
有口难告人，　束身守空窭[④]。
汝书犹在眼，　汝颜不复睹。

吁嗟骨似柴，　安能厌豹虎。
四海尽秦坑，　诗书同一炬[⑤]。
二月金鸡飞，　恨汝不得偶[⑥]。
挥泪约同人，　携灰返旧土[⑦]。
兹愿又已乖，　总入山鬼簿[⑧]。
后先理亦齐，　不如早还故。
地上莫能容，　地下可相许。
苍苍久不闻，　休向帝庭语[⑨]。
吁嗟复吁嗟，　万里馀妻女。
春闺梦或逢，　肯道寒边苦[⑩]。

【注】

①吴岸先，不详，据诗意系被流放辽东并死于该地的文人。该诗通过吴岸先的坎坷遭遇，反映了流人命运之悲惨。

②偶然：事理上不一定发生但终于发生的。草草：匆忙仓促的样子。唐李白《南奔书怀》诗："草草出近关。"

③槛车：由栅栏封闭用以囚禁犯人的车子。

④束身：约束自己，不敢放纵。空窭：空与窭，均为穷困、贫乏之意。以上八句系写吴岸先的流放遭遇及早死。

⑤秦坑：指秦始皇焚书坑儒。唐张说《奉晚宴两相及礼官丽正学士序》："纂鲁壁之文章，缀秦坑之煨烬。"一炬：一把火。唐杜牧《阿房宫赋》："楚人一炬，可怜焦土。"这两句指四海之内到处都是文字狱的陷阱，罹难者与其诗书均无可避免。

⑥金鸡：古代大赦时举行的一种仪式：竖长竿，顶立金鸡，然后集罪犯，击鼓，宣读赦令。唐李白《流夜郎赠辛判官》诗："我愁远谪夜郎去，何日金鸡放赦回？"偶：遇，值。唐綦毋潜《春泛若耶溪》诗："幽意无断绝，此去随所偶。"以上两句谓，由于吴岸先已卒于戍所，因此已等不到朝廷的大赦。

⑦旧土：故土，故乡。

⑧山鬼:泛指山中鬼魅。唐杜甫《奉酬薛十二丈判官见赠》诗:“卧病识山鬼。”而“入山鬼簿”是讳言其死。

⑨苍苍:天。汉蔡琰《胡笳十八拍》:“泣血仰头兮诉苍苍。”帝庭:天庭。《书·金縢》:“乃命于帝庭,敷佑四方,用能定尔子孙于下。”以上四句指人间(地上)不能容身,叩天亦不应。

⑩春闺梦:闺中女子之梦。唐陈陶《陇西行》诗:“可怜无定河边骨,犹是春闺梦里人。”这两句谓吴岸先死后,远在万里外之妻女,可能会梦到他,但这时他已不会向妻女告知塞外之苦。

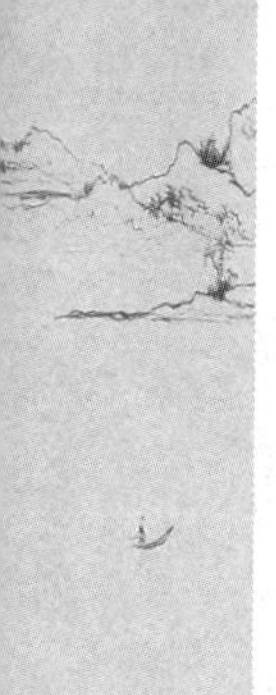

戴子卖衣买粟[1]

昔日豪华子，　挥金如粪泥。
举箸常千命，　山海罗珍奇。
宾客归必醉，　童仆厌甘肥[2]。
一朝窜绝域，　无食但解衣。
解衣衣复贱，　粒米如玉饴[3]。
身口择所急，　未寒先疗饥。
己饥尚可忍，　所苦妻与儿。
老僧有破衲，　朝夕幸得披[4]。
仰面看皇天，　霜雪不能飞。

【注】

①戴子即戴遵先,详见本书作者小传。本诗以过惯豪奢生活的戴子流放后为解决饥饿问题,不得不卖衣买粟的行为,反映出流人的悲惨处境。

②僮仆:仆役。《史记·货殖列传》:“能薄饮食,忍嗜欲,节衣服,与用事僮仆同苦乐。”以上六句是写戴子流放前豪奢的贵族生活。

③饴:饴糖。将每粒米视为宝玉与饴糖,这种对粮食珍惜的态度是戴子流放后遭遇饥饿的产物。

④衲:僧衣。唐白居易《赠僧·自远禅师》诗:“缘僧一衲一绳床。”这两句是

以自己尚有一件破旧僧衣可以穿戴，反映出戴子为买粟而卖衣的无奈与痛苦窘境。

苦　瓜①

苦瓜生五岭②，赖以解炎毒。
塞外亦繁生，不能悦群目。
我来无故人，见之等骨肉。
畏苦乃常情，甘兹信予独。

【注】

①本诗咏作者将不为众人所喜的塞外苦瓜视为骨肉的心态，反映出作者对也生苦瓜的家乡的思念之感。

②五岭：大庾岭、越城岭、骑田岭、萌渚岭、都庞岭的总称。五岭位于江西、湖南、广东、广西四省之间，是长江流域与珠江流域的分水岭。这里是指代作者家乡广东。

大　雨①

去年秋潦淼茫茫，鱼鳖沙虫登我床。
瑶宫巨室皆漂没②，何况流民茅札房③。
死者横流生者泣，千口仅留不得食。
努力高山挖草根，至今面带黄泥色④。
眼看麦短黍差长，虽未入口心有望。
上帝岂忧沟壑剩，其雨其雨乃复狂⑤。
翻盘沉灶不肯止，庭户无光天重翳⑥。
谁能拔剑斩顽云？捧出日轮头上置⑦。
流民流民奈若何，生世坎壈何其多！
兵革遗余乡国绝，又见辽海鼓风波⑧。

老僧德薄命更鄙，　偃卧若遭毒龙戏[⑨]。
夜半滚滚浮枕头，　不知是泪还是雨[⑩]。

【注】

①本诗咏去年遭遇秋潦、今年复逢雨灾的悲惨处境及作者盼望雨止天晴、关心民瘼的仁者之怀。

②瑶宫:华美的宫殿。

③流民:因受战乱或天灾人祸而逃亡外地之人。《管子·四时》:“禁迁徙,止流民,圉分异。”

④以上八句是咏去年当地秋潦大水时流民受灾的悲惨景象。

⑤其雨其雨:希望下雨。《诗经·卫风·其雨》:“其雨其雨,杲杲出日。”

⑥以上六句指今年大雨忽至给流民带来的灾难。

⑦顽云:颜色深浓之云,指乌云。此二句指盼望有人能驱云捧日,使天晴雨止。

⑧兵革:本指兵器与甲胄,这里指战乱。辽海:泛指辽河以东沿海地区。这两句指广大流民在战乱中劫后余生,背井离乡,流亡到辽海之地,不料又遇到了大雨之灾。

⑨偃卧:仰卧。

⑩此二句虽谓夜半枕畔能使枕头漂浮之水不知是泪水还是雨水,实际是谓二者均有,从而反映了水势之大及作者痛苦之甚。

雪　中　歌[①]

仲冬二日作

天倾地沸云嘈嘈，　林木摧压风怒号。
雪势欲竞浮图高[②]，恍如钱塘八月潮[③]。
又如百群仙鹤剪羽毛，
伫立骨战身飘摇，　竟欲乘之上游遨。
足跨银海步玉霄，　玉蟾真人手亲招[④]。

直向梅花村底去， 千树纷纷落如雨[5]。

【注】

①本诗通过咏雪势之大及欲乘鹤跨越雪海遨游仙宫，并飞往故乡梅花村去，寄托了作者的思乡之情。

②浮图：亦作浮屠。佛教语。本指佛、佛教、僧人。这里指佛塔。

③钱塘八月潮：指浙江钱塘江口八月份的涌潮。以每年农历八月十八日在海宁所见者为最著。整个涌潮全程 80 公里，历时四小时左右。因钱塘江口呈喇叭形，湾口宽度达 100 公里，向内逐渐浅狭，至海宁市盐官镇，聚缩为 3 公里，致使潮水涌积、潮波传播受约束而形成。涌潮来袭时，潮头壁立，波涛汹涌，有如万马奔腾，形成自然界之壮观。潮头高度可达 3.5 米，潮差可达 8.9 米。以上四句是咏雪势之盛大有如钱塘潮。

④银海：银色的海洋。云、水、冰雪与日、月光华互相辉映产生的景色。宋陆游《月夕》诗："倒覆湿银海。"玉霄：天界。传说仙帝、神仙的居处。唐常建《古意》诗："玉霄九重团，金锁夜不开。"玉蟾真人：玉蟾：本指月宫中的蟾蜍。玉蟾真人指月宫中仙人。以上五句是咏自己欲驾鹤跨越雪海遨游仙宫。

⑤梅花村：用赵师雄于罗浮山梅树下遇女郎相饮事，（详见后面《雪花歌》诗注②），反映了作者的思乡之情。

雪　花　歌[1]

天上纷纷雪，山中树树花。
尽道梅花胜似雪，我见雪花胜梅花。
梅花开必著梅树，雪花下来随所寓。
不择高低长短枝，有风即去无风住。
纵使风吹树尽空，在地还与在树同。
本来清白谁能污，一任飘飘无定踪。
梅花虽好能几日？开落荣枯情不一。
君不见，

罗浮山下梅花村[2],师雄卧处生荆棘。

【注】

①本诗通过雪花与梅花的对比,歌咏了雪花清白无污的美德及飘无定踪的倩姿,从而反映了诗人的洁身自好。

②“罗浮”二句:据《龙城录》载,隋开皇中(581—600),赵师雄于罗浮山遇一女郎,与之语,则芳香袭人,语言清丽,遂相饮竟醉,乃觉,乃在大梅树下。按:罗浮山,在广东省东江北岸,增城、博罗、河源等县市之间,主峰飞云峰,在博罗西北,道教称第七洞天,葛洪等曾修道于此。这里谓赵师雄卧处已生荆棘,即隐喻自己故乡惨遭清军洗劫,已经荒芜不堪,从而反映了作者在咏雪与梅之际的兴亡之感与家国之恨。

山　雪　歌[1]

山巍巍,雪霏霏。
日夕随风栖涧石,　夜寒和月照岩扉。
山杳杳,雪皎皎。
雪在山头雪更高,　山头有雪山逾老。
老僧爱雪兼爱山,　岁岁山中自掩关[2]。
每到冬来必见雪,　每到见雪必开颜。
我心与雪何相似,　长欲空山抱雪死。
纵令骨化定为冰,　直至魂销应作水。
我常对雪寂无声,　雪来见我如有情。
昔日袁安今日子[3],相看相伴两忘形。
从来不愿销金帐[4],羔羊美酒斟还唱。
人间行乐只片时,　曲残酒醒身凋丧。
亦不愿高楼玉笛吹,梅花落处使人悲。
此中何限江南客,　对此安能不泪垂。

但愿深山荒寺里，尽日无人吾与尔。
只恐春来尔不禁，寂寂相思从此始。
是时天地苦冥冥，山僧作歌山雪听。

【注】

①本诗通过“老僧爱雪兼爱山”及“长欲空山抱雪死”的歌咏，反映了作者高尚的节操。

②掩关：本指关闭，关门。这里指僧人关门静坐。唐白居易《秋山》诗：“何时解尘网，此地来掩关。”

③袁安：汉袁安未达时，洛阳大雪，人多出乞食，袁独偃卧不起，洛阳令按行至安门，见而贤之，举为孝廉。除阴平长，任城令。后以“袁安高卧”或“袁安卧雪”为典，谓身处困穷而坚守节操。

④销金帐：嵌金色线的精美的帷幔、床帐。宋汪元量《湖州歌》：“销金帐下忽天明。”

听北里弹琴[①]

招我入太古[②]，孤琴此际闻。
林塘皆默默，水月共云云[③]。
指外通心事，弦中绝世氛。
民生愠未解[④]，何处觅南薰[⑤]？

【注】

①北里：左懋泰之号，详见本书左懋泰小传。本诗通过左懋泰所弹之琴音，引导作者回到远古之太平盛世，联想到民愠未解的苦难现实，从而发出了“南薰”难觅的慨叹，进而反映了作者关心民瘼、不满现实的仁者胸怀。

②太古：上古，远古。《荀子·正论》：“太古薄葬。”

③云云：周旋回转貌。《吕氏春秋·圜道》：“云气西地，云云然。”

④愠：怨愤。

⑤南薰：指《南风歌》。相传为虞舜所作，有“南风之薰兮，可以解吾民之愠兮”等句。见《韩诗外传》卷四《孔子家语·辨乐》。

苦　蚊[1]

白日难容汝，　群飞欲蔽天。
愁人频得句，　终夜不成眠。
饿极筋先露，　刑余血尚鲜。
关东风景异，　只此似江边[2]。

【注】

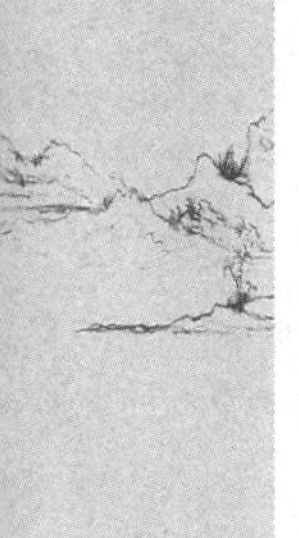

①本诗通过关东蚊多之害之苦，反映了作者处境的艰苦。首联以群飞蔽天写蚊之众多；颔联以终夜不眠写蚊之扰攘恼人；颈联以自己筋露血鲜，可供飞蚊饱餐，进一步写蚊之肆虐；尾联以关东风景与江南相比，仅此相同，寓处境之艰苦。

②江边：江，古代特指长江。长江之边，指江南。

读李氏遗书二首[1]

何期万死后，　得见一生人[2]！
久识灰销骨，　欣看字有神[3]。
每凭心口力[4]，尽洗古今尘。
莫恨余生晚，　当时无此亲[5]。

举世令人闷，　斯人以死争[6]。
开眸沧海窄[7]，点笔老天惊[8]。
佛祖无酸气[9]，英雄有至情[10]。
遗书今尚在，　再拜李先生。

【注】

①李氏：指李裀。裀（1597—1656），字龙衮，又字澹园，山东高密人。崇祯九年（1636）举人。入清官至礼科给事中，转兵科。当时“逃人法”过苛，逃人过多。十二年（1639）冒着风险上了《谏逃东疏》，痛陈该法之弊。认为“立法过重，株连太多”，“人情汹惧，有伤元气”，“法愈峻，逃愈多”，如不修改该法，人民“势必铤而走险”。这些论点虽然是维护统治阶级之长治久安，但由于触犯满族贵族利益，同年三月被遣戍尚阳堡。次年（1640）五月卒于戍所。有《李裀奏疏》。函可与他相处时间不长，但对他的“忠愤”及为民请命的精神一咏再咏，推崇备至，也反映了函可对民瘼之关注。

②生人：活人，这里指真正之人，即李裀。

③灰销骨：指李裀已卒。

④心口：心与口。《抱朴子·酒戒》：“纵心口之近欲。”

⑤“莫恨”二句：意谓自己幸亏生得晚些，才有幸识斯人。

⑥斯人：指李裀。

⑦眸：眼珠，泛指眼睛。

⑧点笔：执笔为文，此指其写《谏逃东疏》。

⑨佛祖：谓成佛作祖者。宋志磐有《佛祖统纪》五十四卷，详载天台宗之源流。酸气：寒酸气。明李贽《史纲评要·东汉纪》：“奢气酸气，可喜可厌。”

⑩至情：深情。这两句是指李裀没有佛祖的寒酸气，但却有为民请命的深情。

同诸公夜集希、焦二师堂①

弟兄能爱客，　老衲每来寻②。
况有同心侣，　相偕彻夜吟。
异乡消积恨，　明月助清音③。
何必求仙去，　花源此地深④。

【注】

①希、焦：指李希与、苗君稷。希与，北直（今河北省）人。清军于崇德年间

攻入内地掳掠时，希与被掳至辽东，出家为道士。苗君稷，详见本书作者小传。也是于崇德年间被清军掳至辽东。至辽东后，皇太极"数欲官之"，他"谢不就，因请为道士"。皇太极将他与李希与安排在盛京三官庙之一粟斋内。此二人与函可关系极近，交谊颇深。本诗就反映了他们作为"同心侣"的深厚友谊。

②老衲：本指老僧。这里是函可自谦词。

③积恨：由于苗君稷被掳时，父母被害，骨肉分离，其诗"多家国漂泊之叹"，函可谓君稷漂泊异乡之"积恨"，正是指此而言。清音：清越的声音。《淮南子·兵略训》："夫景不为曲物直，响不为清音浊。"

④花源：即"桃花源"，指避世隐居之地。典出晋陶渊明《桃花源记》。

哭李给谏①

山中愁未了，　走马哭孤臣②。
白发随江水，　青云逐塞尘③。
史留忠愤疏，　天丧老成人④。
幸有绨袍在，　年年渍泪新⑤。

【注】

①李给谏：即李裀，行实见《读李氏遗书二首》之注①。

②走马：骑马疾走。《诗经·大雅·绵》："古公亶父，来朝走马。"这两句谓幽居山中的自己，旧愁未了，又来新愁（闻听友人噩耗），于是骑马去哭祭李裀。

③白发：指白发人李裀。按李裀卒时首尾60岁，既近老年，况又当忧患之余，生有白发，自属可能。这两句谓李裀生命随江水流逝（指死），自己像青云追逐塞尘般骑马奔丧。

④忠愤疏：指李裀的奏疏。老成人：年高有德之人。《诗经·大雅·荡》："虽无老成人，尚有典刑。"这里指李裀。

⑤绨袍：厚缯制成之袍。据《史记·范雎列传》载，战国时魏人范雎先事魏中大夫须贾，遭其毁谤，笞辱几死。后逃秦改名张禄，仕秦为相，权势显赫。魏闻秦将东伐，命须贾使秦，范雎乔装，敝衣往见，须贾不知，说："范叔一寒如此哉！"因怜其寒，赠一绨袍。后知范雎，即秦相张禄，乃惶恐请罪，雎以贾尚有赠

袍念旧之情，终宽宥之。后多用为眷念故旧之典。据此，李裀流徙辽东后，当资助过函可，故李裀卒后，函可见物怀人，追念旧情，年复一年流泪不止。

读左公《徂东集》[1]

秋风一见泪纷披，可奈重歌出塞词[2]。
百济河山愁到处，三韩文献幸今兹[3]。
屈平既放天何问[4]，杜甫无家别有诗[5]。
方信当年身不死，千秋斯道已如丝。

【注】

①左公：指左懋泰。详见本书左懋泰小传。《徂东集》，懋泰所写之诗稿。本诗将左氏与屈原、杜甫相提并论，并誉其诗作堪为东北文献，可见推崇备至。

②出塞词：指左氏在戍所之诗作，即收入《徂东集》之诗。

③百济：古国名，古地在今朝鲜境内，为马韩诸国之一。三韩：汉时朝鲜半岛南部分裂成马韩、辰韩、弁韩，合称三韩。这里百济与三韩均指代东北地区。

④"屈平既放"句：屈平即屈原，战国时楚国人，曾官三闾大夫，主张改革政治，抵御秦国，后被谗两次放逐，终投汨罗江而死。有《离骚》、《天问》等。《天问》是对天的质问。由170余个问题组成，包括自然现象、历史人物、神话传说等，反映出深刻的探索精神。是其流放后的作品。

⑤"杜甫无家"句：指伟大诗人杜甫的名篇《无家别》。

北里暮归[1]

归路不觉远，月出静林峦。
举头贪看月，误到别家门。

【注】

①北里：即左懋泰。本诗以左氏暮归赏月，误入别家之门事，反映了左氏的恬淡胸怀。

月[1]

我同明月来，　一路照秋草。
月到朔庭荒[2]，人到朔庭老。

【注】

①本诗通过“月到朔庭荒，人到朔庭老”的歌咏，反映了诗人流放后的苍凉心态。

②朔庭：犹北庭，北方异族政权。宋张孝祥《水调歌头》：“君王自神武，一扫朔庭空。”这里指代东北地区。荒：昏暗貌。《庄子·在宥》：“日月之光，益以荒矣。”

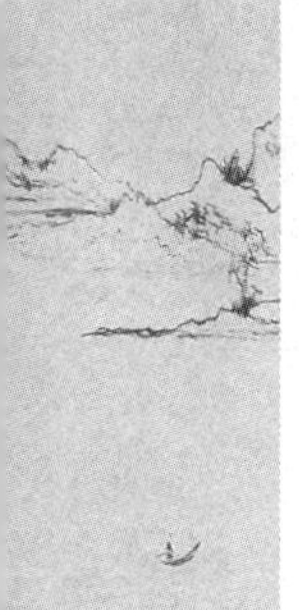

夜[1]

明月照梦中，　荒荒万里白[2]。
惊起揽衣裳，　犹疑是乡国。

【注】

①本诗咏诗人梦后的思乡之情。

②荒荒：暗淡迷茫貌。唐杜甫《漫成》诗：“野日荒荒白。”乡国：家乡。《颜氏家训·勉学》：“乡国不可常保。”

千山二首[1]

忆山频得句，　到此句全无。
扶杖沿山觅，　时闻山鸟呼[2]。

策倦疑无路[3]，低松暂可凭。
老僧远招手，　更上最高层[4]。

【注】

①此二诗系游千山之作。千山即千华山，为千山、华表山的合称，又称千朵莲花山，简称千山，在辽宁省鞍山市东南。重峦绝壁，风景秀丽，古迹甚多，为著名游览胜地。

②此诗咏千山之美丽非笔墨所能描绘。

③策：手杖，拐棍。《庄子·齐物论》："昭文之鼓琴也，师旷之枝策也，惠子之据梧也，三子之知几乎皆其盛者也。"

④此诗咏千山之路径，唯有登上最高处方能辨识。

即事十首选二

其一

锋镝暂云免，潦旱乃相仍[①]。
上天亦何意？厌此蚩蚩生[②]。

其十

身死固足悲，身辱亦足耻。
与其辱以生，毋宁饥以死[③]。

【注】

①锋镝：刀刃与箭镞，此指战争。相仍：连续不断。此二句谓百姓刚免于战乱，又遭遇旱潦之灾。

②蚩蚩：本指敦厚貌。此指敦厚的百姓。此二句谓不知上天为何讨厌忠厚的老百姓？明为反问，实为质问。

③这种宁肯饥饿以死，而不肯忍辱以生的精神，反映了诗人与统治者不肯合作的心态与高尚节操。

接乡书二首[①]

乡国久无望，仍存劫火馀[②]。
泪流双眼尽，得见故人书。

片纸来天外，封题自广州[③]。
开函不敢读，一字一生愁。

【注】

①此诗咏接到盼望已久的来自战火之余的家书时欲读而又不敢读的矛盾心态，从而反映了作者强烈的思乡之情。

②劫火：佛教语，谓“坏劫”之末所起的大火，后指战火。按：函可写此诗之际，南明政权永历王朝仍据守我国东南和西南地区与清廷对峙。劫火指此。

③封题：此指在书札的封口处所作的签押。广州：广州距作者家乡博罗甚近，故此广州指家乡。

腊月一日大雪，病中口占[①]

已近予生日[②]，弥天大雪飞。
年年惟抱病，泪湿破僧衣。

【注】

①本诗通过雪中吟咏，反映了诗人久病之余的哀伤。

②生日：按函可生于明万历三十九年(1611)十二月初四日，而此诗写于“腊月一日”，故曰：“已近予生日。”

二十七日虎至厨门[①]

湿尽枯柴雪满天，山厨昨日已无烟[②]。
眼前病骨今如此，知尔难垂一点涎。

【注】

①本诗咏虎至已断炊之厨门，面对病骨嶙峋的作者将一无所获，从而反映了诗人之奇贫与艰辛。

②这两句谓由于大雪满天，枯柴尽湿，所以昨天厨房就已断绝烟火，即已断食。

怀　岭　南[1]

双泪纷纷洒大荒[2]，弟兄叔侄转难忘[3]。
不知岭海风波后[4]，若个犹存若个亡？

【注】

①岭南：指五岭以南地区，即广东、广西一带。作者是广东博罗人，因此这里岭南是指代作者家乡。本诗通过对故乡弟兄叔侄的怀念，反映了作者的国恨家仇。

②大荒：辽阔的原野或边远之地。柳宗元《登柳州城楼寄漳汀封连四州刺史》诗：“城上高楼接大荒，海天愁思正茫茫。”这里指东北大地。

③“弟兄”句：详见函可前诗《泪》之注①。

④岭海：指两广地区。其地北倚五岭，南临南海，故称。岭海风波指顺治四年(1647)清军镇压广州、博罗之抗清武装事。若个：哪个，可指人，也可指物。这里是指作者在广东的亲友。

左懋泰

左懋泰(1597—1656),字韦诸,号大来,在冰天诗社中称北里先生。山东莱阳人。明崇祯进士,官至吏部郎中。十七年(1644),大顺农民军陷京师,他曾降附,任兵政府左侍郎,镇守山海关等处地方。清入关后,行事不详。顺治六年(1649),“为仇家所讦”,致使全家“百口共流离”,被流放铁岭。十三年(1656),病死。有《徂东集》。其子左昕生、左昕生等从郝浴讲学,世为铁岭望族。

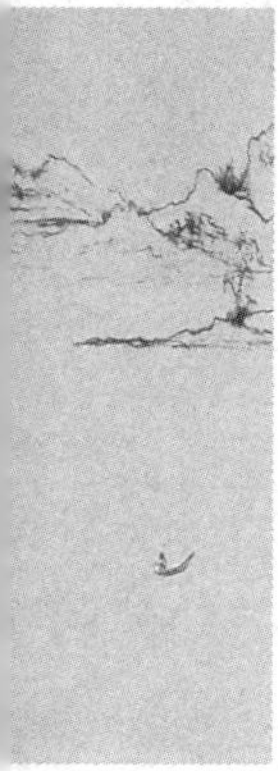

李将军看花楼①

露泣百花明,　残楼傍故城②。
壁穿余火色③,础润无云生④。
草暗将军树⑤,荒传君子营⑥。
当年问弦管⑦,夜月走鼯鼪⑧。

【注】

①李将军看花楼:李将军即李成梁(1526—1615),字汝契,辽宁铁岭人。曾于万历二年(1574)、二十九年(1601)两次任镇守辽东总兵官,长达 26 年,“威震一时”,为保卫辽东安宁立有殊勋。看花楼,又作万花楼,为李成梁铁岭别墅中楼名。清初之《辽左见闻录》载:“铁岭东门外为平辽伯李成梁别墅,台榭之胜甲于一时,今鞠为茂草矣,惟万花楼四壁尚存。”本诗是一首咏史诗,通过对李成梁将军别墅中看花楼故墟荒废的描绘,寄托了作者的兴亡之感。

②故城:明代铁岭卫城。

③火色:战火焚毁过的遗迹。

④础润无云生:础润指柱下石礅湿润,本是天将下雨的预兆,但这里反用

其意,础润不仅无雨,而且无云。

⑤将军树:《后汉书·冯异传》:“每所止舍,诸将并坐论功,异常独屏树下,军中号曰‘大树将军’。”后遂以“将军树”借指大树。这里是指李成梁别墅中的大树。

⑥君子营:古代以亲信或贤者组成的禁卫军。《晋书·刘超传》:“时军校无兵,义兴人多义随超,因统其众以宿卫,号为‘君子营’。”这里是指李成梁亲信统率的军营。

⑦弦管:弦乐器与管乐器,泛指乐器。唐崔亘《春怨》诗:“愁来理弦管,皆是断肠声。”

⑧鼯鼪:指鼯鼠与鼪鼠,泛指小动物。以上两句是指寻访当年将军演奏过的乐器,只听月夜之下鼯鼪疾走之声,从而进一步反映了看花楼的荒凉。

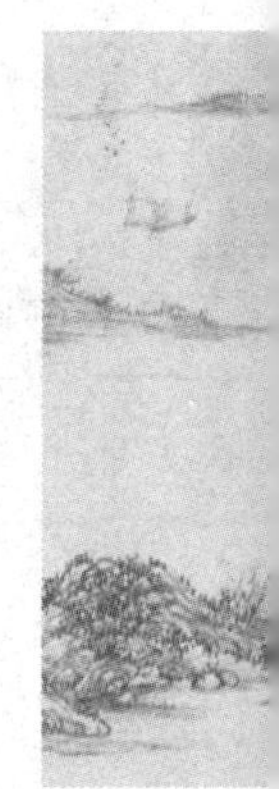

左晖生

左晖生，字观野，在冰天诗社中称大顽，左懋泰长子。顺治六年(1649)随父流放铁岭，曾资助郝浴修银冈书院，并参与东北清代第一部县志《铁岭县志》之纂修工作。

李宁远看花楼①

花下提戈月满楼，　将军控马待高秋②。
云山一望寒旌色，　辽水于今日夜流③。

【注】

①李宁远看花楼：李宁远即李成梁，因爵晋宁远伯，故称。看花楼：即万花楼。详见左懋泰《李将军看花楼》诗注①。

②待高秋：即防秋。古代北方各游牧部落，常乘秋高马肥时南犯，届时边军特加警卫，调兵防守，称防秋。以上两句是咏当年李成梁的英雄气概。

③辽水：即辽河，我国东北地区南部大河，上游有东辽河、西辽河两源，此二河汇合后始称辽河。以上两句是咏看花楼今日的荒凉景色。

左昕生

左昕生,字肃公,在冰天诗社中称二颀,为左懋泰次子。顺治六年(1649)随父流徙铁岭。曾资助郝浴建银冈书院,参与东北清代第一部县志《铁岭县志》的纂修工作。

万　花　楼①

雕栏翠幌注天涯②,休沐材官唱晚衙③。
朔气忽随阴雨变④,危楼长傍夕阳斜⑤。
夜明露泣平原第⑥,秋老篱开处士家⑦。
盛事不堪摇落尽, 犹存消息问梅花⑧。

【注】

①万花楼:即看花楼。详见左懋泰《李将军看花楼》诗注①。

②幌:车幔。注:安置,安排。《列女传·阿谷处女》:"愿注之水旁。"这里有建造之意。天涯:天边,极边远之地。南朝陈徐陵《与王僧辩书》:"维桑与梓,翻若天涯。"

③"休沐"句:休沐,休息洗沐,犹休假。特指官员之休假。材官:武卒或供差遣的低级武职。这里指李成梁部下的武职人员。晚衙:旧时官署长官傍晚申时坐衙称晚衙。唐白居易《夜归》诗:"逐胜移朝宴,留欢放晚衙。"这里指休假的武吏傍晚要参见总兵官李成梁。以上两句是写当年万花楼华美的装饰及李成梁衙署的威严气象。

④朔气:北方的寒气。《木兰诗》:"朔气传金柝。"

⑤危楼:高楼。

⑥平原第:平原君的府第。平原君即赵胜(? —前251年)战国赵武灵王之

子，封于东武城，号平原君。三次相赵。有食客三千，与齐孟尝君、魏信陵君、楚春申君，称为四君子。这里平原第则是指李成梁的府邸。

⑦处士家：处士本指有才德而隐居不仕之人，后来亦泛指未曾做过官的士人。处士家是这种士人之家。这里当是指李成梁所招致的幕僚谋士等人士之住宅。以上两句是咏李氏府邸及其幕僚谋士住宅的荒废。

⑧“盛事”两句：谓物是人非，即美好的事情已凋零，但梅花仍在，尚可透露出当年的信息。

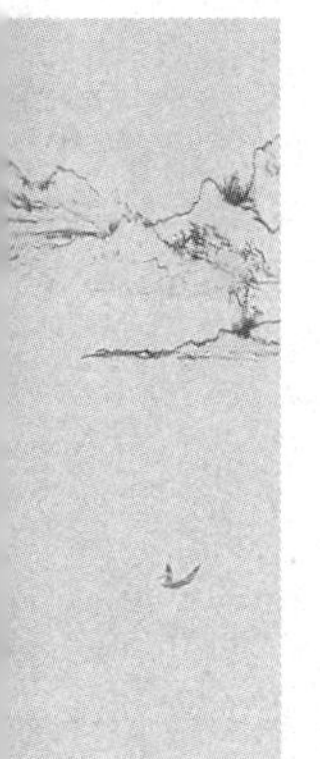

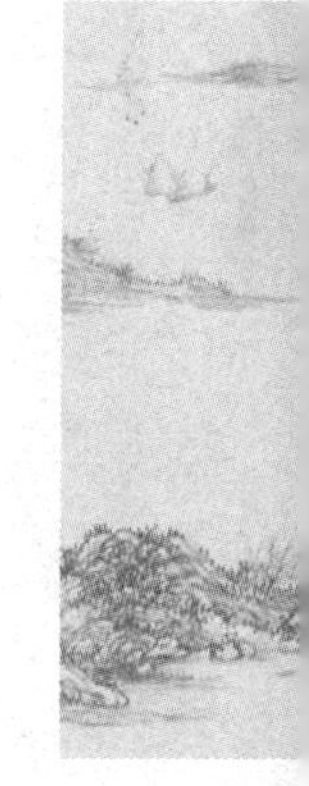

戴国士

戴国士,字不详,江西新昌(今宜丰县)人。“幼为佳公子,负异才,豪迈倜傥,名动海内”。明天启举人,入清为辰沅兵备道。顺治五年(1648)被诬以“伪作风狂”、“中怀叵测”革职入狱。约顺治六年(1649),又“以失陷地方戍铁岭”,“至戍所,居恒郁郁,阅数年病殁。丙子(康熙三十五年,即1696年)以捐马例携骨入关,葬于直隶之长垣县”。

次左锡侯范庄①

地僻海天东②,双流夹万松③。
洪荒藏太古④,旷莽接长空。
樵猎漫山火,毡裘入骨风⑤。
谁怜丝粟命⑥,尚在一坯中⑦。

【注】

①这是读友人左锡侯来诗后的次韵之作,咏塞外之荒寒及流人以教书为生的可怜处境。左锡侯,名范庄,行实不详,张玉兴先生认为系“左懋泰族兄弟辈”。在戍所以教书为生。

②海天东:极东之地,此指东北。

③双流:两条河流,具体何河不详。

④洪荒:混沌蒙昧状态。这里指混沌初开之世。太古:远古。

⑤入骨:刺骨,喻极冷。宋陆游《舟中对月》诗:“吟诗不睡月满船,清寒入骨我欲仙。”

⑥丝粟命:极少的救命钱。丝粟,蚕丝与粟米,喻极小或极少。

⑦坯:陶器、砖瓦等制造过程中,用原料做成器物的形状,还没有放在窑里或炉里烧烤之物。这里是指有待培养、教育的年轻学生。以上两句是指有谁可怜流人微薄的救命钱(指生活费)是靠教授学生而得。

戴遵先

戴遵先，字孝滨，江西新昌(今宜丰县)人。戴国士之第三子，故人称戴三。清初其父降清出仕，遵先劝而未从，则落发为僧。后见其父被褫职流放，又蓄发，随父流徙，“朝夕樵采，以供菽水，胸怀尽裂”，或“典衣买粟”，或从事农耕，或“来城卖烟叶”，艰苦备尝。释函可颇称誉其诗，惜已多佚。为冰天诗社成员。

和北里先生①

十年前现比丘身②，旧习难忘下笔神③。
心史未能藏古井④，新诗直欲上高旻⑤。
谁知浊世佳公子⑥，便是湘江老逐臣⑦。
海畔行吟时说法⑧，人天八万尽沾巾⑨。

【注】

①此诗写于顺治七年(1650)十二月初四日(12月26日)，即冰天诗社第二次社集之时。是日为函可生日，左懋泰率同社诸公祝寿，并首献寿诗，此为遵先奉和之作。诗咏函可出家后，仍然关心国事，继续撰写反映社会现实的诗歌及“干预时事”的史书，结果从一位佳公子变成流人，至戍所后又坚持弘扬佛法的事迹。北里，即左懋泰，详见本书左懋泰小传。

②比丘：佛教语，指已受具足戒的男性，俗称和尚。本句指十年前函可已出家成为和尚。

③旧习：指函可从前关国事、秉笔直书的习惯。

④“心史”句：心史，书名，南宋遗民郑思肖撰，明崇祯十一年(1638)苏州承天寺浚井时发现，因封缄于铁函中，故又称《铁函心史》。其中《久久书》，记宋

亡时杂事。这句是说函可所写的史书必能传于后世。

⑤高旻:高天。此句谓函可所写的新诗可以质诸苍天。

⑥浊世佳公子:乱世中才华出众的公子。语出《史记·平原君传》。这里是将函可比喻成战国时赵国之平原君赵胜。

⑦湘江老逐臣:指战国时楚国之屈原,屈原被放逐后,长期流亡于湘江、沅江之流域。此句指函可之被流放。

⑧海畔:滨海之地、海边。这里指函可流放的辽东地区。行吟:边走边吟咏。《楚辞·渔父》:"楚原既放,游于江潭,行吟泽畔。"说法:宣讲佛法(即佛教教义)。

⑨人天:佛教语,六道轮回中的人道与天道,亦泛指诸世间、众生。以上两句指函可在辽东或行吟或说法,都能够吸引并感动众生。

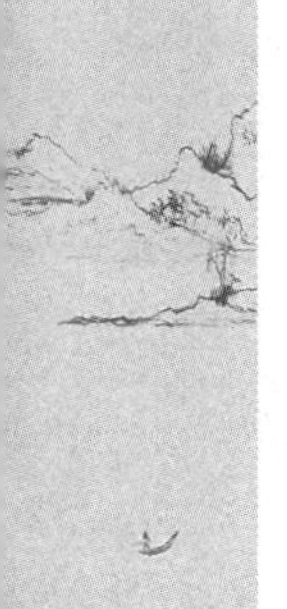

李呈祥

李呈祥(1617—1688),字其旋,又字吉津,号木斋,山东沾化人。少有才名,崇祯进士,选庶吉士。入清,授编修,累迁少詹事。顺治十年(1653)二月因条陈部院衙门应裁去满官,专用汉人获罪,被流徙盛京。十七年(1660)赦归。工诗,有《东村集》。

闲　步①

地僻无人至，闲来每独行。
天当山外断，雪向日边明。
枯木无余影，飞禽只一声。
倘然逢稚子②，便与戏班荆③。

【注】

①此诗咏作者外出闲行时所见之风光及未泯之童心。

②稚子:幼子,小孩。

③班荆:铺荆于地而坐。以上两句指倘若遇到孩子,便铺荆于地与他们在一起玩耍嬉戏。

晚　归①

未许闲无事，栖栖薄暮行②。
云归青嶂合，日落紫烟横③。
岁晚身为客，寒深雪满城。
柴门常不掩，地旷月先明。

【注】

①本诗咏作者晚间归来所见之薄暮风光及孤寂之感。

②栖栖:孤寂零落貌。唐白居易《胶漆契》诗:“陋巷饥寒士,出门甚栖栖。”

③紫烟:烟映日而呈紫色,故称紫烟。

除日四首[①]

一

雪深应尽此生寒, 万里边城度腊残。
自拨炉灰寻片火, 布衾更不梦长安。

二

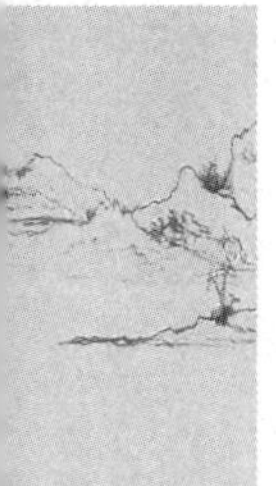

腹有藜羹饱即休[②],心如枯木那容愁[③]。
不嫌老大无能事, 还逐儿童冰上游。

三

百年难得是闲居, 纵到天涯也岁除。
却笑狂夫狂未改, 夜阑风雪理残书。

四

万丈寒冰皎绝尘, 雪中松柏益精神。
残躯那得闲无事, 自写春联送四邻。

【注】

①本组诗咏作者在除日的谪居生活及无可排遣的哀愁。这里,拨灰寻火,逐童冰游,雪夜理书,春联送邻,看似生活安静,心态淡定,实则寓谪居中的哀愁。除日,一年最后一天。

②藜羹:用藜菜做的羹,泛指粗劣食物。

③枯木:枯树,老树。这里指心之颓丧与人之老朽。

赠左锡侯[①]

一

教授先生道未穷[②],一时负笈有诸童[③]。
蹇驴十里门前路[④],早晚南风与北风[⑤]。

二

掷却青云餐雪霜[⑥],梦中那解是他乡。
春风已许年年至, 谁道莱阳胜沈阳[⑦]?

三

岁暮同为逆旅人[⑧],故园风景莫伤神。
闲来一洒凌云笔[⑨],散作龙荒处处春[⑩]。

【注】

①这组诗是咏友人左锡侯在戍所的教书生活及工于诗文的才华。左锡侯,据张玉兴考证,为左范庄之字,"身世不详,在戍所以教书为生,疑为左懋泰族兄弟辈"。

②道:政治主张与思想体系。这里的"道"是指儒家所谓的圣贤之道。

③负笈:背着书箱。形容所读书之多。

④蹇驴:驴子。驴子体弱而行缓,故名。

⑤本绝句系咏左锡侯以教书传"道"为生。

⑥青云:本指高空之云,这里喻高位,借指好的生活环境。

⑦莱阳:地名,今属山东,为左锡侯之故乡。沈阳,为左锡侯遣戍之地。这首绝句咏左锡侯已习惯于戍所的生活环境。

⑧逆旅:旅居。此句指左锡侯与自己都是客居在外之人。

⑨凌云笔:喻为文作诗的高超才华。唐杜甫《戏为六绝句》诗:“庾信文章老更成,凌云健笔意纵横。”

⑩龙荒:漠北。《汉书·叙传下》:“龙荒幕朔,莫不来庭。”后泛指荒漠之地或处于荒漠之地的少数民族聚居区。以上两句指左锡侯所写的诗文在塞外影响颇广。

元　　宵①

万方灯火几家欢，　独向边庭耐夜寒。
为语春风吹雾尽，　高悬明镜雪中看②。

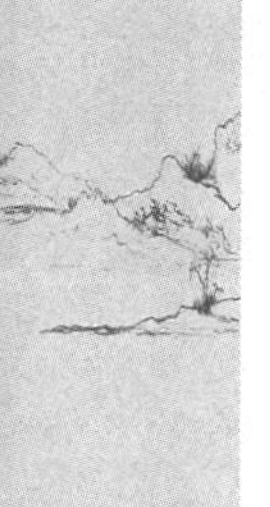

【注】

①本诗咏作者在元宵节万家灯火中的孤单寂寞之感及盼望赦归的心态。

②以上两句表面是咏作者希望风吹雾散,月朗雪明,但是也暗寓盼望赦归之意。

晴①

万里云开野戍烟，　晴阳不动四天悬。
乌鸦啄雪闲无事，　又逐轻风过我前。

【注】

①本诗咏云开烟散、红日高悬、乌鸦啄雪的郊外风光。

剩师至言怀选一①

其　　二

题诗寻旧纸，　沽酒典春衣②。
不是无人事③，何因有道机④。

回廊鸣鸟下，　远树野云飞。
山色看相待，　行歌入翠微⑤。

【注】

①本诗通过生活在鸟下回廊、云飞远树，行吟于青山中的剩禅师题诗沽酒，因人事而悟道机的生活描绘，反映了其恬淡的胸襟。剩师指释函可，详见本书释函可小传。

②“沽酒”句：指典当春天穿的衣服用以买酒。唐杜甫《曲江》诗：“朝回日日典春衣。”

③人事：人世间事。《孔雀东南飞》诗：“自君别我后，人事不可量。”

④道机：出家修道的灵机。唐刘禹锡《裴祭酒尚书见示寄王左丞高侍郎之什命同作》诗：“晚怀生道机。”

⑤翠微：本指青翠掩映的山腰幽深处，泛指青山。这里指后者。

除日二首

一①

岁暮何愁岁不新，　不逢岁暮那逢春。
夜来梦度关山去，　已把平安报老亲。

二②

北雪南梅各自强，　梅无雪冷雪无香。
此身定向雪中死，　化作寒梅亿万行。

【注】

①本诗通过岁暮春回，梦度关山的歌咏，反映了诗人思乡怀人之感。

②本诗咏梅香雪冷各有所长及自己将来死向雪中化作万树梅花的心愿，从而反映了诗人崇尚梅与雪的高尚节操。

赠别高含章[1]

风吹茅屋雁无声， 门外长途班马鸣。
冰泮关河随望去[2]，雪残塞草向愁生。
青云不系三春色[3]，白日难争万古名。
已分孤魂成野鹤， 为君却起故园情。

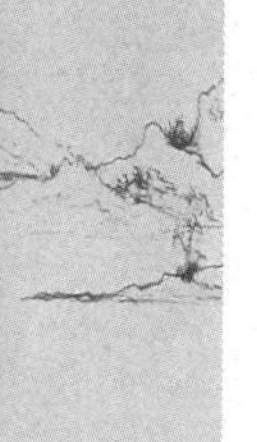

【注】

①本诗系为高含章送别之诗,抒发了作者留恋之感及思乡之情。高含章,名不详,与本诗作者同生于明万历四十五年(1617),少为同学。二十岁以后“不干禄”,即不出仕。作者流放辽东,前来探视,为人所难。当其来也,作者有《高含章至》诗,函可写有《高含章出塞访友》诗;当其归也,作者写有本诗及《高含章还里歌以送之》诗,函可亦有《送高含章》诗。

②冰泮:冰冻融解。

③三春:春季的三个月。农历正月称孟春,二月称仲春,三月称季春,合称三春。

郝　浴

郝浴(1623—1683),字冰涤,又字雪海,后号复阳,定州(今河北定县)人。顺治六年(1649)进士,八年(1651)官湖广道御史,巡按四川。后以弹劾平西王吴三桂骄横不法及其下虐民事,被诬以“冒功妄奏”,于十一年(1654)被流徙盛京。十五年(1658)迁铁岭。康熙十四年(1675)召还。将其所居之“致知格物之堂”改为银冈书院。后仕至广西巡抚。有《中山郝中丞全集》等。

同陈心简看月①

四更天不夜，　满眼月分明。
尽撤银河影②，独悬潮海声。
疏钟一度落，　白发几根生？
妒杀南征雁，　双双片羽横③。

【注】

①陈心简:即陈掖臣,详见本书陈掖臣小传。此诗反映了二人的友谊。考郝浴另有《暮日过酒垆取醉》诗,其诗序有“忽忆剩人在日,愚与陈心简夜宿奉天普济院看月吟诗,至四更不寐,是年乙未”云云,所言与此诗诗义暗合,可见此诗写于乙未(顺治十二年,即1655年)之奉天(今沈阳)普济院。通过二人长夜望月,反映友谊之深。

②银河:古称云汉,又名天河、天汉、星河等。晴天夜晚,天空呈现的银白色的光带,即此。

③此二句写双雁因嫉妒二人关系之亲密而片羽横空,不再南飞。

春日杂兴[①]

落日孤吟野水边， 暮云千里故乡连。
一声何处黄昏磬？ 海上今宵月又圆。

【注】

①这是咏水边落日的黄昏景象。

夏　　日[①]

草阁花红乳燕飞[②]，分明夭矫露精微[③]。
等闲怀抱清如镜[④]，造化从人一路归[⑤]。

【注】

①本诗是咏夏日花红燕飞的景观。

②草阁：茅草盖的楼阁。乳燕：幼燕。

③夭矫：屈伸自如。精微：精深微妙。《礼记·精解》："絜静精微，《易》教也。"这里指作者从乳燕夭矫飞翔的姿态中，看到了精深微妙的哲学道理。按：作者是上宗孔孟，下继二程的理学家，在遣所有《孟子解》、《周易解》等学术著作。作为一位哲学家，从乳燕飞翔的姿态中看出并领悟到一种精微的哲理，是无足为怪的。究竟是什么哲理呢？下面一联作出了答案。

④等闲：寻常，平常。怀抱：心胸，心意。引申为抱负。清方文《送王幼公之毗陵》诗："怀抱不得施。"

⑤造化：运气，福分。以上两句是指一个人只要持清澈如镜的平常心态，运气就会随人一路而来。

刈　　韭[①]

草阁风帘今早晨[②]，雨声惊醒灌园人。
绿翻畦韭滋兰畹[③]，自起承筐饷四邻[④]。

【注】

①本诗是咏诗人亲自割韭馈赠邻人的田园生活。刈:割取。韭:即韭菜。

②草阁:详见前诗《夏日》诗注①。风帘:迎风的帘子。

③滋兰畹:种植在培育兰草的园圃中。屈原《离骚》:"余既滋兰之九畹兮,又树蕙之百亩。"畹,古代地积单位,或以三十亩为一畹,或以十二亩为一畹,说法不一。又,泛指园圃。这里是指后者。

④承筐:捧着筐。饷:赠送。

塞 下 曲

一[①]

东海飞明月[②],金天渡晓霜[③]。
谯门一啸发[④],戍客泪千行[⑤]。

二[⑥]

紫塞三千里[⑦],黑云十二时[⑧]。
悲歌沾乳酪[⑨],风雪度燕支[⑩]。

三[⑪]

没灭松斑马, 石头饮羽傍[⑫]。
秋空鹰眼怒, 舞爪似擒王。

【注】

①此诗咏在明月晓霜的海天,听到城门楼上长啸声的戍客之泪水。

②东海:泛指东方的大海。《荀子·正论》:"坎井之蛙,不足与语东海之乐。"

③金天:西方之天。汉张衡《思玄赋》:"顾金天而叹息兮,吾欲往乎西嬉。"

④谯门:城门上的瞭望楼。啸:撮口吹出声音。由于啸声清越凄厉,可引起人们的悲壮之感,故诗长以之入典,其中阮籍啸台事最为流传。又,宋岳飞

《满江红》词:“仰天长啸,壮怀激烈。”

⑤戍客:离乡守边之人。这里主要指遣戍边疆的流人。

⑥此诗咏紫塞黑云、风雪弥漫之中戍客之悲歌。

⑦紫塞:北方边塞。《古今注·都邑》:“秦筑长城,土色皆紫,汉塞亦然,故称紫塞焉。”此指长城。

⑧黑云:黑色的云。

⑨乳酪:食品,用牛、羊等动物乳汁提炼而成。

⑩燕支:山名,一名删丹山,在甘肃省删丹县之南二十五公里。泛指北地边陲。此指东北地区。

⑪本诗咏戍客跃马弯弓,携鹰围猎时的情景及雄鹰展翅的雄姿。

⑫石头饮羽:箭深入所射之石头。

银冈行①

岂不爱一庐, 帘卷秋山读父书。
岂不爱一堂, 生阶玉树看儿行②。
岂不爱一官, 押班螭头紫绶繁③。
岂不爱一林, 朋从鱼鸟散幽襟④。
岂不爱一壶, 艳烧红蜡谱竽笙⑤。
岂不爱一床, 云鬓晓立温柔乡⑥。
自从束发亲灯火, 弱冠登朝遂作狂⑦。
俯身东戍黄龙下, 红颜绿鬓尽沧桑⑧。
二十余年寝不寐, 天涯回首月如霜。
虽恨百忧淫瘦骨, 犹喜心开书一囊。
洛下真儒踵孟子⑨,翰墨直闻泗水香⑩。
晨登讲席歌尧舜⑪,千山翠色落银冈⑫。
可知天道终归正, 从此丹山起凤凰⑬。

【注】

①银冈:指作者在铁岭建的银冈书院。郝浴流徙铁岭时建有致知格物之堂,聚徒讲授孔孟及二程学说。赦归时,将此堂更名为银冈书院,留为士子讲书处,从而出现东北第一所书院。

②玉树:《世说新语·言语》:"谢太傅问诸子侄:'子弟亦何预人事,而正欲使其佳?'诸人莫有言者。车骑答曰:譬如芝兰玉树,欲使其生于阶庭耳。'"后以"玉树"称美佳子弟。唐杜甫《题柏大兄弟山居屋壁》诗:"叔父朱门贵,郎君玉树高。"

③押班:百官朝会时之领班,管理百官朝会位次。螭头:即古代彝器、碑额、庭柱、殿阶及印章上面的螭龙头像。亦借指殿前雕有螭头形的石阶等。紫绶金章之略称。此指螭头官。唐代史官起居郎、起居舍人的别称。紫绶:紫绶金章之略称。紫色的印绶与金印,古代丞相所用,借指贵官。

④幽襟:即幽怀,隐藏在内心的感情。金王若虚《题赵内翰城南访道图》诗:"幽襟自爱北轩开。"

⑤这二句指手执一壶酒,以红烛与音乐为伴,饮酒自娱。

⑥云鬟:高纵的头发,借指美女。宋晁补之《绿头鸭》词:"断肠初对云鬟。"温柔乡:喻美色迷人之境。典出《赵飞燕外传》。

⑦束发:古代男孩成童时束发为髻,因以代指成童之年。唐庞溶:《苦哉远行人》诗:"去时始束发,今来发已霜。"弱冠:古时以男子二十岁为成人,初加冠,因体犹未壮,故称"弱冠"。《礼记·曲礼上》:"二十曰弱冠。"后遂称男子二十或二十几岁的年龄为弱冠。以上十四句是全诗的前部分,以爱庐、爱堂、爱官、爱林、爱壶(此指酒)、爱床及弱冠时为官,咏自己贬谪前的生活与心态。

⑧黄龙:府名,契丹天显元年(926)置。治今吉林农安县。此处指其流放的辽东地区。红颜:年轻人红润的脸色。唐李白《赠孟浩然》诗:"红颜弃轩冕。"绿鬟:乌黑而有光泽的鬟发。红颜绿鬟则指年轻美好的容颜。沧桑:沧海桑田的略语。大海变成农田,农田变成大海。喻世事变化极大。以上二句指自己东戍辽东后,美好的容颜历尽沧桑,变成衰鬓苍颜。

⑨洛下真儒:指宋理学家二程(程颐、程颢)。因二程是洛阳人,后人称其学派为洛派。孟子:孟轲的尊称。孟子是我国著名学者,孔子学说的继承人,有"亚圣"之称。其言被编为《孟子》一书。

⑩翰墨:笔墨。这里指用笔墨写出的学术观点。泗水:泛指泗水北岸地带。春秋时,孔子在泗上讲学授徒。后常以“泗上”或“泗水”指代孔子学说或学派。以上二句指,作为“洛下真儒”的二程是继承孟子之学,二程及孟子的学说又是来自孔子之学。

⑪讲席:高僧、儒师讲经讲学的席位。尧舜:唐尧与虞舜的并称。远古部落联盟的首领。古史传说中的圣明君主。《易·系辞下》:“黄帝、尧、舜垂衣裳而天下治。”

⑫翠色:翠指青绿色。银冈:作者在铁岭建的银冈书院。

⑬天道:天理,天意。《易·谦》:“天道下济而光明。”丹山:古谓产凤之山。《吕氏春秋·本味》:“流沙之西,丹山之南,有凤之丸。”以上十二句咏其谪居后自己聚徒讲学,宣扬孔孟及二程之学的情景。

陈掖臣

陈掖臣，又名易，字心简，江苏溧阳人。大学士陈名夏之长子，曾官侍卫。顺治十一年(1654)，陈名夏以在南北党党争中党争失势被诛后，陈掖臣受到株连，以“居乡暴恶，士民怨恨”等罪名，被遣戍盛京。其为人多才多艺，“工诗、善书、好奕，兼通音律。(在戍所)家酷贫，而豪迈如故，不治家人产”。与释函可，道士苗君稷、郝浴等流人均有交游、唱和。至康熙三十五年(1696)始援捐马例得以放还。有《阳斋集》，已佚。

怀　　古①

独上高丘望，　空中似昔年②。
蓼花红不尽③，秋水白于天④。

【注】

①此诗为诗人秋日登高远眺，吊古伤怀之作。本诗名为“怀古”，实际所怀之内容，并非古代之人、事、物，而是作者认为永恒不变的自然景观，可称创格。

②空中：天空、空间。《列子·天瑞》：“夫天地，空中之一细物，有中之最巨者，难终难穷。”

③蓼：植物名。为一年生或多年生草木，有水蓼。红蓼、刺蓼等。味芹，又名辛菜，可用以调味。这里指红蓼。

④秋水：秋天的江河水或雨水。《庄子·秋水》：“秋水时至，百川灌河。”

登　闾　山①

舜日高悬自可攀②，医巫闾出大荒间③。

远开冰雪无边路，长奠龙蛇此一山[④]。
老树参天云影直，空青扑地石花斑[⑤]。
已闻讲殿诸儒进，为告成功战马还[⑥]

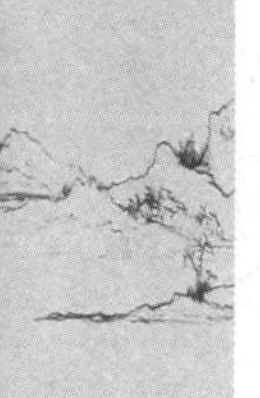

【注】

①本诗咏诗人登医巫闾山之所见。闾山，即医巫（巫一作无）闾山之简称。在辽宁省西部，大凌河之东。东北—西南走向，主峰在北镇西北，自古为幽州之镇山，各朝列于祀典。

②舜日高悬：指太平盛世。舜为古代圣君。

③大荒：荒远或边远之地。这里指辽东地区。

④龙蛇：龙与蛇，比喻杰出的人或物。《左传·襄公二一年》："深山大泽，实生龙蛇。"奠：置祭品祭祀鬼神或亡灵。

⑤空青：青色的天空。唐杜甫《不离西阁》诗："石壁断空青。"这里指天空的青翠色照射在大地之岩石上，石上花影斑驳。

⑥"已闻"二句：张玉兴注文："指康熙十八年，三藩之乱最后定平，入云南平叛大军凯旋，清开博学鸿词科，收罗天下名士，开经筵讲学事。"信而有征，特为转录。

季开生

季开生(1627—1659),字天中,号冠月,江苏泰兴人。顺治六年(1649)进士,官礼科给事中。十二年(1655)秋,由于上书谏阻皇帝点选秀女被流放尚阳堡。十六年(1659)三月卒于戍所。有《出关诗》。

尚阳堡即事口号[①]选三

其 三

九日登高怯望乡, 惟逢篱菊一枝黄[②]。
岩风易结杯中雪, 炕火难融被上霜。
烧遍野蓬封兔穴, 舂留池芡补鱼粮[③]。
邻翁索画归来晚, 还把残编对夕阳[④]。

【注】

①尚阳堡:在今辽宁省开原市东清河水库地,是清初东北流人的重要戍所。

②九日:重阳节,即九月初九日,世人每至九月,要登山饮菊酒。

③舂:用杵臼捣去谷物的皮壳。芡:水生植物,又名鸡头,全株有刺,叶圆盾形,浮于水面,花托像鸡头。种子可食用,亦可入药。

④残编:残缺不全的书。

其 四

扶杖何从觅好诗, 流光半付苦寒时。
衡门尽日空车马[①],冷甑连宵织网丝[②]。

痼病已拼人独弃，　贪闲深幸地相宜。
敢因雁碛穷年雪[3]，怅望长安花满枝。

【注】

①衡门：横木为屋，喻简陋的房屋。

②冷甑：长久未用的蒸食炊器。此指乏粮断炊。

③雁碛：鸿雁栖息的沙碛地。指北方极远之地。宋梅尧臣《送马仲途司谏使北》诗："貂裘不见风霜劲，雁碛遥知道路艰。"此指诗人流放的辽东。

其　　八

凿冰十丈得泉归，　却望千峰白雪围。
海岸渔樵生计浅，　天涯亲旧过谈稀。
顽山入屋霜连枕[1]，断壑当门月上衣[2]。
狼虎乍啼儿女哭，　夜添松火敌寒威。

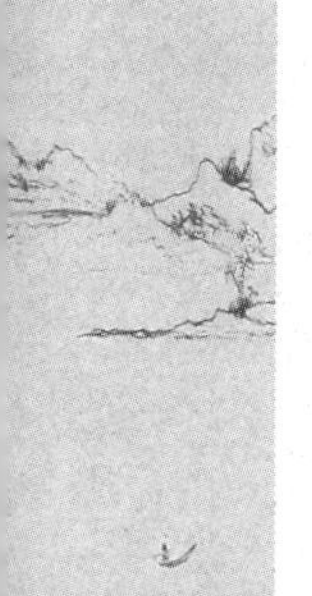

【注】

①顽山：指难以生长植物之山。

②断壑：残缺不全的山沟。以上两句是以穷山恶水及霜枕月衣的艰苦处境，来反映诗人生活的辛酸。

附前人评语：邓之诚云："其诗亦有规格，善作苦语。"

堡居戴孝臣茅堂赋，偕李木斋、吴雪帆、郝复阳诸公[1]

银州城外草堂东，　铁岭诸峰入望中[2]。
棋局肯遗天下事[3]，菜盘真见古人风[4]。
送迎野鹤宜清渚[5]，舒卷闲云任碧空。
带醉忽然添酒伴，　残樽移时晚霞红[6]。

【注】

①戴孝臣：为戴国士之子，戴遵先之兄，顺治六年随父流徙铁岭。详见苗君稷《新晴同剩公、心简、孝臣夜话》诗注①。李木斋即李呈祥，吴雪帆即吴达，郝复阳即郝浴，分别详见本书小传。堡，尚阳堡。本诗系咏作者同其他流人的交游与友谊。

②银州：唐时渤海置富州，辽改银州富国军，金废。今属辽宁省铁岭市。此二句指戴孝臣茅堂在铁岭城外，系东傍诸座山岭而建。

③棋局：本指棋盘，引申为棋盘布子的形势。此句指棋盘布子的格局可以显示天下大事的形势。

④古人风：即古人之风，指质朴淳古的习尚、气度和文风。此句指盛菜之盘之布局（设置摆设）也体现出古人质朴淳古的风尚。

⑤清渚：清静的水中小岛。

⑥残樽：剩余之酒不多的盛酒器。移时：经历一段时辰。《后汉书·吴祐传》："祐越坛共小史雍丘、黄真欢语移时。"此句指众人饮酒已至将尽，由于历时已久，天色已晚。

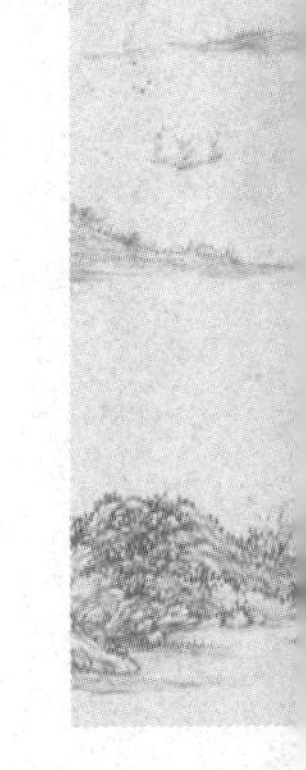

剩师吊孙西庵墓，先生讳蕡字仲衍，洪武间流，竟坐蓝党诛，葬安山[①]

子规啼断故山春[②]，万里还来采蕨人[③]。
诗卷前生曾种祸[④]，袈裟隔代忽相亲[⑤]。
倘知尘世难容直[⑥]，敢信文章可护身[⑦]。
寂寂孤坟平白草，好依钟磬问高旻[⑧]。

【注】

①剩师：即释函可。孙西庵：即孙蕡，详见本书孙蕡小传。考洪武二十六年（1393）孙蕡被处死于辽阳后，其门生黎贞"抱持其尸，裹之以衣"，然后"负其棺，万里归葬"。据此，其墓应未在辽东。但本诗诗题却谓葬于安山，函可并亲赴其墓凭吊，二说互为矛盾。我们认为即使黎贞已将孙蕡归葬，其原葬处可能仍会留有衣冠冢。这样，函可所吊之墓当为此墓。又，安山，具体在何处不详。

考河北省昌黎县西南有安山镇，此镇距山海关与辽东甚近，孙氏原葬之地，当即在此。再，孙蕡坐蓝党狱被杀，是以文字获祸，函可也是以文字获罪流放，可见函可之凭吊赋诗，也有自伤自悼之寓意。

②子规：即杜鹃，又名杜宇。相传为古蜀王杜宇之魂所化。春末夏初，常昼夜啼鸣，其声哀切。故土：家乡、故乡。

③采薇人：《史记·伯夷列传》载，周武王灭殷，“伯夷、叔齐耻之，义不食周粟，隐于首阳山，采薇而食之”。后用以指隐居、隐遁，这里指流放辽东的函可。上两句，前句指孙蕡死后，杜鹃在故乡哀悼其死，下句指其流放万里外的辽东，忽然有一位采薇人（指函可）前来凭吊。

④“诗卷”句：指孙蕡是因从前为大将军蓝玉之画题过字，后蓝玉以谋反被诛，受此牵连被杀。诗卷种祸指此。

⑤袈裟：僧衣。此指函可。隔代：相隔一世。此指函可与孙蕡相隔数代。

⑥直：正直，公正。

⑦这两句谓正因尘世不能容忍正直，所以不应相信文章可以保护自己的身体。

⑧高旻：高天。晋陶潜《自祭文》：“茫茫大块，悠悠高旻。”问高旻：即叩问苍天。

吴 达

吴达，字章甫，号雪航（一作雪帆），江苏无锡（一作毗陵）人。崇祯三年（1630）进士。入清曾于顺治七年（1650）任巡茶御史，后至通政司左通政。"平生蕴风义"，敢于直言。曾"受命巡山东，恩威恤凋敝"，获得当地父老爱戴。但却"结怨"于豪门大姓。顺治十三年（1656）受给事中孙光祀弹劾隐慝其袍弟逵、堂叔明烈"潜通逆贼"事而入狱，不久被赦流徙铁岭。在戍所"闭户读书，萧然若寒素，越数年而殁"。有《雪航疏稿》、《薜雨堂诗稿》，均佚。

赴银州遥别内子[①]

关山晓月逐鸣鸡，　潋滟蓉湖望转迷[②]。
老我星霜萧寺钵[③]，累君儿女石田齑[④]。
江鸿失侣云偏冻，　海鹤飘翎日又西。
零落梅花残梦醒，　泪痕封与太常妻[⑤]。

【注】

①此诗系作者被判处流徙银州时在京师写寄远在家乡的妻子之作。诗写于顺治十三年（1656）年底。银州，为铁岭之古称。内子，即妻子。

②潋滟：水波荡漾貌。蓉湖：即芙蓉湖，在今江苏省常州市东、无锡市西北、江阴市南，即作者家乡境内。一名上湖，又名射贵湖。

③星霜：星辰一年一周转，霜每年遇寒而降，因此星霜指年岁。萧寺：即佛寺。钵：僧人食具，底平口略小，形圆稍扁，用泥或铁等制成。

④石田：多石不可耕之田。齑：细切的酱菜或腌菜。上两句指我的年岁已老，此去只能寄身佛寺以度残生，却连累你携带儿女耕种贫瘠之田靠酱菜、腌

菜为生。

⑤封：裹札。太常妻：后汉周泽为太常（掌管宗庙礼仪等事务），虔敬宗庙，常卧疾斋宫，其妻哀其老病，窥问疾苦，泽大怒，以妻干犯斋禁，收送诏狱。时人讥之曰："生世不谐，作太常妻。一年三百六十日，三百五十九日斋。"言泽不通人情，难为其妻。唐李白《赠内》诗："三百六十日，日日醉如泥。虽为李白妇，何异太常妻。"这里作者之意是说，自己获罪远戍，不仅终年不能陪伴妻子，而且还连累妻子受苦。

送李宫詹赐环①

骊驹初唱岭云秋②，典属无家尚黑头③。
济上青山双泪洒，关门明月一仙舟。
他年射猎知无罪④，此日行藏任自由⑤。
漠漠水田飞白鹭，羊裘老子更何求⑥。

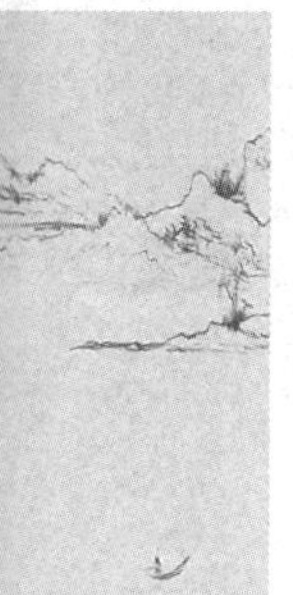

【注】

①这是为李呈祥赦归所写的送别诗。李宫詹指李呈祥，因曾任述少詹事，故称以宫詹。详见本书李呈祥小传。

②骊驹：本指纯黑色的马。这里是指借《诗·骊驹》一诗作为告别时所赋的歌词。《汉书·王式传》："谓歌吹诸生曰：'歌骊驹'。"赐环：古时放逐之臣遇赦召还叫赐环。语本《荀子·大略》："绝人以玦，返绝以环。"此句"岭云秋"点明李呈祥之赦归在秋季。按李呈祥是顺治十七年（1660）七月（即秋季）奉赦而归。

③典属：即典属国。官名，始于秦，西汉沿置。掌管少数民族事务。这里指苏武。汉武帝时，苏武出使匈奴被扣留十九年始得释归，归后任典属国。据《汉书·苏武传》，武"始以强壮出，及还，须发尽白"。此句谓苏武归还头尽白而李呈祥赦归却尚头黑。言外之意是说皇恩"厚重"，流放时间不长，即便召回。

④他年：以往，往前，前些年。此句指李呈祥往年是无罪流徙于此，曾从事打围射猎之事。

⑤行藏：出处或行止。

⑥羊裘：指以羊皮做的衣服。据《后汉书·严光传》载，严光与刘秀同游学，后刘秀即帝位，光变名隐身，披羊裘于钓泽中。后因以“羊裘”指隐者或隐居生活。本诗是指李呈祥赦还后会像严光那样过上隐居者的生活。

齐　岳

齐岳，生卒年不详，约生于明末，字方壶，安徽桐城人。早年“家贫力学”。约顺治十四年(1657)“为兄台州失守牵连入狱，徙尚阳堡，寓铁岭。作《秋怀诗》十首、《尚阳捕鹿赋》一首，闻者哀之”。余事不详。

铁岭秋怀十首选三[①]

其　一

衰草柴门一径斜，　此中羁我坐年华[②]。
魂归故国车千里，　月上茅檐雪万家。
未有尺书来凤阙[③]，漫淹高士卧龙沙[④]。
白头贫困兼消渴[⑤]，但剩空囊贮紫霞[⑥]。

其　九

数亩之中一草堂，　山妻稚子总凄凉[⑦]。
孤吟恰到故乡月，　两鬓全沾绝塞霜。
结伴有谁来北海[⑧]？荷锄只当垦南阳[⑨]。
关河有路数千里，　涕泪郊原空断肠。

其　十

极目苍凉倍黯然，　瘴云疏雨送秋天[⑩]。

草生歧路思千里，　花落寒岩记一年。
誓死有心投白水⑪，耐愁长夜补青毡⑫。
梦回绵薄知霜重⑬，怕听邻鸡到枕边。

【注】

①本组诗咏诗人在流徙地铁岭的生活及思乡之感。

②羁:束缚，拘束。坐:居留、停留。清归庄《黄孝子传》:“父子坐旅中，惝惚累日。”

③尺书:书信，这里指诏书。凤阙:汉代宫阙名，借指朝廷、皇宫。

④漫:姑且，聊。淹:逗留，羁留。高士:指志行高洁之士，此乃作者自谓。龙沙:泛指塞外漠北边塞之地，此指辽东地区。以上两句指朝廷没有赦诏，以致自己仍然羁留塞外。

⑤消渴:中医学病名。口渴、善饥、尿多、消瘦，主要表现为糖尿病。本句指自己老、贫、病三者兼备。

⑥紫霞:不详。殆为酒。霞的一种含义为“美酒”，唐孙棨《北里志》:“霞杯醉劝刘郎饮。”这里之“霞”即指酒。基于此，紫霞当为紫色之酒。本诗以上二句指自己除了老、贫、病之外已一无所有，如说有的话，则是只有囊中之酒可以浇愁。

⑦山妻:山野村俗人之妻，自称其妻的谦词。唐李白《赠范金卿》诗:“留舌示山妻。”

⑧北海:指今俄国之贝加尔湖。《汉书·苏武传》:“乃徙武北海无人处。”本诗借指作者流放的辽东。

⑨南阳:郡名。秦置，在今河南省旧南阳府，湖北省旧襄阳府之地。治宛，即今河南省南阳市。为三国蜀诸葛亮“躬耕”之地。《三国志·诸葛亮传》:“亮躬耕陇亩。”《注》引《汉晋春秋》:“亮家于南阳之邓县，在襄阳城西二十里，号曰隆中。”宋王应麟引《殷芸小说》，谓诸葛亮躬耕南阳，是襄阳墟名，非南阳郡。此句谓自己像诸葛亮躬耕南阳那样也荷锄耕种于塞外。

⑩瘴云:瘴气。唐杜甫《热》诗:“瘴云终不灭。”按瘴旧指山林间湿热蒸郁致人疾病之气，多见于南方，尤其岭南地区。至于辽东则偶尔见之。

⑪白水:《左传·僖公二四年》:“所不与舅氏同心者，有如白水。”后遂用作

誓词,表示信守不移。

⑫青毡:即“青毡故物”略语。据《太平御览》卷七〇八引《语林》:“王子敬在斋中卧,偷人取物……子敬因呼曰:‘石染青毡是我家故物,可特置否。’”后遂以“青毡故物”泛指仕宦人家的传世之物或旧业。亦省作“青毡”。唐杜甫《与任城许主簿游南池》诗:“遥忆旧青毡。”

⑬绵薄:本诗指绵被单薄。

孙 旸

孙旸(1626—1701),字赤崖(一作赤厓),江苏常熟人。少年即擅文誉,所谓“弱年擢秀,盛齿知名”,与其兄承恩齐名。顺治十四年(1657),举顺天乡试,科场事发,为人牵连,谪戍尚阳堡。二十年(1663)援修城例,被友人兵部尚书宋德宜赎还。有《蔗庵集》(又名《蔗庵先生诗选》)。

欢 喜 岭[①]

在关口,一名凄惶岭

万里营州道[②],孤峰海上横[③]。
凄惶出塞意, 欢喜入关情。
蓑草连天阔, 寒云大漠平。
不知班马过, 何事亦长鸣?

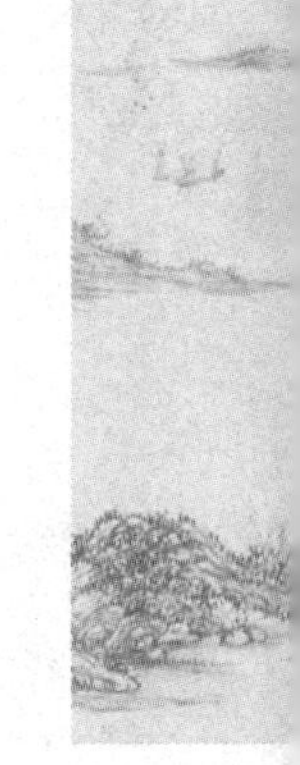

【注】

①凄惶岭:详见陈之遴《凄惶岭》诗注①。

②营州:古十二州之一。东汉马融、郑玄认为舜十二州中有营州,即今辽宁一带。

③班马:离群之马。此二句谓人有知过岭有悲喜之感,马无知为何过岭也要长鸣?

八月十七夜对月[①]

萧萧木叶下庭柯, 露白天高雁渡河。
最是无情龙塞月[②],照人明处缺时多。

【注】

①此诗以秋夜望月,抒发思乡怀人之感。

②龙塞:即龙城,泛指边塞地区。南朝梁江淹《萧骠骑谢甲丈人殿表》:"瞰城龙塞,言伏鬼方。"

中秋同陆子渊、陈心简、陈子长分韵[①]

寒光如练落空堂, 永夜凭轩漫引觞[②]。
天接塞门沙□□[③],烟收极浦树苍苍[④]。
几年对月仍为客, 何处登楼可望乡?
纵目南云飞不尽, 数声归雁度微茫。

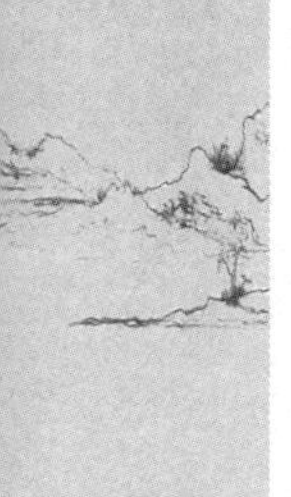

【注】

①陆子渊:即陆庆曾,字子渊,又作子玄,一字皋如,华亭(今上海市松江区)人。素负才名。举人。以在顺治十四年(1657)丁酉北闱科场案中"蜚语牵连"被流徙尚阳堡,业医自给,十余年后卒于戍所。陈心简:即陈掖臣,详见本书陈掖臣小传。陈子长:即陈堪永,陈之遴第六子。官监生,中顺治十一年(1654)副榜。之遴于顺治十六年(1657)流徙辽东,堪永同时被遣,康熙六年(1667)卒于沈阳,年二十九。与吴兆骞为狱中之友,兆骞亟称其才华。

②轩:窗户。三国魏阮籍《咏怀》诗:"开轩临四野。"

③塞门:边关。按:此句"沙"后二字原阙,故以□□代之。

④极浦:极远的水边。

秋日挽吴雪航侍御[①]

银州飞雪动兼旬[②],万里歌传泪满巾。
故苑黄花空待客[③],异乡明月照何人?
乌台此日封章在[④],青史他年翰墨新[⑤]。
叹息鼎湖龙未去[⑥],肯教天末老孤臣。

【注】

①本诗系为友人吴达之死而写的挽诗。吴达,字雪航,详见本书吴达小传。吴达曾任御史之职,故以侍御称之。

②银州:即铁岭之古称。兼旬:两旬。此句指吴达之卒是在长时期飞雪的铁岭。

③故苑:旧日的园林。黄花:菊花。

④乌台:御史台,封建国家的监察机关。封章:言机密事之章奏均用皂囊重封以进,故名封章,亦名封事。此句指吴达当年在御史台奏事之封章现在犹存。

⑤青史:古代以竹简记事,故以称史籍。翰墨:笔墨,借指文章书画。此句指吴达文章将史册流芳。

⑥鼎湖:传说黄帝在鼎湖乘龙升天(见《史记·封禅书》),故借指帝王。此句委婉地指出皇帝健在。

题陈心简新居①

秋林摇落有停车, 知是幽人此结庐②。
黄叶一窗开卷后, 青山当户卷帘初。
漫将棋局供残昼③,且将琴尊伴谪居。
何日五湖寻旧业④,绿蓑烟艇问樵渔?

【注】

①陈心简:即陈掖臣,详见本书陈掖臣小传。

②幽人:隐士。结庐:构筑房舍。

③棋局:棋盘。古代多指围棋盘。这里是指在棋盘上布子。

④五湖:春秋末范蠡隐于五湖,后泛指隐遁之所。

⑤绿蓑烟艇:披着绿色的蓑衣,乘着在烟波中飘游的小舟。以上两句反映了诗人盼望赦归的心态。

送张稚恭先生归里[①]

立马边庭晓气凉，一时供帐绕河梁[②]。
还家张翰莼方美[③]，归国苏卿鬓未苍[④]。
海外只应留姓字[⑤]，关中从此有文章[⑥]。
樊川别墅饶行乐[⑦]，莫忘三韩五月霜[⑧]。

【注】

①张稚恭：即张恂，详见本书张恂小传。归里：此指赦归。此诗为送张恂赦归之作。

②供帐：亦作供张。陈设供宴会（本诗指饯别宴）用的帷帐、用具、饮食等物。河梁：本指桥梁，因汉李陵《与苏武》诗有“携手上河梁，游子暮何之”及“行人难久留，各言长相思”等句，后遂为送别之地。以上两句指为张稚恭设宴送行。

③“张翰”句：《晋书·张翰传》：“翰因见秋风起，乃思吴中菰菜、莼羹、鲈鱼脍，曰：‘人生贵得适志，何能羁宦数千里以要名爵乎？’遂命驾而归。”后遂以“莼羹鲈脍”用为思乡辞官的典故。

④“苏卿”句：汉苏武出使匈奴，被留不遣，徙北海牧羊，坚守臣节，节旄尽落，十九年后始放归，须发尽白，“苏卿节”或“苏武牧羊”后用为忠贞不屈的典故。在本诗中，说苏武归汉“鬓未苍”，其实是说张恂赦归，尚年富力强，大有可为。

⑤海外：四海之外，泛指边远之地。这里指张稚恭流徙的辽东。

⑥关中：古地域名，所指范围不一，今指陕西渭河流域一带。这里代指张稚恭故乡，因张氏为陕西泾阳人。

⑦樊川：为唐诗人杜牧的别称，代指杜牧。

⑧三韩：汉时朝鲜南部分为马韩、辰韩、弁辰。至晋，弁辰亦称弁韩，合称三韩，后用为朝鲜的代称。但本诗却借指东北边塞。以上两句谓张恂回到自己的别墅，行乐之际，不要忘记在辽东戍地所受之苦。

辽东杂忆[①]二十首选一

铁　　岭[②]

柴河东去接银州[③]，席帽山高瞰碧流。
寂寂将军行猎处，石梅一片万花楼[④]。

【注】

①本组杂咏共二十首，反映东北历史沿革、自然风光，军士生活及作者的思乡怀人之感等。其中后十首为“奉天诸景旧题”，但在后文我们将《奉天诸景》单独列出，作为与《辽东杂忆》同级之诗题。

②本诗是咏铁岭李成梁万花楼中石梅之作。

③柴河：源出辽宁开原东柳条边，英峨门之北，西流经铁岭，北入辽河。银州：铁岭之古称。

④石梅：在铁岭市李成梁故园万花楼（一作看花楼）中。王一元《辽左见闻录》：“（康熙年间）万花楼四壁尚存，壁间嵌青石一，长丈余，宽半之，光润可玩。石纹成梅花一枝，枝干甚古，宛如画图，虽经兵燹，不与劫灰俱尽也。”按：此句有作者自注云：“李成梁万花楼有石梅一枝。”

奉天诸景[①]十首选二

绝塞砧声[②]

雁声七月起三韩，　砧杵声声逼岁寒[③]。
犹忆昔年残月夜，　牵人归梦到江干。

【注】

①奉天诸景：共十首，为奉天诸景旧题，后列入孙旸《辽东杂忆》二十首之中，现选两首。

②此诗借塞外砧声以寓思乡之感。砧：指捣衣石。

③杵:捣谷物、捣衣等用的棒槌。

东郭甘泉[1]

几处寒流石槛渟[2],塞垣滋味胜中泠[3]。
辽东少妇夸高髻, 谁识原泉入鬓青[4]?

【注】

①本诗咏沈阳东郭河水饮之令人发多而黑。

②石槛:石制的栏杆。渟:水聚集不流。

③中泠:泉名,在今江苏省镇江市丹徒区西北石山簰东,一作中零。其泉水之宜于泡制茶水,为世所称。此句指塞外泉水之甘甜远远胜于中泠泉。

④此句作者原注:"辽东之水通于参,饮之令人多发。"

雪天观猎[1]

弓刀带雪上危陂, 大纛中央合八旗[2]。
谁向山头射猛虎? 帐前齐说十三儿[3]。

【注】

①此诗咏八旗将士出猎的壮观场面。

②大纛:军队或仪仗队的大旗。八旗:清代满族户口以军籍编制,分正黄、正白、正红、正蓝、镶黄、镶白、镶红、镶蓝八旗。这里是指八旗将士所持的这八种旗色。

③十三儿:此次出猎之八旗将士中的一名成员。其名为十三儿。按此句作者在"十三儿"后自注:"住王多罗树。"(原书不清晰,经仔细辨识,为此五字)

张 恂

张恂,字稚恭,一字壶山,陕西泾阳人。明崇祯十六年(1643)进士。入清官中书舍人、江南推官。擅长诗文,尤精绘画,是清初著名画家。因顺治十四年(1657)丁酉北闱科场案牵连遣戍尚阳堡。在戍所吟咏不辍,其诗多咏边塞风光,时人以“沉郁”称之,并谓“极有盛唐气概”。康熙初,援修城倒赎还。有《西松馆诗》、《樵山堂集》、《绣佛斋诗馀》、《雪鸿草诗》。

客铁岭苦雨[①]

柴扉咫尺水潺湲[②],石燕乘风舞未还[③]。
鸣雨甫停檐外溜, 黑云又罩帽儿山。

【注】

①苦雨:久下成灾的雨。《左传·昭公四年》:“春无凄风,秋无苦雨。”

②柴扉:柴门,用柴木做的门。咫尺:比喻近与短。潺湲:水流貌。

③石燕:形状如燕的石块。传说石燕遇风雨即飞,雨止还化为石。唐许浑《金陵怀古》诗:“石燕拂云晴亦雨,江豚吹浪夜还风。”这里指风雨来临。

塞 上选一

其 一

苍茫亭障[①]草连空, 乱水荒原入望同。
沙碛日昏鸠鹁雨[②], 石田云暗马牛风[③]。

那看玉帐悬天际[④]，尚有金墉在眼中[⑤]。
一自霜花凉冷后[⑥]，雕飞无计避强弓。

【注】

①亭障:古代边境上设置的堡垒。

②鸠鹁:即鹁鸠,又名鹁鸪、鹁姑,鸟名。天将雨时,其鸣甚急。《草木鸟兽虫鱼疏·宛彼鸣鸠》:“鹁鸠,灰色,无绣项,阴则屏逐其匹,晴则呼之。语曰‘天将雨,鸠逐妇’是也。”

③石田:多石不可耕之地。马牛风:马牛奔逸。宋苏轼《汝南示三子》诗:“音尘不隔马牛风。”

④玉帐:主帅所居之帐幕,取如玉之坚意。玉帐悬天际,当指主帅的帐幕屯札在远方,遥望似在天边。但是前面又用了表示否定的“那看”一词,则变成了已无所见。

⑤金墉:金城,坚固的城池。以上两句谓现在主帅的帐幕已经看不到了,但是一些坚固城池的遗址尚依稀可见。

古塞上

银州城外看花楼[①],指点残花说故侯[②]。
谁使岿然柴水上[③],不随波影向西流。

【注】

①银州:铁岭。看花楼:李成梁铁岭别墅中楼名,详见左懋泰《李将军看花楼》诗注①。

②故侯:李成梁。

③柴水:即柴河,详见孙旸《辽东杂忆·铁岭》诗注③。

诸　豫

诸豫，字震坤，江苏无锡人。顺治六年（1649）进士，官侍读学士。十二年（1655）乙未科会试同考官。十四年（1657）以丁酉科场案牵连遣戍铁岭。康熙二年（1663）援修城例，认为端门被赦归。

立　春①

谪后犹仙籍②，银州第一春③。
南风时感旧，西圃日谋新④。
露气寒芜变，阳光冻雀驯。
青盘招友共⑤，异域倍相亲。

【注】

①此咏诗人流徙至铁岭后第一个春天立春时的景象以及流人之间的情谊。

②仙籍：仙人的名籍。诗人流放后本已入犯人名籍，这里却说仙籍，实质是故作旷达之语聊以解嘲而已。

③银州：诗人流放的铁岭。按：诗人是顺治十三年（1656）底被判决流放，则其至戍所第一个春天已为十四年（1657）春。

④西圃：西边种植蔬菜、花果或苗木的园地。

⑤青盘：盛满蔬菜、花果的青色盘子。招友共：邀请友人来此共同品尝。

自　遣①

未妨沙漠时时雪②，自乐乾坤处处春③。
鹅鸭不惊邻尽洽，牛羊无恙虎能驯。
田腴得雨催香粒，水净因风激素鳞④。

一笑东华尘梦断[5],茅檐耕凿但谋身[6]。

【注】

①此诗咏诗人流放后的耕凿谋生的生活景象。

②沙漠:指地面完全为沙所覆盖,干旱缺水,植物稀少的地区,这里指作者流放的辽东。

③乾坤:天地。

④素鳞:白色的鱼。

⑤东华:明清时中枢官署设在宫城东华门内,因以借称中央官署。这里指代朝廷。本句东华梦断意指自己流放后再也不会有回朝居官的梦想。

⑥耕凿:语出古诗《击壤歌》:“凿井而饮,耕田而食。”后常用以泛指田园生活。

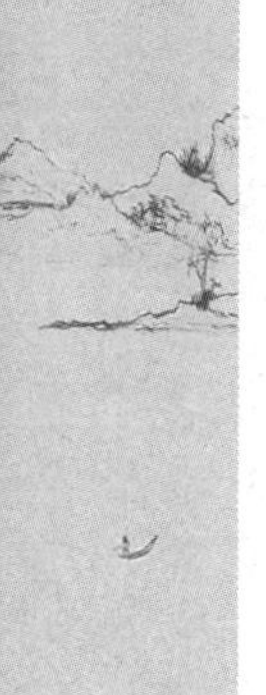

至日偶成俟复阳启关索和[1]

闲煨榾柮镇垂帘[2],冰砚才呵日过檐。
半夜初阳调静息[3],九边积雪避寒严[4]。
名心久不同灰动[5],旅病其如与线添[6]。
咫尺禅关终日闭[7],惟闻微笑对花拈[8]。

【注】

①本诗为作者至日(冬至日)即兴所写之作,写后并向郝浴索要和诗。复阳,为郝浴之号。详见本书郝浴小传。启关:开门。

②榾柮:木柴块,树根疙瘩,可代炭用。镇:长久,常。唐太宗《咏烛》诗:“镇下千行泪。”

③初阳:冬至至立春前一段的时间,初春。《孔雀东南飞》诗:“往昔初阳岁。”

④九边:明代设在北方的九个边防重镇,后为边境的泛称。这里指辽东。

⑤灰动:指葭莩之灰飞动,表示节气更易。

⑥旅病:旅行在外患病。

⑦咫尺:周制八寸曰咫,合今市尺六寸二分二厘。形容距离近。禅关:禅

门。此句指郝浴闭门不出。

⑧“惟闻”句：用“拈花一笑”词意，以喻心心相印，会心。典出《五灯会元·释迦牟尼佛》。按：郝浴流放辽东后，“益潜心圣学，深思密证，期于表里莹彻。或中夜有所得，必披衣秉烛书之，讴吟达旦，不知身之在穷荒也。尤嗜《孟子》及《二程遗书》……危坐研究其中，垂二十年”（见梁清标所撰之传）。可见他笃信孔孟、二程之学已达痴迷地步，终日闭户钻研，有如佛教徒之禅关紧闭。本诗最后二句即指此而言。

陈之遴

陈之遴(1605—1666),字彦升,号素庵,浙江海宁人。明崇祯官编修。入清官至礼部侍郎,授弘文院大学士。顺治十三年(1656)三月,以结党罪,以原官发盛京居住,十月召还。十五年(1658)以贿结内监吴良辅入狱。十六年(1659)流徙盛京。至康熙五年(1666),卒于戍所。有《浮云集》。

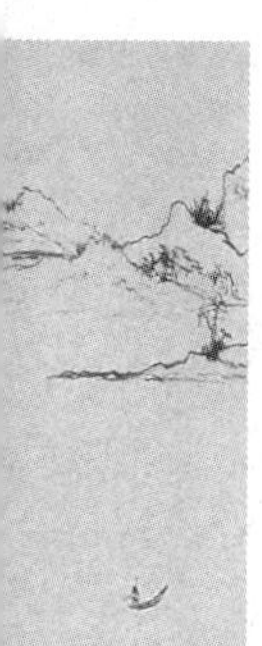

凄　惶　岭[1]

入关者至此而喜,出关者至此而悲,故一岭二名。

关前欢喜岭,　亦复号凄惶。
入塞瞻天近,　投荒去路长。
土花生宿雨[2],边草杀春霜[3]。
何日扬鞭笑,　欣然返帝乡[4]?

【注】

①凄惶岭:杨宾《柳边纪略》卷一云:"山海关外三里,曰凄惶岭,又曰欢喜岭。盖东行者至此凄惶,而西还者至此则欢喜也。"本诗咏岭名之由来、岭外之荒凉,及盼望赦归之心态。写于顺治十六年(1659)三月。

②宿雨:夜雨,经夜之雨。

③边草:边地野草。以上两句谓,虽然夜来之雨滋生了一些野花,但春天的霜冻仍然扼杀了边地之野草,可见关外的荒寒。

④帝乡:京城,皇帝居住的地方。唐杜甫《承闻河北诸道节度入朝,欢喜口号》诗:"草奏何时入帝乡?"

庚子元夕①

微雪兼零雨②，潇潇洒客窗③。
气寒灯不焰④，愁剧酒难降。
烟火繁吴苑⑤，莺花暖越江⑥。
遥怜今夜月，朗照玉樽双⑦。

【注】

①庚子元夕：顺治十七年(1660)正月十五日上元节。本诗系咏作者流徙的哀愁及对早年奢华生活的追忆。

②零雨：断续不止之雨。《诗·豳风·东山》："我来自东，零雨其蒙。"

③潇潇：小雨貌。南唐王周《宿疏陂驿》诗："微雨潇潇古驿中。"

④灯不焰：指灯光黯淡。

⑤吴苑：苏州为春秋吴地，有宫阙苑囿之胜，后因以吴苑为苏州的代称。按：陈之遴第二故乡是苏州，因清初之遴购置了苏州名园拙政园，一度是拙政园主人。

⑥越江：越是古国名，最早建都会稽(今浙江省绍兴市)。因越地之江以钱塘江(旧称浙江)为最大，故陈之遴所指之江，当即钱塘江。按：陈之遴为浙江海宁人，浙江为其故乡，因此他在塞外所思之乡，不仅有吴苑，也有浙江。

⑦玉樽：玉制的盛酒器皿。

寄怀吴子汉槎① 选二

其　一

已度重关更出边②，江东才子独颠连③。
流年转眼人三十④，故国伤心路八千。
拔帐怒风深夜里，没阶飞雪季秋前。
金鸡莫道无消息⑤，只在天心一转圜⑥。

【注】

①吴汉槎即吴兆骞,详见本书吴兆骞小传。本诗写于顺治十六年(1659)季秋(即十二月)。

②此句指吴兆骞本年闰三月自京师出塞,行过许多关隘,月底行抵沈阳,双方盘桓二十余日,又出柳条边,向宁古塔行去。

③江东才子:据汪琬《说铃》:"吴兆骞孝廉,尝与余辈同出吴江东门,意气傲然不屑,中路忽率尔顾余,述袁淑语曰:'江东无我,卿当独步。'旁人为之侧目,吴不顾。"当时,同辈皆以才子目之,据汪琬此则记事,益见兆骞系以江东才子自视。

④三十:按是年兆骞为二十九岁,明年即三十。

⑤金鸡:古代颁布赦诏时所用的一种金首鸡形的仪仗。此句谓有朝一日,朝廷会举行金鸡的仪式,即有大赦天下之日。

⑥天心:君主的心意。转圜:挽回,转变主意。

其　二[①]

夫征犹绝徼[②],妇叹复长途[③]。
稍慰三年别[④],难胜百感俱。
天长家更远,　草白泪同枯。
太息终军妙,　于今悔弃繻[⑤]。

【注】

①此诗写于康熙元年(1662)。

②绝徼:度越边塞。此句指吴兆骞已经流放至宁古塔。

③妇:指吴兆骞之妻葛采真。当时葛氏正"依例"(按着清廷刑法条例)出塞。是年正月自吴江起行,拟赴京师刑部,然后赴宁古塔。陈之遴写此诗时,葛氏正在跋涉之中,故云"复长途"。按葛氏是次年二月行抵宁古塔。

④三年别:按陈之遴与吴兆骞最后一别是顺治十六年(1659)四月于沈阳。顺治十六年至康熙元年(1662)恰为三年,故云"三年别"。

⑤《汉书·终军传》载：终军从济南步入关，军吏予军繻作为出关凭信，军曰："大丈夫西游，终不复传还。"弃繻而去。后因用为少年立大志之典。以上两句是以终军喻吴兆骞。其意谓吴兆骞以年少考取诸生，拟立功建业，不料却负屈远戍，现在思之应该后悔应试之举。

秋尽日作①

晚岁驱车再至辽②，冻云衰草倍萧萧。
榆关东出皆荒戍③，沧海西回自暮潮④。
衣薄漫搜霜后箧，曲悲长罢月中箫。
寒风又送清秋去，肯剩黄花伴寂寥。

【注】

①此诗写于顺治十七年(1660)秋冬之交。

②再至辽：按陈之遴首次流徙在顺治十三年(1656)，十六年之流徙为第二次，故云"再至辽"。

③榆关：一作渝关，即山海关。

④沧海：大海。暮潮：傍晚生起的潮水。

出　猎　歌① 选一

其　三

割鲜争奋鹏鹈刀②，乳酒三巡杀气豪③。
木叶山前风转急④，松花江上月初高⑤。

【注】

①本组诗咏八旗将士狩猎的英雄气概。其三系咏猎后豪饮的场面。

②鹏鹈刀：以鹏鹈脂膏涂抹之刀。鹏鹈，水鸟名，俗称油鸭。其脂膏所涂之刀，不易生锈。此句指将士们手持以鹏鹈脂膏所涂之刀争先恐后地宰杀所

获之鲜鱼。

③乳酒:拌有牛羊乳汁之酒。三巡:斟酒三次,亦泛指多次。

④木叶山:在今内蒙古西拉木伦河与老哈河合流处,是契丹族的先世居地。这里泛指辽东之山。

⑤松花江:黑龙江最大支流,发源白头山天池,在同江市入黑龙江。这里泛指黑龙江的江河。

望家书不至

时至辽左①

莫怪音书绝, 双鱼不易来②。
三千七百里, 才只到燕台③。

【注】

①本诗咏盼望家信的焦急心态。辽左:即辽东。

②双鱼:指书信。唐唐彦谦《寄台省知己》诗:"千里致双鱼。"

③燕台:战国时燕昭王所筑的黄金台,故址在今河北省易县东南。相传燕昭王筑台广招天下贤士,故也称贤士台、招贤台。后指冀北一带。唐祖咏《望蓟门》诗:"燕台一望客心惊。"这里当指后者。以上两句谓自故乡海宁寄书,行经三千七百里,才走到燕台,以后还有数千里行程,可见寄书之难。

久不得家书①

塞北江南万里余, 秋来消息断双鱼。
恐增迁客天涯泪②,不是家人不寄书。

【注】

①此诗主题与上诗同。

②迁客:即贬谪或流徙之流人。

送剩公入塔①

几年踪迹叹飘篷，　短发萧萧紫塞东②。
又向朔风挥老泪，　一天冰雪送支公③。

【注】

①剩公:即释函可,详见本书释函可小传。入塔:指僧人死后葬于塔中。

②紫塞:北方边塞。《古今注·都邑》:“秦筑长城,土色皆紫,汉塞亦然,故称紫塞焉。”这里指辽东段之长城。

③支公:晋高僧支遁,字道林,时人也称“林公”。擅清谈,名流谢安、王羲之等均与之为友。后以之泛称高僧。这里系指释函可。

徐　灿

徐灿，字湘蘋，又字明霞、明深，江苏吴县（今苏州市吴中区、相城区）人。陈之遴继配。幼颖悟，通书史。陈之遴两次流徙，均曾随行。康熙十年（1671），奉旨归之遴之骨。晚年学佛，更号紫箮。早年雅好吟咏，尤喜为词。被著名词人陈维崧誉为南宋后闺秀第一。有《拙政园诗馀》、《拙政园诗集》。

塞上初秋见雪①

篱菊黄初绽，　漫漫雪霰飞。
南人秋罕见，　朔气晚增威。
白映疏窗影②，红寒短烛辉③。
凉飙吹转急④，似促旅人归⑤。

【注】

①此诗写于顺治十三年（1656）初秋。咏塞上秋雪及思归之感。
②白：指白雪。
③红：蜡烛之焰。
④凉飙：秋风。汉班婕妤《怨歌行》诗："常恐秋节至，凉飙夺炎热。"
⑤旅人：奔走在外之人。此指流放在外的作者。

秋夜偶成①

其　一

一动金风剪众芳②，黯红愁绿总茫茫③。

龙沙日夜飞霜急[4]，回首燕台菊未黄[5]。

其　二

萧萧秋气逼窗寒，香冷金炉漏半阑。
笳鼓不须惊客枕，且容残梦到江干[6]。

其　三

露白霜浓处处秋，月光似旧照高楼。
碧栏杆外花千树，可念羁人别后愁。

其　四

故国云山一望中，碧溪清泚绕丹枫[7]。
那知羁客愁千缕，日夜乡心逐去鸿。

其　五

半庭芳树冷秋烟，羌笛声中月又圆。
一寸愁心供永夜，幸多归梦岭梅边[8]。

【注】

①这一组诗系咏塞外秋夜风光的萧瑟及思归之感。

②金风:秋风。

③黯红愁绿:红指花,绿指叶。花黯叶愁以喻秋季萧瑟风光。

④龙沙:指白龙堆。《后汉书·班超传赞》:“坦步葱、雪,咫尺龙沙。”后泛指塞外沙漠之地为龙沙。此指辽东。

⑤燕台:指冀北一带。详见陈之遴《望家书不至》诗注③。

⑥江干:江边,江岸。此指作者故乡(吴县)的江边。

⑦清泚:清澈的水。唐徐牧《省试临渊》诗:“清泚濯缨处,今来喜一临。”

⑧岭梅:特指大庾岭上的梅花。大庾岭上梅,自古出名。因岭南北气候差异,梅花南枝已落,北枝方开。唐杜甫《秋日荆南述怀》诗:“秋雨漫湘竹,阴风过岭梅。”这里归梦岭梅边,系喻思家之念。

秋　雨①

长城千里乱烽高②,奔命宵驱敢告劳。
戍客泪痕秋塞雨,一时流满旧征袍③。

【注】

①本诗咏作者流放途中,适逢秋雨的哀伤。

②长城:秦统一全国时,为了防御匈奴南下,将秦、赵、燕三国北边长城予以修缮,连贯为一。西起临洮(今甘肃岷县),东至辽东,俗称万里长城。后各朝曾修筑过长城。明代所修,东起山海关,西至嘉峪关。烽:古时边境报警的烟火。此指举火报警的建筑——烽火台。

③此二句以客泪与秋雨流满征袍,喻作者哀伤之甚。

春　暮①

黯淡梨云带碛沙②,一春踪迹尚天涯。
却怜塞外愁中树,还放江南梦里花。
乳燕飞轻风渐软③,乱鸦啼倦日将斜。
近来岁月销偏速,独向流光感岁华④。

【注】

①本诗咏塞外暮春景观、岁月流驶及思乡之感。

②梨云:指梨花。元陈樵《玉雪亭》诗:“梨云柳絮共微茫。”

③乳燕:幼燕。

④流光:流水般逝去的时光。岁华:同岁时,一年、四季。

陈容永

陈容永，字直方，浙江海宁人，生于崇祯十年(1637)，陈之遴第四子，娶吴伟业之女为妻。顺治十一年(1654)举人。十五年(1658)四月随其父入狱。次年之遴遣戍盛京，容永因病废(眇一目)得免，但到次年四月仍被遣去。康熙五年(1666)卒于戍所。在狱期间，与吴兆骞为同难之友，有唱和。

松　陵　行节选①

松陵寒华落秋水②，月明静照苏台里③。
华月依然故国情，天涯愁切吴公子。
自伤文采擅词坛，曾向延陵显姓行④。
绝代风流惊宋子⑤，殢人容貌陋潘郎⑥。
冰毫五色仙都梦⑦，蕙庭珠树巢雏凤⑧。
慈母怜才解护持，丈夫爱少偏珍重。
翻风翡翠每双飞⑨，宿水鸳鸯亦并栖⑩。
一自鹤书蒙辟命⑪，分襟从此痛金闺⑫。

【注】

①此诗咏吴兆骞之才华、容貌、负屈远戍，妻子之怀念及赴戍与丈夫相聚事，由于诗较长，仅录第一部分。松陵：吴江的别称。宋姜夔《过垂虹》诗："曲终过尽松陵路，回首烟波十四桥。"

②寒华：寒花，寒冷季节开放的花。多指菊花。

③苏台：姑苏台，在苏州姑苏山上，相传为吴王夫差所筑。唐王勃《乾元殿颂》："风寒碣馆，露惨苏台。"

④延陵：地名，春秋吴季札封邑，其地为武进县（今江苏省常州市），这里指代包括吴兆骞故乡吴江在内的吴地区。姓，指姓氏的辈份、排行。

⑤宋子：指宋玉，战国楚人，辞赋家，或称是屈原弟子。传说其人才高貌美，遂亦为美男子之代称。此句指吴兆骞风流倜傥有似宋玉。

⑥殢：困扰，纠缠。宋柳永《玉蝴蝶》词：“殢人索酒复同倾”。潘郎：指潘岳。《晋书·潘岳传》载，潘岳美貌，少时在洛阳，每乘车出游，妇女见之，皆连手萦绕，投之以果，表示爱慕。此句指吴兆骞之美貌超过潘岳。

⑦冰毫五色：即五色毫，五色笔。冰，雅致之意。此词即几种雅致的五色笔。《宋史·范质传》载，范质生之夕，其母梦神人授以五色笔。质九岁能属文。江淹也有神人授以五色笔之传说。可见冰毫五色是喻吴兆骞得到仙人之传授，富有文才。仙都：仙人居住的地方。《海内十洲记》：“沧海岛在北海中……岛中有紫石宫室，九老仙都所治。”

⑧珠树：神话传说中的仙树。喻贤才。清尤侗《哭曹顾庵学士》诗：“珠树飞腾看后辈，玉堂忝窃愧前贤。”雏凤：幼凤。喻有才华的子弟。唐李商隐《韩冬郎即席为诗一座尽惊，因成二绝寄酬》诗：“雏凤清于老凤声。”

⑨翻：超越，越过。翡翠：鸟名。嘴长而直，生活在水边，羽毛有蓝、绿、赤、棕等色。

⑩鸳鸯：鸟名。似野鸭，体形较小。嘴扁，颈长，趾间有蹼，善游泳，翼长，能飞。旧传雌雄偶居不离。以上两句喻吴兆骞与其妻子恩爱异常。

⑪鹤书：古时用于招贤纳士的诏书。辟命：征召，任命。

⑫分襟：离别。唐王勃《春夜桑泉别王少府序》：“异县分襟，竟切凄怆之路。”金闺：闺阁的美称。唐王昌龄《从军行》诗：“无那金闺万里愁。”以上两句谓自从顺治十四年（1657）冬朝廷下了征召吴兆骞等人北上复试的诏令后，夫妻二人从此分离。

董国祥

董国祥,字掌录,广州(今属河北省)人。明末进士,入清后曾官吏部右侍郎,后官宗人府府丞。顺治十六年(1659)闰三月,由于受贪官江南按察使卢慎言之嘱托,“分送金银”,应论死,又鉴于“未及分送,自行出首”,死免,流徙尚阳堡。康熙十六年(1677)辅助知县贾弘文创修清代东北第一部县志《铁岭县志》。

东山仙洞①

窈窕穷岩岫， 谽谺启洞门②。
法幢缠晓气③，梵响出云根。
寺转欹平路， 烟披远近村④。
扪崖辨题句， 剥落半苔痕⑤。

【注】

①此诗咏东山古洞之幽奇。东山仙洞:据董国祥《古洞观音塑像记》载,在铁岭城东北约百十里。“在悬崖下,洞口如户,可容二人。入内未远,即为石室,壁石隐然……东将里许,复露天光,有如悬镜,前为河流,其中乱石皆鸟兽禽鱼之形,群山环绕,信为灵境……”

②谽谺:山谷空旷貌。唐卢照邻《五悲·悲昔游》诗:“当谽谺之洞壑,临决咽之奔泉。”

③法幢:写有佛教经文的长筒形绸伞或刻有佛教经文、佛像等的石柱。梵响:即梵声,佛教谓作法事时念佛诵经之声。云根:深山云起之处。

④披:分割。此句谓烟雾升起,仿佛将这些相连的村庄分割成远近不同的村庄。

⑤剥落:脱落。此二句谓抚摩山崖,分辨壁上前人的题字,但脱落不清,大半都被苔藓的痕迹所覆盖。

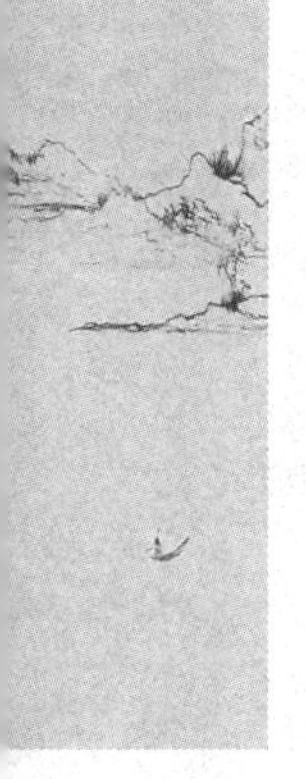

方拱乾

方拱乾(1596—1666),初名策若,字肃之,号坦庵,又号云麓老人、江东髯史等,晚年改号甦庵,或称甦老人。安徽桐城人。少颖悟,弱冠"为文提笔立就"。明崇祯朝曾任少詹事。入清,于顺治十四年(1654)补内翰林秘书院侍讲学士,累升少詹事。十六年(1659)以十四年南闱科场案牵累,全家流放宁古塔。十八年(1661)冬赦归,寓居扬州,以赋诗卖字为生。其诗深受唐代诗人杜甫影响,以白描手法见长。在戍所约千日,有诗950余首。著有《白门》、《铁鞋》、《裕斋》诸集。其《何陋居集》是黑龙江现存最早的一部诗集。

宁古塔杂诗百首选七①

舆图既轶考②, 闻见复沉沦③。
广袤几万里④, 蓁芜绝四邻⑤。
安知千载上, 不有似予人?
愚智同黄土, 摧颓莫损神⑥。

篱落临濠近⑦, 芦高水自流。
风来平野色, 江上故园秋。
鹅鸭浮还数, 牛羊牧未收。
何堪长笛发⑧, 客久不言愁。

同来二三子, 错落住山樊⑨。
风俗随鸡黍, 荣华足瓦盆⑩。

乌栖柴栅巷，　驴背夕阳门。
何必愚公谷[11]？　枌榆已是村[12]。

寥寥堪指数[13]，　羁旅外无人[14]。
安土离乡客[15]，　生今上古民[16]。
话惟知布粟，　性不识簪绅[17]。
晋魏宁劳问？　嫌他渔子津[18]。

秋泥惊见藕[19]，　何处已开花。
去此村边路，　丛生水一涯。
古城疑瓦砾[20]，　残碣隐人家[21]。
岁岁西风暮，　红衣落日斜[22]。

径暖沙仍软，　溪寒霜更澄。
衣多喧浣女，　猎罢忍饥鹰[23]。
独树对如客，　枯藤卓似僧[24]。
相逢惟识面，　无爱亦无憎。

死地原生地，　穷途非畏途[25]。
人稀逢客喜，　德薄不邻孤[26]。
细柳编书箧[27]，　新浆浥酒壶[28]。
谁言俗贱老？　偏觉重衰夫[29]。

【注】

①作者顺治十六年(1659)秋初至宁古塔旧城(今黑龙江省海林市旧街镇)据所见所闻写诗百首,这里选录七首。宁古塔:吴桭臣《宁古塔纪略》云:“宁古

塔……虽以塔名，实无塔。相传昔有兄弟六个，各占一方。满洲称六为'宁古'，个为'塔'。其言'宁古塔'，犹华言'六个'也。"有新、旧二城：旧城即今黑龙江省海林市旧街镇。康熙五年(即1666年，一作六年)迁建新城，即今黑龙江省宁安市。顺治十年(1653)置昂邦章京、副都统于此。康熙元年(1662)改昂邦章京为宁古塔将军。十年移副都统驻吉林乌拉(今吉林市)。十五年(1676)移宁古塔将军驻吉林乌拉，复移副都统来驻。邓汉仪曾评这组诗云："虽是穷边风俗，极为淳古。"(《诗观》二集)

②舆图：即地图。轶考：失考。

③沉沦：埋没。

④广袤：宽广。东西为广，南北为袤。凡：共。

⑤榛芜：草木丛生。

⑥推颓：蹉跎，失意。

⑦篱落：篱笆。用苇或树枝等编成，以起隔离作用的栅栏。濠：沟池，护城河。

⑧发：指发出声音。

⑨"同来"两句：一同遣戍来的几个人，交错地住在山旁。

⑩"荣华"句：谓该地贫乏。即使富贵荣耀之家，也不过以有瓦盆就感到满足。

⑪愚公谷：地名。在山东省淄博市临淄区西。代指隐居之地。语出刘向《说苑·政理》。此句谓隐居之地何必非得在愚公谷。言外之意，宁古塔也堪称隐居之地。

⑫枌榆：为故乡的代称。语出《史记·封禅书》。此句谓自己所居的村庄，也可称为故乡了。

⑬寥寥：稀少。

⑭羁旅：寄居作客。这里指流寓宁古塔之人。

⑮安土："安土重迁"之省略语。安于本土，不愿轻易迁移。

⑯此句谓虽然生于今世，但却有上古之风。上古：指有文字以前的时代，即远古。

⑰簪绅：旧时泛指地方上有地位权势之人。

⑱"晋魏"两句：用晋陶渊明《桃花源记》事。内言武陵渔夫偶尔发现一桃

花源,这是与世隔绝的乐土。其地人人丰衣足食,不知世间有祸乱忧患。自云先世避秦时乱来此绝境,“不知有汉,无论魏晋”。宁(读去声):岂,难道。渔子:指武陵渔夫。

⑲藕:莲之地下茎。

⑳古城:今黑龙江省宁安市渤海镇,即渤海国上京龙泉府遗址。

㉑碣:方者为碑,圆者为碣。

㉒红衣:指莲花。

㉓两句说:由于所洗之衣多,浣女犹在喧闹;直至狩猎结束,老鹰仍在忍着饥饿。

㉔两句说:独树对面而立,有如客人;枯藤直立,好像僧人。

㉕两句说:宁古塔本是死地,自己到此得以死里逃生,故称生地;这里本是穷途,可是又不像人们所说那样可怕,因此又不是畏途。穷途:路尽之途。畏途:艰险可怕的道路,语出《庄子·达生》。

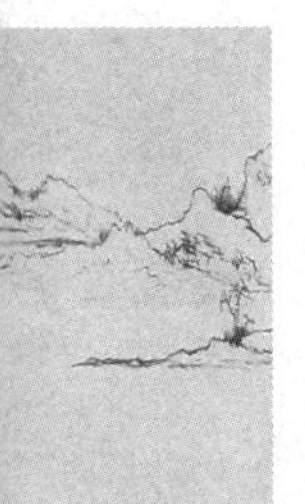

㉖不邻孤:即不孤邻。指邻居很多。

㉗书箧:装书之箧。大者为箱,小者为箧。此句指书箧为细柳所编。

㉘浆:淡酒,酒。浥:水下流貌。

㉙这两句指宁古塔有敬老之俗。

为　农八首选一①

其　四

闻说远城村,灌木俯清流。
不独网得鱼,且堪操小舟。
深夏草木齐,野花满林陬。
茅屋构怪石,川气绿光浮。
雨过溪月明,闲棹资冥搜②。
我欲觅巢居,艰难愁路修③。
疲马未忍卖,留为信宿游④。

【注】

①本诗写于顺治十七年(1660)二月,系咏距宁古塔旧城稍远之处一条溪流的清秀风光。

②闲棹:悠闲的船只。冥搜:寻访达到幽远之处。以上两句谓,风雨过后,溪流中的月影更加明亮,凭藉月光,乘坐悠闲的小船到处漂游。

③巢居:原始时代无居室,栖宿树上,称巢居。这里指居住之所。修:长。

④信宿:连宿两夜。作者想要连续作两夜之游,可见这条溪流及其附近这片村庄风光之美。

立夏日步河滨[①]

知春才去急寻春,料有遗踪在水滨。
乱石激湍清带雪,平芜浥露浅如茵[②]。
几山云影疑为马,三里柴篱不见人。
应是东风吹土润,短犁牛力晓来新。

【注】

①本诗写于清顺治十七年(1660)三月二十六日立夏之日,系咏诗人在海浪河畔寻觅春天踪迹时之所见:穿越乱石的急流,清沏之中挟带着冰雪,原野上的杂草,挂满湿润的露珠。几处山峦的云影有如奔腾的野马,长约三里的柴篱很难见到人影。在这春天踪迹犹存的塞外荒寒之地,诗人预料,随着夏天的到来,应该是东风吹土,使之滋润,凭藉着短犁及耕牛的力量,一夜之间就会使大地改观而焕然一新。河指流经海林境内的海浪河。

②湍:急流的水。激湍即指急水。平芜:杂草繁茂的原野。茵:垫子或褥子。本句指原野上的杂草挂满湿润的露珠,低浅如茵。

郊　　行[①]选一

其　二

群山环一水,分流争参差。

回抱即成村，耦处不相知[②]。
儿童喜客来，牵马问何之[③]？
溪深路多泥，指点山西头。

【注】

①本诗写于顺治十七年(1660)五月初，系咏作者刚离村出游时的景象：周围山环水抱，村童牵马问客，烘托出一片恬淡而又欢快的气氛。

②耦处：耦为两人并耕之意，耦处则为双方同处在一村。

③“儿童”两句：唐贺之章《回乡偶书》：“少小离家老大回，乡音无改鬓毛衰。儿童相见不相识，笑问客从何处来？”这两句正是从贺诗衍化而出，二者可谓各擅其妙。

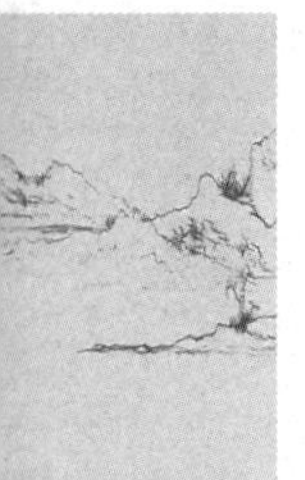

游东京旧址节选[①]

荒烟平断七十里，郁葱楼阁云中起。
心知村落无此观，云是前王故宫址。
马近万象渐虚无，触眼颓墙长荆杞[②]。
冲城车轨滑于脂，崩桥留垛横流水。
天街荡漾接龙楼，右垣左个分明里[③]。
明堂居然南面存，阶墀陛墄纷堪指。
寝殿回廊领六宫，瓦破鸳鸯疑堕珥。
平台柱础布棋明，野杏花残新结子[④]。
金刹忽开南市陌，毗卢百尺嶙峋碧。
莲花刀削太华峰，想象庄严如满月。
石塔玲珑八面虚，金茎孤峙天山雪[⑤]。
万井周遭车马痕，青苔细蚀璃琉屑[⑥]。
钟鼓依稀昼漏闻，狐狸睡处鹓鸾列。
宏模不让涧瀍雄，匪同草昧蜗牛穴[⑦]。

惟馀阊阖缺炎方，似避当阳守臣节。

不然事事等帝王，方隅割据那能测[⑧]。

【注】

①本诗写于清顺治十七年（1660）五月，系咏游览东京城遗址之所见与所感。由于全诗甚长，仅移录所见部分，后一部分，即诗人的感想与议论部分从略。此东京城，在今黑龙江省宁安市渤海镇，原为我国唐代靺鞨族所建地方政权渤海国五京之一的上京龙泉府遗址。渤海国灭亡后成为一片废墟，后来当地土著人士称之为东京城，亦称东都，清初流寓该地的一些文人多至此址参观游览或考察，并著录在其诗文中。尽管由于种种原因，他们误以为这是金代上京遗址，但是他们最早在文献中著录该城遗址及有关调查研究成果的业绩，却是功不可没的。此外，方拱乾还曾多次赋诗咏过此城，并针对有人认为该地是朝鲜故都的错误说法，指出："朝鲜疆域本荒唐"、"高丽幅员不至此"，这种正确结论，对于研究渤海国与唐朝的隶属关系，也是有益的。

②"荒烟"六句：方拱乾《宁古塔志》云："东京者，在沙岭北十五里，相传为前代建都之地。远睇之，蓊郁葱菁若城郭，鸡犬可历历数。马头渐近，则荒榛蒙茸矣。"张缙彦《东京》云："若东京之名，则土人相传久矣。道中远望，云气变幻，如楼阁旌旗，远近山城，皆似茂林丰屋，屯聚庐舍，即而视之则不见，不知此何气也？"此两段引文，可与方诗前六句相互印证。又，此诗中之"七十里"指东京城与方氏所居之宁古塔旧城相距约七十里。以上咏对该城的远望与近观。以后全部是咏城内之所见。

③冲城车轨：对着城的车轨。脂：凝脂，油膏。崩桥：倒塌的桥梁。垛（duǒ音躲）：建筑物突出的部分，这里指残存的桥垛。天街：京城中的街道。龙楼：帝王宫阙，即王宫。垣：官署的代称，此指残存的官署房舍。另外解释为城墙亦可。这样，左垣右个既指左右官署房舍，也可指左右城墙。这四句是写所见的残桥与轨道。

④明堂：古代帝王宣明政教的地方。这里喻宫殿。阶：台阶、阶梯。墀（chí音池）：殿上的台阶。陛（bì音必）：殿、坛的台阶。墄（cè音测）：台阶。"阶墀陛墄"即指宫中各种各样的台阶。寝殿：帝王陵墓的正殿，为祭祀之所。回廊：宫殿四周迂回曲折有顶的过道。六宫：古代天子有六宫，为后、妃居住之所。珥

(ěr 音耳):以玉制的耳饰。“堕珥”指坠地的珥珰。柱础:支撑房屋柱下的石礅。以上六句是咏宫殿遗址。

⑤金刹:华丽的庙宇。毗卢:佛名,此指城南古寺中的渤海石佛。嶙峋碧:指矗立的古佛,长满苔藓,呈现碧绿之色。莲花:即莲花座,佛像的座位。太华峰:西岳华山,在陕西渭南县东南。据《山海经》载:“其高五千仞,削成而四方,远而望之,又若华状。”此句指莲花座有如刀削而成的华山之形状。“想象”句指坐在莲花座上的佛像,庄严肃穆,有如满月(圆月)。石塔:指石佛前的石塔(即石灯幢、石浮屠)。八面虚:指石塔为八角形,每角均有洞孔。金茎:古代擎承露盘的铜柱。天山:指祁连山。以上六句是咏城南的古寺。

⑥周遭:周围。璃琉屑:即琉璃瓦的碎片。此二句进一步描绘城内的荒凉。

⑦昼漏:漏,即漏壶,古代滴水计时的器具。昼漏则指白天漏壶滴水的声音。鹓鸾列:同“鹓行”。鹓、鸾都是凤一类的鸟,喻显贵的大臣。鹓鸾列或鹓行则指朝官班行。涧、瀍:二水名,在古都洛阳附近,引伸为都城。这里指国都。草昧:天地初开辟时的混沌状态。蜗牛穴:同“蜗舍”,喻居室狭小。“草昧蜗牛舍”,喻事业草创时的简陋景象。

⑧阊阖:宫之正门。炎方:南方炎热之地。这里指东京城的宫门仅少南门(其他各门俱全)。当阳:古代天子南面向明而治。此两句指此城的统治者恪守臣节,臣服中央王朝的统治。

移得野芍药,花开盈砌[①] 二首选一

宜晴麦秀好锄田[②],芍药新移带雨妍[③]。
半霁半阴人意惬[④],黄梅翻作养花天[⑤]。

【注】

①砌:台阶。“盈砌”表示芍药花之繁多、茂盛。此诗写于顺治十七年(1661)五月。

②宜晴:这里指晴天。宜:合适,相称。麦秀:小麦抽穗开花。

③妍:美好。

④霁:晴天。雨止叫“霁”。人意惬:使人快心。

⑤黄梅:黄梅雨,即梅子黄熟时之雨。养花天:牡丹花开时,多有轻云微

雨,谓之养花天。

海上凯歌①四首选二

其　一

穷边已万里②,万里更开边③。
传说山无地,　还惊海有天④。
人头争似鸟,　马足驶于船。
汗漫牂牁种⑤,凭谁纪汉年。

其　三

送喜烦星使⑥,应知悦圣颜。
武功方四讫⑦,远略更重关⑧。
重器鱼为服⑨,累俘发似环⑩。
太常图画变,　别有一河山⑪。

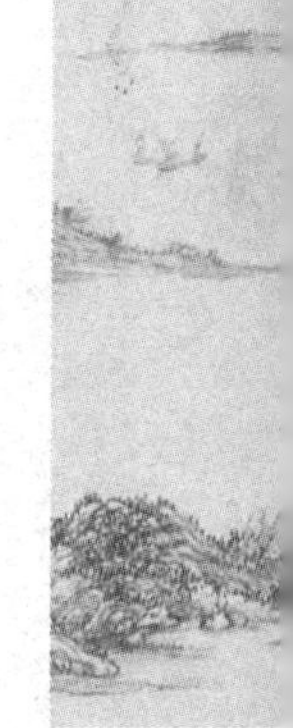

【注】

①本组诗共四首,写于顺治十七年(1660)九月中旬,咏同年七月宁古塔总管巴海率领八旗官兵大败沙俄侵略者于松花江口之役,是我国第一首以抗俄斗争为题材的诗歌,开创了此后吴兆骞等人同类题材创作之先河。据《清世祖实录》卷一百三十八载:“(顺治十七年七月丁丑,即二十四日)镇守宁古塔总管巴海等疏报:臣等率兵至萨哈连(即黑龙江)、松噶里(即松花江)两江合处,侦闻罗刹贼众(即沙俄匪徒)在费牙喀部落西界,随同副都统尼哈里、海塔等,领兵前进,至使犬地方,伏兵船于两岸。有贼艘奄至,伏发,贼即回遁,我兵追袭,贼弃舟登岸败走,斩首六十余级,淹死者甚众。获妇女四十七口,并火炮、盔甲、器械等物。招抚费牙喀部落一十五村一百二十五余户。捷闻,命所司察叙。”

②穷边:极远的边地。这里指诗人离家已万里之遥的宁古塔。

③开边:用武力开拓疆土。按:此处方氏用词有误。因为此次清廷用兵黑

龙江与松花江交汇处,乃是在我国领土上为驱逐沙俄侵略者所采取的自卫行动,并非到没有人统治的新土地去“开边”。但方氏指出此次出兵之举是有史可证,信而有征。

④以上两句系咏清廷用兵之地多山靠海的地理形势。

⑤汗漫:渺茫不可稽考。牂牁:唐代对牂牁地区少数民族的总称。其地约在今贵州东部、中南部。这里指沙俄匪徒。

⑥星使:古代认为天节八星主持使臣事,因称帝王使者为星使。唐刘长卿《贾侍郎自会稽使回》诗:“江上逢星使,南来自会稽。”此句指有劳使臣呈报此次大捷的喜讯。

⑦武功:军事方面的功绩,武力。四讫:四至。此句指清廷的武力达到四方。

⑧远略:深远的谋略,或经略远方。

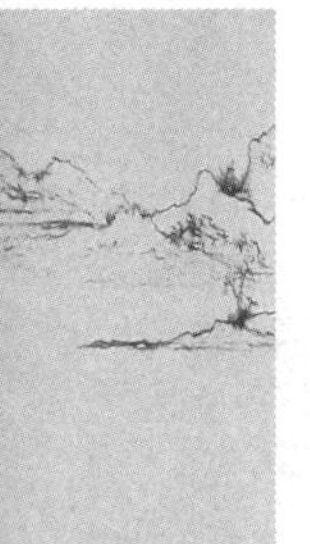

⑨重器:重要的器物、财物。此句指清军招抚的少数民族人士是以鱼皮为服。按:当地少数民族有穿鱼皮衣之习俗。

⑩累俘:累犯。此指清军俘虏的沙俄匪徒。发似环:指沙俄战俘头发圈曲如环状。

⑪太常:官名,秦置奉常,汉景帝时更名太常,掌宗庙礼仪等事,历代因之。清廷于顺治元年亦置太常寺,隶属礼部,置卿、少卿,俱汉、满各一人。同时又设四译馆,内有百夷一馆。规定以太常寺汉少卿一人管理四译馆。基于此,清初太常寺少卿也兼管百夷(包括东夷)事务。图画:地图。清秋瑾《黄海舟中见日俄战争地图》诗:“忍看图画移颜色。”以上两句谓:太常寺少卿所掌管的地图发生了变化,另有一片壮丽的山河(指清军从沙俄匪徒手中夺回的土地)呈现于人们眼前。

野　望①

草色入新夏,　江南二月山②。
非时惊荏苒③,瞩目当跻攀④。
野旷青含烧⑤,川回绿映湾⑥。
遥看天尽处,　犹有鸟飞还。

【注】

①这首诗写于顺治十八年(1661)六七月之交。是咏宁古塔野外初夏风光及叹息时光流逝之作。

②这两句指宁古塔初夏的风光,与江南二月山区的风光相同,可见春天来得过迟。

③非时:随时。荏苒:渐进,推移,多指时间而言。此句谓随时都会对时光之逝去而惊心。

④瞩目:注视。跻攀:登攀。此句谓看到这生机勃勃的大好风光,应该像攀登山峰那样努力自强不息。

⑤烧(读去声):泛指野火。

⑥回:迂回难行。

摘菜口号①

细雨绿光浮菜圃②, 晚烟青荚满花篮③。
老夫手种老妻摘, 莫向冰盘问苦甘④。

【注】

①本诗写于顺治十八年(1661)六七月之交。口号:原来表示随口吟成,和口占相似,后来就沿用作为诗题。

②圃:种植果木瓜菜的园地。

③青荚:即菜豆,俗称豆角。

④冰盘:莹洁如玉的盘子,即瓷盘。

贡　夷　曲① 八首选二

云边一骑夜关开②, 为报奚儿踏月来③。
下令八旗齐上马, 将军郊外手传杯④。

迢迢白浪绝黄沙⑤, 新搭茅蓬认作家⑥。

逐客已悲身万里，　来人犹说是中华[7]。

【注】

①此诗咏少数民族向清廷朝贡,歌颂了少数民族与清王朝融洽无间的密切关系。写于顺治十八年(1661)秋。贡:向朝廷贡献方物,即朝贡。“贡夷”是指乌苏里江以东及黑龙江中下游向清廷朝贡的少数民族。

②云边:指极远之处。此句谓,天边一骑飞来,虽已入夜,也要大开城门放入。

③奚儿:古代对北方少数民族的称呼。犹言胡儿。此句指乌苏里江与黑龙江中下游少数民族踏月前来朝贡。按:清初朝贡是把方物送至京师(今北京)。后来清廷考虑他们居地过远,就规定送至宁古塔将军处。

④这两句指将军闻报,下令八旗官兵,一齐上马,赴郊外迎接。八旗:清代满族的一种社会组织形式,兼有生产、行政、军事三方面职能。有满洲八旗、汉军八旗、蒙古八旗三种。诗中指隶属于宁古塔将军的满洲八旗。

⑤迢迢:远貌。绝:度过,跨越。

⑥茅蓬:即草房。

⑦逐客:被朝廷贬逐之人。中华:我国古代华夏族兴起于黄河流域,居四方之中,文化发达,历史悠久,因称中华,亦称中国、中原。

晴[1]

骄阳雨后媚，蛱蝶菜畦忙。
山远推晴霭，窗低进野凉[2]。
眼看花吐萼，手剥豆生香。
黄犊归何早，重阴下午墙[3]。

【注】

①此诗写于顺治十八年(1661)秋,咏晴日中所见之美好景象。

②晴霭:晴日中的云气。推:推出。这里有涌现出之意。野凉:野外凉爽之气。远山云涌,低窗凉进,悠然之意,溢于笔端。

③黄犊:毛呈黄色的小牛。重阴:重重的阴影。下:降落。午墙:正墙,相对侧面之墙而言。

晚步溪上[①]

边寒何地不惊秋?秋到平溪秋更幽[②]。
波动欲翻明月上[③],云轻还为夕阳留[④]。
带禽马返荒城柝[⑤],脱饵鱼依断岸舟[⑥]。
客鬓久忘霜雪换,三年一水抵沧洲[⑦]。

【注】

①此诗咏秋夜溪上(即海浪河)的恬淡风光及隐居的喜悦心情,写于顺治十八年(1661)闰七月。

②幽:沉静,安闲。

③此句谓微波流动,仿佛像要将溪中的明月翻腾上来。

④此句谓,浮云轻微,势欲飞去,但又为了陪伴夕阳而停留下来。

⑤此句谓,携带打获飞禽的猎马归来之时,荒寂的小城传来了更柝之声。柝:巡夜所敲的木梆。

⑥脱:摆脱。饵:诱鱼上钩的食物。断岸:壁立的崖岸。断,有“齐”的意思,这里形容山势峭立的样子。

⑦沧洲:滨水的地方。古代称隐者所居。“客鬓”两句谓,客居三年,尽管头生白发,已经忘记了衰老,并把这一溪清水权当隐居之地了。

九月四日偕诸君子登宁古台,更临前溪,凡十有八人,觞咏竟日 二首选一[①]

举杯不放夕阳低[②],更指寒泉浸石梯[③]。
清浅挽衣冰在磴[④],嶙峋倚壁酒侵溪[⑤]。
鱼惊众响冲沙跃, 雉脱轻罗度岭啼[⑥]。
归晚浑忘霜路冷[⑦],纤纤月挂马头西[⑧]。

【注】

①此诗写于顺治十八年(1661)九月初四。此日作者与友人张缙彦等共十八人自宁古塔旧城出东郭,登宁古台,饮酒赋诗,尽欢而归。此诗即咏该日诗人雅集时之登临与觞咏。宁古台:小山丘名。在宁古塔旧城东五里。又名宁公台。今名龙头山。前溪:指今海林市之海浪河。参见张缙彦《域外集·游宁古台记》。

②此句指乘夕阳尚未落下,抓紧时间畅饮。

③指:指向,趋向。

④此句指在清浅的溪水中人们挽着衣袖漫步,石梯上已结了薄冰。磴,亦指石阶,石级。

⑤嶙峋:峻峭或高耸貌。侵:渐进貌。按,张缙彦记同一事的《游宁古台记》云:"日斜既醉,徜徉忘返,散步水隈,绝壁峭立,河水湾环,山石荦确,出于清波,坐石临流,为牛马之饮。"

⑥雉:即野鸡。罗:捕鸟所用之网。张缙彦《游宁古台记》云:"坦庵取所得雉阴纵之,因名其处曰放雉崖,志不忘也。"

⑦浑忘:简直忘掉。

⑧纤纤:尖细貌。这里指新月。

途中即事六首选五①

其　一

冰凌万壑昏②,雾隐层峦曙③。
风日自生寒,暖在还乡处。

其　二

来时路分明,披寻迷记忆④。
始知古羊肠,在心不在地。

其　三

梅花十万株，堕树知为雪。
莫问花假真，已是江南客。

其　四

溪断虎留迹，山危雪作梯⑤。
勿嫌云岭峻，家在万峰西。

其　五

时有田庐影，朦胧川麓间⑥。
马嘶晴雪树，牛盼夕阳山。

【注】

①这几首五绝是写赦归途中所见与所感。寓情于景，情景交融。清新欢快，与其愁苦之音迥然有别，与其恬淡之诗，也不尽相同。一作其子方孝标所写，恐误。

②冰凌：积聚的冰。

③层峦曙：重叠的山峦呈现曙色。这两句是以山谷之昏黑，衬托群山的明亮。

④“来时”两句：来时的小路非常清楚，可是现在寻找起来却记不得了。

⑤“溪断”两句：小溪的尽头留有老虎的足迹，山势高峻，登山的路上积满了雪。

⑥此两句谓，在模糊不清的河流与山脚之间，时时有农田庐舍的影子显现。麓：山脚。

方玄成

方玄成(1618—?),字孝标,号楼冈。安徽桐城人。少詹事方拱乾之长子。顺治六年(1649)进士,历任编修、检讨、修撰、侍读、侍讲学士等职。十六年(1659)以丁酉南闱科场案之牵累,与其父等遣戍至宁古塔。居戍所三年,随父赦归。后曾游滇、黔,归后据见闻及南明永历王朝史实,写成《滇黔纪闻》。康熙二十八年(1689)年已七十二,卒年不详。玄成诗作甚富,因遭到清廷厉禁,传世极少。有《钝斋文选》、《光启堂集》、《钝斋诗选》等。

雪　　归①

扼边环木栅②,低户墐炊烟③。
空肃山容立, 风回雪片悬。
栖鸦沾晚树④,归马瘦高天。
忽讶衡门近⑤,行吟忘路偏⑥。

【注】

①顺治十六年(1659)冬写于宁古塔旧城,咏归途雪景。

②“扼边”句:此句是写宁古塔城,周围环以木栅。扼:据守。栅:栅栏。

③“低户”句:门隙用泥土涂塞的房屋,升起了炊烟。户:单扇门。一扇者为户,两扇者为门。墐(jìn 音进):用泥土涂塞。

④此句是写晚间的树上,栖息的乌鸦仿佛沾在其上。

⑤衡门:横木为门,比喻简陋的房屋。

⑥行吟:漫步歌吟。偏:僻远。此二句谓,边行边吟,忘记了路途之僻远,忽然发现已经到了家门。

夕　　归[1]

落日迎山紫，　人家逼水黄。
风沙回暮色，　烟火聚云光[2]。
一径柴桑里[3]，千年古战场。
心安何异土，　朝夕自徜徉。

【注】

①此诗写于顺治十六年(1659)冬(上诗稍后)，咏作者晚归时所见宁古塔旧城的暮色苍茫景象及安于现状的无奈心态。

②回：旋转、环绕。暮色：傍晚时的天色。云光：云气的光辉。这两句谓，暮色之中，风沙旋转；云光之中，聚集了人家的烟火。

③柴桑里：柴桑，借指晋陶潜。陶潜弃官归隐故里柴桑，故柴桑里乃为故里之意。

二弟病方起，即过问余病[1]

弟兄无事不相同，　四十年来穷与通[2]。
即此后先寒暑疾，　亦如期会雪霜中[3]。
澄怀岂为乡心扰[4]？好句原胜大药功[5]。
幸报老亲无过念[6]，稍晴当即过城东[7]。

【注】

①此诗是写作者与其二弟的手足之情与深厚友谊。写于顺治十六年至十八年(1659—1661)之间。二弟指方亨咸，详见本书方亨咸小传。

②“四十”句：按作者写此诗时，与其二弟均已年过四十。穷与通：贫困与显达。此句指双方兄弟二人在穷与通方面，经历也相同。

③“即此”两句：二人在霜雪封锁的塞外先后患病，也好像是预先约会过似的。寒暑疾：指感冒。

④澄怀：清新的心境。乡心：思念家乡之情。

⑤好句：指其弟来探视时的安慰话语。大药：道家的金丹。

⑥幸：希望。老亲：指其父母，父即方拱乾。过念：过于思念。指父母对自己疾病的惦记、挂念。

⑦城东：宁古塔旧城之东，即其父母所居之处。此句指自己不久就会病愈，去城东省视父母。

十一月一日①

纸窗寒入冰盈寸， 榻拥羊裘坐枳篱②。
屈指边城已四月③，回头乡国更何时？
功名落叶惊黄树④，心事高天浸碧池⑤。
夜半雷声开万户， 曾闻箕子在明夷⑥。

【注】

①此诗写戍所生活环境之艰苦及叹息功名、志向的落空。写于顺治十六年(1659)十一月初一日。

②枳篱：枳木所编之篱笆。“枳”是木名，如桔而小，叶多刺。

③“屈指”句：作者至宁古塔是这一年七月十一日，至做此诗时，已近四月，故云。

④功名：本指功绩与声名，后至科举时代，称科第为功名。

⑤心事：心中所思虑与期望之事。

⑥箕子：商纣诸父，纣暴虐，箕子谏不听，乃披发佯狂为奴，为纣所囚。武王灭商，释之。后去朝鲜，教其民以礼义、织作。明夷：《易》卦名。喻主暗于上，贤人退避的乱世。《易·明夷爻》：“箕子之明夷。”这里指朝鲜。

得　家　书二首选一①

无书日望有书来， 书到踌躕未忍开②。
闻说故乡添丧乱③，不知何处尚徘徊④。

家遥去住劳予梦，身败箕裘仗子才[⑤]。
但得汝曹安五亩[⑥]，穷边虽苦亦何猜[⑦]？

【注】

①此诗写日盼家书，但接到家书又不敢启视的复杂心情。写于顺治十六年(1659)。

②踌蹰：来回走动，喻犹豫不定。

③“闻说”句：这一年五月至七月，郑成功的抗清武装曾经大举攻入长江，取镇江，围南京，长江两岸抗清义师争相接应，清廷大震。由于方孝标之家属均寓居南京与扬州，因此说“添丧乱”。

④此句谓家属不知流落何处。

⑤箕裘：谓克承父业。《礼·学记》：“良冶之子，必学为裘；良弓之子，必学为箕。”此句谓自己身败(指获罪遣戍)，继承父业，光大门户，全仗子侄之辈。

⑥汝曹：你辈。五亩：指五亩之田。

⑦穷边：边塞。

方亨咸

方亨咸(1620—1681),字吉偶,号邵村。安徽桐城人。方拱乾之次子。二十八岁中进士,历任丽水、获鹿县令,陕西道监察御史,于冤狱多所平反。顺治十六年(1659)以丁酉南闱科场案牵累,与其父兄等,被遣戍至宁古塔。三年赦归。工诗文,善楷书,尤精山水画。有《楚粤使草》、《怡亭杂记》、《邵村诗集》、《塞外乐府》等。

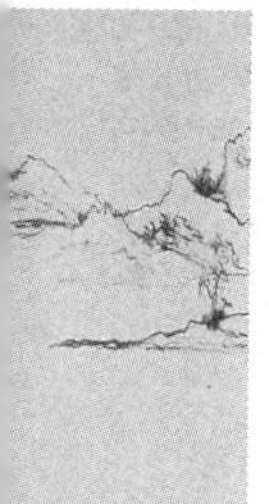

晓征之一[①]

土屋冷难寐,趣装鸡再鸣。
践霜防马滑,残月照人行。
云卧断山脉,溪干落叶声。
感时因忆旧,迢递百忧生[②]。

【注】

①本诗咏在鸡鸣之中,伴随霜月云溪而晓行的羁旅风光与忆旧情怀。

②迢递:远貌。这里指征途遥远漫长。

击　豕　行[①]

俗重跳神[②],祀必以豕,独吝啬其豢[③],饥则纵[④]之所往,囿中牛谷,尝被狼藉[⑤]。童子苦之,乃挺而环击[⑥],豕顿甚[⑦]。戏以作歌。

荒边耕樵倚牛力[⑧],雪深草枯牛乏食。
尺布易得斗麦归[⑨],夜夜燃灯防侵蚀。

何来封豕分牛餐[10]?冲阑掘囤盗盘桓[11]。
僮子讙怒齐拍手[12],短棒合围争击首[13]。
势穷力困委雪中[14],踉跄四塞循墙走[15]。
彘突豨奔自古传[16],积威胡约亦堪怜[17]。
世间贪残尽此辈[18],那能一一力尽歼?
矜开一面任奔肆[19],振鬣攒蹄头抢地[20]。
牧豢难从宰相求[21],佚圈幸免拘儒刺[22]。
还家好向主人语, 岁晏行将荐神鼓[23]。
饱食须臾莫吝刍[24],俎胾不肥神其吐[25]。

【注】

①本诗是咏宁古塔地区重视跳神,祭祀时必用豕(即猪),但对豕之豢养又因吝啬粮食,豕饥则纵之往牛囤中吃饲养牛之谷物,以致招来童子之环击。诗人认为这种陋习是不可取的,因此作此诗以讽之。

②跳神:一种祭神、请神的舞蹈。杨宾《柳边纪略》:“满人病,轻服药而重跳神。亦有无病而跳神者……跳神者,或用女巫,或以冢妇。以铃系臀后,摇之作声,而手击鼓……而口致颂祷之词。”

③吝啬:小气。豢:饲养牲畜。

④纵:放。指对猪不加管束。

⑤囤:储存粮食的器物。此句指囤中饲养牛的谷物。狼藉:散乱不整貌。此句谓牛谷曾经被猪弄得散乱不堪。

⑥挺:突出。这两句谓看守牛谷的童子以之为苦,就挺身而出,环而击之。

⑦顿:困顿疲乏。

⑧荒边:边远之地区。

⑨“尺布”句:用一尺布换得一斗麦子归来。

⑩封豕:大猪。

⑪阑:同栏。饲养家畜的栅栏。盘桓:逗留不进貌。此句谓大猪冲开栅栏,挖开粮囤,盗窃牛谷,并逗留不走。

⑫僮子:同“童子”。讙怒:喧哗大怒。

⑬合围：四面包围。几个童子从四面包围上来，手持短棒，争先恐后地击打猪之头部。

⑭委：即委顿。疲乏狼狈。

⑮踉跄：行走急遽貌。四塞：四面堵塞。此句指大猪在四面堵隔之中，急忙沿墙而走。

⑯豨突豨奔：豨与豨，均指猪。此词谓豨与豨横冲直撞，奔驰难制。

⑰积威：积之已久的威力。胡约：为什么约束。约，约束。此句谓，大猪有积久的威力，为什么要约束它？加以约束，这也太值得怜惜。

⑱贪残：贪婪残忍。

⑲矜：怜悯。奔肆：奔突纵恣。此句意谓，基于上述原因，不妨高抬贵手，给它以一条生路，任它奔突恣肆去吧。

⑳振鬣攒蹄：鬣，兽类颈上之毛。振鬣：抖动猪鬣。攒蹄：兽类疾驰时，前后蹄紧接，状如相聚。抢地：触地，撞地。此句形容猪奔跑害怕的样子。

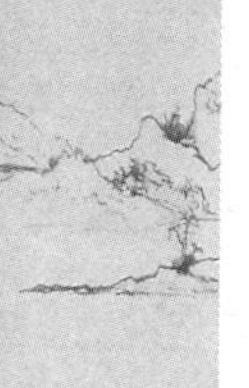

㉑牧豢：放牧与饲养牲畜。这里指放牧与饲养牲畜之人。宰相：本为泛称掌握政权的大官，后来用以指历代辅助皇帝、统领群僚、总揽政务的最高行政长官。

㉒佚圈：佚：安。圈：畜栏，饲养家畜的地方。拘儒：迂阔的儒生。刺：指责，讽刺。"牧豢"两句是说，放养牲畜之人难以从宰相中求得，因此放养牲畜之人都不如宰相度量宽宏。不过，现在采取使猪安于畜栏之中的做法，还可避免迂儒的指责。

㉓岁晏：岁晚，年终。行将：将要。荐：祭祀，进献祭品。神鼓：祭神时所鸣之鼓。

㉔须臾：片刻。刍：喂牲口的草。这里指牛谷。

㉕俎胾：祭祀时所用之肉。神其吐：吐，弃。这是指被神抛弃。以上三句说，不要再打大猪了。年终就要将它杀死祭神，现在应该叫它多吃一会儿牛谷，不要吝啬，否则它的肉不肥，祭祀时神灵也不会接受。

雪　　归[①]

扼边环木栅[②]，低户墐炊烟。

空肃山容立，风回雪片悬。

栖鸦沾晚树，归马瘦高天。

忽讶衡门近[③]，行吟忘路偏[④]。

【注】

①此诗咏作者出行所见雪景及归途因行吟走错路途的忘我心态，十分形象生动，可谓诗如其画。

②扼边：同扼塞，要塞。此指宁古塔旧城。此句指当地以木为栅。

③衡门：横木为门，指简陋的房屋。

④行吟：边行边吟着诗句。

方育盛

方育盛，字与三，号楞舟，安徽桐城人。方拱乾之三子。顺治十一年（1654）举人，“性敦敏，好古文辞”，“读书敏悟”。在十四年（1657）丁酉南闱科场案中，受其弟章钺之牵累，被流徙宁古塔，十八年（1661）冬，随其父兄赦归。有《楞舟诗集》、《无目诗集》等。

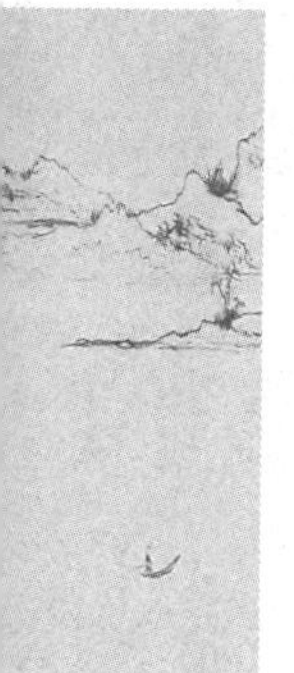

生还诗七章为周栎园先生作[①] 七首选二

其　一

君亦生还客，　还时在我先[②]。
关山无跋涉，　雨露有偏全[③]。
分袂当三月[④]，回天恰一年[⑤]。
秦淮人共住[⑥]，握手哭从前。

其　四

秣马不能别[⑦]，奚奴代送行[⑧]。
为言虽绝塞，　犹喜得馀生。
脱赠图书字，　交申儿女盟[⑨]。
百年心匪石[⑩]，符谶惬真情[⑪]。

【注】

①此组诗为方育盛初自塞外赦还时赠周栎园之作，写于康熙元年（1662）。周栎园即周亮工之号。亮工（1612—1672），河南祥符（今开封市）人。明崇祯进

士，授监察御史。降清，官至户部右侍郎等。有《赖古堂集》、《因树屋树影》等。

②"君亦"二句：按：顺治十二年(1655)周亮工任侍郎期间，福建总督佟代上疏参奏亮工在福建任职时事，朝廷命回闽"质审"。次年又奉旨"解任候勘"，并诏下刑部"复讯"。十五年(1658)冬赴京师就刑部狱候讯。十六年(1659)在狱中"结庐于白云司，日赋诗著书其中，颜之曰因树屋"。至十七年(1660)正月，依例改徙宁古塔。十八年(1661)正月，顺治帝卒，大赦天下，亮工被赦归。故方育盛谓之"君亦生还客"。又，十六年(1659)，方育盛亦因受其弟章钺事牵连入狱。十七年(1660)被流徙到其父方拱乾先已赴戍的宁古塔。十八年(1661)九月，方氏父子也奉诏赦归。由上可见，亮工与育盛之赦归都在顺治十八年(1661)，但亮工早于育盛。故此诗又有"还时在我先"之句。

③此二句谓亮工因在京师由流徙宁古塔改为赦归，没有跋涉关山之苦。而自己却被远徙，关山跋涉，可见皇恩有偏有全。雨露，本指雨水，此指恩泽。唐高适《送李少府贬峡州》："圣代即今多雨露，暂时分手莫踌躇。"

④分袂：离别。南朝宋谢惠连《西陵遇风献康乐》诗："分袂城湖阴。"按：方拱乾全家之流徙宁古塔，方拱乾及其长子孝标、次子亨咸等系于顺治十六年(1659)闰三月自京师起程，七月抵戍所。至于四子膏茂、三子育盛则系后被捕入狱，并与周亮工同系刑部狱，而其抵戍所则在十七年(1660)六月。据此，育盛与亮工在狱中分手为十七年(1660)三月。"分袂当三月"句即指此。

⑤回天：旧以皇帝为天，凡能谏止皇帝改变意志者叫回天。考顺治帝初意，周亮工判死刑，减等改发宁古塔，而方氏全家则是长流宁古塔，但不料新即位的皇帝却将周亮工与方氏全家赦归，"回天"句指此。又，此诗句后作者自注道："先生辛丑(顺治十八年，即1661年)正月奉赦，余家九月蒙恩。"即为此二句之注释。至于"一年"则是约略而言，因该年正月至九月为九月，并非一年，仅近一年而已。

⑥秦淮：秦淮河在金陵(今南京市)。考方氏初归来之际，周亮工正寓居金陵，双方在秦淮河畔聚首，"秦淮"句指此。

⑦秣马：饲马。

⑧奚奴：古代从坐男女没入县官为奴，其少才智者以为奚。后因称奴仆为奚奴。以上两句谓方育盛喂饱马匹，准备启程出塞之际，周亮工因在狱中不能亲自送行，就派遣了一个奴仆代为送行。

⑨申:表明,表达。儿女盟:方育盛与周亮工为儿女亲家,亮工四子周在曾娶育盛之女为妻,而双方婚约当定于方育盛此时出塞前夕。此句即指该事。

⑩百年:终身,毕生。匪石:非石。不像石头那样可以转动。形容坚定不移。《诗经·邶风·柏舟》:“我心匪石,不可转也。”此句指儿女结亲之心意终身坚定不移。

⑪符谶:符图谶纬的统称,泛指各种预言未来的神秘文书。惬:合乎,适合。真情:本心,真实的感情。按:此句中的“符谶”当有“本事”,惜已不详。

方膏茂*

方膏茂，字敦四，号寄山，安徽桐城人。方拱乾四子。为人“倜傥英俊，博极群书”，年23岁中举人。其父拱乾与兄孝标（玄成）、亨咸以顺治丁酉南闱科场案流徙宁古塔在顺治十六年（1659），而膏茂与其三兄育盛则系次年出塞。十八年（1661）冬随父赦归。有《馀垒集》。

归　　家①

此身拼永别，　那意得生还。
征骑才门外，　喧声已户间。
心含他日泪，　眼认去时颜。
啮臂知非梦②，今朝真入关。

【注】

①此诗系康熙元年（1662）夏作者遇赦抵家时之作。咏与亲人相聚时惊喜交集的心态。全诗无一典故，平白如话，但感情深沉动人。孙鋐评语：“真境独出，绝似少陵《羌村》诸作。”

②啮臂：咬臂出血，以示其真。

---

* 附注：本书所选方膏茂《归家》一诗，拙著《中国流人史》与《增订东北流人史》等书，均因故误作方育盛之作，疏忽至极，实不应该，借此书之出版，特为更正。李兴盛识。

吴兆骞

吴兆骞(1631—1684),字汉槎。江苏吴江(今苏州市吴江区)人。幼颖异,及长,参加慎交社,“角逐艺苑,谈论风生”,名声大震,著名诗人吴梅村将他与陈其年、彭师度誉为“江左三凤凰”。顺治十四年(1657)中式为举人。十六年(1659)以在丁酉南闱科场案中被人诬陷而遣戍宁古塔。居戍所二十三年,以授徒为生。由于长期生活在下层人民中间,“极人世之苦”,同时又耳闻沙俄侵略者在我国东北地区烧杀淫掠之暴行,因此创作出大量具有新的意境与新的风格的边塞诗与抗俄诗。当时称誉其诗“雄浑”、“沉雄”、“苍凉雄丽”、“悲凉抑塞”。古风与吴伟业尤为接近。亦能词,惜未多传。当时已名传东国(朝鲜)。其诗有很大一部分是对塞外山川景物等自然景观的描绘与讴歌,特点是即景抒情,情景交融,咏景警句极多,但很少有通篇都是咏景之作。此外,还曾积极参加黑龙江省的第一个诗社——“七子之会”之活动。著述甚富,今传《秋笳集》及黑龙江第一部书信集《归来草堂尺牍》,还有与友人顾茂伦、蒋宣虎合编的《名家绝句钞》。至于在戍所写的《天东小纪》、《词赋协音》等已佚。

北渚望月①

徘徊临北渚,永夜月华寒②。
顾兔飞难定,金波泻欲残③。
风微频泛滟,浪细不成团④。
惆怅佳人远,含情只独看⑤。

【注】

①此诗咏诗人在北渚望月时明月照水、风微浪细的水月交融的景象及怀人之感。北渚，地址不详。当在海浪河边，由于渚是水中小块陆地或水边之意，因此这里的北渚也当在该河边。

②永夜：长夜。

③顾兔：月亮。语出屈原《天问》。金波：月照水波之状。泻：倾泻。这两句指月亮在溪中飞舞，难以稳定，月光照耀的水波全部倾泻下来。

④泛滟：浮光貌。团：圆。这两句谓，因为起了微风，水中的月亮频频地泛起浮光；因为有了细浪，水中的月影无法成团。

⑤佳人：美好的人。这里当指作者妻子葛采真。因为妻子远在吴江，所以说此景只能独看，而不能共赏。用“含情”以示对妻子的深刻怀念，用“惆怅”表现对不能与妻共赏的伤感。

可汗河晓望①

长河泱漭抱孤城，河渚苍苍牧马鸣②。
旌旆晓迷鸦岭色，风涛春走雁沙声③。
近边亭障千年迹，出塞星霜万里情④。
羁戍自关军国计，敢将筋力怨长征⑤。

【注】

①此诗咏作者于可汗河晓望时所见到的八旗军驻防的壮观景象：长河抱城、战马嘶鸣、旌旗招展、风涛呼啸。也反映了作者以国事为重、不计个人得失的爱国情操。可汗河：又称忽汗河，即牡丹江。

②泱漭(yǎng mǎng 音养莽)：广大无边貌。孤城：指当时作者所居的宁古塔新城。苍苍：深青色。

③旌旆：即旗帜。指当地驻防八旗军之军旗。鸦岭：不详。旌旗在早晨使鸦岭之颜色迷离不清，可见其多；风涛在春天使鸣雁飞沙之声走失，可见其大。

④亭障：边塞的堡垒。千年迹：千年的遗迹。星霜：星一年一周转，霜每年因时而降，因此以星霜指年岁或岁月。出塞星霜：流放后的岁月。

⑤羁戍:流放戍边。敢:怎敢? 即不敢。这两句谓,既然流放戍边与朝廷的军国大计有关,那么自己尽管筋力日衰,对于戍边中的长征也无有怨恨。

九月十六夜之密将访冯侍御炳文①

日暮山深少行客,四野秋风吹瑟瑟。
黄云垂叶暗孤城,白月生寒照空碛。
碛里沙昏野烧微,城头霜净戍烟稀。
何处风前度哀角,可怜秋尽犹单衣②。
触夜驱车还独往,绿云石磴嵯峨上③。
雉鸲频惊暮雪深,马蹄欲渡秋冰响④。
冰雪连山黯不开,怜君遥夕思徘徊⑤。
征人应是知寒早,常侍谁言带热来⑥?

【注】

①本诗写于康熙初某年的九月十六日之夜,系咏作者自宁古塔旧城去往密将访问友人冯炳文时沿途所见的深秋景象。密将,山名,即今海林市密江山,在宁古塔旧城东北约六公里处,是当时宁古塔地区峰峦名胜之一。当时流人张缙彦曾为之命名洞山,并为之作传,载入其《宁古塔山水记》。同时,密将也是村名,此村在密将山下与该山一河相隔之处。冯炳文,名籍行实不详,仅知曾官御史,顺治十八年(1661)冬因事流放宁古塔。

②角:古乐器名,出于西北少数民族地区。这里指布楞(即海螺)。东北驻防八旗,每当操演旗兵,先吹布楞。这就是“古笳吹遗意,亦画角类也”。由于布楞声凄咽,故称哀角。

③触:遇,接触。这里有到达之意,因此“触夜”,即指至夜间。驱车:乘车。驱,鞭马前进。绿云:树叶繁茂。南朝鲍照《京洛篇》诗:“扬芬紫烟上,垂彩绿云中。”这里指秋后密将山尚未凋谢的树木。石磴:石阶。嵯峨:山高峻貌。

④雉鸲:雉的鸣叫声。雉,鸟名,鹑鸡类。即“野鸡”。

⑤遥夕:长夜。

⑥征人:远行或出征的人。这里指出访友人的作者。常侍:官名。秦汉有中常侍,魏晋以来有散骑常侍,为经常在君主左右传达诏令,掌理文书或规谏过失,以备顾问之官员。金元以后废。由于冯炳文曾任御史,而清代的御史,在某种意义上讲,有类古代的常侍,因此这里的常侍是指代冯炳文。以上两句谓,自己知道边塞寒威早降,尽管冯炳文不可能带来驱寒的温暖,但也要前去相访。

混　同　江①

混同江水白山来，　千里奔流昼夜雷。②
襟带北庭穿碛下③，动摇东极蹴天回④。
部余石砮雄风在⑤，地是金源霸业开⑥。
欲问鱼头高宴处⑦，萧条遗堞暮潮哀⑧。

【注】

①这是一首咏史诗。咏混同江畔历史上辽金的兴亡,感慨苍凉,动人心魄。

②混同江:松花江与黑龙江汇合后为混同江。又辽圣宗太平四年(1024)改松花江为混同江。这里混同江即指松花江。松花江发源于长白山之天池,流经吉、黑二省。

③北庭:汉时北匈奴所居之地,这里指代女真等少数民族所居之地。

④东极:东方边远之地。蹴(cù 音促)天:形容水势汹涌浩大。蹴,践踏或踢。

⑤部:犹部落、部民。石砮:青石制的箭头。据载,公元前十一世纪,我国东北地区最早的居民之一的肃慎族,曾向西周王朝“贡楛矢石砮”。这句谓,这里的部民仍然保持着其祖先肃慎族尚武的雄风。

⑥金源:原为水名,后为金朝的别称。《金史》地理志上:“上京路,即海古之地,金之旧土也。国言‘金’曰‘按出虎’,以按出虎水源于此,故名金源,建国之号盖取诸此。”这句谓,女真族首领完颜阿骨打在此地打败辽国,开创了金朝的大业。

⑦鱼头宴:指辽天祚帝设“鱼头宴”,阿骨打不从辽帝之命事。《辽史》天祚皇帝本纪载,天庆二年(1112),天祚帝“幸混同江钓鱼,界外生女真酋长在千里内者,以故事皆来朝。适遇‘鱼头宴’,酒半酣,上临轩,命诸酋次第起舞。独阿骨打辞以不能。谕之再三,终不从”。可见他这时已有反辽之心,三年后,即天庆五年(1115),他果然起兵反辽称帝,建立了金朝。

⑧遗堞:残废城池。堞,女墙,城上呈凸凹状的短墙。以上两句谓,想要寻访鱼头宴旧址,只剩下残墙萧条冷落,金源河傍晚的潮水呜咽。(本诗的注释采用张玉兴之说法)

海边独眺①

海色莽无际,凭高望泬寥②。
九霄迷积气,万象变灵潮③。
神迹传分扈,仙期想射鲛④。
银台如可见,烟驾欲相邀⑤。

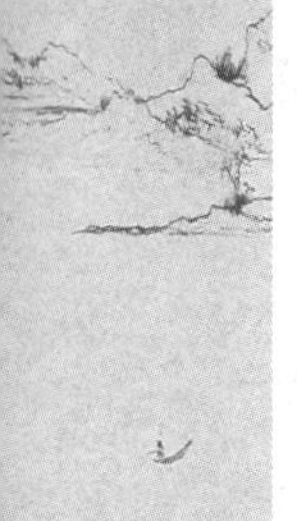

【注】

①此诗咏作者于海边登高眺望时所见到的苍莽无际,烟波浩淼的景观。海:指忽汗海,即今黑龙江省宁安市西南之镜泊湖。本诗是第一首咏镜泊湖之作。

②泬寥:空旷貌。这两句谓,海色苍莽无际,登高一望,更给人一种空旷之感。

③九霄:九天云霄,天空极高之处。万象:自然界的一切景象。灵潮:潮水。晋郭璞《江赋》:“呼吸万里,吐纳灵潮。”这两句谓,天空中积聚的大气一片迷茫,自然界中的一切景象也变为神奇的潮水。

④神迹:神异的事迹或现象。唐玄奘《大唐西域记》:“萨他泥湿伐罗国,城西北四五里,有窣堵波……中有如来舍利一升,光明时照,神迹多端。”分扈(hù音户):不详。扈同扈、雇,候鸟名。仙期:朱熹诗有“独坐有仙期”之句。射鲛:王阮诗:“循良渡虎迹,神武射鲛游。”按:汉武帝曾在寻阳江中有射蛟(即鲛)之举。以上两句当指海上候鸟的飞翔与期待射鲛壮观场面的再现。

⑤银台:仙人(王母)所居之处。烟驾:称人的敬辞,相当于尊驾。这里指仙人之驾。唐陈子昂《别中岳真人序》:“烟驾不逢,羽人长往。”

一蓝冈夜行[①]

乱峰斜豁月朣朣[②],堠火微明隔墙东[③]。
孤障旌旗寒照雪[④],严城刁斗夜临风[⑤]。
鸣弓尽日随边马[⑥],裂帛何时寄塞鸿[⑦]。
朔漠自来争战地[⑧],欲将书剑一论功[⑨]。

【注】

①一蓝冈:又作一朗岗,在宁古塔新城城西。吴桭臣《宁古塔纪略》:“城西门外三里许有石壁临江……石壁之上,别有一朗岗,即宁古镇城进京大路。”本诗描绘了诗人夜间行经一蓝冈之所见,抒发了欲以书剑并用、立功报国的情怀。

②朣朣:不明貌。

③堠火:即烽火。古代边防报警的信号。

④障:边境要地所建的堡寨。

⑤刁斗:古代行军的用具,“昼炊饭食,夜击持行”。

⑥鸣弓:当指配有鸣镝(即响箭)之弓,响箭射出,箭响弓鸣。

⑦裂帛:裂帛作书,代指书信。

⑧朔漠:北方沙漠地带。

⑨书剑:书与剑,指文武并用。

夜　　行[①]

惊沙莽莽飒风飙[②],赤烧连天夜气遥[③]。
雪岭三更人尚猎,　冰河四月冻初消[④]。
客同属国思传雁[⑤],地是阴山学射雕[⑥]。
忽忆吴趋歌吹地,　杨花楼阁玉骢骄[⑦]。

【注】

①作者夜行时，看到了塞外的荒寒景物，不禁联想到江南的绮丽风光，从而写了此诗，反映了作者的思乡之感。

②惊沙莽莽：形容风沙暗天，声势惊人。飙（biāo 音标）：狂风怒卷。

③赤烧（读去声）：烧荒草的火或野火。夜气：夜间的清凉空气。

④雪岭：覆盖白雪之山岭。冰河：此指漂浮冰块之河流。

⑤属国：指苏武。苏武出使匈奴十九年，归国后任典属国。传雁：匈奴扣留苏武时，谎说武已死。汉昭帝也编造假话说在上林苑射雁，见雁足上有苏武的书信，以此向匈奴讨回苏武。此句是写，自己客居塞外，有如苏武，同时也盼望能像苏武那样，凭借雁足给家寄信。

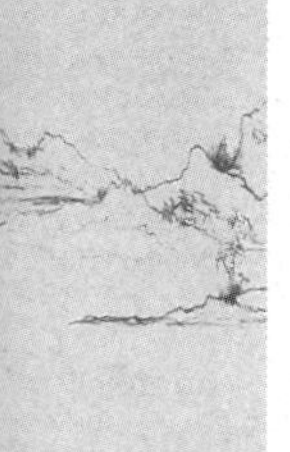

⑥阴山：在内蒙古自治区中部。该地人民善于骑射。这里是指代宁古塔地区。

⑦吴趋：即《吴趋行》，乐府，杂曲歌辞名。晋崔豹《古今注》曰，《吴趋曲》，吴人以歌其地。玉骢（cōng 音聪）：即玉花骢。名马名。

同诸公饮城东水次分韵得春字

甲寅夏四月二十一日作。①

数峰空翠照江滨②，江水逶迤绕郭新③。
草色乍消沙塞雪， 莺声已过故园春。
壮心零落还驱马④，绝域羁栖且傍人⑤。
漫道物华堪历览⑥，清樽相见莫辞频。

【注】

①此诗写于甲寅，即康熙十三年（1674）。此年作者居于宁古塔新城。这是与友人在城东河边宴饮之作。

②空翠：形容山色的晶莹与青绿。江滨：江边。

③逶迤：弯曲而连绵不断貌。郭：外城为郭。这里实指宁古塔新城之郊外。

④零落：消亡，丧败。

⑤羁栖:作客寄居。傍(bàng 音棒)人:依赖别人。

⑥物华:自然景色。历:经过。

寄怀陈子长①

毡帐风连曙②,长河雪过春。
一年频卧疾③,万里独怀人④。
世事文章贱,交情患难真⑤。
茫茫穷塞外,愁记别离辰。

【注】

①此诗写于诗人遣戍宁古塔之次年,即顺治十七年(1660)。面对晨风残雪,怀念友人陈子长,以诗代柬。陈子长(1639—1667),名堪永,弘文院大学士陈之遴第六子。吴兆骞入狱时,陈氏父子也以事下狱,双方同居一处,成为挚友。陈氏父子早于吴兆骞二十天,遣戍沈阳。吴兆骞出塞路经沈阳时,又与子长盘桓多日。临行,子长又赠以车马衣裘。

②毡帐:用毡做的帐篷。

③卧疾:作者自顺治十六年(1659)闰三月出塞后,沿途及至戍所曾多次得病。

④怀人:指怀念陈子长。

⑤患难:二人是狱中结成之友,故为患难之交。

寄怀陈子长①

雪霁山城月色新②,天涯怜汝倍沾巾③。
家残已恨无归日④,道远空怜梦故人。
尺素三秋凭去雁⑤,短衣十月叹悬鹑⑥。
伤心同是他乡客,偏是相思隔塞尘⑦。

【注】

①这是作者在一个雪夜所写的寄怀陈子长之诗。既写了对于友人的怀

念，又诉说了自己的艰辛处境。约写于康熙元年(1662)。陈子长：见前诗注①。

②山城：宁古塔旧城，周围多山，故称山城。

③天涯：诗中指宁古塔。

④“家残”句：作者的家庭本为吴江望族，世代清华，但由于作者身受科场案的牵累，弄得倾家荡产，故云。

⑤尺素：素：生绢。古人写文章或书信用长一尺左右的绢帛，称为尺素。后来作为书信的代称。三秋：指三年。

⑥悬鹑：鹌鹑毛斑尾秃，像褴褛的衣服，因以悬鹑形容衣服破烂。

⑦隔塞尘：当时陈子长在盛京(今沈阳市)，作者在宁古塔，故云。

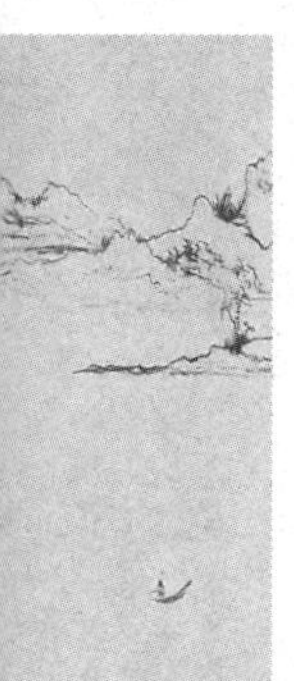

祁奕喜初至留饮①

清霜羸马古城东②，笳管声凄帐影空③。
一别朱门瑶草后④，相逢紫塞战尘中⑤。
交游祇讶当为尽⑥，尊酒翻怜此夕同⑦。
莫道朔边冰雪地，迁人何处不途穷⑧？

【注】

①康熙二年(1663)二月祁奕喜遣戍到宁古塔旧城，作者留饮赋诗，既写塞外相逢的意外之感，又写流人到处途穷的悲惨处境。祁奕喜：即祁班孙。详见本书祁班孙小传。

②羸马：瘦弱之马。

③笳管：古管乐器名。即筚篥。本出龟兹，后传入中国。以竹为管，以芦为首，状似胡笳。帐影空：帐中人影已空，表示已经出帐。

④朱门：红漆门。古代王侯贵族的住宅大门漆成红色，表示尊贵。因称豪门为朱门。瑶草：仙草。也泛指珍异之草。诗中“朱门”、“瑶草”均指代祁奕喜之家。按祁家本为望族，世代为官，奕喜之父祁彪佳曾任苏松巡抚，故以“朱门”、“瑶草”誉之。

⑤紫塞：见本书吴兆骞《生查子》词注②。战尘：康熙二年，由于沙俄的入侵，迫使宁古塔将军巴海做备战的准备，因此说“战尘中”。

⑥交游:往来的朋友。衹:恰好,仅仅。

⑦尊:同"樽",酒器。翻怜:反而怜惜。

⑧朔边:北方边境。迁人:被放逐、贬谪之人。途穷:指路尽,无路可走。语出晋代阮籍乘车至途穷无辙处痛哭而返之事。

奉送巴大将军东征逻察

逻察,一名老羌,乌孙种也。①

乌孙种人侵盗边②,临潢通夜惊烽烟③。
安东都护按剑怒④,麾兵直度龙庭前⑤。
牙前大校五当户⑥,吏士星陈列严鼓⑦。
军声欲扫昆弥兵⑧,战气遥开野人部⑨。
卷芦叶脆吹长歌⑩,雕鞬弓矢声相摩⑪。
万骑晨腾响朱戟,千帐夜移喧紫驼⑫。
驼帐连延亘东极⑬,海气冥蒙际天白⑭。
龙江水黑云半昏⑮,马岭雪黄暑犹积⑯。
苍茫大碛旌旗行⑰,属国壶浆夹马迎⑱。
料知寇兵鸟兽散,何须转斗摧连营⑲。

【注】

①这是咏宁古塔将军率军东征沙俄侵略者之作。约写于康熙三年(1664)。诗中写了出征时的动人景象,指出了战争的正义性质、各族人民的欢迎、敌人必败的结局。巴大将军:指当时的宁古塔将军巴海。逻察:即罗刹,指沙俄。邓汉仪评此诗云:"声势震动,意气飞扬,惟岑嘉州差可方驾。"

②乌孙:古民族名。初在敦煌、祁连间,后迁至伊犁河上游流域。由于作者误认为沙俄侵略者是乌孙之种,因此这里指代沙俄。侵盗:侵掠。作者自云:"甲辰春,幕府以老羌之警,治师东伐。"(《寄顾舍人书》)甲辰是康熙三年(1664)。"老羌之警",当指此。

③临潢:府名。即契丹之上京故址,在今内蒙古巴林左旗东南波罗城。这

里泛指边塞之地。烽烟:本指古代边防报警的信号,白天放烟,晚间举火。本句指沙俄在我国边塞之地燃起了战火。

④安东都护:唐代六都护府之一。治所始置于今朝鲜平壤,后陆续迁移辽东、辽西。肃宗年间废。这里指代巴海。

⑤麾兵:挥兵。龙庭:匈奴祭祀天地鬼神之处所。这里指被沙俄侵占之地。

⑥牙:今作"衙"。古代官署之称。一说指牙旗,即大将所建,以象牙为饰的大旗。亦通。校:古代军营的名称,后指军队之一部。当户:汉代匈奴官名。

⑦吏士:服官职之人。星陈:像群星一样环立。陈:陈列。严鼓:急促的鼓声,这里指能发出急促鼓声的战鼓。

⑧昆弥:汉代乌孙王的名号。这里指沙俄侵略军。

⑨野人部:古代称番夷各部别立君长的部落。这里当指被俄军侵占的我国黑龙江少数民族地区。

⑩卷芦:以芦苇叶片卷制而成的口哨。

⑪雕鞬:雕有花纹的盛弓器。摩:摩擦。

⑫紫驼:骆驼。

⑬驼帐:军中营帐。因为帐形如驼峰,故名。东极:东方边远之地。

⑭冥蒙:幽暗不明。际天:接近天边。

⑮龙江:黑龙江。

⑯马岭:不详。当在黑龙江中下游。此句原注:"冻解,沙飞,山雪皆作黄色。"

⑰大碛:沙漠。

⑱属国:附属国。语出《史记·卫将军骠骑列传》。这里指黑龙江地区受清廷管辖的各少数民族。壶浆:酒浆,以壶盛之,故名。此句是预言各族人民夹道欢迎清军的盛况。

⑲鸟兽散:谓如鸟兽四散而去。转斗:北斗转向,指天将明。这两句是说,不等到天明,就可全歼敌人。

秋夜师次松花江,大将军以牙兵先济,窃于道旁寓目,即成口号,示同观诸子①

落日千旗大野平,　回涛百丈棹歌轻②。

江深不动鼋鼍窟[3]，塞迥先驰骠骑营[4]。
火照铁衣分万幕，霜寒金柝遍孤城[5]。
断流明发诸军渡，龙水滔滔看洗兵[6]。

【注】

①此诗系咏征伐沙俄侵略者的巴海大军之作。诗内颂扬了清军的军威，指出了抗俄战争必胜的结局。大将军：指宁古塔将军巴海。次：驻扎。牙兵：旧称主将中军的部队。济：渡。窃：自己的谦称。寓目：看到。

②回涛：波涛回转。棹歌：划船时唱的歌。

③鼋鼍：传说中的水中怪兽。此句表面上写，由于江深，鼋鼍之窟，毫无惊动，实际上暗喻敌人由于消息闭塞，处于死穴中，毫无所知。

④迥：远。骠骑营：指巴海军营。骠骑：本为汉代将军名号，此指巴海。

⑤铁衣：古时战士所服有铁片的战衣。金柝：即刁斗。军用铜器。形状似锅，一柄，三足。白天用以烧饭，晚上用以打更。这里指打更声。

⑥断流："投鞭断流"之省语，喻军旅众多。见《晋书·苻坚载记》。明发：黎明。龙水：黑龙江水。看：估量之词，料想。洗兵：洗净兵器，收藏起来。谓战斗胜利之后，洗刷兵器。晋左思《魏都赋》："洗兵海岛，刷马江洲。"以上两句是说，黎明时诸军渡江，军士之众能够投鞭断流，可以预见到这次出兵，必会取得胜利，那时将在滔滔的黑龙江水中洗刷兵器，收藏起来。

送人从军[1]

刁斗聚严城[2]，高旗出五营。
雪开金帐色[3]，沙乱铁衣声。
碛断山回合[4]，军孤战死生[5]。
开边天子意，何敢怨长征[6]。

【注】

①这是勉励友人从军征战之作。据诗意及当时东北现状来看，此类战斗

是针对沙俄入侵所采取之军事行动。

②刁斗：即金柝。见前诗注⑤。严城：具有紧张气氛之城镇。

③金帐：以金为饰之帐，征战时主将所居的大帐。

④山回合：山势环绕。

⑤战死生：在战斗中非死即生，非生即死，言战斗之激烈。

⑥开边：开拓疆土。何敢：不敢。

校猎即事①

锦袖臂鹰轻②，分弓出柳营③。
飞身骄马足，仰手落雕声④。
鼓合风林动⑤，围开雪野平⑥。
归来金帐饮，一片画旗明⑦。

【注】

①此诗咏宁古塔地区旗人打围之作。校(jiào 音轿)猎：设栅栏以便圈围野兽。杨宾《柳边纪略》："(宁古塔)十月人皆臂鹰走狗，逐捕禽兽，名曰打围。按定旗分，不拘平原山谷，圈占一处，名曰围场。无论人数多寡，必分两翼，由远而近，渐次相逼，名曰合围。或日一合，再合。"

②锦袖：锦制之衣袖。

③分弓：指按定旗，分配弓箭。柳营：即细柳营。汉代周亚夫治军严明，曾营于细柳，后人因称军营为柳营。

④"仰手"句：指雕被射落，仰手去接。

⑤鼓合：鼓声合拢过来。此句写合围。

⑥围开：此句写打围停止。

⑦金帐：见作者《送人从军》诗注④。画旗：有彩饰的旗。

九　日①

龙沙不见戍归期，抱病频惊节序移②。
白草征人千里恨，黄花故国十年思。

雪晴大野雕飞迥③，冰薄长河马度迟。
欲上荒台愁极目④，云山面面是天涯⑤。

【注】

①这是作者遣戍宁古塔十年左右时，在一个重阳节(旧历九月初九日)所写的怀乡之诗。

②节序:节令的顺序。

③迥:远。

④荒台:指宁古台。见本书方拱乾《九月四日偕诸君子登宁古台，更临前溪，凡十有八人，觞咏竟日》诗注①。

⑤云山:云雾弥漫之山。

奉送大将军按部海东①

玉勒动珠幩②，旌旗远肃纷③。
鸣弓行碛雪④，飞盖入边云⑤。
属国鲛鱼部⑥，佳兵鹅鹳群⑦。
海东三万里，笳吹日相闻⑧。

【注】

①这是为宁古塔将军巴海巡查海东各部时所写的送行诗。诗中描绘了巡查队伍的声威与仪仗，歌颂了“海东三万里”疆土的和平与安定。大将军:指巴海。按部:巡查部属。海东:指东北滨海的使鹿部、使犬部等各部落之地。

②玉勒:玉制的马衔。也泛指马。珠幩:幩是装在马口旁铁上用以扇汗的马饰，又名扇汗、排沫。珠幩:指有珠饰的幩。此句指群马奔驰，玉勒摇动，也使珠幩动了起来。

③肃纷:持旄貌。此句指队伍持着旌旗在前进。

④鸣弓:箭自弓上发出，弓弦能发出声响，故称。

⑤飞盖:盖，车盖，车上遮阳御雨之具。古代官员出行时多用以为仪仗。

⑥属国:附属国。鲛鱼部:鲛鱼，鱼名。即鲨鱼。鲛鱼部:则指以鱼皮为衣

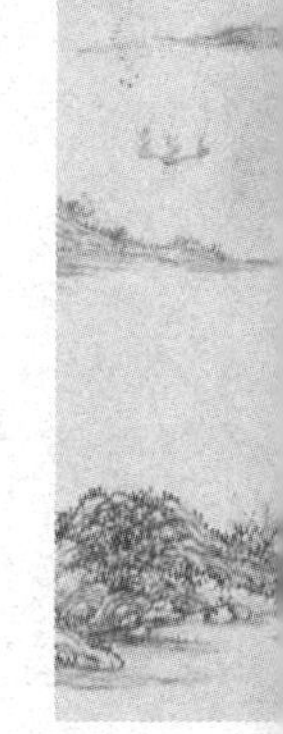

的各部落而言。如滨海的赫哲族、库页岛上的苦夷族等部落。此句谓以鱼皮为衣的各部落,均成为清廷的附属国。

⑦佳兵:锐利之武器。诗中指善于用兵。鹅鹳群:鹅鹳,两种战阵名。群:种类。此句谓巴海善于用兵,并能列各种战阵。以上两句则指:巴海扬军威于海东,各部望风归附。

⑧“海东”两句:在海东的大片土地上,笳声不绝。表示和平与安静。

送阿佐领奉使黑斤①

槽头征马鸣,　　将军欲按塞②。
飞沙咽鼓鼙③,　　长云拥旌旆④。
持檄遥颁五国东⑤,挥鞭直历千山外。
千山不尽海东陲,　黑水兼天碛路迷⑥。
金环岛户雕为屋⑦,石砮种人鱼作衣⑧。
曲栈荒林纷积阻⑨,剥落残碑昧今古⑩。
冰雪阴崖青鹞风⑪,麏麚乱木黄沙雨⑫。
巨鹿冈头塞北门⑬,千家部落若云屯。
破羌流尽征人血,　好进温貂报国恩⑭。

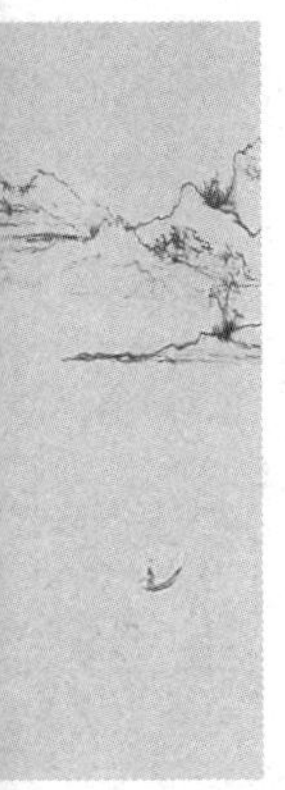

【注】

①这是为阿佐领奉使赫哲族地区而写的送行诗。诗中写赫哲族的风俗及其与清王朝的隶属关系,证明黑龙江中下游自古以来就是中国的领土。阿佐领:行事不详,俟考。佐领:满语称牛录。是八旗组织的基本单位名称。掌管所属户口、田宅、兵籍、诉讼等。黑斤:即赫哲,亦称黑金、黑真、赫真、阿机等。杨宾《柳边纪略》:“自宁古塔东北行千百五里,住松花江、黑龙江两岸者,曰剃发黑金……又东北行四、五百里,住乌苏里、松花、黑龙三江汇流左右者,曰不剃发黑金。”

②槽头:马槽之前。按塞:巡行边塞。

③鼓鼙:乐器。大鼓和小鼓,进军时以励战士。

④长云:云连绵不断。旌旆:旗帜的通称。

⑤檄:古代官方文书用木简,长一尺二寸,多作征召、晓谕、申讨等用。五国:指五国城。辽时在今黑龙江省依兰县以东至乌苏里江口的松花江两岸,有剖阿里、盆奴里、奥里米、越里笃、越里吉等五国部落归附,设节度使领之,称五国城。诗中的“五国东”指五国城之东,即清代赫哲所居之地。

⑥海:东海。陲:边境。黑水:指黑龙江。碛:浅水中的沙石。以上八句写阿佐领的出发与行程。

⑦岛户:海岛上或傍海所居的赫哲人。此句原注:“黑斤人,耳环皆以金环。其傍海者,以雕羽覆屋。”

⑧石砮种人:指肃慎族,即满族的祖先。“石砮”是石料做的箭头。《国语·鲁语下》:“肃慎氏(向周天子)贡楛矢石砮。”此句原注:“鱼皮为衣”。

⑨曲栈:弯曲的栈道。“栈道”是在险绝的地方依山架木而成的道路。积:堆积。阻:险阻。此句诗是说:沿途之上,弯曲的栈道,草木丛生的树林,多而且艰险。

⑩剥落:脱落。昧:掩蔽,隐藏。此句指残碑的碑文脱落,致使所载的古今之事看不到了。

⑪阴崖:山崖之北。青鹞:黑色的鹞子。“鹞”是猛禽,似鹰而较小。

⑫麏麚:同“麇麚”。“麇”是獐。“麚”是牡鹿。“冰雪”两句是说,山崖之北,冰雪覆盖,青鹞在风中飞翔;乱木之中,獐子与牡鹿乱蹿,雨中挟着黄沙。

⑬巨鹿冈:地址不详,俟考,但必在赫哲地区。此句是说巨鹿冈头是塞北的门户。

⑭羌:老羌,即沙俄侵略者,详见本书《奉送巴大将军东征逻察》诗注①。温貂:指貂皮。非呀哈:即飞牙喀、吉里迷。分布于今黑龙江入海口与库页岛北部。这两句是说,清廷派遣的将士,为击败沙俄侵略者流尽了鲜血,以便使赫哲人民能够贡献貂皮,报答国恩。此句原注:“老羌屡侵掠黑斤、非呀哈诸种,宁古岁出大师救之。康熙三年五月大将军巴公乘大雪袭破之于乌龙江,自是边患稍息。”

秋日杂述选一①

戍楼鼙鼓动严城②，朔塞山川郁战争③。
毛节未归鱼海使④，羽书还下铁关兵⑤。
月高亭障千峰出，雪照旌旗万马鸣⑥。
莫道疮痍犹未起⑦，庙谟今日重东征⑧。

【注】

①这是写于康熙十二年(1673)秋天之组诗之一。这时由于备御老羌(沙俄)，清廷又“大治水军于松花江”，准备东征。诗人兴奋地写诗，热情地颂扬了这种自卫的壮举。

②戍楼:边防驻军的瞭望楼。鼙:鼓之一种。军中所用的乐器。严城:详见本书吴兆骞《送人从军》诗注②。

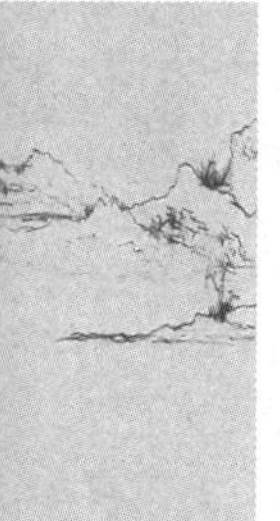

③郁:蕴结。

④毛节:即符节。古代使臣执以示信之物。节以竹为之，柄长八尺，节上以牦牛尾为饰。鱼海使:“鱼海”本为湖泽名，在今内蒙古自治区阿拉善右旗境。此为城名，即鱼海之所在地，唐代是兵家必争之地。诗中指代被沙俄侵占之地。此句是说，清廷之使臣还未从沙俄占据之地归来。

⑤羽书:军事文书，插鸟羽以示紧急。铁关:即铁门关。西域地名，在今新疆焉耆与库尔勒之间。这里指代被沙俄侵占之地。

⑥亭障:古代边塞的堡垒。

⑦疮痍:创伤，此指被沙俄侵占地区困苦的民众。起:治愈、病愈。这里有解救之意。

⑧庙谟:朝廷对国事的计谋。

奉赠副帅萨公①

时专镇宁古

彤墀诏下拜轻车②，千里雄藩独建牙③。
共道伏波能许国④，应知骠骑不为家⑤。

里门昼静无烽火，　雪海风清有戍笳⑥。
独臂秋鹰飞鞚出，　指挥万马猪平沙⑦。

【注】

①康熙十七年(1678)八月宁古塔镶红旗驻防协领萨布素，升为宁古塔副都统，专镇宁古塔，作者平时曾受到萨布素的周济与看重，这时赋诗奉赠。此诗写了萨布素的升任新职，并以汉代名将马援与霍去病相推重，还对他将来的政绩作了期许和颂扬。萨公：指萨布素。康熙二十二年(1683)曾任第一任黑龙江将军。

②彤墀：即丹墀。指宫廷中的台阶，泛指皇宫。拜：授官。轻车：即轻车都尉。勋官名。汉置轻车将军，南北朝及隋皆有轻车都尉，后代沿用，但稍有不同。此句指朝廷下诏，任命萨布素为副都统。

③雄藩：强大的方镇。方镇就是指掌握一方兵权的军事长官，如唐代的节度使，这里指副都统。建牙：牙，军前大旗。古代出兵，在军前树立大旗称建牙。后代也称兴兵建幕或武将出镇为建牙。此句指萨布素做为副都统，出镇千里方圆的宁古塔。

④“共道”句：用汉代名将马援事。马援曾任伏波将军，南征，立铜柱表功。曾言：“男儿要当死于边野，以马革裹尸还。”许国：以身许国，为国效命。

⑤骠骑：将军名号。汉代始以霍去病为骠骑将军。这里即用霍去病事。去病曾六次出击匈奴，立大功，封骠骑将军。汉武帝为之建府第，去病辞谢曰：“匈奴未灭，无以家为。”以上两句是以“能许国”的马援与“不为家”的霍去病，去推重萨布素。

⑥星门：军门。唐杨炯《送刘校书从军》诗：“天将下三宫，星门召五戎。”戍笳：边防驻军的笳声。以上两句指在萨布素的治理下，境内会呈现一片“无烽火”的和平局面，但也相信不会对沙俄放弃警惕，随时会有“戍笳”之声。

⑦飞鞚：鞚，本指马勒，此指驰马。南朝鲍照《拟古》诗：“兽肥春草短，飞鞚越平陆。”平沙：广漠的沙原。这两句指萨布素一臂擎鹰，飞马而驰，指挥千军万马在平沙上狩猎。

赠门西打嗒[①]

时时秋貂绿纻衣[②]，金鞍新鞲紫骝肥[③]。
挥鞭日晚城西去，射尽头鹅不遣飞[④]。

【注】

①这是作者的一首佚诗，为其《秋笳集》所未收。是赠给门西打嗒之作。诗内塑造了一个驰马射猎的人物形象，可能是当时宁古塔地区少数民族上层人物。

②绿纻衣：用绿色纻麻为原料制成的衣服。

③金鞍：装饰华丽的马鞍。新鞲：革制的臂衣，打猪时用以停立猎鹰。紫骝：良马名。又名枣骝。

④头鹅：每年最先捕得并以进御膳的天鹅。这两句写西门打嗒傍晚挥鞭去城西射猎天鹅。

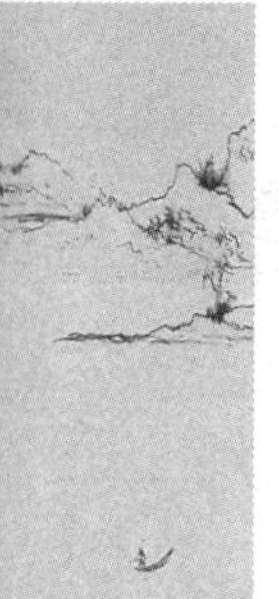

念奴娇·家信至有感[①]

牧羝沙碛[②]，待风鬟[③]唤作，雨工[④]行雨。不是垂虹亭子上[⑤]，休盼绿杨烟缕。白苇烧残，黄榆吹落，也算相思树[⑥]。空题裂帛，迢迢南北无路[⑦]。

消受水驿山程，灯昏被冷，梦里偏叨絮[⑧]。儿女心肠英雄泪，抵死偏萦离绪[⑨]。锦字闺中，琼枝海上，辛苦随穷戍[⑩]。柴车冰雪，七香金犊何处[⑪]？

【注】

①此词既写宁古塔地区的苦寒及故乡风光的美丽，又写相思之苦。从其怀念妻子的词意来看，约写于1659年至1662年之间。因其妻葛采真是于1663年二月初五日到达戍所的。此词前人以“语出至情，故当独擅”与“凄怨”誉之。

②牧羝：羝是公羊。这是用苏武牧羊北海的故事。沙碛：沙漠荒凉之地。

③风鬟：指妇人。

④雨工:陈翰《异闻集》:"柳毅见妇人牧羊,问之。曰:'此非羊,雨工也。'问:'何谓雨工?'曰:'雷霆之属也。'"

⑤垂虹亭:在江苏吴江县(今属苏州市)东,不仅是诗人故乡,也是江南名胜。

⑥相思树:左思《吴都赋》:"相思之树。"注:"相思,大树也……其实如珊瑚。"其实即红豆,红豆名相思子。

⑦裂帛:撕裂布帛为书函。因古代无纸,需在帛上写信。语出《汉书·苏武传》。迢迢:远貌。"空题"两句是写通信之不易。

⑧消受:忍受。叨絮:谓话多而连续不断。这三句写在灯昏被冷的夜里,梦魂飞越万水千山,与妻子叨叨不绝地诉说着。

⑨抵死:总是。这两句是谓,儿女柔情与英雄热泪交织在一起,总是萦绕着一片离情别绪。

⑩锦字:指前秦苏蕙(字若兰),织锦为回文诗寄其夫窦滔事。琼枝:玉树之枝。屈原《离骚》:"溘吾游此春宫兮,折琼枝以继佩。"喻美好之人。此指作者自己。穷戍:困厄的戍守边疆之人。海上:有海角之意,即僻远之地。以上三句是说,妻子如织锦回文的苏若兰,寄信给自己;自己却辛辛苦苦地随穷戍者来到边塞。

⑪柴车:简朴无饰的车子。七香金牍:用牛拉的华贵的车。金犊:黄犊。这两句是写自己在戍所之所见只有冰雪柴车,而妻子乘坐的七香车在何处呢?

生查子·古意①

秋高紫塞风②,阵阵衔芦雁③。
盼断别时音, 尘暗书难见④。
昨岁灞桥头, 折柳看如线⑤。
又是玉关春⑥,絮卷天涯远。

【注】

①这阕词是写在塞外思乡的哀愁。古意:前人多有以此作为诗词题目者,如唐李颀就有《古意》诗。

②紫塞:《韵府》引《古今注》:“秦筑长城,土色紫,汉塞亦然。一云雁门草色紫,故名紫塞。”此处指长城。

③衔芦雁:《淮南子》:“雁衔芦而翔,以避弋缴。”《推篷寤语》:“雁北归,必衔芦,越关则输之。予考雁从风而飞,春夏南风,故北飞,秋冬朔风,故南飞。秋冬过南,食肥体重,故借芦以助风力,塞北风高则无此事。”

④“尘暗”句:积满灰尘、颜色已经改变的从前那样的来信,现在也难以见到了。

⑤灞桥:在今陕西省西安市长安区东二十五里,跨灞水上,唐人饯别者多于此折柳送别。

⑥玉关:即玉门关。

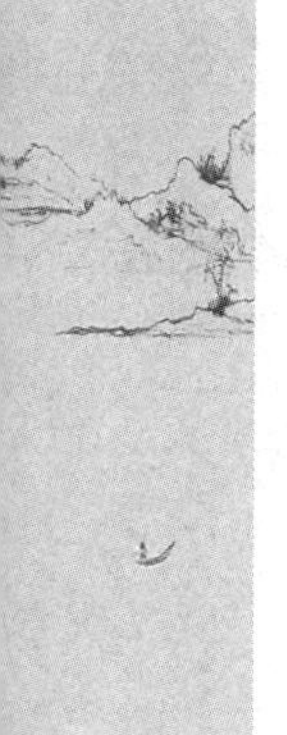

黄　钋

黄钋，字仲宜，一字岳生，湖南善化（今长沙市）人。顺治九年（1652）进士，授辰州主事，擢吏部主事，转员外郎，迁郎中。顺治十四年（1657）任河南闱主考官，由于此次考试在中式举人朱卷内用墨笔添改字句之"疏忽罪名及于正额供奉之外"，"索取人参等物"，被流徙尚阳堡。康熙初，以认修端理门工程被释归。黄钋"幼聪敏"，工诗。有《洞庭钓叟存稿》。

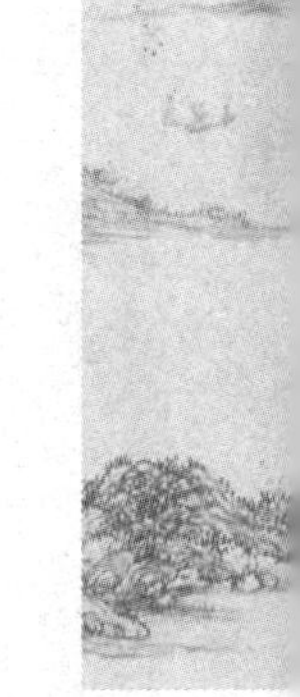

立　秋[1]

秋气桐先得[2]，当轩一叶飞[3]。
星高天澹漠，露冷月依稀。
切切蛩音苦，阴阴磷火微。
伤心万里客，一梦未曾归。

【注】

①本诗以秋夜之肃杀荒寒及乡梦难归喻思归之感。

②桐：木名，有梧桐、油桐、泡桐等种，古代诗文中多指梧桐。

③此句化用"一叶落而天下知秋"句，喻立秋。

十四夜看月[1]

此夜将圆月，今年秋又中。
幽光随逐客[2]，素影转飞蓬。
独憾重关隔，相思万里同。

愁心如可寄，随照落湘中[3]。

【注】

①此诗咏中秋月夜思乡之感。

②逐客：被贬谪远地之人。唐杜甫《梦李白》："江南瘴疠地，逐客无消息。"这里是作者自谓。

③湘中：湖南，这里指作者家乡善化。以上两句以愁心寄至家乡喻思乡之感。

塞上九日选一

其一

荒戍悲秋漫采萸[1]，山川满目泪痕枯。
窜身尚觉乾坤隘[2]，埋骨何嫌朔漠孤[3]。
岂有黄沙成白社[4]，可怜黑海即蓬壶[5]。
同群尽是迷津客[6]，懒向渔郎问故途[7]。

【注】

①萸：萸指茱萸。植物名，香气辛烈，可入药。我国古俗九月九日重阳节，佩茱萸能怯邪辟恶。

②乾坤：天地。

③朔漠：北方沙漠地带。这里指作者流放的辽东戍地。

④白社：指隐士所居之地。

⑤黑海：苦海。明高启《荐亡将斋榜》："永离黑海之波，即往朱陵之府。"蓬壶：蓬、壶是传说中的两座仙山。《列子·汤问》："其中有五山焉：一曰岱舆，二曰圆峤，三曰方壶，四曰瀛洲，五曰蓬莱。"以上两句是说：黄沙弥漫的塞外不可能成为隐者所居的白社，可怜无边的苦海却成为"仙境"。

⑥迷津：迷失津渡，迷路。唐孟浩然《南还舟中寄袁太祝》诗："桃源何处

是？游子正迷津。”

⑦“渔郎”句：用晋陶渊明《桃花源记》事。该文载，晋太元中，武陵人捕鱼为业，缘溪行，忽逢桃花林，林尽水源，得一山口，舍船从口入，见鸡犬相闻，居人怡然自乐。自云先世避秦时乱来此，不知有汉，无论魏晋。停数日，辞去。及郡下，郡守遣人随其往，不复得路。南阳刘子骥欣然规往，未果，寻卒，后遂无问津者。本句渔郎即指此捕鱼人。以上两句是说，同被流徙来的人都是迷失津渡之人，因此不能向他们问路，从而反映了作者不能赦归的哀伤。

丁 澎

丁澎，字飞涛，号药园，浙江仁和(今杭州市)人。回族诗人，少有隽才，赋《白燕楼》诗，流传吴下。为清初“西泠十子”与“燕台七子”之一。顺治十二年(1655)进士。官至礼部郎中。十五年(1658)以十四年丁酉河南闱科场案牵连流徙尚阳堡。戍五年而归。有《扶荔堂诗集选》、《扶荔堂文集选》、《扶荔堂词》传世。

初至靖安寄邸中诸旧友①

万里从戎路， 崎岖正此行。
雁声孤断碛， 虎气撼空城②。
泪尽惭儿女， 身危仗圣明。
刀环何日约③，回首玉关情④。

【注】

①本诗是作者初流放到尚阳堡时写寄给同一官署中旧日友人之诗。反映了戍途之艰苦、戍所之荒寒及自己盼望赦归之情。靖安即靖安堡，尚阳堡之旧名。尚阳堡一名上阳堡，在辽宁省开原市东20公里(今清河水库地)，为清初东北最早、最重要戍所。

②虎气：老虎的气味。宋梅尧臣《初冬夜坐忆桐城山行》诗：“马行闻虎气。”此句极言尚阳堡城内之荒凉。

③刀环：“环”与“还”同音，故以“刀环”为“还归”之隐语。语出《汉书·李陵传》。

④玉关情：戍边征人思乡之情。典出《后汉书·班超传》。玉关，玉门关。唐李白《子夜吴歌》诗：“秋风吹不尽，总是玉关情。”

送张坦公方伯出塞四首选二[①]

其　一

昨惜江城别，何堪复送君[②]。
关从鸦鹘断[③]，路并虎狼分。
愁剧须凭酒，时危莫论文[④]。
此方春不到，应与雁为群。

其　二

万里穷沙北，由来道路难。
马蹄随处滑，山面逼人寒。
采药禾屯峪，寻源脱木滩。
所居依水住，肯作故园看[⑤]。

【注】

①此组诗为作者在戍所尚阳堡送张缙彦流徙宁古塔之作。共四首，今选二首。张缙彦(1599—1670)，字濂源，号坦公，河南新乡人。明天启进士，官至兵部尚书。入清，官至山东、浙江布政使、工部右侍郎。顺治十八年(1661)因事流徙宁古塔，后卒于此。在戍所，曾倡建黑龙江第一个诗社“七子诗会”，有《宁古塔山水记》与《域外集》。由于张缙彦曾任山东、浙江布政使，而方伯为明清时对布政使之称呼，故称之为张坦公方伯。按：张缙彦之流徙是顺治十八年(1661)二月初二出关，至丁澎所居之尚阳堡当在三月中旬，故此诗亦写于此时。

②“昨惜”两句：据其中“复送君”句，表明以前丁澎曾经为张缙彦送过行，此次送行是第二次，而且是在“江城”。但具体时间及“江城”具体地点则不详，俟考。

③鸦鹘：关名，在今辽宁省新宾满族自治县西南。

④“时危”句：嘱张氏不要再从事诗文之写作。盖张氏虽以党争事牵连流徙，而其导火线却是以文字贾祸为(李渔《无声戏传奇》作序事)。

⑤此四句原注："屯禾、脱木，塞地；依水园，张故宅也。"

夏日移居[①]八首选四

其　一

五迁无定宅，　逆旅卜居难[②]。
树老山根出[③]，人希虎气寒[④]。
补篱容膝稳，　少雨足心宽。
一任闲鸥立，　何妨种药栏[⑤]。

其　二

为农老闲事，　傍寒亦生涯。
野摘堪供客，　盘餐不问家。
雨蒸戎子嫩[⑥]，日覆射干斜[⑦]。
病肺秋能渴，　呼儿剧种瓜。

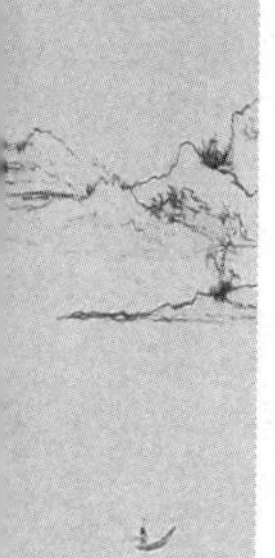

其　四

日长村巷静，　客过倍情亲。
取酒非因妇，　呼儿必向邻。
松鬁昏弄月[⑧]，山鬼夜憎人[⑨]。
送老何馀事，　争看鬓欲新。

其　五

梦里家仍在，　存亡敢自知。
寄衣愁老母，　觅果念孤儿。
墙罅葵争吐，　溪昏月过迟。

栖乌惊不定，偏绕向南枝[10]。

【注】

①本组诗共八首，系咏作者五次迁徙后的谪居生活与思乡心态。

②逆旅：旅居。卜居：择地居住。

③山根：山脚。

④希：少。虎气：老虎的气味。本句以人少虎多喻作者居处之荒凉。

⑤药栏：种芍药之栏。此处泛指花栏。

⑥戎：当为“茷”之讹。这里茷指指茷菽，即大豆。

⑦射干：多年生草本植物。叶剑形排成两行，花被橘红色，有深红斑点，根可入药。

⑧鼷：小鼠。

⑨山鬼：泛指山中鬼魅。

⑩南枝：朝南的树枝。因《古诗十九首》有“越鸟巢南枝”句，故又指故土、故国。以上两句反映了作者的思乡之情。

野　望[1]

野望天垂尽，归迟日未冥。
鸟声山雨净，驴背夕阳青。
藜榻应长扫[2]，柴门不用扃[3]。
有书兼浊酒[4]，肯让子云亭[5]。

【注】

①本诗咏作者在旷野眺望中的黄昏景色及安于简陋居住环境中的心态。

②藜榻：以藜茎编的床榻。

③柴门：用柴木做的门。

④浊酒：用糯米、黄米等酿制的酒，较混浊。

⑤子云亭：子云所居之亭。这里实指子云所居之宅。子云，扬雄之字。扬雄，西汉末著名文学家、语言学家、哲学家，四川成都人。“少而好学……家产

不过十金,乏无儋石之储,晏如也”。又“家素贫,嗜酒,人希至其门,时有好事者载酒肴从游学”。后以扬雄宅或子云宅等借指贫士之家。本诗子云亭即子云宅之意,“亭”字是为全诗押韵而改易。上四句谓自己所居虽然简陋,但由于有书及浊酒,就感到比子云之居为佳。

辽海杂诗[①]八首选一

其　四

半岭横山寺，　流泉迥翠微[②]。
悬崖冰不断，　出瀑月长飞。
径滑云生屐，　藤穿石碍衣。
关心缘底事？　聊此坐忘机[③]。

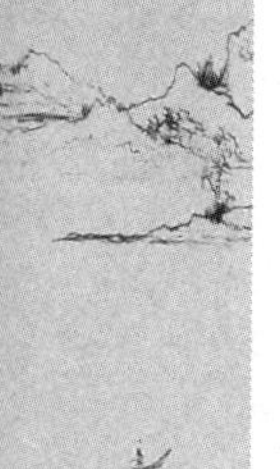

【注】

①这组诗共八首,系咏辽沈地区历史、地理、山川、民风、物产之作。其四系咏山寺周围之美好风光,使人流连忘返,乐而忘机。

②翠微:指青翠掩映的山腰幽深处。

③忘机:消除机巧之心。详见本书铁保《临江仙》词注⑤。

从　军　行[①]

其　一

万里龙沙一雁飞，　数声残角度金微[②]。
分明吹落城头月，　多少寒光透铁衣。

其　二

愁云漠漠雁归声，　欲到乡关梦里行。

寒水尽流天更远，　秦王何意筑长城[3]？

其　三

草没孤城马渡难，　谁教身许破楼兰[4]？
长征已惯沙场苦，　独恐深闺夜月寒。

【注】

①从军行：乐府《平调曲》名。现存歌词以三国时王粲所作最早，后人所作内容系咏边塞风光与战士生活。本组诗即咏塞上风光与征战之苦。陈维崧评该组诗道："爱深情挚，较唐人诸作更刻入一层。"

②金微：古山名，即今阿尔泰山。唐贞观年间，以铁勒卜骨部地置金微都督府，乃以此山得名。

③秦王：秦始皇。长城：秦灭六国后，为了防御匈奴人南下，将秦、赵、燕三国北边长城予以修缮，连贯为一。城西起临洮（今甘肃省岷县），东至辽东，俗称万里长城。后至明，各代均曾重修。

④楼兰：古西域国名，因居汉与匈奴之间，常持两端，后傅介子斩其王安归，另立新王，更名鄯善。后代诗文常用楼兰泛指敌人。

蔡　础

蔡础，字辑五，别字容轩（一作夯轩），自号沈子、石桑子，浙江台州人。明诸生，好古，工诗文。顺治十八年（1661），台州知府郭曰燧以追粮赋杖毙临海诸生赵齐芳，引起公愤，诸生闻讯“哗然”，在诸生水有澜、周炽等鼓动下，写了数十纸退学呈赴兵备道呈交。当时清廷适发新例，严禁抗粮，于是近四百人被捕。结果，被诬以“抗粮鼓众，退职造反”的罪名，将水有澜、周炽坐绞，六十八人均遣戍尚阳堡、仁寿堡等处。赵齐隆道毙。这正如因该案遣戍的钟启所写之诗：“六十八人同放逐，九千余里各飘零。”蔡础实未拖欠粮赋，但亦牵连遣戍尚阳堡。在戍所曾赋《捣衣曲》，“词意悲郁”。康熙七年（1668）赦为民，又五年始返回台州。有《沈子寐业》一卷、《纪年》一卷、《外编》六卷。

裁　衣　曲[①]

独嚬独笑飞花急[②]，玉漏银缸红泪湿[③]。
晓妆蛾蹙卷珠帘[④]，落絮游丝片片入。
梧桐惊露妾惊秋，　珠雨香车芳草愁[⑤]。
怨鸯弦断舞袖冷[⑥]，檀板声停咽箜篌[⑦]。
姊妹相邀裁舞袖，　当胸双绾同心扣[⑧]。
忽地怨来绾不成，　黄沙碛土风烟皱。
忆昔送别灞桥西[⑨]，万缕烟条莺正啼。
空闺梦闭芙蓉阁[⑩]，夫婿从戎自鼓鼙[⑪]。
鼓鼙夫婿戍辽海[⑫]，月照霜闺四五载[⑬]。

万里黄云不见家，况值飞蓬遮战铠。
强拭泪痕拈绣针，吟蛩唧唧伴寒砧⑭。
久住龙城腰恐瘦⑮，迟疑错悔宽前襟。
线长线短裁尺幅⑯，刀剪潮生叠戎服⑰。
紫塞金风向夜多⑱，窝帐孤眠藉贴肉⑲。
归来倘值玉关春⑳，疼惜残梭分外亲。
记取锦文机上字㉑，怜此菱花镜里人㉒。

【注】

①本诗以一独处深闺之女为远戍辽海之地夫婿裁衣为素材，抒发了思念夫婿并盼望团聚的心愿。

②独嚬独笑：独自皱眉与欢笑。

③玉漏：玉制的漏壶（古代计时之具）。银缸：即银釭，银白色的灯盏、烛台。红泪：美人之泪，语出《拾遗记·魏》。以上两句指一位美女在夜间对着烛光时悲时喜时而垂泪。

④晓妆：晨起梳妆。蛾蹙：蹙皱着眉。珠帘：珍珠缀成的帘子。

⑤珠雨：雨落如珠。

⑥鸳鸯弦：乐器上成双配对的弦子。舞袖：伴随歌舞时舞动的衣袖。

⑦檀板：乐器名。檀木制的拍板。箜篌：古代拨弦乐器名。

⑧此句指在胸前系结同心扣。同心扣：绾有同心扣的丝带。同心扣喻男女爱情。

⑨灞桥：桥名，在古长安东，灞桥之上。古代为折柳送别之处。此处指该女与从戎的夫婿送别、分手之处。

⑩空闺：深闺，旧时指女子居住的内室。芙蓉阁：以芙蓉命名或周围植以芙蓉之阁。阁，旧指女子所居之闺房。

⑪鼓鼙：古代军中常用的乐器，指大鼓与小鼓。借指征战。

⑫辽海：辽河以东至海地区。

⑬霜闺：孀居女子的卧室。霜通孀。孀本指死了丈夫的女子。这里，该女之丈夫虽未死亡，但长年分离，有若孀妇，故其内室也可称霜闺。

⑭寒砧:寒秋的捣衣声。诗词中常用以描写秋景的冷落萧条与怀远的情思。唐沈佺期《古意呈补阙乔知之》诗:“九月寒砧催木叶,十年征戍忆辽阳。”

⑮龙城:古城,旧址在今辽宁省朝阳市境内,汉为柳城县,北魏时废为镇,后为营州治所。

⑯尺幅:小幅。

⑰戎服:军服,战衣。

⑱紫塞:北方边塞。《古今注·都邑》:“秦筑长城,土色皆紫,汉塞亦然,故称紫塞焉。”金风:秋风。晋张协《杂诗》:“金风扇素节。”

⑲窝帐:简陋的帐篷。

⑳玉关:玉门关。今甘肃省敦煌市西北,阳关在其东南,古代通西域要道。玉关春,反用唐王之焕《凉州词》“羌笛何须怨杨柳,春风不度玉门关”诗意,即以春度玉关喻其夫婿回转家园。

㉑锦文机上字:用苏蕙事。十六国时前秦苏蕙因夫久戍不归,思念心切,乃织锦为回文璇图诗以赠,词甚哀惋,后遂借指抒发离别、相思之情的诗作。

㉒菱镜:菱花镜,古代一种铜镜。此句系用破镜重圆事。唐孟棨《本事诗·情感》载,南朝陈太子舍人徐德言与妻乐昌公主恐国破后二人不能相保,因破一铜镜,各持一半,约于他年正月望日卖破镜于都市,冀得相见。后陈亡,公主没入越国公杨素家。德言依期至京,见有苍头卖半镜,出其半相合。素知之,即召德言,以公主还之,偕归江南终老。后以“破镜重圆”喻夫妻离散或决裂后重又团聚或和好。本诗借此反映该女盼望夫婿归来团聚。

张人纲

张人纲，字晤叶，浙江临海人。诸生。顺治十八年(1661)以台州抗粮案牵连谪戍辽阳二十年。归后二子皆亡，依其友而卒。有《集菌草》、《兴会笔录》。

挽于天士[①]

一日从人闻讣真，见君遗稿泪沾巾。
米颠山水钟王草[②]，画卷图书竟古人[③]。

【注】

①本诗是挽同患难友人于天士之作。天士，临海诸生，也是以顺治十八年(1661)台州抗粮案牵连被遣戍的六十八位诸生之一。工诗善书画，死于戍所。张人纲听到其讣音，写此诗以志悼念。

②此句以米芾之画及钟繇、王羲之书法喻天士之“善书画”。米颠，北宋末年大书法家米芾，因倜傥不羁，人称米颠。钟、王指三国魏钟繇，晋代王羲之，二人均是著名书法家。

③竟古人：指于天士已卒。

题赤岩上人纸梅[①]

为爱乘闲叩远公[②]，幽香供客有无中。
分明欲语看花眼，只要人知色即空[③]。

【注】

①这是作者为赤岩上人所画的纸本梅花所题之诗，宣扬了佛教色即是空

的这一道理。赤岩上人即赤崖，或作赤喦、赤嵓，当时一些流徙东北的文人均作赤公。清初“曾在临济宗的寺庙中参修，与著名的临济宗和尚木陈道忞有过一段较深接触”。长于诗文，精通佛法。顺治十二年(1655)在京师时“为时宰所忌，遂有沈阳之行”。即因文字得祸而被流放盛京。约康熙十一年(1672)卒于辽东。详见张玉兴《孙赤崖与赤嵓和尚考》一文。

②远公：晋释惠远居庐山东林寺，世人称为远公。泛指有道行之僧人。这里指赤岩上人。

③色即空：色即是空的略语。谓一切事物皆由因缘所生，虚幻不实。唐白居易《感悟妄缘题如上人壁》诗：“彼此皆儿戏，须臾即色空。”以上两句系谓：赤岩上人画纸梅的目的，就是要告诉看花人，色即是空这一道理。

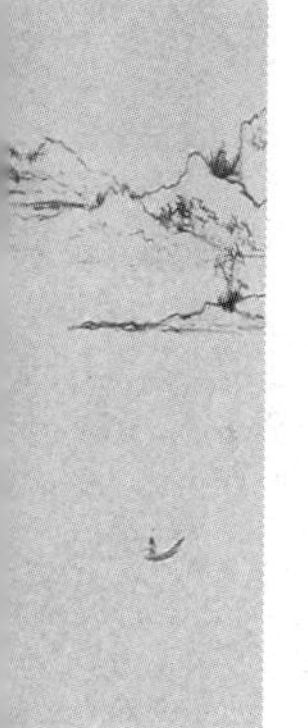

陈大捷

陈大捷，字开泰，别字霞西，浙江临海人。诸生。顺治十八年(1661)以台州抗粮案牵连遣戍辽阳。后赦归。其“过万花楼故址，书一绝，后人搁笔”，可见工诗。有《信口吹》。

题万花楼①

万花楼外万花开，　花下将军醉几回？
今日花残人亦去，　独留横石一枝梅。

【注】

①万花楼：又名看花楼，在铁岭城东，明总兵李成梁故园中。参见本书左懋泰《李将军看花楼》诗注①。

何志清

何志清，字若涟，浙江临海人。“为诸生，有名”。顺治十八年(1661)，因台州抗粮案牵连流放尚阳堡。后赦归，“曾游滇蜀百粤间，比老而豪迈之气不少挫”。工诗，如“黄云重暝边笳合，白日横空塞草连”等，有苍莽之概。有《草堂杂稿》。

芦　　溪①

侧听芦溪水，　偏增旅客愁。
未知多少恨，　昼夜不停流。

【注】

①本诗以水流之不停以喻恨事之无穷，可见作者哀愁之深。

潘震雷

潘震雷，字玉虎，一字宗杲（杲一呆），浙江临海人。诸生。顺治十八年（1661），以台州抗粮案牵连被谪戍尚阳堡。后遇赦归，教授里中。有《胡卢笑》、《享帚集》、《屠龙技》，均佚。

登李将军万花楼[①]

漫说乾坤有九州， 相看独对万花楼。
天连青海三春雨[②]，地接阴山五月秋[③]。
玉树琼林成废垒[④]，雕戈锦帐忆通侯[⑤]。
只今词客还萧瑟[⑥]，缓步登临意自悠。

【注】

①此为作者登临李将军万花楼吊古之作。李将军即辽东总兵李成梁。万花楼，又名看花楼。参见本书左懋泰《李将军看花楼》诗注①。

②青海：湖名。我国最大的咸水湖，古名鲜水、西海，北魏始有青海之名。此指东北。

③阴山：即今横亘于内蒙古地区南境，东北连接内兴安岭的阴山山脉。上两句中“青海”、“阴山”泛指东北之地。

④玉树琼林：形容树木的华美。

⑤雕戈锦帐：雕镂之戈与锦制之帷帐，用以形容兵器与帷帐之华美。通侯：爵位名，即彻侯。为秦统一后所建立的二十级军功爵中的最高级。《战国策·楚策一》：“楚人不胜，通侯、执珪死者七十余人。”这里指李成梁。

⑥词客：词人。唐王维《偶然作》诗：“宿世谬词客，前身应画师。”萧瑟：冷落，凄凉。

如画轩[①]

金鳌背上启帘栊[②],海阔天低一望空。
巨浪欲浮苍岛去[③],乱山点翠水云中。

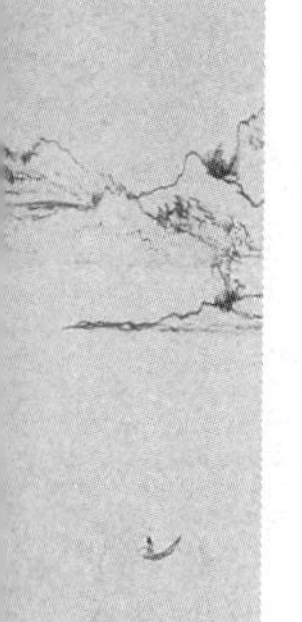

【注】

①本诗系咏海边山丘之上的小轩及海中乱山点翠的如画景观。

②金鳌:神话传说海中的金色巨龟。这里是比喻临水的山丘。宋陆游《平云亭》诗:"金鳌背上得同行。"此句谓在海滨山丘上构建一轩,并在其上设置了窗户与窗帘。轩,本指一种车子,这里指以宽敞为特点的诸如亭、阁、棚等式建筑物。

③苍岛:青翠色的岛屿。

吴南杓

吴南杓，初名燚，字佑申，后字融司，号讷庵，江苏吴江（今苏州市吴江区）人。吴炎之弟。少年时“随诸父兄后，以文词相角逐，声名著江浙间”。康熙元年（1662）兄炎以庄史之案牵连被杀，其子德圭谪戍辽左。南杓“痛不自胜，尝策蹇独行五千里外，与德圭重相见”。而且“杜门著述，不妄见一人，其品益醇，其诗亦进而日上”。卒年七十五。工诗，有《知希》、《在涧》、《豫章》、《辽游》诸集。

欢　喜　岭[①]

其　一

岭名欢喜客偏愁[②]，无那黄榆白草秋。
遮莫西风吹短鬓，一时霜雪已盈头。

其　二

姜女祠边海气黄[③]，朔风吹急雁南翔。
停骖一望行人少[④]，不上龙堆也断肠[⑤]。

【注】

①此二诗系咏欢喜岭之作。欢喜岭：亦名凄惶岭，参见本书陈之遴《凄惶岭》诗注①。

②该岭入关者欢喜，出关者凄惶。此诗谓“愁”而不言“喜”，则表明为作者出关探视其侄之作。

③姜女祠：即贞女祠。杨宾《柳边纪略》卷一："山海关外三里曰凄惶岭，又曰欢喜岭……又五里曰毛家山，南即望夫石，贞女祠在其上……像一妇木龛中，作凄恻状，乃所谓许氏孟姜者也。"

④骖：这里指马或马车。

⑤龙堆：白龙堆的略称，古西域沙丘名。这里指辽东塞外。

发　宁　远[1]

崎岖沙里碛[2]，老去倍艰辛。
衣薄肌生粟[3]，风高目翳尘。
马疲逾岭怯，家远觉朋亲。
堪笑支离叟[4]，居然绝塞身。

【注】

①此为诗人赴辽东探视其侄行经宁远之作，咏塞外之荒寒及自己心境之悲凉。宁远：今辽宁省兴城市，详见本书卢震《宁远道中作》诗注①。

②沙里碛：沙漠，此指塞外。

③肌生粟：喻感到寒冷。粟，皮肤触寒收缩而起小粒。宋苏轼《和陶贫士》诗："无衣粟我肤。"

④支离叟：衰疲不堪的老年人。支离：憔悴，衰疲貌。

祁班孙

祁班孙(1635—1673),字奕喜,小字季郎。浙江山阴(今绍兴市)人。南明弘光朝苏松巡抚祁彪佳之次子。明亡,其父死节,班孙与其兄理孙,毁家纾难,密图恢复。康熙元年(1662)以交通海上抗清武装张煌言、郑成功事泄被捕,遣戍宁古塔(此即所谓“通海案”)。四年(1665)逃归,埋名隐姓,到苏州吴县尧峰山寺中,削发为僧,号咒林明大师。彪佳全家均能诗,班孙秉承家学,亦工于诗。有《东行风俗记》、《东书堂集》、《紫芝轩集》等。

同杨生沙岭泛舟至东都,芙蓉碧芦间错交映,自朝至暝,莫测其源,盖已四十里不绝也,然尤忆耶溪、镜水间矣,率成十二韵[①]

芙蓉间碧芦[②],烟水没菰蒲[③]。
越客同舟去[④],分明似镜湖。
石花留舞蝶, 荷叶动飞凫[⑤]。
云物看缥缈, 楼台定有无[⑥]。
微风摇画阁[⑦],暖日上红铺[⑧]。
歌吹怜人远[⑨],溪山问客孤。
地虽乡国好, 兴岂异方殊。
不惜迟兰桨[⑩],犹堪倾玉壶[⑪]。
夕阳流废苑[⑫],暝景落平芜[⑬]。
欲下杨生泪[⑭],难穷阮子途[⑮]。
洲前应白鹭, 柳底怨栖乌。

更进鲛人室，还当拾夜珠⑯。

【注】

①此诗是作者同友人杨生从沙岭泛舟至东都沿途所作。咏两岸风光及二人的游兴。杨生：指杨越，详见本书杨越小传。沙岭：在今黑龙江省宁安市西南七八十里之处。当时人也称沙兰。东都：即东京城。在今宁安市渤海镇。唐代渤海国上京龙泉府遗址。详见本书方拱乾《游东京旧址》诗注①。耶溪：即若耶溪，北流入镜湖，相传为西施浣纱处。镜水：即镜湖，亦称鉴湖。此溪与此湖，均在浙江省绍兴市，是作者家乡名胜。当二人泛舟沙岭，观山游水之际，不禁回忆起故乡的山水，并以此衬托出这里风光之美。总之，诗人在游溪时，通过对故乡若耶溪、镜湖景物的回忆，指出这里也是可以激发人们游兴，并且“分明似镜湖”的美丽之地。按：张缙彦《宁古塔山水记·东京》云：“（东京）西南十余里有长溪，芰菱、茅苇、芙蓉生焉。夏秋之交，荷花红敷数十里，灿若云锦，土人采莲者，荡小舟入之，浮游如画，真东京美景也。宁古胜概，此为第一。”可见这里风光之美丽。

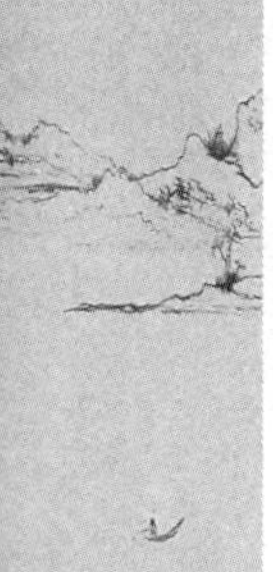

②此句指红色的荷花与碧绿的芦苇，错落地交织在一起。芙蓉：荷花。间（读去声）：更迭。芦：即芦苇，又名蒹葭。

③菰蒲：菰，植物名。俗称茭白，生于河边，可作蔬菜，其实可以作饭。蒲：植物名，又名水杨、萑苻。生于水边。

④越客：作者与杨越均为浙江人，故称。

⑤凫：野鸭。

⑥云物：景物。缥缈：高远隐约貌。

⑦画阁：装饰华丽的楼阁。

⑧红铺：即红色（指涂以朱漆）的铺首。铺首，以铜为兽面，衔环著于门上。按上述的“楼台”、“画阁”、“红铺”均指镜湖沿岸景物而言。

⑨歌吹（读去声）：歌声与鼓吹声。

⑩兰桨：用木兰树做的桨。

⑪玉壶：玉制之壶。此句指倾酒豪饮，以助游兴。

⑫废苑：苑，古代养禽兽之园林。此处指东京城荒废的林苑遗址。

⑬暝景：暝，昏暗。景（yǐng 音颖）：同“影”。此处指暮色。平芜：杂草繁茂

的原野。

⑭杨生泪:杨生指杨朱,战国时魏人。《淮南子》载:“杨子见歧路而哭之,为其可以南,可以北。”喻前途之多艰。

⑮“难穷”句:晋代阮籍率意独驾,至车辙所穷处,就痛哭而返。

⑯鲛人:神话传说中居于海底的人鱼。南朝梁任昉《述异记》:“南海中有鲛人室,水居如鱼,不废机织,其眼能泣,则出珠。”夜珠:即夜明珠。

杨越

杨越(1622—1691),初名春华,字友声,号安城。浙江山阴(今绍兴市)人。是著名学者杨宾之父。十七岁补绍兴府诸生。明亡后参与祁班孙等人的反清组织,后以通海案被捕,康熙元年(1662)与祁班孙等遣戍宁古塔。在戍所,教当地人以居屋、贸易、读书,对当地的开发作出了贡献。后卒于戍所。杨越本来喜为诗,吴兆骞曾说他"铁面虬髯,而诗甚清丽"。在出塞途中,他还曾"历书所见,作诗歌以记其事",可是后来鉴于诗歌往往是人们获罪的媒介,因此就"毁册焚砚,不复有所书",致使其诗多已失传。

自题画像①

一

卧龙山畔镜湖湄②,梦见乡关觉后悲③。
谁道完颜城上月④,年年犹得照齐眉⑤?

二

感慨当年万事违⑥,白头异域料难归⑦。
谁将一幅衰容寄⑧,看得双双是也非⑨?

三

天南地北总为家, 鹤发松年未可夸⑩。
只有生平堪自问, 不劳腰扇向人遮⑪。

【注】

①这三首绝句写于康熙二十六年(1687)八月,诗题为编者所拟。时杨越遣戍宁古塔已二十六年,思乡之情与不得不安于现状的矛盾,交织于心头。本诗是就友人周杲为自己所绘的画像所题之诗,诗中表达了这种矛盾心情与问心无愧的坦荡胸怀。

②卧龙山:在今浙江省绍兴市,又名种山。镜湖:亦称鉴湖,在今浙江省绍兴市。湄:岸边。

③乡关:指故乡。

④完颜城:完颜氏指金代的统治者。按清初东北流人(包括杨越)均误认为宁古塔之东京城是金朝上京会宁府遗址,故把宁古塔城称为完颜城。

⑤齐眉:即举案齐眉之略语。"案"即碗,或指盛食品的托盘。旧时以之形容夫妇相敬有礼。语出《后汉书·梁鸿传》。这里指代作者及其妻子范氏。按:范氏是随同杨越一同出塞的。这两句是说,谁曾料到老夫老妻晚年竟然共同生活在荒僻的塞外。

⑥违:违背。

⑦异域:异乡。

⑧衰容:衰老或病弱的容态。此指画像。

⑨双双:指作者与其妻范氏。按:作者之子杨宾《府君画像记》载,这幅画像画的是杨越"须半白,貂帽服,马蹄袖,与老母(范氏)相对坐石壁下者",可见这"双双"是指杨越与范氏而言。

⑩鹤发松年:发白如鹤羽,年长如青松,喻长寿。这两句是说,不论是故乡(天南)或者戍所(地北)都可以为家,虽然活了很大年纪(按:作者时年六十六岁),但并不值得向人夸耀。这是作者归乡不得的无可奈何、聊以自慰之言。

⑪腰扇:佩于腰间可以折叠的扇子。这两句是说自己处事问心无愧,无须举扇遮掩。

杨　宾

杨宾(1650—1720),字可师,号耕夫,别号大瓢,又号小铁。浙江山阴(今绍兴市)人。少颖悟,工于书法、金石,擅诗古文。其父杨越以"通海案"被遣戍宁古塔,因此杨宾终生不仕。康熙二十八年(1689)九月出塞省亲,次年二月自宁古塔归,将实际考察结果与文献资料相印证,撰成著名的《柳边纪略》。其诗,早期者多"辛苦愁惨之音",后期者"辞旨和平"。著述极富,诗集有《力耕堂诗稿》、《晞发堂诗集》、《游西山诗》、《塞外诗》等。

上　元　曲[①]

一

谁道今宵是上元?　城头画角不闻喧[②]。
相看独有天边月,　万里迢迢照塞门[③]。

二

皂帽蒙头犯朔风[④],醉中踏月过城东。
无端猎火原头烧[⑤],错认龙灯挂碧空[⑥]。

三

夜半村姑著绮罗[⑦],嘈嘈社鼓唱秧歌[⑧]。
汉家装束边关少,　几队口儿簇拥过[⑨]。

四

剪纸为灯号牡丹，　西关爆竹似长安[⑩]。
谁家年少黄金勒[⑪]，　醉里垂鞭处处看？

五

销金罗帕粉花香[⑫]，　蟒幅齐肩锦绣装[⑬]。
百病年年行走惯，　阿谁打滚到沙场[⑭]。

【注】

①这是咏宁古塔地区上元节之作。写于康熙二十九年(1690)。上元:农历正月十五日为上元节。

②画角:古乐器名。形如竹筒,本细末大,以竹木或皮为之,亦有用铜者。外加彩绘,故称画角。发音高亢哀厉,古时军中常用以警昏晓,振士气。

③迢迢:远貌。塞门:边关。

④皂帽:黑色的帽子。

⑤无端:无缘无故。猎火:打猎焚山驱兽之火。

⑥龙灯:龙形花灯。

⑦村姑:这里指村中的姑娘。著(zhuó 音浊):穿着。绮罗:指华丽的服装。

⑧嘈(cáo 音漕)嘈:喧哗声。社鼓:社日的鼓声。社本指土地之神。古代祀社神之日为社日。汉以后,一般用戊日,以立春后第五个戊日为春社,立秋后第五个戊日为秋社。汉以前只有春社,汉以后始有春、秋二社。秧歌:流行于中国各地的民族舞蹈。多在节日里表演。因流传的地区不同,各地的秧歌在风格上也各有不同。从形式上可分地秧歌与高跻秧歌两大类。

⑨汉家:指汉族人。簇拥:众人护卫或围着。

⑩长安:指京师。

⑪黄金勒:这里指马。

⑫销金罗帕:以金或铜的细线绣饰的手帕。此句指手帕散发着香气。

⑬蟒幅齐肩:蟒幅,绣有蟒的头巾。齐肩:指蟒幅之长,恰好垂至肩部。

⑭“百病”两句，杨宾《柳边纪略》卷四云：“（正月）十六日，满洲妇女群步平沙，曰走百病，或连袂打滚，曰脱晦气。入夜尤多。”

宁古塔杂诗二十首选二①

土产参为最，　今时贡帝京②。
营州非旧种③，上党亦空名④。
碧叶翻风动，　红根照眼明⑤。
人形品绝贵，　闻说可长生。

三十年前事⑥，儿童见者稀。
天寒曳护腊⑦，地冻著麻衣⑧。
雪积扒犁出⑨，灯残猎马归。
只今风俗变，　一一比皇畿⑩。

【注】

①此组杂诗，多咏宁古塔之沿革、民俗、物产、山川、景物及古迹等。今选两首，前者咏宁古塔之人参，后者咏宁古塔之风俗。

②帝京：京师。

③营州：治所在今辽宁省朝阳市。古代以产人参著名。

④上党：今山西省长治市。以上两句是说宁古塔人参之贵重。它不是营州之种，与上党所产者相比，上党也不过徒有空名而已。

⑤此句原注：“最佳者曰红根。”

⑥三十年前：杨宾写此诗为康熙二十八年(1689)，三十年前则指顺治末年(1661)以前。

⑦护腊：指用护腊草所絮的皮制之鞋。护拉草即乌腊草，又作乌拉、乌腊、靰鞡，是东北三宝之一。杨宾《柳边纪略》：“护腊，草履也，絮毛子草于中，可御寒。”此句原注：“革履名。”

⑧“地冻”句：按：顺治年间，宁古塔地区“满洲富者缉麻为寒衣，捣麻为絮。

贫者衣狍、鹿皮，不知有布帛。”(《柳边纪略》)又，此句原注：“贵人乃絮麻衣御寒。”

⑨扒犁：即爬犁。吴桭臣《宁古塔纪略》云：“农隙，俱入山采樵，以牛车载归……雪深冰冻，则不用车。因冰滑，故用扒犁。似车而无轮，仍驾牛，在冰地上行，速而且稳。”此句原注：“雪中运木之车曰扒犁。”

⑩皇畿：国都所在地及其行政官署所管辖地区。这里指京师(今北京市)。

罗继谟

罗继谟，生卒年不详，字允嘉，一字昌裔，号岩旭，河南杞县人。少聪敏，有才名。顺治十六年(1659)进士，授翰林院庶吉士，改刑部员外郎。康熙二年(1663)为顺天乡试同考官，因春秋试“郑子误郑人”而被褫职，流放铁岭。后曾参与清代东北第一部县志《铁岭县志》之编纂工作。有《银州诗草》。“其遗稿世争宝之”。(以上均见张玉兴之说)

春城晚眺得云字[1]

野径融残雪[2]，荒城俯落曛[3]。
远林不辨色， 归鸟自成群。
辽水冰仍合[4]，黄龙翠渐分[5]。
乡关那可望？ 极目向浮云[6]。

【注】

①这首诗通过作者在城外晚眺时所见之荒寒春色的描写，反映了思乡之哀愁。

②野径：村野小路。南朝梁沈约《宿东园》诗：“野径既盘纡，荒阡亦交互。”

③落曛：落日的余辉。

④辽水：即辽河，我国东北地区南部大河。详见本书左玮生《李宁远看花楼》诗注③。

⑤黄龙：府名。契丹天显元年(926)置，治所在今吉林省农安。这里指代作者流放的铁岭。

⑥此两句反映了作者的思乡之感。

元夕感旧四首[①]选一

其　一

春灯几点照孤城[②]，散步时闻踏雪声[③]。
回首长安二千里[④]，尧阶蓂叶又新盈[⑤]。

【注】

①本组诗系作者在戍所上元节稀疏灯火下散步踏雪时回忆京师上元节繁华景象之作。

②春灯：春夜的灯。特指元宵节花灯。唐王维《同杨员外十五夜游有怀静者季》诗："共道春灯胜百花。"

③踏雪：在雪地中行走。唐孟郊《寒溪》诗："踏雪过青溪。"

④长安：古都城名。汉高祖时定都于此，故城有二：一在今西安市西北，一在今西安城和城东、南、西一带。唐末改筑新城，即今西安城。唐以后常用作都城的通称。

⑤尧阶蓂叶：即尧蓂。相传帝尧阶前所生的瑞草。该草每月朔日生一荚，至月半，积至十五荚。十六日起，日落一荚，月末而尽。小建则余一荚，萎而不落。见《竹书纪年》卷上。因以指时序、光阴。此句谓随尧蓂的再次盈阶，又度过了一段光阴。即喻光阴虽逝，而仍无赦诏。

春　闺[①]

强起花间独倚栏，春风吹彻带围宽[②]。
青衫多少啼痕在[③]，留待郎君仔细看。

【注】

①此诗咏闺中少妇春日对夫君之思念。

②带围：腰带绕身一周的长度。旧时以带围的宽紧观察身体的瘦损与壮

健。此句以少妇带围之宽喻其身体已瘦损,盖因思念夫君所致也。

③青衫:指古代学子所穿之服。南朝梁江淹《丽色赋》:“蒙蒙绿水,袅袅青衫。”

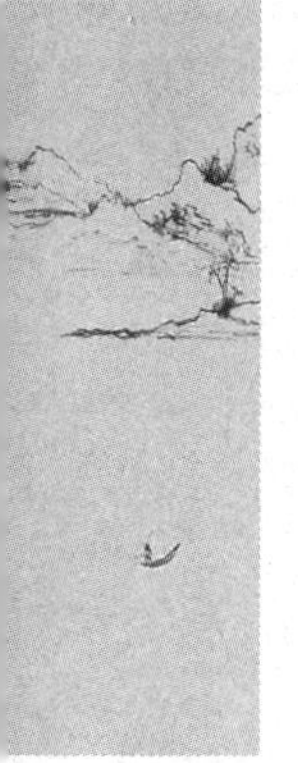

张　贲

张贲(1620—1675?),字绣虎,号白云先生,晚年又号白云道人。浙江钱塘(今杭州市)人。明吏部尚书张翰之五世孙。少以能文名于世。十五岁去乡井,周游各地。以顺治十四年(1657)北闱科场案之牵累,拟戍尚阳堡,不知以何法斡旋得释。十二年后,不知何故,再次被遣戍宁古塔。居宁古塔三年,移家乌喇(今吉林市),不久卒于此。张贲承其家学,工于诗。有人认为其诗“朴浑自然,可以嗣风而续雅。五律尤能深涉杜津”,虽有溢美之处,但也不无道理。有《白云集》。

宁公台杂诗二十二首选五①

其　一

木寨群山拱②,千家草屋同。
衣冠都朴野,天地自洪蒙③。
候雁秋俱尽,寒花春未红。
随时占物色④,遮莫叹途穷⑤。

其　二

荒原同覆载⑥,极望迥含情⑦。
野旷星偏大,天低月转明。
水寒常自冻,山老竟无名⑧
汉将磨崖处⑨,黄云日暮生。

其　七

渡海惊烽火，殊形怪老枪[10]。
双瞳鹰眼碧，乱发茧丝黄[11]。
五月飞寒雪，三更拂剑霜[12]。
军威歼勍敌，贺捷报长杨[13]。

其　九[14]

东都金祖辟，乱碛古碑余[15]。
重学崇虞典[16]，同文尚汉书[17]。
藏经从蠹蚀，祭器出耕锄[18]。
弦颂如可作，吾徒宁久虚[19]。

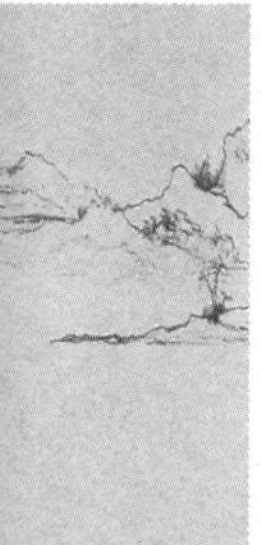

其　十[20]

射猎冲寒雪，冬蒐极北溟[21]。
驰镳昏白日[22]，鸣镝乱流星[23]。
鹿尾连车载，雕翎带血腥[24]。
今年膺上赏，生获海东青[25]。

【注】

①这是作者初至戍所时写的咏宁古台之杂诗，风光、土俗、物产、史事、感怀等，多有涉及。宁古台：原指宁古塔旧城东五里处的一座小山丘（今称龙头山）。详见本书方拱乾《九月四日偕诸子登宁古台更临前溪，凡十有八人，觞咏竟日》诗注①。这里则指宁古塔地区。

②此句谓宁古塔城是以木为寨，群山环拱。寨：防卫用的栅栏。

③洪蒙：亦作“鸿蒙”，旧指宇宙形成以前的混沌状态。“衣冠”两句：自天地洪蒙时期至今，这里一直是衣冠淳朴。

④随时:随着季节。占(读平声):视。这里指观察。物色:景色。

⑤遮莫:此处作莫要解。

⑥覆载:原指天地养育及包容万物,后亦用为天地的代称。

⑦极望:尽目力之所及。迥:远。

⑧山老:山的形成历时长久。

⑨磨崖:指刻在石崖上之碑。此汉将磨崖碑,究竟是何人,何时勒石,具体在何处,俟考。

⑩老枪:即老羌、罗刹、逻车。这是清初黑龙江流域各少数民族对沙俄侵略者的称呼。吴桭臣《宁古塔纪略》云:"时逻车国人造反,到乌龙江黑斤(赫哲)诸处抢貂皮。"张缙彦《宁古塔山水记》云:"其来也由海船……夷人苦之。"这两句是说,老枪长相特殊,人以为怪,渡海入侵,烽火震惊。

⑪双瞳:双瞳孔。鹰眼碧:如老鹰之眼,并呈绿色。茧丝,由蚕茧所抽出之丝。此两句是说老枪人双瞳孔(其实是误传),像似碧色的鹰眼,头发散乱有如黄色的茧丝。据当时人记载,其人"碧眼黄发"、"深眼高鼻,绿睛红发"。

⑫"五月"两句是说,在五月的一个飞雪之夜,正当三更之际,清军拂拭如霜的宝剑,大破老枪。霜:喻剑之锋利而洁白。按:此役发生在康熙三年(1664)。此句原注:"是年五月大雪夜破贼(老枪)。"吴兆骞云:"康熙三年五月,将军巴海乘大雪袭破之于乌龙江(即黑龙江)。"(《秋笳集》卷二)

⑬勍敌:强大的敌人。长杨:汉宫名,因宫有长杨树而名,故址在今陕西省周至县。汉杨雄有《长杨赋》。这两句指:清军的军威大震,歼灭强敌,就向朝廷报捷。

⑭这是作者专咏东都(亦称东京城)废墟及文物、教化之作。

⑮东都:当地土著人士亦称东京城,本为唐代地方政权渤海国所建五京之一上京龙泉府遗址,由于清初的流寓文人误认为是金代上京遗址,因此作者也说"东京金祖辟"。这两句谓,金朝开国君主开辟并建立了东都,但是现在在荒漠之中只剩下了古碑。

⑯重学:重视学校。虞典:与虞庠有关之典章制度。虞庠,周代学校名称。

⑰同文:指文字相同。语出《礼记·中庸》。汉书:汉字。此句原注:"有国学断碑。"国学:国家设立的学校,即国子监(封建王朝所设的教育管理机构与最高学府)。以上两句谓:东都的统治者重视学校,注重与学校有关的典章制

度，而且采取了与中原王朝（唐朝）统一的文字，即崇尚汉字。按：比张贲稍早流放宁古塔之吴兆骞云，此国学碑“书法如柳诚悬（唐代书法家柳公权）”，“碑文可以辨识者，有‘俯瞰阙庭’，又‘文学盛于东观’云”。

⑱藏经：即藏书，指贮藏的图书典籍。祭器：祭祀所用的礼器。以上两句谓，这里贮藏的图书典籍已任凭蠹虫蛀蚀，祭祀所用的礼器也是由农夫在锄耕地时被发现。

⑲弦颂：弦歌与诵读。后来指学校教育。这两句谓，学校教育如果能在这里展开的话，我们这些人难道能长久无用吗？

⑳这首五律是描绘清军射猎之情景。

㉑蒐：打猎。北溟：即北冥，指北海。

㉒驰镳：“镳”指马嚼子，也指代乘骑。此句指众马奔驰，尘土飞扬，使白日变得昏暗。

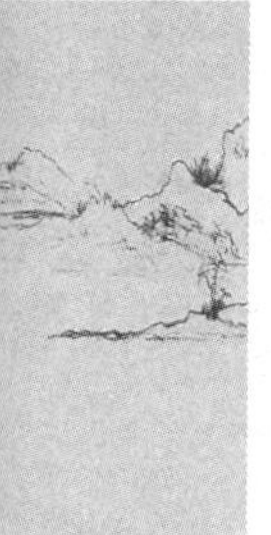

㉓鸣镝：响箭。此句指响箭射出，有如流星乱坠。

㉔鹿尾：鹿之尾。古代的珍贵食品。翎：雕羽。这两句形容猎获物之多，鹿雕均备。

㉕海东青：鸟名。雕的一种，也叫海青。产于黑龙江下游及附近海岛。辽、金、元、清均极重海东青。

五月十三日赛会①

奔走同羌貊②，　喧阗汉将祠③。
殊方咸虎拜④，　绝塞有龙旗⑤。
百折功难就，　千秋志可师⑥。
投荒惭未死，　俯仰泪如丝⑦。

【注】

①本诗咏五月十三日宁古塔关帝赛会的盛况及作者自己的感慨。五月十三日是三国蜀名将关羽之生日。关羽字云长，为刘备屡立战功。死后追谥为壮缪侯。后历代陆续封为公、王、帝君。至清顺治九年（1652）封关圣大帝，每年五月十三日遣太常致祭。除京师外，各地均有关帝庙。康熙初宁古塔也立有

关帝庙，在城东三里。此诗即咏此事。赛会：用仪仗、箫鼓、杂戏迎神，称赛会。

②奔走：急走。为某事而奔忙。此句谓宁古塔人民，像羌、貊等族人民敬神那样，也为关帝赛会事奔忙。羌：是我国西部少数民族。貊：古称居于东北地区的民族。羌貊，泛指少数民族。

③喧阗：哄闹声。汉将祠：指关帝庙。

④殊方：异域。咸：全部。虎拜：原指大将拜君为虎拜。这里指全城人民对关帝之拜。

⑤绝塞：极远的边塞。龙旗：画有交龙图纹之旗。古代王侯作仪卫用。此处指拜关帝时所用之龙旗。

⑥此两句谓关羽百折不挠，为蜀效忠，尽管其功绩难以实现，但是其志节足以为后世人效法。

⑦投荒：贬谪、流放至荒远之地。俯仰：低头与抬头。这两句是说，与关帝受到当地人民热烈尊崇的盛况相比，自己被贬谪到边塞，无限凄凉，以致泪如雨下。

久雨初晴，同友声登观音阁眺望①

三旬积阴霾②，山川杳昏翳③。
晨闻众鸟喧，豁然喜朝霁④。
闲寻西郭幽，缓步石路细⑤。
小楼惬远眺，云物渺无际⑥。
群峰争向西，奔腾似相继⑦。
顿觉沙漠空，谁识关塞蔽⑧。
俯听众泉响，乐此临流憩⑨。
且欲上小舠，凌风荡轻枻⑩。

【注】

①本诗咏作者雨后同友人友声登观音阁眺望时之所见。友声：杨越之字，详见本书杨越小传。观音阁：今宁安市西吉陵峰上有西来庵，也叫西庙、西阁，

观音阁即在此庵前。清初杨宾曾道:“西庙东,吉陵下,(西庙主持)净公植花木数千本,春夏间,满汉男女载酒征歌无虚日,文人多赋诗以纪其盛。”可见当时这里是宁古塔名胜之一。

②旬:十天为一旬。阴霾:天气阴晦。

③杳昏翳:深远而又昏暗不明。以上两句是写“久雨”。

④霁:雨止,也泛指雨雪止,云雾散。

⑤这两句是写在西郊石路上漫步的情景。郭:外城。此处指城西郊外。

⑥惬(qiè 音切):满意。云物:景物。

⑦这两句写登临时的所见:群峰像万马奔腾似地向西连绵不绝。

⑧沙漠:此处指代宁古塔四周之地。空:广大貌。关塞:关河边塞。蔽:蔽塞。

⑨憩:休息。

⑩舠(dāo 音刀):刀形之小船。凌风:乘风。轻枻(yì 音意):小桨。

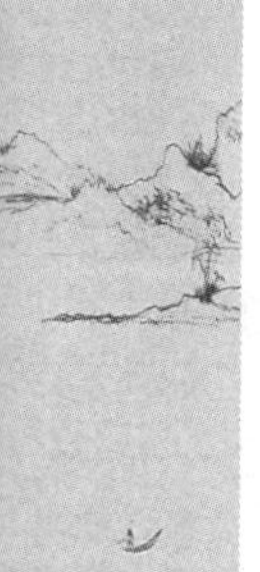

吼瀑泉①

西乘寺西岩,有泉出石隙间,其流涓涓,遇雪不冰,伧父题曰泼雪。余更名曰吼瀑泉,取杜诗“风磴吹阴雪,云门吼瀑泉”之意,因赠以诗②。

西寺西偏胜③,涓涓吼瀑泉④。
阴崖流石隙, 坼地到江边⑤。
玉乱飞花碎, 珠倾滴露圆⑥。
莫教牵犊饮, 敧枕傍高眠⑦。

【注】

①此诗系咏吼瀑泉之作。吼瀑泉:在宁古塔新城(今宁安市)西吉陵峰下。原由流人张缙彦命名“泼雪泉”,并请匠人帅奋在此石附近摩崖壁上题字勒石(今遗迹已毁,仅存照片)。而张贲认为不雅,故取杜甫诗意,更名“吼瀑泉”。但此名,未得流传,今人仍称“泼雪泉”。

②西乘寺:即西庙。见前诗《久雨初晴同友声登观音阁眺望》诗注①。伧(cāng音仓)父:鄙贱之夫。南北朝时,南人讥骂北人之话。杜诗:唐代诗人杜甫之诗。按:张贲与张缙彦本曾相识,缙彦卒于宁古塔时,张贲还曾赋诗怀念,可是为时不久,在写此诗时,却称之为“伧父”,其原因有待于后人征考,在此从略。

③西寺:即西乘寺。胜:事物美好、优越。

④涓涓:细水缓流貌。上两句谓西乘寺之西更加美好,吼瀑泉水缓缓而流。

⑤阴崖:山崖之北。坼(chè音彻)地:地裂开。这两句谓泉水从山崖之北的石隙中流出,使地裂开,流向牡丹江中。

⑥此两句以玉、花、珠、露形容飞溅之浪花。

⑦牵犊饮(读去声):晋皇甫谧《高士传·许由传》载,巢父牵犊欲饮于颍水滨,见许由洗耳,问其原因。由对曰:“尧欲召我为九州长,恶闻其声,是故洗耳。”巢父曰:“子若处高岸深谷,人道不通,谁能见子?子故浮游欲闻求其名誉,污我犊口。”于是“牵犊上流饮之”。后来就以“牵犊饮”比喻洁身远引,不求仕进。攲:斜。枕(zhèn音朕):以头枕物。这两句是说,不要叫伧夫牵犊来饮,免得污此泉水,让我傍此清流而高眠,即表示自己拟隐居于此。

拟古边庭四时怨[①]

一

冰开三月草初黄， 野烧连天接大荒[②]。
不信江南春已暮， 流莺宛转到垂杨[③]。

二

山坳积雪下阴沟[④]，泻入松花江水流[⑤]。
塞外不知《高士传》[⑥]，寻常五月有披裘[⑦]。

三

金风常带雪花飞[⑧]，日暮将军校猎归[⑨]。
麦浪正翻收未得，漫天野鹿喜初肥。

四

朔气横空惨不休[⑩]，千秋悔恨是封侯[⑪]。
无端筚篥中宵起[⑫]，更有征人上戍楼[⑬]。

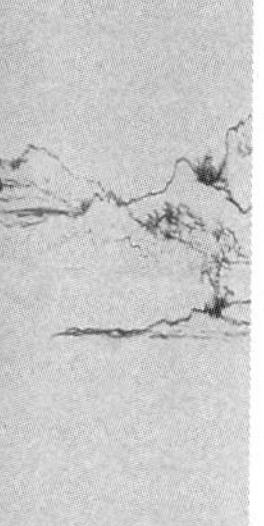

【注】

①《古边庭四时怨》，乐府诗。前代多有和者，如唐卢汝弼就有《和李秀才边庭四时怨》。本诗是模拟该诗之作，从春、夏、秋、冬四时，分写边塞之荒寒与征人之苦辛。

②野烧(读去声)：指焚烧原野宿草之火。大荒：泛指辽阔的原野或边远的地方。

③流莺：莺鸟。流，谓其鸣声婉转。此首绝句，是写边塞春迟，三月冰开草黄，野烧连天之际，江南已春光盎然，莺鸣杨柳。

④坳：低洼积水处。阴沟：本指地下水道，这里指山下水沟。

⑤松花江：系黑龙江最大支流。源于吉林省长白山天池，至黑龙江省同江市入黑龙江。

⑥《高士传》：书名。晋代皇甫谧撰。共载古代高隐之士九十六人。

⑦披裘：《高士传》内有披裘公传，言其夏季五月披裘打柴，不拾道路遗金事。这两句写塞外夏季之寒。尽管人们未读过《高士传》，不知有披裘公五月披裘事，但到五月，平时总有披裘之人。

⑧金风：秋风。西方为秋而主金，故称金风。

⑨校(jiào)猎：设栅栏以便圈围野兽，然后猎取。

⑩朔气：寒气。

⑪"千秋"句：《后汉书·班超传》载班超少有大志，尝投笔从戎，在西域立大功，封定远侯。在外三十余年，回到京城洛阳时已七十一岁，不久便死了，所以

作者说:“千秋悔恨是封侯。”

⑫筚篥:古乐器名。又名悲篥,笳管。本出龟兹,后传入中国。以竹为管,以芦为首,状似胡笳。

⑬征人:此指出征之人。戍楼:边防驻军的瞭望楼。

陈志纪

陈志纪(生卒年不详),字雁群。江苏泰州人。顺治十六年(1659)进士,授编修。康熙十年(1671)以越职言事,上书论督、抚大吏贪污不法之事,被忌者所中,遣戍宁古塔。在戍所,与吴兆骞“情致特深,唱酬亦富”。由于贫甚,以医自活。卒年不详,但肯定在康熙十六年(1677)或稍前。工于诗,但多已散失,传世者仅五首。

宁古塔春日杂兴四首选二①

谪居关塞远, 忽忽又春深。
雪气犹千嶂, 花光失故林②。
从人学射猎, 驱马试讴吟③。
宣室无由见, 虚悬待漏心④。

罪比丘山重, 恩同覆载宽⑤。
一行来绝塞⑥,万里见春寒。
边草青难发, 关云晚独看。
琵琶谁更奏⑦,暗引泪珠弹。

【注】

①这二首诗是作者遣戍到宁古塔后,在一个春天的即兴之作。既写了宁古塔的荒寒,又写了对故乡的怀念以及赦归无望的感伤情绪。邓汉仪评此组诗云:“苍浑老健。”

②千嶂:形容山峰之多。故林:故乡的园林。

③从人:跟随别人。讴吟:讴,唱歌。此处指唱歌吟诗。

④宣室:宫殿名。汉未央宫中有宣室殿,是皇帝斋戒的地方。孝文帝曾于此召见贾谊。贾谊以年少能诸家书,文帝召为博士,迁太中大夫。后数上书陈时政,言时弊,为忌者所中,出为长沙王太傅。后岁余被文帝召见于宣室,问鬼神事,拜为梁怀王太傅。虚悬:白白地挂念着。待漏:漏,古代的计时器。百官清晨入朝,准备朝拜皇帝,称为待漏。这两句是说,自己已经无法再被皇帝召见,空怀赦归之心。

⑤覆载:天地。

⑥一行(xíng 音形):一经。

⑦“琵琶”句:此句暗用昭君弹奏琵琶出塞事。意谓从前有昭君奏琵琶出塞,现在有谁再一次奏琵琶出塞呢?言外之意是指自己。

陈梦雷

陈梦雷(1650—?),字则震,号省斋,晚号松鹤老人,福建侯官(今福州市)人。少颖悟。康熙九年(1670)进士,十一年授翰林院编修。康熙二十一年(1682)正月,被人诬为在三藩之乱中附“逆”,被流徙盛京,给新满洲披甲为奴。三十七年(1698)被赦归,曾编辑我国著名的大型类书《古今图书集成》。六十一年(1722)雍正上台,又负屈被遣戍黑龙江。几年之后卒于齐齐哈尔。有《松鹤山房诗集》、《松鹤山房文集》、《闲止书堂集钞》等。

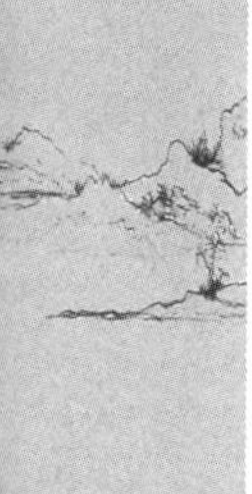

东行口占三律①选一

其　一

襆被登车谢九阍②,三年回首一身存③。
贱同厮养孤臣分④,生到边庭圣主恩。
籍削寄名归卒伍⑤,魂销凭梦返家园。
白云南向肠凄断⑥,鹤发东风正倚门⑦。

【注】

①此诗为作者流徙盛京登车启程时即兴之作。在感激圣上不杀之恩时,又表达思念亲人的悲哀。

②襆被:用包袱裹束衣被,意为整理行装。唐宋之问《桂阳三日述怀》诗:“载笔儒林多岁月,襆被文昌事吴越。”九阍:九天之门。喻朝廷。宋曾巩《答葛蕴》诗:“暮召入九阍。”

③三年:指在判处流徙为奴前,自己在狱中已被监禁三年。

④厮养：同厮役，旧称从事杂事劳役的奴隶。流徙为奴，竟然认为是孤臣分所当然，可见作者的愚忠。

⑤籍销：即销籍，官吏革职，在官籍中除名。寄名：列名、挂名。《明史·程启充传》："身不出门间，而名隶行伍，是为寄名。"卒伍：泛指军队行伍。这句是说判刑之后，从官籍中除名（即褫职），又把自己的名字列到军籍之中（即给兵丁为奴）。

⑥白云：用白云亲舍的典故，详见本书顾永年《送友入关》诗注③。这里指代双亲。即身居塞北，南向思亲。

⑦倚门：此句指白发苍苍的老父正倚门思念自己。按：作者《绝交书》："不孝身沦厮养，迹远边庭。老母见背，不能奔丧；老父依间，不能归养。"可见其流徙时已父老母死。

题心月上人精舍

壬戌季夏①

辽海冰霜地②，禅栖六月凉③。
披襟如不厌，挥麈意相忘④。
小槛风常静，幽房草自香。
未须呼秉烛⑤，佛日更舒长⑥。

【注】

①心月上人：是康熙二十年前后因事流放沈阳地区的僧人。当时，鉴于在后金与明军长期激烈战争中产生过大量死难者，而且死者白骨遍地，因此曾率领门徒从事收骨之事。王一元《辽左见闻录》："心月以流人披剃，苦行济人，如检骨成万人冢及修路数十里，皆实心为善，更贤于开堂说法远矣。"本诗是作者咏心月上人修炼居住之所的幽静。精舍：道士、僧人修炼居住之所。壬戌：康熙二十一年(1682)。

②辽海：泛指辽河流域以东至海地区。

③禅栖：僧人栖息、居住。

④挥麈：挥动麈尾。

⑤秉烛:持烛照明。

⑥佛日:如日普照大地的佛的法力。舒长:舒展长久。

辽河即事限韵[①]

小艇渔竿溯晚风，　蓼花深处漾晴空。
云屯远浦凌波暗，　日映荒城倒影红。
浅水游鱼声拨刺[②]，长天飞雁字朦胧。
何年归钓龙江上[③]？烟雨迷离一箬篷[④]。

【注】

①本诗咏辽河傍晚风光及思归之感。辽河,我国东北地区南部大河,由东、西两辽河构成。东、西辽河在辽宁昌图古榆树汇合后始称辽河,下游入海。

②拨刺:象声词,鸟飞或鱼跃声。《聊斋志异·于子游》:"(大王)跃身入水,拨刺而去,乃知为鱼妖也。"

③龙江:在福建福清市南,距作者故乡福州较近。

④箬篷:用箬叶编的船篷。以上两句是说:何时能够赦归,在烟雨迷茫中垂钓于龙江之上?

癸亥春日即事[①]选一

其　一

辽海春回襆被温[②],东风立雪满蓬门[③]。
诗书课业儒生事，　牛马行藏圣主恩[④]。
病后关心唯药裹，　愁中入耳是乡园。
愿天长与高堂健[⑤],游子飘零泪暗吞。

【注】

①癸亥:康熙二十二年(1683)。本诗首联、颔联咏自己开馆授徒情况,颈联、尾联咏自己在疾病与哀愁之余的思乡怀人之感。

②辽海:见前诗《题心月上人精舍》诗注①。襆被:见前诗《东行口占三律》诗注②。

③立雪:北宋儒生杨时与游酢往见其师程颐,值颐瞑目久坐,二人侍立不去,颐既觉,门外雪已盈尺,见《宋史·杨时传》。后"立雪"为敬师求学之典。此句与颔联首句互为印证。

④行藏:出处与行止。此句谓自己的行止与牛马相伴(指田中服役),能免于一死,是圣主所赐。

⑤高堂:本指父母,这里则指作者之老父(因其母已卒)。

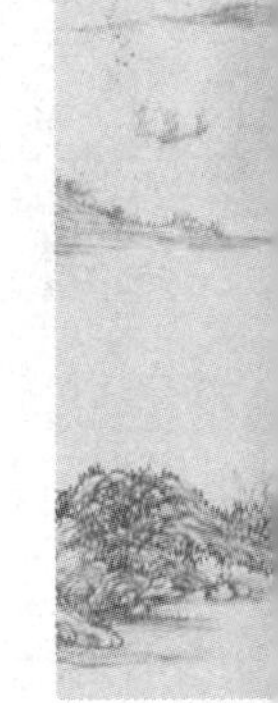

雨　　后①

好雨驱炎暑，　僧房事事幽。
金炉香永日，　竹簟气含秋②。
听梵尘嚣静③，抛书午梦悠④。
却憎窗外叶，　滴动故乡愁⑤。

【注】

①此诗咏雨后僧房的幽静及思乡之情。

②竹簟:竹席。

③梵:诵唱佛经或其声音。这里指诵唱佛经的声音。

④悠:长。

⑤雨后树叶滴雨之声犹存,从而引起思乡之愁。

黄鹭来

黄鹭来(1649—?),字叔威,福建闽县(今福州市)人。年轻时,"豪迈不羁,文名藉甚"。因乡试未中,绝意仕进。曾远游四方,南至广州,北游辽沈,西达川黔。其交游颇广,尤与陈梦雷关系为近。陈梦雷负屈远戍,鹭来甚表同情。康熙二十四年(1685),适有辽左之游,在沈阳一年余,与陈梦雷交往颇密。康熙三十二年(1693),陈梦雷之仆杨昭辑录陈梦雷部分诗文为《闲止书堂集钞》,鹭来曾为之作序。后来陈梦雷《松鹤山房诗文集》刻印时,又为之作序,可见其为人之笃于友谊。工诗文,有《友鸥堂集》。

沈阳春日雨中读陈省斋诗集有感①

云气湿茅茨②,烟光护短篱。
衣添初病后, 酒熟未花时。
过雨青泥滑, 寒春绿草迟。
高堂嗟远隔③,含泪读君诗④。

【注】

①此诗咏作者赴沈阳后在春雨之中读陈梦雷诗稿时的凄清环境与苍凉心态。省斋,陈梦雷之号。

②茅茨:茅草盖的屋顶,亦指茅屋。这里指后者。

③"高堂"句:高堂本指父母,这里系指陈梦雷之老父。因其流徙时,老母已卒。详见本书陈梦雷《东行口占三律》诗注⑥⑦。

④全诗八句,前三联为读诗之环境,仅此一联系咏读诗之悲凉感受。

沈阳午日同诸公郊园小集即事有赋[1]

其　一

细草东郊路，　翻飞沈水风[2]。
胜游当午日[3]，宴赏及群公。
园静林阴密，　云飞天汉空[4]。
酒阑还角射[5]，顾盼自生雄。

其　二

小艇惊鱼逝，　危桥渡马来。
晓波清见石，　老树白生沓。
作客怜时序[6]，当筵恋酒杯。
醉归村路晚，　频起汨罗哀[7]。

【注】

①此二诗咏康熙二十四年(1685)端午节与盛京官署中许多官员在东郊外园林小集宴饮时之景观与感受。

②沈水:水名,在沈阳南,俗名五里河,下流入浑河。

③胜游:快意的游览。

④天汉:天河。

⑤角射:竞技射击。《资治通鉴·唐宪宗元和八年》:“兴尝于车中角射,一军莫及。”

⑥时序:此指时间、光阴。

⑦汨罗:江名。湘江支流汨水,发源于江西省,流入湖南省与罗水合流,合称汨罗江。战国时楚国屈原因忧愤国事,投此江而死。后以汨罗指代屈原。

卢 震

卢震(1626—1702),字亨一,汉军旗人。顺治九年(1652)以诸生授弘文院编修。康熙初任内弘文院侍读学士。八年官至偏沅巡抚。十二月吴三桂反清,卢震"弃长沙奔岳州",次年被逮系至京,被处"监候,秋后处决"。三藩之乱平定,获释,命管乌喇船厂,实为贬逐。至康熙四十年(1701)放归,次年卒。有《说安堂集》。

宁远道中[1]

孤踪寥落出关门，　滨海蓬蒿入目繁[2]。
虎啸怪风生远岫，　犬鸣寒欲见荒村。
二千驿路披霜月，　八十慈亲系梦魂。
无限悲凉茅店里，　同人潦倒对清樽。

【注】

①宁远:卫、州名,明宣德五年(1430)置卫。治所在今辽宁兴城。康熙二年(1663)改为州。为明山海关外重要军事据点。此诗咏作者出关行经宁远时所见到的荒寒景象及思亲之感。

②滨海:此海指宁远之东的渤海。

何世澄

何世澄(生卒年不详),字遇清,号是庵,上海松江人。顺治十七年(1660)副榜,贡生。曾获云贵总督蔡毓荣之赏识。康熙二十六年(1687),毓荣因事获罪,流放瑷珲,世澄从行。二十八年(1689),为了参加二十九年(1690)的会试,辞蔡先归,这时年已"五十将至矣"。工于诗,其外孙张用六谓为"直入开元堂奥",是第一个居于黑龙江畔歌咏黑龙江的诗人。其子辑其诗为《片羽集》。

艾浑即景①

黑龙江畔霁云生,江水流冰无尽声②。
亭午鸡鸣同夜半③,不知身在大荒城④。

【注】

①本诗通过黑龙江大江流水及中午鸡鸣的描绘,歌颂了新建不久的瑷珲城生气勃勃的动人景象。约写于康熙二十七年(1688)春。艾浑:又名艾浒、艾河、瑷珲。治所在今黑河市爱辉区。

②流冰:即流澌、冰排。江河解冻时流动的冰块。

③亭午:正午。中午鸡鸣,有如夜半,可见此时新建的瑷珲城已人烟稠密。

④大荒:辽阔的原野或边远的地方。此处指黑龙江流冰的壮观及艾浑城内人烟稠密的景象,使诗人忘记了身在大荒之中。

樊　莹

樊莹(生卒年不详),字次白,号野渔。江苏仪征人。顺治十六年(1659)其父以事牵累被遣戍松花江畔(为吉林乌喇——今吉林市),樊莹当时尚在襁褓。待至三十岁,由山东青莱渡海,抵金州,至戍所省亲,并奉其父还。但其庶母及诸弟妹未能同归,后又分别流徙宁古塔、黑龙江(瑷珲)、沈阳诸地。莹卒时八十五,卒年不详,约为乾隆初。善画,其画得宋元人笔意。亦工诗。有《师善堂稿》,附《出塞吟》。

得舍弟消息[①]

弟在宁古塔,诸妹两在黑龙江,一在沈阳。

有弟在远方,　十年无一字。
未能任耕凿[②],衣食从谁寄?
有妹随良人[③],辛勤戍边地。
迤北三千里,　朔雪穷阴闷[④]。
骨肉尽参商[⑤],相逢良不易。
客自海中来[⑥],面染蛟蜃气[⑦]。
始获数行书,　惊喜从天至。
楮短意不尽[⑧],言言少伦次。
终年不得书,　书到翻憔悴[⑨]。
清泪落千行,　不为闻猿坠[⑩]。

【注】

①这是怀念远在黑龙江、宁古塔与沈阳的弟妹之作。诗写对弟妹的思念及接到来书时伤心落泪的情景。

②耕凿:耕田凿井,指从事耕种。

③良人:古代妇女称其夫曰良人。

④穷阴:非常阴暗。穷:终极。闷:闭。此句谓塞外被大雪与阴暗封锁着。

⑤参(shēn 音身)商:二星名,参在西,商在东。此出彼没,永不相见。用以比喻双方隔绝。

⑥海:指渤海。

⑦蛟:古代传说中的一种似龙的动物。蜃:蛟属,其状似蛇而大,有角,红鬣。二者传说均是海中动物,故“蛟蜃气”可代表海上风尘之气。

⑧楮:纸的代称。指书信。

⑨憔悴:瘦弱萎靡貌。

⑩“不为”句:北朝北魏郦道元《水经注·江水》:“(三峡七百里中)每至晴初霜旦,林寒涧肃,常有高猿长啸,属引凄异,空谷传响,哀转久绝。故渔者歌曰:‘巴东三峡巫峡长,猿鸣三声泪沾裳。’”诗中之语是反其意而用之,即表示自己不是因闻猿啼,而是因见到舍弟之书,才流下千行清泪。

戴　梓

戴梓(1649—1726),字文开,流放后号耕烟先生,浙江仁和(今杭州市)人。自幼才思敏捷,擅诗文,工草书及绘画,尤喜读兵家言。对“兵法战守诸器具,靡不究习”。在火器方面,曾制出一种可以连发28发的火箭。康熙十九年(1680)官翰林院侍讲。三十年(1691)被西方传教士诬陷“通东洋”而被流放辽东。雍正四年(1726)卒于戍所,年七十八。有《耕烟草堂诗钞》。

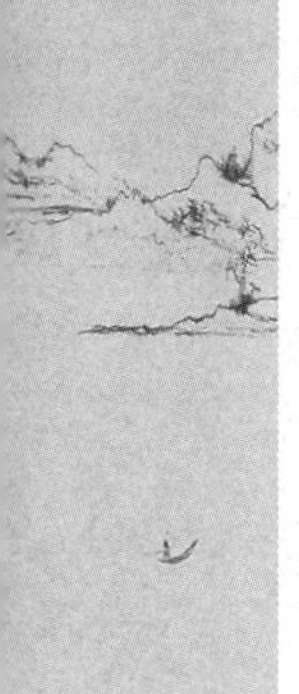

铁岭回沈[①]

出关非作客，　到沈却如何?
破械身还我[②]，编氓姓属他[③]。
典裘寒鬻米，　结屋夜牵萝[④]。
有酒不成醉，　仰天时一歌。

【注】

①按:作者此诗之前一首为《出关行》诗,内云:“三月出关去,四月到辽住。住时不逾时,又向铁岭去。”但是本诗却谓“铁岭回沈”,可见作者在铁岭居留不久又被官府遣回沈阳。本诗反映了作者在沈阳的贫困窘境。

②破械:打开枷杻、镣铐等刑具。按:流人赴戍途中是要上刑具的,至戍所后方始去掉。

③“编氓”句:成为编入户籍的普通人。以上两句是谓:脱掉刑具,恢复我原来之身;编入户籍,成为他人所管之人。

④结屋:构筑屋舍。牵萝:萝蔓缘屋而生。以上两句谓:饥寒时典裘买米,以喻其贫;夜间藤萝缘屋缠绕而生,以喻住屋之简陋。

喜　　得[1]

点金惭乏术[2]，喜得卖文钱。
贳米呼童急[3]，当餐让子先。

【注】

①此诗以卖文得钱，呼童买米，以喻自己之贫。

②点金：道教所谓的点铁成金。此句是说自己没有生财之道。

③贳米：买米。

大雪断炊[1]

才喜春风暖，　旋惊朔雪寒。
萧然烟突静[2]，慰母自言欢。

【注】

①此诗咏雪寒断炊，从而反映了作者饥寒的处境。

②烟突：烟囱。此句谓烟囱已无炊烟。

开城霁后望雪[1]

小市依残雪[2]，孤城散积烟。
巨流坚渡马[3]，断岸白胶船。
树老寒风劲，　山空落日悬。
土人看瑞色[4]，矫首祝丰年[5]。

【注】

①开城：开原城。此诗咏开原雪后风光，历历如绘，尤其是颈联，对仗工整，形象鲜明，突出了树、风、山、日等景观的立体感。

②小市:小市镇。

③此句谓河流结冰,坚可渡马。

④瑞色:吉祥的景色,即祥瑞。因为瑞雪兆丰年,故有土人此祝。

⑤矫首:昂首,抬头。

浑河晚渡[1]

暮山衔落日, 野色动高秋[2]。
鸟下空林外, 人来古渡头。
微风飘短发, 纤月傍轻舟。
十里城南望, 钟声咽戍楼。

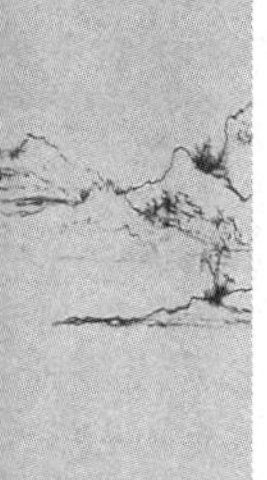

【注】

①浑河:即浑江,鸭绿江支流,在辽宁省东北部。此诗咏浑河晚秋的景观。

②野色:旷野的景色。

戴 亨

戴亨，字通乾，又字遂堂，祖籍浙江仁和（今杭州市）。康熙三十年（1691）生于京师（今北京市）。生三月，其父戴梓因事流辽东，亨随之北徙。少年刻苦勤学，“数十年破屋冷铧，力战于风雨雷电之中，而学乃成”。康熙六十年（1721）中进士。曾官河间县（今属河北省）教授、山东齐河县知县。工诗，为“辽东三老”之一，有《庆芝堂诗集》。

宁 远 州[①]

出关二百里[②]，州治覆寒云。
乱石堆墙短，流泉入圃分。
野狼昏截径，山鬼夜呼群。
问俗难投止[③]，驱车背夕曛。

【注】

①此诗系乾隆九年（1744）作者自关内返辽东之作，咏行经宁远州之所见。宁远州，今辽宁省兴城市，为明代山海关外重要军事据点。

②“出关”句：指宁远州州治距关约二百里地。

③投止：投宿。

宁远道中[①]

征轺超岗岁[②]，落叶照沙尘。
石险频惊马，山空偶见人。
鸣鸿哀旷野，荒草白深春。

此际逢歧路，凭谁一问津[3]？

【注】

①此诗咏行经宁远州途中所见到的荒寒景象。写于乾隆九年上诗稍后。

②征轺:远行之车。轺,小车,轻车。岿岁:高耸貌。此句指小车正行经高耸的山路上。

③问津:寻访,探求。晋陶潜《桃花源记》:“后遂无问津者。”此二句指行至歧路,却遇不到可以问路的人。

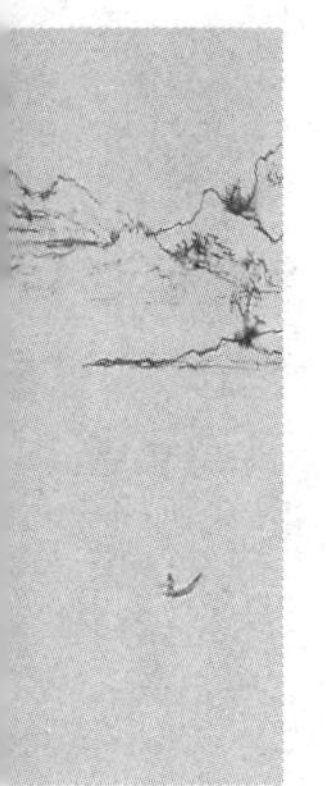

顾永年

顾永年,字九恒,号桐村,浙江钱塘(今杭州市)人。康熙二十四(1685)年进士,三十年(1691)授甘肃华亭知县,尚未赴任,次年受漕运总督董讷被给事中何楷弹劾案牵连,遣戍奉天。三十五年(1696),援捐粟赎罪例被赦归。有《梅东草堂诗》。

送友入关

壬申[①]

其　一

才拂征尘又染尘[②],出关翻送入关人。
此行莫畏冰霜苦,渐近南天总是春。

其　二

来时杨柳尚堪攀,历尽千山与万山。
今日梦魂随尔去,白云低处认乡关[③]。

【注】

①壬申:康熙三十一年(1692)。本诗借送友人(可能也是流人)入关之题寓作者思亲之感。

②征尘:路上扬起的尘埃。唐王勃《别人》诗:“谁忍望征尘?”宋陆游《剑门道中遇微雨》诗:“衣上征尘杂酒痕。”喻旅途中所染的灰尘。

③白云:本句语义双关。一则指白云低处是故乡所在;二则也用了白云亲舍的典故以寓思亲之念。《旧唐书·狄仁杰传》:“其亲在河阳别业,仁杰赴并

州，登太行山，南望见白云孤飞，谓左右曰：‘吾亲所居，在此云下。’瞻望伫立久之。云移乃行。”后以“白云”代表双亲，以“白云亲舍”为思亲的典故。

杨涵贞世兄还云间八首选三①

甲戌

其　一

落尽黄花遣戍迟②，逢君转觐恰天涯③。
师门未坠千秋业④，诗礼犹闻患难时。

其　三

结束征衣发未冠，　来回万里一身单。
临行只恐伤亲意，　泪洇胸前未敢弹。

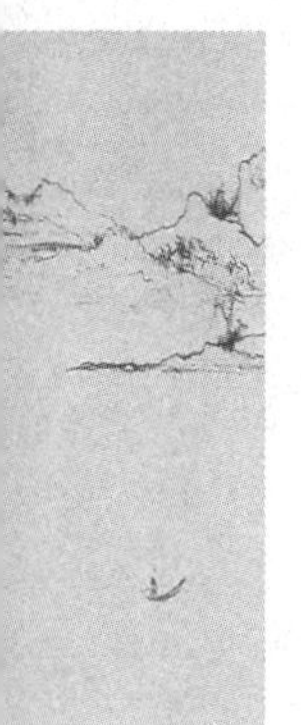

其　五

年时别泪几曾干，　目送南鸿鼻更酸。
不敢寄书伤白发，　烦君两字报平安。

【注】

①杨涵贞为杨锡恒之字，杨瑄之次子，曾两次随父远戍辽东及墁埒。其行实详见本书杨锡恒小传。甲戌：康熙三十三年(1694)。世兄：明清时称座师（主考官）、房师（同考官）的儿子为世兄。考杨瑄为顾永年乡试时之座师，故称杨瑄之子锡恒为世兄。云间：上海松江之古称，即杨瑄之故乡。按：杨瑄于康熙二十九年(1690)因故流徙沈阳，锡恒随侍。三十三年(1694)春锡恒先回乡，同在戍所的顾永年写有八首绝句以送其行。

②此句原注：“予以壬申九月谪留都。”作者自谓于康熙三十一年(1692)九月遣戍到沈阳（沈阳清初为留都）。

③觐：探望双亲。以上两句是说自己在黄花落尽的九月遣戍到这里，恰巧

赶上您也来塞外探亲。按:某些相关文献,谓杨瑄两次戍沈阳、瑷珲,锡恒均随侍,但据此诗,其第一次遣戍,锡恒系后去,而非同行。

④由于顾永年与杨瑄有师生之谊,故“师门”指二人之关系。

送杨玉符夫子被召还都选三①

乙亥

其 一

九重飞诏出重关②,为忆孤臣特赐环③。
此去不同宣室召④,麻鞋莫拟放还山⑤。

其 二

休道才人薄命多, 诸艰历试更如何?
龙场儋耳千秋话⑥,事业文章两不磨⑦。

其 四

缺耕梁案敬如宾⑧,多难偏兼多难身。
无米作炊频涕泪, 未寒思御早缝纴⑨。

【注】

①杨玉符,即杨瑄,其行实及两次流放东北事详见本书杨瑄小传。考杨瑄第一次流辽东在康熙二十九年(1690)。释归时间,清王士祯《居易录》作三十三年(1633)五月,而顾永年此诗作乙亥,即康熙三十四年(1634)。殆王氏之说为朝廷下诏之时,顾氏之说当为诏书下达沈阳时间。此组诗系为杨瑄赦归送行之作。

②九重:皇帝。唐李邕《贺章仇兼琼克捷表》:“遵奉九重,决胜千里。”重关:险要的边塞。

③赐环:旧时放逐、流放之官,遇赦召还。语本《荀子·大略》:“绝人以玦,

反玦以环。”

④宣室:汉未央宫中之宣室殿,文帝曾在此召贾谊,问神怪事。据《史记·贾谊传》载,贾谊谪为长沙王太傅,久之,“文帝思谊,征之,入见。上方受釐,坐宣室,上因感鬼神事而问鬼神之本”。本诗是反用其意,谓此次康熙召杨瑄回朝将有大用,决不同于汉文帝召贾谊回朝仅问些虚无缥缈之事。

⑤麻鞋:麻编之鞋。唐杜甫《述怀》诗“麻鞋见天子,衣袖见两肘。”

⑥龙场:指明代大儒王守仁因得罪宦官谪为贵州龙场驿驿丞,并在谪所创建阳明学说事。儋耳:指宋代苏轼谪海南儋州事。儋州为古代南方儋耳国所在地。

⑦上两句指王守仁、苏轼贬谪之所以成为千秋佳话,乃是因为二人在文章、事业方面,都作出了巨大贡献。

⑧梁案敬如宾:即举案齐眉。《后汉书·梁鸿传》:“每归,妻为具食,不敢于鸿前仰视,举案齐眉。”后泛指夫妻相敬爱。这里之案是指装食品的托盘。

⑨这首绝句是谓杨瑄夫妻在饥寒交迫的多难的逆境中,仍能相敬如宾。

卫既齐

卫既齐(1645—1700),字尔锡,又字伯严。山西猗氏(今临猗县)人。康熙三年(1664)中进士,改庶吉士,授检讨。言事以敢言少避讳著称。曾任霸州州判,固安、永清、平谷等县知县。后任山东布政使、顺天府尹、副都御史等职。康熙三十年(1691)任贵州巡抚,次年因同意下属发兵镇压苗民反抗而多所杀戮,以“轻率用兵”,“发兵之后又不能详察虚实,竟凭报文妄行奏捷”之罪,被议立斩。康熙三十二年(1693)被宽免流放黑龙江。次年赦归。有《廉立堂文集》。

闻　　笳[①]

鸣笳何太急，　清晓不堪闻。
暗堕霜林叶，　寒生海塞云[②]。
牙旗开八阵[③]，铁骑啸千群。
盛世休忘武，　登坛想冠军[④]。

【注】

①本诗通过对塞外悲凉笳声的歌咏,抒发了盛世不忘武备的思想。

②海塞:指东海边塞,即黑龙江下游,包括滨海之地的广大地区。

③八阵:古代的八种兵阵。这里是指八旗兵而言。

④登坛:指登坛拜将。冠军:指汉代名将霍去病。霍去病骁勇善战,年十八为侍中,曾经六次率兵出击匈奴,被封为冠军侯、骠骑将军。

讷尔朴

讷尔朴(生卒年不详),字拙庵,满族。世袭一等男。约康熙四十年(1701)左右以事遣戍齐齐哈尔。在戍所,与方登峄交善。登峄曾序其诗集《画沙集》云:"拙庵十三年居穷发之地,吟诵弗辍。暇则以蹇卫曳短车出郭,荷锄移野卉数十种莳阶下。非襟怀浩落,乌能如此?"康熙六十年(1721)赦归京师。

厄鲁特侵犯哈密,檄调黑龙江戍兵进剿,欲从戎马不果,诗以志感[①]

小丑逞螳臂[②],天威振九征[③]。
西陲驰羽檄, 东海动霓旌[④]。
泥迹双丸驶, 丹心一剑横[⑤]。
空存系越志, 谁为请长缨[⑥]?

【注】

①康熙五十三年(1714)厄鲁特蒙古准噶尔部策妄阿拉布坦举兵叛乱,"以兵二千,掠哈密",占领阿尔泰山以东及哈密之地,并转攻西藏。清廷为了击溃策妄的分裂活动,派兵进剿,并于次年征调黑龙江等处戍兵协剿。作者在戍所闻讯,拟从军出征,并感而赋此。诗中热情洋溢地颂扬了清廷的正义战争及表达了自己请缨报国的壮志。厄鲁特:是我国蒙古族的一支,元代称斡亦剌惕,明代称瓦剌,清代也称卫拉特、额鲁特。而准噶尔则是厄鲁特四部之一,康熙二十九年(1690)该部上层贵族噶尔丹曾一度举兵叛乱。戎马:本指军马,借指战争、军事。不果:没有成为事实。

②小丑:戏曲角色名。专以滑稽引人发笑。这里指厄鲁特叛乱者。螳臂:

即螳臂当车。喻不自量力,狂妄自大。

③天威:本指上天的威严。此指帝王的威严。九征:九次征伐,语出《周礼·夏官·大司马》。

④西陲:我国西部边陲。羽檄:同“羽书”,插羽毛以示紧急之军事文书。东海:泛指东方的大海。此处指黑龙江之地。霓旌:仪仗之一种。此指旌旗上的毛羽有如虹霓之气。以上两句指厄鲁特叛乱于西方,黑龙江之官兵则奉调进剿。

⑤泥迹:泥泞之路。双丸:指日月。这两句谓,自己也拟在艰难的征途上,度过仗剑报国的岁月。

⑥“空存”两句:用终军之事。汉终军使南越,欲说其王,令入朝。军自请“愿受长缨,必羁南越王而致之阙下。”见《汉书》本传。后来称自请从军击敌曰请缨。杜甫《岁暮》:“天地日流血,朝廷谁请缨?”这两句表明自己请缨从军而无门路之苦。

李伊山以运饷蒙恩解戍赋送①

雪消辽海霁云开,杨柳春风拂面来②。
万里羽书飞玉塞,十年尘剑返金台③。
挽刍应比萧何力,勒石原饶班固才④。
行矣前程须努力,漫怜羁旅重徘徊⑤。

【注】

①李伊山,原名锟,是诗人李锴之兄,曾官佐领,以事谪戍齐齐哈尔。策妄阿拉布坦举兵叛乱时,以运饷军前例得以释还。此诗就是为伊山送行之作。诗中既祝贺伊山之获释,又颂扬其才华。并勉励他努力前进。

②辽海:渤海,也泛指辽东滨海之地,这里指边塞。这两句以辽海雪消云散,杨柳风来,喻李伊山谪戍生涯之转机。

③羽书:古代军事文书,插鸟羽以示紧急。玉塞:玉门关。金台:又名燕台,即黄金台。相传战国燕昭王筑台于此,置千金于台上,延请天下士,故名。这两句谓玉门关羽书飞来,遣戍十年的伊山,得以获释,正如埋于灰尘的宝剑

返回黄金台一样。

④挽刍:运饷。挽:拉车。刍:喂牲口之草。萧何:汉沛县人,佐刘邦建汉王朝。刘邦为汉王时,为丞相,楚汉战争中,何留守关中,补兵馈饷,军得不匮。天下既定,论功第一,封酇侯。勒石:刻文于石。饶:多,富有。班固:汉扶风人。继父志,成《汉书》。永元元年(89)将军窦宪出征匈奴,班固随征。窦宪出塞三千余里,登燕然山,勒石纪功,命班固作《燕然山铭》。这两句是以萧何的挽刍与班固的勒石,比喻伊山的运饷与多才。

⑤漫怜:徒然怜惜。羁旅:寄居作客。指作者。

感　兴[①]

纷纷征骑向龙沙，　争龁天山苜蓿花[②]。
雨露渐敷边外土[③]　风尘犹滞海东涯[④]。
请缨空拟陈新策，　仗节无由泛旧槎[⑤]。
剩有铅刀堪一割，　敢辞垂老事轻车[⑥]？

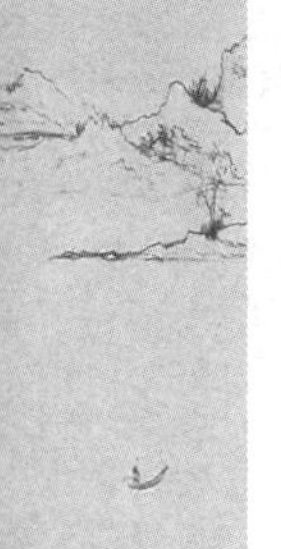

【注】

①本诗是写黑龙江的官兵奉调去平定厄鲁特叛军之际,自己请缨无路而又不甘心赋闲的感慨。

②纷纷:盛多貌。征骑:出征者所乘之马,即战马。向:趋向。龙沙:地区名。古代指我国西部、西北部边远山地和沙漠地区。语出《后汉书·班超传赞》。争龁:争食,争先恐后地吃。龁:咬。天山:山名。一指祁连山,一指今新疆哈密市与吐鲁番市以北一带山地。本诗当指后者。苜蓿:植物名。又称木粟、牧宿、连枝草、怀风等。原产西域,汉光武帝时自大宛传入中土。这两句指黑龙江官兵纷纷奉调去征剿叛军。

③雨露:喻恩泽。此处喻皇帝之恩泽。渐敷:渐渐广布。此句有“普天之下,莫非王土”之意。

④风尘:喻流言蜚语。《魏书·王慧龙传》:“风尘之言,想不足介意也。”海东涯:指黑龙江滨海之地,即诗人流放之地。此句指自己因别人谗言构陷而遣戍,至今还滞留黑龙江,未沾雨露之恩。

⑤请缨：见作者前诗《厄鲁特侵犯哈密》诗注⑥。仗节：即持节。古代使臣出使，必持节以作凭证。无由：无所因凭。泛旧槎：槎，木筏。传说天河通海，有个住在海边之人，常见每年八月有木筏来，他就登槎，到达天河，看见牛郎织女。见《博物志》。后来诗文中常用“乘槎”或“泛槎”比喻登天。这里用来比喻被赦回朝。这两句指报国无门，回朝无路。

⑥“剩有”句：《后汉书·班超传》载超上疏：“昔魏绛列国大夫，尚能和辑诸戎。况臣奉大汉之盛，而无铅刀一割之用乎？”自谦才能虽薄弱如铅刀，但尽其所能，未尝不可一用。铅刀：以铅为刀，言其钝。喻无用。敢辞：不敢推辞。轻车：古代兵车名。

秋暮感怀①

霜天已不耐羁愁，衰草寒烟况倚楼②。
旅思千重凝暮霭③，乡心一片动江流。
芙蓉露冷金台梦，芦荻花残玉塞秋④。
憔悴不堪临水照，萧萧白发欲盈头⑤。

【注】

①本诗是写作者被遣戍的羁愁及赦归无望的感慨。

②霜天：指深秋或秋季之天。羁愁，客居异地之愁。

③旅思（sì 音四）：旅途中的思绪。千重：千层。暮霭：日暮时的云气。

④“芙蓉”句，指被赦还朝无望。“芦荻”句，写栖息塞外生哀。“金台”、“玉塞”：详见作者《李伊山以运饷蒙恩解戍赋送》诗注③。芦荻：芦草与荻草。

⑤憔悴：瘦弱萎靡貌。萧萧：发稀短貌。

连雨次答方问亭①

无端霪雨经旬阻②，倍觉凄清到客居。
径碧痕犹残藓在，裀红香渐落花如③。
蓄鲜罢剪园中韭，防湿闲移枕畔书④。

瀹茗濡毫都不耐，课童屋角种新蔬[⑤]。

【注】

①此诗是写久雨之后客居中的凄清景象及百无聊赖的情绪。方问亭：方观承之号。详见本书方观承小传。

②无端：没有起点与尽头，喻无涯际。霪雨：久雨。旬：十天为一旬。阻：阻止，停止。指客程中因雨被阻。

③径：小路。藓：隐花植物之一类。无根，生于阴暗潮温之地。裀：褥子，床垫。通“茵”。

④鲜(xiān音仙)：生鱼或野兽。这两句谓：由于蓄养了生鱼，所以才停止去剪园中韭菜；为了防止潮湿，因此在闲暇移动枕畔之书。

⑤瀹：(yuè音悦)：烹茶。濡(yú音如)毫：以笔蘸墨，指写作。不耐：不能忍受。指心情烦闷而无心于此。课，考核。考查。这里指传授。此句指在屋角教童子种菜。

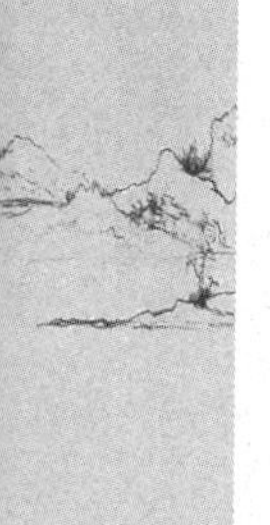

闲　居　诗九首选一[①]

泥床昼卧荒江雪，　静对烟岚碧几层[②]。
邻叟叩门惟乞药，　奚童煮茗每敲冰[③]。
南山积雾堪藏豹[④]，北海培风待徙鹏[⑤]。
据槁从他吟骨瘦，　蟾光寒抱夜棱棱[⑥]。

【注】

①此诗写谪所的闲居生活及等待机会，以期有所作为。

②泥床：即土炕。烟岚：云烟蒸润之气。

③乞：向人求讨。奚童：书童。奚，本指女奴，后通称男女奴仆。茗：茶牙。今同“茶”。

④“南山”句：《列女传·陶答子妻》：“妾闻南山有玄豹，雾雨七日而不下食者，何也？欲以泽其毛而成文章也。故藏而远害。”后因以比喻隐居伏处，爱惜其身，有所不为。此句指作者在目前只得像南山豹一样隐居下来。

⑤北海:古时泛指北方最远的地区。培风,加于风上,乘风。此句典出《庄子·逍遥游》。内言鹏由鲲变化而成,居于北海。“鹏之徙于南冥也,水击三千里。抟扶摇而上者九万里,去以六月息者也。”后人以喻奋发有为。

⑥据槁:倚靠着琴。槁,指槁梧。古琴名。《庄子·德充符》:“倚树而吟,据槁梧而瞑。”蟾光:月光。棱棱:严寒貌。这两句是说有时在严寒的月下倚琴吟咏。

傅作楫

傅作楫，又名傅恒，字圣泉，号济庵，重庆奉节人。生于顺治十三年（1656）。康熙二十六年（1687）举人。官至良乡县知县。康熙四十三年（1704），擢左副都御史。敢于直谏，“颇著直声”，于次年以“为人狂妄，声名甚劣”被革职，安插奉天。五十四年（1715）援捐马例赦还。有《雪堂辽海集》等。

将出关寄内①

楼边杨柳绿阴齐，　小帐遥怜昼景凄。
莫打黄莺怨惊梦，　征夫犹未到辽西②。

【注】

①这是作者将出山海关时写寄妻子之诗，反映了对妻子的思念。这里的“关”指山海关。

②唐金昌绪《春怨》诗：“打起黄莺儿，莫教枝上啼。啼时惊妾梦，不得到辽西。”这里是反其意而用之。其意谓不要打起黄莺儿，让黄莺啼声惊醒妻子之梦也无妨，因为我还没有行到辽西，更何况辽东。辽西：郡名。秦汉治所在阳乐（今辽宁省义县西）。后世辖境渐小，北齐废入北平郡。

将出山海关

西风吹马出关东①，回首山花满路红②。
昨夜蓟门沽酒处③，几层烟树郁葱葱。

【注】

①关东：山海关之东。今辽宁、吉林、黑龙江之地。

②山花：山中野花。

③蓟门：一作蓟丘。在原宛平县（今属北京市西城区、宣武区等地）北，亦名土城关。《长安客话》：今都城德胜门外有土城关，相传古蓟门遗址。燕京八景有蓟门烟树，即此。

小　园①

清和天气燕飞斜②，才放樱桃杏子花。
自不窥园今已久，那知春色到天涯。

【注】

①本诗咏小园中天暖燕飞、群花竞开的春日景象。

②清和：清明和暖。三国魏曹丕《槐赋》：“天清和而湿润。”

辽阳早秋①

关外惊霜早，辽阳六月秋。
塞鸿辞极浦②，海月压边楼。
人老诗思健，声清客梦幽。
独怜裘已敝③，空负五陵游④。

【注】

①辽阳：在辽宁省东部、太子河中游、哈大铁路线上。

②极浦：边远的水边、河岸。

③裘已敝：即裘敝金尽。皮衣穿破，钱财用完。喻穷困落拓。见《战国策·秦策一》：“（苏秦）说秦王，书十上而书不行，黑貂之裘弊，黄金百斤尽。”按：弊通敝。

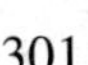

④五陵：汉高祖葬长陵，惠帝葬安陵，景帝葬阳陵，武帝葬茂陵，昭帝葬平

陵,均在渭水北岸今陕西省咸阳市附近。汉元帝以前,每立陵墓,辄迁徙四方豪富及外戚于陵侧,后以五陵指豪门贵族聚居之地。以上两句指自己本是曾游五陵的豪贵子弟,意气风发,不料今日却裘敝金尽,沦落他乡。

听角思归[①]

晓月梁间照, 空庭客梦惊。
一声吹画角, 竟然动乡情。
飒沓悲风起, 凄凉远塞行。
沧江人已老[②],不似听严城[③]。

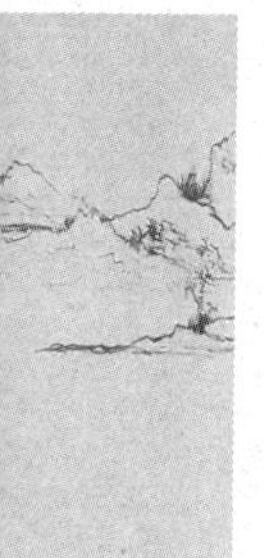

【注】

①角:古乐器名,出西北少数民族,鸣角以示晨昏。军中多用作军号。因为角声凄厉苍凉,所以易于引发旅人的思乡之情。

②沧江:江流,江水,以江水色苍也。

③严城:戒备森严的城池。以上两句谓,在塞外滨江而居的自己,已经年老,同样的角声,在这里与在戒备森严的城池所听到的是有区别的。言外之意是说,在城内所听是悲壮的,而在滨江之地所听则是悲凉的,从而会引发思归之情。

喜吴青霞同学四千里辽东枉顾,赋以志感[①]

海风呜呜海水黑, 龙堆月冷关山北[②]。
雄剑高冠天上来, 留都父老动颜色[③]。
九月卢龙塞外寒[④],混同江上雪漫漫[⑤]。
但知贫贱交情重[⑥],不畏崎岖行路难[⑦]。
茅斋夜酒留君住, 醉起移灯看庭树。
浓阴落尽有高柯, 昨日莺啼在何处[⑧]?
古来朋友相扶持, 吾徒风节观平时。

梅花只在冰霜里，行路悠悠那得知[9]。

【注】

①吴青霞(1657—?),名启元,号霞槎里人,安徽休宁人。与费密、杨宾等有交游。有《秀濯堂集》初、二、三、四集。傅作楫与吴启元为同师授业之人,故称同学。吴启元行四千里(当自安徽启程)前来辽东探望,作者感而成诗。

②龙堆:白龙堆的略称。古西域沙丘名。汉扬雄《法言·孝至》:“龙堆以西,大漠以北。”这里是指作者流放的辽东。

③留都:指盛京(即沈阳)。

④卢龙:古塞名。在今河北喜峰口一带。是从河北平原通向东北的一条交通要道。

⑤混同江:具体指何江,说法不一。一般认为是黑龙江汇合松花江后到乌苏里江一段的别称。这里指代东北的江河。

⑥交情:互相交往中建立起来的感情。《史记·汲郑列传》:“一死一生,乃知交情;一贫一富,乃知交态;一贵一贱,交情乃见。”

⑦以上八句是咏吴启元不畏行路崎岖来到荒寒塞外访问老友,以及留都父老对这位不以贫贱放弃交情之举的感动。

⑧以上四句是咏作者招待老友的概况。

⑨以上四句是对老友重视交情的风节的颂扬。

方登峄

方登峄(1659—1728?),字凫宗,号屏垢。安徽桐城人。少詹事方拱乾之孙、侍讲学士方孝标之子。自幼过继给方兆及为子。曾授中书舍人,迁工部都水司主事。康熙五十二年(1713)以《南山集》文字狱之牵累,与子式济被流放卜魁(今齐齐哈尔市)。雍正六年(即1728年,一作三年)卒。工诗善画,居绝塞十余年,仍读书不辍。其古诗,深得乐府神理,体近杜、韩,笔力健举。其塞外诗,词多悲苦,边塞之风光、景物、风土、人情,历历如绘。尤其是新乐府三十章,是研究东北民风所必取资的珍贵文献。有《依园诗略》、《星砚斋稿》、《垢砚吟》、《葆素斋集》、《葆素斋今乐府》、《如是斋集》等诗集。

塞 春 归①

杨柳三月花②,酴醾四月露③。
不见有春来④,何处送春去?
飞雪大如掌, 风吹衰草路⑤。

【注】

①此诗是作者《葆素斋今乐府三十章》的第十首,咏塞北春天的荒寒景象。

②杨柳:本是同科异属,在古诗文中经常通用。其花亦称柳絮。

③酴醾:花名。以色似酴醾酒,故名。

④杨柳开花结絮在暮春,酴醾开花也在春末。但塞北三月杨柳开花,四月酴醾结有露水,仍然是“不见有春来”,可见塞北之寒。

⑤塞北春归之际,雪大如掌,风吹衰草,极写塞北荒寒。

塞上月[①]

塞月不照山，塞月不照水。
夜夜照黄沙[②]，起落笳声里[③]。
曾照几人还？曾照几人死[④]？

【注】

①本诗为《葆素斋今乐府三十章》中的第十四首。是以塞上之月，写边塞的荒凉及流人难归的感慨。

②黄沙：按：作者所遣戍的齐齐哈尔周围多沙。其子方式济《龙沙纪略》云："卜魁以南至新城（即吉林伯都讷），数百里皆平漠，其三面之二百里内亦无山。"又云："卜魁四面数十里皆寒沙，少耕作。"

③西清《黑龙江外记》云："（卜魁）二、八月望日，城南楼吹布楞半月……其声呜呜。布楞，海螺也，盖古笳吹遗意。"以上四句写塞外之荒寒。

④这两句表明作者久戍无归的感慨。

王干哥[①]

边山有鸟，每于夜半辄呼"王干哥"至千百声，哀切不忍闻。传昔有人入山劚参[②]相失，遂呼号死山中，化为鸟。当参盛处，则三匝[③]悲啼。随声至其地，必见五叶[④]焉。

王干哥，山之阿[⑤]。
王干哥，江之沱[⑥]。
叫尔三更口流血，草长树密风雨多[⑦]。
生同来，死同归。尔何依？我不忍先飞。
但愿世间朋友都似我，同生同死无不可。

【注】

①本诗为《葆素斋今乐府三十章》中第十六首。是根据民间传说所写的咏

塞外采参人的悲惨遭遇。全诗是假托鸟语而成。王干歌:鸟名。又称棒椎鸟、参雀。

②剛参:挖掘人参。

③三匝:三周。诗中指王干哥鸟绕参枝三周。

④五叶:指人参。杨宾《柳边纪略》:"辽东人参……初生一丫,四五年两丫,十年后三丫,年久者四丫。每丫五叶,叶若芙蓉,一茎直上。"

⑤阿:山边。

⑥沱:江水支流的通名。

⑦长:长短之"长"。

打貂行①

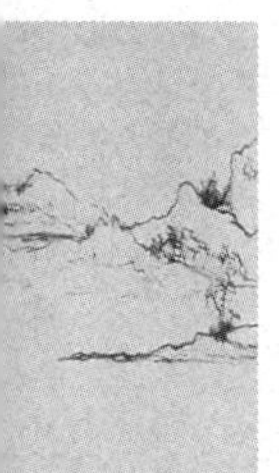

打貂须打生,用网不用箭。
用箭伤皮毛,用网绳如线②。
犬逐貂,貂上树,打貂人立树边路。
摇树莫惊貂,貂落可生捕③。
皮完脯肉供匕箸④,索伦(地名)打貂三百户⑤。
白狼苍鹿赆同赴⑥。
九天阊阖上方裘,垂裳治仰蜼虫助⑦。

【注】

①本诗为《葆素斋新乐府三十章》之第十七首,咏索伦猎者打貂之情景。

②这四句指打貂要生擒,工具用网而不能用箭。原因是怕伤及貂的皮毛。杨宾《柳边纪略》载:捕貂时,"以网布穴口,而烟熏之。貂出避。辄入网中"。

③以上五句:方式济《龙沙纪略》:"捕貂以犬,非犬则不得貂……犬前驱,停嗅深草间,即貂穴也,伏伺噙之。或惊窜树末,则人、犬皆息,以待其下。"

④脯肉:干肉。匕箸:匙与筷。

⑤索伦:民族名。明末清初对分布在西起石勒喀河及外兴安岭山麓,东至黑龙江北岸支流精奇里江一带的达斡尔、鄂温克、鄂伦春等族总称为索伦部。清初至康熙时,为避沙俄侵略,陆续迁至黑龙江南嫩江流域,因此本诗作者又

注为“地名”。以上两句谓,捕到貂后,将皮完整剥下,然后将肉供索伦三百户食用。

⑥白狼:白色的狼,古代以为祥瑞。苍鹿:青色的鹿。赆:临别时赠送的财物。赴:趋往,投入。

⑦九天阊阖:指皇宫。九天,言其深远。阊阖:宫之正门。上方:汉代官署名。居少府,掌管供应制造帝王所用器物。垂裳:《易·系辞》:“黄帝、尧、舜垂衣裳而天下治。”穿着长大的衣服,形容无所事事或文绉绉的样子。后来成为称颂帝王无为而治的套语。也略作“垂衣”、“垂裳”。仰:依赖。蜼虫:长尾猴,又名狖。以上三句是说:所打之貂及白狼、苍鹿等物,全部作为“贡赋”,送往皇宫上方署,制成貂裘。可见朝廷的无为而治却要仰仗动物的帮助。

妇猎词[①]

背负儿,手挽弓,骑马上山打飞虫[②]。
飞虫落手揕其胸,掬血饮儿儿口红[③]。
儿翁割草牛车卸,归来同饱毡庐下[④]。

【注】

①本诗为《葆素斋今乐府三十章》中的第二十七首。咏鄂伦春族妇女射猎。关于鄂伦春妇女射猎,作者之子方式济《龙沙纪略》云:“鄂伦春妇女,皆勇决善射……腰数矢上马,获雉兔,作炙以饷。载儿于筐,裂布悬项上。射则转筐于背,旋回便捷,儿亦不惊。”

②飞虫:飞鸟。

③揕:击刺。掬:双手捧取。饮(yìn音印)儿:将血给儿饮。这两句是说,被射中的飞鸟落到手中,她用刀或剑刺进鸟的胸中,然后用双手捧取鸟血给孩儿饮。孩子口上由于沾上血而呈现一片红色。

④儿翁:儿之父,即指猎妇之夫。卸:解去,除下。此处指卸车。毡庐:即毡帐。以毡做的帐篷。

移居口号六首选五①

自嗤迁客更迁居②，流水浮云踪迹如。
吴下赁舂湘水卜，却从何处认吾庐③？

能容七尺即安居④，仍是三间破草庐。
差喜有门堪闭月⑤，不嫌无地可留车。
旧居门户为风雨所坏。

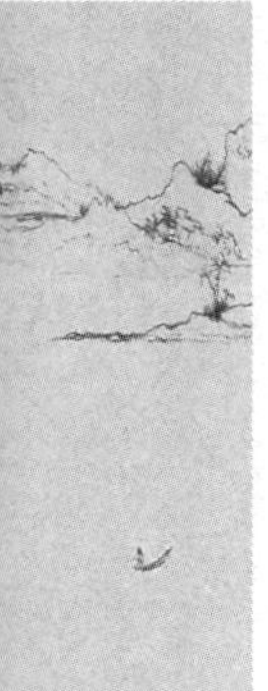

城隅策杖步徐徐⑥，稚子衰妻共一车。
试问先生何所有？半肩行李半肩书。

剩有残红满地开⑦，主人遗爱在莓苔⑧。
三年记得西窗下，冒雨看花几度来？

枝枝疏柳映窗斜，豆架瓜棚曲径遮。
莫笑罂粮无隔宿，满庭多种米囊花⑨。

【注】

①约康熙五十九年(1720)作者于戍所迁移新居，写了这一组诗，以咏其事。

②自嗤：自己讥笑自己。迁客：贬谪在外的人。

③吴下赁舂：在吴下受雇为人舂米。《后汉书·吴祐传》："时公沙穆来游太学，无资粮，乃变服客佣，为祐赁舂。"湘水卜：指屈原既遭放逐，往见太卜郑詹尹求其卜居事。见《楚辞·卜居》。这两句是说，自己在戍所过着像公沙穆为人舂米，像屈原在湘江畔卜居的生活，到哪里去认自己的茅庐呢！

④七尺：人体。人长约当古尺七尺，故以"七尺"代替身躯。

⑤差喜：略微使人高兴。

⑥城隅：城之角落。策杖：扶杖。

⑦残红:指落花。

⑧遗爱:遗留及于后世或后人之爱。莓苔:青苔。此句指作者新居的主人原来很喜爱莓苔缀落花的景色,他的这种爱好传留给了作者。

⑨罂粮:容器中所盛之粮。罂,陶制容器。米囊花:即罂粟花。罂粟,也叫罂子粟、御李、米囊。三年生草本,叶椭圆形,花供观赏,果实球形,未成熟时破皮取汁,可制鸦片,果壳可入药。这两句是自嘲之语,极言自己之贫。意谓不要笑我粮食少得不够隔宿之用,我院中还种了许多"米"(以"米囊花"借代"米")呢!

送人赴艾浒①

寒风屋上吹, 寒日沙上流②。
此时与君别, 送君成远游。
君游亦已远, 紫塞黄云愁③。
我来非所愿, 君来何所求?
况复更东去, 乃在天尽头。
答云"丈夫身,天地一蜉蝣④。
耳目恣游骋⑤,羽翰横沧洲⑥。
亦有日与月, 亦有春与秋。
何必老乡县, 区区论首丘⑦"?
我闻心意豁⑧,顿忘流落忧。
怡然送君去⑨,把酒尽绸缪⑩。
道旁卧枯草, 冰光照衣裘。
崎岖三尺雪, 驱车无复留⑪。

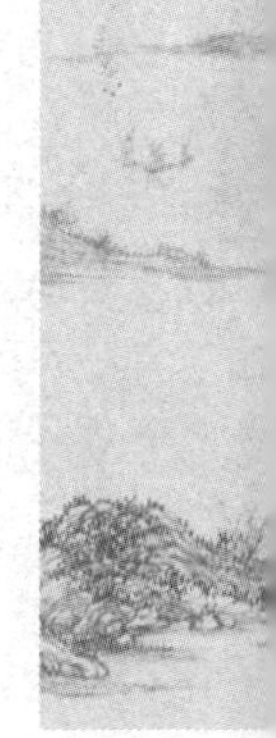

【注】

①这是康熙六十年(1721)于卜魁送人赴艾浒之作。艾浒即瑷珲(今黑河市爱辉区)。

②沙上流:卜魁四周多沙,故云。

③紫塞:详见本书吴兆骞《生查子》词注②。

④蜉蝣:动物名。属昆虫“拟脉翅类”。体长五六分。成虫交尾产卵即死,生存期只数小时。

⑤“耳目”句:尽情地游目骋怀。恣,听任,任意。游骋:游目骋怀,谓纵目四望,开拓胸怀。

⑥“羽翰”句:指大丈夫应像飞鸟那样游遍各地。羽翰:指鸟羽,这里指代鸟。横:横绝,横越。沧洲:滨水之地,指隐者所居。隐者所居之地也要到达,一般之地就不言而喻了。

⑦区区:喻小貌。首丘:即“狐死首丘”。传说狐狸将死,头必朝向出生的山丘。比喻不忘本。也喻对故乡的思念。“亦有”四句是说:人生是漫长的,何必终老于故乡,小家子气地谈论什么“狐死首丘”呢!

⑧豁:指豁然开朗。

⑨怡然:喜乐貌,高兴。

⑩绸缪:指情意殷勤。

⑪崎岖:道路险阻不平。无复留:不要再停留。

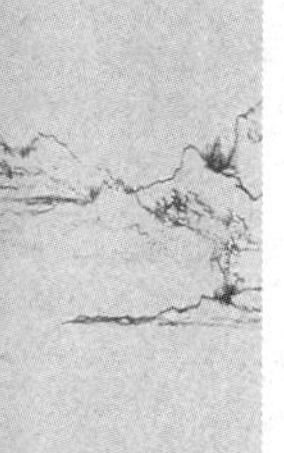

落　　日[①]

落日满柴门,春苏冻路痕。
沙明野水动,风定乱云屯。
饮马争邻井,归鸦识旧村。
江天同一照,独立向黄昏[②]。

【注】

①本诗咏初春落日时沙明水动、风定云屯、马饮鸦归、江天同照的苍茫景象及作者的寂寞心态。

②此句指独立苍茫。孤寂之感,意在言外。

暮　　立[①]

门横暮色短藜闲[②],幽僻城隅土一湾。

野日苍凉如浸水，远云层叠当看山。
笳声风曳鸣鸿去，草影沙喧牧马还。
不是邻人争晚汲，先生久已闭柴关。

【注】

①此诗咏诗人在暮色苍茫中出游之所见。日凉、云叠、鸿去、马还，伴着笳声、草影，苍凉之景跃然纸上。

②藜：藜本草名，这里指以藜之老茎制成的手杖。

风　雪[①]

雪势挟风力，风狂雪亦狂。
春难白到地[②]，晚更冷侵床[③]。
旋舞天光乱[④]，惊摇日影荒[⑤]。
莫教轻出户，步屟恐茫茫[⑥]。

【注】

①此诗系咏春天的塞上风雪。

②春雪落地，就已融化，因此说“春难白到地”。

③这两句点明昼夜温差之大。

④“旋舞”句：写雪花飞舞，天空的光景变幻不定。

⑤“惊摇”句：写雪花像受了惊吓般地飘摇，使日影昏暗不明。荒：即荒忽，隐约不清。

⑥莫教：不叫。步屟（xiè 音谢）：散步。屟，木板拖鞋。茫茫：模糊不清。诗中指道路模糊。这两句是指轻易出户散步，就有可能迷失道路。

喜　小　雨[①]

细雨压风风暂息，飞沙入雨雨无声。
茅疏破屋燕争出[②]，草湿断堤蛙乱鸣。

自种畦蔬青始拆[③]，人传垄麦绿难平[④]。
贫家课圃关心甚，云净西郊怯暮晴[⑤]。

【注】

①小雨有利于庄稼的生长,而庄稼的生长又涉及到农税的上缴,因此作者见到小雨,喜而有赋。

②茅:草名。有白茅、青茅、黄茅等。疏:稀。此句指破屋之上,茅草稀疏之处,燕子争先恐后地飞了出来。

③畦蔬:园中的蔬菜。畦,田畦。拆:分裂,裂开,通“坼”。青始拆:指园中蔬菜的绿色深浅不一,远远望去,有如产生了裂痕。

④人传:别人传授。垄麦:田垄上的小麦。平:齐一,均等。此句指经别人传授而栽种的绿色麦苗也高低不齐。

⑤课圃:指农业税。课,抽税,赋税。圃,种植果木瓜菜的园地。怯:胆怯,害怕。这两句谓,作为一个贫穷之人,自己由于对征收的农税非常关心,所以看到西郊云净天空,一片晚晴,不觉害怕天气干旱。

方式济

方式济(1676—1717),字屋源(一作渥源),号沃园。安徽桐城人。工部都水司主事方登峄之子。康熙四十八年(1709)进士,授中书舍人。五十二年(1713)受《南山集》文字狱之牵累,与其父同遣戍齐齐哈尔,并卒于戍所。早年工诗,“与老宿唱和,积诗成帙”。至戍所,“坐荆棘风雪中,两手皲裂,暇则吟咏承欢”。“诗慕昌谷(指唐代诗人李贺)”,“诗格廉悍,乐府尤矫矫不群”。有《五经一得》及黑龙江省第一部方志《龙沙纪略》,诗集有《陆塘初稿》、《出关诗》。

渡脑温江①

过江即卜魁界

急流双汊涌沙根②,一抹波光带日昏③。
想象琼州潮拍岸,片帆初到海南村④。

【注】

①这是康熙五十二年(1713)作者随父遣戍卜魁途中,行经脑温江时所作。作者由自己的遭遇,联想到宋代著名诗人苏轼的遣戍琼州,其感慨是可以想见的。脑温江:一名诺尼江,即今嫩江。流经卜魁城西门。

②双汊:指脑温江分支的两条小河。汊:江汊。沙根:指沙洲的边缘部分。根:物体的下基。

③带:连着。

④“想象”两句:用宋代诗人苏轼遣戍琼州事。苏轼曾以事谪琼州。琼州即今海南省琼山市南。海南村:海南岛之村庄。海南,即旧琼州全岛,一称琼崖。宋苏轼《澄迈驿通潮阁》:“余生欲老海南村。”这两句是说,看到脑温江的

急流波光与落日，想起当年苏轼片帆初到海南、潮水拍岸的情景，不也是如此吗！

望见卜魁城[①]

一片沙昏数尺墙[②]，断碑烟景亦苍苍。
怪来战马防秋地[③]，说是书生送老乡[④]。
五十三亭燕树隔，六千余里楚天长[⑤]。
劳肩息后寻诗料，雁月笳风拾满囊[⑥]。

【注】

①此诗写于康熙五十二年(1713)，作者遣戍途中遥见卜魁城之际，抒发了塞外竟然成为书生送老之乡的哀愁。

②沙昏：卜魁城周围多沙，故称。

③防秋：古代，北方每至入秋战马肥壮之际，边塞经常发生战争。至此期，边防军加意警卫，谓之防秋。防秋地指卜魁城而言。

④送老：晚年消遣度日。

⑤五十三亭：这里指驿站。即五十三驿。宋黄庭坚《竹枝词》："鬼门关外莫言远，五十三驿是皇州。"皇州即京都。燕树：燕地之树木。六千余里：当指其家乡桐城与卜魁距离而言。楚天：楚地。作者故乡桐城县，战国时属楚地。

⑥囊：指诗囊。相传唐代诗人李贺常骑驴出游，从小奚奴，途中得佳句，即书投囊中，及暮归，整理成篇。诗意本此。

游胡氏庄次星匡弟韵二首[①]

一

郭北辚辚古道过[②]，戍楼三里接湖波[③]。
沙堆断处人烟出，露得秋城一角多。

二

双双白鹭掠云过，茅屋人家对渌波[④]。
为道年年新雨后，鱼苗一样到门多。

【注】

①此二诗系作者游胡氏庄时，和其弟星厓同诗韵律之作，描绘游庄之所见。胡氏庄系康熙末年齐齐哈尔名园，原为某武官之墓地，后辟成园，居城之北。门前一水，云影波光，园内柳蔓成路，凉阴可人（见方登峄《游胡氏庄》诗）。星厓，名不详，为作者从弟，当系登峄之兄方云旅之子。

②辚辚，车声。

③戍楼，边防驻军之瞭望哨。

④渌：清澈。

九月二日雪[①]

江南九月秋光开，冻云不近江城隈[②]。
燕山九月朔风起[③]，雪花光照桑干水[④]。
客住边城值九月[⑤]，眼中才见边城雪。
边城雪，飞皓皓[⑥]，九月才飞不为早。
芙蓉未冷江南花，蘼芜已压燕山草[⑦]。
羁人见雪何须悲[⑧]，只似燕山九月时。
居人共道“今年暖，迁客来多天意转[⑨]。
此地初开草昧年，迎秋冰雪酸风剪”[⑩]。
雪迟飞，春早度，玉门或有春来路[⑪]。

【注】

①这是咏塞外九月飞雪之诗。

②秋光：秋天的风光。冻云：下雪前积聚的阴云。江城：指滨临江河之城。

隈:隅,角落。这两句指九月的江南还很暖和。

③燕(yān 音烟)山:山名。今天津市蓟县东南蜿蜒而东,直至海滨之山。一作府名。今河北北部及东北部之地。

④桑干水:水名。源出山西省马邑县(今朔县)桑干山,东入河北及北京市郊,流入大清河。这两句指九月的燕山已经很冷。

⑤客:指作者自己。边城:卜魁城。

⑥皓皓:光亮洁白貌。

⑦芙蓉:荷花。蘼芜:香草名。又名茳蓠、蕲茝。

⑧羁人:在外寄居作客之人。

⑨居人:卜魁城土著之人。迁客:贬谪在外者。天意:上天的旨意。

⑩草昧:谓世界未开化之状态。

⑪玉门:玉门关。唐王之涣《凉州词》:“羌笛何须怨杨柳,春风不度玉门关。”方式济此句是反王之涣诗意而用之,意思是春风会至玉门关。

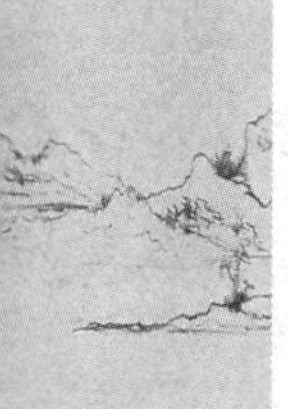

至卜魁城,葺屋落成,敬和家君原韵十首选四①

穷荒岂复羡轩楹②?抹土诛茅手自营③。
桑海乌衣天外梦④,勃溲韦幕意中情⑤。
三年鼎沸忧危色⑥,百日征车轧辘声⑦。
谁道惊魂招未得? 啸歌随地寄浮生⑧。

笑解贫装载不轻, 牛腰书帙半车横⑨。
揶揄满路原成癖, 辛苦随人倍有情⑩。
语阱聊从攲案避⑪,眼花渐对旧檠生⑫。
南华齐物离骚怨, 谁是谁非辨未明⑬。

静无剥啄类荒郊, 寒雨闲庭不补茅⑭。
耳剩宵吟联蟋蟀, 眼怜尘网织蟏蛸⑮。

敢言玩世同嵇阮[16]？未信逃名学许巢[17]。
寂寂书堂扬子宅，旁人指点莫相嘲[18]。

只送韶光不送愁，遣愁何处觅清幽[19]。
夕阳巷冷牛羊气，平野天低狐兔秋[20]。
岂有桃源容大隐[21]？竟从榆塞说闲游[22]。
多劳故国莺花待，白板黄茅古渡头[23]。

【注】

①康熙五十二年，作者随其父遣戍卜魁，二人同其家人亲手盖了简陋的房屋以居。这十首诗是写他们初至卜魁的生活状况，同时又写了卜魁的风土民情。此诗是和其父方登峄诗原韵之作。葺：用茅草覆盖房屋。这里指修盖房屋。

②穷荒：极荒远之地。轩楹：长廊之柱。喻富者所居。

③捄土：盛土于器。诛茅：剪茅。以上两句谓，既已遣戍这荒远之地，怎能再羡慕带有长廊的豪华房舍？自己亲自动手以土与茅盖起了简陋房屋。

④桑海：沧海桑田之省略语，喻世事之变迁。乌衣：东晋王谢世族所居之巷。

⑤勃溲：即指马勃、牛溲。马勃，又名马窠、屎菰。牛溲：即牛遗，车前草的别名。生湿地及腐木上，均供药用。喻至贱之物。韦幕：以兽皮制成的帐幕。喻简陋的居室。以上两句谓，经过世事的变迁，乌衣巷中的豪华生活已成梦幻，现在吃着粗劣的食物，住着简陋的房屋，也已成为意中之事。

⑥鼎沸：形容水势汹涌，如鼎中沸腾的开水。后来也用以形容形势的纷扰动乱。忧危：忧虑戒惧。这句写自己遭难三年以来，形势动荡，心情忧惧的状况。按：方氏于康熙五十二年(1713)遭家难，到五十四年(1715)遣戍至卜魁，实为二年，但由于是首尾三年，故称三年云云。

⑦征车：远行之车。轫辘：车声。

⑧惊魂：受过惊吓的灵魂。啸歌：长啸歌吟。浮生：指人生。以上两句谓，自己受惊之魂被招了回来，随遇而安，长啸歌吟，以寄托自己的余生。

⑨牛腰:牛的腰部。唐李白《醉后赠王历阳》:“书秃千兔毫,诗裁两牛腰。”多指书卷量大如牛腰。书帙:书卷的外套。这里指代书卷。以上两句是说自己虽贫,携带之物不多,但是书籍却很多。

⑩揶揄:耍笑,嘲弄。这两句指一路之上,人们见状,无不嘲笑,可是自己爱书成癖,因此对别人的嘲笑听之任之。书籍辛辛苦苦地跟随自己到戍所,因此对它们倍加有情。

⑪语阱:此指语言陷井,即因语言文字而获罪。唐韩愈《秋怀》诗:“诘屈避语阱,冥茫触心兵。”清代文字狱盛行,人们动辄以语言得罪,而作者也正是以《南山集》文字狱案获罪而遣戍的,故云。欹案:即懒架,亦名懒几。读书时用来托书之架,可省手持之劳。此指埋头读书。

⑫旧檠:使用已久的灯架。檠:灯架。这里指灯。此句指对着灯光,眼睛渐渐变花。

⑬南华:书名。即《南华真经》,《庄子》一书的别名。齐物:《南华真经》中的篇名。内容以齐是非、齐彼此、齐物我、齐夭寿为主。离骚:《楚辞》篇名。战国时,屈原仕楚怀王为佐徒,得王信任。后王听谗言乃疏屈原,原因作《离骚》以寄怨。这两句是说,《南华真经》中《齐物论》与《离骚》中的是非无法辨明。言外之意是说不想去过问他人之是非,只是安于现状而已。

⑭剥啄:指叩门声。这两句指四周幽静得连鸟声也没有,简直像荒凉的郊外。安静的庭院中下着寒雨,因此不能再修补房上的茅草。

⑮宵吟:夜间吟诗。蟋蟀:虫名。又叫促织。本诗指蟋蟀的叫声。尘网:灰尘之网。蟏蛸:虫名。长脚蛛。即喜蛛,一名喜子、喜母。此句写吟声伴着虫鸣,灰网织着蛛网。

⑯敢言:不敢言。玩世:轻蔑世事。嵇阮:嵇康与阮籍。嵇康,三国时仕魏为中散大夫。崇尚老庄,不谐流俗,而非汤、武。阮籍,三国时人,曾为步兵校尉。能长啸,善弹琴,尤好老庄。以生于魏、晋易代之际,不满现实,因此纵酒谈玄。每至穷途,辄痛哭。与嵇康等七人称“竹林七贤”。

⑰逃名:避名而不居。许巢:许由与巢父。许由,上古高士,相传尧让以天下,不受,遁耕于箕山之下。尧又召为九州长,由不欲闻,洗耳于颍水滨。巢父,上古隐士,在树上筑巢而居,时人号为巢父。尧以天下让之,不受。上两句是说,自己不同于玩世的嵇阮,也不相信是逃名的许巢。

⑱寂寂:清静无声,冷落寂寞。扬子:指扬雄。雄西汉末人。长于辞赋,家贫,门少宾客。曾仿《周易》作《太玄经》、《法言》等。这两句是说,自己就像在冷落寂寞的环境中独自闭户著书的扬雄,旁人不要指指点点,予以嘲笑。

⑲韶光:美好的时光。清幽:清静安闲。

⑳这两句是写卜魁城内的荒凉冷落。作者《龙沙纪略》云:“入(卜魁)土城南门,抵木城里许,商贾夹衢而居,市声嘈嘈。此外,虽茅茨气象,且不若中土荒县。郊外,惟庵刹四五而已。余有诗曰:‘夕阳巷冷牛羊气,平野天低狐兔秋。’……观者可略见其意。”

㉑桃源:晋陶渊明《桃花源记》虚构的与世隔绝的乐土。该处人人丰衣足食,不知世间有祸乱忧患。后称这种理想境界为世外桃源。大隐:身居朝市而过隐居生活之人。

㉒榆塞:北塞。古时边徼植榆:故称北塞为榆塞。

㉓故国:指故乡。莺花:莺与花泛指春日景物。白板:白色的桥板。黄茅:指茅屋。古渡头:年代久远的渡口。这两句是说多劳故乡美好的景物在等待着自己归去,但自己却滞留在这板桥茅屋古渡头的荒凉塞外。

方观承

方观承(1698—1768),字遐谷,号问亭,又号宜田。安徽桐城人。工部主事登峄之孙、中书舍人式济之次子。其祖父与父以《南山集》狱遣戍齐齐哈尔时,观承与兄观永,因年幼未曾同戍。康熙五十四年(1715)春曾至卜魁省亲,居五年离去。式济与登峄相继去世后,又曾盗其父与祖父骸骨,徒步负入关。后历任浙江巡抚、直隶总督等要职。其诗"随境为哀乐。早年于役,诸诗苍凉悲壮,尔后进入亨途,则多应制之作,风格亦稍稍下矣"。有《东间剩稿》、《入塞诗》、《怀南草》、《竖步吟》、《叩舷吟》、《宜田汇稿》、《松漠草》、《看蚕词》、《薇香集》、《燕香集》等。他曾与其兄观永、弟观本,将其祖父登峄、父式济与自己的诗作,汇刻成《述本堂诗集》,共十六卷。

卜魁杂诗二十首选六①

惊心豺虎窟,　风雪是何天②?
白发三年泪,　黄沙万里鞭③。
团圞怜竭蹶④,魂梦久颠连⑤。
莫道边庭苦,　相依重膝前⑥。

诺尼带城绿⑦,心意豁潺湲⑧。
冰泮深春水⑨,云堆入夏山⑩。
健儿调马去⑪,稚子钓鱼还⑫。
日日江边路,　来看夕照间⑬。

戎马边无际[14]，重城锁市嚣[15]。
人奴余墨涅[16]，儿戏亦弓刀[17]。
犬走茅桁捷[18]，鸡栖炙坐高[19]。
莫须惊卤莽，还复称粗豪[20]。

戍柝下黄昏，边荒甲士尊[21]。
弓刀严夜令，星斗静高垣[22]。
江国谁归计？冰天无定魂[23]。
强将残卷伴[24]，榾柮恋炉温[25]。

冷漠霜初阔[26]，长围野尽嚣[27]。
将军弓刀大，壮士搏生豪[28]。
雪后黄羊集，风前锦雉高[29]。
班禽奖多获，夜火醉香醪[30]。

飘零难问地，毳帐复绳枢[31]。
草长秋城隘[32]，天荒暮月孤[33]。
数行迷过雁，三匝剩啼乌。
万古凄清意，狂歌托唾壶[34]。

【注】

①这一组诗是作者于康熙五十四年(1715)初到卜魁省亲时所写。既咏塞外的风光景物、民俗物产，又写见到父母时的喜悦之情。

②豺虎：豺与虎。泛指猛兽。窟：洞穴。

③“白发”句：指作者之祖父方登峄与父方式济遣戍三年来，流了许多泪水。“黄沙”句：指作者乘马驰驱万里之途，方才得以省视父母。按：方登峄之遣戍在康熙五十二年(1713)，作者至卜魁省亲在五十四年(1715)，首尾恰为

三年。

④竭蹶:力竭颠仆。此句谓自己与祖父、父母虽在塞外团聚,但可怜已达到力尽颠仆的境地。

⑤颠连:困苦,劳顿。指作者梦魂不安,即使做梦也在思念亲人。

⑥重膝:指父母双亲。重,重复,重叠。膝,人在幼年时,常依于父母膝旁,因此以“膝下”表示父母对幼孩之亲爱。这里指代作者之父母。以上两句谓承欢于父母膝下,塞外再苦,也不感到苦了。

⑦诺尼:江名,即嫩江,详见本书方式济《渡脑温江》注①。带城:城外附近。带,连着,附着。

⑧潺湲:水流貌。以上两句谓,诺尼江流经卜魁城外,呈现一片绿色,人们看到潺潺的流水,不禁心胸豁然开朗。

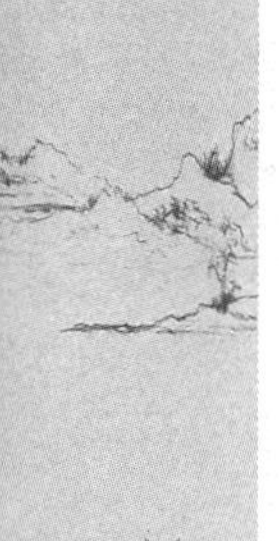

⑨冰泮:冰块融解。深春:指暮春。此句谓暮春之际,冰融化为水。

⑩此句谓入夏之时,云笼罩着山峰。堆:堆积。

⑪健儿:壮士。这里指当地少数民族壮士,即满汉八旗壮丁。调马:训练马匹。

⑫稚子:幼子。这里指小儿。

⑬夕照:傍晚的阳光。

⑭戎马:军马。解作胡地所出之马亦可。此句写戎马之多。

⑮重城:二层之城。此指卜魁内城与外城。市嚣:市中的嘈杂喧哗声。

⑯人奴:家奴。这里指流放于该地的犯人。墨涅:即墨刑。古代五刑之一,以治轻罪者。在被刑者额上刺字,涂上黑色染料以作标志。涅:黑泥,黑色染料。此句指该地流人仍带墨刑之遗迹或标志。

⑰儿戏:此句指儿童游戏也以弓刀为玩具。即谓该地风俗尚武。

⑱茅桁:以茅搭之浮桥。

⑲炙堃:炙:烧烤之意。堃:字书此字有音无义,疑为“坑”,即“炕”之讹。炕,北方的一种床,用土坯或砖石砌成,下有孔道,可以生火取暖。此句当指鸡栖息在较高的烧热的火炕上。

⑳鲁莽:粗疏。粗豪:豪爽。

㉑戍柝:边防驻军的更柝。甲士:披甲的战士。泛指兵士。此两句指黄昏降临后,响起了更柝声,边塞的兵士显得非常高贵。

㉒严夜令:夜禁之令森严。高垣:高空。垣:星位名。古人把天体恒星分为上、中、下三垣。

㉓江国:江乡。指江南。归计:归去的打算。冰天:严寒的地方。这里指塞外。定魂:安定的灵魂。

㉔强:勉强。残卷:残缺不全的书卷。

㉕榾柮:块柴,树疙瘩。此句谓榾柮在炉中燃烧,发出温热,使人们恋恋不舍。

㉖冷漠:寒冷的大漠。阔:广阔。这里指降霜的面积大。

㉗长围:行军或打猎时合围以进攻。这里指打猎。以上两句谓寒冷大漠上的霜刚刚大面积地降下,围猎的原野响起喧哗之声。

㉘搏生豪:以捕捉牲畜为豪。搏:捕捉。生:同"牲",牲畜。豪:豪放,自豪。

㉙黄羊:我国北方野生羊之一种,以其腹下带黄色,故名。雉:鸟名。俗名"野鸡"。鹑鸡类。雄者羽色美丽,尾长,可作装饰品。雌者,黄褐色,尾较短。"锦雉"之"锦"是形容雉羽毛有如织锦为文之美丽。按:作者之父方式济《龙沙纪略》云:"正月雪后,黄羊乃大集。水师营率水手步猎之。"

㉚斑禽奖:分赐擒获之奖赏。斑:分别赐与。禽:同"擒"。夜火:指狩猎将士点燃的灯火。香醪:指芳香之酒。

㉛飘零:漂泊,流落。毳帐:毡帐。形容简陋住处。绳枢:用绳系门,以代转轴。形容贫苦之家。上两句谓自己一家四处漂泊,不能再考虑地方之好坏,有一简陋的住宅与门户,就可安居。

㉜此句谓由于草木繁生,因此秋天的城池显得分外狭窄。

㉝此句谓由于长空黯淡无际,因此夜月愈加显得孤单。

㉞唾壶:痰盂。《北堂书钞》载,王敦"每酒后,辄咏魏武帝乐府歌曰:'老骥伏枥,志在千里;烈士暮年,壮心不已。'以铁如意击唾壶为节,壶尽缺"。这两句谓,孤寂冷落的心意,只能借放声狂歌或击碎唾壶来表达。托:依托,凭借。

卜魁竹枝词二十四首选十一①

诺尼江上水潺潺②,五月冰消艾浑山③。
流到混同天更碧④,松花一派白云间⑤。

诺尼江在城北五里,南流至混同江,会松花江入海。

边天春事近为农[⑥],野烧荒荒二月风[⑦]。
千里火云吹不断[⑧],满城都在夜光中[⑨]。

东门十日雨微凉, 拾得蘑菇入市香[⑩]。
野水恨教迷去路, 儿童闲杀柳条筐[⑪]。

江上葳瓠春水清[⑫],西滩渡口风正平。
篙撑十字纵横样[⑬],破网牵来水面行。
葳瓠,独木舟名。

五月巡边草茁荄[⑭],西行轻骑抵河涯[⑮]。
无皮树下堆高冢[⑯],归路糇粮去日埋[⑰]。
五月遣官,率百人巡边至鄂尔姑纳河[⑱]。河以西为俄罗斯地,视东岸沙草有无牧痕,防侵碑界。路溺漫[⑲]无辙迹,择大树去皮,归时认树,知旧路也。糇粮不能携者,囊挂于树[⑳]。或掘地埋之,隆土作冢形。

九月通铿猎骑纷[㉑],弓刀大雪从将军。
一时马上齐声贺, 亲射雄貗六百斤[㉒]。
江冰后,猎野彘于通铿河,雄者为贵。

鄂伦春隶索伦围[㉓],庐帐千家裹桦皮。
大树惊貂凭犬得[㉔],深山野鹿任人骑[㉕]。
索伦人分八围应捕貂役。鄂伦春又在索伦之北,与俄罗斯接壤,地产桦,冠履皆以桦皮为之。无马多鹿,乘载与马无异，用罢任去，招之即至。捕貂以犬，与索伦同。

犬侦貂穴在深蒿，伺穴噙来更不劳[26]。
貂惜毛戕甘受齿[27]，犬防齿重不伤毛。
貂产索伦之东北，捕貂以犬。虞者[28]裹粮以往，犬尝前驱，见其停嗅深草间，即貂所在，伏伺貂出，逐而擒之。貂爱其毛，受噙不自戕。犬知毛贵，亦不伤以齿，故皆生得也。一虞人岁输一于官。

行人争说避灯官[29]，叱咤声中法不宽[30]。
昨日街头呼驵侩[31]，今朝马上肃衣冠[32]。
锁印后，阘厝侩名，立为灯官[33]。揭示有"官假法真"之语，细事扑罚惟意[34]。出必鸣金，市声肃然，至开印前夕止[35]。

椎鬟半绾猎蹄轻[36]，射得鸳鸯不识名[37]。
说与相思交颈鸟，无端边女也多情。
妇女韬发垂肩，曰练椎。

夫役官围儿苦饥[38]，连朝大雪雉初肥[39]。
风驰一矢山腰去，猎马长衫带血归。
鄂俗春妇女，皆勇决善射。

【注】

①这一组诗是作者于康熙五十四年(1715)至卜魁省亲时所作。均咏该地的自然景物、民风土俗、物产等。竹枝词：乐府名。详见本书杨锡恒《艾河元夕竹枝词》注①。

②诺尼江：即脑温江，亦即今嫩江。详见本书方式济《渡脑温江》诗注①。

③艾浑:即瑷珲。

④混同:江名。古代对混同江的解释,说法不一。其中之一是说五代时契丹曾将松花江改名为混同江。另一说法认为松花江与黑龙江合流一段为混同江。据方观承此诗诗意,方氏系认为今松花江接受诺尼江这一段为混同江,混同江的下游则为松花江。这种看法与前两种看法稍异。

⑤一派:一条支流。派,支流。

⑥此句是说塞外的春事近来已重视农耕。

⑦野烧(读去声):此处专指野火。荒荒:黯淡无际貌。此句指野火借着二月的春风更加旺盛,无边无际。

⑧火云:野火如云。形容火势之猛。

⑨夜光:本指月。这里指夜间野火之光。

⑩蘑菇:菌类,可供食用。为黑龙江特产。

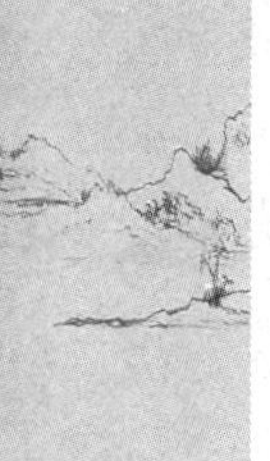

⑪柳条筐:柳条所编之筐。这两句是说,野外的河流使捡蘑菇之儿童迷失道路,因此他们所带的柳条筐都空闲起来。

⑫葳瓠:也作威弧、威护。是一种小型的独木舟。两头尖,可坐三四人。即古代所谓的刳木为舟者。

⑬篙:撑船的竿。纵横:交错貌。此句是说撑船之竿支撑为十字交错的样子。

⑭巡边:巡视边境。这一首绝句是写黑龙江巡边的制度与路线等。茁荄:草初生貌。荄:草根。

⑮轻骑:轻装的骑兵。河涯:指额尔古纳河河畔。

⑯冢:坟。这里指像坟形的大土堆。

⑰糇粮:干粮。

⑱鄂尔姑纳河:今通作额尔古纳河。为黑龙江南源。在内蒙古呼伦贝尔西部边境。

⑲路溺漫:路径被水淹没浸坏。

⑳囊挂于树:指将干粮装于囊中,悬挂在树上。

㉑通铿:河名。今黑龙江省通肯河。该河流入呼兰河,最后入松花江。

㉒雄繻:"繻",字书无此字,恐为原书刻写之讹。作者原意指野猪。

㉓索伦:民族名。详见本书方登峄《打貂行》诗注⑤。当时索伦共分八围,

有四千余人,以捕貂为役。鄂伦春:少数民族之一。主要分布于黑龙江省西北部大小兴安岭一带。清初隶属于索伦,也以捕貂为役。

㉔详见本书方登峄《打貂行》诗注③。

㉕指鄂伦春人乘载均用野鹿为之。

㉖噙:含。不劳:指犬捕貂轻而易举。

㉗戕:残杀,残害。甘受齿:指貂甘心忍受犬齿之噙。

㉘虞者:古代掌管山泽苑囿、田猎之官。这里指鄂伦春捕貂之人。

㉙灯官:详见本书杨锡恒《艾河元夕竹枝词》诗注⑨。

㉚叱咤:怒斥声。法不宽:指灯官执行的命令很严。

㉛驵侩:牲畜交易的经纪人。后泛指市场的经纪人。

㉜肃:严肃。以上两句是写昨天街头上低贱之人,今天却乘着马,衣冠楚楚,威风凛凛。

㉝锁印:即封印。详见本书杨锡恒《艾河元夕竹枝词》诗注⑤。阄屠侩名:开列屠夫与商贩人名,通过抓阄的办法,确立一人为灯官。屠:以宰杀牲畜与卖肉为生之人。侩:买卖的经纪人。二者均是旧社会低贱之人。阄:即拈阄,以抓物取具的方法,决定胜负。

㉞揭示:指列出事由,布告大众。相当于今日之告示。官假法真:灯官虽是假的,但法令却是真的。细事:小事。扑罚:笞打与惩罚。惟意:惟灯官之意是从。

㉟鸣金:指鸣锣开道。古代大官出行,随从之人必鸣锣开道。市声:市中嘈杂声。肃然:严肃寂静。开印:详见本书杨锡恒《艾河元夕竹枝词》诗注⑤。

㊱椎鬟:即椎髻。一撮之髻,形状如椎。半绾:稍微盘旋打结。这种发式之人指当地少数民族妇女。猎蹄轻:指这些妇女驰马打猎。

㊲鸳鸯:鸟名。体小于鸭。雄(鸳)羽色绚丽;雌(鸯)略小,背苍褐色。雄雌偶居不离,故以之比夫妇。

㊳役官围:指去参加布特哈八旗的围猎活动。

㊴雉:即野鸡。

夕　　阳[①]

秋草枯时塞眼长[②],天低野寺暮云荒[③]。

戍笳声里沙和雪[4]，一片寒阴淡夕阳。

【注】

①此诗是咏塞外夕阳西下时的苍茫景象。写于作者在卜魁省亲期间。

②此句是咏塞外秋草枯萎时，人们看的远。

③荒：不分明貌。

④戍笳：边防驻军的笳声。

夜　　归[1]

城阴寂寂锁蒿莱[2]，归路频惊戍鼓催[3]。
冻月半轮衔雪出[4]，寒沙数里傍车来。
猎云散骑环宵帐[5]，野烧飞烟掠燧台[6]。
遥指衡茅栖冷梦，一星灯火露荒阫[7]。

【注】

①本诗写诗人夜间归来沿途之所见。写于作者在卜魁省亲期间。

②蒿莱：杂草，野草。

③戍鼓：边防驻军的鼓声。

④衔雪：含雪。

⑤此句是说，猎者如云，分散地环绕着夜间的帐幕。

⑥野烧（shào 读去声）：见前诗《卜魁竹枝词二十四首》诗注⑦。掠：飘拂过。燧台：烽火台。

⑦衡茅：衡门茅屋。指陋室。诗中指作者之家。荒阫（péi 音赔）：残破之墙。荒，荒废。阫，墙。这两句是说，遥指前面断壁之上露出一点灯火之处，就是寄托我的凄凉梦境的陋屋。

诺尼江漫兴[1]

斜阳风定半江水，破网人牵独木舟[2]。

云影渐移沙外岸，钟声微落寺前楼。

【注】

①此诗是咏诺尼江上傍晚之际，小船张网、云影移动、钟声飘扬的如画风光。写于作者至卜魁省亲期间。

②独木舟：即葳瓠。详见作者前诗《卜魁竹枝词二十四首》诗注⑮。

缪士毅

缪士毅(1657—1724),初名璜,字藩公。安徽天长人。顺治十六年(1659)其父以事被遣戍沈阳,士毅以年幼得免。后父死,母黄氏相继改徙乌喇(今吉林市)、宁古塔及瑷珲。士毅曾于康熙二十三年(1684)与五十九年(1720)两次出塞省亲。第一次出塞达宁古塔,第二次出塞远抵瑷珲。时其母已卒,士毅至瑷珲,授徒庐墓以居,不久卒于此。

见　　母①

云天雪地冻江宽,何幸今生傍母看。
跪抚哀号疑梦里,严关鼓角夜漫漫②。

【注】

①这是写在宁古塔姚庄见到其母时哀号欲绝的情景。写于康熙二十三年(1684)十一月初一日。

②严关:险要的关门。

辞　　母①

白云才驻又南飞②,恨隐囊中甘旨稀③。
万里空留离子泪, 一身惟拥敝裘衣④。

【注】

①这是于宁古塔离开其母时所作之诗。写于康熙二十三年(1684)十一月

中旬。按:士毅由于“关引”所规定期限已到,不能在宁古塔多留,因此仅住十余日就被迫离去。

②“白云”句:比喻思亲。唐狄仁杰赴任于并州,时其亲在洛阳。仁杰登太行,“南望白云孤飞,谓左右曰:‘吾亲所居,近此云下!’悲泣,伫立久之,候云移乃行”。(唐刘肃《大唐新语》)

③囊:盛物的袋子。甘旨:美味。后来多用作奉养父母之词。此句指遗憾的是自己的袋中缺少奉养母亲的食物。

④敝裘衣:此指破旧之衣。

杨 瑄

杨瑄(1657—1726),字玉符,一作玉斧,号楷庵。华亭(今上海市松江区)人。康熙十四年(1675)举人,次年进士,授翰林院编修。二十九年(1690)因撰内大臣佟国纲之祭文有误获罪,被遣戍奉天(今沈阳),三十三年(1694)释归。四十二年(1703)官复原职,历任内阁学士兼礼部侍郎、詹事府詹事。雍正元年(1723)以"不奉诏赴阙,擅入乾清门",再次被遣戍至艾浑。后卒于戍所。杨瑄多才多艺,精于史学与古文,擅长书法,尤工于诗。时人谓其"诗律稳细","宏肆峻拔"。有《楷庵诗草》等。

谪居柬友[①]

同是天涯万里身, 相依萍梗即为邻[②]。
闲骑蹇卫频来往[③],小擘霜螯忘主宾[④]。
明月满庭凉似水, 绿莎三径软于茵[⑤]。
生经多难情逾好, 未觉人间古道沦[⑥]。

底用浮名挂齿牙[⑦]?藜床土锉野人家[⑧]。
梦回飒飒吟秋籁[⑨],醉后呜呜答塞笳[⑩]。
邻树移阴青满院, 菜畦通水碧成洼[⑪]。
扶筇便入鸡豚社[⑫],身作齐民一倍嘉[⑬]。

【注】

①这是在戍所写给友人之诗。反映其谪居生涯及其与友人的友谊。谪:

古代官吏降级、调往边远地方均称“谪”。谪居:即戍所。

②萍梗:浮萍与断梗随风飘荡,比喻行踪无定。这句谓彼此都是行踪无定之人,但相依在一起,就是邻居了。

③蹇卫:即跛驴。蹇:跛,行动迟缓。卫:驴的代称。

④擘:同掰。分剖,分裂。霜螯:经霜之螯。螯:螃蟹等节肢动物第一对变形的步足。此句指与友人在一起分剖蟹足而食。

⑤绿莎(suō 音梭):绿色的莎草。三径:西汉末,王莽专政,衮州刺史蒋诩告病辞官,隐于乡里,于院中辟三径,唯与求仲、羊仲来往。后常用三径指家园。

⑥古道:这里指古往今来淳朴的待人处世之道。沦:沉没,沦丧。

⑦底用:何用? 齿牙:口头。此句谓何必将浮名挂在口头。

⑧藜床:藜制之床。藜:草名。又名莱。初生可食,茎老可以为杖。土锉:瓦锅。古时蜀人呼釜为锉。野人:乡野之人,农夫。

⑨飒飒:象声词。风声或雨声。秋籁:秋天自然界的各种声音。

⑩呜呜:歌呼声。以上两句是说,梦中醒来,听见风雨声吟成秋籁,大醉之后,呜呜的歌吹,与塞上的笳吹之声相应和。

⑪洼:小积水处。

⑫筇:竹名。可为杖,因此杖也称筇。扶筇:扶着竹杖。鸡豚社:祭以鸡与豚(即猪)之社。社:详见本书杨宾《上元曲》诗注⑧。

⑬齐民:平民。一倍嘉:加倍好。

杨锡恒

杨锡恒(生卒年不详),字涵贞,号查岑。华亭(今上海市松江区)人。内阁学士杨瑄之次子。康熙四十四年(1705)举人。四十八年(1709)进士,官内阁中书。杨瑄两次遣戍东北,他都曾随侍。杨瑄卒于瑷珲后,他"遇恩赦归"。其诗对于研究雍正年间瑷珲地区的民俗与科技史,颇有史料价值。有《生还草》、《冰天草》、《听雨轩诗文集》等。

艾河元夕竹枝词[1]

绝塞寒云冻不开, 全凭人事唤春回[2]。
儿童踏臂欢呼处[3],争看灯官上任来[4]。
嘉平封篆后,即设灯官,至开篆日止[5]。

赫赫前驱清道旗[6],青红皂隶两边随[7]。
朱标告示当街挂[8],新署头衔灯政司[9]。
灯官称灯政司。

倾城鼎沸闹秧歌[10],红粉新妆细马驮[11]。
不信使君真有妇, 罗敷过处看人多[12]。
马上女妆者,称灯官夫人。

迎虎迎猫载圣经[13],祈年赛社岂无灵[14]?
由来戏事关农事, 前队先迎五谷瓶。

灯作瓶式，绘五谷而封其口，取五谷丰登意。

【注】

①这是咏瑷珲正月十五日上元灯节之作。艾河：即瑷珲。详见本书何世澄《艾浑即景》诗注①。竹枝：本是巴渝一带的民歌。唐代刘禹锡仿作《竹枝词》，此后历代诗人多有仿作者。唐人所作多写旅人离思愁绪，或儿女柔情，但后人所作多歌咏风土人情。本诗即咏瑷珲风土。

②人事：指人为之事。这两句指人为之事可以解冻唤春。

③踏臂：踏，以足踏地；臂，振臂而挥。此句是指儿童在灯节之夕手舞足蹈欢呼灯官上任的情景。

④灯官：方式济《龙沙纪略》："上元赛神，比户悬灯。岁前，立灯官，阄屠侩名于神前，拈之。锁印后，一方之事皆所主，文书可达将军。揭示，有'官假法真'之语，细事扑罚唯意。出必鸣金，市声肃然，官亦避道。开印之前夕，乃自匿去。"

⑤嘉平：十二月。封篆：封印。篆，官印。"封印"就是官府封闭印信，停办公事。明代官府于除夕封印，不再签押文书，到新正三日始开印启用。清代各衙门则于十二月十九至二十二日，四天内封印，至新正十九、二十、二十一三天之内开印照常办事。开篆：开印。

⑥赫赫：显赫盛大貌。前驱：前导。清道旗：清道时皂隶所执之旗。清道，使道路清净，有"警戒"之意。古制因帝王或大官出巡而清除道路，禁止行人来往。

⑦皂隶：本指奴隶，后称旧时衙门的差役为皂隶。此句谓穿黑、红两种服装的皂隶，分为两行，作为前导，手执清道旗而来。

⑧朱标告示：用朱笔题写的告示。

⑨署：指署衔。即于姓名之上加书官称。

⑩倾城：全城人。鼎沸：这里指全城人欢腾的情景。秧歌：详见本书杨宾《上元曲》诗注⑧。

⑪红粉：本指妇女化妆用的胭脂与白粉。这里指美女。新妆：新式的打扮。细马：小马。

⑫"不信"两句：用古诗《陌上桑》的故事。此诗写一个太守侮弄采桑女子

遭到严词拒绝的故事。当太守(即使君)派人问此女(即罗敷)“宁可共载不”?罗敷回答说:“使君一何愚!使君自有妇,罗敷自有夫。”予以拒绝。“不信”两句是说,人们并不相信使君(指灯官)真有妇(指灯官夫人),但是当罗敷(指灯官夫人)过处,看的人却非常多。

⑬迎虎迎猫:迎虎,古代八蜡之一,迎虎神而祭。《礼·郊特牲》:“迎虎,为其食田豕也,迎而祭之也。”迎猫:也是古代八蜡之一,迎猫神而祭。《礼·郊特牲》:“迎猫,为其食田鼠也。”圣经:圣人的经典,这里指儒家的经典著作。

⑭祈年:祈祷丰年。赛社:一年农事既毕,陈列酒食,以报田神,聚饮作乐。以上两句是说举行迎虎、迎猫、祈年、赛社等活动,不是没有灵验的。

纪　异①

地乃天之配②,其道宜安贞③。
胡然此一方,震动无时停④?
欻若飔风过⑤,殷若雷声鸣⑥。
耳目尽骇眩⑦,魂魄为之惊⑧。
初疑九轨道,毂击声喧轰⑨。
又如万斛舟,掀簸巨浪迎⑩。
一椽木如寄,敧仄劳支撑⑪。
上栋与下宇,岌岌忧摧崩⑫。
不已势将压,性命毫毛轻⑬。
闻诸古史册,其变在五行⑭。
迂儒守章句,白黑聚讼争⑮。
方今圣明世,灾祲何由生⑯?
此理不可晓,闲居细推评⑰。
每当地震后,厥占应元冥⑱。
阴气盘地轴,欲奋难遽腾⑲。
小震则小澍,大震斯盆倾⑳。

屡试不可爽，历久信有征[21]。
艾河地庳下，溪谷流纵横[22]。
积涝成巨浸，势欲排丘陵[23]。
二麦既黄萎，稗穄类寸莛[24]。
惟菽稍有实，又恐秋霜零[25]。
谋生艰一饱，敢望仓箱盈[26]。
典衣入市尘，无处易斗升[27]。
来日信大难，寸心忧屏营[28]。
皇天本仁爱，视听非懵懵[29]。
万方悉在宥，岂独遗边氓[30]？
愿夺箕毕好，长放羲娥晴[31]。
庶使职载者，亦得安坤宁[32]。

【注】

①此诗是咏雍正年间瑷珲地区地震的情景，于地震的发生、形成的原因及其造成的灾害均有涉及，最后则表达了自己的困苦生活及盼望地震停止的愿望。这是瑷珲地区，也是黑龙江省现存第一首咏地震之诗，有很大史料价值。

②天与地互为配偶，因此称地是天之配。

③安贞：安定不变。《易·坤》："安贞之吉，应地无疆。"

④胡然：为什么这样。

⑤欻：即欻忽。迅疾貌，形容像火光之一现。飓风：发于海上的暴风。此句指地震快得像飓风，一扫而过。

⑥殷（yǐn 音引）：震动。此句指其震动像雷鸣一般。

⑦骇眩：骇，惊骇。眩，两眼昏黑发花。此句指地震时，耳闻目见之现象，令人惊骇目眩。

⑧魂魄：旧时谓人的精神灵气。此句指不仅耳惊目眩，而且人的精神也为之震惊。

⑨九轨道：九车并行之大道。宋苏轼《赠眼医王生彦若》诗："如行九轨道，

并驱无击毂。”毂:本指车轮中间车轴贯入处的横木。也用为车之概称。喧轰:喧哗轰鸣。这两句指开始疑心是在宽阔的轨道上,车毂相击,发出喧哗轰鸣的声音。

⑩万斛舟:斛,容量单位,古代以十斗为一斛。南宋时改五斗为一斛。“万斛舟”即万斛之船。掀簸:翻腾。这两句指又好像是万斛之船,迎着巨浪翻腾不已。

⑪一椽:一间屋。攲仄:倾侧。这两句指,一间屋内的梁柱等木,像寄居在这里一样,倾斜而辛苦地支持着。

⑫上栋与下宇:上面的栋与下面的宇。栋,屋中的正梁,宇,屋之四垂,即屋檐。岌岌:危险貌。摧崩:毁灭崩溃。以上两句指上面之栋与下面之宇,非常危险,像要毁坏崩溃,使人忧虑。

⑬这两句是说,地震震之不止,其势将要压下来,人的性命随时都有死亡之可能,实在轻于毫毛。毫毛:细毛。

⑭“闻诸”两句:听说古代的各种史册,将地震的起因,归结为五行的变化。五行:古人认为水、火、木、金、土,是构成各种物质的五种元素,并用它来解释自然界或社会上的各种事物。旧史《五行志》中载地震事甚多,认为“土爰稼穑”,“不成则为咎徵”,如地震就属于这一类。

⑮迂儒:拘执而不达世情的儒生。守章句:即寻章摘句。白黑:即黑白,指事物之是非。聚讼:众人争论不休。这两句指迂儒读书仅仅局限于文字的推求,而不求其实质,对于地震之成因争论不休,但迄无定论。

⑯灾祲:阴阳之气相侵所形成的灾祸。

⑰推评:推算与评论。

⑱厥占:其占卜。厥:其。占:视。视兆以知吉凶。即占卜。应:相应,适合。元冥:即玄冥。“元”字是清人避康熙名玄烨之讳。玄冥,水神,一谓雨师。这两句指每当地震之后,进行占卜,发现它与水(或雨)有关系(即后面提到的多雨,水流纵横、积涝成浸等)。

⑲阴气:古人以阴、阳解释万物生化,凡天地、日月、昼夜、男女等皆分属阴阳。后来抽象化了,把阴阳看成推动宇宙万物生成变化的两种基本元气,即阴气、阳气,而且逐渐与五行思想相结合。盘:回绕,盘曲。地轴:古代传说大地有轴,即地轴。奋:震动。遽:迅,疾。腾:升,上。这两句指阴气萦绕地轴,想

要震动,但又难以上升,因此引起地震。《国语·周语》即认为“阴伏而不能出,阴遁而不能烝,于是有地震”。

⑳澍:时雨。这里“小澍”指小雨。斯:则,乃。

㉑爽:差错。信:诚,不疑。征:证明。

㉒艾河:即瑷珲。庳下:低下。溪谷:山间的水沟。纵横:交错貌。

㉓积涝:积聚之水。涝,本指巨大波浪,此处指水。巨浸:大水。排:推移、排挤。这两句指积小水而成大水,其声势之大仿佛可以将丘陵推走。

㉔二麦:大麦、小麦。黄萎:变黄及枯死。稗:稗子,禾本科,一年生草本,子粒可食用。穄:禾属,似黍而粘,也叫糜子。寸莛:一寸长左右的草茎。这两句指由于地震造成的水灾,致使大麦、小麦都已枯死,稗子与糜子长得像寸许的野草。

㉕菽:豆类的总称。零:降,落。

㉖仓箱:仓廪及车箱。仓箱盈,喻谷物多。这两句指谋求生路本来已难得一饱,怎敢再盼望丰收呢?

㉗典衣:以衣抵押。斗升:指斗升之米。

㉘寸心:即心。心位于胸中方寸之地,故称寸心。屏营:惶恐貌。

㉙懵懵:无知貌。这两句谓老天本是仁爱,所见所闻不是无知的。

㉚万方:四方,各地。在宥:居于宽宥、赦罪的处境。边氓:边塞流亡之民。这两句谓,皇天对各地百姓都能宽宥,可为什么偏偏遗漏了我这边氓所处之地,而地震不止?

㉛箕毕:即箕风毕雨。箕、毕是两星名。箕星好风,毕星好雨,故以其指风雨。羲娥:羲和与嫦娥。神话传说,羲和为太阳的御者,嫦娥为月亮的御者,因此羲娥代日月。这两句是说,盼望风停雨止,日月重光,即地震停止。

㉜职载:指平民百姓。坤宁:大地。

查蕙纕

查蕙纕，浙江海宁人。查嗣庭之女。嗣廷，康熙四十五年(1706)进士。雍正年间，官至内阁中书、礼部侍郎。四年(1726)出为江西乡试正考官，因出试题“君子不以言举人，不以言废人”，被讦者诬为“与国家取士之道相背缪”，“显露心怀怨望讥刺时事之意”而被捕下狱。次年五月，因在狱病故，而戮尸枭首，子查沄等斩监候。蕙纕则流徙，流徙地点不详，但据其途次题壁诗中“三韩”、“连山”等句知为东北。

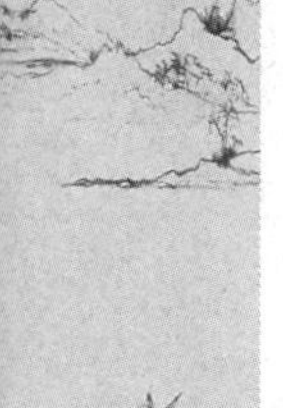

北徙途次题壁诗[①]

薄命飞花水上游[②]，翠娥双锁对沙鸥[③]。
塞垣草没三韩路[④]，野戍风凄六月秋[⑤]。
渤海频潮思母泪[⑥]，连山不断背乡愁[⑦]。
伤心漫谱琵琶怨[⑧]，罗袖香消土满头。

【注】

①此诗咏作者薄命北徙途中所见到的荒寒景象及思乡怀人之感。诗题为编者所拟。

②薄命：命运不好。《汉书·孝成许皇后传》：“妾薄命，端遇竟宁前。”此句喻作者北迁流徙。

③娥：本指美好或美女，借指女子眉毛。汉王粲《神女赋》：“扬娥嫩眄，悬藐流离。”翠娥，青黑色的眉毛。沙鸥：栖息于沙漠、沙洲上的鸥鸟。以上两句指，自己命运不佳，有如水上漂游之花，因此面对着塞外的可以自由飞翔的鸥鸟，联想到自己的不幸，不由得双眉紧锁。

④三韩:即朝鲜之代称。指朝鲜半岛之马韩、辰韩、弁韩三个政权,详见本书孙旸《送张稚恭先生归里》诗注⑧。这里指代辽东之地。

⑤野戍:野外驻防之地。北周庾信《至老子庙应诏》诗:“野戍孤烟起。”六月:该案结案在五月,故蕙纕之流徙在六月。六月,本在夏季,这里却用了“秋”字,可见作者心境之苍凉。

⑥渤海:我国内海。在辽宁、河北、山东三省之间。频:通濒,水边也。此句以渤海水边之潮水以喻作者思母之泪多。

⑦连山:本名连山关,即葫芦岛。在辽宁省锦西市之西南。岛长三公里,由西北向东南微作磬折形,北端为尖角,南端稍广,中磬折处稍狭。全岛斜峙海中,四方有山环绕,为辽东湾之良港。此句以连山之山路不断以喻作者哀愁之深。

⑧漫谱:随意弹奏。漫,随意;胡乱。唐杜甫《闻官军收河南河北》诗:“漫卷诗书喜欲狂。”

金文淳

金文淳，字质夫，号金门，浙江钱塘（今杭州市）人。乾隆四年（1739）进士，曾官知府。据载“质夫为太守，两遭罪遣，谪戍以死”，可见曾遭流徙并死于戍所。但戍所为何地，不详。不过，其所留传的几首诗有一首为《奉天上元》，可见是谪戍沈阳。

奉天上元①

柳条凝碧晚烟升，　放眼良宵兴倍增。
四面衣香三里雾，　一城明月万家灯。
何来锦钿当轩出②，是处红阑有客凭③。
何日梦华征故事④，玉箫金管记吾曾⑤？

【注】

①本诗系咏沈阳元宵节夜间繁华热闹的景象及对往事的追忆。

②锦：有彩色花纹的丝织品。钿：用金、银、贝、玉制成的花朵状的首饰。轩：古代一种前面较高而有帷幕的车子。此句中的锦钿指代装饰华丽的妇女。

③红阑：红色的栏杆。

④梦华：追思往事，恍如梦境。《列子·黄帝》：“昼寝而梦，游于华胥氏之国。”元张翥《清明游包家山》诗：“宫词入梦华。”故事：旧事，往事。

⑤玉箫金管：以玉制之箫，金属制之管，即两种乐器。

孙起栋

孙起栋,字天擎,号白沙,湖南新化人。乾隆十八年(1753)拔贡生,正红旗官学教习。二十四年(1759)秋,以科场事谪戍临榆(旧县名,今河北省秦皇岛市山海关区)。居辽西四十年,嘉庆三年(1798)三月十八日始遇赦放归。初归,游粤西,不久客死于东安旅店。“生平抑塞奇诡之气一泄于诗,倔强生硬如其为人,书法尤险劲”。有《辽西草》、《湘南草》,已佚。

书　感①

难供鱼菽祭,　恨与白云多。
迸尽思亲泪,　聊为鼓缶歌②。
野花泫宿露③,边月隐高柯④。
几夜江湖梦⑤,扁舟理钓蓑⑥。

【注】

①本诗系悼念亡母之作,反映诗人思母之哀痛及盼望赦归之心态。按:其母卒于诗人谪戍辽西十年之际,即乾隆三十四年(1769)三月十六日,见其《表哀》诗序。

②鼓缶歌:汉杨恽《报孙会宗书》:“田家作苦,岁时伏腊,烹羊炰羔,斗酒自劳。家本秦也,能为秦声……酒后耳热,仰天拊缶而呼乌乌,其诗曰:‘田彼南山,荒芜不治,种一顷豆,落而为萁。人生行乐耳,须富贵何时?’”后以击缶歌或鼓缶歌喻狂放不羁或长歌解愁。本句是以鼓缶歌表示长歌解愁。鼓缶,指敲打缶以合节拍。

③泫:水下滴貌。指露水、泪水等。此句指野花上夜来的露水下滴。

④柯:常绿乔木。高柯指高大的树木。

⑤江湖:本指隐士所居之处。这里指代作者故乡。

⑥钓蓑:钓鱼人所穿之蓑衣。以上两句反映了作者盼望赦归之心愿。

梦中作寄弟诗①

十年泪尽岭头云②,一枕凄凉更忆君。
山雨夜来鸳瓦响③,分明同向雪堂闻④。

【注】

①此为诗人梦后寄给其弟之诗,反映了诗人对其弟的深深思念。

②十年:按:作者系乾隆二十四年(1759)流徙辽西,此诗写于流徙十年之际,即乾隆三十四年(1769)。岭头,当指作者流徙后所居之处的山头。十年来,仰望山头之云,以寓怀人之念,并为之泪尽,可见思之深,哀之甚。

③鸳瓦:即鸳鸯瓦,成对的瓦。这里鸳瓦,虽为实指,但也有自己与兄弟不能同居共处的悲凉寓意。

④雪堂:不详。按:古代宫室,前为堂,后为室。这里的雪堂可能指映雪读书之堂。本诗既谓夜雨击瓦之声二人同闻,可见诗人故乡与辽西两地,均有同类型的雪堂。

己未四月廿六日书事三首①

其　一

尺薪如桂粟如珠②,十九家储甔石无③。
搜典箧衣贯半斗④,飞来何处有青蚨⑤?

其　二

千村凋瘵无人色⑥,百里杈桠见柳榴⑦。
剖尽树皮君勿惋⑧,且看残喘续朝炊⑨。

其　三

相望道殣知多少⑩？腰挂残蓑无裤袑⑪。
欲绘监门郑侠图⑫，累臣肠似车轮绕⑬。

【注】

①此三诗系咏已未年四月临榆一带发生旱灾时人民以树皮为粮，死亡载道并流离失所的悲惨景象。已未为嘉庆四年(1799)。按：作者遇赦在嘉庆三年(1798)，而咏该地旱灾在四年，殆作者奉到赦诏在三年，因事滞留至次年始启程之故。

②“尺薪”句：即“薪桂米珠”，形容物价昂贵。《战国策·楚策三》：“楚国之食贵于玉，薪贵于桂。”又《聊斋志异·司文郎》：“都中薪桂米珠，勿忧资斧，舍后有窖镪，可以发用。”

③甔石：指少量的粮食。甔，陶制作的罂类容器。此句谓十家有九家的储积连少量的粮食都已无有，指百姓断粮。

④“搜典”句：此句指将在箱柜中搜寻出来的衣服典当后换来的钱买了半斗粮食。

⑤青蚨：传说中的虫名。《太平御览》引《淮南万毕术》：“青蚨还钱……以其子母各等置瓮中，埋东行阴垣下，三日后开之，即相从。以母血涂八十一钱，亦以子血涂八十一钱，以其钱更互市，置子用母，置母用子，钱皆自还。”后因用以指钱。这里指不能天上掉馅饼，不会有钱飞来，即指民贫无钱生存。

⑥凋瘵：本指衰败、困乏。此指衰败之景象。

⑦榗：直立着的枯木。此句指百里之内柳树尽皆枯死。

⑧惋：惋惜，可惜，引以为憾。

⑨残喘：本指衰老或垂死的叹息。这里指劫后残生的受灾之民。以上两句指残民处于仅能以剥树皮为生的悲惨处境。

⑩道殣：饿死于道路者。此句用了“相望”一词以示死者甚多，接连不断。

⑪裤袑：泛称裤子。袑，裤子的上半部。此句指流亡者没有裤子，仅能在腰间挂着破烂的蓑衣遮羞。

⑫“欲绘”句：指诗人欲画《流民图》向朝廷呈报这种灾情。《宋史·郑侠传》

二载：熙宁六七年（1073—1074）间，久旱不雨，人民流离失所。七年四月在汴京监守安上门的郑侠目睹流民惨状，将这种景象绘成一幅《流民图》，私自上奏朝廷，请求“开仓廪，赈贫乏”，废除新法。神宗见图后，次日下诏赈济。

⑬累臣：古代被拘系于异国的臣子对所在国国君的自称，亦泛指被拘系之臣。这里是作者的自称，因作者是被遣戍的流人。

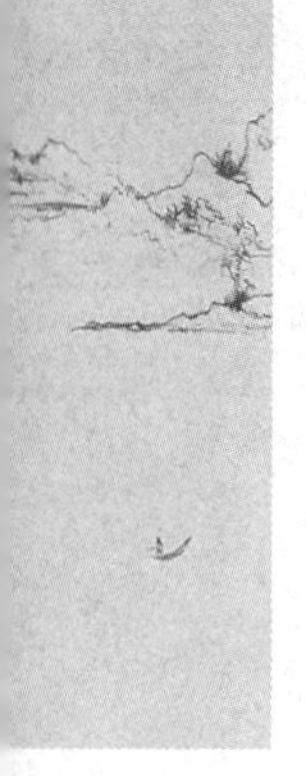

王贞仪

王贞仪，字德卿，自号江宁女史，江苏上元（今南京市）人。乾隆三十三年（1768）生。其祖父王者辅任过丰城知县与宣化知府，因伉直谪戍并死于吉林（今吉林市）。当时年十一岁的王贞仪随父锡琛奔丧塞外，侍其祖母董氏，并学射于蒙古阿将军之夫人，发必中的，跨马如飞。年十六回江南，随父自京师至关西，由楚至粤东，客游各地。年三十而殁。贞仪“于学无所不闻”，精通天算、医学，兼精壬遁星象，工绘画与诗词。是一位学识丰富的科学家，才华横溢的女诗人。有《星象图释》、《术算简存》等，诗文集有《德风亭初集》、《德风亭二集》等。

吉林杂诗并序①

吉林建木为城，界木为街，人皆依松花江而居，一名乌喇鸡林。又因造船于此，故又名曰船厂。江，满言松阿剌乌喇是也。松花江源出长白山湖中，北流合灰圿江至海，西流合混同江入海。《金史》名为宗瓦江。按：康熙十五年春移宁古塔将军镇于此，统满洲各兵，并徙直隶各省流人数千户居于此，其地极丰阜云。

板屋临江万灶居，　遐方时叙纪闻余②。
产成土物名多异③，住久流民籍未除④。
路转黑河修舴艋⑤，潮通青海阜盐鱼⑥。
行经莫漫悲歧径，　大好风光画不如。

【注】

①吉林：今吉林省吉林市，清代为吉林将军驻防地，系全省政治、经济、文化中心。此诗原为二首，今存一，咏作者至吉林之所见。

②遐方：远方，此指边远的吉林。

③此句谓吉林土特产之名称多异于他地。此句原注："如桦木箱、鱼皮衣、柳斗、满洲水、木板鞋、麻布纸等物产。"

④流民：流亡外地之人。籍，人名册，簿籍。我们认为作者所言的流民当指本诗诗序中所说的流人，即被清政府流放之人。这句是谓，流人在该地尽管住得很久，但仍未能从流人名册上除名，即尚未赦归。

⑤黑河：当指黑龙江。舴艋：小船。唐张志和《渔父》词："钓台渔父褐为裘，两两三三舴猛舟。"此句当指吉林作为船厂可以修理来自黑龙江的舟船。

⑥青海：不详，也可能指代吉林省东南的日本海。

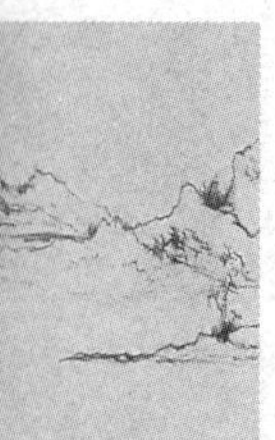

吉林杂作①

落日云光冥①，暮色起莽渺②。
风细黄沙飞，林昏失墟道③。
修木结板街④，筑室聚幼老。
炊烟田家白，树影村陌小。
牛羊下来多，虎彪出山早⑤。
遥望海气生⑥，模糊隐诸岛。
旷阔眺不极，倦眼滋幽讨。
胜情固亦乐⑦，何如故乡好。

【注】

①云光：云层缝隙中漏出的日光。冥：昏暗。

②莽渺：同渺莽，烟波辽阔无际貌。

③墟道：村落中的小路。

④修木：长木，此句指用长木板铺成之街道。

⑤虎彪:即彪虎,猛虎也。

⑥海:当指吉林省东南的日本海。

⑦胜情:高雅的情趣。

踏莎行·松花江望雨[1]

黑水惊流,黄云隐雾[2]。晓峰新翠埋千树。片帆刚渡半烟江,不知何处吹来雨?

喷雪涛飞,搏沙风驻。翻盆挂瀑横空布。风波如此棹回船,星红一线雷车舞[3]。

【注】

①该词系咏流经吉林段松花江的雨景。

②黄云:这里指黄尘、沙尘。

③雷车:雷声。宋陆游《七月十九日大风雨雷电》诗:"雷车动地电火明。"

程　煐

程煐(? —1812),字星华,一字瑞屏。安徽天长人。廪生。乾隆四十四年(1779)其父程树榴以文字狱案牵累被处死,程煐被判以斩监候。嘉庆二年(1797)被减免改戍齐齐哈尔。次年至戍所。在戍所,与刘凤诰、西清等人过从甚密,唱和很多。十七年(1812)冬,卒于戍所。工诗文,有黑龙江省第一部戏剧集《龙沙剑传奇》。另有《珂雪集》及《瑞屏诗抄》。

黄豆瓣儿曲[①]

山鸟人呼黄豆瓣，班马闻声意撩乱[②]。
鸟亦不知何所言，马亦不知何所恋。
得非红豆相思种[③],化作金衣啼别怨[④]。
一声两声出云霄，万里骁腾气不骄[⑤]。
回头却依北风立，欲行不行鸣萧萧[⑥]。
偶疏羁靮辄返走，逸不能止求其曹[⑦]。
君不见望帝思归深箐黑,蜀道如天啼血碧[⑧]。
又不见黄陵花落暮春时,烟水茫茫行不得[⑨]。
猗嗟此鸟奋其羽，一片乡思作乡语[⑩]。
脱缰原无恋栈心，竹批双耳垂难举[⑪]。
物犹如此人何堪？笑我尫赜卧边土[⑫]。
伤心越鸟旧南枝[⑬],岂不怀归身久羁[⑭]?
为语尔鸟闵尔音[⑮],我今欲行安所之?

【注】

①黄豆瓣儿:据载是生于呼伦贝尔与布特哈之地的一种异鸟。它的鸣声,能够引起在外之马的思归。详见西清《黑龙江外记》及刘凤诰《黄豆瓣儿曲》之诗序。

②班马:载人离去之马。撩乱:纷乱。

③得非:莫不是,怎不是。红豆:相思木所结之子。子大如豌豆,微扁,色鲜红或半红半黑。古代常用以比喻爱情或相思。

④金衣:即金缕衣。以金缕为饰的舞衣。古代常以“金缕衣”作曲调名或词调名。内容多咏男女相思之情或离情别绪。以上两句是以红豆之相思与“金缕”曲词中所表达的离情别怨,来比喻黄豆瓣儿鸟鸣之声能唤起马儿的思归之情。

⑤骁腾:骏马奔驰。骄:骄逸,不授控制。

⑥萧萧:象声词。这里指马鸣声。

⑦羁靮(dí 笛):马络头与马缰。逸:奔。曹:群,同类。

⑧望帝:相传战国时蜀王杜宇称帝,号望帝。为蜀除水患有功,不久禅位,退隐西山,化为杜鹃。其啼声凄切,甚至要啼出血来,其声似“不如归去”。蜀人因思念杜宇,每当听到杜鹃鸟的啼鸣,就会引起思归之感。深箐:竹林。啼血碧:传说春秋时,“苌弘死于蜀,藏其血,三年化而为碧”。

⑨黄陵:山名。在湖南省湘阴县北,滨洞庭湖。又名湘山。传说舜出巡,死于苍梧之野,其两个妃子女英、娥皇追之不及,恸哭,沉之于湘江。人们又将二妃葬于湘山(即黄陵山)。烟水茫茫:指二妃追舜不及,只能见到洞庭湖苍茫的烟水。以上四句以杜鹃之思归啼血、苌弘之死蜀化碧与二妃之追舜不得,比喻黄豆瓣儿鸣声引起众马之思归。

⑩猗嗟:叹词,表示赞叹。《诗经·齐风·猗嗟》:“猗嗟昌兮,颀而长兮。”乡思:思念故乡之心。此句是说黄豆瓣儿有一片思乡之情,因而发出故乡的语音。

⑪恋栈:谓驽马贪恋栈豆。栈,养牲畜的木栅。栈豆,马房中之豆料。此句指马脱缰往回跑,并不是有贪恋故居栈豆之心,而是因听到了黄豆瓣儿的啼声之故。竹批:竹削,形容马耳如斜削的竹筒。古人认为,马耳尖锐是良马之特征。这两句是写马听到黄豆瓣儿鸟鸣,尖锐的马耳垂了下来,难以抬起。

⑫虺（huī 音灰）隤:疲病。此指作者流落边塞而又卧病。

⑬“越鸟”句:《古诗十九首》:“胡马依北风,越鸟巢南枝”。后以起自北方的风与南向的树枝,作为思念家乡的代词。

⑭羁:寄居作客。以上两句是谓自身是南人,却羁栖塞北,怎不思归。

⑮閟（bì 音必）:止息,停止。

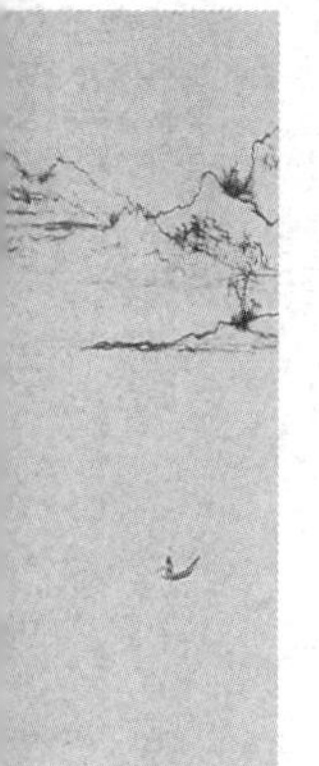

龚　宝

龚宝(1798？—1806?),小名宝宝,江苏阳湖(今常州市)人,诗人龚光瓒之子。光瓒字药林,嘉庆初年(1796)以事遣戍齐齐哈尔,十一年(1806)赦归。其妾生子,即宝宝。宝宝生而聪慧嗜读书,七岁能说《易》大义。将军那启泰多次命仆人负宝宝入府中说经,一时有神童之目。约嘉庆十一年(1806)之重阳节,口吟《红豆山房》一诗,越数日竟殇,时年九岁。

红豆山房①

秋光凝白露,寒影入黄花②。
红豆山房里,江南处士家③。

【注】

①红豆山房:此房在齐齐哈尔城东南隅,嘉庆时,侍郎保泰曾居之。保泰去后,赠龚光瓒。院中有野草一丛,其实如红豆,银库主事西清命名为“红豆山房”。嘉庆二十二年(1817)朱履中遣戍齐齐哈尔,亦有诗咏之。本诗即咏红豆山房秋景。

②黄花:菊花。

③红豆:可能指当地野生的一种浆果。江南处士:指龚光瓒。

刘凤诰

刘凤诰(1761—1830),字丞牧,号金门,一号无庐,又号旧史氏。江西萍乡人。乾隆五十四年(1789)进士,历任侍读学士、实录馆副总裁、内阁学士兼礼部侍郎等职,还曾提督广西、浙江学政。嘉庆十四年(1809)由于在浙江乡试中违例以学政代办监临及为考生“徇情”(一作失察)获罪,被遣戍齐齐哈尔。十八年(1813)赦归,归后一度以编修起用。擅书法,工诗文,主张作诗要有寄托。酷嗜杜诗,有《集杜诗》三卷,多咏塞外风光、民俗、物产。其塞外诗作,“豪宕奇崛,盖得山川之助”。有《五代史补注》,另有《存悔斋集》。

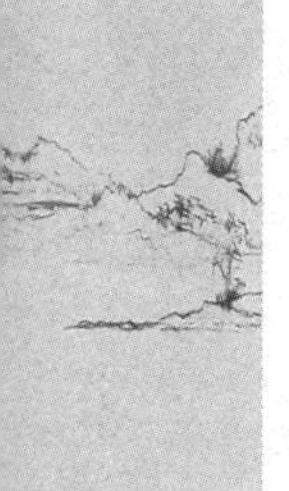

赠西研斋主政四首选一①

秀才风味说家贫②,五载为郎黑水垠③。
自许将心照冰雪④,不妨望气识金银⑤。
灰堆菜瓮饱三口⑥,狗马鸡车寒一身⑦。
同是天涯悲沦落, 相逢那不更相亲?

【注】

①这是写赠友人西清之诗。诗写西清的清贫生涯及与西清的友谊。写于嘉庆十五年(1810)。西研斋:即西清。西清字研斋,西林觉罗氏,满洲镶蓝旗,大学士鄂尔泰之曾孙。约生于乾隆后期。生时家道中落,于嘉庆十一年(1806)去齐齐哈尔,任银库主事、义学教师、司榷等低级官吏。有《黑龙江外记》、《桦叶述闻》等。主政:各部主事的别称。西清于黑龙江任银库主事,故以“主政”称之,以示尊重。

②秀才:明清之际称入县学之生员为秀才。此指西清。风味:本指美好的

口味，引申为事物所具有的色彩或趣味。

③“五载”句：写西清在黑龙江为郎官已达五载。郎：清代于六部各置侍郎二人，其属又有堂主事，均为郎官。按：西清于黑龙江任银库主事，隶属户司，其职相当于中央政权户部之堂主事，故称其职为郎。垠：界限，边际。

④冰雪：喻西清心境之高洁。

⑤望气：察看金属货币中所含之金属纯度。气：气色，色泽。识：辨别。以上两句是说，西清虽以心境高洁自相期许，对自己所管的金银毫无贪念，但这并不妨碍他通过观察金银的色泽，去辨识其成色。

⑥菜瓮：陶制的盛菜之器。此句是写西清全家三口人在灰堆菜瓮中生活的艰苦情形。

⑦此句是写西清个人的清贫。

黄豆瓣儿曲①

布特哈市②良马，每七八月间，闻黄豆瓣儿声，辄嘶鸣不食，圉人③莫能制。其去也，绝靮④而驰，蓦山越涧⑤，弗复循故道⑥，迹者⑦至，虽强之归，无如何也。黄豆瓣儿，身黑色，臆⑧黄。索伦⑨语，达克登郭尔。

豆瓣儿，飞复飞，朝食草子暮早栖。
飞飞高高复飞下，王孙挟弹不得射⑩。
豆瓣儿，乐莫乐，人家燕雀工处幕⑪，
汝独仓黄止屋角⑫，纥干山头风雨恶⑬。
豆瓣儿，何处啼？啼复啼时时可悲。
一声两声乌夜怨，三声四声马肠断。
不愿络，黄金靮⑭，亦不愿守苜蓿肥⑮。
但愿主人视我鸱鸢啄疮肉，
忍为牧厮厩卒日夕相嘲箠⑯？
吁嗟乎！豆瓣儿。

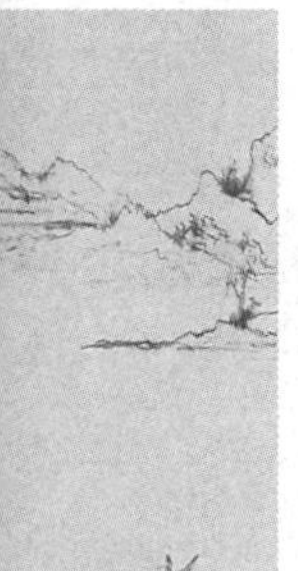

【注】

①这是咏黄豆瓣儿鸟之作。详见本书程煐《黄豆瓣儿曲》诗注①。

②布特哈:清政区名。康熙中以分布于嫩江及其两岸支流的索伦、达斡尔、鄂伦春等打牲部落编置佐领,设布特哈(满语"渔猎"之意,汉译"打牲")总管,驻嫩江西岸宜卧奇(今内蒙古自治区莫力达瓦达斡尔族自治旗),即布特哈城。清末由总管升任副都统,驻所亦有变化。市:贸易的场所。

③圉(yǔ 音语)人:此处泛指养马之人。

④绝靮(dí 音笛):断绝马缰。

⑤蓦山越涧:超越山峰与山涧。

⑥故道:旧道,指来时的道路。

⑦迹者:追踪之人。

⑧臆:当胸之处。

⑨索伦:民族名。明末清初对分布在西起石勒喀河及外兴安岭山麓,东至黑龙江北岸支流精奇里江一带的达斡尔、鄂温克、鄂伦春等族总称为索伦部。清初至康熙时,为避沙俄侵略,陆续迁至黑龙江南嫩江流域。

⑩王孙:贵族子弟。

⑪工处幕:擅长于居住帐蓬。处,居住。

⑫仓黄:同"仓皇"、"仓惶"。匆忙,慌张。

⑬纥(hé 音合)干山:又名纥真山。在今山西省大同市东。山上终年积雪,鸟雀往往冻死。故人语曰:"纥真山头冻死雀,何不飞去生处乐?"

⑭络:缠绕,捆缚。黄金靰:以黄金为饰的马缰绳。

⑮苜蓿:植物名。又称木粟、牧宿、连枝草、怀风等。原产西域,汉光武帝时自大宛(古代中亚国名,今乌兹别克斯坦费尔干纳盆地)传入中土。

⑯鸱鸢:鸱与鸱鸢均指鹞鹰。"鸱鹓啄疮肉",语出《庄子·秋水》:"南方有鸟,其名为鹓鸰(凤凰类鸟)……发于南海而飞于北海,非梧桐不止,非练食不食,非醴泉不饮。于是鸱得腐鼠,鹓鸰过之,仰而视之曰:'嚇!今子欲以子之梁国而吓我邪?'"诗中的"鸱鸢"即指鸱,"疮肉"即指腐鼠肉。牧厮、厩卒:均指养马或牧马之人。日夕:日夜。嘲箠:嘲笑与杖刑。

塞上杂诗二十五首选三

绝类江村罨画舣[①]，天然老树架空腔。
荒滩雨急人归处，一叶威呼唤渡江[②]。

大野轰豗雨打头，霎时埃净碧云流[③]。
一声辽左西南去，六月雁飞天未秋[④]。

席地生燎雉兔肥，坐倾芦酒醉忘归[⑤]。
夜闻虎啸林中起，大羽长弓噪合围[⑥]。

【注】

①罨(yǎn 音眼)画:杂色的彩画。舣(shuāng 音双):小船。

②威呼:独木船。据西清《黑龙江外记》载:“长二丈余,阔容膝,头尖尾锐,载数人,水不及舷常寸许,而中流荡漾,驶如竹箭,此真刳木为舟也。”此诗系咏塞外“荒滩雨急”之际,一只刳木而成的独木船舟子唤人渡江的景象。

③轰豗:形容众声喧阗。这里指雨声轰鸣。碧云:青绿色之云,此指乌云。此二句指雨止云散。

④辽左:辽东,今辽宁省东南部辽河以东之地。此诗咏雨止云散,塞雁南飞。

⑤燎:烘烤。芦酒:以芦管置酒筒中,吸而饮之。

⑥此诗咏八旗兵士狩猎时的情景。

铁　保

铁保(1752—1824),字冶亭,一字铁卿,号梅庵,满洲正黄旗。先人姓觉罗,自称为赵宋后裔。乾隆三十七年(1772)进士,授吏部主事,官至漕运兵督、广东与山东巡抚、两江总督。嘉庆十四年(1809)以失察山阳知县王伸汉冒赈案遣戍乌鲁木齐。十五年(1810)调喀什噶尔参赞大臣。十六年(1811)擢礼部、吏部尚书。十九年(1814)二月,由于在喀什噶尔时,误听人言,枉杀回民四人事被遣戍吉林效力赎罪。二十三年(1818)召为司经局洗马。道光四年(1824)卒。工书法、诗文,辑有《熙朝雅颂集》,另有《惟清斋全集》。

满　江　红

冬日游北山作[①]

苦雨凄风,吹不冷、壮游心热[②]。况溪山、如画万峰攒雪。枯木林中飞鸟散,白云天外阴霾结。看层冰、万里卧长江,坚如铁。

忆当日,驰旌节[③]。度瀚海[④],超吴越[⑤]。举名山大泽,供吾游涉。至竟奚囊无好句[⑥],白头怕对山灵说[⑦]。说不如、归去读残书,休饶舌。

【注】

①本词写于嘉庆二十一年(1816)冬。咏游北山之所见与所感。上阕咏游北山所见之冬景,下阕咏自己才华拙劣、没有佳句以咏名山大泽。北山,原在吉林乌拉(今吉林市)得胜门外,该山环抱城垣,树木葱郁,登高远望,市肆皆在眼底,为当地名胜,后辟为北山公园。

②壮游:怀抱壮志而远游。唐杜甫有《壮游》诗。

③旌节:古代使者所持之节,以为凭信。这里指作者曾任两广总督等封疆大吏,出守一方。

④瀚海:含义随时代而变化。明以后专指戈壁沙漠。本词的含义当指沙漠。因为作者曾因事被遣戍乌鲁木齐,赴戍要横穿该大沙漠。

⑤吴越:古代吴国与越国,这里指今江苏、浙江等地。

⑥奚囊:唐李贺每出游,“恒从小奚奴,骑距驴,背一古破锦囊,遇有所得,即书投囊中”。后因称诗囊为“奚囊”。

⑦山灵:山神。

临 江 仙

初度日游北山作①

六十六年初度日,这回花样新翻,溪山重结再生缘②。烟霞供揽辔③,猿鸟劝加餐。

为说人生行乐耳,不知今夕何年?村醪一酌解朱颜④。忘机真寿考⑤,无事小神仙。

【注】

①此词写于嘉庆二十二年(1817)正月十四日,即其六十六岁生日。咏其于该年生日游北山之所感。初度日,指生日,语出战国楚屈原《离骚》。本词也反映了作者寄情山水,与世无争的消极心态。

②再生:来生,来世。

③烟霞:本指烟雾,云霞,这里指山水美景。揽辔:挽住马缰。此句指北山之美景,使诗人驻马观赏。

④村醪:村酒。唐司空图《柏东》诗:“免教世路人相忌,逢着村醪亦不憎。”

⑤忘机:消除机巧之心。常用以指甘于淡泊,与世无争。寿考:年高,长寿。

菩萨蛮·送元儿回京[①]

其　一

一年一涉辽东路[②]，今年更喜逢初度。乍见彩衣斑[③]，慰余形影单。

膝前能几日？布谷催归急[④]。离绪又萦怀，不如他不来。

其　二

几番欲把归期展，归期展尽愁难遣。莫再展归期，别离同此时。

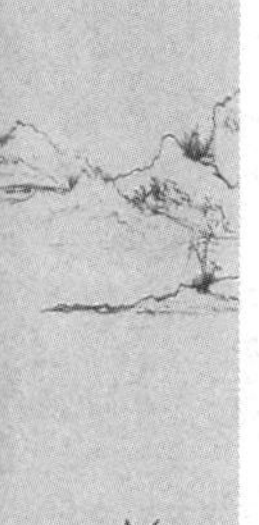

鸣驺容易发[⑤]，两地关山月。关月照征衣，心随关月西。

【注】

①本二词是送长子瑞元返回京师之作。元儿，指作者长子瑞元。按：作者遣戍吉林乌喇时，其家眷留居京师。其长子每年都来省视，此为送行之作。写于嘉庆二十二年(1817)。既抒发了相见之欢，又诉说了离别之苦。

②因自京师赴吉林乌喇，必经由辽东，故云。

③彩衣斑：据《列女传》载，昔楚国"老莱子孝养二亲，行年七十，作婴儿自娱，着五采褊斓衣裳，取桨上堂跌仆，因卧地为小儿啼"。后用孝养之典。此指瑞元之孝。

④布谷：鸟名，因鸣声似"布谷"。又鸣于播种时，故相传为劝人归耕之鸟。

⑤鸣驺：本指古代随从显贵出门并传呼喝道的骑卒，有时借指显贵。这里指整装待发的瑞元。

朱履中

朱履中(1759—?),字玉堂,浙江海盐人。贡生。在任福建龙溪县知县时,因事于嘉庆二十二年(1817)被流放齐齐哈尔。后被吉林将军富俊聘至吉林,主讲吉林之白山书院。道光元年(1821)赦归。后来,“年近八十,犹著书不辍”。有《叶韵考正》与《龙江百五钞》。

龙江百五钞选七

至齐齐哈尔①

自别天南岁已更,八千里路客心惊。
此行为我添诗料,下马齐齐哈尔城。
福建至卜魁,计八千余里。

【注】

①本组诗写于嘉庆二十三年(1818),而此诗系咏作者自福建流放至卜魁八千余里路途之感受。

咏红豆山房①

红豆山房迁客栖,花开花恋两相依②。
春残花落蝶飞去,人对落花尚未归③。
城东一庵甚雅,有野卉数丛,实如相思子,主事西清颜曰“红豆山房”④。

【注】

①本诗通过对红豆山房人事与景物对比之描写，抒发了思归的感情。红豆山房：原为齐齐哈尔城东（一作东南）一座庵房，详见本书龚宝《红豆山房》诗注①。诗题为编者所拟。

②迁客：贬谪在外者。这里指曾寓居于此的流人龚光瓒，其虽非贬官，但却出身于原为显赫家族后来破落之西清（满族学者）。

③人：作者自谓。

④西清：字研斋，详见本书刘凤诰《赠西研斋主政》诗注①。

咏　冰　灯[①]

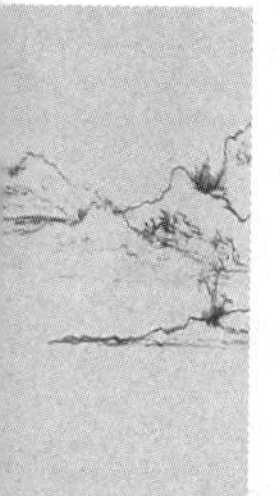

元夜观灯走不停[②]，村车辘辘也来经[③]。
蛮童姹女哗声脆[④]，争看玻璃老寿星。

上元，城中张灯五夜，男女来观，车声彻夜，有镂五六尺冰作寿星灯者。

【注】

①此诗咏齐齐哈尔城中的冰灯景观。这是最早咏黑龙江冰灯诗。

②元夜：上元之夜，即元夕、元宵节之夜。此句谓上元之夜，观赏花灯之人走了又往前走，无法停留。

③村车辘辘（luó 音萝）：即辘辘车。是黑龙江载运粮草之车。西清《黑龙江外记》云："达呼尔随意造辘辘车。轮不求甚圆，辕不求甚直，轴径如椽，而载重致远，不资毂粿。"又云该车以"牛曳之……载粮草类。然富者乘之，以毡毳为盖，蔽风雪。间亦用桦皮"。

④姹女：少女。哗声脆：欢呼喧哗之声清脆。

咏黄豆瓣儿鸟[①]

绝尘良骥自生威，白草粘天去打围[②]。
黄豆瓣儿一声出，可怜绝鞠又思归[③]。

呼伦贝尔、布特哈马养于他处，秋日闻黄豆瓣儿鸟声，辄腾踔思归，防之不严，脱靷而去[4]。

【注】

①此诗是咏黄豆瓣儿之作。黄豆瓣儿，详见本书刘凤诰《黄豆瓣儿曲》诗注①至⑨、程煐《黄豆瓣儿曲》诗注①。

②绝尘：犹“绝世”，冠绝当代，并世无双。亦即绝无仅有。良骥：良马。打围：即打猎。

③绝靷（yǐn 音引）：将靷断绝。靷，引车前行的革带。一端系于马颈的皮套上，一端系于车轴上。

④腾踔：跳跃奔腾。

咏　察　边[1]

三路分延事最严[1]，各书时日与名衔。
瘗山挂树无人觉[2]，留与明年再启缄[3]。

定例，每岁五、六月，派三城协领至俄罗斯界，分三路延视，谓之察边。事毕，各书姓名、时日于木牌，包以桦木，一挂树，一瘗山，明年察边者取归呈验。

【注】

①这首绝句是咏黑龙江之巡边（一作“察边”）之作。参见本书方观承《卜魁竹枝词二十首》诗注⑭至㉒。分延：分道伸展巡察。

②瘗山挂树：埋于山中，挂于树上。

③启缄：打开封闭之物。缄，封闭，束缚。这里是指打开用桦树皮包裹之木牌。

咏　布　楞

南城楼上布楞吹，　南城楼下马声驰。
呜呜不断胡笳奏[1]，愁绝秋深月上时。

一月、八月，城南楼上吹布楞半月，然后至教场操演。布楞，海螺也。每日三吹，其声呜呜，盖古笳遗意。

【注】

①胡笳：我国古代北方民族的管乐器。传说由汉张骞从西域传入。其音悲凉。此句是说布楞呜呜之声，有如古代胡笳之悲凉。

咏 扒 犁

轻车驾狗即扒犁， 近制鞭将二马挥。
山路崎岖行不得， 能教冰上疾如飞。

扒犁，制如凌床，屈木为辕，驾二马行冰雪上，疾如飞鸟。或曰此即蒲与路之狗车也①。

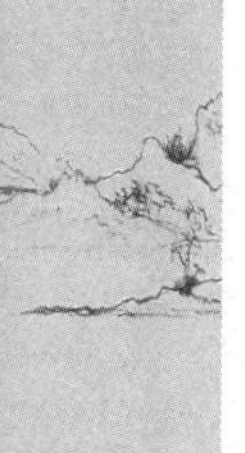

【注】

①蒲与路：金代在黑龙江的行政建置名。金初置万户，海陵王罢万户，改置节度使。其路治在今黑龙江省乌裕尔河克东县西北十八里古城址。该地少数民族以狗驾车或扒犁行驶。此首绝句是咏黑龙江扒犁（即“爬犁”）之作，咏其在冰雪上行驶如飞的特点。

贵 庆

贵庆(生卒年不详),字月山,一字梦黄,号云西。满洲镶白旗,富察氏。嘉庆四年(1799)进士。任内阁学士,兼礼部侍郎,至奉天府府尹。二十三年(1818)以"擅行御道,殴缚防御"被革职遣戍齐齐哈尔。二十五年(1820)十一月赦归。后任至漕运总督、礼部尚书。道光十七年(1837)被免职。卒年不详。工诗,时人誉之"笔力健举"。有《闾山纪游诗》、《醉石龛即事诗》、《镜心堂七言律诗选》、《绮语旧作》等。

黑龙江秋杪作①

蓬根吹断马蹄开②,秋老穷荒天地哀③。
云气鬅鬙奇鬼立④,边声吟啸饿鸱来⑤。
闲随麞鹿游城市⑥,暂对貔貅话将才⑦。
寄语龙堆南望客,龙江南望是龙堆⑧。

休论汉塞与秦关,飞梦何从越朵颜⑨?
万里沙平微有路,四垂天尽更无山⑩。
西楼雉堞销残后⑪,北海羊群想象间⑫。
今岁江头征雁影,上林不到莫空还⑬。

【注】

①这是作者至齐齐哈尔的即兴与怀古诗。咏黑龙江之荒寒,并凭吊辽代化为废墟的临潢府。

②蓬根：蓬草之根。蓬，香草名。蓬蒿。秋枯根拔，风卷而飞，因此又名飞蓬。马蹄：马蹄香，也就是杜蘅。此句是指风吹断了蓬根，又吹开了马蹄花。

③秋老：指深秋。

④鬅（péng 音朋）鬙（sēng 音僧）：发乱貌。此句是说云气变幻散乱，有如奇异之鬼站立在四周。

⑤吟啸：谓高声长吟。饿鸱：饥饿的鸱鸟。鸱，鸱鸺，猫头鹰的一种。

⑥麋鹿：兽名。俗称四不像。麋鹿游城市，可见麋鹿之多。

⑦貔（pí 音皮）貅（xiū 音休）：猛兽名。形与虎似，或谓似熊。以喻勇猛之士。

⑧龙堆：沙漠名，即白龙堆。在西域，见《汉书·匈奴传》。诗中是指东北边塞。龙江：指黑龙江。这两句是指自己遣戍的龙江，在龙堆之北，比龙堆更远。

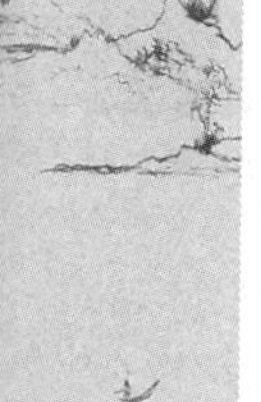

⑨汉塞与秦关：这里秦汉之关塞应是指长城而言。修筑长城起于秦汉，故连用之，“秦”与“汉”在字面上虽然分属“关”与“塞”，但意义上是合指的。朵颜：即朵颜三卫。亦即兀良哈。这是古民族名。辽、金、元初用以泛指东起黑龙江、西至额尔齐斯河森林地带从事狩猎的居民。元中叶后，部分居朵颜山地区。明以其地置朵颜卫。在今洮儿河流域。因与福馀、泰宁二卫毗连，合称朵颜三卫，或兀良哈三卫。这两句是说，自己的归思之梦无法飞越过朵颜卫，更不要说远在其南的长城了。

⑩四垂：自四方下垂。

⑪西楼：辽地名。即辽之上京临潢府。故址在今内蒙古巴林左旗西南。作者误认为在今呼伦贝尔，有误。雉堞：城上女墙。销残：毁坏残缺。此句指辽代的上京西楼，到目前只剩下一片断壁残垣。此句原注：“黑龙江所属呼伦贝尔，即临潢府西楼故地。”

⑫北海：海名。即今贝加尔湖。《汉书·苏武传》：“乃徙武北海上无人处。”即指此湖。苏武，西汉武帝时，出使匈奴，被留。匈奴将他徙至北海，使牧公羊。武啮雪食草籽，持汉节牧羊十九年，昭帝即位时乃得归。苏武牧羊之处，作者认为在呼伦贝尔，亦误。这句是说苏武牧羊之事，也已成为过去。

⑬这两句仍用苏武故事。昭帝时，汉求苏武。匈奴诡言武已死。武属吏常惠夜见汉使，教其诡言帝射上林中，得北来雁，雁足有系帛书，言武等在某泽

中。使者如惠语以责匈奴。匈奴因谢汉使,武得归。见《汉书·苏武传》。上林:苑名。秦旧苑。汉武帝扩建。苑中养禽兽,供皇帝春秋打猎。其地在今陕西省西安市长安区、周至县、户县界。这两句表面说今年南飞的大雁,飞不到上林苑,就不要白白回来。实际是盼望朝廷能够将自己赦归。

英　和

英和(1771—1840),原名石桐,字树琴,号煦斋,别号粤溪生。索绰络氏,满洲正白旗人。历任侍讲学士、内阁学士、礼部侍郎、内务府大臣、户部及工部尚书、军机大臣、协办大学士兼翰林院掌院学士等职。道光八年(1828)以其所监修的“万年吉地”宝华峪地宫浸水案获罪,同其二子奎照、奎耀被革职,遣戍齐齐哈尔。在戍所改号胥叟,作《卜魁城赋》,又集其诗为《卜魁集》。十一年(1831)赦归,此后再未起用。著述甚富,除《卜魁集》外,尚有《恩福堂笔记》、《植杖集》、《瀛洲集》、《容台集》、《赓扬集》等。

卜魁城邻近齐齐哈尔村,余于己丑春仲卜居于城之北郭,得栖止焉 四首选一①

数月歌行役②,从今得赋闲③。
逢人问风俗,即境认江山④。
一派乡音异⑤,三军武备娴⑥。
茫然思卜筑,有客早情关⑦。

【注】

①此诗是作者刚刚遣戍至卜魁城(今齐齐哈尔市)时所作。己丑春仲:道光九年(1829)二月。卜居:用占卜方式选择定居之地。后泛指择地定居。郭:外城。按:此诗诗题共109字,以其过长,故仅摘其前后三句为题。

②行役:因服役或公务而跋涉在外。此处指有关行役之诗,即《诗经·魏

风·陟岵》:“嗟！予子行役,夙夜无已。”

③赋闲:晋潘岳辞官家居,作《闲居赋》。后人因称失业为赋闲。

④即境:到达齐齐哈尔。即,就,靠近。有到达之意。

⑤一派:一片。指达呼尔语与自己家乡之语音大异。达呼尔:即达斡尔,我国少数民族之一。此句原注:“皆作达呼尔语。”

⑥三军:军队的泛称。武备:军备。娴:熟练。

⑦卜筑:同“卜居”。

东郊闲游[①]

九月未披裘, 人言异往秋。
蔬苗三亩碧, 木叶一林稠[②]。
望远时穷目, 寻诗天尽头。
东阡多丙舍[③],直作画中游[④]。

【注】

①本诗咏作者于道光九年(1829)九月在卜魁城东郊游时之所见。

②“蔬苗”二句:点明今年暖于往年,即今秋异于往秋。

③阡:田间小路。丙舍:本指在墓地的房屋,后来则指停放灵柩的房屋。

④“直作”句:显示了诗人心胸的旷达乐天。一般人本来忌言坟墓,而诗人却将东阡鳞次栉比的墓室看作风光如画,若非心胸旷达乐天,怎么会有如此之吟咏?

新　草[①]

阶下几茎草, 离离青未匀[②]。
池塘空有梦[③],边徼忽惊春[④]。
时不遗微物, 天原育至仁[⑤]。
待看平野遍, 访旧动双轮[⑥]。

【注】

①此诗作于道光十年(1830)春,是咏台阶下新生出的小草。

②离离:纷披繁茂貌。匀:均匀。

③池塘:相传南朝诗人谢灵运极赞赏从弟惠连,云:"每有篇章,对惠连辄得佳句。"一天思诗,不就,忽梦见惠连,即得名句"池塘生春草,园柳变鸣禽"。这句是说自己无才,有梦也没得佳句。

④边徼:边塞,边地。

⑤时:指季节。遗:遗漏。微物:微小之物,指小草。天原:上天的根本。仁:古代一种含义广泛的道德观念。核心指人与人相亲,爱人。此句是说季节的恩泽对小草也不漏掉,使它变绿。上天对万物的抚养是极为仁爱的。

⑥旧:这里指故人,朋友。双轮:指车。

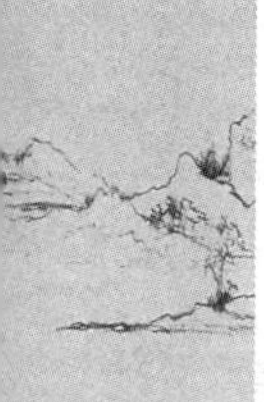

龙沙秋日十二声诗选一①

密雪打窗

露才凝作霜, 霜即变为雪。
飞絮继飞花, 玉粒间玉屑②。
著纸何窸窣, 映油益皎洁③。
光讶水晶盘④,团比丁香结⑤。
入夜亦惊人, 搴帷又误月⑥。
行行送屐齿⑦,轧轧腻车辙⑧。
寒鸦阒无闻⑨,荒草偃且没⑩。
不道泬寥天⑪,笔尖冻欲折。

【注】

①这组诗写于道光十年(1830)深秋。共十二首诗,分咏黑龙江的各种声音。此为其五,是咏卜魁深秋密雪打窗之声。

②飞絮:本指柳絮。这里指初飞之雪,其细如絮。玉粒:玉之颗粒。玉屑:玉之碎屑。此二句指雪之各种形状。

③著(zhuó 音浊)纸:附着在窗纸上。窸(xī 音西)窣(sù 音素):一种细碎的声音。皎洁:光白貌。此句原注:“人家皆以油涂窗纸。”

④水晶盘:以水晶做成的盘子。这是形容雪光如水晶盘般透明晶莹。

⑤丁香结:丁香的花蕾。这句是写飞雪成团时,有如盛开的丁香。

⑥搴帷:揭开帐幕。误月:误以为月。这是以月光喻雪光。

⑦行行:走着不停。屐齿:木屐的齿。屐底有二齿,以利于在泥地行走。这里泛指鞋。此句是写鞋踏雪地发出的声音。

⑧轧轧:指车声。腻车辙:使车辙滑腻。这句是写车行在雪地上的声音。

⑨寒鸦:寒天里的乌鸦。阒(qù 音去):寂静。指飞雪满天,乌鸦也寂静无声。

⑩偃且没:倒伏而被埋没,指草已枯死。

⑪不道:不料,想不到。泬(xuè 音血)寥:空旷貌。

龙沙物产十六咏选一①

其三　海青

俊绝超鹰侣，　飘飘健复轻②。
层霄冲有志，　凡鸟寂无声③。
萧瑟三秋景④，绵延万里程⑤。
《禽经》闲欲注，东海记佳名⑥。

【注】

①此诗是咏黑龙江海东青之作。写于道光十年(1830)。海青:即海东青。鸷鸟名,雕的一种,产于黑龙江下游及附近海岛。辽、金、元、清均极重视此鸟。

②俊绝:俊美之极。飘飘:飘飞貌。这两句形容海东青飞翔时之俊美、健壮及轻盈,不同凡鸟。

③层霄:天空高远之处,犹言九霄。唐李白《大鹏赋》:“尔乃……亘层霄,突重溟。”此两句是说海东青有冲天之壮志,足可威慑凡鸟。

④萧瑟:秋风声。三秋:秋季的第三个月,即农历九月。解作秋季三个月,亦通。

⑤绵延：延续不断。这两句是说深秋之际，秋风萧瑟，万木摇落，但是海东青却在万里之程的长空上翱翔。

⑥《禽经》：书名。旧题师旷撰，晋张华注，实出后人依托，所载均为飞禽之类。东海：泛指东方的大海。诗中则指黑龙江所滨之海，即产海东青之海。这两句是说，如果有人在闲暇之际再补注《禽经》一书，要记住东海所产的一个美好的名字——海青。

雪中见纸鸢[①]

入得青云耐得寒，临风不惜湿飞翰[②]。
为凫为雁都成幻，徒博儿童举首看[③]。

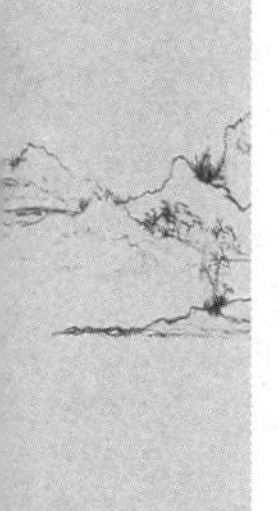

【注】

①此诗写于道光十一年(1831)二月。这是咏卜魁风筝之作。纸鸢：风筝之一种，俗称鹞子。用细竹为骨，粘以薄绢或纸，作鸢形，斜缀线，可引线乘风而上。

②飞翰：飞舞的鸟羽。

③凫：野鸭。这两句是说，纸鸢既非野鸭，也非大雁，只能博得儿童抬头观赏。

晓行茂兴站[①]

翻墨阴云顶上遮[②]，东方依旧灿金霞。
野花也识归人意，含笑先开送别花。

【注】

①道光十一年(1831)三月作者被赦归。此诗即为归途行经茂兴站时所作。茂兴：驿站名。是清代贯穿黑龙江之瑷珲至茂兴驿站的终点站，在伯都讷(今松原市宁江区)松花江之对岸。过此驿站，则为今吉林省境。

②翻墨：墨汁翻转。遮：覆盖。此句形容阴云有如翻转的墨汁，遮盖在头顶上。

奎　照

奎照(1790—1843),字玉庭,英和长子。嘉庆十九年(1814)进士,授编修,历刑、礼、兵、工等部侍郎。道光八年(1828)被革职,随父遣戍卜魁。十一年(1831)赦归,后历任礼部尚书、军机大臣、都察院左都御史。二十三年(1843)卒。有《龙沙纪事诗》、《使青海草》等。

龙沙纪事诗[①]节选

每逢八月报深秋，　布楞吹彻城南楼[②]。
霜降前期闻将令，　水操凫集诸营舟[③]。
扎哈威呼载人物[④],飞行趫捷如轻鸥[⑤]。
九进连环轰霹雳[⑥],五花错彩明兜鍪[⑦]。

【注】

①此诗为作者写于随其父英和遣戍卜魁期间,约为道光十年(1830)。全诗共1496字,以其过长,在此仅摘录其咏水师营、火器营操演八句。

②“布楞”两句:原注:“(布楞)即海螺,清语曰布楞。”另外参见本书朱履中《龙江杂咏》诗注⑤。

③霜降:二十四节气之一。在公历十月二十三或二十四日。水操:水师营操练。凫集:这里是形容各营之船只,像野鸭积聚一样集合到一起。

④原注:“扎哈、威呼,皆小船名。”扎哈:小船,可载两三人。威呼:独木船,宽容膝,头尖尾锐,可载数人。

⑤趫捷:矫捷。汉张衡《西京赋》:“轻锐僄狡,趫捷之徒。”轻鸥:轻盈的鸥鸟。鸥,水鸟名。在江者叫江鸥;在海者叫海鸥。这句是写水师营的各种小

船，像轻盈的海鸥一样，在水中矫捷地飞驶。

⑥原注：“九进十连环，火器营阵名。”此句是说火器营在操演九进十连环阵时，炮声如雷。霹雳：雷之急击者为霹雳。

⑦五花：指五花马。唐人把马鬃毛剪成三簇的叫三花，五簇的叫五花。另一说，五花指马的毛色斑驳。唐杜甫《高都护骢马行》诗：“五花散作云满身，万里方看汗流血。”错彩：色彩交错缤纷。兜鍪：即战士戴的头盔。古称胄，秦汉以后称兜鍪。这一句是说火器营战士骑的战马色彩缤纷交错，头上戴的头盔明亮闪光。

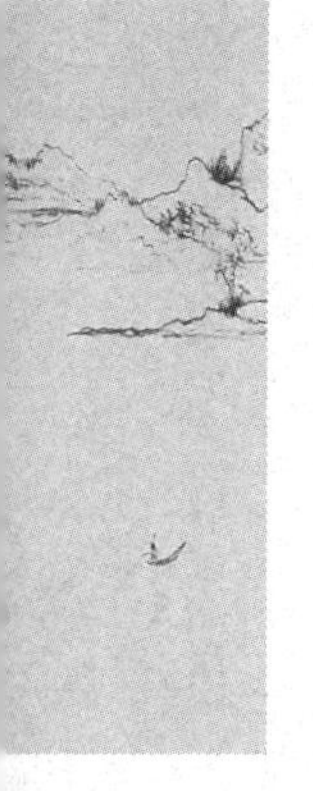

张光藻

张光藻(1813—?),字翰泉,安徽广德人。同治九年(1870)出守天律,为知府。同年秋以天津教案爆发时,“不能设法防范”等罪名,被遣戍齐齐哈尔。十二年(1873)夏秋之交被赦归。归后十余年卒。在戍所写有《龙江纪事七绝一百二十首》,可称是韵文体的黑龙江地方志。另有诗一卷,合称《北戍草》。作者自序云:“平时不作诗,而此时始学为诗者,遇使然也;平时诗无一存,而此诗独刊而存之者,意有在也!”读此可以知其寓意。

入黑龙江境[①]

百里无人断午烟,荒原一望杳无边。
行来白草黄沙地,正是严霜朔雪天[②]。
海日孤悬岩壑冷,江冰横踏马蹄坚。
回看千里黄龙府,犹觉长安在眼前[③]。

【注】

①同治九年(1870)十月作者出塞,这是初入黑龙江境时所作之诗。诗咏黑龙江境之荒寒景象及对京师之怀念。

②作者十月出都,过铁岭不久值冬至日,至初入黑龙江境时当为十二月,时值严寒,故云“严霜朔雪”。

③黄龙府:府名。契丹置。治所在今吉林省农安。长安:我国古都之一(今陕西西安)。西汉、隋、唐皆建都于此,故唐以后常通称国都为长安。诗中指京师(今北京市)。黄龙府距黑龙江已有“千里”之远,而京师比黄龙府更为遥远,但作者却说京师仿佛是在眼前,这表示了作者对京师的怀念。

春分日口占[①]

花未含苞柳未芽，二分春色在谁家[②]。
东风不解门前冻[③]，吹起边城万丈沙。

【注】

①本诗写于同治十年(1871)春分日(即二月初一日)，这是该日的即兴之作。诗咏塞外春来之迟。

②二分：古代谓春分、秋分为二分。诗中指春分。春色：春天的景色。这两句指春分时节，塞外的春天还没有来。

③不解：没有融化。

雨后自温托河站晓行过蒙古杜尔伯特境[①]

鸡声催客起，侵晓向南征[②]。
风转黑云散，雨收红日明。
草肥知土活，野旷少人耕。
自古牛羊地[③]，无须五谷生。

【注】

①这是作者于同治十二年(1873)秋自黑龙江赦归途中，行经温托河驿站时所作之诗。诗咏该地云散日明、草肥土沃、野旷人稀的苍莽景象。温托河站：是清代自齐齐哈尔通往茂兴站的第二站，在齐齐哈尔西南六十五公里。杜尔伯特：原哲里木盟的一部，今为黑龙江省杜尔伯特蒙古族自治县。温托河站一带为杜尔伯特蒙古游牧地区。

②侵晓：破晓。南征：南行。

③牛羊地：指游牧地区。

郭尔罗斯道中①

塞外西风乍觉凉，眼前秋色胜春光。
席箕草长千屯绿，荞麦花开一路香②。
车过平林飞燕雀，山低夕照下牛羊。
只今胡越成中土，天意何曾限大荒③。

【注】

①此诗写于上诗稍后，咏郭尔罗斯途中所见到的草长屯绿、花开路香、燕雀飞翔、牛羊下山的美好秋色。

②席箕草：草名，一名塞芦，“生北胡地”，可供编织用具。荞麦：草本植物，赤茎，子实磨面如麦，供食用。

③胡越：胡地在北，越在南，相隔殊远，比喻隔绝、疏远。大荒：泛指辽阔的原野或边远的地方，语出《山海经·大荒西经》。

龙江纪事七绝一百二十首选七①

元宵佳节兴堪乘②，吹到江风冷不胜③。
明月渐高人未散，街前争看寿星灯。

上元城中张灯，有镂五六尺冰为寿星灯者，中燃双炬，望之如水晶人。颇为难得。

尖风冷雨过韶华④，四月边城未见花。
野甸忽看红杏放⑤，一枝春色到山家⑥。

天寒，花果极稀，四月中野甸始见杏花，然结实大不及指。此外了无春色。

觱篥吹飞八月霜⑦，羁愁客思正茫茫⑧。
忽闻乌语归心急，塞马犹知恋故乡。

呼伦贝尔、布特哈[9]马养于他城者，秋日闻黄豆瓣儿声，辄垂头不食，即厩中腾踔[10]嘶鸣，思还故土。黄豆瓣儿，鸟名也。

四时节令最多风[11]，冰雹常飞六月中。
入夏雷声才出地，雪花犹舞夕阳红。

四时之气多风，四月始闻雷声。然阴晴不定，日光中犹见雪花飞舞。伏天多雨，雹大者如碗。

江波欲冻净如揩，片片冰牌到水涯[12]。
冰上犹存人马迹，人言此是老羌牌。

江欲冰前数日，先有薄冰片片顺流下，曰冰牌。黑龙江复有所谓老羌牌者，自俄罗斯淌来，冰上多有人畜行迹[13]。

送旧迎新喜过年[14]，家家门上贴新联[15]。
抱柴担水敲门入，先把"添财"喜语传。

元旦，担水抱柴叩门户。问之。答曰："送财。"入而置其水与柴釜灶中[16]，贺曰："添财！添财！"家家如此。

制作谁传辐辐车[17]，短辕牛架亦舒徐。
偶施毡毳遮风雪，胜似闲行策蹇驴[18]。

达呼尔随意造辐辐车，轮不甚圆，辕不甚直，一牛曳之，可载粮草数百斤。富者乘之，往往施以毡毳，藉蔽风雪。

【注】

①作者在戍所，曾见到西清之《黑龙江外记》一书，就"择其有关典制，足资

谈柄者，编为七言绝句一百二十首……聊纪山川风土之大概”。这可称是韵文体的黑龙江地方志。

②这首诗是咏黑龙江上元节之风俗。元宵节：即上元节，旧历正月十五日。

③不胜(shēn 音生)：经受不住。即指江风之凛冽。

④这首诗是咏黑龙江春来之迟。尖风：强劲之风。尖，尖锐，锐利。这里形容寒风刺骨，有如针刺刀割。韶华：指春光。此句指春光在尖风冷雨中默默地度了过去。

⑤野甸：城郊。

⑥山家：山居的人家。

⑦这首诗是咏黄豆瓣儿鸟之作。黄豆瓣儿：详见本书程煐《黄豆瓣儿曲》诗注①。觱篥：古乐器名。又名笳管、悲篥，状似胡笳。

⑧客思(sì 音四)：怀念家乡的心情。

⑨布特哈：详见刘凤诰《黄豆瓣儿曲》诗注②。

⑩腾踔：跳跃奔腾。

⑪四时：春、夏、秋、冬四季。节令：二十四节气。此诗是咏黑龙江之气候。

⑫揩：摩擦，擦拭。这首诗是咏江上冰排之作。冰牌：今称冰排。

⑬老羌：指沙俄侵略者。

⑭这首诗是咏黑龙江过年之风俗。

⑮联：春联。

⑯釜：烹饪器。即无脚之锅。此句指置水于锅，置柴于灶中。

⑰辐辐车：详见朱履中《咏冰灯》诗注③。

⑱策蹇驴：乘跛足驴。喻行动迟缓。

胡昌愈

胡昌愈，字汝臣，生卒年不详。湖南清泉（今衡阳市）人。工诗，张光藻曾以“衡湘钟毓楚南才”誉之。曾参湖南总兵官罗章才之军，帮办营务。同治八年（1869）五月，罗章才以“约束勇丁不严”被革职遣戍黑龙江。昌愈也牵连遣戍齐齐哈尔，十二年（1873）正月被赦归。有《关东杂述》。这部诗稿以竹枝词的形式，将自己赴戍、戍所及归途所见所闻所感咏之于诗，反映了东北，尤其是黑龙江历史、地理、民风、土俗、物产等。

关东杂述选五

茶馆说书[①]

暑逭行窝数月余[②]，客逢萍水乐相於。
闲将轶事谈关外，胜坐茶寮听说书[③]。
茶馆有人打鼓说书。

淌　冰　牌[④]

轰然响似走轻雷，彻夜倾听动旅怀。
那识天寒江欲冻，先期有信淌冰牌。
江欲封，先期有冰牌上游淌来，声如雷。

木耳蘑菇[⑤]

龙江地本属膏腴，跑腿人来一事无[⑥]。

采遍山头闲土物，黄蓍黑菜白蘑菇[7]。
木耳，土人呼黑菜。

妇女吸烟[8]

重来寻胜到江涯，烟气氛氲景足夸。
独惜满城秾艳放，除将莺粟更无花[6]。
城中妇女多吸鸦片烟者。

三九苦寒[9]

三九逢时最苦寒，围炉坚坐出门难。
偶然唾向风前散，落地好如珠走盘。
风前散唾，落地如珠四走，三九前后十日为尤甚。

【注】

①此诗咏与萍水相逢，但又谈得投机的旅客闲谈关外逸事，胜于听茶馆说书。

②暑逭：即逭暑，避暑也。行窝：宋人为接待邵雍，仿其所安乐窝而为之建造的居室。见邵伯温《闻见前录》卷二十。后因指可以小住的安适之所。相於：相厚，相亲近。

③茶寮：茶馆。清孔尚任《桃花扇·访翠》："一带板桥长，闲指点，茶寮酒舫。"

④此诗咏黑龙江天寒封江前江中淌冰排的壮观景象。

⑤此诗咏黑龙江盛产木耳、蘑菇等土特产。

⑥跑腿：旧时称关内的人到关外去做生意。西清《黑龙江外纪》："关内人来贸易，俗称跑腿。"

⑦黄蓍：药草名。多年生草本，夏季开花，黄色。根甚长，可入药。

⑧此诗咏齐齐哈尔妇女吸鸦片烟之陋习。莺粟：今作罂粟，一年生草本植物，花瓣四方，丝、紫或白色。果实未成熟时之乳状白液，可制鸦片。

⑨此诗咏三九苦寒，唾液成冰。

附录

一、历代东北流人著述简表

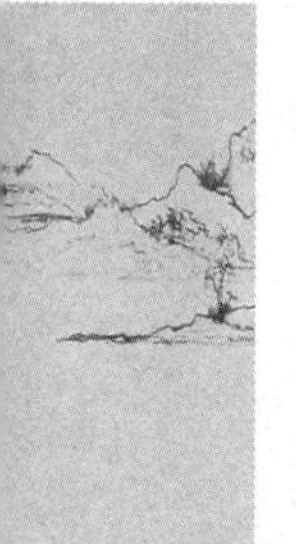

人　名	书　　　名	附　　注
萧岩寿	《辽三臣行事》、《七贤传》	
王　鼎	《焚椒录》	
宋徽宗	《宋徽宗词》、《宫词》、《宣和论画杂评》、《崇观宸奎集》等 10 余种	塞外诗千余首，多佚
宋钦宗	仅传词数首	
蔡　絛	《北狩行录》	
洪　皓	《文集》50 卷、《春秋纪咏》、《辖轩唱和集》、《帝王通要》、《姓氏指南》、《松漠纪闻》、《金国文具录》、《鄱阳集》等	
张　邵	《文集》10 卷	今佚
刘　豫	《诗文集》10 卷	今佚
宇文虚中	《宇文肃愍公文集》	
李之翰	《漆园集》	
朱　善	《一斋集》、《诗解颐》、《史辑》、《辽海集》	
孙　蕡	《西庵集》	
黎　贞	《秫坡集》	
王　谊	《鉴止集》	
陈　循	《芳洲集》、《东行百咏集句》	

续表

人　名	书　　名	附　　注
刘　玭	《养晦集》	
王时中	《王时中奏议》	
胡世宁	《胡世宁奏议》、《桃源建昌征案》、《东乡抚案》	
刘　济	《革书》	塞外无书，以羊皮为书，故名《革书》
徐文华	《辽阳集》，为嘉靖八年本《辽东志》修订者之一	
刘　琦	为嘉靖八年本《辽东志》修订者之一	
程启充	《初亭集》，为嘉靖八年本《辽东志》修订者之一	
卢　琼	《东戍见闻录》	
张　逵	《义乐集》	
夏良胜	《东洲稿》(诗文共20卷)、《东戍录》、《中庸衍义》、《铨司存稿》	
黄正色	《辽阳稿》	
尹　耕	《塞语》、《朔野山人集》、《译语》、《乡约》	
杨光先	《辟邪实录》	
张　春	《不二歌集》	
颜　元	《四存编》等	
苗君稷	《焦冥集》	
函　可	《千山诗钞》、《千山剩人禅师语录》、《金塔铃》	
左懋泰	《徂东集》	
左晖生	曾修《铁岭县志》	

续表

人名	书名	附注
左昕生	曾修《铁岭县志》	
李呈祥	《东村集》	其中《木斋诗稿》，写于戍所
陈掖臣	《阳斋集》	
郝浴	《中山郝中丞集》、《周易解》、《孟子解》	
李裀	《李裀奏议》	
季开生	《戆臣诗稿》	其中《出关诗》作于戍所
陈之遴	《浮云集》	
徐灿	《拙政园诗集》、《拙政园诗馀初集》	
吴达	《雪航疏稿》、《薜雨堂诗集》	
陆庆曾	《忍庵集》	
孙旸	《蔗庵集》	其中《沈西草》作于戍所
张天植	《北游草》、《湖上吟》	
张恂	《西松馆集》、《樵山堂诗》、《绣佛斋诗余》、《雪鸿草诗》	
黄钊	《洞庭钓叟诗集》	
丁澎	《扶荔堂诗文集》、《扶荔堂词》	
方拱乾	《何陋居集》、《甦庵集》、《宁古塔志》(一名《绝域纪略》)	
方孝标	《钝斋文选》、《钝斋诗选》、《光启堂文集》、《易学十解》	
郁之章	《希圣堂唱和诗》	
方亨咸	《塞外乐府》、《邵村诗集》、《楚粤使草》、《斑马笔记》、《恰亭笔记》、《苗俗纪》	

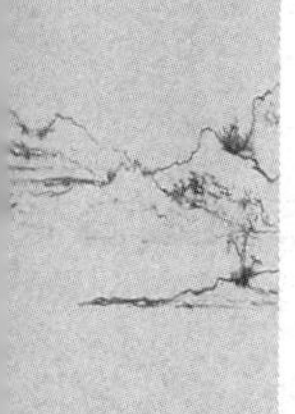

续表

人　名	书　　名	附　注
方育盛	《栲舟诗集》、《无目诗集》、《其旋堂诗》	
方膏茂	《馀坌集》	
姚其章	《唐人诗略》	
吴兆骞	《秋笳集》、《归来草堂尺牍》、《词赋协音》、《天东小纪》	均作于戍所(仅《秋笳集》有出塞前作品)
董国祥	曾主持纂修东北第一部县志《铁岭县志》	
张缙彦	《宁古塔山水记》、《域外集》、《依水园诗集》、《依水园文集》、《菉居封事》、《菉居文集》、《归云轩稿》、《杜诗分类》、《五岳名山志》等近20种	
应上巽	《秋蛩吟》	
蔡　础	《沈子呓业》、《沈子诗钞》	写于戍所
张人纲	《集菌草》、《兴会笔录》	
何志清	《草堂杂稿》	
陈大捷	《信口吹》	
潘震雷	《胡芦笑》、《享帚集》、《屠龙技》	
祁班孙	《东书堂集》、《紫芝轩集》、《东行风俗记》(一作《盛京风俗记》)	《东行风俗记》写于戍所
罗继谟	《银州诗草》	曾参与《铁岭县志》纂修工作
张　贲	《白云集》	
陈志纪	《塞外吟》	

续表

人　名	书　　名	附　　注
陈梦雷	《松鹤山房诗集》、《松鹤山房文集》、《闲止书堂集钞》、《周易浅述》。此外《盛京通志》总其事者为梦雷，又主编《古今图书集成》	
卢　震	《说安堂集》	
蔡毓荣	《通鉴本末纪要》	
何世澄	《片羽集》	
杨　宾	《柳边纪略》、《晞发堂诗文集》、《大瓢先生杂文残稿》等10余种	
李　蕃	《雪鸿堂文集》	
赵　仑	《因树屋集》	
杨　瑄	《楷庵集》、《塞外草》	《塞外草》写于戍所
杨锡履	《自适斋文稿》、《口外山川记略》	
杨锡恒	《冰天草》、《听雨轩诗文集》、《生还草》	《冰天草》写于戍所
戴　梓	《耕烟草堂诗钞》	
戴　亨	《庆芝堂诗集》	
顾永年	《长庆堂集》、《梅东草堂诗》	
樊　莹	《师善堂稿》	内含《出塞吟》
卫既齐	《廉立堂文集》、《四书心悟》、《小学家训》、《道德经解》、《南华经删注》、《韵通》	
傅作楫	《雪堂辽海集》、《雪堂燕山集》、《雪堂南征集》、《雪堂西征集》	《辽海集》写于戍所
讷尔朴	《画沙集》	写于戍所
李方远	《张先生传》	写于戍所

续表

人 名	书 名	附 注
方登峄	《依园诗略》、《星砚斋诗稿》、《垢砚岭》、《葆素斋集》、《葆素斋古乐府》、《葆素斋今乐府》、《如是斋集》	已收入《述本堂诗集》
方式济	《陆塘初稿》、《出关诗》、《易说未定稿》、《龙沙纪略》、《五经一得》	其诗已收入《述本堂诗集》
方云旅	《复斋诗集》	
黄鹭来	《友鸥堂集》等	
方观承	《东闾剩稿》、《入塞诗》、《怀南草》等诗集10种、《方恪敏公奏议》、《坛庙祀典》	其诗全部收入《述本堂诗集》
吴桭臣	《宁古塔纪略》	
戚麟祥	《红柏书庄遗稿》、《瓶谷笔记》	
孙起栋	《辽西草》、《辽西杂识》、《塞上卮言》	写于戍所
王贞仪	《德风亭初集》、《德风亭二集》等	
程 煐	《龙沙剑传奇》、《珂雪集》、《瑞屏诗钞》	前二种写于戍所
刘凤诰	《存悔斋集》、《五代史补注》	
铁 保	《惟清斋全集》,另辑有《熙朝雅颂集》、《国朝律介》、《白山诗介》等	《帷清斋全集》内之《玉关诗钞》写于新疆戍所
李亨特	编《绍兴府志》	
朱履中	《龙江百五钞》、《玉堂存稿》、《叶韵考证》	前一种写于戍所
涂以辀	《养春斋诗钞》	
贵 庆	《知了义斋诗钞》等	

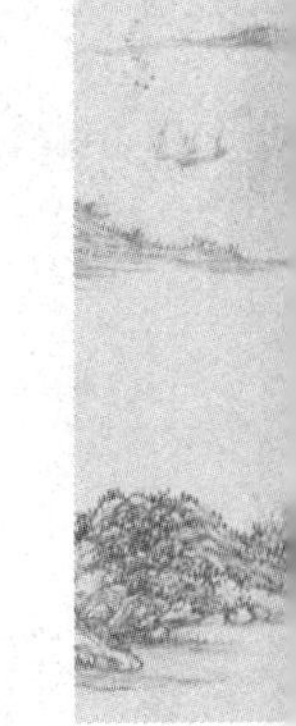

续表

人 名	书 名	附 注
王履泰	《双城堡屯田纪略》、《畿辅安澜志》	前一种辑于戍所
英 和	《卜魁城赋》、《卜魁集》、《恩福堂诗钞》、《恩福堂笔记》、《恩福堂年谱》等	前二种写于戍所
奎 照	《龙沙纪事诗》、《使青海草》	前一种写于戍所
李云麟	《旷游载笔》等	
胡昌愈	《关东杂述》	写于戍所
张光藻	《北戍草》	写于戍所
王性存	《寒翠堂植物十二咏》	
陈宝莹	《还珠集》、《冷泾游草》	

说明：

①本表所列书目，今尚传世者、已佚者、流传情况不详者，均为之著录。

②凡属流人，其书目尽量全部开列，但鉴于有几位流人著述过多(如张缙彦)，我们仅摘其要者著录，最后标明约若干种。

③个别与流人有关(如省亲、奔丧、随行、探视)者，其书目仅列与东北有关者；倘其著述均与东北无关，则略选其一、二种代表性著作开列。

④流人排列顺序，大致以出塞先后为准，极个别人例外。

⑤本书目仅限于作者的所见所闻，挂漏之处，在所难免。

二、重要东北流放文人碑传资料

洪皓

先君述 节录

洪适

先君讳某，字光弼，饶州人。曾祖讳某，祖讳某，赠中大夫。皇考讳某，通直郎，赠右太中大夫。妣太硕人董氏。先君登政和五年进士第，主台州宁海簿，会令去，摄其事……迁宣教郎，为秀州司录……上将迁狩建康。先君上疏言："今内难甫平，外敌方炽，若轻至建康，恐金人乘虚侵轶。宜遣近臣先往经营，庶事告办，鸣銮未晚也。"时庙谟已定，不能从，既而悔之，上问宰辅："近谏移跸者为谁，今安在？"丞相张和公时知枢密院以对。过秀，邀先君至平江，欲以为部使者招二凶，适捷书至，乃止。将辞归，和公曰："吕丞相欲见君。"即遣直吏介谒。俄有旨召见。时方墨衰绖，丞相脱巾服衣之。既对，上以国步艰难，两宫远狩为忧。先君极言："天道好还，裔夷安能久陵中夏，此正春秋邲郢之役，天其或者警晋训楚也。"所言反复，当上意。上曰："卿议论纵横，熟于史传，有专对之才，朕方择使，无以易卿。"先君以母老父丧恳辞，不许，擢徽猷阁待制，迁五官，假礼

部尚书,为奉使大金军前使……

先君间关至太原,留几一年,虏遇使人礼益削。及至云中,大酋粘罕迫遣与副使官伪齐。先君曰:“万里衔命,不得御两宫以归,大国度不足以有中原,当还诸本朝,乃违天以奉逆豫,豫可磔万段,顾力不能,忍事之耶?今留亦死,不即豫亦死,偷生天地间,甘鼎镬不悔也!”粘罕怒,命壮士拥以下,执剑夹承之,先君不为动。旁贵人噤曰:“此真忠臣也!”止剑士以目,为跽请。粘罕怒少霁,遂流递于冷山,与假吏沈珍,隶卒丘德、党超、张福、柯辛俱,副使至汴受豫命,知恩州。流递,犹中国编窜也。

云中至冷山行两月程,距虏二百余里。地苦寒,四月草始生,八月而雪。土庐不满百,皆陈王悟室聚落。悟室使诲其八子。或一年不给衣食,盛夏至衣粗布,番课四隶,采薪它山。尝久雪薪尽,至乞马矢煨面而食。绍兴二年,使者王公伦归,为上言之,即下秀州存问家属,赐银绢二百,适未冠得监南岳庙。先君辱于悟室十年,多为诗文以讽,皆忧国伤时语。悟室尝得献取蜀策,持以问先君,先君历陈古事梗之。悟室锐欲吞中国,曰:“孰谓海大,我力可干,但不能使天地相拍尔。”先君曰:“兵犹火也,弗戢将自焚,自古岂有四十年用兵不止者。”又数数为言,所以来为两国大事,今既不受使,乃令深入教小儿。兵交使在礼不当执。悟室或应或否,一日大怒曰:“汝作和事官,却口硬,谓我不能杀汝耶?”先君曰:“自分当死,顾大国无受杀行人之名。此去莲花泺三十里,使之乘舟,一人荡诸水,以坠渊为言可也。”悟室义而止。

两宫蒙尘五国城,尝遣私人奏书,并献胡桃、梨、修粟、面诸物,两宫始知赵氏中兴。永祐陵讳闻,先君北向血泣,旦夕临,后遇讳日,即燕山开泰寺为文以荐。其略曰:“故宫为禾黍,改馆徒馈于秦牢;新庙游衣冠,招魂但歌于楚些。虽置河东之赋,莫止江南之哀。遗民失望而痛心,孤臣久縶惟呕血。”又云:“盛德之祀,传百世以无穷;在天之灵,继三后而不朽。”故臣读之,无不掩涕。

虏已遣使约和，悟室问所议十事，先君条析之甚至，曰："封册是虚名，年号本朝自有，金三千两景德所无，东北宜丝蚕，大国有其地矣，绢不可增也。至于取淮北人，(摇)〔《四库全书》本作猺〕民害计，本朝必不可。景德之盟，南北所得，人皆不取，载书犹在，可覆视也。"悟室曰："吾固欲取投附人诛之以惩后，何为不可？"先君曰："昔魏侯景举十三州地归梁，梁武帝欲以易其侄萧明于魏，景遂作乱，陷台城，仆两帝。中国所监，决不相从。"悟室稍悟，乃曰："汝性直，所言不诳我。我与汝如燕，遣汝归议。"遂行。所存沈珍、丘德、党超三人。

既而莫公将北来，议不合，囚涿州，事复变。道达鞑帐，其帅闻洪尚书名，争邀入穹庐，出妻女胡舞，举浑脱酒以劝。到燕一月，越王兀朮族悟室，党与坐死数百千人，独先君故与持论，身几死数矣。兀朮知之，故得免。燕人重先君执节，争持酒食相劳苦。

先君间行廛市，物色谍者，得赵德，书机事数万言，藏故絮中以归，曰："顺昌之役，虏震惧丧魄，燕之珍器重宝悉徙以北，意欲捐燕以南弃之。王师亟还，自失机会，虽再躏河南，后必更成。"具以悟室问答语，并两宫诸王主所居报上。是岁，绍兴十年也。明年夏，求得皇太后书，遣邵武男子李微来。上大喜，因御经筵，谓讲读官曰："不知太母宁否几二十年，虽遣使百辈，不如此一书。"遂官李微。其冬复以书曰："虏已厌兵，势不能久。异时以妇随军，今不敢携。朝廷不知虚实，卑辞厚币，未有成约。不若乘胜进击，再造犹反掌尔。所取投附人，只欲保守江南，归之可也。独不鉴侯景之祸乎？若欲复故疆，报世仇，不宜与。胡铨封事，此或有之，知中国有人，益生惧心。张丞相名动殊方，可惜置之散地。"并问李、赵二相安否？献六朝御容、徽宗御书。其后和定，祐陵及太后归音，皆先报。凡四年中，以文书至者九，数陈军国利疚，谓施行之则宗社生灵之福。留中，皆莫得闻。先君言无隐情，归国以此触罪，诸子惧深祸，过庭不敢一问北事，故忠谋秘策不详得，独系帛书所存大略如此……

初，宇文虚中既换虏官，欲扳先君分谴，乃力荐于虏庭，换先君为翰林直学士，力辞获免。虚中为详定礼仪，使始造赦，其文复及换授。先君诉敌相韩昉，乞于真定或大名养济，图逃归计。昉怒，虚中赞其决，遂换中京副留守，复力辞。昉大怒，降留司判官为承德郎，趣行者屡矣，誓以死不就职。虏法，虽未换官，曾被任使者，永不可归。虏欲以计堕先君，令校云中进士试，使者监上道，先君日捐食，阳为有疾状。既至，谓院官曰："今取士以诗赋，吾故学经耳。"曰："岂不能出语策士乎？"考官孙九鼎者，有太学旧，为以疾闻，得回燕。

虏议遣奉使人各还其乡，因赦及之，它使者幸稍徙，多占淮北，无敢言淮以南者。先君实以饶州闻，张公邵、朱公弁亦自言和州、徽州人。既议和，还淮以南使者，故先君三人在遣中。用事者多曰："此等人若放了，几时更有？今不留，后必为我患。"归计屡欲变，参知政事王公使至燕，先君得虏阴谋，从坡上与馆中人语，为留守易王所获，对吏将驰流星骑上其事。副留守渤海人高吉祥，素嘉先君忠，委曲护出之，且易以它牍，先君行月余，方以元牍奏。垂入境，追者七骑至，及诸淮，则在舟中矣。至盱(台)〔当作眙〕，以奉使无状自劾。上方以来归为喜，报无罪，可待日以御札趣觐。

既至阙，登时见内殿，奏事罢，力求乡郡养老母。上曰："卿忠贯日月，志不忘君，虽苏武不能过，岂可舍朕去也。"赐内库金带鞍马……以二十五年十月二十日薨于南雄……

懿节皇后之姨高氏，与其夫赵伯璘，隶悟室戏下，贫甚，先君屡赒之。范蜀公之孙祖平，虏不以为官，佣奴之，先君使以东坡所为《蜀公铭》白曰："我官人也。"虏曰："东坡书之不疑矣。"即释之。先君资以归装。贵族有流于黄龙府优籍者二人，先君嘱副留守赵伦除其籍。刘公光世之庶女小丑在虏豢豕，为赎以重价，求匹偶衣冠之家。略为人奴者，赎之数十人。张待制宇发自蔚州死云中，先君过荒寺，见其榇携之至燕山，授其仆钟禹功使葬。司马侍郎朴握节以死，居数年无有能明之者，先君为陈本末，诏以忠节显著，赠兵部尚书。

其归也，北人治饯具几月。后使者至，虏多问先君今何官，居何地。先君天性强记，书无所不读，虽食不释卷，稗官小说亦暗诵连数千言。宣政间，《春秋》之学绝，先君独穷遗经，贯穿三传。在冷山，摘褒贬微旨，作诗千篇，北人抄传诵习，欲刻板于燕，先君弗之许……有文集十卷，《春秋纪咏》三十卷，《輶轩唱和集》三卷，《帝王通要》五卷，《姓氏指南》十卷，《松漠纪闻》二卷，《金国文具录》一卷……

《盘洲文集》卷七十四

洪皓传

脱脱

洪皓，字光弼，(番易)〔鄱阳〕人。少有奇节，慷慨有经略四方志。登政和五年进士第。

王黼、朱勔皆欲婚之，力辞。宣和中，为秀州司录。大水，民多失业，皓白郡守以拯荒自任，发廪损直以粜。民坌集，皓恐其纷竞，乃别以青白帜，涅其手以识之，令严而惠遍。浙东纲米过城下，皓白守邀留之，守不可，皓曰："愿以一身易十万人命。"人感之切骨，号"洪佛子"。其后秀军叛，纵掠郡民，无一得脱，唯过皓门曰："此洪佛子家也。"不敢犯。

建炎三年五月，帝将如金陵，皓上书言："内患甫平，外敌方炽，若轻至建康，恐金人乘虚侵轶。宜先遣近臣往经营，俟告办，回銮未晚。"时朝议已定，不从，既而悔之。他日，常问宰辅近谏移跸者谓谁，张浚以皓对。时议遣使金国，浚又荐皓于吕颐浩，召与语，大悦。皓方居父丧，颐浩解衣巾，俾易墨衰绖入对。帝以国步艰难、两宫远播为忧。皓极言:“天道好还,金人安能久陵中夏!此正春秋邲、郢之役,天其或者警晋训楚也。”帝悦,迁皓五官,擢徽猷阁待制,假礼部尚书,为大金通问使,龚璹副之。令与执政议国书,皓欲有所易,颐浩不乐,遂抑迁官之命。

时淮南盗贼踵起,李成甫就招,即命知泗州羁縻之。乃命皓兼淮南、京东等路抚谕使,俾成以所部卫皓至南京。比过淮南,成方与耿坚共围楚州,责权州事贾敦诗以降敌,实持叛心。皓先以书抵成,成以汴涸,虹有红巾贼,军食绝,不可往。皓闻坚起义兵,可撼以义,遣人密谕之曰:“君数千里赴国家急,山阳纵有罪,当禀命于朝。今擅攻围,名勤王,实作贼尔。”坚意动,遂强成敛兵。

皓至泗境,迎骑介而来,龚璹曰:“虎口不可入。”皓遂还。上疏言:“成以朝廷馈饷不继,有‘引众建康’之语。今靳赛据扬州,薛庆据高邮,万一三叛连衡,何以待之?此含垢之时,宜使人谕意,优进官秩,畀之以京口纲运,如晋明帝待王敦可也。”疏奏,帝即遣使抚成,给米伍万石。颐浩恶其直达而不先白堂,奏皓托事稽留,贬二秩。皓遂请出滁阳路,自寿春由东京以行。至顺昌,闻群盗李阎罗、小张俊者梗颍上道。皓与其党遇,譬晓之曰:“自古无白头贼。”其党悔悟,皓使持书至贼巢,二渠魁听命,领兵入宿卫。

皓至太原,留几一年,金遇使人礼日薄。及至云中,粘罕迫二使仕刘豫,皓曰:“万里衔命,不得奉两宫南归,恨力不能磔逆豫,忍事之邪!留亦死,不即豫亦死,不愿偷生鼠狗间,愿就鼎镬无悔。”粘罕怒,将杀之。旁一酋唶曰:“此真忠臣也。”目止剑士,为之跪请,得流递冷山。流递,犹编窜也。唯璹至汴受豫官。

云中至冷山行六十日,距金主所都仅百里,地苦寒,四月草生,八月已雪,穴居百家,陈王悟室聚落也。悟室敬皓,使教其八子。或二年不给食,盛夏衣粗布,尝大雪薪尽,以马矢燃火煨面食之。或献取蜀策,悟室持问皓,皓力折之。悟室锐欲南侵,曰:“孰谓海大,我力可干,但不能使天地相拍尔。”皓曰:“兵犹火也,弗戢将自焚,自古无四十年用兵不止者。”又数为言所以来为两国事,既不受使,乃令深入教小儿,非古者待使之礼也。悟室或答或默,忽发怒曰:“汝作和事官,而口硬如许,谓我不能杀汝耶?”皓曰:“自分当死,顾大国无受杀行人之名,愿投之水,以坠渊为名可也。”悟室义之而止。

和议将成,悟室问所议十事,皓条析甚至。大略谓封册乃虚名,年号本朝自有;金三千两景德所无,东南不宜蚕,绢不可增也;至于取淮北人,景德载书犹可覆视。悟室曰:“诛投附人何为不可?”皓曰:“昔魏侯景归梁,梁武帝欲以易其侄萧明于魏,景遂叛,陷台城,中国决不蹈其覆辙。”悟室悟曰:“汝性直不诳我,吾与汝如燕,遣汝归议。”遂行。会莫将北来,议不合,事复中止。留燕甫一月,兀术杀悟室,党类株连者数千人,独皓与异论几死,故得免。

方二帝迁居五国城,皓在云中密遣人奏书,以桃、梨、粟、面献,二帝始知帝即位。皓闻祐陵讣,北向泣血,旦夕临,讳日操文以祭,其辞激烈,旧臣读之皆挥涕。绍兴十年,因谍者赵德,书机事数万言,藏故絮中,归达于帝。言:“顺昌之役,金人震惧夺魄,燕山珍宝尽徙以北,意欲捐燕以南弃之。王师亟还,自失机会,今再举尚可。”十一年,又求得太后书,遣李微持归,帝大喜曰:“朕不知太后宁否几二十年,虽遣使百辈,不如此一书。”是冬,又密奏书曰:“金已厌兵,势不能久,异时以妇女随军,今不敢也。若和议未决,不若乘势进击,再造反掌尔。”又言:“胡铨封事此或有之,金人知中国有人,益惧。张丞相名动异域,惜置之散地。”又问李纲、赵鼎安否,献六朝御容、徽宗御书。其后梓宫及太后归音,皓皆先报。

初,皓至燕,宇文虚中已受金官,因荐皓。金主闻其名,欲以为翰林直学士,力辞之。皓有逃归意,乃请于参政韩昉,乞于真定或大名以自养。昉怒,始易皓官为中京副留守,再降为留司判官,趣行屡矣,皓乞不就职,昉竟不能屈。金法,虽未易官而曾经任使者,永不可归,昉遂令皓校云中进士试,盖欲以计堕皓也。皓复以疾辞。未几,金主以生子大赦,许使人还乡,皓与张邵、朱弁三人在遣中。金人惧为患，犹遣人追之，七骑及淮，而皓已登舟。

十二年七月，见于内殿，力求郡养母。帝曰："卿忠贯日月，志不忘君，虽苏武不能过，岂可舍朕去邪！"请见慈宁宫，帘人设帘，太后曰："吾故识尚书。"命撤之。皓自建炎己酉出使，至是还，留北中凡十五年。同时使者十三人，唯皓、邵、弁得生还，而忠义之声闻于天下者，独皓而已。皓既对，退见秦桧，语连日不止，曰："张和公金人所惮，乃不得用。钱塘暂居，而景灵宫、太庙皆极土木之华，岂非示无中原意乎？"桧不怿，谓皓子适曰："尊公信有忠节，得上眷。但官职如读书，速则易终而无味，须如黄钟、大吕乃可。"八月，除徽猷阁直学士，提举万寿观兼权直学士院。

金人来取赵彬等三十人家属，诏归之。皓曰："昔韩起谒环于郑，郑，小国也，能引义不与。金既限淮，官属皆吴人，宜留不遣，盖虑知其虚实也。彼方困于蒙兀，姑示强以尝中国，若遽从之，谓秦无人，益轻我矣。"桧变色曰："公无谓秦无人。"既而复上疏曰："恐以不与之故，或致渝盟，宜告之曰：'俟渊圣及皇族归，乃遣。'"又言："王伦、郭元迈以身殉国，弃之不取，缓急何以使人？"桧大怒，又因言室撚寄声，桧怒益甚，语在桧传。翌日，侍御史李文会劾皓不省母，出知饶州。

明年，大水，中官白锷宣言："燮理乖盭，洪尚书名闻天下，胡不用？"桧闻之愈怒，系锷大理狱，寻流岭表。谏官詹大方遂论皓与锷为刎颈交，更相称誉，罢皓提举江州太平观。锷初不识皓，特以从太后北归，在金国素知皓名尔。

寻居母丧，他言者犹谓皓睥睨钧衡。终丧，除饶州通判。李勤又附桧诬皓作欺世飞语，责濠州团练副使，安置英州。居九年，始复朝奉郎，徙袁州，至南雄州卒，年六十八。死后一日，桧亦死。帝闻皓卒，嗟惜之，复敷文阁直学士，赠四官。久之，复徽猷阁直学士，谥忠宣。

皓虽久在北廷，不堪其苦，然为金人所敬，所著诗文，争抄诵求锓梓。既归，后使者至，必问皓为何官、居何地。性急义，当艰危中不少变。懿节后之戚赵伯璘隶悟室戏下，贫甚，皓赒之。范镇之孙祖平为佣奴，皓言于金人而释之。刘光世庶女为人豢豕，赎而嫁之。他贵族流落贱微者，皆力拔以出。唯为桧所嫉，不死于敌国，乃死于谗慝。

皓博学强记，有文集五十卷及《帝王通要》《姓氏指南》《松漠纪闻》《金国文具录》等书。子适、遵、迈。

《宋史》卷三百七十三

洪皓传

长顺

洪皓，字光弼，鄱阳人（按：《宋名臣言行续录》载，皓其先徽人，唐末徙乐平之洪岩）。少慷慨有奇节，登政和五年进士第（《续通鉴》）。

建炎时，议遣使金国，张浚荐皓于吕颐浩，召与语，大悦。皓方居父丧，颐浩解衣巾，俾易衰绖。入对，帝以国步艰难，两宫远播为忧。皓极言天道好还，金人安能久陵中夏，此正《春秋》邲、郢之役，天其或者警晋训楚也。帝悦，迁皓五官，擢徽猷阁待制，假礼部尚书，为大金通问使（《宋史》三百七十三）。

皓至太原，留几一年，金遇使人礼日薄。及至云中，尼雅满迫之使仕刘豫。皓曰："万里衔命，不得两宫南归，恨力不能磔逆豫，忍事之邪？愿就鼎镬无悔！"（《续通志》）尼雅满怒，命壮士拥以下，执剑挟承之，皓不为动。旁贵人啃曰："此真忠臣也。"止剑士以目，为跪请，遂流递于冷山，与假吏沈珍、隶卒邱德、党超、张福、柯莘俱（《北盟会编》二百二十一引《行状》）。

冷山，距金主所都仅百里（《行状》作二百余里）。地苦寒，四月草生，八月已雪。穴居百家，陈王乌舍聚落也。乌舍敬皓，使教其八子（按：《宋名臣言行录》作教其二子）。或二年不给以食，盛夏衣粗布（《宋史》三百七十三）。番为四隶采薪他山，尝久雪，薪尽，至拾马矢煨面而食（《行状》）。或献取蜀策，乌舍持问皓，皓力折之。乌舍锐欲南侵，皓曰："兵犹火也，弗戢将自焚。自古无四十年用兵不止者。"又数为言："所以来，为两国事。既不受使，乃令深入教小儿，非古者待使之礼也。"乌舍或答或默，忽发怒曰："汝作和事官，而口硬如许，谓我不能杀汝耶?"皓曰："自分当死，顾大国无受杀行人之名。（《续通鉴》）北去莲花泺三十里，使之乘舟，一人荡诸水，以坠渊为言可也。"乌舍义而止之（《行状》）。

方二帝迁居五国城，皓在冷山，密遣人奏书，以桃梨粟面献二帝，始知帝即位。

皓闻祐陵讣，北向泣血，旦夕临讳，自撰文以祭。其辞激烈，旧臣读之皆挥涕。绍兴十年，因谍者赵德书机事数万言，藏故絮中，归达于帝。十一年，又求得太后书，遣李微持归。是冬，又奏密书曰："金已厌兵，若和议未决，不若乘势进击，再造反掌耳。"献六朝御容、徽宗御书。

其后，梓宫及太后归音，皓皆先报。金主闻其名，欲以为翰林直学士，力辞之。皓有逃归意，乃请于参政韩昉，乞于真定或大名以自养。昉怒，始易皓官为中京副留守，再降为留司判官。趣行屡矣。皓讫不就职，昉竟不能屈。金法，虽未易官，而曾经任使者，永不可归。昉遂令皓校云中进士试，盖欲以计堕皓也。皓复以疾辞。

未几，金主以生子大赦，许使人还乡。皓与张邵、朱弁三人在遣中，金人惧为患，犹遣人追之。七骑及淮，而皓已登舟。皓自建炎己酉出使，至是还，留北中凡十五年。同时使者十三人，唯皓、邵、弁得生还，而忠义之声闻于天下者，独皓而已（《通志》）。以忤秦桧贬官，安置英州而卒（《四库提要》五十一），年六十八。死后一日，桧亦死。

帝闻皓卒，嗟惜之。复敷文阁学士，赠四官。久之，复徽猷阁学士，谥忠宣。

皓虽久在北廷，不堪其苦，然为金人所敬，所著诗文争抄诵求锓梓。既归后，使者至，必问皓为何官，居何地。性急义，当艰危中，不少变。懿节后之戚赵伯璘隶乌舍麾下，贫甚，皓赒之。范镇之孙祖平为佣奴，皓言于金人而释之(《续通志》)。贵族有流于黄龙府优籍者二人，皓属副留守赵伦除其籍。刘光世之庶女在金豢豕，赎以重价，求匹偶衣冠之家。略为人奴者，赎之数十人(《行状》)。唯为桧所忌，不死于敌，乃死于谗慝。博学强记(《续通鉴》)，有《松漠纪闻》《金国文具录》传于时(《北盟会编》二百二十一)。《松漠纪闻》乃其所记金国杂事，始于留金时随笔纂录。及归，惧为金人搜获，悉付诸火，后乃追述正续二卷(《四库提要》)。初，皓留金时，以教授自给，因无纸，则取桦叶写《论语》《孟子》《大学》《中庸》传之，时谓之《桦叶四书》(《盛京通志》九十)。

《吉林通志》卷一百十五

黎贞

秫坡先生传

李承箕

黎贞，字彦晦，都会里人。性坦荡不羁，乐以诗酒自豪，故号陶陶生，晚更号秫坡，学者称之曰秫坡先生。贞自少岐嶷异群儿，七八岁时，与弟浴于塘，弟溺塘井中，双指犹漾漾未没，贞亟没水以手捉其足登浅处，乡间异之。五羊孙蒉狂者，才美绝人，为文章操笔立就，死生荣辱得失，一不以介意，贞从之游，故学所成就，非一时流辈所及。发而为诗文，滔滔自胸中写出，无斧凿痕。议论古今治乱兴废，与世道得失，人物贤否，类出于己意，而多自得之见。洪武初，补郡庠生。八年，以明经荐辟至京师。时例由荐辟者俱赴吏部考试，乃授职，贞独不往，赋诗出郭而归。部使者以其有学行，署为本邑训导。志不乐仕，退筑钓台于所居宅前，自拟严光。后以事为讼者所诬，发戍辽东者十三年，艰危困厄之中，学愈博而识趣愈高，气愈充而议论愈出。比脱伍归，声闻益著，学者从之，远近毕至。贞谆谆善诱，随其浅深有所造就焉。尝自赞其像云云。年五十九卒，所著有《秫坡集》《古今一览》《家礼举要》传于世。

《秫坡先生文集》卷首

黎贞传

黄佐

国朝黎贞,字彦晦,都会里人。性旷逸不羁,从郡孙蕡学,博涉经史,非一时流辈所及。诗文滔滔自胸中流出,无斧凿痕,好论古今,治乱兴废,世道得失,人物贤否,多自得之见,著《古今一览全书》。初补郡庠生。洪武八年,以明经荐至京师,时例由荐辟者俱吏部赴考乃授职,贞独不往,赋诗出郭而归。部使者以其有学行,署为新会训导。志不乐仕,筑钓鱼台于所居宅前,自拟严光。后以事为讼者所诬,发戍辽东十三年,艰危困厄之中,学愈博而识趣愈高,气愈充而议论愈出,阃帅宾礼之。比脱伍归,声闻益著,四方学者毕至。贞循循善诱,每俯而就之,随其浅深有所造就焉。平素笃于道义,在辽时,孙蕡以事死于辽,贞抱尸,以衣裹之,殡殓如礼,奉柩葬于安山之阳,典衣营其事,为文祭之,读者莫不堕泪。胸次脱落,顺逆不计。辽归时,适薄暮,明月满空,呼舟中余酒,登所筑钓台,吟啸久之,乃扣门还家焉。其为人类如此。同里陈献章后贞出者,素不轻许可,独称贞曰:“吾邑以文行诲后进,百余年来,秫坡一人而已。”秫坡,盖贞之别号也。所著有《秫坡集》《家礼举要》《古今一览》等书行于世。

《秫坡先生文集》卷首

黎贞传

黄淳

秫坡先生黎氏,名贞,字彦晦,都会里人。生元季。少从父学正公学于外，既闻西庵蕡，即往从之，锐然鞭策于古之人。当路以学行举，署新会训导，辞不就，筑钓台于所居前，日徜徉其间，澹如也。适救乡之斗，忤不直者，中飞语，戍辽。临行，告祖曰："贞习圣贤之行，读圣贤之书，徒切救人，反辱己躯，虽在缧绁，非贞之罪。"居辽一十三年，艰危困厄，而学逾博，识趣逾高，气逾充，议论逾正。阃帅礼之如宾。西庵蕡以事死于辽，抱尸哭，解衣裹之，殡殓如礼，复典衣营葬于安山，为文以祭，闻者莫不堕泪。洪武丁丑赦归，抵家方夜，明月满空，呼舟中余酒，登钓台赋诗，久之，乃扣户入。四方学者踵至，悉依孝弟忠信随所得而为之诱，成才称最。白沙先生曰："吾邑以文行诲后进，百余年来，秫坡先生一人而已。"乙卯由荐辟至京，见馆阁诸公，一以礼相抗，议论侃侃不屈，诸公相顾谓曰："国家礼文草创，彦晦积学，未可遽令远去。"乃留商酌礼文。两越月始归。诸公叹曰："尧舜在上，下有巢由，如彦晦者可易得哉？"相率饯于都门外，语见翰林掌院事丰城朱善备序中。嗟夫！先生学识甚大，故胸次洒落，顺逆不校，至履仁蹈义，则又确乎不可摇撼，如陈氏沆弟江戍辽，沆选妓佐宴，召不赴，作诗答之，沆得诗(沆)〔当为衍字〕罢宴。从师蕡使高丽，不畏险难。收蕡(死)〔当作尸〕，不畏罪及。所谓欲行天下独者非耶？诗文一出自胸中，读者知其所抱，论古今治乱，兴废得失，人物臧否，多自得之见。所著有《古今一览全书》《家礼举要》《秫坡集》等书。评曰："黄云紫水间，代不乏贤，尘铢之视，以其内自重也。"白沙先生最著秫坡钓台曰："维先风云，论世者顾，疑于俎豆，甚弗考矣。"故补兹，以俟后之君子。

《秫坡先生文集》卷首

陈循

陈循传

张廷玉

陈循，字德遵，泰和人。永乐十三年进士第一，授翰林修撰，习朝廷典故，帝幸北京，命取秘阁书诣行在，遂留侍焉。洪熙元年，进侍讲。宣德初，受命直南宫，日承顾问，赐第玉河桥西，巡幸未尝不从，进侍讲学士。正统元年，兼经筵官，久之进翰林院学士。九年，入文渊阁，典机务。初，廷议天下吏民建言章奏皆三杨主之，至是荣、士奇已卒，循及曹鼐、马愉在内阁，礼部援故事，请帝以杨溥老宜(优)〔当作悠〕闲，令循等预议。明年进户部右侍郎，兼学士。土木之变，人心汹惧，循居中所言多采纳，进户部尚书，兼职如故。也先犯京师，请敕各边精骑入卫，驰檄回番，以疑敌，帝皆从其计。景泰二年，以葬妻与乡人争墓地，为前后巡按御史所不直，循辄讦奏，给事中林聪等极论循罪，帝是聪言而置循不问。循本以才望显，及是素誉隳焉。二年十二月，进少保兼文渊阁大学士。帝欲易太子，内畏诸阁臣，先期赐循及高穀白金百两，江渊、王一宁、萧镃半之，比下诏议，循等遂不敢诤，加兼太子太傅。寻以太子令旨赐百官银帛，逾月帝复赐循等六人黄金五十两，进华盖殿大学士兼文渊阁如故。循子英及王文子伦应顺天乡试被黜，相与构考官刘俨、黄谏，为给事中张宁等所劾，帝亦不罪。英宗复位，于谦、王文死，杖循百，戍铁岭卫。循在宣德时，御史张楷献诗忤旨，循曰："彼亦忠爱也。"遂得释。御史陈祚上疏触帝怒，循婉为解，得不死。景帝朝尝集古帝王行事，名《勤政要典》上之。河南江北大雪，麦苗死，请发帑，市麦种，给贫民。因事进言，多足采者。然久居政地，刻躁为士论所薄，其严谴则石亨辈为之，非帝意也。亨等既败，循自贬所上书自讼，言："天位陛下所固有，当天与人归之时，群臣备法驾大乐恭诣南内，奏请临朝，非特宫禁不惊，抑亦可示天下万世。而亨等侥幸一时，计不出此，卒皆自取祸败。臣服事累叶，曾著微劳，实为所挤，惟陛下怜察。"诏释为民，一年卒。成化中，于谦事雪，循子引例请恤，乃复官赐祭。

《明史》卷一百六十八

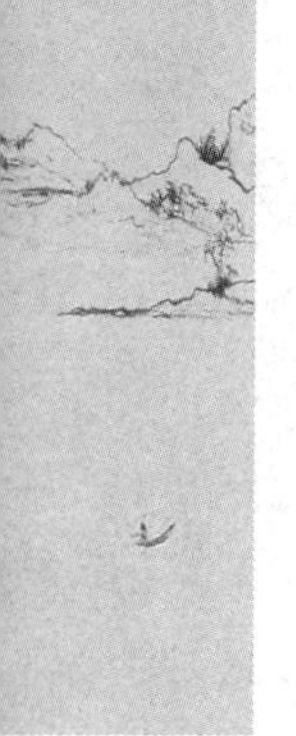

释函可

千山剩人可和尚塔铭

释函昰

噫！真发心出世，为前圣后昆荷担斯道。当国家全盛，出豪贵才华中，岸然独行，无所盼睐，始见千山剩人和尚其人也。余与剩人明崇祯间先后出师门，如左右手。闻讣，趋芥庵，与老人相向哑然。其徒之在广州者，露顶跣足，再拜稽首而言曰："非师，莫铭吾师也！"余曰："诺，弗敢辞。"老人复顾余曰："然。非公莫铭若弟也。"余起立曰："诺，弗敢辞。"翌日，返雷峰，其徒复至，长跪曰："某将以是秋奉铭出关门矣。吾师光明，全藉师笔端照耀塞外。塞外人千万祀，知有宗门自吾师始。某为吾师请，抑为塞外现在将来诸昆弟请。"言毕泣下，稽首不能起。余感而答曰："诺，弗敢辞。"于是载笔而言曰：

师名函可，字祖心，别号剩人，惠州博罗人，本姓韩。父若海公，讳日缵，明万历丁未进士，历官礼部尚书，谥文恪。母车氏，诰封淑人。师生而聪颖，少食饩邑庠。尝侍文恪公官两都，声名倾动一时。海内名人以不获交韩长公骒为耻。性好义，豪快疏阔。有贫士冤狱，自分死，师密白得免。士方德有司廉断，久而知韩公子所为。尝独出里门，为市儿所窘，识者报家人追至，将赴理，师遽止曰："彼惟弗知，故敢尔。岂有吾辈不能忘人误犯？"其豁达爱人类如此。文恪公卒于官邸，师奔丧入都，往返万余里，哀毁未尝一日间。迨归，闭户绝交游，悒悒无生人趣。闻梁孝廉未央好道，力致为诸弟受业，以此得深知余。适余归自匡山，师亟入广州，一见辄曰："长斋数月矣，专以待公。先文恪生贱兄弟四人，某长，未嗣，若了此，愿梵行终吾世。"余笑曰:"此白社诸优婆塞事,宁区区属望耶?"师面赤,辞去。明日复来,曰:"某妾已孕,幸而育得,上报先人,抑无所憾。即不幸,亦不复愿为俗人矣。"余曰:"此吾侪绪余,若为艰言之,更有向上在。"师自此始决意,且拉余住止园,凡两月。值老人至东官,乃相见东官,因僧问诸识义。老人曰:"我这里无五识,无六七八识。"僧曰:"秖么则寒灰枯木去也?"老人曰:"寒灰枯木争解问话?"师从旁不觉击节。老人顾余曰:"此子根器大利。"指示参赵州无字。有颂呈曰:"道有道无老作精,黄金如玉酒如渑。门前便是长安路,莫向西湖觅水程。"从此微细披剥,无虚旦夕。两逾岁,复闻举勘破婆子话,更豁然识古人长处。老人曰:"子今得不疑也。"即随入匡山,剃落登具,命掌记室。还住华首,又命充都寺。

甲申之变,悲恸形辞色。传江南复立新主,顷以请藏附官人舟入金陵。会清兵渡江,闻某遇难,某自裁,皆有挽。过情伤时,人多危之,师为之自若。卒以归日,行李出城,忤守者意,执送军中。当事疑有徒党,拷掠至数百。但曰:"某一人自为。"夹木再折,无二语,乃发营候鞫。项铁至三绕,两足重伤,走二十里如平时。江宁缁白环睹,咸知师道者,无他争,为之含涕而不敢发一语。后械送京师,途次几欲脱去,感大士甘露灌口,乃安忍如常。至京下刑部狱。越月得旨,发沈阳。师自起祸至发遣,中间两年,惟同参法纬暨诸徒五人外,无一近傍。然内外安置极细,如狱中一饮啖、一衣屦,随意而至,如天中人。师当时所能自为者,顺缘耳。庸讵知已有人属某缁,属某素,甲事若此,乙事若彼,开士密行,不令人知,何择时地?然师所以获是报者,岂非平生好义,暗中铢缕不爽,诸如道在人天,且当作别论也。

师初至沈阳,观知根欲,因达藏主,阅藏普济。先为诸阇刍疏通义学。时讲席渐散,多集座下,讲师颇觉。师乃领大众趋教同学人。讲师意始解。自是,沈内外护咸仰师宽大,益笃信宗门。开法之日,元旦喇嘛率诸辽海王臣道俗称佛出世,清法谴僧属掌教,亦极力推毂。自普济，历广慈、大宁、永安、慈航、接引、向阳，凡七坐大刹，会下各五七百众。同时遣谪诸大老，若大来左公、吉津李公、昭华魏公、龙衮李公、雪海郝公、天中季公、心简陈公，始以节义文章相慕重，后皆引为法交。

师自处孤洁，与人慷慨，多意气，匪深于师，平日鲜不以才气相掩，以故法海深阔，向非凡器所能构。尝有书抵余，曰："门下龙象如云，若得专一人来，使某得尽其夹辅之力，则曹源一滴，长润塞下。"噫！余于此知师为法求人之切，岂无所见？顾再易裘葛耳。忽一日，曰："我后十日必去。"集大众告诫，皆宗门勉励语。搜丈室，无长物。平日所畜衣、拂、如意、杖、笠，悉分付侍僧。孑然一身，从金塔趋驻跸。嘱行后全躯付浑河。示偈曰："发来一个剩人，死去一具臭骨。不费常住柴薪，又省行人挖窟。移向浑河波里，赤骨律，只待水流石出。"众环跽，乞留肉身。哀恳再三，乃默然，遂端坐而逝。沈之人迎龛入千山，建塔，盖顺治十六年己亥十一月二十七日也。师世寿四十有九，坐夏二十，得度弟子今育、今匝、今曰、今庐、今又、今南，皆江南人。

师住沈，不轻为人剃发。有乞戒，悉命礼天显律主。师未开法时，尝为显作阇黎。及说法，显请入室，师亦命第一座，更为傍通《华严》。梵行凡戒坛，仍使主之。惟宗门提唱，无少假。然皆一目同人。衲子能具精诚，随机大小，各有所被，故十年相依，如正寓、耻若、罄光、涌光、作麼、若而人咸受益焉。是宜铭。铭曰：

山川奇秀，蔚为异人。意气云蒸，公族振振。
儒门淡薄，归复能仁。溯洞水源，沛流潺湲。
出华首嗣，为博山孙。如沩之严，吾师有言。
慧寂者谁？实难为昆。嗟大树丛，宜荫南宗。
天龙等视，匪法运穷。愍彼遐方，启拓关东。
彼土悖直，惟经与律。拄杖拨开，别传甫及。
七住道场，万指林立。天姿雄迈，波澜澎湃。

上下右左，不知其在。巍巍堂堂，曷云谁至？
杲日方中，忽然西逝。道俗涕潺，涌塔千山。
为存为殁，松鸣珊珊。朔方少室，今古斯一。

释函可《千山诗集》

奉天辽阳千山剩人可禅师塔碑铭

郝浴

考释传洞宗，博山之嗣曰华首，独千山剩大师函可实印其法。可字祖心，岭外闻家儿也。以世度沧桑，号剩人。始生而龀，随父谒任长安，道出匡庐山下，止驿亭，仰金轮峰，仿佛记白莲开谢，成措大。用象山《慈湖书》说《鲁论》，偶下一指于之边云："若于此识得，尽《十三经》可贯。"一座齿冷。时年十八九。每污患世习，命写生手戏图为意中幻肖。初而拱象拥矛，迟而囊头贯首。幅尽，一比丘现，趺岩雨花。时室中黛墨如林，怪之。居无何，扶父榇过阊门，堕水鸥没，反眼视(黛黑)〔前文作黛墨〕，皆髋然骷髅矣，遂哑然(搴)〔当作褰〕裳而去。先是，孝廉曾宅师，雅善华首，常造师，必挟首说相劘削。师疑而颔之。及坠足吴门，忽智其说，直走双柏林谒首。首才瘰然瓢笠而已。为拈赵州无字逼师。师冲口呈偈。首尽叱之。一时信猛俱发，七八日似木偶负墙。忽一夜，雷电薄窗，不觉胸次划裂，二十年疑关尽撤，晓而唱曰："门前便是长安道，莫向西湖觅水程。"自是，密拈古人无不犁然深解。他日为举九峰，参真净话，师扑地稽首。首喜曰："得子不疑，吾宗振矣！"遂引入曹溪，礼祖下发，登具于舟中。左右谛观，宛是幅末画人，殆谶也。而曾孝廉亦已俨然在座，比肩现知识身矣。师是年二十有九，时崇祯十二年六月十九日也。庚辰，上金轮峰，入古松堂，一如夙契。明年，礼寿昌塔。又明年，礼博山塔。甲申，年三十有四，值世变再作。于戊子四月二十八日入沈，奉旨焚修慈恩寺，时已顺治五年矣。

吾上人延师阅藏，为演《楞严》《圆觉》，四辈皆倾。渐拈教外之传，稍稍示洞家宗旨。凡七坐道场，趋之者如河鱼怒上。六七年，起大疑，生大信，采珠投针之徒每叉手交脚于岩壑间不去。师知悟门已开，且就化，目众叹曰："释儿识西来意乎？追念吾在家时，曾刺臂书经以报父，及出家，而慈母背反，立解条衣，披麻泣血以葬之。是岂愚敢先后互左而行怪？顾创巨痛深，皆不知其然而然也。是西来意也。丙戌岁，本以友故出岭，将挂锡灵谷，不自意方外臣少识忌讳，遂坐文字，有沈阳之役。是亦不知其然而然也。是西来意也。"重示偈曰："发来一个剩人，死去一具臭骨。不费常住柴薪，又省行人挖窟，移向浑河波里，赤骨律，只待水流石出！"言讫，坐逝，报龄四十九，僧腊二十。翌晨，道颜如生，浴拊其背哭之，双目忽张，泪介于面。

呜呼！师固博罗韩尚书文恪公之长公子也。文恪公立朝二十年，德业声施在天下，门下多名儒巨人，故师得把臂论交。虽已闻法，而慈猛忠孝恒加于贵人一等。甲申、乙酉间侨于金陵顾子之楼，友恸国恤，黯然形诸歌吟。不悟，遂以为祸。然，事干士大夫名教之重，江左旧史闻人，往往执简大书，藏在名山，是殆狮象中之期牙雷管，而袈裟下有屈巷夔龙也。当其遭诬，在理万楚交下，绝而复苏者数，口齿嚼然，无一语不根于道。血淋没趾，屹立如山。观者皆惊顾咋指，叹为有道。

甲午九月，浴始得见师于高丽馆。海口钟发，眸子电烂。一接谈，彻三昼夜。粹白潇洒，不闻只字落禅。浴窃叹梅岭南曲江丰度，久坠堂帘。曹溪法雨，谁沾世界？今观其父子间入世出世，兼擅二贤之美于一家，岂非天壤间稀有事耶！至其藏密于发慧之余，混迹劳侣，其僧皆堆堆，惟戒课之修，乃一旦全启其知觉，非大师智圆而语软，以了无遮结之聪明，行决无退转之慈悲，安能使鸭西数千里奉为开宗鼻祖哉？

记丁酉冬，在沈南塔院，一灯相对，语洞济二家之奥，皓月江翻，霜锋电扫，因极赞寿昌“暗藏春色，明露秋光”之语，以为知言。复曰：“趋闪回互，恰却现前，未易为君描画矣。”师居尝好跣，到积雪拦门，犹浩然白足而出。始以逮入京，绝粒七日，时有一美丈夫，手甘露瓶，倒注其口。及蘧，神采益阳阳。方知大士密留为十二年拨种生芽地也。计当胜国之末，一老比丘力驱昱、可一辈人入道，且师弟子类能以高躅保其真谛，足见华首，更见洞宗。惜天下宗门上客，不得再见吾雪窖冰天、空明微妙之剩人也。所著书及得法人，附记碑阴。自示寂之年腊月初四日，龛肉身诣千山龙泉寺，护真师阅藏。辛丑，迎至大安。壬寅六月十九日巳时入塔。塔在璎珞峰西麓下。是为康熙元年。迄十有二年癸丑四月，浴自银州冒暑登山，装香塔下，而铭之曰：

西竺自嫌书太粗，香至之儿口传无。
常恐破颜花在手，无与神州五丈夫。
嵩阳膝雪披屈绚①，能者遂取摩尼珠。
空阶不拾石头出，二支五派各分途。
谁从云路归曹洞？请看明月鹭鸶图。
话到博山三十代，菩提树绿一千株。
南海陆家开宝掌，三岁登楼叹蜘蛛。
磨刀自下娘生发，骑牛无语入匡庐。
静看世界悲才子，密引双龙入紫盂。
一龙顺行一龙逆，飞劈虚空堕上都。
一朝洞家法幢起，插向万年冰天里。
彩日轮飞楼阁紫，正照华师弟二子。
如大火聚尺有咫，一众头燃那撑柢。
窗外雪花灯前蕊，九十六转问杀尔。

① “屈绚”：疑为“屈眴”之误，屈眴系达摩缝制袈裟所用的一种细布。

漫发木鱼钻故纸，吹毛有口野干死。
悄向声闻鸣一指，甘露门开舌尽舐。
抚琴作舞今已矣，闲为谪官说历履。
曾咏蓼莪吟兰芷，敢抵素王忠孝理。
读破二十一部史，谁居精华谁居秕？
升堂有路平于砥，吾徒努力雪行止。
跸峰云锁玉为几，鸭绿环流清见底。
蓟米无双天下美，坐斋香饭精如此。
鹤林忽白垂一趾，璎珞峰西肉身是。
当年相好谁能似？金绳界处俨慈氏。
于今有塔直如矢，万峰朝拱一峰倚。
昼夜松涛灌左耳，大觉千龄护帝里。
四天垂青抱百雉，洞宗之传又此始。

释函可《千山诗集》

季开生

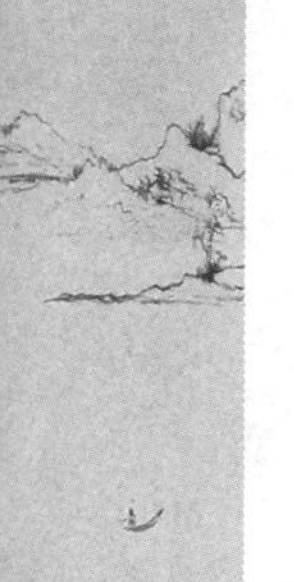

季开生传

赵尔巽

季开生，字天中，江南泰兴人。顺治六年进士，改庶吉士。累迁礼科给事中。明将张名振犯上海，开生疏言防御海寇，宜远侦探，扼要害，备器械，严海禁，杜接济，密讥察。

十一年，因地震，疏言："地道不静，民不安也。民之不安，官失职也。官之失职，约有十端：一曰格诏旨，二曰轻民命，三曰纵属官，四曰庇胥吏，五曰重耗克，六曰纳馈遗，七曰广株连，八曰阁词讼，九曰失弹压，十曰玩纠劾。"分疏其目以上，章下所司。调兵科右给事中。

十二年秋，乾清宫成，发帑遣内监往江南采购陈设器皿，民间讹言往扬州买女子，开生上疏极谏。得旨："太祖、太宗制度，宫中从无汉女。朕奉皇太后慈训，岂敢妄行，即太平后尚且不为，何况今日？朕虽不德，每思效法贤圣主，朝夕焦劳。若买女子入宫，成何如主耶？"因责开生肆诬沽直，下刑部杖赎，流尚阳堡，寻卒戍所。十七年，旱，下诏罪己，命吏部察谪降言官，谕曰："季开生建言，原从朕躬起见，准复官归葬，荫一子入监读书。"

《清史稿》卷二百四十四

郝浴

郝复阳先生传

梁清标

公讳浴，字冰涤，又字雪海，后更号复阳。先世由山西洪洞迁定州之唐城，历数世，至恒瞻公大钫，以恩贡考授通判，隐居不仕，则公之父也。

公少有异禀，年十六辄高自期许，有澄清斯世之志。崇祯壬午、癸未间，遭兵乱，避难山中，犹读《易》不辍。夜步河干，寻味义理，值狂飙疾雪，浩然忘归。留心世务，慨慕古人，不屑为俗儒章句之学。

顺治丙戌，举于乡。己丑，成进士。起家刑部广东司主事，兼摄浙江司郎中事，爬梳弊孔，老吏不能欺。寻改授湖广道御史，巡按四川。

是时巨寇刘文秀盘踞滇黔，川中尚多伏莽，屠戮之后，一望空墟，有司率皆营弁委署，职业不修。公至披荆棘，立约束，数微行，廉得其状，力事清厘，兵将敛手。吴三桂方握重兵驻蜀，军无纪律，每结队逃亡肆劫，惮公严正，令各路不发塘报。公疏发其奸。三桂意阴忌公，迨两路败衄，东西川俱陷，三桂弃川北退至绵州，欲回汉中。会方补行辛卯乡试，公当监临，闻贼且至，官吏士子仓皇思窜。公密令兵将环守，亟檄司道驰骑慰谕，逃卒扬言秦兵旦夕至，人心稍宁，而公在锁院中剖析经义，谈笑自若，卒竣闱事，蜀中宾兴之典，实自是科始也。又遣健儿飞檄邀三桂等赴援，责以大义，谓不死于贼，必死于法。一昼夜凡七往，三桂等不得已始回保宁，然犹豫未决，公多方譬晓，面授方略，乃决策固守。俄贼至保宁，踞锦屏山，势张甚，公凭堞指挥，矢石过耳，屹不为动。贼夜渡嘉陵江，绕出城后，公轻骑遍历行间，激发忠义，将士踊跃，背城迎战，无不一当百，竟奏大捷。是役也，公功居多。

世祖知公才堪办蜀，诏问收拾全川实著，公具疏前后数十上，皆荷采纳。三桂挟王爵骄贵，意持两端，莫敢谁何，而公以少年书生独挺身与抗，不为小屈，且密陈其跋扈状，逆折奸萌，而三桂衔之切骨矣。

朝廷颁赏酬劳，公以得不偿失疏辞不受，益与三桂忤，思有以中之。先是，司道董显忠等类以将弁改授。公奏劾仍改武用，至是三桂摘公疏中"目不识丁"之语，嗾显忠讦于朝，公竟坐降调，阁臣冯公铨、陈公名夏、成公克巩、吕公宫、张公端合荐公才堪大用，三桂恐公柄用，乃摭拾前疏，指为冒功，欲置之死。世祖察其枉，流徙盛京。

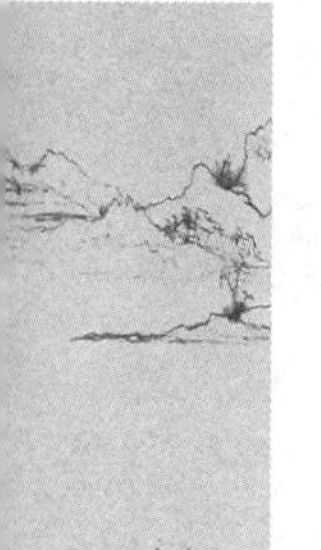

公至徙所，益潜心圣学，深思密证，期于表里莹彻。或中夜有所得，必披衣秉烛书之，讴吟达旦，不知身之在穷荒也。尤嗜《孟子》及《二程遗书》，筑室三楹，颜曰"致知格物之堂"，危坐研究其中，垂二十年。

今上幸奉天，公谒道左，具述按蜀始末，奏对详明，上改容慰劳者久之。及三桂果反，如公向所言，特旨取还录用，仍补御史，侃侃论列。寻巡视两淮盐课，概谢请谒，严立科条，私贩屏迹，差竣以称职复留差一年，裕课数十万，加太仆寺少卿。淮扬大祲，道殣相属，公倡议设六厂赈饥，全活数十百万人。在差即擢佥都御史，未阅月再晋左副都御史，前此所未有也。

明年遂命巡抚广西。陛辞日，面奏畿内重地，宜厚加培护，秦民输挽频年，劳倍他省，宜破格优恤。兼条析粤西事宜，皆称旨，赐赉有加。单车之任，大示惩创，设轨通衢，许被害者控诉，特纠十余人，属吏始各奉公。又疏请汰虚縻之马，裁添设之兵，预防要害，简练精锐四事，皆报可。往者，滇中班师，例由黔楚，后乃假道粤西，公力言土师并无邮传，驰驱瘴烟毒雾中未便。又粤西滩高舟小，入楚往往覆没,旧例于永郡接换后,令送抵长沙,公亦请照往例交御,两者皆荷俞允,粤人如释重负。请恤死事诸臣,以励忠节;资给乡举衣冠,以作士气;建立书院,以劝来学;稽核支领,以清浮冒诸政,将次第举行。而公以积劳兼苦瘴疠病且卒矣,士民巷哭者三日。丧之归也,炷香叩送,千里不绝。

其先,巡抚傅公弘烈在军中那移帑金七万余两,公请以库项扣抵,未及补足。公既卒,护印者诬为侵隐,部议革职追赔。上嘉公巡盐、巡抚两任洁己爱民,免其追赔,并予祭葬,盖异数也。

公孝友真笃,少时念祖丧未葬,辄自掐左臂以志痛,爪痕深入肤里。其至性有过人者,负才卓荦,有胆略,忧患之后,更邃于学,勇于为义,赴人之急不啻疾痛之在身,奖借人才惟恐不及,虽历艰难,而用世之志弥久不衰。至当大事,他人张皇失措,公不动声色,处之裕如。为文奇崛,单词片语,妙绝天下。门以内严若朝典。生平刻苦自厉,有运甓之风。自少至老,所遭多苦境,嗟乎殆性近之矣! 公有五男子,其仲子林,壬戌成进士,沉毅类公,诸子亦能世其家学。

赞曰:尝观古来嵚崎磊落之伦,往往多崄巇非常之遇。如雪海公,殆其人欤? 余与公交数十年,叠联姻娅,尝过所居唐城,览其风土,经理井然,知此中有人焉。翰林灌亭王君素不谋面,读公《锦江十六疏》,惊且叹曰:"当吾世乃有此人哉!"辄造公邸舍,值他出,乃登堂设座再拜而去。公夙具奇癖,足迹所至,穷幽涉险,毫无恐怖。好访古今人物以及山川厄塞,靡不周悉。当按蜀时,微行山谷,见一大鸟,张翼蔽天,世所罕睹。尝登华岳,宿其巅,候瞻岳灵,中夜见白光自空来。道士云:"此即白帝,公非有夙缘,莫能见也。"粤西之役,舟过南岳,冒雨登祝融峰顶,天忽开霁,遂纵观日出没以为快游。噫嘻! 亦异矣! 忆公居塞外时,偶入关,共余剪烛抵掌,剧谈经济,恒至夜分,窥其英气,无少摧挫,公诚伟人也哉!

《中山集钞》卷首附录

郝浴传

清国史馆

郝浴，直隶定州人。顺治六年进士，授刑部主事。八年，迁湖广道御史。奉命巡按四川。

时流贼张献忠余党孙可望、李定国、刘文秀等降附明桂王朱由榔，踞川南寇掠。九年，平西王吴三桂与都统李国翰分兵复成都、嘉定、叙州、重庆，驻师绵州。浴在保宁监临乡试，可望、文秀等合众数万薄城，浴遣使赴绵州告急。逾月，吴三桂乃移兵赴援，危城得全。浴因陈善后之宜，略言："大兵剿贼，借陕西运饷，道远费繁，宜移陕西驻防屯田成都，并招流民开垦，借给土司牛种屯耕，一年可抵输运三年之利。"又言："滇、黔贼寇，善于腾山越岭。蜀中土官土兵，习尚相近。宜简精锐为前茅，以满洲骁骑继其后，疾雷迅霆之下，贼寇咸鸟兽散矣。"上嘉其所奏可采，下部议。部臣以战守机宜，应听三桂酌筹，寝其事。浴又言："土贼投诚，给札授官，恣行劫掠，甚为民害。请嗣后愿归伍者归伍，其愿为民者，即令有司造册编丁，以资生聚。"又请免牛租，除杂派，惟就熟地开征，俾民有一定之额。疏皆下部议行。又劾奏永宁总兵柏永馥临阵畏缩，广元副将胡一鹏骄悍不法，并命革职逮讯。方保宁之奏捷也，诏颁赏将士，三桂因以冠服与浴。浴不受，疏言："剪平贼寇，平西王责耳。臣司风宪，不预军事，而以臣预赏，非党臣则忌臣也。"因并疏三桂拥兵观望状，上命三桂以赏物别赏有功将士。大学士冯铨、成克巩、吕宫等疏奏："浴固守保宁，出入营垒，奋不顾身，收兵措饷，转败为功，堪膺擢用。"三桂因摘浴保宁奏捷疏中有"亲冒矢石"语，劾其欺罔冒功，部议浴应革职逮讯。寻论死，命免死，流徙奉天。

圣祖仁皇帝康熙十年，驾幸奉天，浴迎谒道左，上亲垂问焉。

十二年，三桂反。明年，尚书王熙、给事中刘沛先交章荐浴，为部议所格。十四年，侍郎魏象枢又荐浴才、学、识兼优，不宜终弃。得旨，召还录用，复原官。时陕西提督王辅臣叛应逆藩吴三桂，浴疏言："大兵进剿平凉，宜于西安、潼关用重兵屯驻，以待策应；用郧阳之兵攻兴安，调河南之兵入武关，直取汉中，则逆贼计日可擒。"疏下部议，令在事大臣相机而行。又言："民间纳粮，多额外征求，致正额反缺。又招买军需，名为市易，实系摊派里民。比及发价，官役互相侵扣，又于解饷时多索收饷之费，任意迟延。请敕督抚严察。"又言："京、通各仓，积贮已多，请留山东、河南额征耗米折银，以济军需。"疏并下部议行。十六年，巡视两淮盐课。明年，擢左佥都御史。寻迁左副都御史。

十九年五月，更定新例，凡死罪减等及军流人犯，俱发遣黑龙江、奉天诸处。浴以天旱民饥，恐遣犯道毙者多，疏陈新例未便。下九卿等会议，惟犯赃官役依新例，余仍如旧律。七月，疏言："官员非正途出身者，虽经保举，仍照常升用，不准考选科道。"又言："各部院大臣宜于岁终视司官贤否，各举劾一人以昭惩劝。"亦下部议行。

十二月，擢广西巡抚。二十一年，疏言："粤西地丁钱粮，以米折银，乃一时权宜之计。今军饷既停，请仍照旧征收。"又请御书"清"、"慎"、"勤"等字，颁发各省督抚悬之堂上，俾阖省士民均得瞻仰，以垂亿载。得旨俞允。又言："粤西外控土司，内制瑶、僮。今已底定，大兵尽撤，守兵议裁，惟抚标官兵不宜再议裁减。"疏下部议，准留其半。又以广西巡抚马雄镇、傅弘烈先后为逆孽吴世琮、世璠所害，请建双忠祠于桂林；浔州府知府刘浩为孙延龄所执，不屈死，请赐恤典。又请复赈济贫生学租银米。俱得旨允行。

二十二年七月，卒。上谕曰："郝浴简任巡抚以来，实心任事，边疆重地，正资料理。忽闻溘逝，深为悯恻！下部议恤。"初，巡抚傅弘烈以军需移取库金七万余两，米七千余石，浴莅任，欲以库项扣抵。及卒，署广西巡抚、布政使崔维雅劾浴报销诸册皆虚抵虚销，私用库金及采买余银十四万二千余两。上命郎中苏赫、陈光祖前往察审，以浴采买米豆，浮开价值，借支给兵船夫价为名，实侵银九万余两复奏，部议革职追补。二十四年五月，上谕曰："郝浴前任两淮巡盐，洁己奉公，恤商裕课。后简任广西巡抚，清廉爱民，克称厥职。其所动钱粮，非系入己，从宽免追，以昭朕优恤廉吏至意。"

二十五年六月，子林为父诉冤，请复原官，部议不准，特旨准予追复。九月，林复请恤，赐祭葬如例。二十六年，入祀贤良祠。

林，康熙二十一年进士，累官礼部左侍郎。雍正四年，加尚书衔，致仕。

《清史列传》卷七

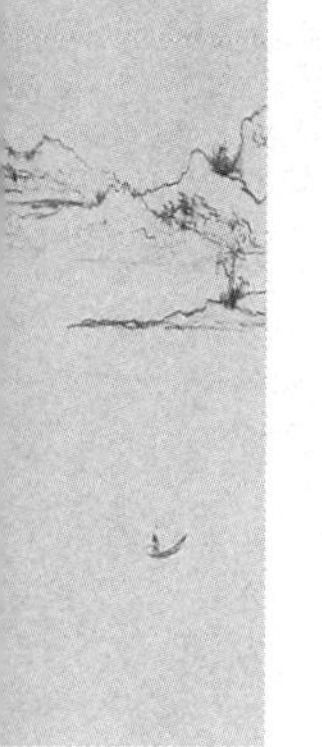

丁澎

丁药园外传 节录

林璐

丁药园，名澎，杭之仁和人也……戒饮酒，而药园顾嗜酒，饮至一石，貌益恭，言益谨，人咸异之。诗赋古文词，自少年未达时，即名播江左。其后仲弟景鸿、季弟潆，皆以诗名，世目之曰“三丁”。然香奁艳句，四方闺秀，尤喜读药园诗。家有揽云楼，三丁读书处也。客乍登楼，药园伏案上，疑昼寝，迫而视之，方观书，目去纸仅一寸，客嘲之曰：“卿去丁仪凡几辈？”嗣此得短视名……

郎比部与施大参愚山、宋观察荔裳、严黄门颢亭辈称“燕台七子”，诗名满京师。吏人窃其牍，换鹅炙灶下养，思染指，不获，明日讼于庭，药园复赐吏人鹅炙……

上方册立西宫，念无娴典礼者，调入东省，兼主客。主客，即古典属国也。贡使至，必译问主客为谁，廉知公能诗，以貂皮美玉赂吏人，吏人窃药园诗贶之归国，长安缙绅以为荣。

晨入东省，侍郎李公奭棠从东出，药园从中入，瞠目相视，侍郎遣驱卒问讯，药园偕同官趋谢。侍郎笑曰：“是君耶？吾知君短视，奚谢为？”药园退而笑曰：“吾短视与诗名等。”

谪居东，崎岖三千里，邮亭驿壁读迁客诗，大喜，后车妾亦喜曰：“得非闻中朝赐环之诏耶？”药园曰：“上圣明，赐我游汤沐邑，出关迁客皆才子，此行不患无友。”久之，渡辽海，望长白诸山，土人以鱼为饭，粮尽馁而啼，孺子妾慰劳之曰：“卿有友，必箪食迎若。”药园笑曰：“恐如卿言，当先以酒疗吾渴。”至靖安，卜居东冈，躬自饭牛，与牧竖同卧起。然暇辄为诗，诗益温厚，无迁谪态。国子藩公闻其名，欲枉见，药园迟不枉。一日乘牛车入城，车上执《周易》，猝遇藩公节，低头读《易》，不及避。藩公归语陆子渊曰："吾今日得遇药园先生矣。"子渊问故，藩公曰："此间安有车上读书傲然不顾若此人者乎，必药园无疑也。"嗣此西园飞盖，必延药园饮酒赋诗，礼为上客。

然初至时，亦困甚，塞上风刺人骨，秋雨雪，山川林木，带白玉妆。河水合，常不得汲，樵苏不至，五日爨无烟，取芦粟小米，和雪啮之。日晡，山鬼遥啼，饥鼯穴语，忽闻扣门声，翩然有喜，童子从隙窥之，虎方以尾击户。药园危坐自若。腊尽，无钱，与迁客磨墨市上，书春联，儿童妇女争以钱易书。后至者不得，怏怏去。居东凡五迁，家日贫，诗日富，登临眺览，供其笔墨，作《归斯轩记》以寓意。友人林璐闻之曰："卿归矣，曩者邯郸道士，吕仙祠，即卢生授枕处也。仕宦过者疾驰去，以避不祥。卿典中州试，停车徐步入，道人方坐蒲团不起。卿异之，索笔题壁曰：'向翁乞取还乡梦，留待凌云化鹤飞'之句。得非诗谶耶?"贻书报药园，惘然悟。又一年，始归，果如林生言。

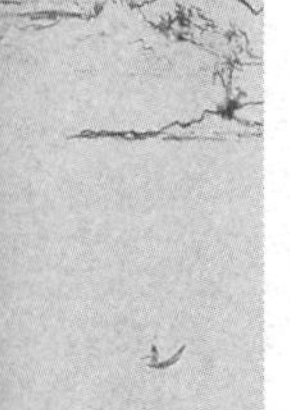

《岁寒堂存稿》

丁澎传

清国史馆

丁澎，字飞涛，亦仁和人。顺治十二年进士，官刑部主事，调礼部。十四年，充河南乡试副考官，洊升郎中。以事谪塞上，居五年乃归。

澎少有俊才，未达时即名播江左。与仲弟景鸿、季弟潆① 皆以

① 按："潆"，前文《丁药园外传》作"溁"，未知孰是，待考。

诗名，时称三丁。有《白燕楼诗》流传吴下，士女多采摭以书衫袖。初官刑部，无事日作诗，与宋琬、施闰章辈称“燕台七子”。既调礼部，兼司主客。贡使至，译问主客为谁，廉知为澎，持紫貂、银鼠、美玉、象犀，从吏人易其诗归国，京师搢绅荣之。澎天性愉爽，不耐披剔，染翰伸纸，宛尔妍好。其诗盖以自然胜也。

及谪，渡辽海，崎岖三千里，至靖安，卜筑东冈，躬自饭牛，与牧竖同卧起。一日，爨无烟，取芦粟、小米和雪啮之。日晡，忽闻扣门声，童子喜从隙窥之，虎方以尾击户，澎吟诵自若。所作诗，语多忠爱，无怨诽意。著有《扶荔堂集》《信美堂诗选》。

《清史列传》卷七十

方拱乾

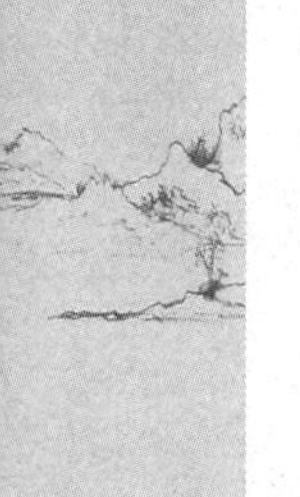

和宪先生桐城方公墓志铭 节录

李长祥

公在江都疾，召门人李长祥于毗陵。至，谓曰："吾疾亟，若不复起，迹吾墓时应铭法，吾顾今海内之以文名人，吾尚汝，汝为吾为之也。"（下略）长祥再拜手曰："谨受命。"未十日，而先生卒，然亦未始忍为之也。且先生口授世系，余不能即记忆，今逾三载，长公以其状来，而公口授时，长君外在，不得闻焉，合之而文以成。

公讳拱乾，字肃之，号坦庵。先世黄帝后雷封于防，遂得姓方氏。在周有方叔，在汉有圣公，在唐在宋闻人累累，而宋世有自广信迁鄱阳，自鄱阳迁徽州者，遂世为徽州人。其季德益公始迁池口，再迁桐城，与徽州之方氏分。德益公之后，遂世为桐城人。至洪武时，太祖定天下，己卯乡试，伯通公讳法举焉，官四川断事。北平靖难兵起，南都再定鼎，天下来贺，莫敢不署名，四川断事独不署名，天子震怒，逮将戮之，不肯辱槛车，至望江死焉。妻某氏保孤懋恕归，守四十余年以节终。懋克自振于乡，生子五，廷璋公讳瓘，其季也。瓘生圭，圭生絅，絅生梦旸。梦旸生起莘公，讳学尹，是公祖，封推官，赠御史。妻刘氏，公祖母，封太孺人。学尹生仲含公，讳大美，是公父，万历丙戌进士，历官太仆寺少卿，赠中宪大夫，资治尹。妻王氏，公母，封孺人，累赠太淑人，亦生子五人，公亦其季也。

公万历戊午举人，崇祯戊辰进士。当熹庙时，逆珰窃国政，天下奔走，人才为其污坏。新天子即位，加意人才，尤重在馆职，是科御制题，考进士于东阁下，公奏卷当天子意，选取庶吉士第一，随以太仆公葬事告归,久不赴阙,乡党宗族趣之,公曰:“在昔神庙,江陵秉政,其治上追之古,比之成、康、文、景。考江陵当日,馆选之后,归家读书,几二十年,始北赴,秉政之本厚矣。吾才敢冀上位? 彰巨勋学,则当勉(砺)〔当作励〕效之,故迟也。”卒延之十三载后归朝。除编修,历左春坊、左中允、左谕德,掌司经局。奉命册封楚藩,楚流贼大创,目见忧之,乃条奏八议,其要者在抽客兵、律将帅。盖客兵借救援名恣观望,当慎简能将目死士队授之。若诸大帅,藐朝廷命,隶节钺之臣,倨视之,莫可如何,十余载用兵,甲士牵数省,岁报战数十百,皆无实绩,坐此,故公言之。其尤要者在守潼关。时中原破裂,三辅倘屹然,犹可据上势下压,而要害在潼关,此处贼得斩进,天下无首、国家殆矣,至此公则切言之。其后贼竟从此一路入秦夺大河,溃北覆社稷,卒如其言。复命,过山东,军旅事大警,不能前。德州守臣雷公演祚,公与同里,驰往依之。警息,公去。守臣意中有难之人借公为根株,谓公与制臣间通,危军旅事。天子大震怒,召德政殿对质,皆恐公。公质奏:“臣在守臣处,不在制臣处,臣间通制臣,必越守臣,臣何能越为之?”公丰容貌,有威仪,声音清壮,辨析明达,上竦异目之,右公,公以是望益重。

寻升詹事府少詹事,东宫讲官,历经筵日讲官,始充是职。谓:“治天下之本在政府,所以治天下之本在经筵。”每当进讲,章句训释皆有谓,援引宏通,精切多方,冀启沃。天子英颖,多有辨折,公对必大嘉悦,中外皆知其将入相。大金吾骆公养性习帝意,假所私谓:“公语我揆席可得,公忆揆席何如地? 容货也,揆席之人又何如人?”拒之,不往应谒。

政府欲转南翰林院掌院事,流贼已近畿辅。又忆天子忧劳,吾侍从之臣,何敢遽去就安善之地,必俟京师解严,乃更计耳。贼竟逼,都城随陷。

当贼来,大司农告匮,内帑兼空虚,无可请发,有旨借巨室及劝廷臣助,应者无几何,甲士登埤多枵腹。公议计垛口口数,量廷臣言之大小、饷食多寡，官饷食，较之食，军食加丰，醉饱击贼，宜乐为之也。议方行，城陷，城内街巷人民叫号狼藉，公仓猝不暇措手，突执去。朝臣多被拷掠，公系辱，数憃，犹得免酷烈。南还。

时南方拥戴有皇帝，权奸马士英秉政，广猎羽翼，欲得公。公曰："臣罪当诛，敢复从大夫后？"不就，去游吴越草莽间。会皇太子北来，人民抱放勋殂落之悲，正向忆，士英畏摇动，召公，以公官故辅导东宫也。公至，馆高座寺，士英使使私之曰："但出一言谓假，即以侍郎起为重用公始基。"公不附权奸，即往牛首，旦朝命飞召，复来寺，入朝赐官服。公谓："罪臣当不得受。"坚辞之。及至太子所，低首正颜，无一言，退归寺。时朝廷录北来诸廷臣，仿唐受安禄山伪命案列六等，公门诸人故旧有丽议者，又本无误冀用其尤急者，故科臣光时亨在廷时，故词臣李明睿建南迁议，时亨厉止之，至是欲戮时亨。时亨有子，急同公诸门人故旧，从公高座寺，幸公起，则可免，公诸门人故旧之丽议者皆可免，本无误冀用，用之矣，而皆幸公之一起。公讫不附权奸，讫不一言，皆失望，无人色，意尤之。公亦激顾门人李长祥曰："汝谓何如？"长祥曰："先生不言犹是。"公遂起愤曰："何如李生是我也。"即登车他去。

在外游已久，南都又变，四方渐归一，乃旋家。数载逍遥，自废放绝，他慕盛名在海内，市廛小儿皆能道名字，不得隐没，遂征去，授侍读学士、詹事府少詹事。丁酉闱中狱起，以第五子坐遣宁古塔。三年赦归。止江都，日惟与门生故旧言诗或及禅也。法书名最噪，不暇给，乃作卖格，欲难之，止其来，以币请者益众，不可得止，因号卖字翁。当在大荒外，家散失，江都渐聚，七十之期，诸子诸孙诸重孙亲属门下士，扬州城郭街市喧阗辐凑，动摇月余，盖盛矣，抑百炼者与！公大略如此，其在乡党宗族家庭有状在。而公任长祥以铭，切及其诗与解佛，长祥又次序之曰：

公七岁口吟即成诗，自是壮老总嗜诗，诗自《三百篇》《离骚》以下，及汉魏六朝唐宋元明莫不博取其华，会通源本。凡天地间之名象器数、日用小物，无不收之于诗；经训微言，皆发之诗；古今帝王兴衰治乱，上下褒讥，欷歔欲语，皆寄之诗；其在自身之顺逆平险、好恶哀乐，祖宗功德之发扬，子孙训诫，九州风谣里俗，草树山川，无不著见之于诗。所著有《樵和集》《十三山游草》《愚溪诗》《职草》《职馀草》《浣草》《宛在集》《白门稿》《小草》《使草》，又有《铁鞋集》《何陋居诗》，又有《甦庵集》。常与浮屠游，曰："我心我佛，离心亦佛。"其窥见深矣。夫人亦解佛。公友人为公作文，谓经史相对如两学士，佛书相对如两头陀，而旁通广大，条贯自一，著有《儒辨》，今传焉。江都疾，未尝一日寝之床。祀先犹必拜跪成礼，遇忌辰犹感慕出涕，卒不复起。丧事治毕，诸门人再哭之，迁主前，向议私谥，或取正道二字。李长祥曰："不然，先生之道正矣，所处则变。本主乎经，措之以权。当和字。"或又曰："先生权无所滞，即不戾经，当宪字。"于是谥和宪先生。长祥作议曰："昔者杨雄著大夫，狄仁杰著相。梁公之著相也在社稷，杨之著大夫也在道。若周处、王祥、范质、危素则流矣。曰和，曰宪，是哉！"(略)

公生于丙申夏四月三日，卒于丙午夏五月二十六日，享年七十一(下略)。

《天问阁集》卷二

方拱乾传

潘江

方拱乾，字肃之，号坦庵。弱冠负文誉，经史一览不忘。崇祯戊辰进士，馆选第一，假归。十三年授编修，稍迁至左谕德，分校礼闱，得人称最盛。寻晋少詹，充东宫讲官。甲申不屈，南归，无意仕进。顺治九年，以江督马国柱荐，起补弘文院学士，转少詹，与修《大训》等书。尝扈从世祖驻跸南苑，天语温问，一时传为异数。晚以举场事被诬,出关二年,旋得白放归,年七十二卒,门人谥和宪先生。

公伟貌修髯,风神秀朗,生平酷好为诗,每制一篇,必经百虑,手浣花一编,探其壸奥,虽流离播迁,无一日辍吟咏。凡其忧喜悲愕,感慨闲适,以迄文章声气,尺牍邮筒所不能抒写者,悉寓之于诗,故其诗独富。所著有《白门》《铁鞋》《裕斋》《出关》《入关》诸集。予读其自序《何陋居集》云:“他日知我者不知我者,当亦曰此白头老子尚能于万死中自写胸臆,庶几与少陵他乡阅迟暮,不敢废诗篇之意仿佛其百一乎?”观此可以知公之寝食于诗矣。集中录旧体才二十余首,乃得之《扶轮》选中,外此则登《何陋居集》什之四,登《甦庵集》什之六。子美夔州之句,东坡海外之篇,皆得自暮年,诗律益细,良不虚也。

《龙眠风雅》卷二十二

陈之遴

陈之遴传

清国史馆

陈之遴，浙江海宁人。明崇祯十年进士，授编修，迁中允。

本朝顺治二年，投诚，授秘书院侍读学士。五年，迁礼部右侍郎。六年，恩诏加都察院右都御史。八年，擢礼部尚书。时御史张煊劾大学士陈名夏结党营私，语涉之遴，鞫讯不实，免议。寻加太子太保。九年，授弘文院大学士。十年，郑亲王济尔哈朗等奏："之遴承审奸民李应试时默无一言，问之，则云：'上果立置应试于法，则已；或免死，则我身必为所害。是以不言。'似此缄默取容之人，恐不堪重任。"诏之遴回奏，仍上疏引罪，上以之遴既知悔过，将观其自新，遂调任户部尚书。会与名夏等集议革职总兵任珍罪状，与同官两议，得旨责问，复以支饰欺(朦)〔蒙〕论死，诏从宽削官衔二级、罚俸一年，仍供原职。十二年正月，奏请照律例以定满洲官员有罪籍没家产、降革世职之法，下所司议行。

二月，复授弘文院大学士，加少保兼太子太保。疏陈："营务三策：一曰修举农功，请择每旗才干大臣一员，并谙练农田水利官二三员，将本旗地巡阅，招集土民，讲求蓄泄，以备旱涝，算工估费，及时修筑，所费虽多，一劳永逸；一曰宽恤兵力，汉兵经费甚多，而有急辄用满洲八旗，请敕各省督抚、提镇所辖将士，悉照满洲兵法训练，精强逃亡，亦照例行法，人知警畏，自能力战固守，满洲八旗可以养威息力，不至久征多费；一曰节省财用，请制满洲兵民典例，凡吉凶诸事，务从俭约，毋过丰华，则日节岁省，自致丰饶。"从之。

十三年,上召吏部尚书王永吉等责其轻出亏帑司员朱世德之罪,复谕之遴曰:“朕不念尔前罪,复行简用,且屡诫谕,尔曾以朕言告人乎?抑自思所行亦曾少改乎?”之遴奏曰:“皇上教臣,安敢不改?特才疏学浅,罪过多端,不能仰报耳。”于是左都御史魏裔介劾奏:“之遴当皇上诘问时,不自言其结党之私,力图洗涤,以成善类,尔但云‘才疏学浅,不能报称’,其良心已昧。如嘱礼部尚书胡世安保荐庸劣知县沈令式为知府,旋被督臣纠劾,植党徇私,确有所据。密勿之地,恐之遴一日不可复居。”给事中王祯亦劾奏:“之遴系前朝被革词臣,来投阙下,不数年超擢尚书,旋登政府。不图报效,市权豪纵,皇上面加呵斥,凛凛天威。之遴不思闭门省罪,即于次日遨游灵佑宫,逍遥恣肆,罪不容诛,乞重加处分。”疏入,并敕之遴据实回奏,且下部察议。寻议革职,永不叙用。上念之遴既已擢用,位至大臣,不忍即行斥革,以原官发辽阳居住。是年冬,上复念之遴效力多年,不忍终弃,令回京入旗。

十五年,之遴以贿结内监吴良辅,鞫讯得实,拟即处斩。得旨:“陈之遴受朕擢用深恩,屡有罪愆,叠经贷宥,以前犯罪应置重典,特从宽以原官徙居盛京,复不忍终弃,令还旗下。乃不知痛改前非,以图报效,又行贿赂,结交犯监,大干法纪。本当依拟正法,姑免死,著革职流徙,家产籍没。”后死徙所。

《贰臣传》卷十

吴兆骞

孝廉汉槎吴君墓志铭

徐釚

余读《史记》邹阳上梁孝王书，曰："女无美恶，入宫见妒；士无贤不肖，入朝见嫉。"不禁掩卷叹息，以为千古若出一辙也。及观有明卢柟之为人，以跅弛使酒，至罹重法，械系黎阳，著《幽鞫》《放招赋》以自广。东郡谢榛，见长安诸贵人絮而泣曰："生有一卢柟，视其死而不救，乃从往古哀湘而吊沅乎？"诸贵人怜之，卒出柟于狱，而柟终无所遇，益落魄纵酒以殁，未尝不深悲之。若余友汉槎吴君者，岂非其人哉？

汉槎姓吴氏，讳兆骞，字汉槎，世为吴江人。明刑部尚书立斋吴公七世孙也。父燕勒公，讳晋锡，举庚辰进士，授永州府推官。汉槎垂髫，随至任所，过浔阳、大别，由洞庭泛衡湘，揽其山川形胜、景物气象，为诗赋，惊其长老。未几，流寇张献忠蹂躏楚地，汉槎奉母归，燕勒公亦解组旋里。值我朝定鼎江南，汉槎年方英妙，才名大起，相随诸兄为鸡坛牛耳之盟，驰骛声誉，与今长洲相国文恪宋公、家司寇、司农玉峰两徐公，暨诸名贤，角逐艺苑，谈论风生，酒阑烛跋，挥毫落纸如云烟，世咸以才子目之。

丁酉登贤书，会科场事起，下刑部狱，羁囚请室，慷慨赋诗，随蒙世祖章皇帝宽宥，遣戍宁古塔。荷戈绝域，极目惨沮。太仓吴祭酒梅村为《悲歌行》以赠之，有"山非山兮水非水，生非生兮死非死"之句，送吏无不呜咽。而汉槎独赁牛车，载所携书，挥手以去。

在宁古塔垂二十余年，白草黄沙，冰天雪窖，较之李陵、苏武，犹觉颠连困厄也。无锡顾梁汾舍人，与汉槎为髫龀交，时在东阁，日诵汉槎平日所著诗赋于纳腊侍卫性君所，如谢榛之于卢柟者。性君固心异之，思有以谋归汉槎矣。会今皇帝御极二十有一载，诏遣侍臣致祭长白山。长白山者，东方之乔岳也，地与宁古塔相连。汉槎为《长白山赋》数千言，词极瑰丽，藉使臣归献天子。天子亦动容咨询。有尼之者，不果召还。而纳腊侍卫，因与司农、司寇，暨文恪相国，醵金以输少府佐匠作，遂得循例放归。然在绝域已二十三年矣。

时余方官京师，亦曾与汉槎一效奔走。其归也，抱头执手，为悲喜交集者久之。其母固无恙，而诸兄已相继云亡，遂为经师，馆于东阁者又期年，归而与太夫人上觞称寿，宗党戚里咸聚，以为相见如梦寐也。乃未及一年，复至都门，竟卒于旅舍。嗟嗟！岂非其命之穷也哉？初，汉槎为人性简傲，不谐于俗，以故乡里嫉之者众。及漂流困厄于绝塞者，垂二十余年，一旦受朋友脱骖之赠，头白还乡，其感恩流涕，固无待言，而投身侧足之所，犹甚潦倒，不自修饰，君子于是叹其遇之穷，而益痛其志之可悲也已。

余为吴氏婿，余亡妻与汉槎为兄妹行，且幼同学也，余故知之独深。汉槎以前辛未十一月某日生，其卒以康熙二十三年十月某日，年五十四。配葛氏，前庚午举人葛端调讳鼒之女。子男一人，棖臣，太学生。女四人，俱葛氏出。棖臣以康熙二十七年十一月十五日举柩葬于吴县宝华山之麓，即燕勒公墓旁也，以状涕泣而请余铭。余固不忍辞，遂为之铭，曰：

吁嗟乎，吴季子！幼而学经并学史，万里投荒几至死。绝域生还岂易耳，胡为泯泯止于此？吁嗟乎，吴季子！

《南州草堂集》卷二十九

吴兆骞传

钱　霑

吴兆骞,字汉槎,永州推官晋锡子。少有隽才,舞勺时作《胆赋》,累千余言,见者无不惊异。与兄兆宽字弘人、兆宫字闻夏,以文行相劘切,有三凤之目。继复社而起,举敦槃之会,名士云集者,常数千人。为人简傲自寄,不拘细行,与所知出东郭门,述袁淑语曰:"江东无我,卿当独步!"意气岸然。丁酉举于乡,遭谣诼之祸,徙关外二十余年,作《长白山赋》,名动至尊,得复归,逾年卒。所著有《秋笳集》。

《吴江县志续编》卷六

吴兆骞传

倪师孟

吴兆骞,字汉槎,父晋锡,见《名臣传》。兆骞性简傲,而有隽才,童子时作《胆赋》,累千余言,见者惊异。及长,与所知出北郭门①,顾同郡汪琬,述袁淑语曰:"江东无我,卿当独步!"意气岸然。顺治十四年举于乡。科场事发,遣戍宁古塔。兆骞赁牛车,载书万卷,居塞外二十余年,日与羁臣逐客,饮酒赋诗,气益壮,才益沉丽,诸大帅皆敬礼之。康熙中,献《长白山赋》,圣主览而称善。其友大学士宋德宜、尚书徐乾学,醵金赎之,得释归,逾年卒。所著有《秋笳集》行世……

《震泽县志》卷十九

① 编者按:他书作东郭门。

吴兆骞诗附传

周廷谔

吴举人兆骞，字汉槎，尚书洪七世孙，晋锡第四子也……年十六随伯兄兆宽，与吴中诸名宿，词坛角艺，援笔立就，落纸烟云，见者咋舌……(卒)时康熙甲子十月某日也，年五十四。公博通今古，喜为诗，颇极葩艳。其之宁古塔也，独赁牛车，载所携书万卷，冰天雪窖，遇羁臣逐客，相聚无不作诗。所著《秋笳集》，人或訾其居塞久，其风土人物，未获雕搜，刻画不若少陵客剑外，纤悉无不入咏。予曰：“不然！公才士也。其羁愁与少陵同，而诗则未可以一律拘之，然而亦足以传矣。”

《吴江诗粹》卷二十

吴兆骞传

翁广平

汉槎姓吴氏，名兆骞。父名晋锡，前明崇祯十三年进士，授永州推官，永明王擢湖南巡抚，详见《明史》列传。汉槎少颖悟，有隽才，九岁作《胆赋》数千余言，见者惊异。年十三游湘中，成《纪游》及《秋感》诗数十首，计甫草见之，叹为悲凉雄丽，直逼盛唐，而以用修“青楼”之句、元美《宝刀》之歌拟之。喜读书，一目数行俱下，然短于视，每鼻端有墨，则是日读书必数寸矣，同学以此验其勤否。性简傲，少所许可，尝与同辈出吴江东郭门，意气岸然不屑。中途忽顾同郡汪苕文，述袁淑语曰：“江东无我，卿当独步。”旁人为之侧目。顺治十四年举于乡。先是，有吴超士者，汉槎族属也，自谓有才而厌于汉槎。又，汉槎弱冠时，与两兄弘人、闻夏入慎交社，而超士不得与，心尝衔之。至是，科场事起，超士遂以汉槎告当事，汉槎乃与弘人、闻夏同系狱。迨汉槎论戍宁古塔，而释弘人、闻夏归。汉槎既论戍，慨然就道，以牛车载书数千卷以行。居塞外二十余年，日与羁臣逐客，饮酒赋诗，气益壮，才益沉丽。结七子诗社，月凡三集。七子者，张坦公、姚琢之、钱虞仲、方叔、丹季、同邑钱德维与汉槎也。宁古某将军雅慕汉槎才，常敬礼之，俾掌书记，故虽戍，未尝有困苦也。朝鲜使臣李节度云龙，以兵事至宁古，尝属撰《高丽王京赋》，汉槎援笔草数千言，语使臣曰："词采华赡，仿佛班、扬。"其国亦以汉槎自评为当。康熙中，色侍中献汉槎所制《长白山赋》，圣祖览而称善。其友宋相国蓼天、徐尚书健庵，醵金赎之，得释归。一时朝野赋《喜吴汉槎入关诗》，多至数十百人。逾年卒。所著有《秋笳集》行世。弘人名兆宽，廪膳生。闻夏名兆宫，崇祯壬午副贡。为人并淳谨和易，工诗古文，与汉槎齐名，有延陵三凤之目。及汉槎被遣，遂绝意进取，沉酣典籍。弘人著有《古香堂文集》《爱吾庐诗稿》。闻夏著有《椒亭诗稿》。弟显令，名兆宜，私谥靖誉先生。博学工诗赋，尝笺注徐孝穆、庾子山、李义山、韩致尧诸集，征事训释，穷日夜不厌，书成，人咸服其博洽云。

《秋笳馀韵》附录

杨宾

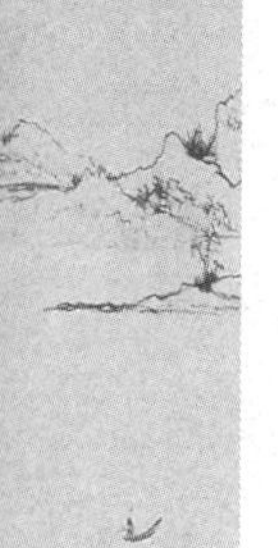

杨大瓢传

佚名

杨宾，字可师，号耕夫，别号大瓢，又号小铁，浙之山阴人。祖蕃，为职方司吏。父越，字友声，世居山阴安城村，即号安城，明末诸生，素称名士，与朱竹垞友善，尝有诗称之。康熙元年癸卯，友人钱允武为魏雪窦下狱，属越营救事泄，坐逆党遣戍宁古塔，母范氏从。

宾生顺治庚寅，年方十四。时叔九有公以边功为怀远将军镇上海，乃挈宾与弟暨二女育于官。年廿一归山阴。乙卯，就婚吴门，大母尚存。戊午迎养于吴，后承父命，遂籍苏州。辛酉，客晋，历游皖、越、黔、闽，皆居督抚大吏幕。康熙己巳年四十，乃至都，省父戍所。次年旋都，就工科给事谭左羽任纂修律例，思改律例为赦亲计，哭求左羽为言于总裁张素存相国、杜肇馀司马，二公亦怜之而势不可。左羽素善闽中张仪山中丞，时方被逮，欲宾往左右之，为属台中邵嗣尧疏请关东流人输米赎罪，以轻重为差，冀宾乘间赎父。及辛未春，宾与仪山入都，会邵疏为议者所阻。是冬越已卒戍所，宾谋返葬，格于例，思之至呕血。友人悯之，为引流囚家属例，求司寇图公纳不得。继引户部侍郎思格则请其父白二格返葬例，求少司马朱公都纳。朱检知在叛案，执不可。宾跪其门号泣，控鞫于途，叩头哀吁。朱曰：“苟有叛案返葬例，我为尔行。”宾因不食，日夜痛哭。时仪山方械示都门，忽思得广西巡抚陈宏明包网巾从逆流死宁古塔家属返葬事，亟令引以求朱公。朱命查案，宾后知情实不符，复贿吏寝其赎。主事戴通亦为言于索司寇。宾友江且庵又令执贽索公之门，乃准援例返葬。时皆称孝子。

初，且庵为索相国额图客，得罪明相国珠，戍沈阳，与友顾小谢言于徐相国元文、顾宗伯汧，荐宾代且庵。宾不欲，托言父召辞之。强之再三，乃约出塞归就。及期不至，小谢不得已代之。癸酉小谢归，与且庵复举宾代，又坚辞，卒免于难。

宾状虬髯而短，外圆中坚，言论井井，有风骨，善属文，精《汉书》、杜诗，沈归愚曾选其诗入《别裁》。少能书，工八法，塞外人称杨夫子。书法不染宋元习气，当时名重公卿。如张相国英、徐相国元文、徐司寇乾学、韩宗伯菼、姜西溟、何义门、方灵皋、汪武曹诸公皆友善，惜以逆党后，不得仕。

娶朱氏，小字馌耕，宾故自号耕夫。求婚前夕，朱梦虎跃入庭，负之而去，诘旦告亲，媒妁适至，询知属虎，遂许字。后宾旅游将归，朱必梦虎，期皆先知，因自号梦虎道者。亦善书，尝剪庙堂碑临之。

女珊珊，适南海金观察祖静，能诗，有《登乡思楼》云："嗟予未识乡关路，廿载空登乡思楼。"《别裁》谓浅浅语，自有远神。其姑方恭人，名景，字彩林，赠以诗云："宛似举场勤苦士，妆成惟对古人书。"意度端静可见，洵一门风雅也。子璧，孙学易。

宾年近九十乃卒，所著有《塞外诗》三卷、《杂文》一卷、《大瓢偶笔》八卷、《铁函斋书跋》六卷、《家庭纪述》一卷、《金石源流书要》、《柳边纪略》各若干卷。

《大瓢偶笔》卷首

陈梦雷

陈梦雷编修传 节录

陈寿祺

陈梦雷,字则震,一字省斋,福州闽县人。未冠,登康熙九年进士,授翰林院编修。请假归省。会逆藩耿精忠叛,遍罗名士,幽縶梦雷及其父于僧寺,胁受伪官。梦雷不得已,尪瘠托疾以稽之。贼平,议罪,有陈昉者污贼,京师讹传梦雷也,复为逆党徐宏弼诬告,征下诏狱,几不测。朝旨减等谪戍尚阳堡。初,梦雷与安溪李光地为同年生,相善。及难,光地亦在假,用蜡丸密疏致通显,而梦雷方干严谳,无以自明,引光地为助,光地密疏救之。语载在国史本传。梦雷不知,故怨怼愤懑,牢愁哽咽,往往诡激于文词,虽过其实,然志足悲也。在狱作《哀赋》(下略)。

梦雷才敏,通国书,间关塞下十余年,公卿子弟执经问字者踵接。圣祖仁皇帝东巡盛京,梦雷献诗称旨,蒙恩召还,教习西苑,侍诚亲禁庭。命编辑《图书集成》三千余卷。御书"松高枝叶茂,鹤老羽毛新"联句赐之。雍正初,复缘事谪戍,卒于戍所,子孙遂家辽阳。[①] 有《周易浅述》八卷、《松鹤山房集》十六卷、《天一道人集》百卷。初刻者为《闲止书堂集》二卷。

《碑传集》卷四十四

① 按:陈梦雷第二次遣戍,为齐齐哈尔,乾隆初年卒于此。此作辽阳,误。

戴梓

耕烟先生传

金兆燕

耕烟先生者，浙江仁和人，萍居扬州，谪迁辽东，自称耕烟老人，辽人咸呼为耕烟先生。先生状颀皙，美须髯，肮脏自喜，于书无所不读，尤好兵家言。父苍明监军道，与海贼战，断肋破脑，不仆，以勇闻。先生年十二，咏淮阴钓台，曰："有能匡社稷，无计退饥寒。"诸老宿皆赏之。监军独不悦曰："是诗谶也。"

康熙十三年，三藩逆命，仁皇帝命康亲王率师驻浙，王闻先生名，礼聘之。为王陈天下大势，如指掌，且曰："三孽不足虑，可计日擒。"王喜，延之上座。大兵剿闽，贼伪将马九玉屯兵九龙山，我师不得进，众方议战守，未决。先生曰："守固不可，战亦非计，诚得说九玉而降之，即用以导，上策也。"王即命先生往，果如所言。时伪总兵刘进忠兵最盛，王假先生监军道职招抚之。先生单骑入贼营，夹道列戟如荠，进忠方持剑，啖人头，饮酒，呼先生入。比至，足未定，即厉声曰："汝畏否？"先生曰："我来救汝，汝当德我，我何畏哉？"进忠遽无以应曰："壮士能饮乎？"命左右持巨瓢至。先生仰首尽，掷其瓢于地，曰："贼众旦夕且尽歼，乃强我饮鬼酒。"进忠惶迫，出位谢。先生曰："挥众退，吾与尔言。"进忠屏左右，延入室，自酌，献。先生与语未淹刻，大呼曰："言尽此。"进忠俯首挥涕曰："诺，诺。"即探怀中札授之曰："勉之，勿忘今日。"进忠遂降。

韩大任以兵数万来归，王疑其诈，使先生觇之。先生谓大任曰："尔祸至矣。"大任愕然。先生曰："君既投诚，而拥众自卫，能使人无疑乎？十步之间，一夫可缚，虽众何益，只自取死耳。”大任曰：“然则，奈何？”先生曰：“释尔甲，却尔众，只身归命，王必怜汝，是转祸为福也。”大任曰：“吾固欲持两端，因便取事，今知之不可为矣。”遂并马诣军门，其余寇江机、杨一豹、葛如篚皆以次传檄定。

大军之讨郑国信也，造战舰，需十三丈桅，不可得。闽督遣先生入山求木，过期，牙门将持军帖至曰：“取首缴众。”皆大惊，不知所为。先生乃谓使者曰：“我首可为木耶？军令不得不然耳。”于是日夜制机器运木，下见督曰：“木至矣，恐废事，故戴首见将军。”督笑曰：“军令不得不然耳。”初督与先生有隙，欲以是中先生，及闻木至乃大喜，称其才，厚劳馈之。

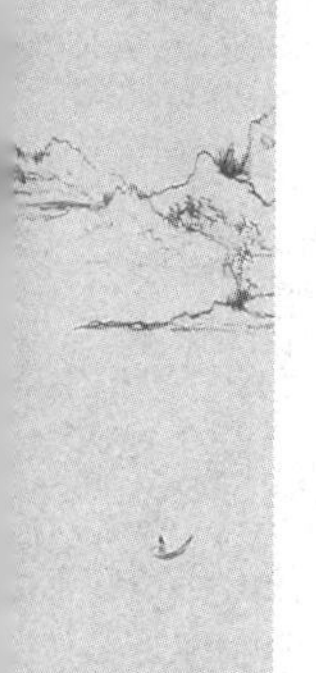

十五年，以父丧归，未免，王趣令赴军。时台湾尚未平，制冲天炮以献。会班师，遂随王入京师。见上，试《春日早朝诗》，授翰林院侍讲，偕高士奇直南书房，旋移直养心殿。

红毛国献蟠肠鸟枪，上谓其使曰：“是中国所有也。”命先生仿造之，以十枪赉其使归。上谓先生曰：“法琅器，中国所无，汝能思得其理乎？”奉诏，五日成以进。西洋南怀仁谓冲天炮出其国，造之一年不成，上命先生造，八日成，上大悦，率群臣亲试之，即封炮为威远将军，镌治法官名以示不朽。冲天炮子在母腹，母送子去，从天而下，片片碎裂，锐不可当。后征噶尔䩜，以三炮坠其营，遂大捷。

在南书房时，与西洋徐日升纂律吕议不合。及炮成，怀仁惭且愤，交谋倾之。侍卫赵某有宠悍恣，廷呼先生名，先生叱之，某诉于内。上曰：“尔当师之。”某受诏来谒师，北面顿首而项尽赤，不言而退。

张献忠养子之子陈宏勋，投诚为部郎，性狡鸷。一日，召先生饮，出家童百余，持白棓舞庭下，舞止，雁行立，侈翼客前。宏勋持大碗酒跪曰：“吾将有所丐。许我釂此，不许死棓下。”先生曰：“尔何事？”宏勋曰：“我欲金三千。”先生笑叱之曰：“贼！是区区者，安用此狞狰为？”举碗一饮尽。宏勋曰：“券之。”先生笑曰：“贼！贼！”遂书券去。宏勋来取金,得金而不归券,索无已。先生之子京恚曰:“是溪壑安可填?”拔剑击之,误中(儿)〔几〕。宏勋怒,挥健仆数十人入室恣掠。先生讼宏勋以劫,而宏勋诬先生以逋。当是时,噶尔靼方捷,将议封,赵某与西洋人乘间力构之,上不忍置于法,诏徙关东,籍沈阳。先生至沈阳,鬻书画卖文自给。常冬夜拥败絮卧冷炕,凌晨踏坚冰入山拾榛子以疗饥。年七十八卒。

先生性孝友,好施予。年四岁,抚其父所断肋曰:“恨儿不生是时以杀贼。”母周淑人严下,尝掌批先生。先生捧母手,急索杖,后遂私置杖遍诸处,母怒即自奉杖受挞,终身不衰。奔父丧,泪洒地尽血,左目遂盲。少与弟行,逢猘犬,以身卫弟,伤左股,归而不言。父命持金有所鬻,道逢卖女者,持其女哭,即以金与之。婚夕,大寒雨雪,谓新妇曰:“吾将以若奁拯冻人。”妇曰:“诺。”遂括钗珥诸器服,一夕遍施尽。新妇曳布裳椎髻庙见,富商闻之,争相效,活数千人。幼劬书得瘵,有善疗者曰:“用艾四十九壮,可愈也。然奇痛,须缚之。”先生曰:“丈夫死不受缚。(痛可伤)〔?〕”灸背七处,五脏沸声如瓶笙,烟袅袅自口鼻出,终灸屹立不为动,病遂痊。先生抱经世大略,凡象纬、勾股、战阵、河渠之学,靡不究悉。总河俞成龙得其《治河十策》,至今多用之。诗雄劲,画尽诸家所长,书兼董米。

子四,长京;次亮,武举;次亨,进士,历官齐河知县,敦行能诗,工草书,与李锴、陈景元齐名,号辽东三老;次高,郡诸生,早卒。高子秉瑛,进士,历官内外,皆有声。

初,监军有难,周淑人奉其姑避于梓潼庙,梦神以儿授之,姑妇同所梦,遂生先生,故名先生曰梓,字文开云。

金兆燕曰:“三藩之变,东南汹汹,仁皇帝赫然一怒,群寇皆歼,仁义之师岂有敌哉!兆燕贱,不获窥宬籍悉本朝掌故,尝往来浙东西,欲捃拾旧闻,而当年(民献)〔当作文献〕鲜有存矣。兹以所闻于先生之子亨者辑为传,俟作史者采焉。亨纯悫人也,述其先必无誓语。”

《耕烟草堂诗钞》附传

方登峄

方登峄传

廖大闻

方登峄，字凫宗，号屏垢。兆及子。父卒，登峄甫八龄，悲哀哭奠如成人。事母吴尽孝，见者皆为感动。年十六补县学生，治举业有声，工诗歌，旁及绘事。游京师，历秦、梁，浮湘、逾岭，一时知名士，咸倒屣相慕。康熙甲戌贡入成均，授中书舍人，迁工部都水司主事。凡所剖决，大司空及同官皆不复覆核。禄入甚薄而坐客常满，乡人旅京师者，就之如归。旋以乡人事牵连，谪戍卜魁城。居绝塞十余年，冬无裘帛，或间日不举火，洒然忘身之在难。雍正六年八月卒。所著《依园诗略》《星砚斋存稿》《垢砚吟》《葆素斋集》《如是斋集》，版行于世。

道光修《桐城续修县志》卷十三

方式济

弟屋源墓志铭

方苞

弟式济，字屋源，与余共高祖。以叔父都水公出嗣，无属服，而余世母则所嗣佥事公吴宜人之兄女也，故弟总角，余即数见之。厥后，叔母与吾母志相得，两门子姓，睦洽如同宫。都水自守选，即挈家以北，而余往来京师亦十余年。时弟受学于吾友刘君北固，余与昆绳，数息北固寓斋，辩论经史，衡量并世人才，弟尝辍业倾听。余间候都水，入北堂，弟适归，备举旬月中吾辈所言，参互以相质。移时，忽仆而痞，目瞑齿闭，大惊宅内人，叔母搏膺而呼，久之始寤。翌日余往视，叔母曰："汝毋惧而自嫌，儿乐闻汝言，过于其师也。"

戊子举京兆，己丑成进士，制义为时所推，又以其间攻诗词，名称益著。而以《南山集》牵连，宗祸作，都水下狱，叔母在江南，弟经画注措，皆中机会。狱辞上，邀宽法，外流，自知不免，则多方以脱族人。始部檄至，三司会鞫，天属中有齮龁都水以求自脱者，并螯亡弟之嫠，余目击骇痛，堂下隶卒皆心非而窃詈之。及抵戍所，军吏议分戍黑龙江、墨尔根各路，其人老无籍，恇惧，不知所为。弟曰："无相犹也。"罄装赍称贷于贾人，以移其议，戍得无分。都水尽室皆死于辽海，而弟亡于父母及妻之前，故闻其丧，亲昵朋好若疾疢在身，疏逖者亦怆然而不适。然弟身后，长子观永、次子观承，以孤童勤营于内地，而匍匐万里，以纪大父母、母、弟之衣食，此出彼入，岁相代以为常。卒邀恩例，身奉四丧，挈幼弟而归，以定窀穸。弟之身即存，所望亦至是而极矣。

其在戍，笃志经学，所著《易说未定稿》六卷藏于家。祖讳兆及，山东按察司佥事，分巡济宁道。父讳登峄，工部都水司主事，有《依园集》《葆素斋集》行于世。母任氏，岁贡生堡女弟。卒于康熙丁酉年二月，年四十有二。妻巫氏，平和县令元东长女，卒于雍正己酉年正月，年五十有四。幼子观本，在戍所生也，女一人。以某年月日，葬某乡某原。铭曰：

履颠危，义不疚。处怨恶，仁能厚。家虽湮，色养伸。死归骨，随二亲。惟天命之无欺，积作善之不迷。

方苞《望溪先生集外文》卷七

方式济传

马其昶

方公讳式济，字(渥)〔一作屋〕源，荻港都司讳仲嘉曾孙也。祖讳兆及，字子诒，号蛟峰，顺治十一年举人，山东备兵佥事。父讳登峄，字凫宗，号屏垢，工部主事。两世皆能诗，有《述本堂》《述古堂》等集。公少侨居金陵，七岁丧母，哭泣尽哀，经旬不索食。性亦工诗，兼精画绘，王麓台侍郎甚奖重之。康熙四十八年进士，授中书。逾年归省，适《南山集》事发，语连公本生王父，因以受祸。侍工部出关，族属连坐者四人，边帅欲分置各路，不令同处，公装称贷营护，戍得无分，用是益困。婢仆死亡略尽，苦寒躬取榛棘爨火，久莖风雪中，两手皲裂，工部怜而作诗。然工部性故朗豁，居绝塞十余年，辞色不形恚激，同戍侍郎傅继祖、鸿胪卿讷尔朴每言，见方君辄洒然忘其身之在难也。公以吟咏承欢，又益殚心经学，父子间自为师友。

性谦厚，见人寸善，即自贬损，以为弗如。家居时，母夫人命置妾，有婢具容慧，或举为言，公正色曰："是吾见自襁褓中者，于心安乎？"谕其父母自择配。族弟薪传尝同客病疫，汗闭，见者皆避去，公独抱持同卧，得汗而解，薪傅每言此，辄流涕。三子，观永、观承、观本。时有富室议婚者数家，皆谢之，曰："吾不欲以忧患累人也。"年四十二，以疾卒于卜魁城，边人如痛亲戚。著《龙沙纪略》一卷，《四库》著录。《易说未定稿》六卷，《陆塘诗稿》二卷。子观承自有传。

《桐城耆旧传》传八

方观承

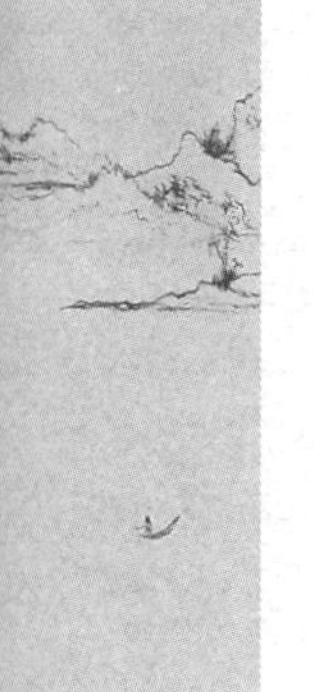

方恪敏公家传

姚鼐

方恪敏公讳观承，字嘉谷，桐城人也，而居于江宁。桐城方氏自明以来，以文学名数世矣，而亦被文字之累。公之祖工部都水司主事，讳登峄。考中书舍人，讳式济，皆以累。谪黑龙江。公时尚少，与其兄待诏观永，岁往来塞内外，以营菽水之奉，奔走南北，徒步或数百里。数年祖、考皆没，公益困，然于其间，厉志气，勤学问，遍知天下利病、人情风俗所当设施，遂蓄为巨才矣。平郡王福彭尝知之。

雍正十年，平郡王为定边大将军，征准噶尔，即奏为书记，诏赐中书衔以往。在军营建策善，归补中书舍人。乾隆初，入军机处，累迁吏部郎中，出为直隶清河道、直隶布政使，擢浙江巡抚。乾隆十四年遂授直隶总督，自是居直隶二十年中，惟西疆用兵，暂署陕甘总督，筹军饷半年即返。

公性明于用人，一见与语，即能知才所堪任，授之事随难易缓急，委奇必当。及公没而为督抚有名若周元理、李湖等，凡十余人，皆宿所拔于守令、丞尉中者也。直隶为天下总汇之区，人事糅杂纷扰，不易靖安，乘舆岁有临幸，往来供张，而公在任，又值西征军旅之兴，所过备置营幕刍粮，柔调桀悍，公处此，皆储备精密，弛张得宜，卒未尝少舛乏，而于民居无扰病焉。公自为清河道至总督，皆掌治水，直隶之永定河，故无定河也，其迁移靡常，不可以一术治，不可以古形断，公皆见地势相时决机，或革或因，或浚或障，其于河务，前后数十疏，从之辄利。纯皇帝每叹其筹永定之为善，非他人执成法者所能及也。磁州有逆民为乱，公擒治定斩绞罪十人，余皆释。上疑公宽纵，廷寄严责者数，公执不易。诏令九卿、军机讯狱，乃知公所定之当，上益以贤公。

公素勤于学，工为诗及书，乾隆初尝举博学鸿词，以平郡王监试，避嫌不试。仕宦数十年，署中未尝设剧，公事之暇，即执书读之。尝偕秦文恭公辑《五礼通考》，所著《直隶河渠》书百三卷，诗集十三卷，其余杂记直隶事又数十卷。及薨，家无余财，而有书数十笈。于桐城及江宁，皆建家祠，置田以养族之贫者。兄弟相爱甚，遗命与兄待诏同葬一山。公在时已加太子太保，其薨，在乾隆三十三年八月，年七十一。赐祭葬及谥，祀于直隶名宦祠，及贤良祠。娶刘夫人。

公五十而未有子，抚浙时，使人于江宁买一女子，公女兄弟送之至杭州，择日将纳室中矣。公至女兄弟所，见诗册有相知名，问知此女所携，其祖父作也。公曰："吾少时与此女子祖，以诗相知，安得纳其孙女乎？"即还其家，助资嫁之。公年六十一矣，今吴太夫人乃生子维甸。既孤，纯皇帝以公故，赐为中书舍人，成乾隆庚子恩科进士，今复为尚书、总督，继公后。

姚鼐曰："唐时，凡入史馆者，必令作名臣传一，所以觇史才。今史馆大臣传，率抄录上谕吏牍，谓以避党仇誉毁之嫌，而名臣行绩遂于传中不可得见，然则私传安可废乎？余读国史方宫保传，为之怃然。今尚书将修族谱，请叙恪敏公事，遂次其传。公功在天下，还女事小，然世称公后之大兴者，亦有助斯焉，故并书之传末云。"

《惜抱轩集》文后集卷五

刘凤诰

刘公墓志铭 节录

石韫玉

道光十年正月初九日，故宫保萍乡刘公没于扬州子舍，其夏，孤子元龄等奉其葬归江西，过吴门，乞幽宅之铭……按状，公讳凤诰，字丞牧，号金门。先世由安福迁萍乡，高祖瑞贞……曾祖易瑄，祖经济，父大智，世守儒业，三世皆以公贵。兄弟三人，公最少。生而颖悟绝人，乡党尊宿皆异之。年十五入萍乡县学……应乾隆己亥科乡试，遂中式。五试春官，于己酉成进士，殿试一甲三名及第，授翰林院编修。辛亥……升翰林院侍读学士。壬子，授广西学政，任满回京。嘉庆丙辰，派教习庶吉士，是年冬丁父艰……己巳秋浙江乡试，适巡抚阮公元……请以公代办监临事，乃有徐、佘二生联号舞弊，公未及觉察，事发被议，奉旨发往黑龙江效力。癸酉，恩释回籍。戊寅六月，特旨以编修起用。未几，患目疾。庚辰七月……目疾益剧，遂于次年夏请假南归……挈家赴扬州就养。道光十年正月初九日，以疾终，距生于乾隆二十六年，春秋七十……

公于庚子会试，卷在编修邱公庭漋房中，荐而未中，公感知遇之恩，执礼唯谨。后邱公没于黑龙江，适公同在戍所，经理其丧，送之归。其惇尚风谊如此。

公于书无所不窥，尤深于史学。南昌彭文勤公有补注欧阳《五代史》之稿，未及成书，临终以草本及所采宋人书二百余种，尽以付公，属为续成。公排比搜辑，历二十寒暑，晚岁始萃录成编，梓行于世，可谓不负所托矣。

所著有《经进文》八卷、《骈体文》二卷、《古文》四卷、《今体诗》六卷、《馆课诗赋》五卷、《集古诗》三卷，藏于家……

配李氏，故广东巡抚恭毅公之女，封一品夫人。子八，元龄官江苏吴江县知县，元恩道光辛巳科举人，元喜两淮候补运判，余具先卒。孙六，震浙江候补运副，咸、孚、熙、壮、观，俱未仕。曾孙二，九畴、九韶……

《独学庐五稿》卷三

英和

煦斋英公

姚莹

协办大学士英和，定圃尚书文庄公子，少有异才，和珅欲婿之，不可，颇衔之。乾隆癸丑，公登进士，殿试恐为所中，乃变易书体得免。仁庙亲政，和珅伏诛，以公不附其党，嘉焉，洊至大用。今上即位，首言开捐之弊，上深纳之，有永停捐例之旨，海内翕然，吏治一变。道光五年，高堰河决，漕运不前，公力请海运江督琦公、苏抚陶公助之。时议惧险，仅分运苏松诸帮，已而海上舟安抵通仓，识者皆伟公策，欲久远行之，不果，盖漕运、仓场二总督以下食河运之利者不便海运，多方尼之也。公感恩遇，知无不言，为户部尚书，深以国用为忧。张格尔事起，西域用兵，计费千万，有请于易州开矿者，公未察，奏之，上不许。太仆少卿梁中靖奏酌增常捐事例，以裕军需。西事方亟，廷议皆以为宜行，公亦不能持前说。然公判度支，边饷莫筹，亦共谅公之非得已也。公尝数主试，尤风雅爱才，六十寿日，诸门生故旧颂祝之词甚众，公独取桐城诸生刘开诗以张堂中，观者叹刘诗之工而益服公之好士也。

万年吉地初营宝华峪，上命庄亲王及大学士戴公相度地形，而公督工程。公荐户部某郎中为监督。先是，公为内务府大臣久，习知吉地工巨，财力匮耗，颇以尚俭为言，与上意合。尝宴暇，从容举汉文帝薄葬事，上称善。至是，遂议于旧制小有裁省。道光五年，余在都中闻某为监督，节省工费三千万，曰："嘻！其败矣。昔嘉庆中，吉地年久费巨，工犹未善，盛公以此得罪。某何能省费若是，其工可知矣。英公必为所累。”友人刘元恩在工，当议叙，余戒之曰：“君其辞之。”刘曰：“诺。”七年工竣，戴公、英公皆晋宫衔，某擢内阁侍读学士。某故粗鄙，希旨节省，工不坚而众恶之。八年，上闻地宫有水，使人视之验，车驾临视，则孝穆皇后梓宫下见水迹，上大悲恸，逮问诸人，公及二子革职戍黑龙江。庄亲王以先薨免，戴公初逮，祸且不测，皇太后言不可以吉地事诛大臣，乃释归。某亦遣戍。

方英公之被逮也，尽封家财，登诸籍，戒家人曰：“上必籍没，悉以献，敢匿一物者，吾以闻。”遂皆入官无隐。然公家数世贵显，悉所有，不及数万，天下悲公之忠荩而误于非人也。

《续碑传集》卷二

张光藻

张光藻传

张伯英

张光藻,字翰泉,安徽广德人。官直隶,刚正果决,不事唯阿。曾文正尝疏荐之,简放天津知府。适天津民教构衅,殴伤教士,毁教堂,势汹汹。光藻躬往晓谕,始散。以此罢职,充发黑龙江。曾文正查办此案时,虽奏请交刑部治罪,而另疏陈其有循良之绩。抵戍,年六十余矣。遗枣强令方宗诚书曰:"自经患难,身虽劳苦,气终不馁。到戍年余,与大帅颇甚相得,所办事有益于人者,亦有数端。戍员有从西陵发遣者三人,同治元年,解往新疆,留滞潼关八载,改发到此。弟为言之大帅,并代作折稿,具奏得释。云贵、两广发配盗犯三十年未赦矣,逃者仍聚中途为匪,留者皆老病垂死,非善政也,因作论献之当事,颇蒙许可。将来或得议得宽典。戍员到配效力,有劳绩者不拘何时保奏。其未尝出力者,扣满三年,循例具奏请旨,历来如此办理。此间,自咸丰以来,司员以此居奇,不为查案请奏,前任将军递相压搁,以致戍员到配或八九年,或六七年,甚有到配十九年尚未具奏者。弟查档册,禀之大帅,劝其复循旧办理,并谕饬司员嗣后仍按三年一奏,不准压搁,其现在查出到配年久之十二员,立即摘叙案由,缮折具奏。此数事者,皆因身处局中,始能知其利弊,今已勉力赞成,于人有济,于心甚安。窃喜龙江万里,尚不负此行也。"

《黑龙江志稿》卷五十七,人物志

三、相关文章(诗词本事、赏析等)

宁古塔山　宁古塔城　宁古塔将军

——流人文献中的宁古塔

余秋雨先生《文明的碎片》等书所收《流放者的土地》一文,是余先生游览在原清代宁古塔地区、阅读了谢国桢先生《清初东北流人考》与拙著《东北流人史》后的产物。由于宁古塔是清代最著名的流放地之一,是人们阅读清代前期文献经常遇到的词汇,又为余先生大文所渲染,因此更加名闻遐迩。但人们对于宁古塔的认识并不清楚,或者一无所知,或者一知半解,仅仅认为这是地名或官名(在这一点上,甚至某些史学工作者也认识模糊)。

其实,宁古塔是满语,最初为山名,后来演变成地名与姓氏名称,最后演变成官职名称。

今黑龙江海林旧街镇龙头山,是一座"绝水独倚,四面空旷,不与众山为伍"的小山。明代与明代之前,由于名不见经传,没有名人登临,因此不为世人所知。可是至清初,由于该山附近地带成为了流人集中之地,而流人中的一些文士不时前往登临游览,诗以咏之,文以载之,因此逐渐名传四方。

清代称该山为宁古塔,又作宁公台,或宁公特。据清初流寓文人吴桭臣、杨宾的解释,传说上古有六人(一作兄弟六人)曾居此山,而满语宁古为六,塔为个,所以此山被称为宁古塔。

当然,这是多数人公认的解释,其实,在流寓者文献中,还有三种不同的解释。

方拱乾认为应作宁公特,是六人坐之意。他说:"相传当年曾有六人坐于阜(土山,此指龙头山)。满呼六为宁公,坐为特,故曰宁公特,一讹为宁公台,再讹为宁古塔也。固无台、无塔也,惟一阜,如陂陀,不足登。"张缙彦与张贲认为作宁古台、宁公台或宁古塔均可,因为"公、古;台、塔,土音同也",即宁公或宁古均为六之意。但二人在解释台(即塔)含义时,却与上述说法不同。他们认为一种可能因当地称山为台,另一种可能因其"山形如台",所以宁公台(即宁古塔)是六人居住之山或六人居住之台之意。基于此,张贲咏宁古台诗有"皇古有六人,聚族兹台住"之句。

综上所述,满语宁古,或作宁公(个别者作灵古),均是同名异译,是汉语六的意思。在这一点上,他们并无异辞。分歧较大的是第三字,或作塔,或作台或特。其实,此三字声母相同,发音相近,是同字异译,本无不同,仅含义或作个,或作坐,或作山,或谓其形如台而已。但不论如何,在六人同处(居或坐)此山这一点上,他们基本无异议。这样,宁古塔最初是山(即今龙头山)名,则不容置疑。后来正是由这一山名相继演变成宁古塔城(旧、新二城)城名、姓氏名与官职名。

既然如此,宁古塔怎样由山名演变成宁古塔城这一地名的呢?

顺治十八年(1661)与康熙九年(1670),张缙彦与张贲二人分别流放到宁古塔时,"听老人言,百年以前,(宁古台山)上有居民数家,后移台西三四里平壤以居,今城(指宁古塔旧城,今海林旧街)因之"。这表明宁古塔旧城之形成,是建立在宁古塔山上数家居民迁居该地基础之上。该城既然仍名宁古塔城,自然城名也是因袭宁古塔山名。

宁古塔城之建筑,据载是后金政权时由宁古塔备御吴巴海监造的。该城建成后，成为宁古塔驻防官的驻地，顺治初至康熙五年(1666)年间，是宁古塔总管、将军及宁古塔副都统驻地。该城以石垒成，“高一丈余”，方圆二里(一作一里许)，仅东西各开一门，“以通往来”。因是“垒石成城”，所以又称石城，为了区别于后来改迁的新城，故又称旧城。总管及其后升改的将军等衙门设于其内。石城外是“树短柴栅”，周三里，辟有四门。此即外城，亦即木城。顺治十一年(1654)时，“木城颇小，城内外仅三百家”。十五年时，已是“城高池深，人民繁庶，畜产遍野，耕农之地在城外十里”。当然，就中原人士看来，这种“繁庶”，仍是“荒陋”。十六年随其父方拱乾流放来的方孝标见该城“垒石为城，树柴为郭”，有诗咏该城荒陋景象。内云：

女墙依草舍，垒石傍山岑。
两月无人眼，经过逐客心。

石城“三面皆山，北面临河”。该河(即海浪河，时称柳河)每至秋季，“百川交集，澎湃涌激”，城北常患水灾。而城西又“野潦千倾，漂没民舍”，居民“苦之”。为避水患，当时的宁古塔将军巴海奏请清廷批准，于康熙五年四月，在距此城东南六十余里的今宁安建筑新城。数月之后，“比屋可数”，然后迁城。新城又经一二年的营建，渐趋完善。“新城建，旧城遂废，人呼之为旧街上”。

据载，新城两重，内为木城，周二里许，东西南各一门，为将军衙门居地。外为土城，周八里(一作十里)，四面有门。而且“四面皆山”，牡丹江绕其南。张贲曾有咏新城之诗云：

木寨群山拱，千家草屋同。
衣冠都朴野，天地自洪蒙。

康熙二十八年(1689)来此省视其父杨越的杨宾也有一诗咏新城云:

石砬围平野,河流抱浅沙。
土城唯半壁,茅屋有千家。

宁古塔这一名称出现后,又成为姓氏名称。当地大姓氏之一有宁古塔氏,民国后此姓多改姓刘或宁。今传世的《宁古塔氏族谱》一书,正反映了这一姓氏族人的历史沿革。

由上可见,宁古塔已从山名演变为旧、新二城地名与姓氏名。事实不仅如此,后来又演变成官名。

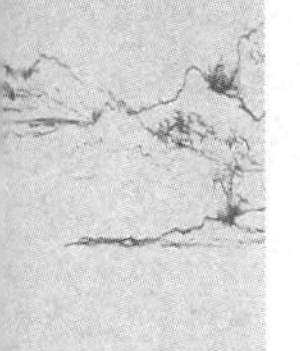

如前所述,清朝建立前,宁古塔旧城已成为后金政权备御驻防之地。顺治元年(1644),清军入关,定都北京,以盛京为留都,设立盛京内大臣(后陆续改称总管、将军)统辖整个东北。至顺治十年,清廷新设宁古塔总管,将盛京总管所辖之松花江、乌苏里江及库页岛、乌第河等处划归其管辖。至康熙元年(1662)又改宁古塔总管为将军,与盛京将军分管东北地区。康熙十五年(1676)始将宁古塔将军迁至吉林(但改为吉林将军却是乾隆年间事),留宁古塔副都统镇守宁古塔地区。

宁古塔将军与副都统之所以在官职前冠以宁古塔字样,显然是官以地得名。

宁古塔山,方拱乾认为"如陂陀,不足登",只不过谓其矮小、坡度缓而易于攀登而已,并非谓攀登之后无佳景可挹。其实,顺治十八年九月初四日,方氏就曾与张缙彦等 17 人共登此山,饮酒赋诗,至夜而返。当日,方拱乾写有三首诗,张缙彦也写有《游宁古台记》一文,以记其事。此外,张缙彦还有《宁古台》一文,为此山作传。这些诗文,使此山为世人所知而垂不朽,二人可谓是有功于宁古塔山水之人。而此次诗人雅集也正成为黑龙江诗史上的佳话。至同年

十一月,方拱乾因被赦归,于启程时写有《宁古别》诗,其三即咏宁古台。诗云:

天黄日淡压平岗,浪博台名落大荒。
偃蹇三年才一上,望乡人已得还乡。

此诗虽谓“浪博台名”(实谓此山非台而以台称),但仍有未能多登为憾之意。

此山虽小,但由于“四面空旷,不与众山为伍”,大荒独立,浑圆挺拔。其西北面“石壁磊落,突者为阜,罅者为坎”,奇形怪状,千变万化,引人入胜。尤其是柳河(今海浪河)流经其北与西北,“激石成韵,俯之可听”,“以助秀气”,更为景色绝佳,风物宜人。

当时的流人中文士多有登临之作,除上述张氏与方氏外,可以考见者还有祁班孙、吴兆骞与张贲之诗。现录吴兆骞《自密将夜归登旧宁古台》诗,以结束本文。诗云:

清霜十里度烟峦,月迥荒台立马看。
紫塞清秋增旷莽,绛河遥夜动波澜。
心随候雁乡关远,泪入征笳道路难。
肌力自怜乘障久,无夜不复讶边寒。

此诗反映了作者自密将山夜归行经宁古台时的所见所感。首联咏月下停马遥望荒台,颔联咏登台远望紫塞与银河(即绛河)之景象,颈联咏思乡,尾联系自伤。

载李兴盛《塞月边风录》

放雉崖轶闻

重九登高，这是我国民间流传已久的习俗，乘登高之际，饮酒赋诗，更是文人们的雅兴。清初流放到宁古塔地区（将军治所在今黑龙江海林，后移宁安）的流人中文士，也不例外。放雉崖就是这些流人重九登高中一段轶闻遗事的产物，而此事却是由张缙彦发起的。

张缙彦，字坦公，河南新乡人，明崇祯末年曾任过兵部尚书，入清又任布政使等要职。他工于诗文，性喜山水，顺治十八年（1661）四月因事流放到宁古塔后，虽处逆境，但仍然雅兴不减，与其他流人如方拱乾、吴兆骞等人诗酒唱和，过从甚密。尤其是与方氏“朝夕相对，欢若一家”。到了该年九月初，他又约方拱乾等人于初九日去城东的宁古台（今海林旧街镇龙头山）登高宴饮。

方拱乾与缙彦曾同官于朝，本是旧交，任过少詹事等职。工诗文，少负文誉，是后来文坛桐城派鼻祖方苞的从曾祖。因顺治十四年科场案牵累而被流放，于十六年七月来到戍所，至十八年九月初，已在塞外度过了两个重阳节，对塞外的气候特点深有了解。作为文人，他也有重九登高的愿望，但十六年九月初，数日大雪，“积雪堆十尺”，初九日自然无法登高了。十七年九月初，虽然没有大风雪，但由于气候突然变冷，“先封八月冰”，天寒路滑，因此初九日的登高之愿也没有落实。现在，听了张缙彦的邀请，不无忧虑地说道：“穷边寒暑，我固知之，恐至期寒冽，有碍登临。”因此劝他观察几天，再做决定。

至初四日，张缙彦发现天气稍微晴和，赶紧邀拱乾父子五人及其他流人提前登高。方拱乾自从流放以来,塞外的九月往往风雪阴霾,因此已有三年没有登高,实在有负专供登山之用的木屐。现在天空带有轻霜的今日,要提前登高,预饮重阳之酒,怎不高兴。所以闻缙彦之约,不禁“大喜”。这时志同道合者十八人,各自携带酒肴,乘马而出。他们穿过城东,直奔宁古台。这正如方拱乾之诗所云:

霾沙久负三年屐,霜昼先赊九日杯。
杖藜策马倾城出,强拟高阳醉一回。

宁古台,又称宁公台,在城东约五里处,虽然是座小山,没有峻险奇峰,但是由于“绝水独倚,四面空旷,不与众山为伍”,而此山西北、北部又有海浪河(当时称柳河)滔滔的溪水流经其下,以助秀气,因此也是景色绝佳,风物宜人。

他们出城之后,远远望去,只见宁古台象一座浑圆的穹庐(蒙古包),孤零零地矗立在空旷的原野之上。来到台下,却见“岩回波绕”,水流汹涌,“激石成声”。他们从山势最为平缓、可以骑马而上的东北部登上山顶,纵目远眺,“天风飕飕,迥然有尘外之思”。于是把马系好,披荆斩棘,烧起蓬草,安置酒肴,“分曹(分好班次)竞饮”。又谈古论今,吟诗作赋,忘记了人世的烦恼与遭遇的凄苦,忘记了一切。他们之中有一个人喜欢打猎,恰好有一只雉受到惊吓,落在众人的面前,该人举网将其捕获。方拱乾信奉佛教,不喜杀生,见状“恻然”。

众人饮到夕阳西下之际,均已酩酊大醉,仍“徜徉忘返”,于是又都起身,散步水边。只见此山西北濒河之处,绝壁峭立,奇形怪状,“河水湾环,山石荦确,出于清波”。有人挽起衣袖,拍拂着清溪的寒水,有人将酒浸入溪中,引以为乐。由于众人的响声,惊动溪中游鱼冲沙而跃。他们又“坐石临流,为牛马之饮,酒行无算”。这时,方拱乾将友人捕到的那只雉拿到西北崖上偷偷放掉,雉啼鸣着度岭飞去，拱乾把此悬崖，命名为放雉崖，“志不忘也”。当日方拱乾有诗咏及此事。内云：

鱼惊众响冲沙跃，雉脱轻罗度岭啼。

当时，清廷已颁布了流人认工赎罪例（即认修京师的某项工程以赎罪，即可赦还其人的条例），而方氏家属也申报了认修前门城楼工程，并得到清廷认可，因此大家已知道了方氏就要赦还的消息。这时，张缙彦对方拱乾道：“古人云‘登山临水送将归’。请借这次盛会，为君饯行，可以吗？”拱乾表示感谢，于是众人以《登山临水送将归》为题，“各随意以赋”，其中拱乾即席写了七古长诗。内云：

山水不关客行止，客心夙尚惟山水。
投荒兀兀罢跻攀，坐负城南山水美。
水何清兮山何业？居且相负况当别。
山水有知空怜客，客亦为尔长太息……
归乎归乎，山水听客歌，客为山水舞。
天风浩浩兮思吾土，振衣高翔兮色欲举。
会当题“送将归”三大字于山之麓、溪之浒，
俾后代前朝认今古。

众人听了，一种思乡之情油然而生，不禁泫然久之。不久，又化悲为喜，饮酒赋诗。等到归去时，已是“归晚浑忘霜路冷，纤纤月挂马头西”了。

载李兴盛《塞月边风录》

泼雪泉与吼瀑泉

在宁安县城西三里许西山(一作吉陵)下大石桥北有一泉。泉水从山坎旁涌出,细流涓涓,“清湛可鉴毛发”,“冬日不结冰,凌冰破雪”,直入牡丹江。民国十三年(1924)县知事王世选在为重修的大石桥撰碑记时指出,此泉“流清味甘,不让于江南诸大名泉”,并在《泉铭》中写道:“泉名泼雪,近接石梁。澄清可鉴,甘润诗肠。凝冬不冻,千古流长。”近山摩崖石壁上,中有“泼雪泉”三个大字,右行小字为“泉在山之右”,左行小字为“岁次己酉帅奋勒石”,又左为“河朔张缙彦题”。

张缙彦(1599—1670),字坦公,原字濂源,号菉居先生,又号大隐、筏喻道人、外方子。河南新乡人。明崇祯十六年(1643)官至兵部尚书。顺治三年(1646)降清,后历任山东右布政使、浙江左布政使、工部右侍郎等职。十七年(1660)十一月以事被判处流放宁古塔。次年至戍所,康熙九年十月十四日(1670)卒于该地。有黑龙江第一部散文集《域外集》,另有《宁古塔山水记》等。缙彦工诗文,被吴兆骞誉为“河朔英灵,而有江左风味”。康熙四年,由他发起并召集,成立了包括吴兆骞、钱威、姚其章等七名流人在内的黑龙江第一个诗社——七子之会(亦名七子诗会)。他又性喜山水,出塞后,鉴于塞外山水,“询之土人,皆不能名”,因此于登山临水之际,作了许多实地考察,为宁古塔的一些山水撰有专文。或记其源流、胜迹,或载其物产、风俗,而无名的山水,“姑以其地,以其里,以其所居人姓氏名之”,从而撰写成了黑龙江地区第一部山水记与第一部地名学专著——《宁古塔山水记》。如至今尚在流传的泼雪泉与洞山，就是由张缙彦命名的。

提起泼雪泉的命名，还有一段轶事。

此泉原来并不为人所知，康熙五六年，宁古塔将军治所自旧城（今海林）迁至新城（今宁安）后，在一个冬月，土人饮马时发现了它。张缙彦听到此消息后，亲自作了考察。发现这里水石幽寂，曲径繁荫，“眼界一开”。“此泉方不过三四尺，深可容膝，自山坎旁出”，与杭州的龙井颇为相似，所不同者，只是没有游鱼出没其中。由于“水泉冬燠，土气所蒸”，所以“冬夏不涸”。只见它“凌冰破雪，涓涓之流，直达长河”，有如一道长长泼出的雪痕，因此为之命名泼雪泉，并于康熙八年八月请匠人帅奋在此泉附近摩崖壁上勒石。此后，泼雪泉成为流放文人修禊宴饮之地。如康熙十三年（1674）九月初九重阳节，前御史陈志纪（字雁群），就曾招同钱威（字德惟）、吴兆骞（字汉槎）诸人游泼雪泉，并登高赋诗。事后志纪将自己的诗作寄给流放吉林乌喇（今吉林市）的友人张贲（行实详见下），张贲读后，曾赋《九日陈太史雁群在宁古招同德惟、汉槎诸子游泼雪泉登高有诗见寄奉答》诗。诗云：

重阳绝漠兴难违，千里遥同胜事稀。
岭护白云留几席，泉飞泼雪溅珠玑。
寻花无地栽黄菊，送酒何人是白衣？
尔我茱萸愁遍插，明年此会几人归。

后来吴兆骞赦归京师时，友人陆元辅赋诗欢迎，内有“曾序雪泉修禊事，流觞谁与弄潺湲”句，就是指这类事而言。

先是，康熙九年秋，张贲也因事流放至宁古塔。张贲，字绣虎，浙江钱塘人。少有才名，长游四方，“交游半天下”。他被遣戍到宁古塔，仅居有三年多，约康熙十二年春夏之交又改发至吉林乌喇，并卒于该地。他初至宁古塔，与张缙彦有过一段过从甚密的友谊。不久（十月十四日），缙彦病卒，他又曾赋诗怀念。这一点，有其《忆新乡公（指张缙彦）同杨大友声》二诗为证。该诗内云："绝塞饶风雅，输君逸兴多。寻山时共往，玩月夜相过。"既表明在"风雅"、"逸兴"方面的不如对方，又反映了二人寻山、玩月过从甚密的友谊。该诗又云："斯人竟寂寞，吾辈合蹉跎。"对张缙彦的死，表示了无限的惋惜。

后来，他也曾到西山游赏，走到西乘寺之西，只见"山形绵亘"，其南"石壁阴岩，烟雾凝覆"。其右数步之远，果然有泉水自石隙中涌出，"清流涓涓，冬夏不涸，严寒冱雪，泉流自若"，有如乱玉飞花，倾珠滴露，忽然想起杜甫诗句"风磴吹阴雪，云门吼瀑泉"，觉得诗中所咏的意境与此相似，因此决定更名吼瀑泉，并赋诗咏之。其《吼瀑泉》诗诗序如下：

西乘寺西岩，有泉出石隙间。其流涓涓，遇雪不冰。伧父题曰泼雪，余更名曰吼瀑泉，取杜诗"风磴吹阴雪，云门吼瀑泉"之意，因赠以诗。

其诗云：

西寺西偏胜，涓涓吼瀑泉。
阴崖流石隙，坼地到江边。
玉乱飞花碎，珠倾滴露圆。
莫教牵犊饮，欹枕伴高眠。

在这里，有一点实不可理解。如前所述，他与张缙彦存有数月过从甚密的友谊，为什么又于缙彦卒后讥讽其为伧父（粗野鄙贱之人）？如果说他并不知晓泼雪是由缙彦命名的，也不可能，因为缙彦

的勒石题字就在泉边，何况他与缙彦有过数月的密切交往对其深有了解呢？这样一段历史疑案是非曲直有待后人解决。

平心而论，泼雪与吼瀑，各有千秋。吼瀑状其“声”，泼雪绘其“色”，二者取的角度不同，但都具有诗情画意，泼雪历历如绘，吼瀑如闻其声。不过张贲既认为该泉声音如吼，又谓其流涓涓，未免自相矛盾。

后来，泼雪泉一名流传至今，并已载入志书，但吼瀑泉一名却已不为人所知。

附记：

本文原以《泼雪泉与吼瀑泉及其他》为名刊发在《黑龙江文物丛刊》1983 年第 3 期，后经修订，载《黑水十三篇》，今复经修订，改刊于此。

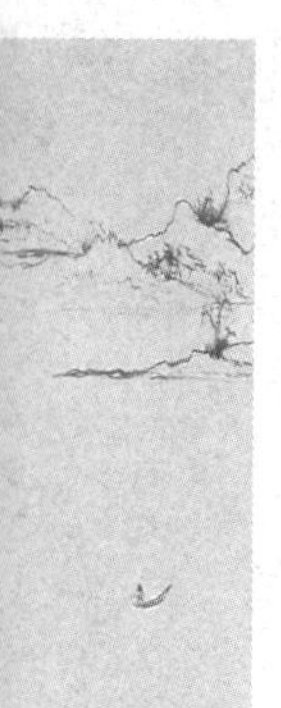

附录：

泼雪泉

张缙彦

山水记，记山也，水无可记。记水者，皆江河所经，山势迫之，便为奇胜。若水帘喷玉，悬流飞瀑，塞外绝少。新城迤西，离郭才数武，山下出泉，清湛可鉴毛发。土人冬月饮马得之，都统命缁流建刹山上。石路委折，以叠石为级，如下垂然。泉在山之趾，山平衍，无可取。由山上入，即辽沈大道，轮蹄嚣杂。由山下入，则水石幽□，仄径繁荫，眼界一开。盖河山夹道，阔不过半里，人兽罕至，乱石相交，大者如立，踞者如蹲，伏者如眠，昂者如骞，峻者如攫。且有如舂、如几、如枅、如蒲团之形，游人坐卧憩息甚适焉。山半有洞，二三人可坐而饮。有小溪三,其二亦自为一泉,然细而易涸,冬则结冻。此泉方不过三四尺,深可容膝,自山坎旁出,沙青河碧,与越之龙井相似,但无小鳞数尾,出没其中□□异让之。崖岸多杏花、□桃、异□,琪花如石竹,蛾眉、□山所不生者。盖水泉冬燠,土气所蒸,故能凌冰破雪,涓涓之流,直达长河,名之曰泼雪泉,盖不诬云。余尝览山之高大者如岱岳、太华,其莲花、玉女诸泉,皆在山顶为湫池,而邹峄之莱□南山势次之,其泉皆在半山为瀑布,而泉之在山下者,率皆平冈小阜。天地之气,地灵各异。余闻长白山最大,上有池,方数百里,惜未及见,而山下出泉,塞外绝少。荒山燥土,举目黄沙,故泼雪一泉,亦北地之莲花、玉女,南方之惠泉、龙井也,有心者不可不日涉以成趣。

录自《宁古塔山水记》

载李兴盛《塞月边风录》

红豆山房与咏红豆山房诗

清代齐齐哈尔城东南，有一片庵房，非常幽僻，约建于嘉庆初年，开始由侍郎保泰居住，后来保泰离去，将此房赠给一位流放来的文人龚光瓒。

龚光瓒字药林，江苏常州人。约乾隆、嘉庆之交流放齐齐哈尔。他善于诗歌，工于书法，以其才华被黑龙江将军永琨所赏识。永琨也喜吟诗，经常与光瓒相唱和，每当吟完一首诗，都要召光瓒誊写，“甚见亲礼”。有一次，永琨曾写给光瓒一诗，诗的最后一联为：“魑魅喜人须著意，等闲莫漫作狂吟。”此诗寓有“垂戒之意”。据此看来，光瓒应是以文字获罪而被流放。

光瓒初戍齐齐哈尔，其妾生一子，小名宝宝，“聪慧嗜读书”，七岁时就能读《易》。将军那启泰（永琨的后任）经常派人将他背入邸中，命他讲解《易》的大义。他见所居院落有野草一丛，秋季结有红豆，偶尔吟了一首绝句：

秋光凝白露，寒影入黄花。
红豆山房里，江南处士家。

不久他竟然殇逝，年仅九岁。

嘉庆十一年（1806）秋，前大学士云贵总督鄂尔泰之曾孙西清来黑龙江任银库主事，恰值龚氏赦归，于是西清得以居住此房。他见这里秋草所结之豆红艳可爱，又听说龚宝曾咏之以诗，于是就给此房起名为“红豆山房”。

又过了十余年，至嘉庆二十二年（1817），原浙江龙溪县知县朱履中以事流放至齐齐哈尔。在这里他写有咏龙江风光、景物、古迹、民俗之绝句，共105首，为《龙江百五抄》，亦名《龙江杂咏》。其中有一首是咏红豆山房之诗。

诗云：

红豆山房迁客栖，花开蝶恋两相依。
春残花落蝶飞去，人对落花尚未归。

本诗通过对红豆山房人事与景物对比之描写，抒发了作者触物思归的感情。

前一联是咏过去。一开始就点明此山房系为迁客所栖居之地。其中的迁客是指龚光瓒与西清。接着以花开、蝶恋，点明山房之幽雅僻静。其中的“相依”，表面看是指花与蝶之相依，其实也暗寓花、蝶与山房相依，与迁客相依。唐诗云：“红豆生南国，春来发几枝。愿君多采撷，此物最相思。”红豆又称相思子，是思恋的象征。山房野草之豆，虽非红豆，但其圆润红艳，又极象红豆，所以这里的红豆也会引起人们的相思。总之，红豆与迁客之相伴，花与蝶之相依，突出了山房景物之幽雅僻静。

后一联是咏现在。现在虽然山房依旧，但景物全异，人事已非。作者用了“春残”、“花落”、“蝶飞去”，既点明了山房的凄清冷落，也暗寓迁客的相继离去。最后一句的“未归人”，显然是作者自谓。作者此时刚刚流放到这里，面对着山房的凄清冷落，缅怀前人居此的轶闻与已归去的现实，不能不联想到自己尚未归去。“人对落花尚未归”，虽然表面很平淡，但作者思归及归而不得的感慨，却跃然纸上。

总之，此诗通过人事（迁客之归与己之未归）、景物（山房昔日之幽雅僻静与今日之凄凉冷落)之对比,将作者思归的感情委婉含蓄地表达了出来。

载李兴盛《塞月边风录》

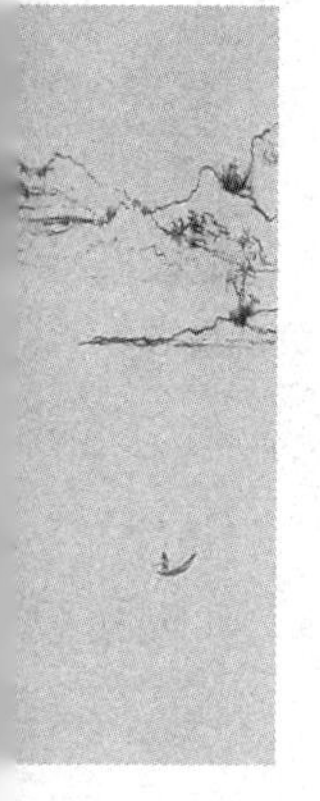

异鸟黄豆瓣儿

觱篥吹飞八月霜，羁愁客思正茫茫。
忽闻鸟语归心急，塞马犹知恋故乡。

〔清〕张光藻《咏黄豆瓣儿》诗

清代的呼伦贝尔与布特哈地区，是一片广漠无垠的大草原。每当秋高气爽，在蓝天白云之下，绿野青山之上，牧放着的群马，有的在清溪之畔饮水，有的在山坡之下啮草，有的在绿茵上打滚，有的在黄沙中驰骋，也有的在追逐着野兽……突然，远处传来了一阵奇异的鸟啼声，群马立即停止了各自的活动，始而摒息谛听，昂首观望，继而意绪缭乱，垂头生哀。这声音，像衰老的母亲在呼唤着远方游子归来，像月下呜咽的箫声断断续续地悠然远去，……群马听着听着，一种思归之感，使之变得烦躁不安起来，鼻吐粗气，四蹄腾踏，跃跃欲驰。最后，在一片萧萧长嘶中，挣断束缚在身上的靰绳，纷纷向自己主人的家中风驰电掣般狂奔而去。

这种景象，在清代中叶的呼伦贝尔草原是时有发生的。

这种对马具有特殊魅力的鸟，就是黄豆瓣儿。

黄豆瓣儿，当地索伦语称为达克登郭尔，由于它全身漆黑，仅在胸部呈现一片黄色，有如黄豆的瓣儿，以此得名。

黄豆瓣儿，"朝食草子暮草栖"，有时也止宿在人家的屋角，终日惶惶不安，"飞飞高高复飞下"。每到秋季，就奋羽长啼，"一声两声乌夜怨，三声四声马肠断"，群乌听了夜惊生怨，群马听了则肠断思归。江南的杜鹃鸟的啼声，能够使人怀乡，而黄豆瓣儿，啼声凄凉哀婉，却能使马恋旧思归，真是无独有偶。据载，呼伦贝尔与布特哈的马，不论是外出打围，或者是寄养他处，只要是在秋季里，听到黄豆瓣儿的啼声，就立刻“垂头不食”，“腾踔思归”，“圉人莫能制”，而且“防之不严，绝靮而去”，奔回主人之家。去时“蓦山越涧，弗复循故道”。在这种情况下，自然围就打不成了。

据载：嘉庆初年，黑龙江将军那启泰，有一匹爱马，是仆人从布特哈觅到的。有一天，这匹马听到黄豆瓣儿的啼声，便绝靮而去，仆人们好不容易找到时，发现该马正立在其原来主人穹庐外，凄凉地长嘶着。仆人们“牵之不动”，用鞭子抽打，“则蹄啮并施，若欲甘心者”。蹄踢口咬，死命相拒，大有“视死如归”的样子。学者西清在谈道此事时，非常感慨地写道：“物类之相感如此！”

黄豆瓣儿，是清代前期黑龙江北部所特有的一种鸟，只限于呼伦贝尔、布特哈及其周围的一片游牧地区。它只见于清代中叶的记载，而不见于清代后期的史籍。嘉庆十三、四年，满洲学者黑龙江银库主事西清，为了写作《黑龙江外记》一书，从事考察时，从父老的传说中得知此一事实，首先写入了《黑龙江外记》。著名流放文人刘凤诰在《黑龙江外记》的代序中，写下了“雀呼黄豆瓣儿，为报赤鬃之欲返”，另外又曾咏之以诗。还有流放至该地的文人程煐及稍晚几年流放来的朱履中，也都曾以诗咏之。到了同治年间，张光藻在读了《黑龙江外记》有关的记载后，也写了一首绝句。此后再也不见于黑龙江地区的历史典籍了，可能这种鸟于清代后期也已绝迹无存了。

据我们掌握的资料，咏黄豆瓣儿之诗共五首，现将这五首咏黄豆瓣儿鸟之诗歌（张光藻者除外）附录于后，以结束本文。

黄豆瓣儿曲

程煐

山鸟人呼黄豆瓣，斑马闻声意撩乱。

鸟亦不知何所言，马亦不知何所恋。
得非红豆相思种，化作金衣啼别怨？
一声两声出云霄，万里骁腾气不骄。
回头却依北风立，欲行不行鸣萧萧。
偶疏羁靮辄返走，逸不能止求其曹。
群不见，望帝思归深箐黑，
蜀道如天啼血碧。
又不见，黄陵花落暮春时，
烟水茫茫行不得。
猗嗟此鸟奋其羽，一片乡思作乡语。
脱缰原无恋栈心，竹批双耳垂难举。
物犹如此人何堪？笑我尫隤卧边土。
伤心越鸟旧南枝，岂不怀归身久羁。
为语尔鸟阏尔音，我今欲行安所之？

黄豆瓣儿曲

刘凤诰

布特哈市良马，每七八月间，闻黄豆瓣儿声，辄嘶鸣不食，圉人莫能制。其去也，绝靮而驰，蓦山越涧，弗复循故道。迹者至，虽强之归，无如何也。黄豆瓣儿，身黑色，臆黄。索伦语，达克登郭尔。

豆瓣儿，飞复飞，朝食草子暮草栖。
飞飞高高复飞下，王孙挟弹不得射。
豆瓣儿，乐莫乐，人家燕雀工处幕。
汝独仓黄止屋角，纥干山头风雨恶。
豆瓣儿，何处啼，啼复啼时时可悲。
一声两声鸟夜怨，三声四声马肠断。

不愿络黄金勒，亦不愿守苜蓿肥，
但愿主人视我鸱鸢啄疮肉，
忍为牧厮厩卒日夕相嘲箠。
吁嗟乎！豆瓣儿。

北征二百十首·咏黄豆瓣儿

刘凤诰

黄雀饱野粟，惊呼热中肠。
马嘶思故枥，鸟影度寒塘。
所向无空阔，追踪恨淼茫。
唤人看騕袅，吾亦离殊方。
（布特哈诸城市马，每秋至，闻黄豆瓣儿雀声，辄驰归故处。）

龙江杂咏·咏黄豆瓣儿

朱履中

绝尘良骥自生威，白草粘天去打围。
黄豆瓣儿一声出，可怜绝靮又思归。
（呼伦贝尔、布特哈马养于他处，秋日闻黄豆瓣儿鸟声，辄腾踔思归，防之不严，脱靮而去。）

载李兴盛《塞月边风录》

王干哥鸟

康熙五十二年(1713),工部都水司主事方登峄因受到震惊全国的文字狱《南山集》案牵连,全家被流放到卜魁(今齐齐哈尔市),雍正初年卒于该地。

一个夜间,他僵卧茅屋,四顾茫然,百感交集。突然,一阵奇异的鸟鸣声自远而近。鸟声悲凉,像在哀切地呼唤着一个人的名字:"王干哥!王干哥……"

王干哥鸟,因为它喜食人参籽,而且其飞鸣处必有人参,所以被称为参雀。又因人参俗呼棒棰,所以王干哥鸟又被称为棒棰雀。至于它的形状与颜色,各书所载不一,或谓"身小色黄",或谓"毛灰褐",或谓"大与鸽等……身有蓝黑花纹"。但它"自春徂秋,彻夜哀鸣",则无异词。

方登峄观察了多日,每天半夜都能听到这种鸟的哀鸣。当他将此事讲给当地父老们时,他们向他讲述了一个古老而悲凉的传说。

很久以前,东北就已成为人参的故乡。关内的农民每年不下万余人,流入关外,从事采参。

有一年,一个叫王干哥的人,为饥寒所迫,与几位义气相投的伙伴也入山采参。一天,太阳快落山时,王干哥突然不见了。大家知道,采参者一旦走失,凶多吉少,不是死于饥寒,就是葬身虎口。他们大声高呼着王干哥的名字。其中一个与王干哥死生相托的人,疯狂地奔向阴森森的山林,无边的夜色吞噬了他的身影,他一去不返。

以后当地人们发现一只鸟,每天至夜间,就千百声地呼唤着"王干哥"的名字,"哀切不忍闻"。当它飞到人参最盛处,就绕参三匝,哀鸣不止。采参人循着它的啼声,必然能发现三椏五叶,甚至四椏五叶的名贵人参。

据说这只鸟就是王干哥那位朋友所化。

为了纪念这位忠于友谊的人,人们便称它为"王干哥鸟"。

方登峄为这个悲惨的传说所感动,写下了《王干哥》古乐府诗一首。诗云:

王干哥,山之阿。王干哥,江之沱。
叫尔三更口流血,草长树密风雨多。
生同来,死同归。尔何依?我不忍先飞。
但愿世间朋友都似我,同生同死无不可。

这个传说与这首诗,反映了作者对采参人艰苦与不幸的深切同情及对友谊的呼唤与赞美①。

载李兴盛《塞月边风录》

① 本传说,据诗序之意,似乎谓某人偕友入山采参,与伙伴相失,遂呼唤其伙伴中友人王干哥之名,至死而化成鸟。但据诗中"尔何依?我不忍先飞"句,该人既与伙伴相失,不可能谓自己无依无靠。可见必然是伙伴中人因某人(即王干哥)走失无依,才呼唤该人名字至死而化成鸟。本文就是据后者之意改写。此外,王干哥的故事流传很广,但各地之传说尽管大同,却多小异。

黑龙江第一个诗社“七子诗会”

黑龙江虽然由于地处边陲，文化较中原落后，但是自唐宋以来，也产生过一些诗人、诗作与诗社，而第一个诗社“七子诗会”产生于清初的宁古塔旧城（今海林），是由著名流人张缙彦发起并建立的。

张缙彦，字坦公，河南新乡人。明崇祯末年官至兵部尚书，入清至布政使、工部侍郎。当时，在清廷内部的南北党争中，他与北党党魁大学士刘正宗关系很近。顺治十七年（1660）刘正宗失势被劾，缙彦也被言官所劾，说他为刘正宗诗集做的序言中有“将明之才”之句，是“词诡谲而心叵测”。其实缙彦只不过借此将正宗比喻成周宣王时的大臣仲山甫（语出《诗经》），并无叵测与诡谲之处。不久有人又弹劾他任浙江布政使时，为戏曲家李渔出资刊刻《无声戏》二集一书，在序中“诡称为不死英雄，以煽惑人心”，因此被流放宁古塔。

他工诗，出塞前有《依水园诗集》传世。至戍所后，仍留连诗酒，不废风雅，“坐拥万卷，无刻不以诗文为事”。吴兆骞对他的评价是“河朔英灵，而有江左风味”。康熙四年（1665）夏，缙彦又召集吴兆骞、钱威、姚其章、钱虞仲、钱方叔、钱丹季六人，结七子之会，亦称七子诗会。现将诗社其他六人介绍如下：

吴兆骞（1631—1654），字汉槎，吴江人。江南名士，工诗，江左三凤凰之一。以顺治十四年（1657）丁酉科场案牵连，被人中伤，负屈远戍。他是诗社主要成员。其诗如“营开千帐月，城压万山霜”、“春声过碛冷，月色到边孤”、“野雾因山尽，春星落塞寒”、“白山冰雪秋将暮，黑水风云昼欲昏”等句，均为风骨遒上，沉雄幽怨，荒凉凄楚，深得塞外苍莽之气，是典型的边塞诗。其诗以咏自然风光、民风土俗及抗俄斗争为主。有《秋笳集》。

钱威，字德惟（惟一作维），吴江人，也以顺治丁酉科场案中“遭谤议流徙塞外”。康熙二十二年（1683）曾归吴江，不知是赦归，还是一度归省。工诗。顺治十八年（1661）五月，方拱乾有《读钱德惟诗喜而答之》诗：“论诗人不易，塞外得钱生。几岁同荼蓼，孤吟惊杜蘅。慧征文字夙，骨带道书清。敢避玄亭问，开门候屐声。”可见亦工诗。吴兆骞对他的评价是“议论雄肆，诗格苍老”，就他流传下来的唯一的一首长诗《送吴汉槎同年南还》来看，确实有此特色。此外曾经为张缙彦的《宁古塔山水记》与《域外集》撰序与评语，其他诗文均轶。

姚其章，字琢之，金陵（今南京市）人。在顺治丁酉科场案中，也是“以时忌，流寓塞外”。平时“不闻说诗”，等到送别友人，或与友人唱和时，“迫而后应”，写出了“寒天笳角鸿声里，绝塞星河雪影中”及“孤城临落日，万木冷秋山”等句，“一座叹以为胜绝”，被张缙彦誉为“此必沉酣于唐人者也”。曾选唐人198人之诗1563首，辑为《唐人诗略》，张缙彦为之序道：“夫荒漠万里，白草高原，哀鸿嘹唳，云山漫漫，此羁人之境也。孝廉（指其章）之性情，以境而变，玄菟城中，白狼河外，高堂遥望，春闺梦断，我独何心，能不悲乎？故揽物兴怀，皆以感慨流连遇之，成此帙也……”指出其章编选此书之原因。吴兆骞评其诗为“如春林翡翠，时炫采色”。曾为张缙彦《域外集》作序。

钱虞仲，名志熙，与其弟方叔、丹季，为归安（今浙江吴兴）钱价人之弟。钱价人，字瞻伯，其父、祖均为明吏，“家世华朊”。瞻伯少工文词，与虞仲等三人，“并以诗名”，经常在一起“刻烛联句”，被诗人魏耕誉为四皇甫（明代诗人皇甫冲与弟涍、汸、濂并称皇甫四杰）。瞻伯为魏耕、祁班孙反清集团成员，顺治十六年（1659）郑成功、张煌言等海上武装进攻长江，兵围金陵，就是采用魏耕上书所献之策的结果。不久郑成功兵败东归，清廷大兴“通海”案，魏耕等人均被捕。

康熙元年(1662)魏耕、瞻伯等被害,祁班孙与虞仲、方叔、丹季等被流放宁古塔。瞻伯与吴兆骞为旧交,估计虞仲也可能与之相识。虞仲年少工诗,因此魏耕曾谓:"虞仲英姿磊砢,皎皎若仙,不愧王、谢家风。"又赠诗有"君复才华正妙年"与"海内词人谁崛起?天涯兄弟正堪怜"之句。

虞仲兄弟至戍所后,与吴兆骞交往颇密,其诗被吴兆骞誉为"才笔特妙",可惜已全部失传,仅虞仲为张缙彦《宁古塔山水记》所作一序传世。

钱虞仲约卒于康熙六年(1667),至于方叔、丹季的结局,清代文人杨凤苞曾据吴兆骞寄顾贞观之书信有"小者(指方叔、丹季)复为濮阳之匿"语,断定可能"逃归",当得其实。

当时,他们七人规定每月集会三次,然后分派题目,限定诗韵,吟诗作赋。后来"以戍役分携,此会遂罢"。虽然由于文献无征,社集之诗未能流传下来,但作为黑龙江第一个诗社,七子诗会毕竟是黑龙江诗坛大事,对牡丹江地区的诗词创作活动,不能不产生一定的影响。因此民国《宁安县志》编者道:"宁安人物向以武功显,其以文学传者良鲜……然就近古以观,其惟有清顺康吴兆骞等辈谪戍到此,为文化之先导欤?"

载李兴盛《塞月边风录》

黑龙江第一部诗集及其搜寻记

在数千年的历史长河中,黑龙江地区的少数民族及以汉族为主体的各种流寓者(尤其是流人)中文士,肯定会创作许多诗歌,编辑许多诗集。但由于自然或人事方面等原因,这些诗集多未保存下来,而流传下来的为数不多的诗集所收诗歌又多数不是写于黑龙江。就所收诗歌全部写于黑龙江来看,黑龙江现存第一部诗集为《何陋居集》。

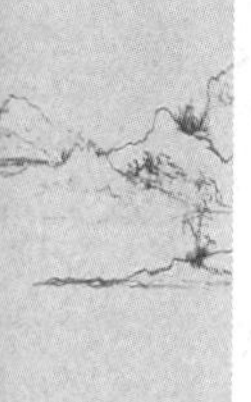

《何陋居集》,方拱乾撰。

方拱乾(1596—1666),初名策若,字肃之,号坦庵等,晚号甦庵。安徽桐城人。明末清初著名诗人、书法家。少颖悟,"弱冠负文誉"。崇祯元年(1628)进士。在明、清两朝,均曾官至少詹事。因顺治十四年(1657)科场案牵累而被流放。十六年闰三月出关,七月抵宁古塔(今黑龙江海林),十八年十月被赦归,十一月离开戍所。

方拱乾"平生酷好为诗",虽处流放之逆境,仍然"无一日辍吟咏"。流放前已有《白门》、《铁鞋》、《裕斋》等诗集。赦归途中与归后,又有《甦庵集》与《宁古塔志》。从出关至离开宁古塔,"凡一千日,得诗九百五十一首",平均几乎每天一首,数量之多实在惊人。他仿效明代大儒王守仁流放贵州龙场驿时筑何陋轩的轶事,既名其居室为何陋居,又将这九百余首诗编为诗集命名为《何陋居集》。"何陋居"系引自孔子之语:"君子居之,何陋之有。"方氏引用此语,反映了其随遇而安的恬淡襟怀。

这部诗集所咏多为塞外山川景色、民风土俗、流人的生活及心态,具有补史之阙或与其他史籍互相印证的作用,由于是作者所见所闻或亲身所历的第一手史料，本书具有很高的史料价值。唐代渤海国上京遗址、明代奴儿干都司永宁寺碑、清初黑龙江军民抗击沙俄斗争等历史遗迹或事件，在清代文献中首次得到反映的当推此书。方氏写有《古城行》、《游东京旧址》、《东京叹》等长诗，是作者对上京城遗址调查研究的实录；《海上凯歌》是咏顺治十七年当年宁古塔总管巴海大败沙俄侵略者于松花江口之大捷；《宁古塔杂诗》有一首云："闻说龙江口，星罗十二城。人迷石上字，鱼伴海边兵。"这里"龙江口"的"石上字"，显然是指永宁寺碑文而言。另如《鬼妾叹》反映了清初黑龙江人殉（活人殉葬）罪恶风俗犹盛。《河冰行》是咏上元节满族妇女藉卧冰以"脱晦气"的风俗。还有些咏月食、阴晴、树挂等自然现象及咏豆腐、酿酒之作，为黑龙江科技史的研究，提供了很多难得的珍贵素材。至于许多有关流人生活心态写照的诗作，更是生动、形象、具体的第一手资料。

这部诗集还有很高的文学价值。其语言质朴无华而意味隽永，境界安适恬淡而历历如画。《宁古塔杂诗》内云："同来二三子，错落住山樊。风俗随鸡黍，荣华足瓦盆。乌栖柴栅巷，驴背夕阳门。何必愚公谷，枌榆已是村。"恰似一幅田园图画。又如"儿童喜客来，牵马问何之"、"踏溪爱石壁，颓然树下眠"、"日斜衔野渡，景落前山徐"、"细雨绿光浮菜圃，晚烟青笑满花篮"、"归尽牛羊如识面，几家灯火出疏篱"、"烟迷山有路，春到塞无花"、"塞雨添溪色，边风映月颜"等，均显示了作者语言运用的得心应手，炉火纯青。

这部诗集在版本上也是极为珍贵的。此集目前有两种版本，一种是康熙十二年（1673）至五十一年（1712）之间刻本，为著名藏书家刘氏嘉业堂所藏。另一种是康熙初年经方拱乾寓目钤有其印章，并经其二子方亨咸所校于付刊前的写样稿本（此本已残，仅余顺治十六年诗），原为方氏子孙珍藏，咸丰年间始为著名藏书家独山莫氏所得。这两种版本均为海内外孤本，三百余年从未问世（其间乾隆年间还曾列入禁毁书），吉光片羽，弥足可珍。

笔者在研究东北文史,尤其是流人史过程中,方拱乾父子的行实与贡献,越来越引起我的注意,从而产生了寻求其著述的愿望。1984年,就在我寻求而没有头绪之际,中央党校张文玲由于对我已发表的著名诗人吴兆骞的论著,很感兴趣,来信询问有关史实。我复信时请他帮助查阅方氏著述,他复信表示愿助一臂之力。1985年来信告知已查到其下落,有两种各有所缺的版本,均在上海。我闻讯之后,心花怒放,欣喜若狂,立时回信,请他设法,办好此事。但是这样的稀世珍本,想搞到手,谈何容易?收藏者既不让拍胶片,更不让复印,即使前去全部抄写,也是困难重重。在万般无奈的情况下,文玲同志想起了上海一位朋友方承,于是把希望寄托在他的身上。方承同志果然不负所托,不辞劳苦,四处奔走,终于在友人帮助与疏通下,获得了两处图书馆的同意,将全书拍了部分胶片,又抄写了一部分。然后经文玲初点初校及我的复点复校,再将点校后的本子寄往上海,由方承去图书馆,提出该书誉清稿本,仔细复校了一遍。最后寄由我复校,使全书得以编成。此后该书的出版又经历了一段坎坷的道路,至1992年始在黑龙江省教委资助下交由黑龙江教育出版社出版。这部湮没三百余年的珍贵文献,历尽艰辛坎坷,终于被抢救出来,得以重见天日,实在是值得庆幸的!为记述我们三人的友谊,我在该书《后记》结尾写下了下面一段话:

> 我与方承同志至今尚未谋面,与文玲同志也不过有一面之雅,在此之前是素不相识,而且又天南地北,一在上海,一在北京,一在哈尔滨。但是凝聚着我们三人心血的这本诗集,却为我们架起了一座友谊与学术交流的桥梁。它把远在天涯的人的距离拉近了,这不正如古人所说的那样:
>
> 海内存知己,天涯若比邻!
>
> 可惜我们都不是学术界的名人,否则,这岂不是学苑的佳话么?

人们对于地下出土的文物往往很重视，可是对于成书三百三十余年前经作者寓目的、海内外孤本的这部地方文献，却没有给予应有的重视，我很感遗憾！但也有很感意外之事，这就是此书出版后，我国知名学者罗继祖教授竟然发表评论，深予推奖。先生言：

(此书)予读之，蹶然曰：使金静老(即我国著名学者东北史与东北文献研究的开拓者金毓黻字静庵先生)尚在，必拍案叫绝。静老极萦心于明季东北流人诗，尝欲刊剩禅师诗而未果也。今兴盛苦心觅甦庵诗而传之……兴盛与张、方两君于邂逅中相与完成，功不可没……老夫读后为之眼明……(《北方文物》1993年2期)

罗先生的推奖，反映了方氏这部诗集价值之大。

载李兴盛《流寓文化中黑龙江山水名胜与轶闻遗事》

黑龙江流人居室命名逸闻

清代的黑龙江,是全国流人大量集中之地,尤其是宁古塔、卜魁(今齐齐哈尔),更是流人中文士荟萃之处。这些文士,有些人旧习难改,于当差、服役、教书、经商之余,仍然吟诗作赋,著书立说,雅集结社。还有的人为自己的居室或书室,命有雅号。现据我之所知,介绍数人于下。

一、方拱乾及其何陋居

方拱乾(1596—1666),字肃之,号坦庵,晚号甦庵。安徽桐城人。其父大美即为方苞之高祖,可见桐城派渊源所自及拱乾与桐城派之关系。七岁能诗文,“弱冠负文誉”。在明朝与清朝均官至詹事府少詹事。顺治十六年(1659)秋因事流放至宁古塔旧城(今黑龙江海林)后,筑茅屋三间,在墙上开了窗户,窗外种上花、果及蔬菜,“仿王阳明居龙场故事”(其子方孝标语),将居室命名为何陋居。按明代著名唯心主义思想家、阳明学派的创始人王守仁以得罪权贵流放贵州龙场驿后,曾采用孔子之语“君子居之,何陋之有”(《论语》),建筑了何陋轩、君子亭。方拱乾由于仰慕王守仁之为人与学说,因此也加以仿效,将居室命名为何陋居。他有一首诗正是咏此事。诗云:

颜居曰何陋,岂敢拟宣尼。

忆昔阳明子，流离瘴海时。
平生仰止处，传诵谪居诗。
仿佛如相对，高踪良可师。

就是在其何陋居中产生了辑有九百余首诗的黑龙江现存第一部诗集《何陋居集》。

二、方孝标及其铁鹤庵

方孝标（1618—?），名玄成，因避康熙玄烨讳，故以字行，号楼冈，方拱乾长子。顺治三年（1646）举人，六年进士。官至侍读学士。顺治十六年随父流放宁古塔旧城，十八年冬随父赦归。有《钝斋诗选》、《钝斋文选》、《光启堂文集》等。卒后因受《南山集》文字狱牵连，被开棺戮尸，其著作均被禁毁。其写于出塞与宁古塔之诗有数十首传世。

孝标在宁古塔时，"构屋一楹，茅覆之"，命名铁鹤庵。在西、南壁上开了二扇窗户，屋内点燃木柈取暖，"日读《易》其中"。"书声达外，过者或笑之"。在门旁置一槽，喂养了两只高丽牛，用来耕地，借以供养双亲。其《易学十解》就是在铁鹤庵中完成的。

三、方亨咸及其斗室

方亨咸（1620—1681），字吉偶，号邵村，方拱乾第二子。顺治四年（1647）进士，曾官监察御史。工诗，善画。顺治十六年至十八年随其父流放宁古塔旧城。流放后，精神寄托于道教，信奉斗星之神（即斗君）。据其友人吴兆骞载，他"好道之笃，可称第一。每日晨昏拜斗母四十九拜，日诵《斗心咒》一万遍、《玉皇经》三卷，未尝有缺。及遇斗期，则依科礼拜，极其虔敬"。基于此，顺治十八年（1661）五月，他筑了一间小屋，命名斗室。方拱乾有《儿亨辈构小屋以居，兼奉北斗，颜曰斗室，诗以落之》诗二首。其二云：

人幽已近道，况复礼芙蓉。
北极来飞鹤，东头住士龙。
虚明全映火，声静不须钟。
清梵还开径，能容二仲从。

亨咸有《塞外乐府》，其中部分诗，当成于这间斗室之中。

四、张缙彦及其外方庵

张缙彦(1599—1670)，字濂源，号坦公，河南新乡人。明崇祯朝官至兵部尚书，入清，官至布政使等。顺治十八年(1661)因事流放宁古塔旧城，康熙九年十月卒于新城(今宁安)。在戍所写有黑龙江现存第一部山水记与地名学著作《宁古塔山水记》、第一部散文集《域外集》。系为黑龙江山水作传兼命名之第一人。曾经修复过渤海国遗物东京城内的古石佛，为宁安的泼雪泉命名勒石，可称是黑龙江历史文化名人之一。康熙九年，他“结茅为庵”，并将这间茅房命名为外方庵。为了解释命名外方庵的原因，他写了《外方庵记》一文。内云：

中州有一丈人，居嵩山下。嵩山者，《禹贡》外方山也。丈人爱其名，因自号外方子……后以诖误徙塞外，人皆冤之，丈人独自喜，以为远离人境，不复游方以内矣。居十年，丈人年七十余，人老返本，怆然念故乡，乃结茅为庵，名外方庵，曰：“吾久背乡井坟墓，为方以外人，若老死此中，顾名而思，即如葬我外方山下也。”……

由此可见,其命名外方庵之原因有二:其一因其故乡之嵩山,古称外方山,自己又自号外方子;其二因其所流徙之宁古塔为方以外之地,自己也已成“为方以外人”。

张缙彦的《域外集》之初步编辑成书,就是在外方庵中完成的。

五、方登峄及其葆素斋、如是斋

方登峄(1659—?),字凫宗,号屏垢,方孝标之子,由于“自幼继与方兆及为子”,因此有的文献谓系兆及之子。康熙五十二年(1713),因《南山集》文字案牵连,与其子方式济等被流放卜魁(今齐齐哈尔)。登峄原本工诗,在戍所,“虽处绝塞寒天,手一编,终日忘其身之在难也”。后卒于卜魁。卒时一作雍正三年(1725),一作六年。有《垢砚吟》、《葆素斋集》、《如是斋集》等。

登峄初至卜魁,“覆草编茅”,建屋数间,通过扶乩(旧时求神降示的一种问卜术)这种迷信方式,借口仙人赐名,将其居室命名为葆素斋。其《构小室成,适乩降,题以诗,并颜之曰葆素斋》诗四首。其一云:

何地求精舍?茅椽结构新。
一间天外屋,千劫梦中身。
静对诗书老,闲留面目真。
塞尘吹不入,闭户即桃津。

其二云:

扫径儿锄草,编篱手种花。
砌繁春到眼,地净月流沙。
听浪渔人枕,凌风燕子家。

本来无一定，抱膝送年华。

其三云：

筑土前贤室，藏身十八年。
竟能容避世，且不是穷边。
坐冷笳声雨，行萦戍火烟。
巡檐时仰面，犹戴故园天。

由此可见诗人随遇而安的“避世”思想。虽然作者没有解释命名“葆素”之原因，但葆有保全、保持之意，而素有朴素、纯洁之意，则葆素当为保持纯洁之意，从而反映了诗人在“避世”之中洁身自好的美德。

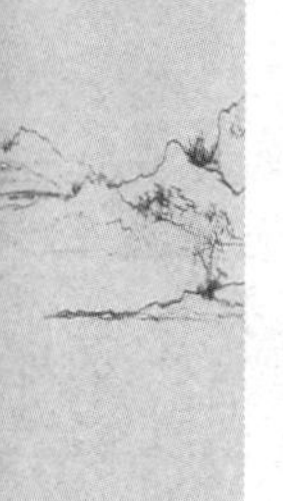

作者的《葆素斋集》、《葆素斋古乐府》、《葆素斋今乐府》均产生于其葆素斋中。

康熙五十六年(1617)二月，其子方式济病卒，登峄悲痛之余，“三年未尝为诗”。至五十九年春，“始葺书室”，改名如是斋。其《颜室曰如是斋，取作如是观之义，戏题长句，自以为效香山体，更以为似棒喝语也，一哂》诗云：

谁教如是俨名斋？如是怡情亦复佳。
低炕颇煨山木暖，高门长见野蒿埋。
诗虽得句何曾琢？字偶成行不用排。
草草万端如是想，青天长挂白云厓。

“如是观”出自佛教典籍《金刚经》：“一切有为法，如梦、幻、泡、影，如露亦如电，应作如是观。”意谓应作这样看法。方登峄将居室命名为如是斋，反映了其从丧子哀痛中摆脱出来的达观思想。

六、陈国瑞及其卧虎居

陈国瑞(1837—1882),字庆云,湖北应城人。幼年为农民军收养,后来投降清军,因镇压捻军有功,历官总兵、提督。光绪二年(1876)因事流放齐齐哈尔。至戍所后,仍然过着奢华生活,“所至必葺馆垣,好陈列,四壁悬名人画帖,烹茶品酒”,名其轩为“卧虎居”。善于悬笔作“虎”字,因将其垂钓之处西泊命名为虎溪,自号虎溪钓客。可见他失势贬谪后,仍然不愿放弃早年“桀傲”不驯与杀气腾腾之形象。

七、王性存及其寒翠堂

王性存(1844—?),字味馀,河南光山县人。优贡生,署山西荣河知县。光绪五年(1879)因事流放齐齐哈尔。至戍所后,当地官员“重其学”,延聘他主讲“经义书屋”,于是“穷边荒徼,始有弦歌之声。大吏折节,名重一时”。工诗善画,其诗“轩爽骏快,无语不探喉而出。比事、属词、赋物尤工。或澄淡似陶,或奇崛似韩,或豪聘似苏,或深秀似王。兴会落纸,飒飒如飞”。曾结梅花、菊花二诗社。他将自己的居室命名为寒翠堂,“以觞咏自娱”。有《寒翠堂植物十二咏》。九年十二月被赦归。

载李兴盛《塞月边风录》

儿女心肠英雄泪[①]

——吴兆骞《念奴娇》(家信至有感)词赏析

牧羝沙碛,待风鬟,唤作雨工行雨。不是垂虹亭子上,休盼绿杨烟缕。白苇烧残,黄榆吹落,也算相思树。空题裂帛,迢迢南北无路。　　消受水驿山程,灯昏被冷,梦里偏叨絮。儿女心肠英雄泪,抵死偏萦愁绪。锦字闺中,琼枝海上,辛苦随穷戍。柴车冰雪,七香金犊何处?

这首词是作者在戍所接到家书时的思乡之作。作者以顺治十四年(1657)丁酉南闱科场案之牵累,被无辜流放宁古塔(今黑龙江省海林县,其治所后移宁安县)。十六年(1659)出塞,同年七月抵戍所。其妻子葛采真于康熙元年(1662)也出塞从夫,次年二月抵戍所。此词下半阕表现了对妻子的怀念,因此必然作于顺治十七年至康熙元年三年之内。一次,他接到家书时,感慨万端,从而写下了此词。

词的上半阕是写欲归无路。上阕分三部分。首先,以在冰天雪地中牧羊北海的苏武自况,说明自己被流放的宁古塔,也是绝域荒寒之地。羝是公羊。沙碛指沙漠,这里是借指穷荒之地。苏武出使匈奴,被扣压后,流放北海牧羊十几年。而自己遣戍之地,也是如此。据当时文献记载,清初的宁古塔,极其荒凉,“重冰积雪,非复世界”,“至其地者,九死一生”,由此可见吴兆骞处境之艰苦。接着作者用了“待风鬟,唤作雨工行雨”,把人们带到了诗人的故乡——风光如画的垂虹亭。“风鬟”指妇人,语出宋代李清照的《永遇乐》词。“雨工行雨”出自唐人传奇《续玄怪录》。该文载李靖曾投宿于一妇人家。该妇人告知他,这里是龙宫,其两个孩子是可以行雨的龙子。作者通过这两个典故是说:期望那位妇人,能够唤来她的儿子(雨工)行雨,使这荒寒之地,也普降甘霖,象家乡垂虹亭畔那样杨柳如烟。但是,这里毕竟不是江南,因此不可能出现那种奇迹。于是作者用了“休盼”一词,既排除了这种可能性,又表明了还是江南好。可见这第二部分是以荒寒的宁古塔,与故乡垂虹亭的杨柳烟缕作对比,反映了故乡景物的美好,从而为自己的思乡提供了一个条件。下面转入第三部分,通过塞北的白苇与黄榆,联想起江南的相思树,并由相思树进而联想到家信之至及自己的思乡之感。相思树所结之子为红豆,亦名相思子,顾名思义,它象征着对人或物的思念。裂帛指书信,古代无纸,常撕帛作书。这是用《苏武传》中天子见到飞雁传送苏武消息之帛书的典故。这几句谓,把烧残的白苇与吹落的黄榆,姑且当作相思树来看待吧。可是建筑在这种相思基础上的书信,写了多少封,都白写了,因为南北迢迢,没有归路。由上可见,上阕主要写了处境之苦、故乡之好,寄信之难,从而表达了欲归无路的思乡之感。

下阕是写相思之苦。开始五句是说,在灯昏被冷的夜里,自己魂梦飞越万水千山,和妻子叨叨不绝地絮语着。梦里回乡,点明了相思之深。梦后醒来,只能抛下点点英雄热泪。“锦字闺中”三句,是写夫妇远别。妻子象是织锦回文的苏若兰,而自己却象生长在昆仑流沙之滨的珍贵琼枝,随着穷苦的戍边者流落到边远的塞外。最后二句,写自己在戍所,所见者只有柴车冰雪,而妻子乘的七香车在哪里呢?言外之意是夫妻分离,从而表达了对妻子的思念。

全词没有一个“感”字,但“感”字贯穿全词。上阕的处境之苦、故乡之好、寄信之难与下阕的梦里回乡、夫妻远别等,都是围绕着接到家信后的思乡怀人之“感”而写。感情真挚,动人心魄。而且哀怨凄楚的感情,交织着荒凉苍莽的边塞景色,具有打动人心的艺术力量,这是清词中的佳作。难怪谭献评此词时誉为“其人不衰,宜乎生还”。郭 麐亦称此词“凄怨”。

〔原载《词学辞典》四川辞书出版社 1991 年版〕

顾贞观《金缕曲》词二阕注释

寄吴汉槎宁古塔。以词代书,丙辰冬,寓京师千佛寺冰雪中作[①]。

一

季子平安否[②]?便归来、平生万事,那堪回首?行路悠悠谁慰藉,母老家贫子幼[③]。记不起、从前杯酒。魑魅搏人应见惯[④],总输他覆雨翻云手[⑤]。冰与雪,周旋久。　泪痕莫滴牛衣透[⑥]。数天涯、依然骨肉,几家能够[⑦]?比似红颜多命薄,更不如今还有[⑧]。只绝塞、苦寒难受[⑨]。廿载包胥承一诺[⑩],盼乌头马角终相救[⑪]。置此札,君怀袖[⑫]。

二

我亦飘零久。十年来、深恩负尽,死生师友[⑬]。宿昔齐名非忝窃[⑭],试看杜陵消瘦[⑮],曾不减夜郎僝僽[⑯]。薄命长辞知己别[⑰],问人生到此凄凉否?千万恨,从君剖。　兄生辛未吾丁丑[⑱]。共些时、冰霜摧折,早衰蒲柳[⑲]。词赋从今须少作,留取心魂相守[⑳]。但愿得、河清人寿[㉑]。归日急翻行戍稿[㉒],把空名料理传身后。言不尽,观顿首。

【注】

①这两阕词是安慰朋友吴兆骞之词。写于丙辰，即康熙十五年(1676)冬。当时作者寓居京师(今北京市)千佛洞。而吴汉槎遣戍宁古塔已经十七年。吴汉槎：即吴兆骞之字，详见本书吴兆骞小传。以词代书，在形式上是创格。本词脍炙词坛，被人誉为“千秋绝调”，以其与吴兆骞有关，且为词坛绝唱，流传甚广，故附于此。

②季子：指吴兆骞。考兆骞兄妹八，排行第四，按伯、仲、叔、季排行，故称季子。

③“母老”句：这时，其父已早卒，其母李氏年已七十岁左右，其子只一人，即吴桭臣，年仅十三岁，女儿四人，长、次两女年稍长，但三、四两女儿又均小于桭臣，故云母老、子幼。

④魑魅搏人：指小人陷害。《左传》：“魑魅魍魉，莫能逢之。”注：“魑魅，山林中怪物为人害者。”按桭臣为《秋笳集》跋，谓其父“为仇家所中，遂遣戍宁古塔。”其众友人也均主此说，详见李兴盛《边塞诗人吴兆骞》一书。

⑤覆雨翻云手：形容小人手段之诡谲毒辣为人反覆无常。唐杜甫《负交行》：“翻手作云覆手雨，纷纷轻薄何须数？”

⑥牛衣：粗衣野服。程大昌《演繁录》：“汉王章卧牛衣中。”注：“龙具也。”按《食货志》董仲舒曰：“贫民常衣牛马之衣，食狗彘之食。然则牛衣者，编草使暖以被牛体，盖蓑衣之类。”

⑦“数天涯”三句：兆骞于顺治十六年出塞后，其妻葛采真于康熙元年出关，次年二月到戍所，与之同居，在戍所生有一子、两女，故云天涯依然骨肉相聚。

⑧“比似红颜”两句：是说红颜薄命，自古已然，不仅今日才有此事。在丁酉科场案中，遭难之惨，还有甚于兆骞者。

⑨绝塞苦寒：吴兆骞《秋笳集》卷八《与计甫草书》：“塞外苦寒，四时冰雪。陶陶孟夏，犹著敝裘。身是南人，何以堪此？”

⑩廿载包胥：包胥，即申包胥，春秋时楚大夫，与伍员友好。伍员为报父兄之仇，欲覆楚。申包胥曰：“我必存之。”吴师伐楚。包胥入秦乞救兵，依庭痛哭，七日不绝声。秦哀公感其诚，出师救楚。吴兵才退。诺：许诺。此句指顾贞观于兆骞出塞不久就写信表示一定营救兆骞归来之诺言。

⑪乌头马角:《史记·刺客传赞》注:“燕丹求归。秦王曰:‘乌头白,马生角,乃许尔。’”此句指顾贞观盼望乌鸦变白、马头生角(其实不可能)之日,即最终相救之日的到来。

⑫“置此札”两句:古诗:“置君怀袖中,三岁字不灭。”

⑬“十年来”三句:作者自谓,十几年来有负于生者与死者。其中生者指吴兆骞。

⑭“宿昔齐名”句:王士祯《感旧集》卷十六引顾震沧语云:“贞观幼有异才,能诗,尤工乐府。少与吴江吴兆骞齐名。”

⑮杜陵消瘦:杜陵,指杜甫。杜甫曾自称“杜陵野老”、“杜陵布衣”。消瘦,见唐李白《戏杜》诗:“饭颗山头逢杜甫,头戴笠子日卓午。借问别来太瘦生,总为从前做诗苦。”

⑯夜郎僝僽:唐李白因永王李璘事件,曾被流放夜郎。僝僽:憔悴,遭受折磨。“试看”两句是以杜甫、李白不幸遭遇,比喻自己与兆骞的坎坷不平。

⑰薄命长辞:作者自悼其亡妻。《弹指词》集中有《金缕曲·悼亡》一首,编在这两首《金缕曲》词之后,可证此时作者也有丧妻之痛。知己别:指与吴兆骞长别。

⑱兄生辛未吾丁丑:吴兆骞生在明崇祯四年(1631)辛未,贞观生在崇祯十年(1637)丁丑。

⑲“共些时”三句:些,量词。表示时间不定。此三句谓,在一些时间内,共同受着冰霜的摧折,像蒲柳那样早衰了。蒲柳:蒲与柳,两种植物名。二者均早落叶。南朝宋刘义庆《世说新语》:“顾悦与简文同年而发早白。简文曰:‘卿何以先白?’对曰:‘蒲柳之姿,望秋而落。松柏之质,经霜弥茂。’”按此年贞观四十岁,兆骞四十六岁。贞观《金缕曲·丙午生日自寿》云:“三十成名身已老。”兆骞寄顾书亦云“弟年来摇落特甚,双鬓渐星。”二人均未老先衰。

⑳“词赋”两句:这两句是规劝兆骞少作词赋,免得以文字取祸。按兆骞擅于词赋,而其被遣戍,实因仇人摭拾其文字忌讳语之故。

㉑河清人寿:黄河水本混浊,相传百年一清,古以河清为太平祥瑞。《左传》:“俟河之清,人寿几何。”此句是祝兆骞早日归来。

㉒行戍稿:指兆骞戍边时所写之手稿。按兆骞有《秋笳集》。一种版本是兆骞友人徐乾学刻于康熙十八年者,另一种为其子吴桭臣刻于雍正初年者。

前人评语：

陈廷焯云："华峰《贺新郎》(即此《金缕曲》)两阕，只如家常说话，而痛快淋漓，宛转反复，两人心迹，一一如见，虽非正声，亦千秋绝调也！"又云："二词纯以性情结构而成。悲之深，慰之至，丁宁告诫，无一字不从肺腑流出，可以泣鬼神矣！"(《白雨斋词话》)

谢章铤云："(此二词)浓挚交情，艰难身世，苍茫离思，愈转愈深，一字一泪。吾想汉槎当日得此词于冰天雪窖间，不知何以为情？"(《赌棋山庄词话》卷七)

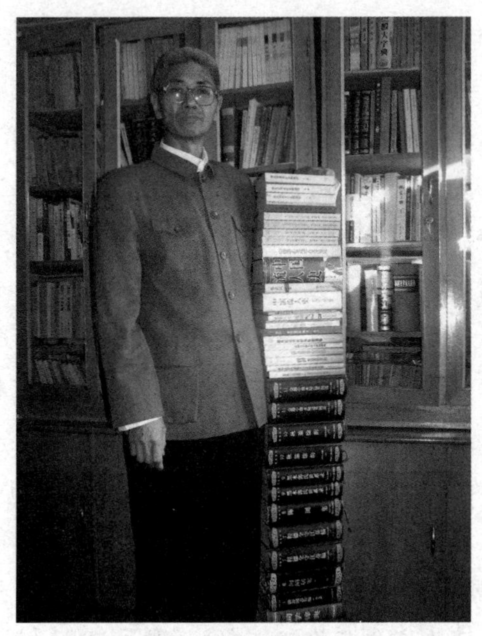

2008 年摄

主编简介

李兴盛，男，原籍山东省费县，1937 年 11 月生于哈尔滨市。黑龙江大学中文系毕业。现为黑龙江省文史研究馆馆员、黑龙江省社科院历史研究所研究员、黑龙江省民族研究学会常务理事。曾任黑龙江省历史学会理事与黑龙江省旅游协会常务理事等。1991 年被黑龙江省政府评为省级优秀专家、省劳动模范与研究员；1992 年 10 月获国务院特殊津贴，12 月被国家人事部批准为国家级突出贡献专家；2007 年被黑龙江省社科院评为首届终身荣誉研究员；2008 年被省委宣传部授予“龙江文化建设终身成就奖”。此外，1997 年、2002 年、2010 年与 2011 年，曾应邀赴香港珠海书院、大连白云书院、上海图书馆、台湾“中央研究院文哲所”作流人文化学术报告。

30余年来，一直致力于我国流人问题研究，对我国历代流人这种社会群体与社会现象进行了全方位、多层次、系统化、理论化的深入研究与完整论述，并首次向我国学术界提出了流人文化这一新的名称、概念与命题。至今其专著与主编之著作已出版35部。专著《中国流人史》(初版)获黑龙江省社科研究优秀成果一等奖与黑龙江省优秀图书一等奖；《东北流人史》获1991年中国图书奖二等奖与黑龙江省优秀图书一等奖。主编之《黑龙江流寓文化与旅游文化丛书》共8册，其中本人承担者7册，主要有《中国流人史与流人文化论集》、《诗人吴兆骞系列》(传、年谱、资料汇编各1册)、《黑龙江山水名胜与轶闻遗事》等，再次获黑龙江省社科研究优秀成果一等奖。另有《边塞诗人吴兆骞》、《黑龙江历代诗词选》(另有一名选注者)、《流人史、流人文化与旅游文化》、《塞月边风录》、《黑龙江历代旅游诗选与客籍名人》、《增订东北流人史》、《黑龙江名人》、《黑龙江汉族文化》及其30年历史文化论文自选集《大荒集》等均已出版。主编之黑龙江大型地方文献丛书《黑水丛书》第5至14辑(每辑各一二百万字不等)、《清实录东北流人史料摘抄(外一种)》及任执行主编之《中国地域文化通览(黑龙江卷)》等也已出版。主编之流人文化丛书《东北流人文库》在陆续出版之中。此外，近年来在我国著名学者来新夏先生支持下，正为将其流人问题研究升华为流人学之研究而惨淡经营。